KB181277

향밀침침신여상 1

향밀침침신여상

1

마시멜로

'사랑, 대체 그게 뭘까?
계화주에 흠뻑 취한 채 유재지에 잠겨 있던 욱봉도
지금의 나처럼 혼란스러웠을까?'

"모르겠어. 대체 어떻게 하면
내가 너를 포기할 수 있을지…."

香蜜沉沉烬如霜

향밀침침신여상

1

차례

- **금멱**_화신(花神) 재분의 딸. 자신이 포도 정령인줄 알지만, 원래 진신(眞身)은 서리꽃이다. 순진무구하고 발랄한 성격으로, 높은 영력을 쌓는 것이 인생 최대 목표이다. 태어난 후 계속 수경(水鏡) 안에서 외부와 단절된 생활을 하였다. 재분이 먹인 운단 때문에 사랑의 감정을 느끼지 못한다.

- **욱봉**_천제(天帝)의 둘째 아들. 진신은 봉황으로, 천제와 천후의 적장자이며 화신(火神)이다. 뛰어난 외모의 소유자로서 육계 제일의 미남자로 꼽힌다. 거만한 성격으로 용맹하고 전투에 능해 전신(戰神)으로도 불리며, 금멱을 사랑하지만 자신의 속마음과는 달리 독설을 내뱉으며 냉정하게 대한다.

- **윤옥**_천제의 첫째 아들. 밤을 지키는 야신(夜神)이며 진신은 백룡이다. 부드럽고 온화하며 고요한 밤과 닮은 성품을 지녔다. 천제의 장자이지만 어머니의 미천한 신분 탓에 조용히 그늘에서 살아왔다. 수신(水神)의 장녀와 정혼한 사이이다.

- **재분**_화신(花神). 금멱의 어머니. 사랑으로 인한 사건에 휘말려 죽음을 맞이한다.

- **목단 장방주**_화계(花界) 24 방주의 우두머리. 화신 재분의 죽음 이후 금멱을 양육하고 화계를 지키고 있다.

- **노호**_수경에서 금멱을 보호한 당근 할아버지.

- **천제**_윤옥과 욱봉의 아버지. 젊은 시절 그의 사랑으로 인해 천계에 풍파가 발생했다.

- **천후**_조족(鳥族) 출신으로 욱봉의 친어머니이다. 소유욕과 질투가 강하며 모사에 능하다.

- **월하선인**_욱봉의 숙부. 진신은 여우이다. 붉은 실로 운명의 상대를 이어준다. 유머러스하며 때론 아이 같은 모습도 갖고 있다. 금멱이 욱봉의 인연이라 여기고 두 사람을 연결해주려 한다.

- **낙림**_수신(水神). 풍신(風神)과 혼인하였다. 인자하고 온화한 성품을 갖고 있다.

- **수화**_조족의 우두머리. 오만하고 제멋대로인 성격이며, 욱봉을 흠모하고 있다.

- **복하군**_자유분방한 성격으로, 진신은 뱀이다. 금멱의 친구이자 생명의 은인이다.

시始

하늘에는 시리도록 흰 달이 빛나고, 땅에는 싸늘한 서리가 내리깔린 밤은 무척이나 조용하고 스산했다. 하지만 이 세상의 모든 꽃을 관장하는 화신(花神) 재분의 궁전인 백화궁 안은 그보다 더 묵직한 침묵이 지배했다. 투명한 유리가 깔린 백화궁의 대전에 모인 24방주(芳主, 꽃의 정령들을 통솔하는 24명의 우두머리들)가 숨죽인 채 부복하고 있어 더욱 그랬다.

영원히 깨어지지 않을 듯한 그 침묵을 깨뜨린 것은 어디선가 불어온 스산한 바람이었다. 그 바람은 대전 밖 나무들을 거칠게 흔들어 온전한 둥근 형태로 땅에 드리워져 있던 달그림자를 체에 거른 옥 파편처럼 잘게 부서진 형상으로 바꾸었다.

곧이어 대전 가운데에 드리워진 물빛 비단 가림막이 흔들렸다. 그러자 가림막 안의 여인도 희미한 숨을 내쉬었다. 구름처럼 부드러운 이불을 덮은 채 침상에 누워 있는 그녀는 바로 화신 재분이었다.

매화를 조각한 먹빛 비녀를 머리에 꽂은 그녀는 눈꼬리를 꿈틀거리며 눈을 반쯤 떴다가 다시 힘없이 감았다. 창백하고 초췌하기 짝이 없음에도 그녀는 세상 어떤 누구와도 비교할 수 없게 아름다웠다. 완연한 병색도 그녀의 품위와 우아함을 가릴 수 없었다.

잠시 후 하얀 안개 같은 달빛이 미미하게 들리는 재분의 눈썹 끝에 번졌다. 동시에 그녀의 호흡은 심상찮게 급해졌고, 대전 안에 떠돌던 향기가 더욱 짙어졌다. 마치 온 세상의 꽃이 내뿜는 방향(芳香)이 한데 모인 듯했다.

향기가 점점 더 짙어질수록 대전 안에 부복해 있던 24 방주의 안색이 흐려졌다. 방주들은 법도도 잊은 채 고개를 들어 그들의 주군 재분을 감춘 가림막을 바라보았다. 모두의 얼굴에는 근심이 가득했지만, 그 누구도 감히 입을 열 엄두도 내지 못했다.

24 방주 모두가 전전반측하던 그때였다. 가림막 안에서 백목련, 살구꽃, 말리꽃, 계화, 부용, 동백꽃, 연꽃, 장미 등 수많은 꽃이 일제히 피어났다가 삽시간에 지는 기현상이 이어졌다. 지는 꽃잎들은 마치 폭우에 휩쓸리듯 대전 전체로 퍼져 나갔고, 얼마 지나지 않아 대전 안은 꽃잎으로 가득 차 넘실거렸다. 그것은 너무나 장엄하여 보는 이를 슬픔과 절망에 빠뜨리는 처절한 꽃의 바다였다.

수선화가 지자, 한겨울 섣달에나 꽃을 피운다는 섣달 매화가 붉은 꽃잎을 펼쳤다. 하지만 찰나의 화려함은 너무나 짧은지라, 매화는 미련을 감추지 못하며 넘실대는 꽃의 바다로 제 몸을 던졌다. 그러자 가림막 안의 재분이 온몸을 떨며 피를 토했다.

다음 순간, 그녀의 미간에서 서리꽃을 연상케 하는 형태가 피어났다. 곧 그것은 영롱하게 반짝이는, 푸른색이 감도는 자줏빛 물방울로 뭉쳐졌다. 그녀가 그것을 손으로 집어 가슴에 품자, 그것은 부드러운 피부의 작디작은 아기로 변했다.

"화신님, 소신, 안으로 들겠나이다."

장방주(長芳主, 화계 24명의 방주 중 우두머리) 목단(모란)이 공손히 청한 뒤 가림막 안으로 들어갔다. 그녀는 화신 재분이 누운 침상 맡에 무릎을 꿇더니 공손히 팔을 뻗어 깊이 잠든 아기를 받아 안았다. 침상 위의 창백한 재분을 올려다보는 그녀의 두 뺨에는 눈물이 가득했다.

"다들 명심해라. 너희 24 방주 외의 다른 이가 이 아이가 존재를 알아서는 절대로 아니 된다."

기력이 다한 재분의 목소리는 낮고 희미했다. 하지만 그녀의 목소리에는 여전히 위엄이 넘쳤다.

"소신들은 화계의 수장이신 화신의 뜻을 받드옵니다. 소신들은 이 비밀을 영원히 지킬 것이며, 만약 이를 누설할 시에는 즉시 원신[1]을 스스로 사멸시키겠습니다."

아기를 안은 목단 장방주와 나머지 방주들은 몸을 조아려 절하며 굳게 맹세했다.

"그래, 이제야 나도 편히 눈을 감을 수 있겠구나. 모두 일어나거라. 그리고 목단, 너는 좀 더 가까이."

재분이 힘없이 손을 저었다. 그러자 꽃잎들이 너울거리며 그녀의 손짓을 따라 움직였다.

"예, 화신님!"

목단 장방주는 아기를 안은 채 침상 앞으로 다가왔다.

"이 운단(隕丹)을 아기에게 먹여라."

재분은 단향목처럼 붉고 단단한 구슬 형태의 단약을 목단에게 넘겼다. 목단 장방주는 그녀의 명을 받들어 아기의 입에 단약을 넣었다. 그리고 이슬을 흘려 넣어 주어 아기가 단약을 삼키게 했다.

1 　元神, 정신의식, 기억, 사유, 감정 등의 근원적 정신 기능을 일컫는 말이다. 도교에서는 원신을 수행자가 긴 수련 후에 지닐 수 있는 영혼을 통제할 힘을 지닌 물질로 본다.

그 모습을 내내 뚫어져라 지켜보던 재분의 입가에 그제야 안도의 미소가 떠올랐다. 하지만 그 미소는 너무나 옅었기에 그녀를 지켜보는 이들조차도 그녀가 미소를 지었음을 깨닫지 못했다.

"화신님, 대체 이 운단은 무엇이온지요? 그리고 왜 아기씨에게 굳이 이것을 복용케 하셨는지?"

목단 장방주가 조심스레 묻자, 재분은 차분한 눈으로 목단 장방주의 품에 안긴 아기를 내려다보았다.

"사랑의 감정을 느끼지 못하게 되는 약이다."

"어찌 그런!"

너무 놀란 나머지 목단 장방주는 숨까지 멈추었다.

"사랑에 얽매이면 한없이 나약해지지. 자유로울 수도 없느니라. 내가 그랬듯이 말이다. 그러니 이 운단은 내가 이 아이에게 줄 수 있는 가장 큰 축복이라고 할 수 있지."

"내 아이가 내가 겪은 고통을 다시 겪게 하고 싶지 않구나"라고 재분은 서글프게 말을 덧붙였다. 그 순간, 그녀의 아름다운 눈썹이 다시 일그러졌다. 자신을 덮친 압도적인 고통에 휘청거리며 그녀는 핏기가 하나도 없는 손을 들어 가슴을 움켜쥐었다.

"화신님!"

"괜찮으니 소란스럽게 굴지 마라."

재분은 목단 장방주의 경악을 침착하게 다독였다. 그런 뒤 고통 때문에 질끈 감았던 눈을 천천히 떴다.

"오늘이 상강[2]이던가?"

---

2   24절기의 하나. 한로(寒露)와 입동(立冬) 사이에 있으며, 서리가 내릴 무렵이다.

"예."

침상 끄트머리에 있던 정향(라일락) 소방주가 대답하자 재분의 눈빛이 뿌옇게 흐려졌다. 마치 과거의 어느 시절을 떠올리듯……. 깊고 묵직한 정적을 잠시 이어 가던 그녀는 문득 꽃잎처럼 고운 아기의 뺨을 부드럽게 쓰다듬었다.

"이 아이의 이름은 금멱이니라."

재분이 선포하자, 24 방주는 일제히 고개를 조아리며 외쳤다.

"다음 대 화신의 탄생을 진심으로 감축드립니다."

"아니, 그리 부르지 마라. 내 원신이 소멸한 뒤에 이 아이가 다음 대 화신이 될 일은 없으니 말이다."

재분이 손을 가볍게 젓자 그녀의 팔목에 감긴 옥 팔찌가 부딪혔다. 그러자 마치 빗방울이 기와에 떨어져 나는 듯 청량하기 그지없는, 낭랑한 소리가 났다. 그녀는 고개를 숙이며 처연하게 웃었다.

"나는 이 아이가 일평생 자유롭고, 유유자적했으면 하느니라. 굳이 신선까지는 되어야 한다면 산선(散仙, 관직이 없는 신선) 정도가 딱 좋을 듯해."

"화신이시여, 부디 통촉해 주십시오. 화신은 화계의 주인이며, 화신의 자리는 단 하루도 비어서는 아니 됩니다."

행화(살구꽃) 소방주가 급히 고개를 들어 애원했지만, 재분은 완강했다.

"나는 이미 마음을 정했느니라. 너희가 진정 나를 주인으로 섬겨 왔다면 모두 내 뜻을 따라라. 내가 죽으면 너희 24 방주가 24절기를 차례로 담당하여 꽃과 사계절을 주관하면 될 터이다."

재분은 자신의 죽음까지 거론하며 강하게 말했다. 결국, 대전에 모인 방주들은 울먹이며 "예!"라고 대답했다.

"금먹은 수경[3] 안에서만 살아야 할 것이야. 그리고 향후 만 년 동안 금먹이 절대로 화계 밖으로 나가지 못하도록 너희 24 방주가 엄히 단속하여라."

재분은 자신이 겪었던 그 처절한 정겁[4]을 소중한 딸까지 겪기를 바라지 않았다. 그 연유로 사랑을 느끼지 못하게 되는 운단을 딸에게 먹였지만, 여전히 안심되지 않았다. 결국, 또 다른 대비책으로 생각해 낸 것이 딸을 수경 안에 두는 것이었다. 결계로 단단히 둘러싸인 수경 안에서 만 년 동안만 아무것도 모른 채 지낸다면 제 딸은 정겁을 무사히 피할 수 있으리라!

"다들 왜 대답이 없느냐! 내 말을 따를 것이냐?"

재분이 엄하게 다그치자, 24 방주들은 일제히 "화신의 명을 받드옵니다"라고 마지못해 대답했다. 그제야 그녀의 입가에 꽃 같은 미소가 번졌다. 그와 동시에 창백한 눈꺼풀이 별처럼 빛나는 그녀의 눈 위로 서서히 내려앉았다.

천원(天元) 208612년 상강.

화신 재분이 유명을 달리한 그날, 화계는 깊은 슬픔에 잠겨 침묵을 지켰다. 그러나 수많은 신선이 구름처럼 모여든 천궁 안은 떠들썩하기 그지없었다. 같은 날, 수신 낙림과 풍신 임수의 혼례식이 화려하게 거행되었기 때문이었다.

3　水鏡. 화신 재분이 만든 특별한 공간으로 결계가 쳐져 있어 안에서 밖으로 나가지도, 밖에서 안으로 들어오지도 못하는 장소
4　情劫. 겁은 어떤 시간의 단위로도 계산할 수 없는 무한히 긴 시간을 뜻하는 불교 용어이다. 정겁은 사랑의 업보로 인한 고통을 의미한다.

비극과 희극이 치열하게 교차하던 그날, 세상의 모든 꽃이 속절없이 스러졌다. 그리고 꽃이 사라진 세상은 무채색으로 변해 버렸다.

무채색으로 변해 버린 세상이 다시 색을 되찾은 것은 화신의 상이 끝난 10년 후였다.

꽃이 되돌아온 그 후로 해마다 가을 들판은 황금빛으로 곱게 물들었다. 매일, 해는 누각 꼭대기에서 붉은빛을 떨치며 안타깝게 저물었다. 흰 구름은 드높은 푸른 하늘을 포근한 이불처럼 덮었다. 푸르디푸른 바다는 망망히 넘실거렸다.

세상은 그렇게 평온히 흘러갔다. 세상 어떤 꽃보다 아름다웠던 화신 재분 또한 4천 년이라는 세월의 흐름 속에 서서히 매몰되었다.

푸른 바다가 푸른 뽕밭이 되고, 푸른 뽕밭이 다시 푸른 바다가 되는 거대한 변화는 4천 년의 시간 동안 오롯이 이어졌다. 그러나 천계의 선인들은 그 변화를 딱히 새롭다고 느끼지 못했다. 천궁에 출석해 업무를 보고, 한가할 때는 술잔을 기울이며 시를 읊고, 벗과 한데 어울리는 나날이 그들에게는 너무나 평범하고 지루하기 때문이었다.

그래서였을까? 천계의 선인들은 이 평범한 일상이 발칵 뒤집힐 만한 큰 파란이 일어나기를 간절히 바라게 되었다. 그리고 그들의 바람은 마침내 이루어졌다.

천원 212612년, 열반을 위해 불 속에서 수행하던 화신(火神)이자 천제가 총애하는 아들인 봉황이 열반 중에 실종되는 큰 사달이 일어남으로써 말이다.

49일 내내 오동나무 가지에서 타오르던 불이 꺼진 그곳에서는 화신의 흔적을 찾을 길이 없었다. 천제는 이에 크게 노했다.

제1장

꽃이 피어 창을 열었는데 어찌하여 그대는 보이지 않나?

그대를 볼 수 있고, 그대를 들을 수 있는데,

어찌하여 그대를 사랑할 수는 없나?

이 세상에 내세가 정말 있다면, 나는 한 마리 나비가 되련다.

얇은 종이 위에 번지는 한 방울의 먹이 되련다.

바람에 깎여 먼 곳으로 밀려가는 한 알의 모래가 되련다.

탄성이 있는 연한 물빛 결계를 살짝 꼬집자, 결계는 튕기듯 내 손을 가볍게 밀어냈다. 포도 껍질보다 더 미끄러웠다. 말랑말랑하고 연약해 보이는 겉모습과 달리 선대 화신이 쳐 놓은 이 결계는 칼로 벨 수도, 불로 태울 수도 없었다.

"여전히 튼튼하네. 색깔까지 고우니 옷으로 만들면 딱 좋겠다."

심란한 마음에 푸념하듯 낮게 중얼거리며 나는 몸을 돌렸다. 하지만 이내 결계로 도로 다가갔다. '내가 몰랐던 틈이라도 있을까?' 하는 덧없는 희망을 품고서 말이다.

"꼬맹이 도도(桃桃, 복숭아), 이게 얼마 만이냐! 잘 지냈더냐?"

노호가 불시에 땅에서 머리를 쑥 내밀며 튀어나와 내 앞을 가로막았다. 나를 놀라게 할 의도였다면 성공적이었다. 기겁해서 다급

히 달음질치는 내 심장이 원래의 속도로 돌아오기까지 꽤 시간이
걸렸으니 말이다.

"우리 오늘 아침에도 만났잖아요."

나는 노호의 반짝반짝 광나는 이마를 가볍게 치며 타박했다. 그
러자 그는 그게 뭔 소리냐는 표정으로 눈을 깜박이더니 금세 얼굴
을 잔뜩 찡그렸다.

"오호라! 꼬맹이 도도, 너 지금 나더러 늙은이라고 악담한 것이
냐? 나이 탓에 매번 깜박깜박한다고."

사실을 말한 건데 굳이 악담이라고 할 것까지야.

하는 짓이나 말투가 철딱서니 없기는 해도 노호가 노인이 아닌
건 아니잖아?

"악담이 아니라 사실 그대로를 말했을 뿐이에요."

"흐으응, 도도. 그게 참말이냐? 네가 보기에도 내가 매번 깜박깜
박하는 노인네로 보이느냐?"

"예."

나는 진심으로 성의 있게 고개를 끄덕였다.

"아아, 역시! 도도는 늘 내 마음을 아프게 한다니까. 하지만 너의
그 줏대 있는 일관성이 나는 좋아. 안심되거든. 아, 그건 그렇고 결
계 앞에는 왜 와 있었느냐?"

나는 은근히 정곡을 찌르는 그의 질문에 살짝 당황했다. 하지만
애써 태연함을 가장했다.

"오늘쯤은 목단 장방주께서 수경 안으로 오실 듯해서요. 목단 장
방주께 드릴 청이 있거든요."

노호가 수상하게 여기지 않도록 나는 가능한 한 태연하게 대꾸

했다.

"화계 밖에는 재미있는 볼거리가 많다더라고요. 그러니 세상 구경을 한 번쯤 해 보고 싶어요."

"목단 장방주께 화계 밖으로 나가게 해 달라고 청을 넣겠다고?"

노호는 기겁했다. 하지만 나는 그를 본 척도 하지 않고 결계가 가로막은 수경 밖 세상을 물끄러미 보았다. 바깥세상에 망망히 펼쳐진 꽃의 바다가 눈이 시리게 아름다웠다.

"도도야, 네가 뭐에 홀려서 화계 밖으로 나가고 싶은지는 모르겠지만, 내가 누누이 말하지 않았느냐? 바깥세상은 정말로 위험하고 무섭다고. 너나 나 같은 과일 정령이나 과일 신선은 무척 희귀해. 화계 밖으로 발을 내딛는 그 순간 산 채로 잡아먹히기 딱 좋단 말이다."

노호가 어울리지 않게 목소리를 깔며 말했다. 하지만 나는 그의 말을 귓등으로 흘렸다. 노호의 이런 으름장이 한두 번이 아니거니와 노호 자체가 딱히 미더운 편이 아니어서였다.

원래 노호는 당근인데 수행을 거쳐 신선이 되었다. 분명히 채소면서 자신을 과일이라고 여기며 자랑스러워했다. 과일이나 채소가 신선이 된 일이 극히 드물다며 말이다. 물론 그의 말이 완전히 틀리지는 않았다. 세상의 모든 식물이 존재하는 이 화계에서도 우리 같은 부류의 정령이나 신선이 무척 드무니 말이다. 하지만 신선이 된 노호와 달리 나는 4천 년을 수행했는데도 고작 정령이다. 이는 솔직히 많이 창피한 일이었다.

결계가 감싼 이곳 수경 안에 신선은 사실상 노호 하나다. 나머지는 나처럼 수행이 일천하고 별 볼 일 없는 정령들이다. 이곳에 사는 우리도 나가지 못하지만, 외부인도 절대 들어올 수 없는 이 강력한 결계는 우리처럼 수행이 일천한 정령들을 지키기 위해 선대 화신께서 만드셨다고 한다.

사실 나는 그 말을 들을 때마다 의문을 떨칠 길이 없다. 모름지기 문이란 당겨서 열 수 있으면 밀어서 열지 못하고, 밀어서 열 수 있으면 당겨서 열지 못한다. 다시 말해, 어쨌든 한 면은 열려야 하는 게 문의 속성이다. 그렇지 않다면 문이 아니라 벽에 불과하다. 그런 이유로 나는 우리의 결계가 벽과 다름없다고 여겼다. 외부인이 들어올 수 없지만, 수경 안의 우리도 밖으로 나가지 못하니 말이다.

목단 장방주는 매년 한 번씩 수경으로 와서 우리 정령들의 수행 정도를 확인한다. 그럴 때마다 세월이 아무리 지나도 딱히 진전이 없는 내 도력의 일천함을 매번 탄식했다. 밖으로 나가게 해 달라는 내 청 또한 절대 들어주지 않았다. 만 년의 수행 후 신선이 되어 자신을 보호할 능력이 되면 나가게 해 주겠다는 말만 되풀이할 뿐이었다. 하지만 앞으로 육천 년이나 더 기다릴 인내심이 더는 내게 없다는 게 문제였다.

"도도야, 네가 아직 어리고 물정이 없어 바깥세상을 잘 모르니 그런 소리를 할 수 있느니라. 나는 어렸을 때 시뻘건 눈을 번뜩이는 무시무시한 토끼를 만난 적 있지. 당시 그놈은 피처럼 붉은 아가리를 딱 벌려 창같이 날카로운 송곳니로 나를 물었지 뭐냐. 미리 파 놓은 굴이 많아 적시에 그 안으로 뛰어들었기에 망정이지 자칫하면 그 자리에서 송장이 되었을 거야. 그때 내가 죽었으면 어찌 오늘의 내가 있었겠느냐? 봐라, 이게 그 토끼에게 물렸던 상처가 흉터로 남은 거란다. 너무 끔찍한 일 아니더냐!"

노호는 소매를 둘둘 걷어 제 팔뚝을 내게 보여 주었다. 목을 빼서 찬찬히 살펴보니 흉터가 아니라 노인의 검버섯이었다. 노호의 이야기 속 토끼는 세상에서 가장 흉포한 야수였다.

"그러니 나갈 생각은 아예 접거라. 너처럼 부드럽고 즙이 팡팡 터지는 복숭아는 나가는 즉시 잡아먹힐 테니."

노호는 불룩 나온 제 배를 만지며 혀를 끌끌 찼다.

"노호, 저는 포도예요. 복숭아가 아니라."

포도냐 복숭아냐는 내 정체성의 문제이기에 바로 정정했다.

"복숭아의 '도'나 포도의 '도'나(중국어에서 포도의 '도'와 복숭아의 '도'는 똑같이 '타오'로 발음한다) 그게 그거지! 도도야, 글자 한 자 가지고 꼬치꼬치 따지고 드는 태도는 바람직하지 않으니라. 글귀에만 얽매이면 그 글귀가 품은 진정한 의미를 깨달을 수 없는 법이야."

수염을 쓰다듬는 노호의 안색이 딱히 좋지 않았다. 아마도 체면이 깎였다고 여긴 모양이다.

결계 주변에서 한참을 기다렸지만, 목단 장방주는커녕 그 흔한 정령 하나 지나가지 않았다. 결국, 나는 내일 다시 오기로 마음을 바꾸고는 터덜터덜 집으로 돌아갔다.

서산으로 떨어지는 해를 보며 집 앞에 도착했을 때 집에서 탄내가 났다. 이게 무슨 일인가 싶어 황급히 문을 여니 숯덩이처럼 보이는 시커먼 것을 들고 선 연교(개나리)가 보였다.

"연교야, 이게 무슨 냄새야?"

나를 돌아본 연교는 반색하며 문 앞에 선 내게 다가왔다. 무슨 영문인지 몰라도 그녀는 무척 흥분해 있었다.

"도도, 도도! 이것 좀 봐. 내가 네 후원에서 주웠어! 이게 대체 뭘까?"

연교는 미처 말을 끝맺기도 전에 괴이한 숯덩이를 내 코앞까지 들이밀었다. 냄새가 무척 독했다. 나는 얼른 숨을 참으며 몇 보 뒤로 물러섰다.

"와, 진짜 새카맣네."

겨우 숨을 내쉬며 나름으로 칭찬했다. 하지만 연교는 되레 시무룩해졌다.

뭐지, 내가 시선을 은근슬쩍 옆으로 돌린 거 눈치챘나?

"도도, 나는 너한테 이게 뭐냐고 물었어. 그런데 색깔 타령만 하면 어떡해!"

연교도 나처럼 신선이 되기 위해 수행하는 꽃 정령으로 수경 곳곳을 돌아다니며 별별 물건을 다 줍는 버릇이 있었다. 그리고 딱히 반갑지도 않은, 솔직히 쓰레기에 가까운 물건을 꼭 내 집에 던져 놓고 갔다. 아무래도 이것은 그동안 연교가 가져온 것 중 가장 크지는 않지만, 가장 냄새나는 쓰레기일 듯했다.

"갈까마귀네."

나는 심드렁하게 대구했다. 그러자 연교는 재차 손에 든 숯덩이를 내려다보았다.

"갈까마귀?"

"응, 게다가 골골거리는 상태를 보니 곧 죽겠는데? 썩혀서 비료로 만드는 것 외에는 딱히 쓸모가 없겠다."

연교는 아까보다 더 흥분한 얼굴로 고개를 번쩍 들었다.

"세상에! 세상에! 도도, 갈까마귀라면 새잖아! 와, 내가 이번 생에서 새를 한 번은 보는구나."

연교는 감격해 마지않으며 집 안을 뱅뱅 돌았다.

그녀가 이러는 것은 어찌 보면 당연했다. 수경 안에는 꽃도 풀도 곤충도 있지만, 새는 없다. 나 또한 노호의 《육계[5] 생물 대전》이라는 서책을 통해 새를 보았기에 갈까마귀가 기억에 남았을 뿐이다.

"곧 죽는다고? 그렇다면 아직 안 죽었다는 거잖아? 살릴 수 있을까? 도도, 우리 이 새를 살려서 우리가 키우자!"

연교는 내 소매를 잡아당기며 채근했다. 하지만 나는 난감한 낯빛으로 연교의 시커메진 손바닥과 그녀의 그 손이 움켜쥔 내 소매를 번갈아 보기만 했다.

아아, 오늘 짙은 자주색 옷을 입기를 잘했어. 풀을 먹여 빨면 그럭저럭 앞으로도 입을 수 있겠네.

"연교야, 흥분하지 말고 내 말을 좀 들어 봐. 살아 있다고 다 살아 있는 게 아니고, 죽었다고 다 죽은 게 아니야. 생과 사는 기연이고, 만물은 윤회해. 그러니 이 녀석이 살 팔자면 마당에 내던져 둬도 살 것이고, 죽을 팔자면 우리가 무슨 수를 써서 구하려고 해도 죽을 거야."

"도도, 그런 어려운 말을 해 봤자 나는 못 알아들어. 나는 그저 자비로운 마음을 품어야 한다는 부처님의 말씀만 알 뿐이야. 죽어가는 생명을 구하지 않을 수 없잖아?"

---

5   六界, 중국 고대 신화의 개념으로 세상은 신이 사는 신계, 신선이 사는 선계, 사람이 사는 인계, 요괴나 정령이 사는 요계, 신과 대립하는 혼란의 세계인 마계, 만물의 종착점이자 시작점인 명계의 총 6개의 세상으로 나뉘어 있으며, 만물은 이 6개의 세상을 윤회를 통해 끊임없이 돈다고 한다.

"목숨을 구한다고 다 능사는 아니잖아. 이 녀석을 자비로운 마음으로 살렸다고 그게 좋은 결과로 이어지라는 법이 있어? 괜한 미련으로 이 녀석을 구차하게 살게 하느니 편히 죽게 해서 극락왕생하게 하는 쪽이 더 좋을 수도 있어. 괴롭게 살기보다 죽는 편이 나을 수도 있다고."

내 말이 그럴듯했는지 연교는 슬그머니 내 소매를 놓았다. 그녀는 헷갈리는 듯한 표정으로 잠시 궁리하다가 입을 열었다.

"알겠어. 나도 이 새를 어찌할지 좀 생각해 볼게."

연교는 그리 말하며 자기 집으로 돌아갔다. 생각해 본다더니 아무래도 생각해 보지 않을 분위기다. 역시나 내 집에 또 쓰레기를 버렸고 말이다.

"흠, 연교가 주워 온 것치고는 아주 못 쓸 쓰레기는 아니니 다행이네. 적어도 비료로는 쓸 수 있을 테니."

나는 까마귀를 집어 들고 후원으로 갔다. 재작년에 심은 파초가 영 신통찮게 자라서 걱정이었는데, 이 까마귀가 좋은 비료가 되지 않을까 싶었다. 올여름에는 무성하게 자란 파초가 근사한 그늘을 드리우기를 기대하며 나는 까마귀를 흙 속에 단단히 묻었다.

내 숨소리 외에는 아무 소리도 나지 않는 조용한 밤.

자려고 침상에 누웠다가 불현듯 의문이 밀려온지라 나는 밤늦게까지 잠 못 이루며 전전반측했다. '결계가 단단히 감싼 수경 안으로 고작 새 따위가 어떻게 들어왔을까?' 하는 의문이었다.

결국, 궁금증은 잠을 이겼다. 나는 황급히 후원으로 나가 묻어 놓은 까마귀를 다시 꺼냈다. 그 참에 반딧불이를 잔뜩 잡아 포도잎으로 감싸 그럴듯한 등도 만들었다. 그리고 등과 함께 까마귀를 집 안으로 가지고 들어왔다.

"흐음, 까마귀가 맞기는 한 거지?"

반딧불이 등과 까마귀를 탁자에 내려놓은 뒤 나는 까마귀의 날개를 들쳐 보았다. 놀랍게도 깃털 뿌리 부분이 연한 금색으로 반짝거렸다. 내 짐작대로 이건 보통의 까마귀가 아니었다. 득도한 까마귀가 분명했다.

"아아, 이런 것을 비료로 쓰려고 했다니 큰일 날 뻔했네. 역시 나는 대단해."

까마귀가 수경에서 발견되었다는 점에 의문을 품은 내 총명함을 자찬하며 나는 흐뭇하게 웃었다. 이 까마귀를 잘 고아서 수경 안 정령들과 나눠 먹으면 분명 영력(靈力)이 늘어날 것이다. 이 까마귀의 기운이 실로 범상치 않으니 적어도 수년치 영력은 쌓을 수 있지 않을까?

그리 생각하는 와중에도 까마귀의 호흡은 점점 느려졌다. 금방이라도 죽을 듯했다. 나는 서둘러 녀석을 살리기로 마음먹었다. 식자재가 신선해야 음식이 맛있듯이, 이 까마귀도 산 상태로 고아 먹어야 까마귀가 지닌 영력을 더 잘 흡수할 수 있을 것이다.

우선 침상 아래서 자그마치 5백 년 동안 부지런히 모아 정련한 꿀이 담긴 단지를 꺼냈다. 그런 뒤 까마귀 부리를 벌려 꿀 한 방울을 안으로 떨어뜨렸다. 그 참에 부리에 입을 대고 내 숨도 불어넣어 주었다. 몇 번 반복하자, 까마귀의 날개에 온기가 돌았다. 시체처럼 뻣뻣하던 몸도 말랑말랑해지는 게 느껴졌다.

"와, 차도가 있어. 살릴 수 있겠는데?"

내가 한 일임에도 무척 뿌듯하여 나는 손뼉을 짝짝 쳤다. 그리고 그대로 몸을 돌려 부엌으로 갔다. 까마귀를 고을 적당한 솥을 찾기 위해서였다.

"어?"

솥을 꺼내는데 문득 내 눈앞으로 반딧불이가 지나갔다. 뒤를 돌아보니 부엌뿐 아니라 집 안 가득 반딧불이가 날아다니고 있었다. 무슨 영문인지는 모르겠지만, 포도잎에 싸 놓았던 반딧불이들이 탈출한 듯했다. 날아다니는 모양새가 뭔가에 무척 놀란 듯 보였지만, 나는 그들의 행동이 딱히 괴이쩍지는 않았다. 원래 벌레들이 다 이렇다. 세상 물정이라고는 모르고 작은 일에도 깜짝깜짝 놀란다.

그들의 날갯짓을 따라 방 안으로 들어갔을 때 나는 조금 당황했다. 내 꿀을 먹은 덕분인지 사람의 모습으로 변한 까마귀가 탁자에 반쯤 몸을 걸친 채 늘어져 있어서였다.

"어쩌지? 이 솥으로는 어림도 없겠는데?"

나는 솥을 든 채로 탁자 주변을 한 바퀴 삥 돌았다. 다시 고민해 봐도 솥에 넣기에는 까마귀의 덩치가 너무 커졌다. 솥에 넣을 수 없다면 당연히 고지도 못하니 낭패였다.

대체 어찌하면 이 까마귀를 잘 고을 수 있을까?

고민하던 도중, 문득 신선이라면 누구나 내단을 몸에 지녔다는 사실이 떠올랐다.

생각이 영 다른 데로 튀기는 했지만, 결과적으로는 나쁘지 않았다. 내단은 평생 모은 영력과 도행이 응축된 결정체다. 까마귀의 몸에서 내단을 꺼내 내가 차지하면 까마귀를 고는 번거로운 짓을 안

해도 된다.

사람으로 변한 까마귀가 워낙 크다 보니 탁자 위에서는 내단을 찾기가 영 번거로울 듯했다. 우선 까마귀를 침상으로 질질 끌고 갔다. 힘겹게 침상에 내려놓은 뒤에는 까마귀의 몸을 샅샅이 뒤졌다. 이런 구멍투성이 옷을 굳이 입고 다니는 까마귀의 심미안이 한심해 혀를 차면서 말이다.

"이상하네? 어째서 내단 비슷한 것 하나도 안 나오지?"

혼잣말을 중얼거리다가 내가 헤집은 탓에 드러난 까마귀의 맨살이 눈에 들어왔다.

"아, 그래. 명색이 수행자인데 내단을 주머니나 안섶에 넣어서 가지고 다닐 리 없잖아. 분명 몸속에 있을 거야!"

침상까지 까마귀를 옮기느라 기진맥진했지만, 나는 힘을 내기로 했다.

수년치 영력을 얻을 수 있다면 이 정도의 고생이 뭐가 대수랴! 모든 것은 마음먹기에 달렸다.

그리 생각하니 다시 힘이 났다. 머지않아 나는 그의 옷을 몽땅 벗길 수 있었다. 알몸이 된 그를 이리저리 살펴보던 나는 꽤 기쁜 발견을 했다.

"아아, 이거야! 이게 틀림없어."

나는 손뼉을 치며 까마귀의 아랫배에 달린 기이한 물건을 내려다보았다. 손가락으로 살짝 건드려 보니 부드러우면서도 단단했다. 내게는 이런 것이 달려 있지 않으니, 여기가 분명 내단을 숨긴 곳이리라!

내단을 숨긴 곳을 찾아냈으니 머뭇거릴 이유가 없었다. 나는 즉시 포도 넝쿨을 칼 형태로 길게 꼬았다. 그런 뒤 도력을 실어 그것을 날이 성성한 칼로 바꾸었다. 내 머리카락 두 올을 갖다 대서 그 예리함을 시험해 보니 날에 닿자마자 잘려 나갔다. 내가 만든 칼이지만, 무척 만족스러웠다.

"자, 그러면 이제 내단을 취해 볼까!"

절로 콧노래가 나올 듯한 기분으로 나는 까마귀의 배에 올라탔다. 그리고 까마귀의 상체와 등을 진 채 칼을 머리 위로 쳐들었다. '하나, 둘, 셋' 한 뒤 그대로 칼을 내리꽂을 생각이었다. 하지만 유감스럽게도 나는 그리하지 못했다. 내 등 뒤로 분노로 성성한 고함이 터져 나왔기 때문이었다.

"무엄하다! 이 무슨 짓이냐!"

나와 까마귀, 반딧불이 떼밖에 없는 집 안에서 거친 고함이 불현듯 울려 퍼졌다. 놀라지 않으면 그게 이상했다. 게다가 등 뒤의 까마귀가 벌떡 일어나기까지 했다. 그 통에 나는 그대로 바닥으로 나동그라졌다. 자칫 칼에 손까지 벨 뻔했다.

나는 바닥에 엉거주춤 주저앉은 채 고개를 들었다. 까마귀가 벌거벗은 채로 내 침상에서 몸을 일으키는 게 보였다. 그는 어찌할 바를 몰라 당황하는 내 앞으로 걸어와 나를 사납게 노려보았다.

나를 훑는 눈빛이 벨 듯 예리하여 잠시 주눅이 들었지만, 이러고 있을 때가 아니었다. 나는 얼른 칼을 수습해 몸을 일으켰다. 그리고 키가 무척이나 큰 그와 가까스로 눈을 마주했다.

'아아, 망할. 아까 괜히 미적거렸어. 까마귀가 깨어나기 전에 내단을 차지해야 했는데.'

속으로 개탄하면서도 득도한 까마귀는 어디가 달라도 다르다는 생각을 했다.

대체 저 까마귀는 얼마나 오랜 시간 수행했을까? 나는 4천 년을 수행했음에도 열 살 남짓한 어린아이 모습이고, 천 년을 수행한 연교도 아직 앳돼 보이는데 말이다. 게다가 그는 키마저 노호의 정원에서 자라난 사탕수수처럼 컸다.

돌이켜 생각해 보면 민망하기 짝이 없지만, 그때는 어쩔 수 없었다. 당시 나는 내가 평범한 포도 정령임을 믿어 의심치 않았으니 말이다.

"소요(小妖, 신분이 낮은 잡요나 어린 요괴를 지칭하는 말), 냉큼 내 물음에 답해라! 네 녀석은 대체 어디의 요괴더냐!"

천 조각 하나 걸치지 않은 벌거숭이임에도 그의 말투에는 서릿발 같은 위엄이 배어 있었다. 어떠한 존재의 기운과 옷은 아무런 상관이 없다는 사실을 처음으로 깨달은 순간이었다. 하지만 그의 기세에 철저히 눌렸음에도 기분이 상했음을 감출 수는 없었다. 어쨌든 아닌 것은 아니기 때문이었다.

비록 내 영력이 일천하기는 해도, 나는 신선이 되겠다는 드높은 목표를 두고 수행에 매진하는 고아한 정령이다. 그런 내가 영력이 낮다는 이유만으로 까마귀 따위에게 '소요'라고 불리다니! 실로 비분강개할 일 아닌가.

게다가 이 까마귀는 내가 아니었다면 지금쯤 말라비틀어진 숯덩이처럼 죽었을 팔자다. 내가 꿀을 먹이고, 숨을 불어넣어 주어 이렇게 되살려 놓았으니 말이다. 그리고 이렇게 멀쩡하게 회복된 것을 보니 내 꿀이 까마귀에게 적지 않은 도움을 준 듯했다.

그런 내게 고마워하지는 못할망정, 나더러 어디의 요괴냐니? 이래서 머리 검은 것은 거두지 말라는 옛말이 있는 거다.

나름으로 열심히 자기 합리화를 해 보았지만, 사실 내가 저 까마귀를 죽여 내단을 취하려 한 것은 무를 수 없는 사실이었다. 그래서 나는 그 일을 죽을 때까지 숨기기로 마음먹었다. 아무리 봐도 저 까마귀의 도력은 나와 비교할 수준이 아니니 그와 붙어 봤자 나만 손해일 듯해서였다. 만약 까마귀가 진상을 알게 되면, 나는 그 즉시 내 정원의 비료 신세가 될 게 틀림없었다.

"뭔가 오해가 있으신 것 같군요."

내가 지을 수 있는 가장 선량하고 덕이 넘치는 표정을 지으며 나는 입을 열었다.

"응당 할 일을 하였을 뿐이지만, 그대가 불편할 테니 그냥 '은공(恩公, 은혜를 베푼 이)' 정도로 부르시면 될 듯합니다. 딱히 보답을 바라지도 않습니다. 우리 수경의 정령들은 고아하고 덕이 넘쳐 자신의 선행을 드러내지 않는 미덕을 지녔으니까요. 참으로 아름다운 전통이라고 할 수 있지요."

내가 생각해도 내 화법은 근사했다. 내가 그의 생명을 구했음을 그에게 자연스럽게 밝혔을뿐더러 내가 요괴가 아닌 정령임을 세련되게 드러내지 않았느냔 말이다. 물론 내 진정한 의도는 살린 뒤 먹으려 한 거지만, 그 사실을 아는 이는 오로지 나뿐이다. 그러니 나만 잡아떼면 그만이다.

게다가 길은 달라도 이르는 곳은 같다는 옛말도 있지 않은가! 의도야 어쨌든 내가 까마귀를 구한 것은 사실이다. 저 까마귀에게 정녕 양심이 있다면 생명의 은인을 해코지하지는 않을 듯했다.

"은공?"

그는 마치 의도한 듯 말꼬리를 길게 빼며 나를 차갑게 노려보았다. 그 순간 가슴이 철렁 내려앉았다.

뭐지, 설마 내 의도를 눈치챘나?

"그대는 오늘 중상을 입은 채 제 정원에 떨어졌습니다. 그대의 꺼져 가는 목숨을 살리고자 저는 저만의 비법으로 만든 꿀 한 단지를 그대에게 먹였지요. 그뿐 아니라, 숨도 불어넣어 주었답니다. 그대의 의식이 돌아온 것은 모두 그 덕분입니다."

내 말은 하늘을 우러러 한 치의 거짓이 없었…… 아니, 아주 조금만 있었다. 오직 한 단지와 한 방울의 차이만 있을 뿐이다. 솔직히 두 자밖에 차이가 안 나니 그게 그거다.

까마귀는 돌연 씩 웃었다. 그의 미소는 정원의 도화가 한꺼번에 만개하듯 아름다웠지만, 왠지 간담이 서늘했다.

"내 생명을 구하려고 칼을 휘둘렀다?"

그의 물음에 나는 신중하게 머리를 굴렸다. 그런 뒤 그의 너덜너덜한 옷자락을 슬그머니 들어 보이며 한껏 불쌍한 표정을 지었다.

"예, 그렇습니다. 원래는 그대의 의복이 하도 남루하여 옷을 갈아 입히려고 옷을 벗겼지요. 그런데 그대의 아랫배에 큰 종기가 달려 있지 뭡니까? 비록 불구라도 그 의지가 굳세다면 이루지 못할 일이 없겠지만, 보통 사람과 다른 게 몸에 달려 있어 봤자 좋을 일이 없지 않습니까? 이왕 그대를 구했으니 하는 김에 끝까지 잘하자 싶었지요. 그래서 그 종기를 잘라 주려고 했습니다."

내 말을 잠자코 듣던 까마귀의 얼굴이 괴이하게 일그러졌다. 그는 나를 위아래로 쭉 훑더니 다시 물었다.

"여인이었더냐?"

그는 잠시 침묵하는가 싶더니 다시 말을 이었다.

"설마 사내와 여인이 다름을 아직 모른단 말이냐? 거참, 아무리 철딱서니가 없어도 유분수지 어찌 이런……!"

실로 터무니없다는 듯 그는 나를 모질게 타박했다. 하지만 나는 4천 년 만에 내가 여인이며, 사내에 속하는 종족이 따로 있음을 알게 되었다. 나는 너무 당황한 나머지 그에게 어떤 반응도 하지 못한 채 얼어 버렸다. 꽃, 풀, 나무, 사람, 물고기, 새, 그리고 짐승이 서로 다르다는 사실은 알았지만, 남녀의 다름 따위는 들어 본 적도 없으니 말이다.

먼 훗날, 나는 노호에게 이때의 일을 이야기해 주었다. 그러자 노호는 눈물을 줄줄 흘리며 내게 항변했다.

「도도야, 어찌 그런 생각을 했던 것이냐! 사내를 한 번도 본 적이 없다니! 내가 사내인데! 내가 사내인데 어찌 그런!」

노호가 이 정도로 비통해할 일은 아니라고 여겼지만, 나는 일단 그를 위로했다.

「그때만 해도 저는 세상의 당근이 다 노호처럼 생긴 줄 알았어요. 그러면 사내라고 미리 말이라도 해 줄 것이지 왜 그때는 아무 말 안 했대요?」

내 위로가 전혀 위로로 느껴지지 않았나 보다. 노호는 가슴을 치고 발까지 동동 굴렀다.

"하긴 아직 한참 꼬맹이지. 이런 어린것이 뭘 알겠어! 내내 이런 촌구석에서 살았으니 나이보다 물정이 없을 수도 있고. 그래, 이런 어린것과 아웅다웅해 봤자 내 체면만 깎이지."

까마귀가 내뱉은 말이 귓속에 파고들었을 때야 나는 멀리 가 있던 정신을 간신히 수습했다. 혼잣말로 포장했지만 결국 나 들으란 말이었다. 그를 노려보며 따지려 했지만, 그는 태연한 얼굴로 손을 뻗어 내 머리카락을 가볍게 쥐었다. 그러고는 뭔가 알 수 없는 구결을 외웠다.

"악!"

나는 외마디 비명을 지르며 중심을 잃었다. 까마귀가 외운 구결이 효과를 발휘했는지 내 진신(眞身)은 즉시 드러났다. 내가 침상 위로 무너져 데구루루 구르자 벼락 맞아 마땅한 까마귀는 흥미진진한 표정을 한 채 나를 집어 들었다.

"대체 진신이 뭔가 했더니 포도였군."

포도알이 되어 버린 내게 있어 까마귀의 얇은 입술이 내 앞에서 벌어지고 다물리는 모습은 공포 그 자체였다. 자연히 노호가 한 말이 떠올랐다.

「너나 나 같은 과일 정령이나 과일 신선은 무척 희귀해. 화계 밖으로 발을 내딛는 그 순간 산 채로 잡아먹히기 딱 좋단 말이다.」

두려운 나머지 절로 눈이 질끈 감겼다.

노호, 노호! 이게 무슨 날벼락일까요! 수경 밖으로 나가지도 않았는데, 까마귀 배 속으로 들어가는 신세가 되다니! 미안하지만, 나 먼저 갈게요! 잘 지내요.

다시 눈을 떴을 때는 눈앞이 깜깜했다. 뭔가 푹 잔 듯한 느낌에 머리는 개운한데 묵직한 무엇인가가 몸을 짓누르고 있어 괴이했다.

'뭐지? 내가 벌써 까마귀 배에 들어간 건가? 비록 까마귀 몸속이지만, 살아 있으니 인간의 몸으로 변신해 볼까? 그러면 까마귀의 배

를 찢고 나올 수 있을지도 몰라. 일단 시도는 한번 해 봐야겠다.'

다행히 까마귀 배 속에 있어도 구결은 통했다. 나는 금세 인간의 모습으로 변했다. 그와 동시에 눈앞이 환해졌다. 아직 까마귀 배를 가르고 나오지도 않았는데 말이다.

"어?"

그제야 나는 내가 누운 곳이 까마귀 배 속이 아니라 침상 위임을 깨달았다. 나는 살짝 멍해져서 주변을 살폈다. 내 옆에 누운 까마귀는 언제부터인지 모르겠지만 다시 새의 모습으로 바뀐 상태였다. 그는 날개를 펼친 채 곤히 잠들어 있었다. 아까 몸이 짓눌린 느낌이 들고 눈앞이 깜깜했던 건 진신인 상태로 그의 날개에 깔려 있었기 때문이었다.

내가 죽지 않았음을 확신한 뒤에야 어젯밤의 일이 하나하나 기억났다. 나는 어젯밤에 까마귀에게 잡아먹힌 게 아니었다. 다가올 죽음을 기다리며 눈을 곱게 내내 감고 있다가 그만 잠들어 버렸을 뿐이었다. 어처구니없고 창피한 일이 아닐 수 없었다. 더불어 까마귀가 포도를 먹지 않는 동물이라는 사실도 함께 기억났다.

새삼 나 자신이 한심했지만, 지금은 한가하게 자기 비하나 할 때가 아니었다. 목단 장방주가 수경 밖으로 나가기 전에 얼른 청을 드려야 하기 때문이었다.

나는 황급히 일어나 옷매무시를 정리한 후 문 쪽으로 걸어갔다. 하지만 문을 열기 바로 직전 무척 청량하지만, 전혀 반갑지 않은 목소리가 뒤에서 들렸다.

"뭘 꾸물대느냐? 얼른 나가 아침 식사를 준비하지 않고."

놀라서 돌아보니 다시 인간의 모습으로 바뀐 까마귀가 침상에 느긋하게 기대 있었다. 종복을 부리는 일상이 몸에 배어 있지 않으면 절대로 보일 수 없는 모습이자 말투였다. 하지만 나는 그의 종복이 아니고, 종복이 될 마음도 없으니 그의 시건방진 말투에 호응해 줄 마음이 전혀 없었다.

"이……!"

발끈하는 반응이 본능적으로 나온 그때, 까마귀의 성성한 눈과 마주쳤다. 그 순간 절로 고개가 아래로 떨어졌다. 그의 법력은 나보다 고강하고, 어제 그가 구결을 외웠을 때 나는 진신을 드러냈다. 이 상황에서 그에게 대들어 봤자 나만 손해였다.

결국, 나는 눈물을 머금은 채 문을 밀었다. 등 뒤로 까마귀의 재수 없는 명령이 떨어졌다.

"느려터지게 굴지 말고 빨리 대령해!"

고심 끝에 아침 식사를 바쳤건만, 준비한 이의 성의를 대놓고 무시하는 까마귀의 얼굴이 실로 가관이었다. 그의 얼굴색은 어제처럼 퍼레졌다 하얘지기를 몇 번이나 반복했다. 그러다 그는 불현듯 성질을 버럭 내며 그릇을 옆으로 거칠게 밀쳤다.

"대체 나를 뭐로 보고 이따위 것을! 너나 먹어라!"

그는 정말로 뿔이 단단히 나 있었다. 그의 그런 반응을 도무지 이해할 수 없었기에 나는 접시에 놓인 지렁이를 조심스레 집어 들었다.

뭐야, 대체 뭐가 문제냐고!

"이상하네. 까마귀는 벌레를 먹는 거로 아는데?"

정말 성격 나쁘다. 상대방의 식성을 고려했기에 후원의 흙을 열심히 파서 지렁이를 잡아 왔다. 그런데 고맙다고는 못할망정 '너나 먹어라'라니.

게다가 나는 포도라고, 포도! 지렁이 먹는 포도 봤냐고!

혼잣말에 가까운 내 물음에 까마귀의 표정은 더욱 풍부해졌다. 아까는 푸른색과 흰색뿐이었는데 붉은색, 황색, 녹색, 남색, 자주색까지 다채롭게 교차했다. 그렇게 얼굴색을 바꿔 가며 씩씩거리던 그는 예의도 없이 밥상머리에서 버럭 성질을 냈다.

"네 눈은 장식이냐? 내가 까마귀로 보이게!"

나는 한참 동안 까마귀를 멍하니 보다가 우물쭈물 물었다.

"그렇다면 까치십니까?"

그는 파랗게 질린 얼굴로 나를 보았지만, 아무 말도 하지 않았다. 나는 그의 이런 반응을 자신이 까치임을 인정하는 무언의 대답이라고 여겼다. 그래, 까치와 까마귀가 똑같이 검어도 느낌은 매우 다르니 기분이 나쁠 수 있다. 하지만 피장파장이다. 그도 고아한 정령인 나를 천한 요괴로 취급하지 않았던가. 자기 허물은 생각하지 않고 남의 허물만 보다니! 그는 참으로 도야가 덜 된 신선이었다.

그는 여전히 입을 꼭 다문 채 손을 휘저었다. 그러자 그가 방금까지 입고 있던 구멍투성이 남루한 옷이 방금 솟은 태양을 연상케 하는 붉은 비단옷으로 변했다. 새삼 그가 대단하게 보여 나는 그의 얼굴을 찬찬히 뜯어보았다. 그는 나보다 눈썹이 더 짙고, 눈꼬리가 더 들렸으며, 코도 더 오뚝했다. 키도 물론 훨씬 컸다.

하지만 그게 다였다. 나와 그의 모습은 근원적으로 딱히 차이가 없어 보였다. 그는 '남녀의 다름'도 모르냐느니 철딱서니가 없다느니 하며 나를 비난했지만, 나와 그의 차이는 고작 하나뿐이다. 그의 다리 사이에 있는 게 내 다리 사이에는 없다는 정도다.

"근처에 샘이 있나?"

그의 날카로운 시선이 내 얼굴에 닿았다. 즉시 나는 방금까지 하던 상념을 접었다.

"안내해 드리지요. 따라오십시오."

이 새의 성정은 그다지 곱지 않다. 그리고 나는 남의 충고에 귀를 기울여야 응당 맞을 매도 피할 수 있다는 현실을 아주 잘 파악하는 총명한 과일 정령이다. 그리고 이 두 가지 사실만으로도 내가 그에게 고분고분하게 굴 이유는 충분했다. 그와 대적해 봤자 나만 손해니 말이다.

"이 샘이면 됩니까?"

나는 까치를 정원에 있는 샘터로 데리고 갔다. 일 년 내내 물안개가 피어오르는 이곳을 일러 노호는 가히 천궁의 선경에 비할 만하다고 찬탄하곤 했다. 나 또한 내 연못이 꽤 근사하다고 자부했다. 물론 노호가 천궁에나 가 보고 그런 소리를 한다고는 절대 믿지 않지만 말이다.

"흠."

까치의 눈에도 내 샘이 그럴듯했나 보다. 그의 얼굴이 아까보다는 한결 부드러워져 있었다. 그가 가볍게 손을 젓자, 어느새 그의 손에는 백옥 잔이 들려 있었다. 그는 그걸로 샘물을 조금 퍼서 마셨다. 그리고 꽤 뜸을 들인 후 고개를 끄덕였다.

"꽤 시원하고 달구나. 이 정도면 마실 만하겠다."

그때 나는 그가 하는 말을 주의해 듣지 않았다. 방금 그가 보여 준 재주가 신기해서였다. 나도 뭔가를 만들어 내는 술법을 쓸 수 있지만, 변신시킬 재료가 미리 준비되어 있어야 한다. 포도 넝쿨을 꼬아 칼을 만들었듯이 말이다. 반면, 그는 아무것도 없는 맨손인데도 백옥 잔을 만들어 냈다. 즉, 무에서 유를 창조한 셈이다. 이런 술법은 연교도 노호도 부릴 수 없다. 내가 아는 수행자 중 이런 경지에 오른 이는 목단 장방주뿐이었다.

'목단 장방주님과 엇비슷한 경지라면 이 까치도 꽤 높은 신선이겠네.'

생각이 문득 거기에 미치자, 어젯밤에 너무 느긋하게 군 내 행동이 새삼 한스러웠다.

까치가 부상으로 정신을 못 차릴 때를 틈타 내단을 취했다면 얼마나 좋았을까! 그렇다면 지금쯤 나는 신선의 반열에 올랐을 텐데 말이다. 지금처럼 팔자에 없는 종살이할 이유도 없었을 거고.

"어린것이 어울리지 않게 한숨은……."

머리 위로 까치의 타박이 들려왔다. 놀라서 눈을 드니 그의 손이 어느새 내 머리 위에 얹혀 있었다. 아니, 정확하게 말하면 그는 내 상투를 가지고 놀고 있었다.

웃겨. 왜 남의 상투를 조몰락거린담! 이런 게 뭐가 재밌다고. 설마 이 까치에게 도착증 같은 게 있나?

하지만 이런 상황에서도 나는 항의 한마디 못했다. 내 신세가 한심해서 또 한숨이 나왔다.

"이봐, 이봐, 또 그런다. 어이, 소요! 땅 꺼져."

노호보다 기억력이 더 떨어지는 생물이 세상에 또 있다니 참으로 놀랍다. 어제 나는 분명 내가 정령임을 밝혔다. 심지어 그는 구결을 외워 내 진신을 드러나게 했다. 그런데도 나를 여전히 소요라고 부르다니! 역시 새 대가리는 어디 안 간다.

"그런데 너!"

방금까지 내 상투를 만지작거리던 까치의 목소리가 심상찮았다. 또 왜 지랄인가 싶어 고개를 드니 그의 낯빛이 시커메져 있었다.

"왜 그러십니까?"

그는 내 물음에는 대답도 하지 않은 채 샘에 담근 채 물장구를 치는 내 맨발을 빤히 보았다. 그러다가 입술을 부르르 떨며 내게 물었다.

"이봐, 소요. 이 샘의 용도가 뭐지?"

나는 그가 왜 이런 질문을 하는지 도무지 알 길이 없었다.

"샘에 딱히 다른 용도가 있겠습니까. 발 씻고, 목간(목욕)하고, 빨래하지요."

"너!"

까치의 얼굴색은 어느새 붉은색으로 바뀌었다. 그리고 불현듯 격렬하게 구역질했다. 아, 더러워. 남의 샘에다 뭐 하는 짓이야!

한참 후 구역질이 잦아들자 그는 노기 충천해 소리쳤다.

"이 야만적이고 미개한 소요 같으니! 이런 더러운 샘에 감히 나를!"

나는 갈수록 그가 이해가 안 갔다. 샘에 데려다 달라고 한 것은 분명 까치이고, 그 샘물을 떠 마신 것도 까치이며, 샘물이 달고 시원하다고 한 것도 까치다. 나는 그중 단 하나도 그에게 강요한 바가 없다. 그런데 인제 와서 더럽다고?

아아, 정말 모르겠다. 까치란 동물은 원래 이렇게 변덕이 죽이

끓나?

나는 눈을 휘둥그레 뜬 채 그를 물끄러미 보았다. 그는 새삼 짜증이 난다는 얼굴로 이마와 관자놀이를 거칠게 문질렀다. 그러면서 "그래, 참자. 내가 참자. 저 물정 없는 어린것 상대로 내가 무슨……" 하고 몇 번이나 중얼거렸다.

"됐다. 내가 참지."

그는 정말로 큰 관용을 베푼다는 듯한 얼굴로 주변을 빙 둘러보았다.

"여기가 화계인가?"

"예."

이쯤에서 나는 까치라는 동물의 속성을 대략 파악했다. 까치는 무척 성정이 사나우며, 기억력이 나쁘고, 도착증이 있으며, 변덕이 죽이 끓고, 반응이 느리고 둔한 새다. 하지만 그가 손을 저어 불러온 구름에 올라타자, 나는 그의 속성을 고찰하는 일을 멈추었다. 그리고 구름 위에 올라탄 그의 소매를 붙잡고 늘어졌다.

"어디 가십니까?"

그는 어이없다는 듯 콧방귀만 대차게 꼈다.

"내가 그것을 너한테 일일이 보고할 이유가 있느냐?"

그는 화계를 떠나려는 게 분명했다. 그것을 확신하자 나는 다급해졌다.

"제가 그대의 목숨을 구해 드렸지 않습니까? 그런데 그냥 가시려고요? 은혜도 안 갚으시고요?"

그는 웃지도 혹은 웃지 않는 듯도 한 표정을 띤 채 나를 내려다보았다. 심히 배알이 꼴리게 팔짱까지 끼고 있었다.

"은혜? 아아, 그래. 은혜가 있기는 했군. 이봐, 은공. 말해 봐. 내가 은혜를 어떻게 갚기 바라지?"

어, 생각보다 순순하게 나오네.

"천계로 데려가 주십시오. 그거면 됩니다."

말을 끝내기 무섭게 나는 다시 포도로 변했다. 또 진신으로 돌아간 게 분했지만, 어쩔 수 없었다. 포도가 무슨 반항을 할 수 있겠는가.

"이렇게 데리고 가면 문제가 없겠지?"

그는 나를 소매 안에 쏙 넣더니 바로 날아올랐다.

'정말로 내가 화계 밖으로 나가는구나' 하고 감격했지만, 내 감격은 그리 길게 이어질 수 없었다. 그가 하늘을 나는 내내 나는 그의 소매 속에서 이리 구르고 저리 구르고 아래위로도 굴렀기 때문이었다.

이러다가 천계에 오르기 전에 어지럼증과 멀미로 죽을지도 모르겠다는 공포를 느낄 즈음에야 구름은 멈춰 섰다. 나는 그제야 가슴을 쓸어내렸다.

"화신(火神) 전하께서 돌아오셨다! 이를 천제께 고하라!"

잔뜩 흥분한 사내의 목소리가 들렸다. 곧이어 짙은 분 냄새가 소매 안까지 확 끼쳐 들어왔다.

"화신 전하, 대체 어디에 계셨던 거예요! 소녀들이 얼마나 근심했는지 아세요!"

아까와는 다르게 가늘고 고운 것을 보니 여자 목소리였다. 게다가 하나가 아니라 여럿인 듯했다.

"천계 밖을 한 며칠 둘러보고 왔소. 본의 아니게 미인들을 근심하게 했군."

내 귀에는 이미 익숙한 까치의 대답도 들렸다. 그러자 여인들의 부드러운 책망이 따라왔다.

"화신 전하, 어찌 이러실 수 있어요. 소녀들을 이리도 놀라게 하시다니요."

여인들이 까르르 웃으며 까치를 둘러싼 듯했다. 분 냄새가 더욱 짙어져 코를 틀어막는데 문득 노인의 목소리가 끼어들었다.

"화신 전하의 열반중생[6]을 감축드리옵니다. 하지만 소신들이 전하를 제대로 지키지 못한 죄가 크오니 부디 벌을 청하옵니다."

열반?

수경 안에서만 갇혀 살았기에 내 견식이 좁기는 해도, 서책에서 그 단어를 본 적이 있다. 그런데 잠깐, 서책에서는 분명 봉황만이 불 속에서 열반한다고 했는데? 헉, 그렇다면 이 녀석이 까치가 아니라 봉황이라는 거네?

깃털이 검다고 다 까마귀가 아니었다. 그게 불에 홀라당 타서 숯덩이로 변한 봉황일 수도 있었다.

새롭게 알게 된 사실에 멍해져 있는 사이에 코를 찌르던 분 냄새가 서서히 사라져 갔다. 그 뒤로 한층 위엄있는 봉황의 목소리가 들려왔다.

"요원군, 이 일은 그대의 죄가 아닙니다. 요원군뿐 아니라 천계의 어떤 신선에게도 죄를 물을 수 없고 말입니다. 도둑은 매 순간 집을 노리지만, 도둑을 지키는 일을 매 순간 할 수 없다는 옛말도 있지

---

6 涅槃重生, 봉황은 인간 세상에 행복을 가져다주는 존재로 5백 년마다 인간계의 슬픔, 한, 은원 등을 품은 채 스스로 불에 뛰어들어 자신의 목숨을 인간의 행복과 길상으로 바꾼다고 전해진다. 그 거대한 고통을 거쳐 더 아름다운 몸으로 다시 태어난다고 하며 이를 열반중생이라고 한다.

않습니까. 그러니 자신을 책하지 마십시오."

"화신 전하."

요원군이라 불린 신선이 뭔가 더 말하려고 할 때 나는 봉황의 소매에서 우연히 떨어졌다. 그와 동시에 인간의 모습으로 변했기에 엉덩방아까지 찧었다. 불시에 당한 일이라 더 아파서 눈물까지 매단 채 고개를 들었다. 그러자 하얀 수염을 길게 기른 노인이 보였는데, 방금까지 봉황과 대화하던 요원군인 듯했다. 그는 놀란 눈으로 나를 내려다보다가 잠시 후 더듬더듬 말을 뱉었다.

"전하, 이 아이는 대체 어디서 온……?"

봉황은 태연한 얼굴로 나를 힐끗 돌아본 뒤 어깨를 으쓱했다.

"신경 쓰지 마십시오. 그저 은혜 갚기를 바라는 소요일 뿐이니."

"아, 그렇군요. 전하께서는 참으로 자애로우십니다. 어려운 상황에서도 천하를 구제하는 데 게을리함이 없으니 말입니다."

요원군은 긴 수염을 쓰다듬며 봉황을 찬탄했지만 나는 분해 죽을 지경이었다.

아아, 저 간교한 봉황 같으니라고. 고의로 주어를 홀랑 빼서 내가 그에게 은혜를 갚아야 하는 처지라는 오해를 받게 하다니! 웃기지 마. 은공은 네가 아니라 나라고. 당장 이 일을 해명할 거야! 할 거라고!

하지만 나는 한마디도 해명할 수 없었다. 문밖에서 다급히 들어온 선관(仙官)이 급히 소리쳐서였다.

"화신 욱봉, 즉시 천궁으로 들라는 천제의 명을 받으시오!"

"욱봉, 삼가 분부를 받들겠사옵니다!"

'흐음, 봉황에게도 이름이 있었네?'

힐끗 돌아보니 그는 어느새 허리를 깊이 숙이며 읍하고 있었다. 예를 마치자마자 그는 몸을 돌려 요원군을 보았다.

"요원군, 함께 가시지요."

그는 방금 명을 전한 선관에게도 일렀다.

"폐하를 뵙겠다. 안내하라."

욱봉이 선관을 따라나서자 방금까지 모여 있던 모든 이가 마치 물이 빠지듯 흩어졌다. 정신을 차려 보니 넓은 대청에는 나 하나뿐이었다. 고개를 드니 '서오(棲梧)'라는 글씨가 쓰인 현판이 보였다. 아마 이곳의 이름인 듯했다.

나는 옷을 탈탈 털며 자리에서 일어났다. 그리고 문밖으로 나가 좌우를 둘러보았다.

여기가 바로 말로만 듣던 천계인가?

천계라고 해 봤자 딱히 신기할 것은 없었다. 바닥에 짙은 안개가 층층으로 쌓여 있는 모습만 내가 사는 화계와 좀 달랐다.

"이래서야 어디 제대로 걷겠어? 길도 잘 안 보이네."

나는 혼잣말로 투덜거리며 조심스레 발을 내디뎠다. 안개가 쌓인 정도가 불규칙해 한쪽 다리는 안개에 깊게 휘감기고, 다른 한쪽은 얕게 휘감겼다. 바닥의 높낮이를 가늠하기 어려워 길 가다가 넘어지기 일쑤일 듯했다. 다들 어찌 걸어 다니는지, 원!

신선들은 집 밖을 나서면 모두 구름을 타고 날아다닌다는 사실을 그때는 몰랐기에 할 수 있었던 괜한 걱정이었다. 그들에게 길을 걷는다는 것은 구차한 행위였다.

욱봉의 정원은 무척 크고 넓었다. 하지만 규모와 비교해 정원의 구성이 무척 단조로웠다. 봉선화, 봉황목, 해오라비 난초[7]가 전부였다. 하릴없이 정원을 돌아보는데, 봉황목에서 시들어 떨어진 꽃잎이 쌓여 생긴 덤불이 보였다. 괴이하게도 그것은 마치 살아 있는 생물처럼 들썩거렸다.

뭐지, 저건? 저 안에 뭐가 있나?

멀리서는 그 정체를 확실히 알기 어려워 천천히 봉황목 쪽으로 다가갔다. 그런 뒤 꽃 더미 앞에 쪼그려 앉아 안을 들추니 작은 동물이 보였다. 녀석은 한 발을 삐죽 내민 채 몸을 돌돌 만 자세로 잠들어 있었다. 세모꼴에 가까운 녀석의 귀는 뾰족했고, 온몸이 부드러운 붉은 털에 휩싸여 있었다.

나는 조심스레 손을 뻗어 녀석의 내민 발을 살짝 잡아 보았다. 털이 나지 않은 맨살 부위가 보들보들해서 기분이 좋았다.

"와, 맛있겠다."

나는 홀린 듯 녀석의 보들보들한 살을 연거푸 만졌다.

'펑!'

큰 소리와 함께 작은 동물은 온몸의 털을 바짝 세웠다. 나는 그제야 녀석의 정체를 알게 되었다. 다름 아닌 붉은색 여우였다. 녀석의 몸 뒤로는 꼬리가 나 있었는데 그 꼬리가 몇 개인지 내가 미처 세어 보기도 전에 그걸로 땅을 탁탁 쳤다. 내가 만지작거리던 작은 발은 삽시간에 길쭉한 손으로 변했다.

시선을 천천히 위로 올리자 15~16세가량으로 보이는 소년의 얼굴이 보였다. 담홍색 비단옷을 입은 그는 하얀 이에 붉은 입술을 지

---

7   중국에서는 옥봉화(玉鳳花)로 불린다.

넜는데 눈과 입술이 마치 웃는 듯 휘어져 있었다. 여우가 사람으로 변했으니 이 자도 욱봉처럼 신선인가 보다.

"그토록 오랜 세월을 살았건만 그 누구도 내게 손끝 하나 대지 않았지. 그게 참으로 걱정이었는데 드디어 나를 희롱하는 무뢰배를 만났군. 아, 다행이야. 참으로 다행이야."

무뢰배에게 희롱당한 일이 눈물이 그렁그렁해질 정도로 감동적인가? 게다가 나는 부드럽고 맛있어 보이는 먹잇감을 만져 보았을 뿐이다. 그를 희롱할 마음이 전혀 없었다.

속으로 그리 생각하며 난감해하는데 그가 내 손을 덥석 붙잡았다.

"너는 뉘 댁의 선동(仙童, 선계에 살면서 신선의 시동을 드는 아이)이냐? 이름은 뭐고, 성은 또 뭐지?"

나는 선동이 아니니, 선동으로 속여 말할 수는 없었다. 하지만 천계의 선인에게 나를 정령이라고 소개하기는 부끄러웠다. 잠시 고민하던 나는 목소리를 가다듬으며 대답했다.

"제 이름은 금멱이에요. 선동은 아니고요."

"선동이 아니라고? 그러면 신선이냐?"

"굳이 말씀드리자면 반선(半仙)이라고 할 수 있겠네요."

나는 신선이 되기 위해 수행 중이니 신선은 아니지만, 반쯤은 신선이라 할 수 있다. 그러니 내 말이 딱히 거짓말은 아닌 셈이었다. 내가 즉석에서 만든 말이지만, 꽤 그럴듯해 마음에 쏙 들었다.

"반선? 그런 등급도 있었나? 아아, 내가 낮잠을 지나치게 오래 잤나 보네. 원래 없었던 신선 등급이 새로 생기다니."

그는 여전히 내 손을 잡은 채 사방을 느리게 둘러보았다.

"어, 그런데 여기는 욱봉의 정원인데? 아하, 알겠다. 너는 욱봉의 선동이구나. 욱봉이 녀석, 성정은 영 별로지만, 보는 눈은 실로 좋구나. 아주 또랑또랑 귀여운 것으로 잘 골랐어."

그는 내 뺨을 꼬집으며 장난스럽게 웃었다.

"저는 봉황의 선동이 아니에요. 은공이라고요!"

분명히 나를 반선이라고 소개했건만, 그는 나를 제멋대로 욱봉의 선동이라고 단정했다. 그것에 화가 나고, 불시에 뺨을 꼬집힌 일도 약이 올라 나는 정색했다.

"은공?"

"예. 그자가 제게 큰 신세를 졌죠."

"아아, 재밌겠다. 멱아(覔兒)야, 너와 욱봉 간에 대체 무슨 일이 있었는지 말해 보렴. 나는 이야기 듣기를 가장 좋아한단다."

그는 눈을 반짝반짝 빛내며 나를 보았다. 살짝 망설여지기는 했지만, 나는 그에게 자초지종을 털어놓기로 마음먹었다. 욱봉 그 망할 놈에게 내가 은혜를 입었다는 가당찮은 오해가 계속 천계에 퍼지게 놔둘 수 없으니 말이다. 이참에 해명하는 편이 좋을 듯했다.

"그저께 밤, 욱봉 그자가 화계로 떨어졌어요. 불에 그을렸는지 시커멓게 타서요."

"오호라, 흥미롭네. 곤경에 빠진 공자라니."

그는 고개를 흔들며 내 말을 끊었다.

"저는 우연히……."

"오호라, 곤경에 빠진 공자와 우연한 만남!"

그는 또 고개를 흔들며 내 말을 끊었다.

"숨이 거의 끊어져 가는 그자를 살리려고 제가 숨을 불어넣어 주었고요……."

"오호라, 살까지 맞댔다고? 이거 보통 일이 아니네."

그는 다시 고개를 흔들며 내 말을 끊었다.

"그 덕분에 욱봉 그자가 깨어났어요."

나는 거기서 말을 끊은 뒤 여우 신선을 보았다. 그는 두 손으로 턱을 괸 채 눈물이 그렁그렁해져 나를 보고 있었다.

"뭐야, 뭐야! 왜 거기서 이야기를 끊느냐!"

그는 정말로 이야기 듣기를 좋아하는 듯했다. 그는 나를 다급히 채근했다.

"'오호라!'를 안 하시기에 기다렸어요. 제가 한마디 할 때마다 하셨는데 방금은 안 하셨잖아요."

"아, 너무 흥미로운 이야기라 깜박했구나. 오호라! 그래서? 그래서 어떻게 되었는데?"

"후에 그자가 저에게 진 목숨 빚을 갚기 위해 저를 천계로 데려왔죠."

"오호라, 근사해. 정말 근사해. 그래, 모름지기 사랑이란 이렇게 극적으로 시작하는 법이지."

그는 만족스러운 표정으로 고개를 끄덕였다. 그러고는 신나게 손뼉을 쳤다.

"전형적인 전개가 살짝 아쉽네. 하지만 원래 전형적인 게 재미있지. 맘에 들어."

그가 손뼉을 칠 때를 틈타 나는 슬그머니 그에게서 내 손을 뺐다. 그리고 손에 무슨 냄새가 나지는 않는지 코를 킁킁거려 확인했다. 다행히도 여우에게서 난다는 지독한 암내가 손에 배지는 않았다.

"다 좋은데 네가 사내인 점이 딱 하나 걸리는구나. 욱봉이 단수[8]

를 해야 하니 말이다."

나는 다시 멍해졌다. 단수가 무슨 의미인지, 여우 신선이 왜 나를 사내라고 하는지도 몰라서였다. 분명 욱봉은 나더러 여인이라고 했는데 말이다. 후에 알게 된 사실인데, 그때 나는 사내아이의 옷을 입고 상투를 틀었기에 그가 나를 사내로 착각한 거였다.

"먹아야, 귀 좀 대 보렴."

그는 뭔가 작당 모의를 하는 듯한 표정을 짓더니 내게 손짓했다. 내가 순순히 귀를 대자 그는 작게 속닥거렸다.

"이거 비밀인데 내 특별히 너에게 알려 주마. 보은(報恩)은 내가 그 의미를 만들었다고 할 수 있어. 그런데 어쩌다가 한 글자가 잘못 전해져 내 의도와는 좀 다른 뜻으로 변해 버렸지 뭐냐."

방금까지만 해도 빈손이었던 그는 어느새 작은 가지를 쥐고 있었다. 그는 땅 위에 크게 '포(抱)'자를 썼다.

"실은 '포(抱)'였는데 '보(報)'로 잘못 전해졌지. 그러니까 보은의 원래 뜻은 '은혜를 갚는다'가 아니라 '은혜를 품는다'야. 은혜를 입었으면 몸과 마음을 바쳐 갚아라. 좀 더 알기 쉽도록 속되게 표현하면 은혜를 입었으면 응당 책임져라! 뭐 이런 뜻이라 할 수 있지."

그는 말을 맺자 나뭇가지를 획 던졌다. 그리고 의기양양하게 웃더니 소매 속에서 붉은색 실을 꺼내 내게 건넸다.

"자, 이것을 받아라. 나를 희롱한 이는 네가 처음이라 내가 특별

---

8 斷袖, 한나라 애제(哀帝)가 어느 날 잠에서 깨어나 몸을 일으키려는데 그가 총애하는 미소년 동현의 몸이 애제의 옷소매 자락을 누르고 있었다. 애제는 동현이 깰까 봐 자신의 소매를 자르고 침상에서 나왔다. 단수는 그 고사에서 유래했으며 남색을 하는 사람 혹은 그 행위를 지칭하는 표현이 되었다.

히 인심을 후하게 쓰는 것이야. 이 실을 욱봉의 발목에 매 두렴. 그러면 네 애정운은 탄탄대로니라. 흉도 길로 바뀌지."

나는 그가 준 홍실을 집어 든 채 이리저리 살펴보았다. 내 눈에는 그저 색실에 불과한 이것이 흉도 길로 바꿔 주는 신묘한 물건이라니 믿어지지 않았다.

그렇게 실을 뜯어보던 그때였다. 홍실 너머로 보이는 하늘에 일곱 빛깔 무지개가 떠올랐다.

'비 오고 갠 뒤도 아닌데 웬 무지개람?' 하는 생각을 하며 눈을 멍하니 깜박이던 나는 화들짝 놀랐다. 놀랍게도 내 앞에 욱봉이 서 있어서였다. 방금까지만 해도 없었는데 이게 무슨 영문인지 모르겠다.

욱봉은 고개를 내려 나를 힐끗 보았다. 하지만 내게 굳이 말을 걸지는 않았다. 그는 이내 시선을 내 옆의 여우 신선에게 돌리더니 그를 매섭게 쏘아보았다.

"오랜만에 뵙습니다, 월하선인[9]."

욱봉의 예의 바른 인사말과 표정이 영 따로 노는 듯한데 내 착각일까? 그리고 여우 신선이 실은 월하선인이었다니! 왠지 분위기가 범상치 않더니 평범한 여우가 아니었다.

"하하, 잘 지냈느냐?"

"예, 이것만 아니면요."

욱봉은 살벌한 얼굴로 제 옷의 아랫자락을 들추었다. 그 순간 나

---

9   月下仙人. 중국 고대 전설에서 혼인을 관장하는 신이다. 월하선인이 신기한 힘을 지
     닌 홍실로 남녀를 묶어 주면 그들은 반드시 부부로 맺어진다고 하여 중매쟁이를 가
     리키는 뜻으로도 쓰인다.

도 놀랐다. 그의 발목에 홍실 열 개가 묶여 있어서였다.

"못 뵌 사이에 인심이 더 후해지셨군요. 하나도 아니라 자그마치 열 개라니."

욱봉은 홍실을 모두 풀어 월하선인에게 넘겼다. 여전히 그의 얼굴은 차갑게 굳어 있었다.

"인심이 후해지기는 무슨! 내가 너에게 뭐든 아깝겠니?"

월하선인이 능청스럽게 대꾸했다. 그러자 욱봉의 눈꼬리는 아까보다 더 사납게 올라갔다.

"월하선인, 제가 일전에도 말씀드렸지요. 저는 이 홍실이 필요 없으며, 제 처소의 선녀나 선시(仙侍, 신선의 시종)에게도 나눠 주실 필요 없다고요. 그런데 어찌하여 늘 이러십니까?"

월하선인은 홍실을 소매 안에 쑤셔 넣으며 탄식했다.

"아아, 욱봉아, 욱봉아. 네가 어찌 내게 이럴 수 있느냐? 숙질간의 다정한 호칭은 어디다 팽개쳐 두고 월하선인이라니? 조카의 장성함이 기쁘지 않은 것은 아니나 갈수록 네가 내게서 멀어지는 듯해 이 숙부는 가슴이 찢어지는구나. 흑흑. 그래, 사는 게 다 그렇지. 품 안의 자식이라는 말이 하나도 틀리지 않아. 솜털도 안 빠진 새끼 봉황 시절, 내 홍실 위에서 뒹굴며 놀던 예쁘고 귀여운 네가 나는 아직도 눈에 선한데, 너는 이제 다 컸답시고 내게 호칭부터 거리를 두는구나. 아아, 늙으면 죽어야지. 아끼는 조카에게까지 외면받아 가며 살아 봤자 뭐 한단 말이냐!"

월하선인은 내가 봐도 티가 날 정도로 과장되게 훌쩍거렸다. 그의 그런 모습을 보는 욱봉은 갈수록 얼굴이 구겨졌다.

"마음이 상하셨다면 죄송합니다. 조카는 그런 뜻으로 한 말이 아니니 부디 노염을 거두십시오, 숙부님."

욱봉은 월하선인에게 공손히 읍했다. 그런 욱봉의 곁에 선 나는 실로 복잡한 기분이 되었다. 월하선인은 아무리 노숙하게 봐 줘도 15~16세 정도로밖에 안 보이는데, 막상 그의 조카인 욱봉은 월하선인보다 머리 하나는 더 컸다. 게다가 몸이 강건하고 용모도 어른스러웠다. 아무리 어리게 봐 줘도 17~18세는 되어 보였다. 그런 욱봉이 월하선인의 조카라니! 역시 신선이란 겉모습만으로는 판단할 수 없는 족속이다.

"그래, 그렇게 불러야지 친근감 있고 가족끼리 화목해 보이지. 아아, 역시 내 조카는 착해. 숙부 말을 이리도 잘 들으니 말이야."

즉시 숙부라고 불러 주는 욱봉 때문에 기분이 좋아졌나 보다. 월하선인은 그의 손을 끌어다 잡으며 그의 손등을 토닥였다.

"그리고 말이다. 내가 보기에는 금멱이 꽤 괜찮아. 이참에 후궁으로 들이는 게 어떠냐?"

"금멱은 또 누구입니까?"

상서로운 구름이 주변에 떠돌았지만, 욱봉의 안색은 아까보다 더 안 좋아졌다. 이런 이야기를 한두 번 들은 게 아닌 듯한데도 들을 때마다 기분이 좋지 않은가 보다.

"흠, 흠!"

나는 급히 헛기침해서 금멱이 나임을 욱봉에게 넌지시 전했다. 그러자 그는 움찔 놀라더니 나를 차가운 눈으로 돌아보았다.

---

10 중국어에서 금멱의 이름자인 멱(覓)은 꿀이라는 의미의 밀(蜜)과 똑같이 '미'라고 발음한다.

"멱아야, 네 이름자의 멱은 무슨 뜻이냐? 벌꿀이라는 뜻인가?[10]"

"아니요."

"그럼 무슨 자인데?"

월하선인은 진지하게 물었다.

"찾는다는 의미의 '심멱(尋覓)'에서 나온 '멱'이겠지요."

내가 대답하려고 했는데 욱봉이 내 말을 가로챘다. 나는 기분이 상해 그를 살짝 노려보았다.

웃겨! 내 이름인데 왜 자기가 대답해?

"그 뜻이 아니라 '멱식(覓食)'의 '멱'이에요. 먹잇감을 찾는다는 뜻이지요."

나는 정중하게 내 이름의 의미를 다시 밝혔다. 비록 글자는 같아도 뜻이 다르니 이를 분명히 밝힐 필요가 있었다.

"오호라, 절묘하군. 정말 절묘해. 근사한 이름이구나."

월하선인은 진심으로 탄복해 주었고, 나는 그런 그의 반응이 무척 흡족했다.

사실 내 이름의 진정한 뜻을 깨닫기란 무척 어렵다. 그래서 내 이름의 절묘함을 단박에 헤아려 준 그가 마치 지기(知己, 자기의 진심과 참된 값어치를 잘 알아주는 사람)처럼 느껴졌다. 그래서 여전히 표정이 좋지 못한 욱봉은 그냥 무시해 버렸다.

"그러면 올해로 몇 살이냐? 사주팔자는? 성씨는? 가족은 몇이나 되느냐?"

"흠!"

월하선인은 마치 물꼬가 터진 듯 질문 공세를 퍼부었다. 자칫 곤란할 뻔했지만, 욱봉이 때마침 헛기침해 그의 말을 끊었다.

"숙부님, 실은 제가 어마마마를 뵈러 자방운궁(紫方雲宮)에 들렀다 돌아오는 길이었습니다. 어마마마께서는 매우 신령한 바늘을 구하셨는데 그 바늘귀가 무척 크다는군요. 점점 눈이 침침해지심에도 매일 밤 홍실을 꿰는 데 여념이 없으신 숙부님께 참으로 필요한 물건이 아닐까 합니다. 오늘 여유가 되시면 자방운궁에 한 번쯤 들르시면 어떠할지요?"

"천후께서 그런 신묘한 바늘을 얻으셨다고?"

월하선인은 기쁜 기색을 감추지 못하며 까치발을 했다. 그리고 자기보다 머리 하나는 더 큰 욱봉의 어깨를 토닥토닥 두드렸다.

"역시 욱봉이 너는 영리하다니까. 매사에 뻣뻣한 윤옥이와 달리 융통성도 있고 말이야. 내 반드시 너에게 좋은 짝을 지어 줄 테니 기대하려무나."

월하선인의 말이 전혀 반갑지 않은 듯 욱봉은 고개를 절레절레 저었다. 하지만 월하선인은 그저 싱글벙글 웃기만 했다. 그는 우리를 외면한 채 딴 데를 보는 욱봉의 눈치를 슬쩍 보며 내게 귀엣말했다.

"먹아야, 단수는 결코 부적절한 일이 아니란다. 사랑은 그 어떤 형태이든 아름다운 것이야."

제 2 장

월하선인까지 곧 자리를 떴다. 그러자 거만하기 짝이 없는 욱봉과 한집에 있기가 너무 불편해졌다. 어쩔 수 없이 나는 집 밖으로 나와 천계를 둘러보기로 했다. 하지만 내가 간과한 사실들이 있었다. 하나는 천계가 너무나 넓다는 것이었고, 또 하나는 내가 구름을 탈 줄 모른다는 것이었다.

정처 없이 떠돌던 나는 하늘 끄트머리에 이르렀다. 그때쯤 노을 아래의 월궁도 등을 밝혔다. 꽤 오랫동안 걸었지만, 보람은 없었다. 딱히 내 마음에 드는 풍경이나 내 피로를 씻어 줄 만한 재미있는 선인을 만나지 못했기 때문이었다.

잠시 쉴 겸 걸음을 멈추고는 구름을 한 뭉치 잡아서 씹는데, 문득 붉은 빛이 눈앞에서 반짝였다. 뭔가 익숙한 붉은색이라 고개를 들어 살폈다. 그 순간, 손에 자수바늘을 든 채 콧노래를 흥얼거리는 월하선인이 내 앞으로 지나갔다.

"월하선인, 잠깐만요!"

나는 급히 손을 뻗어 그가 탄 구름을 붙잡았지만, 소용없었다. 구름은 내 손에서 미끄러지듯 빠져나갔고, 그는 내가 있는 줄도 모른 채 지나가 버렸기 때문이었다.

삽시간에 작고 붉은 점으로 변하는 그를 보며 나는 한숨을 쉬었다. 결국 포기하고 돌아서려는데, 그가 돌연 내 곁으로 돌아왔다.

"이보게, 방금 나를 불렀나?"

그는 흐르는 물처럼 맑은 눈으로 내게 물었다.

"예."

월하선인은 난감한 표정으로 붉은 입술을 깨물었다. 하지만 곧 환히 웃으며 반갑게 말을 건넸다.

"아, 적성관의 유월선사군. 아이고, 이게 얼마 만이야! 수십 년 못 본 사이에 아주 젊어졌네? 무슨 회춘의 비법을 쓰셨는가!"

설마, 나를 잊었어?

욱봉의 정원에서 헤어진 지 불과 몇 시진밖에 안 되었는데?

그는 내가 황당해하는 것을 눈치챈 모양이었다. 그는 머쓱하게 웃더니 내 손을 잡았다.

"아이고, 내가 이렇다니까! 은하궁의 동작사자구려. 부디 이 노인네를 헤아려 주시게. 내가 요즘 눈이 더 침침해져서……. 직녀에게도 나 대신 안부 좀 전해 주시구려."

어찌나 황당한지 야생 당나귀 떼가 머릿속을 분탕 치고 지나간 듯했다. 월하선인의 기억력은 노호보다도 못한 게 분명했다.

"월하선인, 저를 기억하지 못하세요? 저 금멱이에요!"

월하선인은 머리를 갸우뚱 기울이며 나를 보았다. 미간을 찡그리고 입술을 깨문 채 고민하던 그는 한참 후에야 소리쳤다.

"아, 맞다. 욱봉의 정원, 반선, 단수, 금멱!"

비록 나를 좀 늦게 기억해 내기는 했지만, 그는 나와 다시 만나자 무척 기뻐했다.

"아이고, 반갑구나. 반가워. 그래, 멱아야! 천계에서의 생활은 어떠하냐? 밥은 먹었으냐? 살 곳은 정했고?"

그의 물음에 나는 시무룩해졌다. 지금 내 처지에 묵을 곳은 욱봉의 서오궁뿐이지만, 거기는 너무 싫었다.

"천계는 오늘이 처음이니 아직 생활이 어떠한지는 말씀드리기 어려워요. 그리고 아직 마땅히 묵을 만한 곳도 찾지 못했고요. 그도 그럴 것이 오늘 막 화계에서 왔으니 아는 신선도 없잖아요."

"그래? 아아, 진작 말을 하지 그랬느냐. 오늘부터 내 거처인 인연부에 묵도록 해라. 나는 언제든지 환영이니."

불편한 욱봉보다야 내게 우호적인 월하선인이 훨씬 낫지.

나는 기꺼이 그의 호의를 받아들였다. 그날로 내 거처는 서오궁이 아닌 인연부로 바뀌었다.

"아, 또야!"

나는 성질을 살짝 내며 내 손 사이로 빠져나가는 흰 연기를 맥없이 바라보았다. 온종일 애를 썼지만, 나는 꽃을 따는 일에 번번이 실패하는 중이다. 천계의 꽃은 뭐가 그리 특별한지 손에만 닿기만 하면 연기가 되어 사라지는 탓이었다.

내 비록 화선은 아니지만, 수행 중인 포도 정령이다. 이 때문에 꽃을 따서 꿀을 채집하고, 치료용으로 쓸 약꿀을 제조하는 게 수련 다음으로 중요한 본분이었다. 하지만 꽃을 따지 못하니 그 본분을 이행할 수 있을 리 없었다.

나는 수풀이 무성하고 백화가 활짝 핀 절경을 맥이 빠져 둘러보았다. 이렇게 꽃이 많은데 하나도 따지 못하니 참으로 어이가 없었다.

"어머, 금멱! 여기 있었구나."

한 무리의 여인들이 내게 다가왔다. 인연부에 자주 오는 선고(仙 姑, 여신선)와 선녀들이었다. 툭하면 내 뺨을 만지작거려 나를 귀찮게 하는 게 흠이지만, 다들 내게 친절했다.

"아유, 여전하네. 어쩜 너는 이리도 귀엽니."

그녀들은 언제나처럼 내 뺨을 만지며 깍깍거렸다. 그런 그녀들과 계속 있다가는 뺨이 남아나지 않을 듯해 나는 급히 화제를 돌렸다.

"월하선인께서는 처소로 돌아오셨어요?"

"응, 방금 오셨지. 안에 계셔."

"아, 그래요! 그럼 안녕히 계세요. 저는 월하선인을 뵈러 가야 해요."

나는 냉큼 그녀들 사이를 비집고 빠져나왔다. 그리고 달음질해 월하선인의 처소로 내뺐다.

"월하선인!"

어둠이 내려 등을 밝힌 월하선인의 처소로 들어간 나는 소리쳐 그를 불렀다. 그러자 방금 외출에서 돌아온 듯한 그가 나를 반갑게 맞이해 주었다.

"아, 먹아구나. 어떠냐, 인연부에서 지낼 만하느냐?"

"예, 좋아요. 다들 친절하고요. 하지만……."

내가 말끝을 흐리자, 그는 특유의 눈웃음을 지으며 "응?" 하고 되물었다.

"천계가 이상한 건지 제가 이상한 건지 잘 모르겠는데요. 아무튼, 꽃을 딸 수가 없어요."

"꽃을 딴다고?"

"예, 제 본분에 따라 저는 당연히 꿀을 모아야 하거든요. 그런데

꽃이 제 손에 닿는 족족 연기가 되어 사라지니 답답해요. 대체 왜 이러죠?"

말을 하던 나는 움찔 놀랐다. 늘 눈웃음이 끊이지 않는 월하선인의 얼굴이 드물게 어두워져서였다. 그는 한참 동안 탄식하다가 침통한 목소리로 말했다.

"멱아야, 그건 네 문제가 아니라 천계의 문제니라. 천계의 봄은 이제 다시는 오지 않거든. 꽃도 이미 예전에 져서 다시는 피지 않지."

봄이 다시 오지 않고, 꽃도 피지 않는다니!

화계의 정령인 나로서는 도무지 이해할 수 없는 현상이었다. 그래서 눈만 말똥말똥 뜨고 있는데 그는 다시 탄식했다.

"아아, 사랑이란……."

사랑? 그건 또 뭐야? 영력을 올리는 일과 무관하다면 딱히 흥미 없는데.

"멱아야, 이리 가까이 오너라."

나는 순순히 그의 곁에 다가가 앉았다. 곧이어 그는 내 눈을 차분히 응시하며 입을 열었다.

"선대의 애증이 뒤엉켜 있는 일이라 자세히는 말해 줄 수 없으니 대략만 알려 주마. 지금부터 몇천 년 전 지금의 천제와 선대 화신 사이에 원한이 생겼느니라. 선대 화신은 보복으로 천계의 초목을 모두 시들게 해 버렸단다. 그 연유로 천계에는 여전히 초목이 자라지 않아. 천제는 별수 없이 구름으로 꽃과 나무를 만들어 천계를 꾸몄어. 그 덕분에 천계는 예전의 아름다운 모습을 회복했지만, 그건 어디까지나 허상일 뿐 진짜가 아니지. 그러니 꽃을 꺾으면 당연히 진신이 드러나 구름으로 변하는 것이야."

월하선인의 말에 따르면, 이곳의 꽃은 가짜이다. 즉, 내가 이곳에서 꿀을 만들기란 불가능했다. 결국 나는 꿀 모으기를 완전히 포기했다. 그리고 수련하는 시간 외에는 한없이 게을러졌다.

인연부에서 살게 된 지 어언 두 달째에 접어들었다. 그래서 알게 된 사실인데 부지런히 수련하는 편도 아닌지라 실로 유유자적한 나와 비교했을 때, 인연부 선관(仙官)과 그들이 모시는 월하선인은 매우 바빴다.

매일 인시에서 묘시로 넘어가는 그때마다 선관들은 각양각색의 쪽지가 가득 든 무거운 포대를 짊어지고 인연부로 들어왔다. 인연부의 선사(仙使)들은 포대 안의 쪽지들을 분류, 등록했고, 그것을 토대로 만든 서책을 월하선인에게 바쳤다. 그러면 월하선인은 홍실더미 위에 앉아서 그 서책을 읽으면서 홍실을 꿰었다.

호기심에 한 번 포대 안 쪽지를 읽은 적이 있는데, 내용은 대부분 비슷했다.

〈소녀의 이름은 유인이며, 올해로 16세로 항주 유씨 가문의 장녀입니다. 부디 청하오니, 소녀를 위해 좋은 짝을 찾아 주십시오. 부디 제 낭군의 용모가 반안[11]에 비하기를, 재능이 이백과 두보[12]에 비하기를. 그리고 오로지 저만 사랑해 주기를 간절히 바라옵니다.〉

나는 쪽지를 읽었을 당시 큰 혼란에 빠졌다. 쪽지에 적힌 글자 하나하나는 이해가 가는데 조합하면 되레 이해가 가지 않아서였다.

---

11 潘安, 중국 서진의 정치가이며 희대의 미남으로 불렸다.
12 중국을 대표하는 두 시인

한 가지 분명한 것은 쪽지 속 여인이 월하선인에게 뭔가를 청한다는 사실이었다. 그래서 이게 대체 무슨 뜻이냐고 그에게 묻자, 그는 싱긋 웃으며 대답했다.

"너는 아직 어려서 사랑이나 정이 어떤 감정인지 잘 모르는 게 당연하지. 훗날 우리 욱봉과 단수를 하면 자연히 알게 될 터야."

다음 날 아침, 곤히 자던 나는 바깥에서 나는 소리에 그만 잠이 깼다. 몽롱한 눈으로 문을 여니 월하선인과 그를 모시는 선시가 밖에 서 있었다.

"이 꼭두새벽부터 무슨 일로?"

컴컴한 하늘을 힐끗 보며 묻자, 월하선인은 이 새벽에도 쌩쌩하게 눈을 빛내며 내 이마에 붙은 머리카락을 다정하게 떼 주었다. 그런 뒤 옆에 선 선시에게 명했다.

"뭐 하느냐! 어서 안으로 들이지 않고."

"예!"

선시는 즉시 짊어진 짐들을 내 처소 안으로 들였다. 여전히 잠이 덜 깬 나는 한편에 물러선 채 딱히 물건이 없어 휑하던 내 처소 안이 족자와 서책, 두루마리로 채워지는 모습을 망연히 바라보기만 했다. 얼마 후 선시가 짐을 다 넣고 자리를 뜨자 월하선인은 서책 무더기 앞으로 다가갔다. 그리고 아예 거기에 자리를 잡고 앉았다.

"대체 이것들이 다 뭐예요?"

나는 문간에 선 채 어이없어하며 물었다. 그러자 그는 자랑스레 웃으며 책 하나를 들어 보였다.

"이건 내가 오랫동안 소장해 온 애정 소설과 춘궁도들이다. 내 특별히 너에게 빌려주려고 가져왔느니라. 원래 사랑이란 이론부터 탄탄히 닦아야 실전에도 강할 수 있는 법이야."

그는 말을 끝내자마자 다시 서책 무더기 쪽으로 고개를 돌려 뭔가를 바쁘게 찾았다. 종종 집어 든 책을 펴서 읽기도 했다.

"인간과 인간의 사랑이라. 흠, 이건 별로야. 특색이 없거든."

그는 방금 편 책을 던져 버렸다.

"신선과 신선의 사랑이라. 아니야. 이건 너무 허무맹랑해."

그는 또 책을 던져 버리며 다른 책을 집어 들었다.

"인간과 짐승의 사랑? 아, 됐다. 이건 또 너무 과해."

그는 다시 다른 책을 집어 들었다.

"신선과 인간의 사랑이라. 동영과 칠선녀[13]. 아아, 이건 너무 세속적이야."

월하선인은 한참을 그런 식으로 책을 골랐다가 내던지기를 반복했다. 그러다가 마침내 만족스러운 표정으로 책 한 권을 집어 들었고, 나를 손짓해 불렀다. 내가 그에게 다가가자, 그는 행서로 제목을 써 놓은 표지를 보여 주었다. 제목은 《천 년을 기다려야 한 번》이었다.

"우선 인간과 요괴의 사랑부터 시작해 보자꾸나."

그때부터 꼬박 한 시진(두 시간) 동안 월하선인은 뱀 요괴와 인간 서생의 사랑 이야기를 내게 들려주었다. 그는 중간중간 안타까워하기도 하고 감탄하기도 했는데, 마지막에 이르러서는 눈물까지 흘렸

---

13 《칠선녀 전설》, 고대 중국의 유명한 애정 소설로 동영이라는 효자와 그의 효심에 감동해 아내가 된 칠선녀의 이야기

다. 마지막 장이 끝나 책을 덮을 때 그의 표정은 감동 그 자체였다.

"아아, 정말 훌륭하군. 눈물 없이는 읽을 수 없는 애절한 사랑 이야기였어."

나는 심드렁하게 관자놀이를 문질렀다. 솔직히 나는 반쯤 혼수상태였다.

아, 이런 게 사랑이군. 들으면 잠 오는 거.

하지만 월하선인의 얼굴이 너무나 진지하고, 한 시진 넘게 책을 읽어 준 그의 호의를 무시하기 힘들었다. 별수 없이 나는 그에게 호응해 주었다.

"그러게요. 감동적이네요."

월하선인은 내 호응에 고무되었는지, 그 후 매일 내 처소에 들러 온갖 사랑 이야기를 늘어놓았다. 가끔은 춘궁도를 펴서 보여 주기도 했다. 하지만 그게 자꾸 반복되자, 나는 마침내 한계에 이르렀다. 사랑 이야기까지는 그럭저럭 넘어가겠지만, 춘궁도는 도저히 못 볼 꼴이었다.

"월하선인, 이 그림들은 안 보면 안 돼요? 너무 꼴불견인데."

내 불평에 월하선인은 고쳐 쓰지도 못하겠다는 듯한 눈빛으로 나를 보았다. 물론 춘궁도가 아주 쓸모가 없지는 않았다. 그것들을 통해 남녀의 어디가 다른지, 이런 수련법이 어디에 좋은지도 알게 되었으니 말이다.

월하선인이 알려 준 바에 따르면 춘궁도에 나오는 수련법은 남녀가 몸을 섞음으로써 음을 취하여 양을 성장시키는 방식이다. 양을 취하여 음을 보완할 수도 있어 무척 몸에 좋다고 한다. 그 말을 들었을 때 나는 살짝 솔깃했다. 그래서 아무리 수련해도 진전이 없으면 훗날 적당한 상대를 찾아 춘궁도에 나오는 '몸을 섞는 수련법'을 연마하기로 마음먹었다.

반면 월하선인이 입이 마르게 칭송하는 사랑에서는 그 어떠한 쓸모도 찾기 힘들었다. 애정 소설 속의 등장인물들은 그 사랑 때문에 목숨을 내던지고, 어떤 고난도 감수한다. 실로 범인이 이르기 힘든 경지라 평범한 정령에 불과한 나는 도무지 이해가 가지 않았다.

하지만 월하선인은 사랑을 갈구하는 남녀 사이에 다리를 놓아 주는 일을 하고, 거기서 행복을 찾는 신선이었다. 이 정도로 영력이 깊은 신선이 이런 일을 한다면 사랑에는 내가 이해하지 못하는 깊은 무엇인가가 분명히 있으리라. 그래서 나는 딱히 딴죽을 걸지 않았다. 어차피 사랑이 밥 먹여 주지 않는지라 관심도 없고 말이다.

오늘도 역시 월하선인은 홍실을 엮느라 바빴다. 나는 그의 옆에 앉아 그런 그를 구경했다. 그의 앞에는 언제나처럼 신사에서 사람들이 빌었던 청원을 정리한 서책들이 가득 쌓여 있었다.

두 달째 보는 광경인데도 참 신기했다. 월하선인이 인연을 맺어 주고자 하는 남녀의 새끼손가락에 홍실을 묶어서 연결해 주면, 그 남녀는 만 리 너머에 떨어져 살아도, 천 개의 산이 가로막아도, 두 가문이 원수지간이라도 이어졌다.

"월하선인, 저희 왔어요!"

왁자지껄한 소리가 나서 문 쪽을 돌아보니 한 무리의 선고와 선녀들이 보였다. 인연부에 자주 드나드는 이들이라 익숙했다. 보아하니 또 홍실을 얻으러 온 모양이었다.

참으로 별일이다. 비록 월하선인이 인연을 관장하나, 그 범위는 인간과 요괴에 한정되며, 신선의 인연은 관장하지 않는다. 그런데도 그녀들은 툭하면 그를 찾아와 홍실을 청하곤 했다. 아무짝에도 소용없는 것을 왜 부득불 가져갈까?

"어머, 너도 여기 있었구나. 언제 봐도 귀여워!"

내 얼굴을 만지기를 좋아하는 선고가 다가왔다. 그녀는 또 내 뺨을 쓰다듬으며 월하선인에게 말했다.

"인연부의 이 선동은 정말 모든 이의 귀여움을 독차지하는군요. 이 애가 아직 어려서 천만다행이에요. 만 살이나 팔천 살이었다면 얼마나 많은 선녀의 넋을 쏙 빼놓았겠어요."

너무 내 뺨을 만지작거리는 게 싫어서 나는 살짝 얼굴을 뺐다. 그런데도 그녀의 입꼬리에 걸린 미소는 더 짙어졌다.

"이렇게만 쭉 자라 준다면 이 아이의 미모가 두 분 전하를 넘어설지도 모르겠어요."

그녀의 말에 월하선인은 흐뭇하게 웃었다. 마치 어머니가 딸을 보듯 자애로운 표정을 더하며 말이다.

"그래서 내가 안심이 안 되느니라. 어서 이 아이가 욱봉과 단수를 해야 내 근심이 덜어질 듯해."

그 순간 왁자지껄하던 인연부 안이 찬물을 끼얹은 듯 조용해졌다. 모든 선고와 선녀는 뭔가 꺼림칙한 눈으로 나를 보았다. 나는 갑작스러운 이 변화를 이해할 수 없어 어안이 벙벙해졌다.

* * *

"와, 진짜 꽃이야!"

"그러게. 금멱, 너 정말 대단하다."

인연부의 선녀와 선사들은 무슨 신기한 구경이라도 하는 듯 구름 위에 뿌리를 내린 꽃과 나를 번갈아 보았다. 나는 그런 그들이 되레 이상했다.

이게 뭐 대단한 거라고 이리도 난리람?

"다시 해 봐. 꽃이 피는 모습을 또 보고 싶어."

선녀들의 성화에 못 이긴 나는 소매에서 홍실을 꺼내 들었다. 그리고 그것을 이리저리 엮어서 꽃 형태를 만든 뒤 구름 속에 던졌다. 잠시 후 그것은 구름을 흙 삼아 뿌리를 내리고 가지를 뻗어 잎을 틔웠다. 마지막에는 향기를 내뿜는 진짜 꽃을 피웠다.

"정말이네. 진짜 꽃이야."

선녀 하나가 꽃을 만지며 연신 신기해했다.

"그러게. 쓸모가 없어서 버린 실이 이런 아름다운 꽃이 될 줄 누가 알았겠어!"

그녀들의 말대로 이 꽃을 만든 재료인 실은 인연부에서 매일 버리는, 일종의 쓰레기다. 본디 인연부 안 양잠방의 살찐 누에들은 매일 잘 먹고 잘 마시면서 꼭 자기들처럼 뽀얗고 고운 실을 뽑는다. 그리고 인연부의 선사들은 그 실을 염색해 홍실을 만든다.

선사들은 제조한 홍실 중 탄력이 강하고, 잡아당겨도 끊어지지 않을 정도로 튼튼한 것만 합격품으로 분류해 월하선인에게 바치며, 나머지는 다 비로 쓸어서 인연부 밖으로 버린다. 그때 실수로 실 두어 뭉치가 인간계로 가끔 떨어지곤 하는데, 인간들은 그것을 주워 칼도 창도 뚫지 못한다는 '천잠연갑(天蠶軟甲)'이라는 갑옷을 만든다고 한다.

그 말을 들은 나는 심심한 참에 실로 뭔가를 만들어 보고 싶어졌다. 그래서 버리는 실뭉치를 몇 개 주워 꽃을 만들었다. 그게 딱히 어려운 일도 아닌데 인연부 선사와 선녀들은 무척 신기해했다. 실로 오랜만에 향기가 나는 진짜 꽃을 보았다며 말이다. 심지어 내 또래의 선동들은 진짜 꽃을 처음으로 본다며 놀라워했다.

"금멱, 이 꽃 나한테 주면 안 될까?"

인연부에 놀러 왔다가 내가 꽃을 틔우는 모습을 지켜보던 한 선녀가 말했다.

"예? 이걸요?"

내 물음에 그 선녀는 "아아!" 하더니 미안한 얼굴로 방긋 웃었다.

"아, 미안. 이런 귀한 것을 그냥 달라고 하다니 내가 염치도 없지. 자, 이거 받아."

나는 어안이 벙벙한 채 그녀가 내민 나뭇가지를 받았다. 이건 뭔가 싶어 이리저리 살펴보자, 그녀는 소매로 입을 살짝 가리며 말했다.

"몸을 숨길 수 있는 신통한 가지야. 내 성의니 받아 줘."

그 순간 좋은 생각이 머릿속으로 스쳐 지나갔다. 내가 화계 밖으로 간절하게 나가고 싶었던 이유는 내 일천한 영력을 빨리 올릴 방도를 알아내기 위해서였다. 하지만 천계에 와서도 내 영력은 여전히 제자리걸음이었다. 인연부에 죽치고 앉아 월하선인의 애정 소설 낭독이나 듣는 신세니 당연했다.

물론 월하선인은 내게 참으로 잘해 준다. 하지만 그는 태어날 때부터 신선이라 영력을 높이는 수련법 따위는 아예 몰랐다. 그 탓에 영력에 관련해 그에게 도움받을 수 있는 게 아무것도 없었다. 요즘

들어 계속 그 사실이 마음에 걸리던 차에 떠오른 묘안이라 나는 실로 기뻤다.

"어유, 뭐 이런 걸. 자, 받으세요."

내가 선선히 꽃을 넘겨주자 선녀는 무척 기뻐했다. 그러자 다른 선녀들은 부러워 어쩔 줄 몰라 했다.

"금멱, 나도! 나도 꽃을 만들어 주면 안 될까?"

"금멱, 다음은 나한테도!"

어느새 여기저기서 손을 바쁘게 들었고 나는 흐뭇하게 웃었다. 이 꽃이 내 일천한 영력을 빠르게 올릴 수 있는 복덩어리가 될 수 있으리라는 확신이 들어서였다.

내 예감은 보기 좋게 적중했다.

선녀가 내 꽃을 받아 간 그날 이후, 매일 두어 명씩은 인연부로 찾아와 내게 꽃을 청했다. 빈손으로 오기 미안했는지, 반드시 선물도 주고 갔다. 그렇게 두 달쯤 지나자 선물들이 내 방 가득 쌓였다. 몸을 숨길 수 있는 가지 다섯 개, 문창선인이 쓴 적 있는 황모필(족제비 털로 만든 붓) 한 자루, 사명성군에게 소원을 빌 때 쓰는 등 한 개, 원시천존의 친필 서명이 적힌 한정판 책, 야신(夜神, 밤의 신)이 머리를 빗을 때 떨군 짙푸른 머리카락 한 올. 심지어 욱봉의 깃털도 있었다.

정리를 위해 이들의 면면을 살피던 나는 솔직히 실망했다. 물론 귀한 것들이기는 하지만 내가 원하는 것은 아니었다. 내가 원한 선물은 영력을 높여 주는 선단이었는데, 유감스럽게도 이 안에 선단은 하나도 없었다.

"아, 천계에 이렇게나 보물이 많은데 어찌 선단 하나가 선물로 안 들어오지?"

팔짱을 낀 채 투덜거리던 그때였다. 누군가 내 처소의 문을 두드렸다.

"뉘십니까?"

아마도 꽃을 받으러 온 누군가려니 했다. 그래서 문을 열어 살피니 아직 어린 티가 많이 나는 청년이 한 명 서 있었다.

"안녕하십니까. 저는 서오궁에서 일하는 선시 요청입니다."

"아, 예. 안녕하세요."

"금먹 반선께 꽃을 두 송이 청하고 싶은데 괜찮으실까요?"

와, 오늘 첫 손님이다!

"예, 잠시 제 처소 안에 계시겠어요? 바로 만들어서 드릴게요."

나는 신이 나서 밖으로 나가 뭉게뭉게 핀 구름에 홍실로 만든 꽃 두 개를 던졌다. 머지않아 홍실은 뿌리를 내리며 아름다운 꽃으로 탄생했다. 나는 즉시 그것을 가지고 도로 집 안으로 들어가 그에게 넘겨주었다.

"자, 가져가세요."

"아아, 정말 감사합니다."

요청은 수줍게 웃으며 내게 꽃 두 송이를 받아 들었다. 이제 그도 다른 이들처럼 '작은 성의입니다'라고 말하며 뭔가를 내놓으리라. 나는 기대감에 미소를 잃지 않은 채 그를 보았다. 하지만 어딘지 모르게 좀 이상했다. 가슴 앞섶에 손을 넣은 채 뭔가를 꺼낼 듯 말 듯 주저하는 그의 안색이 실로 창백해서였다.

줄 선물이 없어서 심장이나 폐라도 꺼내 주려는 건 아니겠지? 그건 정말 사양하고 싶은데!

무서운 생각이 들어 움찔 놀랐지만, 다행히 그런 끔찍한 일은 일어나지 않았다. 그가 탁자 위에 내려놓은 것은 짙은 붉은색을 띤 달걀 두 개였으니 말이다. 아주 예쁘게 잘 삶아서 표면에 은은하게 빛까지 났다.

"아하, 축하드려요. 아버지가 되셨나 봐요?"

무슨 희단[14]을 선물로 주느냐고 속으로는 투덜거리면서도 나는 억지로 웃었다. 그러자 요청은 내 말에 움찔 놀랐다. 탁자 위의 희단만큼 얼굴도 벌게졌다.

"금, 금멱 반…… 반선. 저는 아직 혼인할 나이가 아니며, 혼인도 하지…… 않았…….'"

그는 어지간히도 당황했는지 계속 말을 더듬었다.

응? 혼인을 안 했다고? 그런데 왜 희단을 돌려?

헉, 설마 말로만 듣던 혼전 임신? 그래, 그건가 보다. 월하선인이 며칠 전 침통하게 말하던 그 일이 천계에서도 벌어졌구나. 쯧쯧!

"그러면 이 희단은……?"

조심스레 다시 묻자, 요청의 얼굴은 숫제 자줏빛이 되었다. 그가 숨까지 가빠하자, 나는 서둘러 그에게 물을 한 잔 따라 주었다. 그 물을 벌컥벌컥 마신 뒤에야 그는 숨을 제대로 골랐다.

"이건 희단이 아닙니다. 화신 전하의 궁에서만 나는 주작의 알이지요. 주작이 영조인 것은 아시지요? 이건 8백 년에 하나 나오는, 그야말로 귀물입니다."

---

14 흥단蛋, 붉은색으로 염색한 달걀. 중국에서는 결혼식 때, 혹은 아기가 태어났을 때 주변에 희단을 돌리는 풍습이 있다.

주작의 알이라고? 와, 엄청나게 귀한 거잖아!

나는 슬그머니 붉은색 알을 만져 보았다. 지금껏 들어온 선물들이 영 신통찮았던 것은 오늘의 기쁨을 더 크게 누리라는 하늘의 뜻이었나 보다.

"주작의 알 한 개를 먹으면 백 년치 영력이 쌓입니다. 두 개를 먹으면 한 개를 먹는 것보다 효과가 더 좋아서 3백 년치 영력이 쌓이고요."

요청의 말을 듣자마자 나는 급히 달력을 펼쳤다. 그리고 문창선인의 황모필에 먹을 묻혀 달력의 오늘 날짜에 줄을 쭉 그었다. 이런 길일은 제때제때 표시해 놔야 한다.

주작의 알 하나는 찌고 하나는 볶았다. 그것을 탁자 위에 놓는 내 얼굴에는 웃음이 떠나지 않았다. 이게 3백 년치 영력이다 싶으니 보면 볼수록 흐뭇해서였다. 의자에 앉아 한 입 베어 무니 부드럽게 부서지는 알에서 오리 알의 향기가 났다. 목으로 넘길 때는 메추리 알 특유의 설익은 듯한 맛도 났다. 주작의 알이라 그런지 맛이 범상치 않아 밥도 두 그릇이나 먹었다.

3백 년치 영력에 살짝 눈이 먼 그때까지만 해도 나는 부처님의 말씀을 간과했다. 한 가지 번뇌가 백만 가지 걸림돌이 되며, 인간이 끊기 힘든 스무 가지가 있는데 그중 탐욕이 으뜸이라고 하신 그 말씀을 말이다.

아니, 식사를 마친 뒤 백회혈에서 김이 뭉게뭉게 나고, 맥박이 미친 듯 빠르게 뛸 때까지도 나는 몰랐다. 내 영력이 올라가는 증거로만 생각해 기쁘게 좌정까지 했으니 말이다. 하지만 김이 불꽃처럼 피어오르고, 온몸이 불 속에 들어간 듯 뜨겁고, 오장육부가 불바다로 변한 듯한 기분에 사로잡혔을 때야 나는 비로소 깨달았다. 내 몸에 뭔가 큰 이상이 생겼음을 말이다.

"월하선인! 흐윽, 월하…… 선인! 저 좀…… 살려……!"

나는 거의 기어가다시피 월하선인의 처소로 찾아갔다. 그리고 목을 쥐어짜며 그를 불렀다. 홍실 더미 위에서 서책을 보던 그는 내 모습에 기겁하며 벌떡 일어났다.

"먹아야! 이게 어찌 된 일이냐?"

그는 나를 부축해 처소 안으로 들어갔다.

"월하선…… 인, 저…… 너무 아파요. 오장육부가 다 타는 것 같아요."

그는 신중히 내 맥을 짚더니 머리를 숙인 채 고민했다. 얼마 후 그는 처방전을 하나 써서 선시에게 건네더니 이대로 약을 지어 오라고 명했다. 몸이 미친 듯 뜨겁고 괴롭기는 해도 정신은 아직 멀쩡했던 나는 온몸에 김을 무럭무럭 내며 간신히 입을 달싹였다.

"월…… 하 선인, 정말 대단…… 하세요. 의술까지 이리 고명하시다니요."

내가 힘겹게 찬사를 보내자, 그는 눈웃음을 지으며 겸손하게 고개를 저었다.

"고명이라니 과찬이구나. 그냥 수박 겉핥기 수준이니라."

인연부 안에 천계의 군인인 천병들이 갑자기 들이닥쳤다. 내가 주작 알을 먹은 지 반 시진 정도 지났을 때였다. 갑옷은 입은 그들의 얼굴은 엄숙했고, 다들 칼로 무장했으며, 살기가 등등했다. 그들은 다짜고짜 인연부로 들어와 나를 들것에 싣더니 어딘가로 발길을 재촉했다.

"아이고! 이 무도한 것들아! 내 딸을, 우리 먹아를 대체 어디로 데리고 가느냐!"

들것의 뒤를 졸졸 따라오며 월하선인이 통곡했다. 나는 망연히 푸른 하늘을 올려다보았다.

아, 그냥 내가 참아야지.

"먹아야, 먹아야! 이 아비가 죽일 놈이구나. 두 눈을 벌겋게 뜨고 너를 뺏겨야 한다니! 먹아야, 이 아비를 용서치 마라! 먹아야!"

월하선인은 목이 쉬도록 가슴을 치고 발을 굴렀다. 나는 다시 '참을 인'을 가슴에 새겼다.

"숙부님, 제발 그만하십시오. 이런 식으로 지체하다가는 한 시진도 못 되어 이 소요는 재로 변해 사라질 겁니다."

인연부에 들어선 이래로 시종 차가운 눈을 한 채 월하선인의 주책을 지켜보던 욱봉이 담담하게 한마디 했다. 그러자 월하선인은 즉시 눈물을 닦으며 몸을 바로 했다.

"아, 그래? 그렇다면 얼른 가야지."

"이번은 또 무슨 상황을 연기하셨습니까?"

욱봉이 묻자 월하선인이 생긋 웃었다.

"악질 토호에게 금지옥엽을 뺏기는 불쌍한 아비 역할. 나 한 번쯤은 이런 거 꼭 해 보고 싶었느니라."

월하선인의 말에 들것을 붙든 천병의 손이 움찔 떨렸다. 그렇지 않아도 활활 타는 오장육부에 천불까지 더해졌지만, 나는 이를 악문 채 계속 참았다.

　욱봉이 천병까지 이끌고 인연부로 온 이유는 월하선인의 의술이 정말 그의 말대로 '수박 겉핥기'이기 때문이었다. 그가 쓴 처방전은 내 몸의 열을 조금도 내리지 못했다. 아니, 시간이 갈수록 내 증상은 더 심해지기만 했다.

　결국, 나는 내가 주작의 알을 먹었으며, 화신 욱봉의 서오궁이 그 출처임을 토설했다. 그러자 월하선인은 전음향(천계에서 급한 소식을 전할 때 쓰는 향)을 피워 욱봉에게 인연부로 와 달라고 청했다.

　그때 욱봉은 연무장에서 천병을 훈련시키던 중이었다. 그는 전음향을 감지하자 숙부에게 무슨 큰일이 생겼으려니 싶어 부랴부랴 천병들을 끌고 인연부로 왔다.

　당시 욱봉은 오만한 눈썹을 한껏 처든 채 온몸이 절절 끓는 나를 차갑게 노려보았다. 이 불쌍한 나를 두고 고작 한다는 말이 "주작의 화기를 치료해야 하니 이 소요를 서오궁으로 옮겨라"였다. 그는 실로 차가운 피가 흐르는 매정한 새다.

　"숙부, 이만 가 보겠습니다. 강녕하십시오."

　욱봉이 읍하여 예를 표하자 월하선인은 고개를 끄덕였다. 그러더니 들것에 실려 나가는 내게 손수건을 살랑살랑 흔들었다. 불쌍한 아비 역할에서 아직 벗어나지 못했는지, 그의 눈가가 한껏 붉었다.

　"멱아야, 잘 가거라. 그리고 서오궁에 가면 말 잘 듣고 눈치 빠르게 굴거라. 무엇보다도 욱봉 나리를 잘 보필해야 하느니라!"

　그 순간 봉황의 눈꼬리가 짜증을 잔뜩 실은 채 들썩였고, 나는 혼절했다.

깨어나 눈을 뜨니 주작의 알을 딱 반으로 잘라 놓은 듯한 반구형 천정이 보였다. 그 너머로는 주작의 알처럼 짙은 붉은색 하늘이 보였다.

아, 이게 뭐람? 시뻘건 주작 알을 먹어서 온 세상이 시뻘겋게 보이나?

하늘이 붉은 건 아마 노을이 번진 탓이려니 하며 천천히 옆으로 고개를 돌렸다. 그때 전혀 주작의 알 같지 않은 게 보여 나는 화들짝 놀랐다. 알고 보니 안개에 휩싸인 채 좌정한 욱봉이었다.

'아, 깜짝이야.'

나는 속으로만 중얼거리며 가슴을 쓸었다. 욱봉은 표정 없는 차가운 얼굴이었고, 눈은 살짝 감고 있었다. 봄바람에 흐트러진 듯 머리채는 반쯤 풀려 있었다.

그가 왜 내 곁에 있는지 알 수 없어 어안이 벙벙해져 있는데 그가 문득 눈을 떴다. 그러자 보검을 뽑은 듯한 예리한 빛이 사방으로 퍼졌다.

대체 머리를 왜 저렇게 풀어 헤쳤을까? 내 혼백을 가지러 온 저승사자라고 착각할 뻔했다.

"저……."

"말하지 마."

그는 내 말을 칼같이 자르더니 손을 뻗어 내 맥을 짚었다. 내 시선이 닿은 그의 손은 희고 길었다. 맥을 짚은 손가락 또한 옥처럼 투명하고 대나무처럼 꼿꼿했다. 아름답다고 평할 수 있는 손이었지만, 지금 내게는 그것조차 기분이 나빴다. 그는 손가락마저 오만해 보였다.

"숨을 죽이고 정신을 집중해. 전신 경맥을 따라 운기를 12번 순환시키고."

그가 시키는 대로 하니 통증이 거의 사라졌다. 하지만 체내의 영력이 이전보다 눈에 띄게 줄어든 게 느껴졌다. 그 사실이 실로 침통해서 치미는 눈물을 억지로 참고 있는데 눈치 없고 재수는 더 없는 욱봉이 불난 집에 기름을 들이부었다.

"이 바보 같은 녀석아! 네 속성은 원래 음에 속하니 물로 몸을 다스려야 해. 그런데 화기로 가득한 주작의 알을 먹다니 제정신이냐? 숙부님께서 제때 내게 알리시지 않았다면 너는 이미 한 줄기 연기가 되어 사라졌을 것이야!"

나는 더는 서러움을 참지 못해 눈물을 뚝뚝 흘렸다.

"저는 포도예요. 흙에서 자라지 물에서 자라지 않는다고요! 게다가 저는 주작과 돼지가 친척인 줄 알았다고요[15]. 돼지에게 불의 속성을 지닌 친척이 있었을 줄 누가 꿈에라도 상상했겠어요. 게다가 저는 이 일로 영력을 반이나 잃었어요. 화신 전하가 저만큼 황당해요? 저만큼 슬프냐고요!"

나는 통곡을 반 이상 섞어 꺼이꺼이 읍소했다. 하지만 인정머리라고는 없는 욱봉은 고개를 절레절레 저으며 새삼 성가시다는 얼굴을 할 뿐이었다.

"그만, 그만! 네 녀석 수다에 없던 두통이 다 생기려고 하니까. 어쨌든 몸이 아직 다 낫지는 않았으니 한동안 서오궁에 머물면서 정양하도록 해."

---

15 돼지를 뜻하는 저(猪)와 주작(朱雀)의 주(朱)는 중국어에서 발음이 같다.

욱봉은 장포 자락을 걷으며 몸을 일켰다. 그리고 방 밖에 선 선시에게 분부했다.

"서둘러 곁방을 정리해라. 이 소요 놈은 앞으로 거기서 지낼 터이니."

"예, 화신 전하."

선시는 욱봉에게 공손히 읍한 뒤 내게 따라오라고 눈짓을 했다. 결국, 나는 뺨에 흥건한 눈물을 닦으며 일어나 그의 뒤를 힘없이 따라갔다.

가보니 거하는 이가 없어 그렇지 곁방은 깨끗했다. 그래서 치우는 데는 그리 오랜 시간이 걸리지 않았다.

"금먹 반선, 전하께서는 어찌 그대를 소요라고 부르지요?"

나를 곁방으로 데리고 들어오며 선시가 물었다.

뭐지, 얘? 눈치가 왜 이리도 없어?

나는 황당한 심정으로 그를 바라보았다. 그는 내게 주작의 알을 준 바로 그 요청이었다.

"요청 선시, 저는 지금 많이 다쳐서 몸을 보해야 합니다."

방 한편에 있던 등받이 의자를 끌어와 앉으며 나는 그를 올려다보았다.

"아, 예."

요청이 뒤통수를 긁으며 멍한 표정을 했다.

"금먹 반선께서는 어떤 약이 필요하신지요?"

"이리 좀 와 보시오."

내가 목소리를 낮추며 손을 까닥이자, 그는 움찔움찔 내게로 다가왔다. 나는 아까보다 더 목소리를 낮춰 그의 귓가에 속삭였다.

"요괴는 동남동녀를 먹지요. 그중 가장 좋아하는 음식은 바로 선동……."

요청은 내 말이 끝나기도 전에 기겁해서 줄행랑을 쳤다.

* * *

묘일성관[16]이 붉은 해를 바닷속으로 묻었다. 그러자 어둠은 마치 동굴 벽에서 몸을 떼며 날개를 펼치는 박쥐처럼 세상으로 스몄다.

캄캄하여 더 조용한 어둠 속에서 나는 머리를 편히 뒤로 젖힌 채 꽃사과나무 위에 누워 있었다. 꽃사과나무 아래에는 달그림자가 어른거리는 푸른 물이 찰랑거려 마치 음악처럼 귓가에 파고들었다.

이곳은 '유재지(留梓池)'라고 불리는 연못으로 그 규모가 무척 컸다. 여기는 사시사철 바다처럼 망망한 푸른 물이 넘실거렸는데, 서오궁에서 손꼽게 경치가 좋은 곳이었다. 우연히 이 장소를 발견한 후 나는 이곳을 휴식 겸 수양의 장소로 애용하고 있었다.

그런데 나 혼자만 있어야 하는 이곳에서 돌연 낯선 소리가 났다. 물이 떨어지는 듯한 '똑똑' 소리였다. 그제야 감았던 눈을 뜬 나는 천천히 고개를 돌려 나무 아래를 내려다보았다. 몰랐는데 누군가가 몸을 반쯤 물에 담그고 있었다. 아마도 몸을 씻는 중인 듯했다.

'흠, 낯익은 덩치인데? 봉황 그 자식인가?'

나는 달빛에 의지해 그를 유심히 살폈다. 그가 욱봉이라는 확신이 들자, 선녀들의 말이 문득 생각나서였다. 서오궁에서 살게 된 후

---

16 昴日星官, 천계 28수 중 하나로 수탉의 화신

로 나는 욱봉의 선시인 요청과 비서뿐 아니라 서오궁 소속 선녀들과도 아주 친해졌다. 그녀들 화제의 중심에는 늘 욱봉이 있었는데, 그녀들 말에 따르면 욱봉이 육계에서 가장 잘생겼다고 한다. 그럴 때마다 나는 딱히 수긍하지 못했다. 한 번도 그를 자세히 본 적 없어 그녀들의 말에 동조할 수 없어서였다.

나는 아까보다 더 길게 목을 빼고 눈을 비볐다. 이참에 그가 정말로 육계 제일의 미남자인지 한번 확인해 보는 것도 나쁘지 않을 듯해서였다.

우선은 수면 위로 드러난 그의 얼굴과 상반신을 자세히 보았다. 특별한 점은 없었다. 그래서 이번에는 술법을 써서 물속에 잠긴 그의 하반신을 살펴보기로 했다. 하지만 술법을 쓰려던 순간 몸이 불현듯 가벼워졌고, 진신으로 돌아갔다. 나는 이내 물속으로 '퐁' 떨어졌다.

'아, 망할! 저 자식은 꼭 예고 한 번 없이 진신으로 되돌려 버리더라!'

나는 물속에서 구결을 외워 사람의 모습으로 되돌아왔다. 떨어진 곳이 연못가라 물이 깊지 않았기에 내 몸은 자연히 수면 위로 쑥 올라왔다. 그러자 푸른색 장포를 맨몸 위에 걸친 그가 보였다. 그는 팔짱을 낀 채 연못가에 서서 나를 내려다보고 있었다.

"내 분명 수련에 정진하라고 하였거늘, 어찌하여 여기서 게으름을 피우느냐?"

"참선 중인데요."

나는 물을 말리는 구결을 외우며 침착하게 그에게 대응했다.

"오늘 가르쳐 준 범천주는? 다 외웠느냐?"

욱봉은 언제나처럼 내 상투를 붙들었다. 이미 습관이 된 나도 언제나처럼 그에게 순순히 상투를 보시했다.

"다 외웠어요."

"그러면 지금 내 앞에서 외워 봐라."

욱봉은 내 상투를 놓아주고는 뒷짐을 졌다. 그런 뒤 자신의 앞으로 날아온 구름 위에 올라타고는 내 앞으로 날아갔다. 따라오라는 뜻이기에 나는 어설프게나마 구름을 잡아탔다. 내 딴에는 빠르게 그를 따라가며 49가지 주문을 외웠지만, 중간에 몇 번이나 막혀 더듬거렸기에 세진전 입구에 이르러서나 암송을 끝낼 수 있었다. 그것만 해도 긴장되어 죽을 듯했는데, 욱봉이 갑자기 구름을 멈추고 돌아보는 통에 하마터면 그와 충돌할 뻔하기도 했다.

아, 좀! 진신으로 바꿀 때도, 불시에 구름을 멈출 때도 제발 예고 좀 해라, 예고 좀!

치미는 불평은 속으로만 격렬히 하며 나는 입을 삐죽 내밀었다. 그러자 그는 문득 입꼬리에 가벼운 미소를 걸었다.

"이 짧은 범천주 하나 외우는 게 그리도 어려우냐? 그나마 제대로 외운 구결은 고작 5개에 불과하구나. 지금 당장 처소로 돌아가서 무상심경도 외워라. 내일 묘시(오전 5~7시)에 지금처럼 확인할 테니 꾀부릴 생각은 아예 하지도 마라."

그가 몸을 돌릴 때까지 나는 두 손을 모은 채 공손하게 서 있었다. 하지만 그가 내게서 완전히 등을 돌리자 달빛이 만든 그의 그림자를 몇 번이고 걸어찼다.

내가 이렇게 팔자에 없는 암송 지옥에 빠진 것은 솔직히 자승자박이었다. 예전 욱봉의 내단을 취하려다가 그의 종살이를 한 일과 마찬가지로 또 내가 내 발등을 스스로 찍은 탓이었다.

주작의 알을 먹어 영력의 반이 사라진 후, 나는 어쩔 수 없이 서오궁에 머물며 정양하게 되었다. 그러다 보니 선녀들과 잡담을 하는 시간이 많아졌다. 그리고 그때마다 욱봉을 주제로 한 엄청난 이야기를 듣곤 했다. 그의 선령(仙齡, 신선의 나이)은 일만 오천 살이라 아직 어리지만, 역대 화신 중 영력이 가장 강하다느니, 그 뛰어난 능력을 인정받아 천계의 총 8개 부대 중 5개를 통솔한다느니 등등.

그런 이야기를 계속 들으니 마음이 혹했다. 그래서 체면 불고하고 욱봉을 찾아가 영력을 나눠 줄 수 없겠냐고 조심스레 청해 보았다. 뭐, 익히 예상한 대로 단칼에 거절당했다.

하지만 나는 신선이 되기 위해 수행하는 정령이다. 고작 한 번 거절당했다고 큰 뜻을 포기할 수는 없는 법! 나는 즉시 월하선인을 찾아가 조언을 구했다. 그는 내 설명을 듣자마자 장탄식부터 했다.

「아이고, 먹아야! 어찌 그리 요령이 없느냐! 다짜고짜 찾아가서 영력을 달라는데 누가 주겠느냔 말이야. 먹아야, 사내는 그렇게 다루어서는 안 되느니라. 강하게 나가면 사내는 되레 더 강하게 받아치려고 하니 말이다. 온유함으로 강함을 이겨야 진정한 승리라고 할 수 있는 법이야.」

「온유함요?」

나는 그의 말을 도무지 알아들을 수 없었다. 고개를 갸웃거리자 그는 재차 강조했다.

「그래! 온유함. 일단은 무조건 약하고 불쌍하고 가련하게 보이라고! 그게 비결이야.」

그날 이후로 나는 월하선인의 조언에 따라 움직였다. 이틀 동안 납작하게 몸을 숙인 채 욱봉의 말에는 뭐든 복종했다. 그러면서 눈물이 그렁그렁해진 눈으로 불시에 그를 원망스레 바라보다가 그가 나를 보면 힘없이 고개를 숙이며 한숨을 쉬었다. 하지만 하루가 지나도, 이틀이 흘러도 그가 내게 영력을 줄 기미는 전혀 보이지 않았다.

결국, 나는 월하선인의 조언을 진지하게 받아들인 내가 바보라고 체념했는데, 돌연 사흘째 아침에 욱봉이 나를 세진전으로 불렀다. 그는 영력을 줄 수는 없지만, 영력을 높일 수 있는 수련법은 알려 주겠다고 약조했다. 그 말을 듣는 순간 나는 월하선인의 조언을 무시한 나 자신을 반성했다. 영력을 받아 내지 못한 것은 아쉽지만, 고강한 스승을 모시는 것은 분명히 복이니 말이다. 역시 어른의 조언은 유용하다.

다음 날 나는 득달같이 세진전으로 그를 찾아갔다. 하지만 그는 약조한 바와 달리 내게 수련법을 전수해 주지 않았다. 그저 서탁에 머리를 박은 채 잔뜩 쌓인 공문들을 처리할 뿐이었다. 그런 그를 멀뚱멀뚱 본 지 얼마 되지 않았을 때 그는 내게 퉁명스레 한마디 했다.

「뭐 하느냐? 먹 안 갈고?」

먹 갈기를 시작으로 욱봉의 부려 먹기가 시작되었다. 나는 온종일 그의 옆에 붙어 앉아 먹을 갈고 차를 끓이고 공문을 정리했다. 차라리 세진전에서는 궁둥이나 붙일 수 있으니 다행이었다. 심지어 그는 연무장까지 나를 끌고 가 온갖 잔심부름을 다 시켰다. 그럴 때마다 나는 그의 곁에 서서 그가 천병을 훈련시키는 재미없는 모습을 4~5시진 내내 지켜보아야만 했다. 그렇게 사흘을 꼬박 생고생한 뒤 나는 다시금 내 기존의 생각을 수정했다. 월하선인의 조언을 절대로 들어서는 안 되었다는 쪽으로 말이다.

그리 결론을 낸 뒤 나는 결연히 세진전으로 갔다. 이 일의 부당함을 밝혀 욱봉과 시시비비를 논하기 위함이었다. 그런데 뜻밖의 일이 벌어졌다. 그가 단단히 기합이 들어간 나를 본 둥 만 둥 하며 종이 두 장을 내 앞에 툭 던진 것이었다.

「찰사결(刹姿訣)이다. 처소로 가지고 가서 외우거라. 이해가 안 되는 게 있으면 내일 이곳으로 와서 질문하거라. 그러면 가르쳐 주마.」

　불시에 허를 찔리고 말았다. 그 탓에 나는 내가 그에게 따지러 왔다는 사실조차 잊어버렸다.

　아아, 이 망할 봉황이 어찌 알았을까? 내게 기억이라는 게 생긴 이래로 내가 가장 싫어하는 일이 암기이며, 암기 소리만 들어도 내 심사가 뒤숭숭해진다는 사실을 말이다.

　나는 그가 준 종이를 부여잡은 채 미간을 찡그렸다. 하지만 그는 손에 든 서책에서 시선을 떼지 않은 채 담담히 말했다.

「지난 사흘간 너를 쭉 지켜보았고, 네 자질이 그리 나쁘지 않다는 결론을 냈느니라. 네 영력이 턱없이 부족한 이유는 다 기초의 부재이다. 그러니 이론부터 다시 시작할 것이야. 수련에는 순서와 절차가 있는 법이다.」

「응?」

　욱봉의 말을 잠자코 듣던 나는 돌연 고개를 갸웃거렸다. 그제야 그는 서책 너머로 고개를 들었다.

「왜 그러느냐?」

「아, 월하선인께서 하신 말씀을 화신 전하도 하셔서요.」

「숙부께서 나와 같은 말을 하셨다고?」

　욱봉이 짙은 눈썹을 살짝 들었다.

「예, 월하선인께서도 말씀하셨어요. 사랑이란 이론부터 탄탄히 닦아야 실전에서도 강할 수 있는 법이라고요.」

그 순간 그의 얼굴이 또 구겨졌다.

별일이다. 나는 성실히 대답했는데, 왜 표정이 저따위람?

그날 나는 그가 준 찰사결을 열심히 외웠다. 그리고 다음 날 세진전으로 그를 찾아갔다. 언제나처럼 그는 공무를 보았고, 평소처럼 나를 부려 먹었다. 또 먹을 갈고 차를 타는 내 신세가 짜증이 나서 뿔을 잔뜩 내자, 그는 태연히 나를 타일렀다.

「무릇 수행자란 들뜬 마음과 조급함을 경계해야 하느니라. 마음을 평정히 하는 게 기본이지. 고작 이틀을 못 견디고 어찌 신선이 되려 하느냐?」

그는 점잖은 얼굴로 나를 타일렀지만, 나는 그가 왜 이러는지 잘 안다. 그는 예전에 내가 사내의 중요한 부위를 내단으로 착각해서 자를 뻔한 일에 내내 앙심을 품고 있던 차에 수련 비법을 가르쳐 준다는 좋은 핑계가 생겨 내게 마음껏 울분을 풀고 있는 것이다.

월하선인과 한동안 춘궁도를 본 덕분에 나는 욱봉의 가랑이 사이에 달린 그것이 내단이 아님을 알게 되었다. 그 후 나는 내단도 아닌데 뭐 그런 거로 화를 냈는지 모르겠다고 월하선인에게 푸념했다. 그가 내 말에 열렬히 동조해 주리라 믿어 의심치 않으며 말이다.

하지만 월하선인의 반응은 내 예상과 심히 달랐다. 그는 되레 심각한 얼굴이 되어 내게 단단히 당부하기까지 했다. 내가 자르려 했던 부위는 사내에게 있어 내단 못지않게 중요한 것이며 한 번 잃으면 돌이킬 수 없으니 절대로 그런 짓을 해서는 안 된다고 말이다.

하여튼 부당함으로 따지자면 한도 끝도 없지만, 나는 이런 일들로 언쟁을 벌이지 않기로 했다. 욱봉이 알려 준 찰사결은 나름 유용했고, 그와 말로 싸워 이길 자신도 없기 때문이었다. 그 때문에 나는 본의 아니게 그와 매일매일 세진전에 마주 앉아야 했다. 그리고 그의 감시를 받으며 경(經), 결(訣), 송(頌), 주(呪)를 혀가 꼬이도록 외웠다. 그 외의 시간에는 차를 끓이고 먹을 갈고 공문을 정리하고 세진전을 치웠다.

이런 식으로 매일 부당하게 욱봉에게 착취를 당하다 보니 시간은 눈 깜짝할 사이에 지나 어느덧 월말이 되었다. 그리고 그즈음 나는 내 뜻과 전혀 다르게도 세진전 전담 서동이 되어 있었다. 원래 그의 서동은 요청과 비서건만, 세진전과 욱봉에 관련된 일이 있으면 모든 이가 무조건 나부터 찾았다. 이 상황이 실로 서러웠지만, 앞서도 말했다시피 내게 무슨 힘이 있겠는가! 그저 받아들이는 수밖에……

화신 욱봉의 서동이 아주 시원찮은 자리는 아니었다. 서오궁에는 의외의 재미가 숨어 있어 나를 종종 즐겁게 해 주기 때문이었다. 그것은 화신 욱봉이 육계에서 가장 잘생긴 사내이고 많은 선고와 선녀가 그에게 반해 있다는 사실에 기인했다.

욱봉이 세진전에서 공무를 보고 있으면 수많은 선고, 선녀, 득도한 여요(女妖)가 세진전 주변에 몰려들었다. 그를 먼발치에서라도 훔쳐보기 위해서였다. 그리고 내가 세진전을 드나드는 틈을 타서 나를 통해 그의 근황이나 기분, 사소한 일상 등이라도 알아내고 싶어 안달했다. 꽃향기 그윽한 분 냄새가 밴 서신을 내게 건네며 그에게 전해 달라고 청하기도 했다. 바로 이 서신들이 내가 앞서 말한 그의 서동으로 일하는 낙이고 말이다.

물론 내가 처음부터 욱봉에게 갈 서신을 욱봉 먼저 뜯어보지는 않았다. 사실, 욱봉에게 오는 서신이 좀 많은가! 그러니 간간이 빠뜨리기도 하고, 욱봉의 기분이 그리 좋지 않을 때는 서신을 전하기가 여의치 않아 보류하는 상황도 생기기 마련이다. 그 결과, 전하지 못한 서신들이 적지 않게 쌓였고, 그냥 버리느니 나라도 읽어 주자는 마음으로 우연히 서신을 읽게 되었다. 그런데 참으로 뜻밖이었다. 서신 읽기가 그토록 재미있을 줄이야! 이 재미를 어떻게 여즉 모르고 살았는지 한탄스러울 정도였다.

욱봉을 향한 절절한 사랑을 토로하는 각종 서신에는 별별 내용이 다 있었고, 쓰는 이의 개성이 넘쳐났다. 완약파[17]와 신원앙나비파[18]가 완벽히 결합한 걸작이라고 가히 칭할 만했다. 그리고 그 서신들을 통해 내 견문은 한층 더 깊고 넓어졌다.

반면, 욱봉은 서신을 볼 때마다 미간을 찡그렸다. 그는 마치 시장에 널린 과일이나 채소를 보는 듯한 눈빛으로 건성건성 서신을 읽은 뒤 옆으로 밀쳐 버렸다. 하여간 저 재수 없는 놈은 문학을 대하는 자세가 글러 먹었다. 그리고 이보다 더 괘씸한 것은 자신이 서 있는 위치가 세진전 안인지 밖인지에 따라 극단적으로 달라지는 그

---

17 송사(宋詞) 유파 중 하나. 완전유미(宛轉柔美)한 사풍(詞風)을 특징으로 한다. 중국 사단(詞壇)에서 역사가 가장 오래되고 작가가 가장 많이 배출되었으며, 영향력이 가장 컸다.
18 청 말에 등장한 유파로 대중의 큰 호응을 받아 신문학사에 큰 영향을 끼쳤다. 저급 문화를 지칭하는 대명사이기도 하다.

의 표리부동한 태도였다.

육봉이 세진전에서 나와 구름을 타고 어딘가로 이동하면, 서너 보도 못 가 버들가지처럼 하늘하늘한 젊고 아름다운 미녀가 구름을 타고 나타나곤 한다. 곧이어 그녀는 어김없이 그의 곁으로 지나가며 당장이라도 넘어질 듯 비틀거린다.

그렇다. 바로 이 시점에서 그의 표리부동한 태도는 아주 빛을 발한다. 그의 원래 성격대로라면, 그는 미녀가 제 앞에서 엎어지든 자빠지든 모른 척 지나가야 한다. 하지만 실로 가증스러운 그는 예의 바르게 그녀를 부축해 주며 살뜰히 말한다.

"오늘은 바람이 세니 넘어지지 않게 조심하십시오. 미녀가 탄 구름이 바람에 휩쓸리면 큰일이지요."

그러면 미녀는 비단 손수건을 말아 입가에 대며 애교 있게 웃기 마련이다. 그다음 그녀가 할 말은 안 들어도 뻔하다.

"화신 전하, 바람이 참으로 센데 어찌 이리 얇게 입으셨나요? 소녀가 마침 비단 장포를 지은 참인데, 내일 서오궁으로 보내 드려도 괜찮으실까요?"

나는 감히 단언한다. 저 닭살 돋게 가증스러운 육봉이 한 번도 이런 제안을 거절한 적 없었을 것임을!

"번거롭게 뭐 그럴 필요까지야. 선자의 아리따운 마음만으로도 저는 기쁘군요."

와, 대단하다. 겸양으로 포장한 고도의 낚시가 이런 것 아니던가!

그럴 때마다 나는 서오궁 옷 상자 안에 먼지 풀풀 쌓여 가는 장포가 대체 몇 벌인지 속으로 세어 보며 식은 눈으로 하늘을 올려다본다. 언제나 그렇듯이 태양은 밝고 하늘은 파랗고 구름도 희다. 요즘은 가뜩이나 날씨가 더 좋아 바람 하나 불지 않는다. 그런데도 나는 이런 상황에 부닥칠 때마다 소름이 돋거나 몸이 떨린다. 이쯤 되면 습관이 될 법도 한데 절대로 그리되지 않는다.

아, 환장하겠네. 아무래도 내가 이대로 절명한다면, 닭살에 깔려 죽은 거든지 오한으로 얼어 죽은 거든지 둘 중 하나일 듯하다.

* * *

불꽃이 팡팡 터지는 하늘 아래, 곤곡[19] 무대에 선 배우가 맷돌을 돌리며 노래하고 있었다.

"봄아, 봄아! 너는 참으로 쏜살같이 지나는구나. 어느새 앵두가 붉게 익고, 파초가 푸르름을 머금다니."

관진경(觀塵鏡, 인간계 곳곳을 내려다볼 수 있는 천계의 거울)을 통해 곤곡을 관람하는 월하선인은 부드럽게 윤기가 나는 꼬리를 말아 안은 채 눈물이 가득 고인 눈으로 배우의 노래를 따라 불렀다. 하지만 이 공연에 영 재미를 느끼지 못한 나는 월하선인의 반대쪽에 엎드린 채 꾸벅꾸벅 졸았다.

지난 백 년 동안 나는 무지막지한 욱봉에게 지독하게 부려 먹힘을 당하며 진을 쪽 뺐다. 하루가 어떻게 지나가는지도 모를 지경이었다. 그리고 지금도 딱히 그 처지가 달라지지 않았는지라 이 오랜만의 여유로움이 너무 행복했다. 나는 점점 더 깊은 잠에 빠져들었고, 어느 순간 꿈과 현실을 구분하지 못하는 경계에까지 이

---

19 장쑤(江蘇)성 남부와 베이징(北京) · 허베이(河北) 등지에서 유행했던 지방 희곡

르렀다.

꿈속의 나는 상서로운 구름을 밟고 있었다. 내 머리 위로는 학이 날았다. 즉, 신선의 반열에 오른 것이다. 나는 흐뭇하게 웃으며 내 주변을 둘러싼 천계의 수많은 신선을 돌아보았다. 그들 모두는 나를 진심으로 축하해 주었다. 멀리 관구(灌口)에 거처하는 이랑진군[20]까지 그의 천구(天狗)[21]를 데리고 와 주었다. 통통한 천구는 내게 읍하며 침을 흘렸다.

나는 이 터질 듯한 기쁨을 표현하고 싶어 내 총물(애완동물)인 까마귀를 꺼냈다. 그리고 녀석의 새까맣고 긴 꼬리를 당기며 기쁘게 명령했다.

"소봉(小鳳)아, 이 자리에 와 주신 신선들께 노래를 들려드리렴!"

하지만 소봉은 발톱에 힘을 주어 버티며 나를 거만하게 노려보기만 했다. 삽시간에 분위기가 어색해졌다. 나는 내 주변을 둘러싼 신선들에게 억지로 웃어 보였다.

"이 까마귀가 방금 불에 그을렸는데, 목청까지 그을렸나 봅니다. 하하! 소봉아…….'

내 말이 마치 끝나기도 전에 까마귀는 큰 날개를 쫙 펼치더니 푸드덕 홰를 치며 날아올랐다. 그리고 발톱으로 내 상투를 꽉 쥐며 잔소리를 시작했다.

---

20 이랑진군은 치수의 신으로, 인간일 때는 사천의 장관을 지낸 이빙의 아들이었다고 한다. 그는 아버지와 함께 관현의 치수 사업을 성공적으로 해내 크게 추앙받았다. 훗날 도교의 신이 되었는데, 이랑진군의 이랑(二郎)은 이빙의 둘째 아들이라는 의미이다. 관구는 그의 사당이 있는 관구진(灌口鎭)을 뜻한다.
21 이랑진군의 사냥개. 용맹함으로 유명하다.

"먹은 다 갈았으냐? 차는 다 끓었고? 태음경도 부지런히 외우고 있겠지? 이런 게으른 것, 이래서 언제 영력을 높일 테냐!"

놀라 기겁해 눈을 번쩍 뜬 순간, 번뜩이는 눈과 마주쳤다. 꿈에서도, 현실에서도 기겁한 나는 그만 넋이 쏙 빠졌다.

"으아악!"

나는 일어설 생각도 하지 못한 채 엉덩이걸음을 해 뒤로 물러났다. 자칫 관진경을 망가뜨릴 뻔했지만 잽싸게 피해 다행이었다.

"응?"

좀 거리를 두고서야 눈동자의 주인을 확인한 나는 무심결에 고개를 갸웃거렸다. 얼굴을 잔뜩 붉힌 여인과 일면식도 없어서였다. 그런데도 그녀의 시선은 내 얼굴 곳곳으로 빠르게 떠돌았다.

곤곡을 감상하던 월하선인도 놀랐는지, 관진경을 껐다. 그리고 방금까지 흥얼거리던 노래를 멈추며 여인을 올려다보았다.

"자기성사(紫炁星使) 아니요? 인연부에는 무슨 일로 왔소이까?"

월하선인이 반갑게 그녀를 맞이했다. 그러자 그녀는 얼굴을 붉힌 채 손에 쥔 손수건을 비틀었다.

"월, 월하선인을 뵈러 왔습니다. 소녀는 월패[22]라 하옵고, 자기성사는 소녀의 언니이옵니다. 소녀는…… 소녀는…….."

계속 말을 더듬는 모습이 이상했다. 왜 저러지?

"아, 월패성사도 홍실을 받으러 왔소?"

월하선인이 신이 나서 손뼉을 치자 그녀의 얼굴은 더 붉어졌다. 그러고는 고개를 떨군 채 월하선인과 눈도 마주치지 않았다. 하지

---

22 자기(紫炁)와 함께 해와 달의 운행을 관장하는 성군으로 구요성관 중 한 명이다.

만 그 와중에도 나를 힐끗 보아 더 괴이했다.

"그런데 상선[23]의 존함은 어찌 됩니까?"

그녀의 입에서 나온 뜻밖의 단어에 감동한 나머지 나는 그만 굳어 버렸다. 세상에, 나를 상선이라고 불러 주는 선인이 다 있다니!

"이 아이는 금멱이라고 하오. 욱봉이 키우는 아이지. 똘똘해 보이지요!"

월하선인은 언제나처럼 내 말을 가로챘다. 그런 그에게 살짝 화가 났지만, 나는 작게 한숨만 쉬었다. 그의 이런 대응에 이제는 완전히 습관이 되어서였다.

월하선인은 늘 나를 이렇게 소개한다. 나는 고작 백 년 정도 서오궁에 살았으며, 욱봉에게 수련법을 배우고 있을 뿐인데 말이다. 비록 지난 백 년 동안 영력도 좀 늘고, 키도 좀 더 컸지만, 욱봉이 나를 키우지는 않았다. 실로 억울하지 않을 수 없다.

"아, 그렇군요. 저분은 금멱 상선⋯⋯."

월패성사는 작게 고개를 끄덕였다. 그 후로 그녀는 끝까지 고개를 들지 않았다.

"잠시만요!"

나는 황급히 인연부 밖으로 뛰쳐나가 월하선인이 준 홍실을 가지고 돌아가는 월패성사를 불렀다. 그녀는 놀란 눈으로 나를 돌아보았다.

23　上仙. 신선의 품계 9등급 중 가장 높은 등급. 상선(上仙), 고선(高仙), 대선(大仙), 신선(神仙), 현선(玄仙), 진선(眞仙), 천선(天仙), 영선(靈仙), 지선(至仙) 순이다.

"금멱 상선. 무, 무슨 일로 소녀를?"

그녀는 여전히 얼굴이 붉어져 있었다. 뭐지? 이쯤 되면 어디 아픈 것 아냐?

"저 방금 받은 홍실 좀 주시겠습니까?"

"예?"

그녀는 얼떨떨해하면서도 내게 홍실을 건네주었다. 잠시 후 나는 그것을 꽃 형태로 엮어 그녀에게 돌려주었다. 천계의 선인들은 다들 꽃을 좋아하니 그녀도 좋아할 듯해서였다. 나를 처음으로 상선이라고 불러 준 보는 눈 있는 그녀에게 보내는 내 나름의 감사 표현이었다.

"댁으로 돌아가시면 이 홍실을 구름에 꽂아 두십시오. 머지않아 뿌리가 내리고 아름다운 꽃이 필 겁니다."

홍실을 내려다보는 그녀의 눈에 기쁨이 가득했다. 그런 그녀에게 싱긋 웃어 준 뒤 나는 그녀를 배웅했다. 집으로 가면서도 그녀는 몇 번이나 나를 돌아보았다. 내 선물이 어지간히도 마음에 들었나 보다.

＊＊＊

하늘이 밝기 직전, 나는 서오궁 후원에 좌정해 있었다.

"인시(오전 3~5시)는 낮과 밤이, 천지간의 기운이 교차하는 시간이니라. 체내의 모든 혈이 열리는 때이니 반드시 시간을 엄수하여 수련하도록!" 하고 욱봉이 엄히 명령해서였다. 그 덕분에 나는 지난 백 년 동안 늦잠 한 번 자 본 적이 없다.

묘일성관보다 일찍 일어나는 이가 천계에 나 말고 과연 몇이나 있을까? 실로 처량한 신세가 아닐 수 없다.

"금멱, 문밖에 구요성궁의 성관 누나가 왔는데 너한테 이것을 전해 달라네."

서오궁 선시인 비서가 쏜살같이 달려와 내게 말했다. 그리고 말이 끝나기도 전에 서신을 던지며 나가 버렸다. 좌정을 가장한 단잠을 자고 있던 나는 황급히 손을 뻗어 내 머리 위로 날아가 버릴 뻔한 서신을 낚아챘다.

"저 주책맞은 어린것 좀 보라지. 하여간 비서 저건 언제쯤 나처럼 차분하고 진중해지려나 몰라!"

나는 가볍게 혀를 차며 비서를 염려했다. 하지만 분 냄새 폴폴 나는 서신을 보자, 내가 지금 비서를 염려할 때가 아니다 싶었다.

"아아, 꽃놀이도 한철이라는 말이 딱 맞아. 이제는 이 서신 겉봉만 봐도 신물이 나네. 선고들은 언제쯤 봉황의 본성을 깨달을 것이며, 봉황 그 자식의 도화살은 언제쯤 잠잠해지려나?"

묘시에 세진전에 든 나는 언제나처럼 서신을 욱봉에게 전했다.

평소와 다름없이 그는 공문을 열람하듯 서신을 열어 보았다. 하지만 이번 그의 반응은 좀 달랐다. 그는 실눈을 뜬 채 서신을 드물게 자세히 읽었다. 끝부분까지 읽었을 때는 의미심장하게 실소하기까지 했다.

욱봉의 낯선 반응이 참으로 신기했기에 나는 이 서신을 미리 읽어 보지 않은 것을 무척 후회했다. 지난 백 년 사이 선녀들의 문장력이 더 향상되었나 보다.

잠시 후 그는 길고 큰 눈을 오만하게 치떴다. 그리고 저울에 올린 과일 절임을 보는 듯한 눈으로 내게 손짓했다.

"이리 와 봐."

내가 가까이 다가가자, 그는 분 냄새로 가득한 서신용 비단을 내게 건넸다.

"읽어 봐."

아아! 감사합니다, 화신 전하! 소인, 간절히 바라던 바입니다.

나는 덥석 서신을 받아서 잘 읽었다.

"어때?"

욱봉의 물음에 나는 진지하게 대답했다.

"문장이 부드럽고, 단어 사용이 정중하며, 필체가 수려하네요. 굳이 단점을 지적하자면 쉼표와 마침표 사용이 너무 잦아요. 좀 줄이는 편이 좋겠어요."

내 딴에는 정확하고 냉철한 비평을 가했건만, 그의 표정은 심드렁했다. 그는 가벼운 몸짓으로 손가락을 서신 앞부분으로 가져갔다.

"읽어 봐."

"금멱 상선, 보세요……. 응?"

이 서신은 내게 온 것이었다.

냉정한 나, 침착한 나! 금멱아, 당황하지 말자.

급한 대로 나는 서신을 품에 쑤셔 넣었다. 그와 동시에 욱봉의 날선 목소리가 귓속으로 파고들었다.

"허! 어이없군. 모르는 사이에 천계 여인들 안목이 이렇게 낮아졌을 줄이야."

만족스러운 점심 식사를 마치고 한가롭게 배를 두드리던 그때였다. 비서가 급히 내 처소의 문을 두드렸다.

"왜?"

"밖에 누가 너를 찾아왔어. 어서 나가 봐."

나는 식후의 졸음을 애써 떨치며 비척비척 문 앞으로 다가갔다. 문을 여니 얼굴이 새빨개진 젊은 선고가 서 있었다. 그렇지 않아도 붉은 얼굴이 나를 보자마자 당근보다 더 붉어졌다. 그제야 나는 그녀가 어제 나를 상선이라고 불러 준, 보는 눈 있는 월패성사임을 깨달았다.

"안녕하세요, 월패성사!"

나는 그녀에게 다정하게 인사를 건넸다.

"예, 예. 금…… 금멱…… 상선. 잘 지내셨어요? 혹…… 혹시……."

"예?"

"그…… 그거 받으셨나…… 요?"

뭘 받았냐는 거지?

"서…… 서신요. 오늘…… 아침에……."

뭐야, 그 서신을 보낸 이가 월패성사였어? 그래, 아까 너무 놀라 보낸 이를 확인하는 걸 깜박했구나!

"아, 예."

대답하면서도 나는 당혹스러웠다.

월하선인은 사내와 사내가 사랑하면 단수라고 했다. 그러면 여자와 여자는 뭐라고 부르지?

미간을 찡그린 채 고민하고 있는데, 문득 바람이 불었다. 센 바람이 전혀 아니었음에도 월패성사는 갑자기 몸을 비틀거리더니 내 쪽으로 쓰러졌다. 물론 내가 잽싸게 피한 덕분에 그녀가 내 몸에 부딪힐 일은 없었지만, 연지를 바른 그녀의 입술이 내 뺨을 스치고 지나갔다.

'아, 이런!'

머릿속에서 천둥이 세 번쯤 친 듯했다.

'냉정한 나, 침착한 나! 금먹아, 당황하지 말자.'

이미 월패성사는 저 멀리 도망치고 있었다. 난감하기는 해도 그녀를 붙잡아 이 일을 따질 수도 없는 일 아닌가! 결국, 나는 체념의 한숨을 내쉬며 뺨에 묻은 연지를 손등으로 쓱쓱 지웠다.

아, 몰라! 그냥 낮잠이나 한숨 자야겠다.

"화신 전하, 구요성궁의 계도[24]가 전하를 뵙고자 청합니다."

세진전 바로 밖 대청에 앉아 머리가 터지도록 구결을 암기하고 있던 나는 요청의 외침에 슬그머니 고개를 들었다. 나는 눈치가 빠르기에 이내 알 수 있었다. 요청의 눈빛에 실로 수상한 기운이 서려 있으며, 분명 재미있는 소동이 벌어질 것을 말이다.

나는 얼른 옷깃을 바로 한 뒤 단정하게 고쳐 앉았다. 그리고 주도면밀하게 서책을 세로로 세워 눈만 남기고 얼굴 아래는 모두 가렸다. 앞으로 벌어질 흥미진진한 구경거리를 하나도 놓치지 않기 위해서였다. 흠, 완벽하다!

내 예상대로 욱봉이 미처 허락하기도 전에 계도가 세진전으로

---

24 計都, 자기, 월패, 나후와 함께 구요의 사여성(四餘星) 중 하나이다.

뛰어들었다. 그의 선시들은 크고 작은 상자들을 짊어진 채 그를 따라 들어왔다. 덩치가 마치 곰처럼 큰 그는 욱봉에게 공손히 읍한 뒤 기세 좋게 소리쳤다.

"소신 계도가 화신 전하를 뵙습니다!"

욱봉은 방금까지 들고 있던 붓을 내려놓으며 고개를 끄덕였다. 그의 시선은 아직 반도 처리하지 못한 공문 더미에 가 있었다.

"소신은 돌려 말할 줄을 모릅니다. 소신 계도, 화신 전하께 혼담을 넣고 싶습니다!"

일순간 세진전 안이 찬물을 끼얹은 듯 조용해졌다.

어허, 천계가 이상한 줄은 내 익히 알았지만 정말 답이 없다. 어제는 여자인 내가 같은 여자인 월패성사에게 입맞춤을 당했는데, 오늘은 저 거친 사내가 화신에게 청혼하다니! 개판이네.

슬그머니 고개를 돌려 살피니 욱봉은 말없이 관자놀이만 쓰다듬고 있었다. 나는 그런 그에게 잠시지만 존경심마저 치밀었다.

과연 백화를 후리는 고수로다! 이런 상황에서도 얼굴색 하나 안 변하는 저 뻔뻔함과 담대함이라니!

그때 계도의 뒤에 서 있던 선시가 헛기침했다.

"화신 전하, 부디 오해하지 말아 주십시오. 저희 성군의 뜻은 월패성사를 대신해서 구혼하겠다는 것입니다."

그러자 다른 선시가 앞서 말한 선시의 옷자락을 당기며 미간을 찡그렸다.

"야, 그렇게 말하면 어떡해! 아아, 화신 전하. 참으로 송구합니다. 소인이 다시 말씀드리겠습니다. 저희 성군은 월패성사를 대신해 화신 전하께서 거두고 계신 금멱 선시에게 구혼하려는 겁니다."

그제야 세진전의 종복들이 안도했다. 계도가 그들의 화신 전하를 탈취하려고 온 게 아님을 깨달았기 때문이었다. 하지만 누군가 안심의 의미로 낸 "아!" 하는 소리를 시작으로 "응?" 하는 소리가 뒤따랐다. 마지막에는 모든 이의 시선이 내게 쏠렸다.

"예, 맞습니다. 소신은 금먹 상선에게 구혼하려는 겁니다."

계도는 멍청하게 보일 정도로 해맑게 웃었다.

냉정한 나, 침착한 나! 금먹아, 당황하지 말자.

내 딴에는 침착하게 이 상황에 대처하고 싶었지만, 몸과 마음이 따로 놀았다. 너무 당황한 나머지 들고 있던 서책이 바닥에 뚝 떨어졌으니 말이다.

계도는 모든 이의 시선이 쏠린 나를 주목했고, 내가 금먹임을 눈치챘다. 그는 내가 있는 대청 위로 성큼성큼 올라오더니 내 어깨를 팡팡 두드렸다. 곰 발바닥 같은 손이 나를 내리칠 때마다 어깨에서 불이 났다.

"이 호방한 사내가 바로 금먹 상선이군. 어제 우리 집의 월패가 그대에게 해서는 안 될 경박한 짓을 했다고 들었습니다. 하지만 우리 집안은 과감하게 행하고 굳건하게 책임을 집니다. 이건 빙례(聘禮, 혼인 전에 주는 예물)요, 번거롭게 길일을 잡을 필요도 없으니 당장 나와 함께 갑시다. 그리고 우리 월패를 아내로 삼으시지요."

욱봉은 그제야 이 상황에 끼어들 마음이 생긴 듯했다. 그는 세진전 문지방을 느릿느릿 넘어서 내게로 오더니 내 어깨에 놓인 곰 발바닥을 마치 어린애 손목 다루듯 가볍게 떼어 냈다.

"해서는 안 될 경박한 짓?"

그가 눈에 쌍심지를 켜며 사납게 물었다.

"그냥 입술이 뺨에 살짝 스쳤어요. 굳이 경박한 짓이라고 할 것까지야."

내 말에 욱봉은 "끙!" 하고 앓는 소리를 내더니 하늘을 보며 이마를 벅벅 문질렀다. 잠시 후 그는 계도를 돌아보며 차분히 말했다.

"성군을 실망케 하여 미안하지만, 이 혼담은 받아들일 수 없겠소이다."

그러자 계도는 폭죽처럼 발끈했다.

"화신 전하, 어째서입니까? 우리 월패의 어디가 부족해서!"

"성관, 진정하시오."

욱봉은 당장이라도 터질 듯한 계도의 어깨를 살짝 누르며 그를 진정시켰다.

"자고로 원(鴛, 원앙의 수컷)과 앙(鴦, 원앙의 암컷)이 짝을 짓고, 예(霓, 무지개의 바깥쪽에 생기는 두 번째 무지개)와 홍(虹, 통상적으로 보이는 무지개로 예를 기준으로 안쪽에서 생긴다)이 합쳐진다고 했소이다. 금멱은 여인인데 어찌 같은 여인인 월패를 처로 맞겠소."

세진전 안의 시선들이 이제는 욱봉에게 쏠렸다. 하지만 계도는 욱봉의 말을 차마 믿을 수 없다는 듯 멍한 얼굴을 했다.

"금멱 상선, 그 말이 참이오?"

나를 아래위로 훑는 계도와 마주한 채 나는 할 말을 잃었다.

나 원, 나 자체가 이미 여인인데 더는 뭐로 내가 여인임을 증명하라는 거지?

"하, 어쩔 수 없군."

그때까지 나를 물끄러미 보기만 하던 욱봉이 문득 긴 한숨을 쉬었다. 그와 동시에 손을 뻗어 내 비녀를 쓱 뽑았다.

그 후, 내가 생각해도 괴이한 일이 벌어졌다. 비녀가 내 머리에서 빠져나간 순간, 내 머리가 원래보다 훨씬 더 치렁치렁 길어지더니 마치 폭포수처럼 허리 아래까지 늘어진 것이었다.

"이러면 믿으시겠소?"

내 변화를 지켜본 세진전 안 모든 이들의 얼굴에 경악이 번졌다. 꼭 다른 사람을 보는 듯한 눈빛이었다. 어떤 이는 중심을 잃고 비틀거리기까지 했다.

"이 비녀는 도력이 실린 쇄령잠(鎖靈簪)이오. 이것이 지금껏 금멱의 본모습을 봉인하고 있었지. 그로 인해 그대와 월패성사는 금멱이 여인이라는 사실을 알지 못한 것이라오."

나는 어안이 벙벙했다. 나도 이 비녀가 쇄령잠인 줄 몰랐는데, 욱봉이 이를 어찌 알았을까?

이 비녀는 천여 년 전쯤 목단 장방주가 내게 준 선물이었다. 영력을 높이는 신물이라고 해서 기쁘게 받았는데 아무래도 목단 장방주가 비녀의 효능을 잘못 알고 준 모양이다. 어쩐지 꽤 오래 꽂고 다녔는데도 영력이 전혀 늘지 않더라니! 그래도 비녀를 빼자마자 얼굴과 몸이 일시에 변해 신기하기는 했다.

"금멱 선자, 미안하오. 정말 미안하오. 내 아무것도 모르고 큰 실례를 범했소이다."

계도는 멍해진 얼굴을 수습하더니 내게 급히 백배사죄했다. 그 뒤 욱봉에게도 몸을 숙여 예를 표했다.

"화신 전하, 괜한 소동을 일으켜 실로 송구하옵니다. 소신, 돌아가겠나이다."

그는 인사를 마치기 무섭게 꽁지가 빠지듯 서오궁에서 도망쳐

나갔다. 상자를 든 선시들도 그런 그의 뒤를 줄줄이 따랐다.

　이틀 후, 전혀 반갑지 않은 소문이 천계에 파다하게 퍼졌다.

　"너, 그거 알아? 화신 전하를 따라다니던 그 서동 있잖아! 그 붉은 입술에 흰 이에 얼굴 작은 그 애 말이야. 알고 보니 걔가 여자라지 뭐야!"

　"응, 나도 들었어. 그 애가 그렇게 요물이라며? 화신 전하께 꼬리를 치는 거로 모자라 구요성궁의 계도까지 가지고 놀았다지 뭐야."

　냉정한 나, 침착한 나! 내가 참자, 참아.

제 3 장

"흐음."

나는 잠시 고민하다가 쇄령잠을 서탁에 내려놓았다. 대신 포도
넝쿨을 따서 그것을 비녀로 바꾸었다. 그런 뒤 머리에 꽂고는 거울
에 비친 나를 확인했다. 10살 남짓한 모습의 예전과 달리 서오궁에
서 일하는 선녀들과 비슷한 또래의 여인이 보였다.

"차라리 이 모습으로 지내는 편이 낫겠어. 그래야 월패성사처럼
나를 사내로 착각하는 선녀가 더는 나오지 않겠지."

작게 혼잣말을 하다 보니 요즘 나를 볼 때마다 '짜증 나'라는 문
장을 눈에 걸기부터 하는 욱봉이 떠올랐다. 그 순간, 쇄령잠을 앞으
로 꽂지 않겠다는 내 판단을 새삼 칭찬해 주고 싶어졌다.

그가 이렇게 기분이 나쁜 이유는 분명 투기다. 지금껏 그는 육계
에서 제일가는 미남으로 불렸고, 수많은 선녀와 선고의 연모를 받
았다. 그런 그에게 월패성사의 일은 충격 그 자체였을 것이다.

그의 속이 참으로 좁다는 생각이 들었지만 어쩔 수 없었다. 좋든
싫든 나는 그의 서오궁에서 산다. 그리고 그에게 수련법을 배우고
있다. 그의 심기를 상하게 해 봤자 내게 무슨 이익이 있겠는가!

"금멱, 안녕!"

"금멱, 잘 잤어?"

포도 넝쿨 비녀를 꽂고 세진전으로 향하는데 또래 선시들이 반갑게 인사를 건넸다. 나도 그들에게 웃으며 인사를 했다. 그러자 그들의 얼굴이 주작의 알처럼 붉어지더니 입도 귀까지 찢어졌다. 쇄령잠을 뺀 이후로 그들은 늘 저랬기에 나는 크게 신경 쓰지 않고 지나쳤다.

"안녕하세요!"

복도에서 마주친 선녀들에게 나는 살갑게 인사를 건넸다. 하지만 그녀들은 잔뜩 굳은 얼굴로 "응" 하고 퉁명스럽게 대답할 뿐이었다. 얼굴색도 어제와 다름없이 여전히 안 좋았다. 이 또한 쇄령잠을 뺀 후로 늘 겪는 일이라 아무렇지도 않았다. 그 이유를 알 수는 없지만, 딱히 궁금하지도 않은 일에 신경을 쓰는 건 바보나 하는 짓이다.

세진전 문을 넘어서자, 그곳의 청소 담당인 선녀 언니가 내게 눈인사를 건넸다. 그녀는 내가 쇄령잠을 뺀 이후에도 이전과 크게 태도가 달라지지 않은 몇 안 되는 천인이었다.

"안녕히 주무셨어요."

"응, 금멱 너도 잘 잤니?"

그녀와 인사를 주고받은 뒤 나는 세진전 안으로 들어갔다. 그리고 욱봉이 오기 전에 모든 준비를 끝내기 위해 먹을 꺼내고, 종이를 준비하는 등 바쁘게 움직였다. 그 탓에 나는 그녀가 나를 물끄러미 보는 것을 한참 동안 눈치채지 못했다.

"금멱……."

"예?"

내가 의아한 눈으로 돌아보자 그녀는 나를 부럽다는 표정으로 빤히 보았다.

"너는 참으로 나비와 벌을 끌게 생겼구나."

웅? 너무나 당연한 말을 부럽다는 듯 말하는 그녀가 실로 이상
했다.

내 진신은 포도이며, 나는 화계의 정령이다. 나를 비롯한 화초,
과일, 채소는 벌과 나비를 끌어들이지 못하면 큰일이 난다. 꿀을 모
으지 못하고, 열매도 맺지 못하니 말이다. 열매가 열리지 않으면 포
도일 이유가 없다.

"당연한 거 아닌가요? 그게 제 본분인데요?"

내 대답에 그녀는 잠시 멍해졌다. 그때 우리의 대화를 듣고 있던
비서가 헛기침하며 끼어들었다.

"금멱, 머리가 모자란 건 선천적인 이유니 잘못이라고 할 수는 없
어. 하지만 너 정도로 머리가 모자라면 마땅히 네 면상과 몸뚱이에
부끄러워야 해."

비서가 알 수 없는 말을 하자 이번에는 내가 멍해졌다. 곧이어 뒤
에서 누군가가 가볍게 웃었다. 선녀 언니와 비서는 얼른 일어나 단
정한 자세로 내 옆에 섰다. 웃음소리의 주인을 확인할 겸 고개를 돌
리니 내 뒤에 서 있는 욱봉이 보였다.

'웬일로 오늘은 낯빛이 좋네? 기분이 나쁘지 않은가 봐.'

그의 입가에 옅은 미소가 걸리고서야 나는 안도했다. 어쨌든 그
가 계속 기분이 안 좋으면 나만 손해이니 말이다.

"모두 물러나라."

"예."

그가 가볍게 소매를 젖자 비서와 선녀 언니는 즉시 뒷걸음질했

향밀침침신여상_1

다. 물론, 나도 그들과 함께 나가려고 했다. 하지만 욱봉의 재수 없는 말이 내 발목을 잡았다.

"금멱, 어디 가느냐?"

"예?"

"설마 먹을 나더러 갈라는 것이냐? 서동인 네가 있는데?"

망할! 오늘도 꼼짝없이 종살이구나.

나는 입을 삐죽이며 공문이 가득 쌓인 욱봉의 서탁 앞으로 다가갔다. 그리고 그가 앉은 의자 옆에 서서 먹을 갈았다.

"내일부터는 쇄령잠을 반드시 꽂도록 해."

내내 공문을 처리하는 데 여념이 없던 그가 고개도 들지 않은 채 문득 말했다.

"예?"

내가 반문하자, 그는 눈썹을 확 찡그렸다. 그리고 길쭉하고 끝이 들린 눈으로 나를 쏘아보았다.

"왜? 싫으냐?"

나를 보는 그 눈빛이 얼마나 살벌한지 오금까지 저렸다. 그런데도 울컥하는 마음이 치미는 것은 어쩔 수 없었다.

아, 진짜! 대체 언제까지 이렇게 추하게 투기할 거야!

"아, 좀! 저 좀 그만 볶으세요. 원래 이런 얼굴로 태어났는데 저더러 어쩌라는 거예요! 제가 전하를 이겨 먹을 생각으로 전하보다 잘생기게 태어난 건 아니잖아요."

내 말에 욱봉의 얼굴이 살짝 굳었다. 그는 잠시 그 상태로 있다가 종국에는 실소를 머금었다.

"나 원, 못 말리겠군."

그는 느리게 고개를 들더니 손가락으로 내 이마를 딱 튕겼다.

"그래, 머리가 이 정도로 안 돌아가면 당연히 그 면상과 몸뚱이에 부끄러워해야 해. 암, 그렇고말고."

아, 짜증 나. 대체 봉황이라는 새는 왜 이리 변덕스러워. 대체 이 짧은 시간 동안 몇 번이나 기분이 오락가락한 거람.

"자!"

공문 처리를 반쯤 마쳤을 즈음, 그는 짧은 한마디와 함께 내게 붉은색 봉투를 건넸다.

"이건 뭐예요?"

"숙부께서 네게 전하라고 한 초청장이니라."

초청장에는 내일 사시(오전 9~11시)에 인연부로 차를 마시러 오라는 월하선인의 당부가 적혀 있었다. 솔직히 좀 의아했다. 월하선인의 반응이 평소와 달리 너무 느려서였다. 며칠 전 구요성궁의 계도가 찾아와 내게 혼담을 넣은 사건이 천계에 쫙 퍼졌을 당시 나는 그날로 월하선인이 서오궁에 찾아오거나, 선시에게 전갈을 넣어 나더러 인연부로 오라고 할 줄 알았다. 그런데 이제야 초청장이 오다니!

"저……."

나는 욱봉을 조심스레 불러 보았다. 하지만 그는 내게 대꾸도 하지 않고 공문에만 머리를 박고 있었다. 원래는 월하선인이 왜 나를 초청했냐고 그에게 물어보려고 했다. 그러나 나를 대놓고 무시하는 그의 반응에 그럴 마음을 접었다. 그가 무척 바빠 보이기도 하지만, '너는 역시 생각이라곤 없어!'라는 말이 분명히 그에게서 나올 듯해서였다. 먹어 봤자 배부르지도 않을 욕을 굳이 자초할 필요는 없지 않은가.

월하선인이 말한 사시가 되기 반 시진쯤 전, 나는 세진전으로 갔다. 그리고 거기서 은은한 청색이 감도는 향기로운 먹을 월하선인의 선물로 챙긴 뒤 서오궁을 나섰다.

왠지 공기가 상쾌하다 싶어 고개를 들어 살피니 아까 내린 비에 씻긴 하늘이 시리게 맑았다. 무지개도 길고 또렷하게 떠 있었다.

"이 정도로 또렷하게 떴으면 이 위로 걸을 수도 있겠다."

나는 원래 구름을 타는 것을 좋아하지 않기에 무지개를 향해 훌쩍 몸을 날렸다. 오늘처럼 고운 무지개를 볼 기회가 흔치 않으니 무지개 위를 걸으며 풍광을 감상하고 싶어서였다. 하지만 무지개에 올라탄 순간 나는 방금 내린 결정을 후회했다. '좋은 것은 멀리 봐야 좋다는 옛말을 무지개에 올라타기 전에 왜 떠올리지 못했을까!'라고 말이다.

무지개는 마치 얼음판처럼 미끄러웠다. 도무지 중심이 잡히지 않아 그만 엉덩방아까지 찧고 말았다. 그 상태로 나는 무지개의 곡선을 따라 쭉 미끄러졌다.

"그래도 다행이네. 다치지 않은 게 어디야!"

무지개의 끄트머리에서 겨우 멈춘 나는 엉덩이를 문지르며 일어났다. 그런 뒤 내내 미끄러져 오느라 흐트러진 옷을 정리하며 고개를 들었다. 그와 동시에 나는 적지 않게 당황했다. 내 눈앞의 광경이 실로 낯설어서였다.

암녹색이라 거의 검게 보이는 무성한 숲, 탕약처럼 짙은 호수.

무지개가 안내한 장소라고 보기에는 너무 적막한 공기가 흐르는 곳이었다. 마치 이곳만 천계와 괴리된 듯 묘한 느낌이 감돌아 실로 기이했다.

홀린 듯 천천히 호수로 다가가자, 꽃사슴 무리가 보였다. 그들은 앉거나 서 있었는데 다들 여유로운 모습이었다. 그중 한 사슴이 내 기척을 느꼈는지 귀를 까닥이더니 둥근 눈을 들어 나를 보았다. 하지만 나를 경계하지는 않았다. 내게 나쁜 의도가 없음을 안다는 듯 사슴은 다시 느긋하게 고개를 돌렸다.

그 사슴의 시선을 따라 무심결에 시선을 움직이던 나는 움찔 놀랐다. 뭍에 삐죽 나온 물고기 꼬리가 보여서였다.

뭐지? 물고기는 물에 사는데 꼬리가 왜 뭍에 나와 있어?

호기심이 일어 호수에 더 가까이 다가간 그때, 나는 놀라운 사실을 확인했다. 방금 본 그것은 분명 물고기 꼬리지만, 사람의 일부이기도 했다. 경악해서 재차 확인했지만 역시나였다. 하반신은 달처럼 맑게 빛나는 비늘을 지닌 물고기인데 상반신은 사람의 모습을 한 백의의 청년이 보였다. 그는 두 눈을 가볍게 감고 사슴의 배에 머리를 기댄 채 달콤한 잠에 빠져 있었다.

"어!"

나는 저도 모르게 소리를 냈다. 그러자 백의의 청년은 잠에서 깨어났다. 그는 투명하게 느껴질 정도로 흰 눈꺼풀을 찬찬히 들더니 몽롱한 동공으로 나를 보았다.

"아, 아⋯⋯. 그, 그게. 정말 근사한 꼬리를 가지셨네요."

딱히 할 말이 없어 뱉은 말에 나는 더욱 난감해졌다. 하지만 다행히도 그는 자신의 꼬리를 담담히 내려다보았다.

"과찬이십니다. 그저 평범하지요."

흠, 좀 기이하기는 해도 색이 곱고, 범상치 않은 빛을 지닌 꼬리인데. 겸손한 선인이군.

잠시 후, 그가 깨어났음을 알아챈 사슴들이 너도나도 그의 주변으로 다가왔다. 사슴들이 무척 따르는 걸 보니 아무래도 천계의 사슴 떼를 치는 목동인가 보다. 삽시간에 사슴 떼에 둘러싸인 그는 의관을 단정히 고친 뒤 천천히 몸을 일으켰다. 그러고는 내게 싱긋 웃어 보였다. 앉아 있을 때는 몰랐는데, 막상 일어서니 키가 욱봉과 거의 비슷했다. 어쩔 수 없이 나는 욱봉을 대하듯 고개를 들어 그를 올려다보았다.

"선관께서는 맡은 바 일을 수행하는 능력이 출중하시군요. 사슴들이 다 포동포동 살이 올랐고, 몸도 다부지네요. 이 녀석들은 어느 선궁의 선방(膳房, 궁전의 음식을 맡아 하는 기관)으로 가나요?"

"맡은 바 일요? 선방?"

고개를 갸웃거린 것도 잠시, 그의 얼굴 위로 이내 난감해하는 표정이 번졌다. 그 순간, 나는 속으로 아차 했다. 내가 괜한 주책을 부려 그를 무안하게 만들었다 싶어서였다.

천계의 계급과 품계 체계는 무척 엄격히 세분화되어 있다. 그 체계 안에서 사슴 떼를 키우는 그의 지위는 그리 높지 않을 것이다. 하지만 높은 지위가 아니라도 나는 그를 존중해야 했다. 대놓고 그를 목동 취급하다니 내 수양이 모자랐다.

인간계에서는 재상이 관직 중 가장 높고 9품이 가장 낮지만, 사석에서는 서로 '무슨 무슨 대인' 정도의 호칭으로 부른다. 품계가 낮은 관리도 무안하지 않도록 말이다. 평범한 인간도 이렇게 상대방의 체면을 고려하는데 수행을 하는 선인이 어찌 이리 얕은 행동을 했을까! 나는 속으로 통렬히 반성했다.

"선관, 제 입방정을 부디 개의치 마세요. 제가 보기에 선관께서 맡으신 직무는 매우 전도유망해요. 제천대성 손오공 아시지요? 그 유명한 제천대성도 천계에 처음 왔을 때는 마구간 지기였답니다. 훗날 제천대성은 삼장법사를 모시고 서역으로 가서 불경을 가져왔으며, 그 공을 인정받아 '투전성불'에 봉해졌어요. 팔선 중 한 명인 장과로[25]는 또 어땠나요! 신선이 되기 전 장과로는 당나귀를 키웠잖아요. 그러니 선관 또한 마찬가지예요. 선관의 앞길은 탄탄대로이며, 훗날 조정의 큰 기둥이 될 거예요."

내 말을 가만히 듣던 그의 입가에 돌연 미소가 피어났다. 화사하기 짝이 없는 그 미소는 금세 그의 얼굴 전체로 번졌다.

"선자께서 미욱한 저에게 깨우침을 주셨군요. 감사합니다."

나는 두 손을 마주 잡아 예를 표하며 웃었다.

"별말씀을요."

"저는 윤옥이라고 합니다. 선자의 존함은 어찌 되시는지요?"

"저는 금멱이라고 해요."

그때 소매 속에 넣어 두었던 먹이 땅바닥에 툭 떨어졌다. 그제야 나는 내가 월하선인의 초대를 받았음을 기억해 냈다.

"아, 이런! 그만 깜박했네."

내가 이마를 '탁' 치자, 윤옥이라고 자신을 소개한 선관은 길고 큰 눈으로 나를 물끄러미 보았다. 그런 그에게 나는 머쓱하게 웃어

---

25 당나라 때의 도사(道士)로 도술이 뛰어나 현종이 은청광록대부로 삼았다. 한종리(漢鍾離), 여동빈(呂洞賓), 철괴리(鐵拐李), 한상자(韓湘子), 조국구(曹國舅), 남채화(藍采和), 하선고(何仙姑)와 더불어 '팔선(八仙)'으로 일컬어진다.

보였다.

"제가 오늘 초대를 받아서 가는 길에 그만 여기서 시간을 지체했네요. 만나서 반가웠어요, 선관님!"

"저야말로요. 다음에 또 뵙겠습니다."

나는 다시금 미끄러운 무지개에 간신히 올라탔다. 그리고 엉금엉금 기다시피 무지개를 건넌 뒤 구름을 불러 득달같이 인연부로 날아갔다.

인연부의 붉은색 문 앞에 와서 서자, 문을 지키던 선시가 나를 멍하니 보았다. 그러다가 잔뜩 상기된 얼굴로 더듬더듬 물었다.

"선자는 어디서 오셨는지요? 오늘은 월하선인께서 손님을 청하시어 선자를 맞이하지 못하실 듯합니다. 번거로우시겠지만 다음에 다시 오심이……."

뭐야, 얘 왜 이래?

나는 황당함을 금할 길 없어 그를 말없이 바라보았다. 내가 인연부에 들락거린 지가 어언 백 년이고, 그동안 늘 이 선시가 문을 지켰다. 그런데 왜 나를 못 알아볼까? 잠시 고민했지만, 이내 그 이유를 깨달았다. 황당함만 가득했던 내 눈빛은 어느새 그를 깊이 동정하는 눈빛으로 바뀌었다.

아이고, 이를 어쩌나! 아직 창창한데 월하선인의 건망증이 옮았구나! 쯧쯧, 젊은이가 안됐네.

"나 금멱이야, 금멱! 하지만 월하선인께서 다른 선군과 약조를 하셔서 나와 만나기가 여의치 않다면 내일 다시 올게."

선시는 입을 쩍 벌린 그 상태로 굳어 버렸지만, 내가 몸을 돌려

가려고 하자 즉시 손을 뻗어 나를 붙잡았다. 그러나 나와 눈이 마주치자 뭐에 덴 듯 화들짝 놀라며 손을 도로 놓았다.

"금, 금멱?"

"응."

나는 그를 가련하게 바라보며 고개를 끄덕였다. 하지만 그는 되레 나를 측은하게 마주 보았다. 그렇게 우리는 서로를 연민의 눈빛으로 말없이 바라보았다. 머리 위로 월하선인의 목소리가 들리지 않았다면 아마 한참 동안 그러고 있었을 것이다.

"멱아야, 왔느냐!"

나는 몸을 돌려 구름을 빨리 달려 문 앞으로 날아오는 그를 보았다. 구름에서 내려 나를 본 그는 잠시 넋을 놓기는 했지만, 곧 정신을 수습했다. 그리고 나를 위아래로 자세히 뜯어보았다.

"우리 욱봉이가 언제 다 키울지 막막했던 사내아이가 아니라 이미 다 큰 아가씨를 키웠구나. 참으로 신기한 일이야. 참으로 신기해!"

아아, 선시에 이어 월하선인까지 다 왜 이래?

혹시나 해서 손을 들어 머리 위를 더듬어 보니 쇄령잠이 없었다. 욱봉의 명으로 아침에 나올 때는 분명히 쇄령잠을 꽂고 있었는데 말이다. 아까 구름을 타고 오다가 떨어뜨린 듯했다. 어쩐지 왜 둘 다 나를 못 알아보나 했다!

쇄령잠에 딱히 미련은 없었기에 나는 그저 씩 웃었다. 그러자 선시는 숨을 급히 들이켜더니 냉큼 나와 등을 졌다.

뭐야, 쟤는 또 왜 저래?

"자자! 멱아야, 어서 들어가자. 너랑 할 이야기가 산처럼 많단다."

월하선인은 내 등을 떠밀다시피 하며 인연부의 문을 넘었다.

인연부 안 월하선인의 처소에 그와 마주 앉은 후에야 나는 못 본 사이 그가 많이 여위었음을 깨달았다. 소매의 품이 남아돌고, 반들반들 윤기가 잘잘 흐르던 꼬리도 퍼석퍼석했다.

"월하선인, 살이 많이 빠지셨네요. 축하드려요."

그가 의도해 살을 뺐으려니 하고 의례적인 인사를 건넸다. 그러자 그는 충격을 받은 얼굴을 했다.

"축하한다니? 내가 그전에는 돼지였느냐? 살이 뒤룩뒤룩 쪄서 보기 흉했어?"

그의 눈이 눈물로 그렁그렁해지자 아차 싶었다.

"아니에요. 예전에도 딱 보기 좋게 풍신이 좋으셨죠. 다만 요즘은 좀 날렵하고 여윈 듯한 풍신이 더 보기 좋게 여겨지잖아요. 그래서 살을 좀 빼셨으려니 했어요."

"그래? 내가 전에 살쪘다고 생각한 게 아니고?"

"에이. 그럴 리가요."

내가 강하게 부정해 주고서야 그는 안심한 듯 눈물을 거두었다.

"이게 다 조족(鳥族) 때문이야. 요즘 조족이 인연부로 보내는 닭이 비둘기보다 작거든. 매끼를 부족하게 먹으니 밤에도 잠 못 이루고 깨기 일쑤니라. 얼마 전에는 배고픔에 못 이겨 그만 혼절해 버렸지 뭐냐. 그 탓에 너와 월패성사 사이에 일어난 소동도 늦게 알았고!"

어쩐지 이상하더라니. 그래서 오늘에야 나를 불렀군.

"닭이 어째서 비둘기보다 작지요? 돌림병이라도 퍼졌나요?"

"아니야. 말하자면 이야기가 좀 길긴 한데. 흐음. 소문에는 까마귀 한 마리가 백 년 전에 화계에서 정령 하나를 납치했다지 뭐냐. 화계의 목단 장방주는 이에 분개하여 조족 수장인 공작에게 납치해 간 정령을 돌려달라고 따졌지. 조족 수장은 모든 까마귀를 다 심문했지만, 다들 그런 일은 없었다며 결백을 주장했고 말이야. 하지만 목단 장방주는 까마귀가 화계의 정령을 납치해 가는 것을 똑똑히 본 꽃 정령이 있다며 잘라 말했어. 그리고 수장이 되어서 아래사람의 허물을 은폐하려고만 한다며 조족 수장을 몰아세웠지. 그것에 화가 난 조족 수장이 꽤나 강경하게 말대답을 했나 보더라고. 그 결과 화계와 조족의 사이가 완전히 틀어졌어. 사실 조족은 벌레를 빼고는 주식이 초목 아니더냐. 그런데 목단 장방주가 조족이 납치해 간 정령을 내놓기 전에는 음식을 내줄 수 없다며 모든 음식 공급을 끊어 버렸단 말이지. 결국, 조족에 속하는 닭이 날이 갈수록 마를 수밖에 없지 않겠느냐?"

"와, 상황이 심각하네요."

나는 고개를 끄덕이며 목단 장방주를 떠올렸다. 그녀는 원래부터 성격이 불같다. 적어도 한 종족의 수장이라면 목단 장방주의 성정을 모르지 않을 텐데 실로 어이가 없었다. 자신보다 연배가 높은 어른에게 버릇없이 말대꾸해서 어른의 심기를 거스르다니! 이건 전적으로 조족 수장의 실수다.

"이건 꽃과 새의 싸움 아니더냐? 왜 나같이 죄 없는 여우까지 연루되어 이 고생을 해야 하는지 모르겠구나. 에이, 몰라. 그냥 우리노래나 듣자꾸나."

월하선인은 계속 투덜거리다가 문득 화제를 바꾸었다.

오늘 월하선인의 관진경에서는 '무송타호[26]'를 다룬 공연이 벌어지고 있었다. 익살이 넘치고 호쾌한 이야기라 애정을 다룬 이야기보다 흥미로운지라 나는 정신없이 극에 빠져들었다.

"이놈아, 어딜 도망가느냐?"

관진경 안에 무송을 맡은 배우가 소리친 그때였다. 문밖에 둥글둥글한 그림자가 문득 어른거렸다. 왠지 저 형체가 눈에 참 익숙하다고 생각한 나는 저도 모르게 그 그림자를 주시했다. 곧이어 그 그림자를 급히 따라오는 선시의 목소리가 들렸다.

"정말 무례하신 분이시네요. 손님이 계시니 오늘은 월하선인을 뵐 수 없다고 계속 말씀드렸잖아요. 어찌 이리 막무가내로 구세요!"

약간의 실랑이가 있는 듯했지만, 문밖의 그림자는 의외로 기민했다. 그는 선시보다 먼저 문 안으로 들어서더니 안에서 빗장을 걸어버렸다. 더는 선시가 자신을 따라오지 못하게 하려는 듯했다.

"어찌 이러세요! 당장 문 열지 못해요!"

문밖에서 선시가 문을 두들기며 소리쳤지만, 그는 망설임 없이 우리가 있는 방문 앞으로 다가왔다. 그리고 그 그림자가 문을 벌컥 여는 순간.

"노호!"

나와 월하선인은 동시에 외쳤다. 하지만 노호는 나를 본 척도 하지 않고는 탁자에 놓인 차를 한꺼번에 들이켰다. 그런 뒤 월하선인을 마주 보며 가슴을 탕탕 쳤다.

"아이고, 간 떨어져 죽을 뻔했네. 이보게, 홍홍(紅紅, 월하선인의 별

---

26 《수호지》의 등장인물 무송이 술김에 호랑이를 때려잡은 무용담

칭)! 내가 방금 뭘 봤는지 아나?"

"설마 월궁의 옥토끼?"

월하선인의 말투에는 확신이 가득했다. 그는 턱을 괴며 흥미진진한 표정을 지었다.

"젠장, 맞아. 그 망할 토끼 놈!"

노호는 창백하게 질려 고개를 끄덕였다.

"천 년 넘게 못 본 사이에 그놈은 살이 더 쪘더군. 대체 당근을 얼마나 처먹었기에 그리도 살이 뒤룩뒤룩 쪘는지, 원! 항아는 도대체 무슨 생각으로 그놈을 그렇게 내버려 두는 건가? 내가 빠르게 달릴수 있기에 망정이지."

"대체 무슨 일로 천계로 왔나? 뭐 하러 여기 와서 그런 수난을 자초해!"

월하선인이 노호의 보름달 같은 배를 툭툭 치며 물었다. 그러자 노호는 힘없이 고개를 떨어뜨렸다.

"목단 장방주가 나를 수경에서 쫓아냈다네. 그래서 고심 끝에 자네를 찾아온 거고."

노호가 화계에서 쫓겨났다고? 내가 화계를 떠난 백 년 사이에 많은 일이 일어났나 보다.

목단 장방주가 강경하고 엄격하게 화계를 다스리기는 하지만, 노호를 쫓아내다니! 이건 좀 심한 처사였다.

"목단 장방주께서 왜 노호를 쫓아내요?"

그제야 노호는 나를 돌아보았다. 하지만 이내 월하선인에게 시선을 돌렸다.

"이보게, 홍홍. 이 선자는 뉘신가?"

아, 맞다. 쇄령잠! 노호조차 나를 못 알아보는구나.

"노호, 저 금멱이에요."

"내 조카며느리야."

나와 월하선인은 이번에도 동시에 외쳤다.

"금멱?"

노호는 여전히 멍한 얼굴로 되물었다.

"아, 왜 이래요! 저예요, 저! 도도라고요."

그제야 노호는 기겁했다.

"꼬맹이 도도?"

"예."

"아이고, 이 녀석아! 내가 너 때문에 얼마나 놀란 줄 알기나 하느냐! 그리고 어디를 간다면 간다고 말을 해야지! 그 괄괄한 24 방주가 너를 제대로 지키지 못한 죄를 물어 내 껍질을 숫제 벗기려 들었단 말이다. 너를 찾아오지 않으면 토끼굴에 나를 던져 버리겠다는 폭언도 서슴지 않더구나. 아이고, 내 팔자야! 내가 전생에 무슨 죄를 그리 지어 그런 수모를!"

노호는 눈물을 줄줄 흘리며 하소연했지만, 나는 왠지 뿌듯해졌다. 몰랐는데 방주님들이 나를 꽤 총애하나 보다.

"어서 화계로 돌아가자. 안 그러면 나는 죽은 목숨이야."

노호는 내 손을 붙잡더니 제 겨드랑이에 단단히 끼웠다. 그러더니 나를 끌고 성큼성큼 문 쪽으로 걸어갔다.

"이봐, 노호! 그건 안 될 일이지. 이 애는 내 둘째 조카며느리야!"

"둘째 조카며느리?"

노호가 움찔 놀라더니 나를 휙 돌아보았다.

"꼬맹이 도도! 너 설마 저 망할 소경 여우에게 속아서 저 여우의 둘째 조카와 홍실로 엮였느냐? 안 된다. 그것만은 절대로 안 돼. 저 여우의 둘째 조카는 도화살이 온몸에 덕지덕지 끼어서 마누라에 첩까지 적어도 일고여덟은 둘 거다. 아니, 열까지도 충분히 둘 테지. 가는 길에 태상노군[27]께 들러서 칼을 빌려야겠다. 그분의 칼이면 저 여우의 지랄 같은 실도 끊을 수 있으니 염려하지 마라."

"예?"

나는 노호가 무슨 소리를 하는지 도무지 알 길이 없었다.

"홍실은 무슨! 저는 그저 영력을 높이려고 봉황에게 수련법을 배우고 있을 뿐이에요."

내 말에 노호는 급히 가던 발길을 잠시 멈췄다.

"그래?"

"예."

내가 고개를 끄덕이자, 그의 얼굴 주름이 그나마 좀 펴졌다.

"좋다. 어쨌든 사제 간의 예의란 것이 있으니 여우의 둘째 조카놈에게 인사는 해야겠구나. 당장 그놈에게 가서 인사한 후 화계로 돌아가자."

노호는 평소와 달리 아주 기민했다. 그는 구름을 불러 나를 억지로 태우더니 바로 서오궁으로 날아갔다. 어찌나 빨리 구름을 모는지 귀 옆으로 바람 소리가 쌩쌩 날 정도였다.

"노호, 이놈아! 내 조카며느리를 내놓아라!"

아까는 멀리서 들리던 월하선인의 고함이 이제는 한결 가까이

---

27 노자의 존칭이나, 도교에서 숭상하는 최고신 세 명 중 한 명을 뜻하기도 한다.

들렸다. 그도 구름을 급히 몰아 우리가 탄 구름과 거리를 꽤 좁힌 듯했다.

아아, 대체 이게 무엇을 위한 소동인지 모르겠다.

구름이 서오궁 앞에 내렸을 때, 마침 점심 식사 시간이었다.

평소처럼 우아하게 식사하던 욱봉은 갑자기 들이닥친 우리 때문에 살짝 놀란 듯했다. 그의 손에 들린 은젓가락이 허공에서 딱 멈춘 게 그 증거였다.

"너……?"

욱봉의 입이 열린 순간, 노호는 내 손을 놓았다. 그러더니 욱봉이 앉은 식탁 앞으로 달려가 접시 하나를 집어 올렸다.

"채채야, 채채야! 아이고, 불쌍한 채채. 이틀이 되도록 네 모습이 안 보여 이상했는데 알고 보니 이놈의 독수에 당했구나. 흑흑! 이 망할 천신 놈아, 어찌 이리 잔악무도한 짓을 저지를 수 있단 말이냐! 이 사악하고 속이 시커먼 놈 같으니라고!"

서오궁의 모든 이가 흡사 실성한 사람을 대하듯 노호를 보았다. 같이 온 나까지 한 묶음이 된 느낌이었다. 무척 창피함을 느끼며 나는 노호의 옆에 무릎을 대고 앉았다.

"대체 채채가 누군데 이래요?"

"수경 옆 텃밭에 사는 부추의 정인인데 기억 안 나? 네가 어렸을 때 네게 영리하다고 칭찬해 준 청경채 채채말이다."

노호의 말에 나는 접시 위의 채소를 신중히 살펴보았다.

"그러고 보니 낯이 익은 듯도 하네요. 그런데 이게 채채가 정말 확실해요?"

"채채는 잎이 푸르고, 대가 하얗고, 머리가 둥글고, 심지가 부드러워. 이건 분명 채채야."

"그게 뭐예요! 청경채는 원래 다 그렇잖아요."

보다 못한 요청이 한마디 거들었다. 나도 그렇다고 생각했지만, 괜히 노호를 거스르기 싫어 입을 닫았다.

"누구십니까?"

욱봉이 차분한 목소리로 우리 대화를 끊었다. 고개를 들어 살펴보니 그의 얼굴에는 당황한 기색이 역력했다.

"그자는 노호야."

우리를 뒤따라온 월하선인이 구름에서 뛰어내리며 대답했다. 그는 소매로 땀을 닦으며 급한 숨을 골랐다.

"욱봉아, 기억나느냐? 예전에 네가 월궁 옥토끼를 풀었을 때 말이다. 저자는 그때 그 옥토끼에게 내내 쫓겨 다니던 당근 신선이니라."

어린 시절의 일이 불현듯 들춰진 게 민망했는지 욱봉은 작게 헛기침을 했다. 그러자 노호는 비분강개하며 욱봉을 올려다보았다. 그는 여전히 청경채 볶음 접시를 들고 있었다.

"그러면 그렇지. 네가 바로 그놈이구나. 나쁜 대나무에서 좋은 죽순이 나지 않는다는 옛말이 하나도 그르지 않아. 그래, 사악한 천제 집안의 피가 어디 가겠느냐. 네 아비도, 네 어미도, 너도, 밤에만 나오는 네놈의 음침한 형도 다 똑같은 족속이야!"

"제가 어린 시절에 저지른 철없는 짓이 신선을 불쾌하게 해 드렸다면 이 자리를 빌려 사죄드립니다. 하지만 천제 폐하와 천후마마는 육계의 지존이십니다. 그런 분들께 이런 무례를 범하시면 저도 마냥 참아드릴 수는 없지요."

노호를 바라보는 욱봉의 눈빛이 실로 성성했다. 거기에 질렸는지 노호의 얼굴이 창백해졌다. 그러나 그는 등을 꼿꼿이 세운 채 욱봉의 눈빛을 맞받아쳤다.

"다들 이러지 마. 좋게 좋게 말로 하자고."

월하선인이 얼른 끼어들어 욱봉과 노호 사이에 더 험한 일이 없게 막았다. 그들이 싸우면 흥미진진한 구경거리가 생길 거로 여겼던 나로서는 실망스러운 상황이었다. 결국, 나는 슬그머니 비서 옆으로 가서 앉은 뒤 심드렁한 얼굴로 방금 욱봉의 상에서 슬쩍한 부용수(고기, 버섯, 밀가루 등을 함께 반죽해 만든 간식의 일종)를 입에 물었다.

"도도, 천제 일가의 음식 따위는 입에 대지 말고 저 봉황 놈에게 인사나 해. 속히 화계로 돌아가 24 방주께 네가 돌아왔음을 보고해야 하니 말이다."

어느새 내 곁으로 온 노호가 내 팔을 잡아끌었다. 더 먹고 싶지만, 아무래도 노호의 눈빛이 드물게 진지했다. 별수 없이 부용수를 내려놓고 손에 묻은 부스러기를 터는데, 욱봉과 우연히 눈이 마주쳤다.

"화계와 조족이 정령의 실종 문제로 사이가 틀어졌다고 들었습니다. 설마 그 정령이 금멱입니까?"

욱봉의 말에 나는 눈을 휘둥그레 떴다.

"예? 그게 무슨?"

화계와 조족의 분쟁은 월하선인에게 이미 들었다. 까마귀가 납치해 갔다는 정령 이야기가 어딘가 귀에 익기는 했지만, 그게 나랑 무슨 상관인가?

"그러면 어떻고, 아니면 뭐 또 어쩌라고!"

노호가 수염까지 흔들어 가며 언성을 높였다. 그러자 욱봉은 날카로운 눈으로 나를 위아래로 훑은 후, 다시 노호에게 시선을 돌렸다.

"화계와 천계는 지난 몇천 년간 왕래가 없었지만, 화계 24 방주의 공사다망하심은 어린 저도 익히 아는 바지요. 그런 분들이 고작 정령 하나 사라졌다고 몸소 나서시다니요? 저는 이 상황이 도대체 이해가 가지 않는군요."

"우리 화계의 일이니 너희 천제 일가 놈들은 상관하지 마!"

노호는 목을 빳빳이 들었다. 하지만 목이 짧다는 단점을 드러내는 치명적인 행동이었다. 나는 안쓰러운 눈으로 노호의 짧고 통통한 목을 바라보았다.

"금멱, 너는 어쩔 셈이냐? 화계로 갈 것이냐?"

욱봉이 눈을 반쯤 내리깔며 소매의 구름무늬를 쓰다듬었다. 비록 내게 묻지만, 그는 나를 보지 않았다. 늘 느끼는 거지만, 그는 참 예의가 없다.

"예."

잠시 생각해 본 뒤 대답하자 그는 고개를 들며 담담히 말했다.

"잘되었구나. 근자에 마계에 작은 소요가 일어났느니라. 따라서 나는 천제 폐하의 명을 받아 내일 마계로 갈 예정이었지. 이번에 마계로 가면 적어도 일 년 이상 그곳에 머물러야 한다. 그렇게 되면 네게 수련법을 가르칠 스승이 없어지는 셈이지. 스승도 없이 천계에서 허송세월할 수는 없으니 너는 화계로 돌아가는 편이 낫겠구나."

마계?

나는 고개를 숙인 채 귀를 쫑긋 세웠다. 이내 호기심이 머릿속에 꽉 차서 "어찌 이럴 수가! 먹이를 보내면 어쩌자는 것이야!"라는 월하선인의 하소연도 멀게만 들렸다.

"도도, 저놈에게 인사도 마쳤으니 당장 수경으로 돌아가자."

노호는 내 손목을 붙든 채로 몸을 돌려 나를 질질 끌고 나갔다.

아, 어쩌지! 가기 싫은데! 무슨 방법이 좀 없을까?

노호에게 마지못해 끌려가며 나는 바쁘게 머리를 굴렸다. 그러다 문득 좋은 핑곗거리가 생각나 즉시 걸음을 멈추었다.

"노호, 잠깐만요. 저 아직 짐도 못 챙겼어요."

"이 녀석아, 너는 어째 새파랗게 젊은 것이 기억력이 나보다 못하냐! 게다가 짐은 그냥 버리고 가면 그만이지 무슨 미련이야? 우리가 인간도 아닌데 짐이 무슨 소용이라고. 옷도 술법으로 만들면 그만 아니냐."

"옷이 아니라 경서예요."

노호는 그제야 걸음을 멈추었다. 그는 눈을 크게 뜨며 입을 쩍 벌렸다.

"경…… 서?"

노호의 경악한 눈과 마주한 채 나는 진지하게 고개를 끄덕였다.

"여기서 지내는 동안 저는 심법을 수련했어요. 하지만 명상과 참선을 해도 이해가 안 되는 부분이 있어요. 경서를 가져가서 목단 장방주께 가르침을 청하고 싶어요."

말을 마친 뒤 나는 욱봉을 돌아보았다.

"화신 전하, 성경각에서 경서 몇 권 가져가도 될까요?"

욱봉은 잠시 침묵하다가 입꼬리를 올렸다.

"네가 이리도 수련에 열심이라니 가르친 보람이 있구나. 성경각에서 원하는 경서로 몇 권 골라 가도록 해라."

"해가 서쪽에서 뜰 일이지만 기쁘구나. 네가 공부에 다 뜻을 두다니! 나는 이제 당장 죽어도 여한이 없다."

노호는 소매를 들어 눈물을 닦으며 감격했다.

"그러면 내일 화계로 떠나자꾸나. 도도야, 어서 가서 경서들을 챙기려무나. 무게는 상관 말고 원하는 것으로 골라라. 나도 나눠서 들어 줄 테니."

"예, 그러면 노호는 월하선인과 인연부에 가 계세요. 저는 경서를 골라야 하니 오늘 밤은 서오궁에서 묵을게요. 내일 아침에 봬요."

"그래, 그래!"

노호와 헤어진 뒤, 나는 바로 성경각으로 발길을 돌렸다. 그리고 거기서 적당한 경서를 두 권 골라, 유재지에 놓아두었다. 그 후 내 방이 아닌 욱봉의 침전으로 몰래 들어갔다.

"다행이다. 아직 자러 오지 않았네!"

나는 안도하며 아직 그가 들어오지 않은 빈 침전을 조심스레 둘러보았다. 그리고 숙고 끝에 비서가 야무지게 풀 먹여 침상 머리맡에 접어 놓은 비단 장포 소매 속을 내 은신처로 결정한 뒤 진신인 포도로 변신해 그 안으로 들어갔다.

내가 이러는 이유는 욱봉을 따라 몰래 마계로 가기 위해서이다. 나는 화계에서 4천 년을, 천계에서 백 년을 살아 보았다. 이제 마계에도 한 번쯤은 가 볼 때가 되었다.

그리 생각하며 흐뭇해하던 그때 방문을 여는 소리가 나며 욱봉이 들어왔다. 진신으로 돌아가는 일을 조금만 더 지체했으면 들켰겠다 싶어 새삼 간이 철렁했다. 그 후로 나는 숨소리조차 죽인 채 조용히 있었다. 욱봉의 법력은 무척 고강하니 아주 작은 기척만 내도 그에게 발각될 수 있기 때문이었다.

다행히 시간이 꽤 흘렀음에도, 침전 안에서는 책장을 넘기는 소리만 날 뿐 별다른 기색이 없었다. 내게는 좋은 일이지만, 참으로 별일이 다 있다 싶었다. 욱봉이 방심할 때가 있다니 말이다!

안심이 되자 슬슬 잠이 밀려와 소매 안에서 가장 부드럽고 쾌적한 곳을 찾아 누웠다. 하지만 얼마지 않아, 태산처럼 무거운 무엇인가가 내 몸을 짓눌렀다. 달게 잠이 들려던 차라 깨기 싫었지만, 냄새가 너무 지독해 오던 잠도 달아났다.

냄새가 익숙해서 이게 뭔가 싶었는데, 오늘 저녁 성경각에서도 맡은, 오래된 서책에서 나는 퀴퀴한 냄새였다. 아무래도 욱봉이 옷 위에 서책들을 얹은 듯했다. 그것도 하필 내가 숨은 소매 위에.

하여간 저 녀석은 좋은 취미라고는 없다. 잠자리에 들었으면 후딱 잠이나 잘 것이지 왜 독서 따위를 하느냔 말이다.

나는 어쩔 수 없이 서책의 무게와 지독한 냄새를 고스란히 감내하며 꼬박 밤을 새웠다. 그리고 아침이 밝아 욱봉을 시중들러 침전에 든 요청과 비서 중 누군가가 서책들을 옷 위에서 치웠을 때야 그 지독한 고통에서 해방될 수 있었다. 그 순간 어찌나 기쁘던지 눈물까지 핑 돌았다.

"아, 이런! 전하, 장포에 먼지가 묻었습니다."

비서가 난감해하자, 요청이 그의 말을 이어받았다.

"아무래도 여기 올려두신 서책의 먼지가 옷에 묻은 듯합니다."

소매 너머로 비서가 몸을 조아리는 기척이 느껴졌다.

"전하, 송구합니다. 당장 새 옷을 대령하겠습니다."

"알겠다."

욱봉이 담담히 대답하자, 나는 머릿속이 하얗게 됐다. 그를 몰래 따라갈 생각으로 이 장포 속에 숨었는데 그가 다른 옷을 입고 가면 도로 아미타불이었다.

냉정한 나, 침착한 나! 금멱아, 당황하지 말자.

"이 금색 장포는 어떠신지요?"

"너무 번쩍거려."

"이 자색은 어떠신지요?"

"너무 칙칙해."

"다홍색은요?"

"경박해."

욱봉이 번번이 퇴짜를 놓았다. 그 탓에 비서와 요청은 한참 동안 옷장을 뒤졌다.

그럴수록 나는 더욱 초조해졌고, 자꾸만 가슴이 뛰었다. 결국, 나는 눈을 꼭 감은 채 운기법을 시행했다. 잠시 후 양팔을 제외한 상체의 기를 운용해 소주천 상태에 들어섰고, 다시 기를 운용해 대주천 상태에 들어섰다. 그때 문득 욱봉의 여유로운 음성이 들렸다.

"그냥 이걸로 하마. 먼지가 대수겠느냐."

"예, 전하."

요청은 내가 숨어 있는 장포를 집어 들었고, 그것을 욱봉의 몸에 걸쳐 주었다. 넓은 소매 안에서 포도로 변한 내 몸이 정신없이 이리저리 굴렀다.

냉정한 나, 침착한 나! 금멱아, 당황하지 말자.

＊＊＊

웬일로 욱봉은 얌전히 날았다. 그 때문에 처음 천계로 갈 때처럼 내 진신이 소매 속에서 이리저리 구르는 일은 없었다. 아니, 솔직히 쾌적할 정도였다. 굳이 흠을 잡자면 마계까지 가는 길이 무척 멀어 지루하다는 점이었다. 그로 인해 나는 두 번이나 도중에 잠들었고, 마지막으로 잠에서 깨어났을 즈음에야 구름이 하늘을 가르며 날아갈 때 생겨나는 강한 바람 소리가 더는 들리지 않았다. 아마도 마계에 도착한 듯했다.

"공자, 강을 건너시려오?"

내가 숨어 있는 욱봉의 소매 너머로 노인의 쉰 목소리가 들렸다.

"예. 강 건너편까지 부탁드리겠습니다."

욱봉의 몸이 흔들리는 게 느껴졌다. 아마 배에 올라탄 모양이었다. 그제야 나는 마계로 들어가려면 배를 타야 한다는 사실을 알게 되었다.

"공자, 배가 많이 흔들리니 조심하십시오. 소매 속의 낭자도 떨어지지 않게 잘 잡으시고요. 자, 이제 출발합니다."

"어련히 알아서 잘 잡고 있겠지요. 노인장께서는 걱정하지 마십시오."

나는 진작에 내 존재를 알고 있었던 듯한 욱봉과 뱃사공의 대화에 기겁했다.

세상에! 욱봉이야 워낙 영력이 높으니 그러려니 한다! 대체 저 뱃사공은 어떻게 내가 그의 소매 속에 숨어 있었는지 알지?

아, 몰라. 도로 변신하자. 이왕 들킨 거 불편하게 소매 속에 있을 이유가 어디 있겠는가!

나는 급히 욱봉의 소매에서 미끄러지듯 나오면서 사람의 모습으로 변신했다. 그런 나를 무뚝뚝하게 바라보는 욱봉을 올려다보며 머쓱하게 웃는 것도 잊지 않았다. 그래, 아무리 욱봉이라도 화신 체면이 있지 웃는 얼굴에 설마 침 뱉으랴!

"하……, 하하! 이, 이게 무슨 일이지? 내가 왜 여기에?"

"그러게. 네가 왜 여기에 있을까? 나도 도무지 그 이유를 모르겠구나."

욱봉이 입꼬리를 올리며 웃었다. 그 웃음이 어찌나 살벌한지 등골을 따라 소름이 쫙 끼쳤다.

"아무래도 어제 제가 성경각에서 너무 열심히 경서를 찾았나 봐요. 너무 피곤해서 길을 걸으면서도 꼬박꼬박 졸았고요. 그러다 그만 실수로 이 소매 안을 제 처소로 착각했나 보네요."

내가 생각해도 참으로 빈약한 변명이었다. 하지만 욱봉은 더는 나를 추궁하지 않았다. 다만 내가 어지간히 귀찮은지 뒷짐을 지며 내게 등을 돌려 버렸다. 배까지 따라 탔는데 여기서 내리라고 하는 건 아무래도 무리라고 생각하나 보다.

작은 배는 곧 강 건너편으로 나아갔다. 고개를 숙여 아래를 보니 희한하게도 배 아래로 물이 하나도 보이지 않았다. 물이 없는 강은 머리털 나고 처음이다. 그런데도 배가 나아갈 때마다 뱃전에 물이 부딪히는 소리가 났다. 물결이 치는 듯한 움직임도 바닥에서 분명히 감지되었다.

참으로 기이하여 슬그머니 강으로 손을 뻗었다. 정말 물이 있는지 확인해 보고 싶어서였다. 하지만 이내 뭔가가 내 손을 '짝!' 하는 소리가 나게 때렸다. 놀라서 손을 거두며 고개를 쳐들자, 욱봉이 손에 봉황 깃털을 쥔 채 엄한 얼굴로 나를 내려다보고 있었다. 방금 내 손등을 때린 게 아마 저 깃털인 듯했다.

"생각이 없어서 겁도 없는 것이냐? 대체 여기가 어디인 줄 알고 함부로 손을 뻗어! 여기는 망천[28]이다."

"망천요?"

아무래도 내가 맹한 얼굴로 반문했나 보다. 그의 얼굴이 또 구겨지는 것을 보면.

과연 내 예상대로였다. 그는 도저히 못 고쳐 쓰겠다는 표정으로 나를 잠시 보았다. 하지만 아까보다는 표정이 좀 누그러져 있었다.

"망천 아래에는 원귀와 악귀가 득시글거려. 그리고 그놈들에게는 너처럼 어리숙한 것이 딱 좋은 먹잇감이지."

욱봉의 말에 나는 기겁하며 손을 소매에 넣었다. 그런 내 모습에 뱃사공은 즐겁게 웃었다.

"흠!"

문득 욱봉이 들으란 듯 헛기침을 했다.

"내 분명 네게 쇄령잠을 꽂으라 명했느니라. 어찌하여 또 꽂지 않았느냐?"

아, 또 잔소리!

대답하려고 고개를 든 순간, 뱃사공과 눈이 마주쳤다. 온유하게 웃는 그에게 답하듯 방긋 웃었더니 욱봉은 또 헛기침하며 눈썹을

---

28 忘川, 사람이 죽어서 저승으로 갈 때 건너는 강. 이 강물을 마시면 생의 기억을 잊는 다고 전해진다.

찡그렸다.

"잃어버렸어요."

솔직하게 대답하자, 그의 얼굴이 삽시간에 일그러졌다. 자신의 명을 듣지 않아 그가 또 화를 내는구나 싶었다.

"어제 인연부에 갈 때 시간이 지체되어 구름을 급히 몰았거든요. 그러다가 실수로 구름 속에 떨어뜨렸나 봐요."

내 변명이 미처 끝나기도 전에 욱봉은 입을 달싹거렸다. 또 대차게 잔소리할 게 분명했다. 하지만 그런 귀 따가운 참극은 일어나지 않았다. 사려 깊은 뱃사공이 시의적절하게 우리 사이에 끼어들어 주었기 때문이었다.

"노부(老夫, 노인이 자신을 낮추어 이르는 말)가 망천을 지킨 지 어언 십만 년이 넘는데, 이렇게 고운 낭자는 오랜만에 뵙는군요. 전에 뵌 낭자가 가장 절색이려니 했는데, 지금 낭자도 너무나 아름다우십니다. 그 낭자와 가히 백중세입니다."

어허, 망천의 뱃사공 일이란 참으로 쓸쓸하고 처량하구나.

나는 그가 너무나 딱해서 혀를 끌끌 찼다.

"망천의 뱃사공 일이란 참으로 쓸쓸하네요. 그 긴 세월 동안 제 또래 낭자를 겨우 두 번 보셨어요?"

"허!"

내 물음이 끝나기 무섭게, 욱봉이 고개를 절레절레 젓더니 손으로 이마를 짚었다.

뭐지? 저건 분명 내가 자기 기준에 어이없는 소리를 했을 때 그가 짓는 표정과 어투인데?

"아, 그게 아니라. 낭자처럼 아름다운 여인을 본 게 두 번째라는 말입니다. 그토록 오래 망천을 지켰는데 그럴 리가요. 여인도 많이 보았습니다."

아, 그렇구나. 어쩐지 좀 이상하더라.

내가 머쓱하게 웃으며 뒤통수를 긁자, 뱃사공은 다시금 기분 좋게 웃었다. 그런 뒤 그는 먼 옛날을 회상하듯 애잔한 표정을 지으며 아득한 망천에 시선을 던졌다.

"생각해 보면 그게 벌써 2만 년 전의 일이군요. 당시 그 아름다운 낭자는 제게 망천수를 떠 달라고 하셨지요. 외모는 가히 경국지색이었으며 걷는 걸음마다 꽃이 피어 그 자태가 정말 눈부셨어요. 하지만 아름다운 모습과 달리 표정이 너무나 쓸쓸하여 보는 이마저 애달프게 했지요. 무척 밝고 근심 없어 보이는 낭자와는 실로 딴판이었습니다."

"그래서요? 그 낭자는 그 후에 어떻게 되었는데요?"

서두가 참으로 흥미진진해 나는 절로 뱃사공의 이야기에 빠져들었다.

아, 잘됐다. 이 재미있는 이야기를 잘 기억해 놓았다가 천계로 돌아간 뒤 월하선인에게도 이야기해 줘야지. 월하선인은 분명히 이 이야기를 무척 좋아할 거야!

"그 후라……. 흠, 노부가 낭자에게 망천수를 떠 주던 그때였습니다. 강가로 흰 비단옷을 입은 공자가 뛰어왔지요. 그 공자는 낭자의 손에 담긴 물을 엎어 버렸습니다. 둘은 거기서 뭔가 언쟁을 벌였는데, 도중에 낭자가 망천으로 뛰어들었지요. 그러자 공자 또한 미친 듯이 망천으로 들어와 낭자를 강 밖으로 끌어냈고요. 곧 그 둘은 흔적도 없이 사라졌습니다."

흥미진진한 서두에 비해 너무 시시한 결말이었다. 실로 용두사미라 흥이 팍 깨질 정도였다. 그래서 "아아, 이미 서로를 잊었는데 돌아본들 그 무슨 소용이랴. 이미 기억은 망천에 묻혔는데"라는 뱃사공의 혼잣말도 흘려들었다. 생각에 잠긴 표정으로 나를 보는 욱봉에게도 관심을 껐다.

"이건 뱃삯입니다. 고생이 많으셨습니다, 노인장."

반대편 강가에서 배가 멈추자 욱봉은 태상노군의 영단을 꺼내 뱃사공에게 건넸다. 그런 뒤 먼저 배에서 내리더니 너도 어서 내리라며 내게 턱짓을 했다. 하지만 그의 말대로 하기에는 배가 너무 흔들렸다.

원래 나는 넘어지지 않기 위해 조심스레 몸을 일으킬 생각이었다. 그런데 그만 멀리 보이는 마계의 광경에 살짝 넋이 나가고 말았다. 그 탓에 그만 다리가 꼬였고, 몸이 앞으로 기울었다. 때마침 몸을 내 쪽으로 돌린 욱봉이 나를 받아 주지 않았다면, 꼼짝없이 망천에 처박혔을 터였다.

온갖 원혼들이 득실거린다는 무시무시한 망천에 빠지지 않은 것은 천만다행이지만, 그의 가슴이 너무 단단했다. 그 때문에 부딪힌 콧잔등이 얼얼하게 아팠지만 나는 애써 부드러운 표정을 지으려 노력했다. 딴에는 신세를 졌으니 고마움을 표현하는 게 도리라는 생각이 들어서였다. 그러나 나는 본의 아니게 사의를 표하지 않는 배은망덕한 정령이 되어 버렸다. 그의 품에서 고개를 들어 그를 올려다본 순간, 그가 방금까지 붙들고 있던 내 손을 탁 뿌리치더니 뒤도 돌아보지 않고 앞으로 성큼성큼 걸어가 버렸으니 말이다.

하여튼 저 새는 도대체가 속내를 종잡을 수가 없다니까!

살짝 배알이 꼴렸지만, 나는 그의 뒤를 서둘러 쫓아갔다. 피처럼 붉은 마계의 하늘이, 사방에 날아다니는 초록빛 지옥 불이, 눈앞에 불쑥불쑥 나타나 아른거리는 귀신들이 너무 무서워서였다.

"화신 전하, 잠깐만 기다려 주세요! 저 너무 무서워요!"

내가 거의 울 듯이 소리치고서야 욱봉은 걸음을 멈추었다. 그러고는 나를 돌아보았다.

"너는 소요 아니냐. 요괴가 귀신을 두려워하다니 말이 되느냐?"

그의 입꼬리에는 어느덧 웃음이 걸려 있었다. 분명히 나를 또 비웃는 거다.

"어쨌든 무서워요. 그러니 제가 전하를 따라갈 수 있게 좀 천천히 걸어 주세요."

욱봉의 말은 어찌 생각하면 맞고, 어찌 생각하면 틀렸다. 나는 정령이지 요괴는 아니니 말이다. 내 정체성의 문제라 평소 같으면 당연히 항변하겠지만, 나는 얌전히 입을 닫았다. 무섭다는 내 말에 그가 아까처럼 혼자 앞질러 멀리 가지 않고 천천히 걸어 주어서였다.

그렇게 말없이 얼마나 걸었을까? 어느덧 우리는 화려한 불빛이 반짝이는 마계의 번화가로 통하는 문 앞에 이르렀다. 나는 별생각 없이 그 문을 통과하려 했지만, 그러지 못했다. 그가 문득 멈춰 서서 나를 저지했기 때문이었다.

"왜요?"

나는 고개를 갸웃거리며 물었다. 하지만 그는 내 말에는 대꾸도 해 주지 않고 구결을 외웠다. 잠시 후 그의 아름다운 장포는 수수한 색과 모양새의 도포로 바뀌었다. 내가 입은 옷도 그 못지않게 허름하게 변해 있었다. 딱 촌뜨기였다.

"뭐냐, 그 눈빛은?"

에이, 귀신 같은 놈! 내 눈빛에 실린 불만을 그새 알아챘나 보다.

"너무 낡고 촌스럽잖아요. 이런 옷 별로예요."

내가 투덜거리자, 그는 자신의 도포를 들어 보였다.

"하여간 버릇없기는. 주인보다 시녀가 더 잘 입고 다니면, 누가 너를 시녀로 보겠느냐?"

"시녀요?"

"그래, 지금부터 너는 내 시녀다. 옷차림뿐 아니라 얼굴도 바꾸어 놓았으니 그리 알아라. 그리고 일단, 이 안으로 들어서면 절대로 한눈팔지 말고 내 옆에 붙어 있거라. 그렇게만 하면 귀신에게 붙들리거나 홀릴 일은 절대로 없을 것이야."

시녀라는 말에 살짝 기분이 상했지만, 이내 마음을 고쳐먹었다. 이미 나는 그의 서동으로 백 년을 살았다. 시녀나 서동이나 하는 일은 그게 그거다.

"예, 화신 전하."

나는 순순히 수긍했다. 그러자 그의 입가에 살짝 미소가 떠올랐다.

마냥 음침하리라는 원래 예상과 달리 마계는 매우 시끌벅적했다. 거리를 오가는 요괴는 천인과 비슷한 모습이었지만, 몸에 꼬리나 뿔, 송곳니 같은 것이 하나나 둘씩 더 달려 있었다. 이런 광경과 이런 생김새는 처음 보는지라 너무 재미있었다. 눈이 고작 두 개라 이 모든 것을 속속 볼 수 없어 아쉬울 정도였다.

"공자님, 꼬리 사세요. 방금 만들어서 내놓은 물건인데, 이것을 달면 진신을 감출 수 있어요."

키가 내 허리쯤 오는 작은 요괴가 소, 양, 물고기, 새 등 각종 동물의 꼬리가 잔뜩 놓인 큰 쟁반을 받쳐 든 채 우리 앞으로 다가와 욱봉에게 알랑거렸다. 욱봉은 고개를 저으며 눈길도 주지 않았지만, 나는 그게 너무나 신기해 눈을 뗄 수가 없었다. 쟁반 위의 모든 것이 부드럽고 따끈하니 과연 방금 만들어서 내놓은 게 분명했다.

"혹시 귀는 없니?"

내 물음에 요괴는 바로 대답했다.

"당연히 있지요!"

요괴는 소매 안에서 귀 몇 개를 꺼내서 내게 보여 주었다. 나는 그중 흰 토끼의 귀가 가장 마음에 들었다.

'노호가 다음번에 또 나를 잡으러 오면 이 귀를 달아야겠다. 토끼로 변신해서 노호를 놀라게 해 줘야지!'

생각만 해도 절로 웃음이 나왔다.

"과연 보는 눈이 있으시네요. 이건 월궁의 옥토끼 귀를 본떠 만든 거예요."

"그러면 나는 이걸로 할게."

나는 기분 좋게 토끼 귀를 받아 들었다. 그러자 욱봉이 대뜸 비웃었다.

"참으로 쓸데없는 짓을 하는구나. 이건 그저 눈만 잠시 속이는 잡술에 불과해."

"상관없어요. 그냥 재미잖아요."

욱봉은 어깨를 으쓱하며 다시 걸음을 옮겼다. 그 순간, 귀신에게 홀리기 싫으면 제 곁에서 한시도 떨어지지 말라는 그의 당부가 떠올랐다. 그래서 서둘러 그를 따라가려는데 방금 내게 토끼 귀를 준 요괴가 내 옷자락을 붙들었다.

"낭자, 물건을 사셨으면 돈을 주셔야죠."

"응? 돈? 그게 뭔데?"

나는 정말 궁금해서 물었을 뿐이었다. 그러자 요괴는 되레 눈을 동그랗게 뜬 채 얼어 버렸다.

"돈이 뭔지 정말 몰라요?"

그의 말에 나는 더 당황했다. 나는 멀어져 가는 욱봉과 내 앞의 요괴를 번갈아 보았다. 그때 문득 나와 요괴 사이로 손 하나가 쑥 끼어들었다. 그리고 그 손은 은정[29] 하나를 요괴의 손바닥에 얹어 주었다. 놀라 몸을 돌리니 사슴을 대동한 검은색 장포의 사내가 연한 미소를 띤 채 서 있었다.

"작은 성의입니다. 선자의 마음에 든 듯하니 제가 사 드리지요."

아아, 마계는 실로 온정이 넘치는 세상이구나. 처음 보는 사이임에도 턱턱 물건을 다 사 주고.

그리 생각하며 흐뭇해하는데 문득 익숙한 하얀 손이 나와 요괴 사이로 끼어들었다. 그리고 적금색의 뭔가를 요괴에게 건네주었다. 놀라서 고개를 드니 싸늘한 표정의 욱봉이 보였다.

뭐야, 아까는 자기 혼자 먼저 가 버릴 기세더니.

그는 맹한 얼굴의 나를 재차 노려보았다. 그런 뒤 요괴에게 은정

---

29 銀錠, 말굽은. 은을 말굽 형태로 만든 것으로 명(明) · 청(淸) 양대에 걸쳐 통화로 사용되었다.

을 돌려받아 원래의 주인에게 돌려주었다.

"제 시녀가 산 물건이니 주인인 제가 내겠습니다. 이런 소소한 일로 형님께 폐를 끼칠 수는 없지요."

검은색 장포의 사내는 은정을 도로 품에 넣으며 고개를 저었다.

"서운하구나. 형제끼리 '폐'라니."

형제라니? 저 검은 장포의 사내는 마계에 사니 분명 요괴일 텐데 어떻게 욱봉의 형제일 수가 있지?

잠시 황당했지만, 나는 곧 이해했다. 생각해 보면 욱봉의 숙부는 붉은 여우가 진신인 월하선인 아닌가. 봉황이 여우를 숙부로 두었는데 봉황에게 요괴 형님이 있다고 딱히 이상할 일은 아니다.

"오랜만에 뵙습니다, 형님. 그런데 대체 무슨 바람이 불어 마계까지 오셨습니까?"

"네가 천제께 스스로 청해 마계로 갔다는 소문을 들었다. 대체 얼마나 중차대한 일이기에 화신 전하께서 직접 나서시나 싶어 궁금해 참을 수가 없더군. 그래서 한번 와 봤지."

살짝 장난기가 섞여 있었지만, 사내의 말투는 온화했다.

"요수 궁기[30]와 악귀 제건[31]의 싸움이 날로 심해지고 있습니다. 그로 인해 요화가 생기고, 역병이 창궐하고, 들판마다 인간의 시체가 가득합니다. 놈들이 계속 그리 패악을 떨게 놔둘 수는 없지요."

욱봉이 차분히 대답하자 사내는 고개를 끄덕였다.

---

30 窮奇. 중국 신화에 등장하는 4대 흉물 중 하나. 호랑이 모습에 날개가 있고 사람을 즐겨 잡아먹는다.

31 諸犍, 《산해경》에 수록된 중국 신화 속 신수. 표범의 몸에 소의 귀에 긴 꼬리를 가졌다.

"옳은 말이다. 하지만 욱봉아, 나는 네 형이야. 아우 혼자 그 위험한 일을 하게 놔둘 수는 없는 일이지. 그러니 나도 너와 동행해 돕겠다."

욱봉은 순순히 고개를 끄덕였다. 그제야 살짝 안심한 얼굴이 된 사내는 돌연 나를 돌아보았다.

"금멱 선자, 그동안 잘 지내셨습니까?"

사내의 입에서 내 이름이 나오자 나는 움찔 놀랐다. 실은 아까부터 그의 얼굴이 참 낯익다고 생각하는 중이었다. 기억을 더듬느라 내 표정이 살짝 맹해졌는지, 그는 씩 웃었다. 그러면서 그의 옆에 선 사슴을 보란 듯 쓰다듬었다. 그제야 나는 그가 누구인지 생각났다.

"아! 혹시 물고기 꼬리를 지닌 그 소어선관(小魚仙倌)님? 존함이 윤옥이셨던!"

내 말에 그는 부드럽게 웃으며 고개를 끄덕였다.

"무릇 그냥 스쳐 지나는 인연은 없다더니 그 말이 참으로 옳군요. 이렇게 선자를 또 뵐 줄이야."

"소어선관? 물고기 꼬리?"

욱봉이 굳은 얼굴로 중얼거리더니 우리 둘을 번갈아 보았다.

"이게 어찌 된 일이냐? 형님께서 어찌 너를 알지?"

"얼마 전에 길을 가다가 우연히 소어선관께서 사슴을 치는 데를 지났어요. 그때 뵀죠."

묻기에 솔직히 대답해 주었는데, 욱봉의 얼굴이 확 일그러졌다. 잠시 후 그는 실소를 머금으며 윤옥을 돌아보았다.

"형님, 어쩌다가 천제 폐하의 장자이자, 고귀한 야신 전하께서 사슴을 치는 목동으로 전락하신 겝니까? 그리고 물고기 꼬리라니요!

설마 용으로 사시는 게 지겨워 물고기로 바꾸어 사실 생각은 아니
시지요?"

욱봉의 말에 윤옥은 고개를 숙여 웃었다.

"천하의 화신 전하도 까마귀 취급을 받는 판에, 물고기 취급이
어찌 대수겠느냐. 어쨌든 그동안 적조했구나. 잘 지냈느냐, 아우?"

그제야 나는 윤옥이 욱봉의 친형이자, 천제의 장자이며, 용이자,
야신임을 알았다. 비늘 붙은 꼬리가 있다고 다 물고기라고 여겨서
는 안 된다는 교훈을 얻은 순간이었다. 그래서 나는 내가 만난 무엇
인가가 평범한 물고기가 아닌 겸손한 용일 수도 있다는 사실을 앞
으로 꼭 기억하기로 했다.

거리에서의 만남 이후, 윤옥은 우리와 함께 객잔으로 왔다. 거기
서 욱봉은 방이 여럿 딸린 한 채를 통째로 빌렸는데 내게는 당연하
다는 듯 바깥방을 배정해 주었다. 나만 왜 바깥방이냐고 묻자, 그는
"너는 내 시녀니 당연히 거기서 기거하면서 내 시중을 들어야지"라
는 정나미 없는 말로 내 복장을 뒤집었다.

그 후로 그는 툭하면 나를 불러 별별 시시한 시중까지 다 들게
시켰다. 심지어 자기는 팔도 없고 발도 없는지 자기가 목마를 때 부
를 테니 물을 갖다 바치라는 어이없는 요구까지 했다.

울화는 치밀지만, 그에게 대들어 봤자 나만 손해였다. 어쩔 수 없
이 졸음이 밀려오는 눈을 비비며 아래로 내려갔다. 그런 뒤 객잔의
점원에게 부탁해 찻주전자에 물을 가득 채워 들고는 내 방으로 다
시 향했다.

"응?"

막 계단을 오르려다가, 나는 문득 멈춰 섰다. 나를 빤히 보는 윤옥의 사슴과 우연히 눈이 마주쳐서였다. 쪼그려 앉은 그 모습과 망울망울한 눈이 불쌍해 보여 저도 모르게 사슴에게 다가갔다.

"혹시 너도 귀신이 무서워? 괜찮으면 내 방에서 잘래?"

사슴은 마치 내 말을 알아들은 듯 몸을 일으켰다. 그리고 내 방으로 나를 졸졸 따라왔다.

"오늘은 밤이 늦었으니 네가 편한 자리에서 자. 내일 아침에 후원에 데려가 줄게. 지나가며 언뜻 봤는데 네가 먹을 만한 풀이 꽤 있더라고."

내 침상 근처에 자리를 잡고 앉는 사슴에게 싱긋 웃어준 뒤 나는 곧장 침상에 드러누웠다. 오늘 하루 동안 많은 일을 경험해 피곤했나 보다. 눈이 절로 스르륵 감겼다.

"왜 이 풀은 싫어? 그러면 이걸로 먹을래?"

마계에 온 다음 날 새벽, 나는 객잔의 후원에 쪼그려 앉아 나름대로 고군분투했다. 좋아할 만한 풀로 골랐음에도 내가 내민 모든 풀을 거부하는 사슴 때문이었다.

"이것도 싫은가? 그러면 이건 어때?"

손에 든 풀을 버리고 다른 풀을 또 들이밀어 보았다. 하지만 사슴은 긴 목을 짤짤 흔들었다. 그때 등 뒤로 부드러운 웃음소리가 났다.

"금멱 선자, 괜한 고생을 하실 필요 없습니다. 제 사슴은 평범한 사슴이 아니라 염수(魘獸)지요. 풀이 아닌 꿈을 먹습니다."

"꿈요?"

어느새 윤옥은 내 앞에 와서 섰다. 그를 올려다보며 내가 신기해하자, 그는 고개를 끄덕였다.

"예, 염수를 밤에 풀어 놓으면 자기가 알아서 꿈을 채집해 먹습니다."

"와, 과연 천계의 영물은 어디가 달라도 다르네요."

우리의 대화를 얌전히 듣던 염수가 불현듯 트림했다. 혹시나 해서 배를 만져 보니 마치 노호의 배처럼 동그랗고 빵빵했다. 아무래도 어젯밤에 꿈을 과식했나 보다.

"손님, 대청에 아침 식사가 준비되었습니다. 다른 손님께서는 이미 거기서 두 분을 기다리시니 어서 가시지요."

객잔의 어린 하인이 문밖에서 고개를 내밀어 고했다. 그 탓에 나와 그의 대화는 어색하게 끊기고 말았다.

"곧 가겠으니 먼저 들고 계시라 해라."

윤옥은 손을 저어 점원을 보낸 뒤 다시 나를 돌아보았다.

"금멱 선자, 가시지요."

"아니요. 야신 전하 먼저 가세요. 아무래도 염수가 너무 배불러서 힘들어하는 듯하네요. 정원을 좀 걷게 해서 소화를 시키는 편이 좋겠어요."

내 말에 윤옥은 연하게 웃더니 선선히 고개를 끄덕였다.

"예, 좋으실 대로 하십시오."

윤옥이 자리를 뜨자마자 나는 염수의 배를 살살 쓸어 주며 부탁했다.

"너는 꿈을 먹을 수 있으니 토할 수도 있겠지? 그러니 어제 먹은 꿈을 좀 보여 줘."

염수는 코에 주름을 만들며 싫은 표정을 했다. 그러면서 슬그머니 몸을 빼려고 들기에 나는 급히 손을 뻗어 염수를 꽉 붙잡았다.

"어서, 옹! 배가 이렇게 빵빵하니 틀림없이 과식했을 거야. 그러니 한두 개만 토해 봐. 나는 꿈을 먹는 영물을 생전 처음 본단 말이야!"

결국, 염수는 '끅!' 하는 소리를 내더니 야명주를 연상케 하는 투명하고 빛나는 구슬 몇 개를 토했다. 그것은 염수의 입에서 나와 마치 비눗방울처럼 허공으로 두둥실 떠올랐다. 손을 뻗어 잡으려 했지만, 그것들은 내 손을 요리조리 피해 땅속으로 쏙 들어가 버렸다.

"아, 뭐야! 노호도 아니고 왜 꿈이 땅을 파고 들어간담!"

투덜거리며 짜증을 내던 그때였다. 꿈이 숨어든 땅 위로 아까 염수가 토한 구슬을 평평하게 눌러 거울처럼 만든 듯한 것이 떠올랐다. 그것은 마치 월하선인의 관진경처럼 무엇인가를 보여 주고 있었다. 나는 쪼그려 앉아 그것을 흥미롭게 지켜보았다. 그러다 문득 구슬 속 정경이 우리가 어제 망천 기슭에서 내렸을 때와 비슷하다는 사실을 깨달았다.

구슬 속 사내는 비틀거리는 여인을 받쳐 주면서 제 품에 그녀를 안았다. 잠시 후 사내의 얼굴은 구슬을 꽉 채울 정도로 커졌다. 놀랍게도 그 사내는 욱봉이었다. 그는 꽤 오랫동안 여인을 안고 있었다. 여인이 천천히 고개를 들자, 그는 되레 고개를 숙였다. 두 사람의 입술은 이내 하나로 합쳐졌다.

나는 월하선인 덕분에 남녀가 입맞춤하는 춘궁도를 종종 보았다. 그래서 구슬이 보여 주는 장면이 딱히 괴이하지는 않았다. 문제는 이 꿈에서 왜 욱봉이 나오느냐는 것이었다. 내 생각에는 염수가 어젯밤에 내 방에 머물면서 옆 방에 기거한 욱봉의 춘몽을 먹은 듯했다.

나는 흥미진진하게 구슬을 바라보았다. 다른 이도 아닌 차갑기 짝이 없고 정나미 없는 화신이다. 그의 춘몽을 볼 기회가 이럴 때 아니면 언제 있겠는가!

여인에게 계속 입을 맞추던 그는 그녀가 요염하게 숨을 내쉰 뒤에야 입술을 뗐다. 하지만 그녀의 허리에 감은 팔을 풀지는 않았다. 그녀는 바람에 흔들리는 연약한 버들가지처럼 하늘거리며 그의 품에 기대 있었다. 머지않아 그녀는 천천히 얼굴을 돌렸는데 복사꽃처럼 붉게 물든 얼굴이 눈에 익었다.

"어?"

왠지 이상한 마음이 들어서 나는 정원의 작은 연못에 내 얼굴을 급히 비춰 보았다. 어이없지만, 구슬 속 여인은 욱봉이 변신시키기 전 내 모습과 마치 찍은 듯 닮아 있었다.

"이봐!"

머리 위로 누군가가 나를 부르는 소리가 들렸다. 쪼그려 앉은 채 고개만 들어 살피니 한 여인이 내 앞에 서 있었다.

"썩 내게 고해라. 이 여인은 대체 누구더냐!"

그녀는 손에 든 검으로 구슬 속 욱봉과 여인을 가리켰다. 그녀는 이를 악문 채 구슬 속 여인을 노려보고 있었다. 마치 불구대천의 원수라도 만난 듯 눈 주변도 붉어져 있었다.

나는 그런 그녀를 경계하며 애써 태연함을 가장했다. 지금은 욱봉이 내게 환술을 걸어 놓았으니 그녀나 다른 이들은 내 진짜 얼굴을 알아볼 수 없다. 물론 윤옥은 나를 알아보았지만 그는 용이고, 천제의 장자다. 당연히 영력이 범상치 않기에 나를 알아보았을 터였다.

"그것을 제가 어찌 아나요?"

내가 태연히 반문하자, 그녀는 분노로 이글거리는 시선을 다시 구슬 쪽으로 돌렸다.

휙!

돌연 그녀의 차가운 검날이 바람을 가르더니 구슬을 갈랐다. 아니, 정확하게 말하자면 꿈속의 내 목을 쳤다.

아미타불!

나는 저도 모르게 목덜미를 붙들었다. 그녀가 벤 것은 구슬 속의 여인이다. 그런데도 꼭 내 목이 잘린 듯 소름이 끼쳤다.

아아, 욱봉이 내 모습을 바꿔 준 게 이리도 고마울 수가! 덕분에 목과 머리가 분리되는 참사를 면했다.

"염수와 같이 있으니 당연히 야신의 종이겠구나! 당장 내게 고해라! 화신은 어디 있느냐!"

아름다운 눈을 동그랗게 치뜨며 그녀는 사납게 말했다. 보아하니 욱봉의 원수인 듯했다. 그래서 나는 성실하게 대답했다.

"말씀하신 대로 소인은 야신 전하의 종이에요. 화신 전하의 거처는⋯⋯."

나는 잠시 말을 끈 뒤 다시 말을 이었다.

"왼쪽으로 돌아 꺾는 데가 나오면 다시 왼쪽으로 도세요. 그러면 또 왼쪽으로 꺾는 데가 나올 거예요. 그런 다음에 쭉 가시다 보면 또 꺾는 데가 나와요. 거기서 오른쪽으로 곧장 가다가 나오는 문으로 들어가세요. 거기가 화신 전하의 거처예요."

내 말이 끝나자마자 그녀는 검을 고쳐 들었다. 그러더니 나름 성

실하게 대답해 준 내게 감사 한마디 없이 쏜살같이 왼쪽으로 뛰어
갔다.

그녀가 완전히 사라지자, 나는 천천히 몸을 일으켰다. 왼쪽으로
간 그녀와 달리 나는 오른쪽으로 유유히 발길을 옮겼다.

대청으로 들어서니, 욱봉과 윤옥 형제는 마주 앉아 있었다. 그들
은 차를 마시고 있었는데, 아직 음식에 손도 대지 않은 듯했다.

극을 볼 때는 좋은 위치 선정이 무엇보다 중요하다. 나는 고민할
필요도 없이 욱봉의 맞은편인 윤옥의 옆자리에 앉았다. 이번 극의
주인공은 욱봉이라 할 수 있으니 탁월한 선택이었다. 하지만 내가
윤옥의 옆자리에 앉자, 욱봉의 눈꼬리가 사납게 올라갔다. 그는 이
내 차갑게 명령했다.

"여기 와서 앉……."

그의 말이 끝나기도 전에 대청 입구에 걸린 주렴이 걷히는 소리
가 났다.

흥미진진한 극의 시작을 알리는 소리였다. 그렇기에 나는 욱봉의
명령을 무시한 채 찻잔을 들었다. 여인은 우리 쪽으로 살기등등하
게 다가왔지만, 욱봉은 그녀를 신경도 쓰지 않았다. 그저 눈썹을 찡
그린 채 나를 지그시 노려볼 뿐이었다.

"변성공주 유영, 화신 전하와 야신 전하를 뵙습니다!"

돌연 여인이 검을 세워 들더니 욱봉과 윤옥에게 공손히 읍했다.
그 순간 나는 하마터면 손에 든 잔에서 차를 쏟을 뻔했다. 예상과
너무 다른 그녀의 행동에 놀라서였다.

뭐야? 원수를 갚으러 온 게 아니었어? 그러면 목숨을 건 혈투도
없겠네? 아아, 시시해.

윤옥은 그녀에게 고개만 살짝 끄덕였을 뿐 아무 말도 하지 않았다. 하지만 욱봉은 나를 노려보던 시선을 천천히 옮겨 그녀에게 연하게 웃었다. 그 순간, 그녀의 얼굴이 확 붉어졌다.

　"변성공주, 오랜만에 뵙습니다. 그간 잘 지내셨지요?"

　나는 욱봉과 어언 백 년 동안 함께 지냈다. 그래서 그의 성격을 비교적 잘 알았다. 비록 그의 실제 성격은 재수 없을뿐더러 차갑기 그지없지만, 여인을 대할 때의 그는 평소와 실로 판이했다. 그는 여인 앞에서는 겸손하고, 우아하고, 품위 있는 화신 전하의 모습을 가증스러울 정도로 잘 가장했다. 그로 인해 천계의 선고와 선녀 대부분은 그의 가식에 홀랑 속아 넘어갔다. 화신 욱봉이라면 정신을 못 차리고 해롱거렸다. 보는 나로서는 실소를 머금지 않을 수 없는 상황이었지만, 어쨌든 현실은 그랬다.

　보아하니 변성공주라는 이 여인도 천계의 여느 선자처럼 욱봉에게 홀려 정신을 못 차리는 듯했다. 얼굴에는 사랑스러운 표정을, 몸에는 야리야리한 몸짓을 덧씌운 그녀는 욱봉의 옆 빈 의자에 사뿐히 앉았다. 지금 모습만 봐서는 아까 구슬 속 내 목을 베던 칼을 들려 주면 '어머, 무거워!' 하면서 바로 쓰러질 듯했다. 그녀는 실로 연약하고 청순해 보였다.

　"화신 전하, 어찌 이러실 수 있으세요! 마계에 오셨으면 당연히 오셨다고 소녀에게 전갈을 주셔야지요. 야신 전하와 화신 전하를 이리 누추한 객잔에 머물게 한 일을 다른 이들이 알면 뭐라 하겠습니까! 분명 소녀와 아바마마가 두 분 전하를 대놓고 홀대하였다고 오해할 게 뻔하지 않습니까!"

　"제가 생각이 짧아 변성왕과 공주마마를 서운하게 했다면 깊이 사죄드립니다. 하지만 이번에 저는 마계에 유람이 아닌 중요한 일을 처리하기 위해 은밀히 왔습니다. 그러니 변성왕부에까지 폐를 끼치면 아니 된다고 여겼습니다. 부디 헤아려 주십시오.”

욱봉은 공손히 말하는 와중에도 제 쪽으로 자꾸 달라붙는 그녀와 슬그머니 거리를 벌렸다. 백화를 후리면서도 결코 곁을 내주지 않는 화신 욱봉다운 행동이었다. 예상한 극 전개는 아니었지만, 그럭저럭 흥미로웠기에 나는 욱봉과 변성공주를 계속 지켜보았다.

그녀는 욱봉이 제게 거리를 두려 하는 것을 눈치챈 듯했다. 머지않아 그녀의 눈 주변은 붉게 물들었고 눈에는 눈물이 그렁그렁 고였다.

“예, 물론 소녀도 압니다. 저는 마계의 미천한 마녀이고, 전하는 천계의 화신이시지요. 그러니 소녀가 어찌 언감생심 전하의 마음을 바라겠습니까!”

욱봉이 살짝 미간을 찡그린 채 그녀를 보았다. 내가 보기에는 ‘이건 또 무슨 개소리냐?’라는 표정이었다. 하지만 그녀는 그의 반응을 다른 의미로 해석한 듯했다.

“소녀는 참으로 그 여인이 부럽습니다. 화신 전하의 마음을 송두리째 사로잡은 그 여인이…….”

변성공주의 말을 듣는 내내 욱봉의 얼굴은 차갑게 굳어 있었다. 지금처럼 이상한 소리만 해 대는 이가 변성공주가 아니라 나였다면 아마 그는 분명히 이렇게 말했을 것이다. “이 생각도 없고 물정도 없는 소요 같으니라고! 대체 어디서 무슨 이상한 이야기를 듣고 와서 이런 헛소리를 늘어놓느냐!”라고.

“변성공주, 대체 무슨 말씀을…….?”

차마 말끝을 제대로 맺지도 못한 채 욱봉이 묻자, 그녀는 눈물을 소매로 꾹꾹 찍어 눌렀다.

"괜히 소녀를 배려하여 그 일을 숨기실 필요 없으세요. 실은 아까 이곳으로 오는 길에 염수가 토한 꿈을 보았거든요. 꿈속에서 화신 전하와 어떤 여인이 입을 맞추더군요. 그 여인이 전하께서 마음에 두신 분 맞지요?"

"켁!"

불시에 차가 목에 걸렸다. 너무 놀란 나머지 멈추려 해도 계속 기침이 나왔다. 결국, 보다 못한 윤옥이 손을 내밀어 내 등을 두드려 주었다.

"꿈속의 여인?"

욱봉은 어두운 얼굴로 낮게 중얼거렸다. 그런 뒤 맞은편에 앉은 윤옥을 차갑게 노려보았다.

"염수가 꿈을 훔치는 능력이 못 본 사이에 참으로 고강해졌군요. 상신(上神)의 꿈까지 훔칠 수 있게 되다니요. 하지만 형님, 자중하십시오. 상신의 꿈을 엿보는 일은 하늘의 뜻을 거스르는 대죄입니다. 자칫 좌천되어 윤회에 드는 벌을 받으실 수도 있습니다."

"욱봉, 염수를 탓하다니 너답지 않구나. 내 염수에게 아무리 날고 기는 재주가 있다고 해도 그저 영물에 불과해. 화신이 친 결계는 결코 뚫지 못하지. 네 성격에 잘 때 결계를 치지 않았을 리 없는데, 염수가 어찌 네 꿈을 훔칠 수 있겠느냐?"

윤옥은 태연히 답하며 내 등을 쓰다듬어 주었다. 하지만 내 기침은 점점 더 심해지기만 했다. 지은 죄가 있는 데다가 욱봉의 눈빛이 실로 살기등등하니 그럴 수밖에 없었다. 이 사달이 난 이유는 명백하다. 내가 별생각 없이 데리고 들어온 염수가 욱봉의 춘몽을 실수로 먹은 것이다. 그 사실을 깨달은 이후부터 나는 납처럼 어두워진 욱봉의 얼굴을 보기만 해도 오금이 저렸다.

"켁!"

욱봉의 긴 눈썹이 살짝 올라가며 내게 시선을 던졌다. 나는 또 기침을 요란하게 했다.

"기침이 도무지 멈추지를 않는군요. 심하게 사레들렸나 봅니다."

윤옥은 나를 안쓰럽게 보며 다시 등을 쓸어 주었다. 그러자 욱봉의 눈썹이 더 사납게 올라갔다.

"금멱, 당장 일어나!"

그 순간 나는 뻣뻣하게 얼어붙었다. 노려보는 눈만큼이나 그의 말투가 사납기 그지없어서였다. 내 등을 쓸어 주던 윤옥마저 움찔 놀라 손을 멈출 정도였다.

"두 번 말하게 하지 말고 당장 일어나서 내 옆으로 와라! 야신 전하는 정혼자가 있으신 몸이다. 철딱서니 없는 네 행동거지 때문에 야신 전하의 평판에 흠이라도 가면 어쩌려는 거냐! 잘못은 네가 해도 그 책임은 네 주인인 내게 있음이야."

별수 없이 나는 고개를 푹 숙인 채 일어섰다. 그리고 쭈뼛쭈뼛 다가가 욱봉의 곁에 섰다. 그제야 그의 사나운 얼굴이 조금이나마 풀렸다.

"그러게요, 야신 전하께서 이미 정혼하였다는 이야기는 소녀도 들었습니다. 대체 어떤 상선의 따님이신가요?"

분위기가 이토록 흉흉해진 것이 자신 탓인 줄은 아는 듯했다. 변성공주가 머쓱하게 웃으며 화제를 돌렸다.

"수신(水神) 어르신의 장녀입니다."

윤옥은 눈을 반쯤 내리깐 채 입꼬리를 올리며 대답했다.

"수신의 장녀라고요? 수신과 풍신 사이에는 아직 소생이 없지 않습니까?"

변성공주가 말하다 말고 아차 하는 표정을 짓더니 이내 입을 닫았다. 내 비록 수신과 풍신을 잘 모르지만, 그런 그녀의 반응만 봐도 윤옥의 정실이 될 천비(天妃)가 아직 태어나지도 않았다는 사실을 충분히 유추할 수 있었다.

아아, 윤옥은 이토록 좋은 신선인데 아직도 짝이 태어나지 않았다니 참으로 안되었다! 송자관음[32]께서는 대체 어쩌자고 천제 일가의 체면을 이리도 깎으시는 걸까?

변성공주의 실언으로 분위기는 어찌할 수 없이 굳어 버렸다. 그런데 놀랍게도 이 어색한 분위기를 윤옥이 깼다. 나른하게 하품을 한 뒤 태연히 말하면서 말이다.

"오늘은 날씨가 참으로 좋군요. 잠자기에 적당할 듯합니다. 다들 편히 말씀 나누세요. 저는 이만 자러 갈까 합니다."

윤옥이 문득 몸을 일으키더니 대청 입구로 총총히 걸어갔다. 나는 그가 대청에서 완전히 사라진 뒤에야 그가 야신임을 새삼 깨달았다. 그는 밤에 당직을 서야 하니 낮에 잠을 보충하는 게 당연했다. 예전에 노호는 그의 그런 특성을 비꼬아 '밤에만 나오는 음침한 자'라고 욕했고 말이다.

"변성공주, 이만 변성왕부로 돌아가시지요. 저도 이제 방으로 들

32　送子觀音, 아이를 낳게 해 달라는 소원을 들어주는 불교의 신

어갈까 합니다."

내내 머쓱한 얼굴로 앉아 있던 변성공주는 그제야 정신이 든 듯
했다. 그녀는 이미 몸을 일으킨 욱봉을 따라 일어섰다.

"화신 전하, 재고의 여지가 없으신가요? 굳이 여기에 머무셔야
해요?"

"변성공주의 마음만 감사히 받겠습니다."

예의 바르게 대답하지만 욱봉의 태도는 강경했다. 아무리 설득
해도 먹히지 않으리라는 생각이 들었는지 그녀는 낮게 한숨을 쉬
었다.

"예, 알겠어요. 그렇다면 소녀가 여기 머물며 두 분 전하를 모실
게요."

변성왕부에서 묵지 않겠다는 욱봉의 고집은 어지간했다. 그러나
자신도 이 객잔에서 묵겠다는 변성공주의 고집도 욱봉 못지않았다.
그녀는 그날 바로 우리가 묵은 객잔에 방을 잡았다. 그러더니 그 후
로는 욱봉의 옆에 아예 붙어살다시피 했다.

하지만 그녀가 우리 옆에 있다고 나나 욱봉, 윤옥에게 좋은 일은
딱히 없었다. 다음 날에나 알게 된 사실인데, 변성공주 유영은 마계
변성왕[33]의 금지옥엽이었다. 욱봉과 윤옥으로서는 자기들 옆에 죽

---

33 지옥의 시왕 중 여섯 번째 왕. 망자는 사후 초칠일(初七日)에는 진광왕, 이칠일
(二七日)에는 초강왕, 삼칠일(三七日)에는 송제왕, 사칠일(四七日)에는 오관왕, 오
칠일(伍七日)에는 염라왕, 육칠일(六七日)에는 변성왕, 칠칠일(七七日)에는 태산왕,
100째는 평등왕, 1년째는 도시왕, 3년째는 오도전륜왕을 차례대로 만나 재판을
받는다고 한다.

치고 앉은 변성공주 때문에 천제의 명을 받아 은밀히 마계에 온 사실이 온 마계에 다 알려진 셈이다. 어찌 난감하지 않을까?

변성공주도 그것을 의식한 듯 가능한 한 조용히 욱봉과 윤옥을 — 물론 정확하게는 욱봉을 — 보필하려고 애썼다. 하지만 상황은 그리 호락호락하지 않았다. 그녀의 의도와 달리 우리가 머무는 낡은 객잔은 며칠 지나지 않아 욱봉을 보러 온 여자 요괴들로 미어터져 버렸기 때문이다.

매일매일 문전성시를 이루는 객잔 안을 계단 위에서 내려다보며 나는 생각했다.

만약 도화살로 육계의 주인을 뽑는다면, 딱히 다른 이를 거론할 필요도 없다고.

당연히 욱봉이 그 자리에 오를 거라고 말이다.

"얌전하게 잘 지냈지?"

방으로 들어온 욱봉이 한 첫 마디였다. 나는 화가 많이 났음을 표시하고 싶었기에 아무 대답도 하지 않았다.

"시녀 주제에 윗전이 묻는데 무엄하게 대답을 안 해?"

"전하께서 정신법(定身法)을 걸어 저를 옴짝달싹 못 하게 해 놓으셨잖아요. 제가 무슨 재주로 얌전히 안 있어요!"

나름 반항적으로 대꾸했지만, 그는 되레 피식 웃었다. 그러면서 허리에 차고 온 조롱박 두 개를 탁자에 내려놓은 뒤 구결을 외워 나를 구속하던 제약을 풀어 주었다.

"거기서 딱 멈춰!"

정신법이 풀리자마자 탁자로 슬그머니 다가가려는 내게 욱봉이

향밀침침신여상_1

무섭게 으름장을 놓았다. 그 탓에 나는 움찔 놀라며 멈춰 섰다.

뭐야, 봉황은 뒤에도 눈이 달렸나?

어쩔 수 없이 몇 걸음 뒤로 물러서자 그는 몸을 돌려 나를 노려보았다.

"이 조롱박 안에는 궁기와 제건이 각각 화인으로 봉인되어 있다. 천계로 데려가 소멸시킬 대죄인이며 위험한 요수들이야. 너는 수행이 아직 일천하니 이 조롱박 근처로 와서도 아니 돼."

하여간 늘 바보 취급이지.

욱봉은 이리도 나를 무시하지만, 나도 남들 아는 만큼은 안다. 요수 궁기와 악귀 제건은 악귀인데도 나름 앙숙이다. 한쪽이 요화를 지르면, 한쪽은 역병을 퍼뜨리는 식으로 죽어라 싸운다. 그로 인해 많은 인간이 희생된다. 이번에도 그런 경우였다.

천계의 신선들은 세상을 어지럽히는 요수들을 당연히 처치해야 한다고 생각한다. 하지만 요수들에게는 그런 악행이 그들의 일상이었다. 그들로서는 천계에까지 자신들의 싸움이 알려져 화신과 야신에게 붙잡혀 봉인된 게 실로 억울할 수도 있었다.

"조롱박에 꿀이 발리지도 않았는데 어찌 그리 뚫어져라 보는 것이냐? 나는 좀 쉴 터이니 어서 네 방으로 돌아가거라."

정신법을 써서 오도 가도 못 하게 묶어 놓을 때는 언제고 이제는 가라네!

오늘 아침의 일을 떠올리자 나는 새삼 울화가 치밀었다. 궁기와 제건을 잡으러 간다면서 욱봉과 윤옥이 객잔을 나설 준비를 할 때까지만 해도 나는 어련히 그들이 나를 데리고 가려니 했다. 그래서 배알이 꼴리는 것을 참아 가며 욱봉의 시중을 열심히 들었다.

하지만 욱봉은 준비를 다 마치자마자 구결을 외워 나를 방 안에 가둬 버렸다. 그로 인해 나는 화신과 야신이 합심해 요수를 붙잡는, 평생 한 번 있을까 말까 한 재미있는 구경을 할 절호의 기회를 허망하게 날리고 말았다.

그래, 욱봉이야 워낙 성격이 나쁘니 그럴 수 있다고 치자. 하지만 윤옥까지 내게 어찌 이럴 수 있을까? 나는 그가 겸손하고, 예의 바르고, 품위 있는 신선인 줄 알았는데! 참으로 실망이었다.

윤옥에까지 내 원망이 미쳤을 때야 나는 그가 욱봉과 함께 돌아오지 않았음을 깨달았다.

"야신 전하는요?"

그저 궁금해서 물었을 뿐인데 욱봉의 눈썹이 사납게 올라갔다.

"네가 알아서 뭐 하게?"

"분명 두 분 전하께서 함께 나가셨는데, 그중 한 분만 돌아오셨잖아요. 당연히 궁금하죠."

"별일 아니야. 형님께서는 급한 공무가 생겨 먼저 천계로 돌아가셨을 뿐."

"예."

나는 고개를 끄덕인 뒤 몸을 돌려 그의 방에서 나왔다. 오늘도 역시 객잔 안은 욱봉을 먼발치에서나 보려는 여자 요괴들로 바글바글했다.

나는 그녀들의 눈에 띄지 않게 조심하며 몰래 바깥방으로 들어갔다. 나라면 눈에 쌍심지를 켜는 마계 여인들과 마주치면 나만 피곤하기 때문이었다. 심지어 변성공주는 나를 눈엣가시로 취급했다.

물론, 나는 변성공주의 심정을 충분히 이해한다. 욱봉과 오붓하게 단둘이 있고 싶은데 그의 주변 백 보 안에 늘 머무는 내가 거슬리지 않는다면 그게 되레 이상한 일이지. 하지만 어쩌겠는가! 내가 원해서 이러는 게 아니라 그가 걸어 놓은 선장(仙障, 신선이 쓰는 일종의 결계)에 묶여 있어 옴짝달싹 못 하는 탓인데…….

진심으로, 실로 간절하게 나는 그녀를 돕고 싶다. 그녀를 위해 기꺼이 자리를 피해 주고 싶다. 그러나 내 일천한 도력으로는 욱봉이 내게 건 술법을 절대로 깰 수가 없으니 내 진심을 그녀에게 증명할 방도가 없다. 답답한 거로 따지면 이 객잔 안에 나만큼 답답한 이가 어디 있을까!

서오궁 선시 요청은 종종 내게 말하곤 했다. "대체 어떤 선고나 선녀가 화신 전하의 마음을 사로잡을지 모르겠어"라고. 그럴 때마다 나는 속으로 탄식했다. '세상 어떤 신선이나 요마가 봉황의 내단을 차지할지 모르겠어'라고.

지금 내 심정이 딱 그때와 같았다. 지금 나는 욱봉의 내단까지는 바라지도 않는다. 적어도 지금 내게 걸린 이 선장을 깰 수 있고, 그가 어떤 술법을 내게 걸지 예측할 수 없어 전전긍긍하지 않을 정도의 영력만 있어도 행복할 듯했다.

"어?"

문득 떠오른 생각에 나는 저도 모르게 욱봉의 방 쪽을 돌아보았다.

그래, 내가 왜 그 생각을 못 했지? 비록 욱봉의 내단은 취하지 못하지만, 욱봉이 잡아 온 궁기와 제건이 있지 않은가! 그들은 매우 강한 요수이다. 그들의 내단을 취하면 내 영력이 크게 높아질 게 분명했다.

내 머리에서 나왔지만, 정말 묘안이었다. 그 후, 나는 욱봉이 잠들기만 기다리며 조용히 방 안에서 때를 기다렸다.

깊은 밤, 만물이 잠들면 욱봉의 선장도 풀린다. 나는 그 틈을 타 욱봉의 침실로 몰래 숨어들었다. 궁기와 제건 둘을 모두 상대하느라 피곤했는지 그는 내 예상대로 곤히 잠들어 있었다. 덕분에 나는 비교적 수월하게 조롱박 두 개를 훔칠 수 있었다.

내 방으로 들어와 문을 닫은 뒤에야 나는 참았던 숨을 내쉬었다. 그리고 조롱박을 탁자 위에 놓았다. 언뜻 평범해 보였지만, 화인이 찍힌 그것은 화신의 힘으로 강하게 봉인되어 있었다.

"둘 중 어느 것의 내단부터 취하지?"

나는 기분 좋게 중얼거리며 조롱박 하나를 골랐다. 그리고 내부를 투시할 수 있는 주문을 외웠다.

잠시 후 조롱박에서 연기가 무럭무럭 솟아오르더니 조롱박 바닥에 웅크린 무엇인가가 보였다. 마치 쥐를 연상케 하는 모습이니 궁기가 분명했다. 놈은 눈을 꼭 감고 있었는데 숨을 내쉬기만 할 뿐 들이마시지는 않았다. 게다가 내뱉는 숨이 갈수록 약해지고 있었다.

"이 정도로 쇠약해졌다면, 일이 쉽겠네."

안도하면서 조롱박에 붙은 화인을 제거했을 때, 예상치 못한 일이 발생했다. 조롱박 속 궁기가 돌연 눈을 번쩍 떴고, 은색으로 번쩍이는 무수한 침을 마치 화살처럼 사방으로 쏜 것이었다.

"엎드려!"

등 뒤에서 누군가가 거칠게 외쳤다. 하지만 너무 놀라 얼어붙은 나는 그 경고를 들었어도 옴짝달싹하지 못했다.

"윽!"

누군가의 뜨거운 몸이 나를 내리누르자, 뾰족한 무엇인가가 살을 뚫는 듯한 소리가 머리 위로 났다.

"젠장, 뭘 꾸물거려. 어서 도망치지 않고!"

그제야 나는 방금 신음을 흘린 이가, 지금 내게 버럭거리는 이가, 욱봉임을 깨달았다. 그는 내 위에서 몸을 일으켰고, 방금까지 나를 누르던 무게가 사라지자 나 또한 즉시 몸을 일으켰다. 그러자 흰 장포를 입은 욱봉이 잽싸게 나를 가로막았다.

고개를 빼서 욱봉의 어깨 너머를 살펴보니 입가에 피를 묻힌, 창백한 얼굴을 한 누군가가 보였다. 그는 욱봉과 십 보 정도 떨어진 곳에서 방천화극(方天畫戟, 고대 중국의 병기)에 의지해 서 있었다. 저것이 말로만 듣던, 궁기가 인간과 유사한 형태로 변한 모습인 듯했다.

욱봉의 말대로 도망치는 게 답인지라 얼른 둔지주[34]를 외웠다. 그 순간 땅에서 한 줄의 철침이 솟아 내 발바닥을 찌르려 들었다. 다행히 제때 피했지만, 모골이 송연했다. 둔지주가 먹히지 않자 이번에는 천장술[35]을 써 보았다. 벽은 내 뜻대로 생겨났지만, 그 벽에 온통 철침이 솟았다. 도저히 그 벽을 통과해 도망칠 수가 없었다.

난감하고 두려워 욱봉을 쳐다보니, 펼쳐 든 그의 손바닥에서 붉은빛이 떠오르고 있었다. 자세히 보니 연꽃 형태의 화염이었다. 그 선연한 화염은 삽시간에 욱봉을 휘감았고, 그는 그 속에 꼿꼿이 선

---

34 遁地呪, 위급한 상황에서 도망치는 주문. 흙의 속성을 이용한다.
35 穿牆術, 벽을 만들어 그 장소를 벗어나는, 일종의 텔레포트에 가까운 주술

채 두둥실 하늘로 떠올랐다. 돌연 궁기는 마치 사신을 만난 듯 얼굴이 더 창백해져 뒤로 물러났다. 그러자 우리를 둘러싼 사방 벽의 철침이 마치 시든 솔잎처럼 바닥으로 우수수 떨어졌다. 그는 아마도 불을 두려워하는 듯했다. 내 예상대로라면 이 승부에서 유리한 고지를 점한 쪽은 분명히 욱봉이었다.

하지만 안도한 것도 잠시, 백회혈에서 불현듯 열감이 치밀었다. 그 열기는 순식간에 후정혈, 풍부혈, 천주혈을 통과해 내려갔다. 수증기 또한 미간에서 모락모락 피어났다. 그 열기가 몸속의 경혈을 하나하나 지날 때마다 내 정신은 점점 더 혼미해졌다. 전에 주작의 알을 먹었을 때 느낀 고통과 비슷했다.

"하아……."

내가 낮은 신음을 흘리며 비틀거리자, 욱봉의 눈이 번뜩였다. 곧이어 그는 눈썹을 찡그리더니 바로 제 손의 붉은빛을 거두었다. 그제야 나는 부르르 몸을 떨며 정신을 차렸다.

몸은 편해졌지만, 문제는 그다음이었다. 자신을 압박하던 화신의 홍염이 사라지자 궁기는 기세등등해져 껄껄 웃었다.

"이런 이런! 화신 전하, 대체 무슨 생각으로 홍련업화(紅蓮業火)를 거두었지? 설마 불을 두려워하는 저 선녀 때문인가? 하하하, 화신이 이리도 여색을 밝히는 줄 내 미처 몰랐군. 오늘 네가 여기서 죽는다면 다 네가 부족한 탓이다. 내가 손에 잔정을 두지 않은 것을 원망치 마라!"

말을 마치기 무섭게 궁기에게서 은색 침이 발사되었다. 족히 만개는 될 듯한 은침이 마치 비처럼 우리를 향해 쏟아졌다. 하지만 욱봉이 제때 선장을 펼쳤기에 은침은 내 바로 앞에서 우수수 떨어졌다.

"그 안에서 꼼짝도 하지 마!"

욱봉은 내게 소리쳐 경고한 뒤 훌쩍 날아올랐다. 그리고 날카로운 무엇인가를 쥔 채 궁기와 맞붙었다.

나는 멍하니 입을 벌린 채 입신의 경지에 이른 듯한 욱봉의 몸짓을 바라보았다. 그가 손에 쥔 것은 일견 검과 비슷하지만, 검이 아니었다. 도와 비슷하지만, 도도 아니었다. 빠르기가 번개 같고, 그것을 휘두를 때마다 무지갯빛 안개가 방 안에 넘쳤다.

그는 유려한 몸짓으로 은침을 하나하나 막았지만, 궁기의 속셈은 따로 있었다. 방금 은침 공격은 욱봉을 유인하기 위한 계책에 불과했던 것이다. 궁기는 욱봉이 전력을 다해 은침을 막을 때를 틈타 나를 향해 방천화극을 휘둘렀다.

"금멱, 선장 안에서 꼼짝도 하지 마!"

욱봉이 크게 소리치며 궁기의 뒤를 따라붙었다. 그 틈을 타 궁기는 잽싸게 방천화극의 끄트머리를 돌려 욱봉의 가슴을 노렸다. 그야말로 허를 찌른 역습이었다.

"아!"

차마 그 뒤의 장면을 보지 못한 나는 두 눈을 꼭 감았고, 내 귓속으로 처절한 비명이 파고들었다. 하지만 욱봉이 아닌 궁기의 것이었다. 놀라 눈을 뜨니, 욱봉이 궁기를 걷어차는 모습이 보였다. 그는 작은 힘을 영리하게 역이용해 큰 힘을 제압하는 공격을 가했다. 그것은 기가 막히게 먹혀들었다.

"으윽!"

궁기가 경련하며 손에 쥔 방천화극을 떨어뜨린 그때, 욱봉의 손에 들린 날카로운 무기가 궁기의 목을 꿰뚫었다. 곧이어 궁기는 처절하게 비명을 지르며 비틀거렸다. 궁기는 두 눈을 치뜨며 욱봉에게 대적하려 했지만, 소용없었다. 욱봉이 신속히 손가락을 뻗어 그의 인당혈에 화인을 찍었기 때문이었다. 궁기는 한순간에 무력해졌고, "찍!" 하는 소리와 함께 쥐의 형상으로 되돌아갔다.

어디선가 바람이 불어와 땅바닥에 떨어진 수많은 은침을 우수수 날렸다. 알고 보니 은침은 궁기의 몸에 난 은회색 털이었다. 즉, 궁기는 제 털로, 욱봉은 제 깃털로 대적한 셈이었다. 나름 대단하기는 한데, 마음에 썩 드는 방식은 아니었다. 저런 식으로 계속 싸우다가는 다들 대머리가 될 판이니 말이다.

나는 방 한구석에 쪼그리고 앉아 불에 그슬린 데다가 대머리까지 된 욱봉을 떠올렸다. 그러면서 새삼 가슴을 쓸어내렸다. 아아, 내가 포도라 털이 안 나는 게 정말 다행이야.

하지만 내 하릴없는 상념은 궁기를 다시 봉인한 조롱박을 든 욱봉이 내 쪽으로 몸을 돌리자 삽시간에 사라졌다. 나를 보는 그의 눈빛이 당장 내 목을 칠 듯 살벌하기 그지없어서였다. 입이 열 개라도 할 말이 없는지라 나는 얌전히 고개를 조아렸다.

"고개를 들어라."

실로 듣는 이의 간담을 서늘하게 하는 음산한 목소리였다.

"화신 전하는 과연 대단하세요. 전하 덕분에 제 견문이 더 넓어졌어요. 실로 감사드려요!"

"너!"

내 딴에는 그의 비위를 맞추려고 한 말인데, 왠지 욱봉의 화를 더 부채질한 듯했다. 그런 그가 무서운 나머지 눈물까지 찔끔 나서 그의 눈치만 살살 보자, 그는 깊게 한숨을 내쉬었다. 절대로 그럴 리 없지만 치미는 화를 애써 누르는 듯한 모습이었다.

"됐다. 됐어. 하지만 이것만은 물어봐야겠구나. 내가 분명히 위험하다고 일렀건만, 어째서 봉인을 풀었느냐?"

그의 물음에 나는 조금 쳐들었던 고개를 도로 숙였다. 그리고 발끝을 보며 어렵사리 입을 달싹였다.

"저, 그게……. 궁기의 내단을 취하려고요."

"젠장!"

욱봉은 낮게 욕을 뇌까리더니 손을 들어 이마를 짚었다.

"하여튼 네 녀석의 모자람이란! 내단? 네 내단을 궁기가 취했으면 취했지, 네가 무슨 재주로 궁기의 내단을 취한단 말이냐! 아까 만약 내가 너를 보러 오지 않았……."

욱봉은 나를 꾸짖다 말고 문득 입을 다물었다. 더 얼마나 화를 내려고 중간에 잠시 쉬기까지 하나 싶었다. 두렵고 불안한 마음에 고개를 살짝 들어 그를 살펴보니 그의 얼굴이 분홍색을 띠고 있었다.

헉, 어쩌지 안색이 아까보다 더 이상해졌어!

"전하! 오늘 생긴 일 때문에 전하께 많이 송구하지만, 제가 그 정도로 약하지는 않아요."

"뭐라! 지금 뭐 잘했다고 말대꾸더냐! 네가 방금 한 짓이 얼마나 가당찮았는지 여전히 깨닫지 못하는 것이냐?"

아까보다 더 언성을 높이며 그가 화를 내자, 나는 슬그머니 화가 치밀었다. 아니, 억울하고 분해졌다. 그가 나를 무시한다는 사실은 익히 알지만, 이번에는 정도가 심하다.

"궁기를 이길 수는 없었겠지만, 내단을 뺏기다니요! 기껏해야 진신으로 돌아가는 정도였을 거예요.”

어느새 나는 반쯤 울먹이고 있었다. 그러자 그의 눈빛이 이상하게 빛나더니 얼굴의 분홍색이 목까지 번졌다.

“흠.”

그가 돌연 헛기침을 하며 내게 손가락을 뻗자, 나는 기겁하며 머리를 뒤로 물렸다. 그는 방금 궁기의 인당혈을 찍어 요력을 없앤 뒤 진신으로 되돌렸다. 아마 나에게도 궁기의 화인을 푼 죄를 물어 같은 처분을 내리려는 게 분명했다. 하지만 내 저항은 덧없는 몸부림에 불과했다. 욱봉이 내 어깨를 붙잡아 더는 머리를 뒤로 물릴 수 없게 했으니 말이다.

‘아, 이제 나는 끝이구나!’

그의 손가락이 내 인당혈을 지그시 누르자, 나는 절망감에 눈을 질끈 감았다. 그런데 이어진 그의 행동은 내 예상과 심히 달랐다. 그는 봄바람처럼 부드럽게 내 미간을 어루만질 뿐이었다.

“미안하구나. 내가 아까 마음이 급해 네 속성이 물임을 잊었다.”

아, 나는 포도라니까, 포도!

분명 흙에서 태어났다고 전에도 말해 줬는데 왜 또 내 속성이 물이라는 거야.

이것은 내 정체성의 문제이다. 아무리 여러 번 반복해 강조해도 부족함이 없기에 나는 욱봉에게 항변하려고 했다. 하지만 눈을 떴을 때 그의 손에서 뚝뚝 떨어지는 피가 보였다. 그러다 보니 방금까지 하려던 말을 깡그리 잊었다.

“전하, 손이⋯⋯.”

내가 놀라 더듬거리고서야 욱봉은 자신의 손을 들어 살폈다.

"신경 쓰지 마라. 궁기의 침에 찔렸을 뿐이니."

나는 그제야 궁기가 조롱박에서 뛰쳐나와 나를 공격했을 때가 떠올랐다. 당시 그가 나를 내리눌렀을 때 날카로운 무엇인가가 살에 파고드는 소리가 났다. 내게 날아오는 궁기의 침을 막으려다가 그가 나 대신 침을 맞은 게 분명했다.

"화신 전하, 혹시 여기 계세요?"

이를 어쩌나 싶어 난감해하던 그때, 여인의 목소리가 문밖에서 들렸다. 애교가 넘치는 걸 보니 분명히 변성공주였다. 문을 열어 주자 그녀는 튕기듯 방 안으로 들어왔다.

"이 안에서 싸우는 소리가 들려서 와 봤……. 어머, 전하!"

변성공주는 바로 기겁했고, 그녀의 이런 반응은 당연했다. 방 안에 쥐 털이 가득한데 어찌 놀라지 않겠는가.

"궁기가 설마 도망쳤나요? 화신 전하, 다친 데는 없으세요?"

변성공주는 황급히 욱봉에게 달려와 그의 상세를 살피려 했다. 하지만 욱봉은 여느 때와 다름없이 그녀의 손길을 요령 있게 피했다.

"괜찮으니 심려치 마십시오."

괜찮긴! 피가 철철 나는데!

하여튼 곧 죽어도 여인 앞에서는 잘난 척이지.

"공주마마, 혹시 붕대 없으세요? 전하께서 궁기의 침에 손이 찔리셨어요."

"뭐라고?"

내 말에 변성공주는 금세 사색이 되었다.

"화신 전하께서 궁기의 온침에 찔리셨단 말이냐?"

그녀가 말하는 온침이 무엇을 말하는지 몰랐던 나는 어안이 벙

병해졌다. 하지만 그녀는 내 의문을 풀어 주지 않은 채 그대로 몸을 일으켰다.

"화신 전하, 소녀 즉시 화계로 가서 온침을 해독할 영지성초를 구해 오겠습니다. 49시진 안에 반드시 돌아올 터이니 심려치 마십시오."

변성공주는 말을 마치자마자 허리를 굽혀 예를 표했다. 그런 뒤 황급히 방에서 뛰쳐나갔다.

"변성공주, 잠깐!"

욱봉이 소리쳤지만, 이미 늦었다. 변성공주는 이미 사라진 뒤였다.

나는 변성공주가 밀치고 나가 흔들리는 문과 난감한 표정을 한 욱봉을 번갈아 보았다. 그러다가 조심스레 그에게 물었다.

"전하, 온침이 대체 뭐기에 변성공주가 저리 다급하게 떠났나요?"

"궁기는 원래 역병을 일으키는 요수나라. 궁기의 털은 온 세상의 모든 역병을 품고 있어 온침(瘟針)이라 불리지. 일단 궁기의 독이 몸에 침투하면 49시진 안에 모든 영력이 소멸해."

실로 끔찍한 일을 욱봉은 너무나 담담하게 설명했다. 듣는 내 쪽은 되레 너무 당황스러워 머릿속이 하얘졌는데 말이다.

"아까 변성공주가 영지를 구해 오겠다고 했잖아요. 영지만 있으면 전하 체내의 온침을 해독할 수 있나요?"

"그래."

고개를 끄덕이는 욱봉의 관자놀이에 땀이 배어났다. 그는 이런 짧은 대답도 힘든지 낮게 숨을 내쉬었다. 그 후, 의자에 등을 기대 앉았다.

"하지만 화계와 천계 사이에는 깊은 원한이 있고, 영지성초는 화계의 목단 장방주만 가지고 있지. 그러니 변성공주가 화계에 가도 아무 소용이 없어."

욱봉의 말을 듣고 있노라니 나는 실로 어이가 없었다.

목단 장방주는 공사가 다망하신 분이다. 그저 그럴듯해 보이라고 성초(聖草)라는 글자를 덧붙였을 뿐, 영지성초란 그저 버섯의 일종인 영지일 뿐 아닌가! 고작 그딴 거 하나 얻겠다고 그 바쁜 분을 귀찮게 하다니 그게 어디 될 말인가. 영지는 당연히 얻지 못할 테고, 그녀의 진노만 살 뿐이다. 그리고 이건 화계와 천계의 오랜 원한과는 아무 상관이 없다.

이런 뻔한 상황도 예측하지 못하는 욱봉이 오늘따라 참으로 한심하게 느껴졌다. 예전에 노호는 "자고로 인물이 멀끔하다는 것은 얼굴에만 양분이 몰렸다는 의미야. 그래서 인물이 멀끔한 자들은 머리가 나쁘지"라고 말했다. 알고 보니 노호는 백번 옳은 소리를 했다.

영지는 그저 풀떼기에 불과하다. 환술을 써서 만들면 그만이다. 고작 그런 일 가지고 목단 장방주를 번거롭게 할 필요 자체가 없다.

"제가 영지를 만들어 내면 그 보답으로 제게 뭐를 주실래요?"

나는 소매 속에 홍실을 꺼내 욱봉의 눈앞에 내밀었다. 그러자 욱봉은 실로 황당하다는 눈으로 나를 힐끗 본 뒤 곧바로 운기 조식을 시작했다. 대답할 가치도 없다는 태도였다.

대놓고 나를 무시하는 그의 처사에 울화가 치밀었지만, 참았다. 그리고 홀로 한쪽에 앉아 홍실로 영지의 형태를 만들었다. 잠시 후 포자로 변한 그것을 바닥에 뿌리자, 홍실은 이내 갈색 영지로 변했다.

"보세요, 전하! 제가 영지를 만들어 냈죠?"

나는 의기양양하게 영지를 욱봉에게 내밀었다. 욱봉은 움찔 놀라며 눈을 떴지만, 내가 만든 영지를 보자 웃는 듯도, 혹은 우는 듯도 아닌 묘한 표정을 지었다.

"그냥 음식이나 만들려무나, 그 표고로."

응, 표고? 영지가 아니었나?

나는 내 손의 버섯을 살펴보았다. 갈색을 띤 붉은색이라 영지라고 생각했는데, 자세히 보니 표고였다.

"다시 해 볼게요. 이번에는 정말 영지를 만들어 낼 거예요."

내가 머쓱하게 웃자, 욱봉은 나를 빤히 보았다. 실로 한심하다는 눈빛이었다.

나 원, 실수 한 번 한 거 가지고!

구관조와 까마귀가 비슷하게 생겼듯이 영지나 표고나 목이버섯은 어차피 버섯 일가다. 딱히 모양에 차이가 없으니 헷갈릴 수도 있다.

나는 다시 바닥에 주저앉아 표고, 목이, 차수구 등등 각종 버섯을 만들어 냈다. 언제부터인가 욱봉이 운기 조식조차 그만둔 채 의자에 팔을 걸친 자세로 나를 지켜보는지라 더욱 열심히 할 수밖에 없었다.

허, 지금 저 자식이 나 무시하는 거지? 나를 지금 완전히 구경거리로 삼은 거 맞지? 얼굴색은 갈수록 엉망이 되는데, 입꼬리는 점점 올라가잖아!

"네가 영지성초를 정말로 만들어 낸다면 2백 년치 영력을 주마. 어떠냐?"

역시나 그는 나를 조롱하고 있었다. 새 주제에 감히 과일을 무시하다니! 참을 수 없다.

나는 손가락 세 개를 세워 보였다.

"3백 년치요!"

"좋다."

욱봉은 선선히 고개를 끄덕였고, 나는 다시 바닥에 시선을 두었다. 그러고는 계속 포자를 뿌리고 영지를 키우는 데 몰두했다. 그러던 어느 순간, 내 노력은 마침내 결실을 보았다. 진짜 영지가 탄생한 것이었다. 꾸준히 한 길을 가면 결실을 본다더니! 역시 옛말은 틀린 데가 없다. 나는 기쁜 마음으로 영지성초를 꺾어서 한달음에 욱봉에게 다가갔다.

"보세요. 영지 맞지……."

미처 말을 끝내기도 전에 나는 낮게 신음을 흘렸다. 방금까지 흘리던 미소를 싹 걷은 욱봉이 내 손목을 세게 낚아챘기 때문이었다.

"네 녀석의 정체가 무엇이냐!"

나를 보는 그의 사나운 눈빛에 심장이 철렁 내려앉았다. 붙잡힌 팔목도 너무 아팠다.

은혜를 원수로 갚아도 유분수지. 이게 무슨 태도람.

이번에는 정말 속이 상했다. 그래서 그에게 잡혀 있지 않은 다른 손을 들어 그의 이마를 세게 밀었다.

"전하야말로 저한테 왜 이러세요? 궁기의 털 독이 설마 머릿속에 파고들기라도 했어요?"

그에게 세게 항변하면서도 나는 내심 놀랐다. 내 손에 닿은 욱봉의 이마가 타는 듯 뜨거워서였다. 반면, 그의 눈은 차갑기 그지없었다. 뭐지, 이거 혹시 온침의 중독 증상인가?

"영지성초는 화계의 일개 정령이 만들 수 있는 것이 아니다! 말해! 선대 화신(花神)과 무슨 관계냐!"

온침의 위력은 과연 대단했다. 이리도 빨리 독을 체내에 침투시켜 천하의 화신(火神)이 헛소리를 주절대게 하다니 말이다.

선대 화신의 신력은 천제에 미치지는 못했어도 다른 신선보다는 우위였다고 한다. 그런 엄청난 신선과 내가 무슨 관계가 있을까! 또 그렇다면 내가 뭐 하러 고작 3백 년치 영력을 받겠다고 욱봉과 구차하게 거래를 하겠느냔 말이다.

"전하, 아파요! 손 좀 놔주세요. 그리고 저는 선대 화신과 아무 관계도 없어요."

"당장 말해! 선대 화신과 무슨 관계야!"

"아무 관계도 없다고 몇 번이나 말해요!"

욱봉은 열에 절절 끓는 몸을 하고도 계속 나를 추궁했다. 내가 그의 손을 뿌리치려고 저항하자, 그는 남은 다른 손도 낚아챘다. 그의 눈빛은 점점 더 번들거렸다. 내뱉는 숨도 뜨겁기 그지없었다. 그게 선연히 느껴지자 나는 조급해졌다. 내가 그를 적시에 구하지 않으면 그는 죽고 만다. 그러면 그가 주기로 한 3백 년치 영력도 날아간다.

아, 몰라. 이 자를 혼절시켜서라도 영지를 먹여야겠다.

하지만 그게 또 쉽지 않았다. 내 두 손이 전부 그에게 붙들려 있어 운신에 제약이 있어서였다. 이를 어쩌나 고민하는데 열기를 품은 그의 호흡이 내 입술을 간질였다. 그 순간, 나는 그를 놀라게 할 묘안이 떠올랐고, 즉시 머리를 쳐들었다. 그리고 그의 얇은 입술을 한 번에 머금은 뒤 혀를 내밀어 그의 입술을 쓱 핥았다.

과연 내 예상대로 그는 마치 벼락이라도 맞은 듯 뻣뻣하게 굳어 버렸다. 두 눈을 휘둥그레 뜬 채 아연해했다.

아, 효과가 있다!

나는 속으로 쾌재를 부르며 어느새 힘이 빠진 그의 손을 떨쳤다. 곧이어 손날을 세워 그의 목덜미를 세차게 내리쳤다. 예상대로 그는 "억!" 소리 한 번 내지 못한 채 혼절했다.

"아아, 진작 이럴걸. 괜히 고생했네."

나는 아픈 손목을 문지르며 그를 침상으로 옮기는 구결을 외웠다. 그리고 환술로 만들어 낸 절구로 영지 반쪽을 빻아 그의 상처에 발라 주었다. 반은 즙을 내어 그에게 먹였다. 그 후에는 혹시 문제가 생길까 봐 걱정되어 침상 옆에 자리를 잡고 앉아 자그마치 2각(30분)이나 그의 곁을 지켰다. 고생한 보람이 있었는지 그의 숨은 어느새 안정되어 갔다. 보아하니 곤히 잠든 듯했다.

"나 원, 남은 이렇게 혼을 빼게 해 놓고는 자기는 잘만 자네."

나는 침상 기둥에 맥없이 머리를 기댔다. 궁기에게 죽을 뻔한 데다가 영지성초까지 만들어 냈더니 피곤해 죽을 지경이었다.

나도 모르게 기둥에 머리를 댄 채 잠이 들었나 보다. 앞이마가 간지럽지 않았으면 아마 이 상태로 쭉 잤을 듯했다.

바로 깨기는 싫었기에 나는 눈을 감은 채 손을 들었다. 이마 위가 간지러운 것은 아마도 진딧물이 그 위로 기어 다녀서일 테다. 귀찮지만 나는 포도 정령이다. 그러니 내 몸에 기어 다니는 진딧물을 내버려 둘 수는 없다. 우리 포도가 뱀 다음으로 끔찍해 하는 천적이 진딧물이니 말이다.

'어, 무슨 진딧물이 이렇게 커?'

속으로 적지 않게 놀란지라 눈이 절로 떠졌다. 그러자 상체를 반쯤 세운 채 침상 위에 비스듬히 앉은 욱봉이 눈에 들어왔다. 그 순간 나는 고개를 갸웃거렸다. 손바닥 두 개를 펼친 간격 정도밖에 안 될 정도로 나와 가까이 있는 그의 얼굴이 이상할 정도로 붉어서였다. 심지어 그의 눈에는 여러 가지가 혼재해 있었다. 놀라움 하나, 의혹 둘, 의미 모를 반짝임 셋, 정체를 알 수 없는 감정 넷까지.

뭐지, 이 상황은?

나는 내가 붙잡고 있는 그의 흰 손가락과 알 수 없는 그의 눈빛을 번갈아 보았다. 그때 귀에 익숙한 노성이 울려 퍼졌다.

"금멱, 대체 이게 무슨 짓이냐!"

귀로 듣고도 믿어지지 않아 나는 느리게 고개를 돌렸다. 놀랍게도 방 안을 가득 채운 안개구름 속에는 꽃가지를 든 선시를 양쪽으로 거느린 목단 장방주가 서 있었다. 언제나처럼 올림머리에서는 머리카락 한 올도 흘러 있지 않았다. 곧은 등을 꼿꼿하게 세운 모습에도 위엄이 넘쳤다. 그런 그녀의 곁에는 변성공주도 있었다.

나는 목단 장방주를 백 년 만에 만난 터였다. 마치 고향 친구를 만난 듯 그녀가 반가웠다. 하지만 그녀는 나와의 상봉을 전혀 기뻐하지 않았다. 되레 나를 무섭게 쏘아보았다. 아니, 정확하게는 내 왼손을 노려보았다.

대체 왜 이러나 싶어 그녀의 시선을 따라가 보니 욱봉이 내 손을 잡고 있었다. 물론, 아까 내가 그의 손가락을 진딧물로 착각하여 붙잡기는 했다. 하지만 그의 손을 잡은 적은 없었다. 즉, 그가 내 손을 잡았다는 건데 대체 언제 잡았는지 알 수 없었다. 그래서 미간을 찡그리며 그를 올려다보자, 그는 그제야 손을 놓아주었다.

"목단 장방주께서 발길 하시었는데 마중을 나가지 못해 송구합니다. 제가 일신에 병이 갑자기 생겨 무례를 범하였습니다."

"흥!"

욱봉은 목단 장방주에게 공손히 예를 갖추었지만, 그녀는 그에게 눈길도 주지 않았다. 그저 콧방귀만 대차게 꼈다.

"괘념치 마십시오. 감히 제가 뭐라고 고귀하신 화신의 마중을 받겠습니까!"

그녀는 말을 끝내자마자 내게 엄히 명했다.

"금멱, 당장 내게로 오너라."

목단 장방주는 성격이 불같다. 그러니 그녀를 거슬러 좋은 일은 하나도 없었다. 총명하고 눈치가 빠른 나는 바로 그녀에게 순종했다.

"금멱, 너는 내 명을 거역하고 수경 밖으로 나갔을 뿐더러 천계까지 갔다. 이는 화계의 규율을 어긴 중죄이니라!"

목단 장방주의 호령이 머리 위로 떨어지자 정신이 번쩍 들었다. 벌을 피하려면 수경 밖으로 나간 그럴듯한 핑계를 대야 하는데 머릿속이 하얘졌다.

"목단 장방주, 금멱 선자를 탓하지 마십시오. 예전에 저는 열반하던 도중 그만 화계로 떨어졌고, 우연히 금멱 선자를 만났습니다. 그 인연으로 금멱 선자와 함께하게 되었을 뿐입니다."

어느새 의관을 정제하고 일어선 욱봉이 한마디 거들자, 목단 장방주의 눈매가 더욱 매서워졌다. 욱봉이 끼어들어 그녀의 심기가 더 틀어진 게 분명했다.

"이건 우리 화계의 사정입니다. 천계의 화신께서 참견하실 일이 아닙니다. 그리고 외람되지만, 부디 화신께서는 언행에 주의해 주십시오. 다른 선고나 선녀는 제가 알 바 아니나 화계 정령과 선자는 제 소관입니다. 금멱이나 다른 화계 정령에게 손가락 하나 델 생각도 마십시오!"

그녀의 말에 욱봉의 얼굴이 무겁게 가라앉았다.

"제 언행에 단정치 못한 점을 보셨다면 송구합니다. 또 통렬히 반성하겠습니다. 하지만 떠도는 말은 믿을 게 못 됩니다. 잘못된 잣대로 저를 판단하지 말아 주십시오."

그는 돌연 시선을 옮겨 나를 보았다. 그의 눈이 아까와는 다르게 빛나는지라 내심 괴이했다.

"분명히 말씀드릴 수 있습니다. 저는 금멱 선자를 제 마음에 두었습니다. 이는 추호의 거짓도 없는 제 진심이옵니다."

"뭐라고요!"

욱봉의 말을 들은 그때, 목단 장방주의 얼굴은 흡사 녹즙처럼 변했다. 변성공주는 당장이라도 울 듯했다. 두 선시도 두 눈을 휘둥그레 떴다. 반면, '내 마음에 두었다'라는 말이 무슨 뜻인지 알지 못하는 나는 방 안의 이상한 분위기에 눌린 채 눈치만 보았다.

"허, 농담이 실로 지나치시군요. 금멱을 데리고 가겠습니다. 앞으로 다시는 화신과 금멱이 만날 일은 없을 것입니다."

목단 장방주는 내 손목을 단단히 움켜쥐며 자기 쪽으로 나를 끌어당겼다. 그녀의 표정만으로도 그녀가 얼마나 화가 났는지 알 수 있었다. 그 때문에 나는 찍소리도 하지 않았다.

"목단 장방주, 앞일은 모르는 법이니 그리 단언하시는 마십시오.

그리고 머지않아 다시 목단 장방주를 찾아뵙겠습니다. 이번 일을 기회로 천계와 화계의 관계가 회복될 수도 있지 않겠습니까?"

"어림도 없습니다. 꿈 깨시지요!"

목단 장방주는 다시 노성을 뱉으며 몸을 돌렸다. 그런 뒤 나를 질질 끌고 문간으로 갔다. 별수 없이 나는 급히 고개를 돌려 그에게 물었다.

"전하, 방금 말씀하신 '머지않아'가 언제예요?"

아직 3백 년치 영력을 받지 못했기에 내 눈빛은 실로 절절할 수밖에 없었다. 다행히 내 간절한 염원은 욱봉에게 닿은 듯했다. 그가 눈썹을 살짝 들더니 봄빛처럼 부드러운 시선을 내게 보냈으니 말이다. 심지어 그의 뺨에는 비 온 뒤 연못 같은 보조개까지 패 있었다.

"모레."

***

"당장 꿇어라!"

머리 위로 목단 장방주의 불호령이 다시 떨어졌다. 나는 잔뜩 얼은 채 움찔움찔 주변을 돌아보았다. 지금 내가 서 있는 곳은 무성하게 풀이 우거진 무덤 하나만 덩그러니 있는 화계 안 외진 장소였다. 나도 1년에 한 번씩은 오는 곳이다. 100년 만에 화계로 돌아왔음에도 특유의 스산함이 여전했다.

"당장 꿇지 않고 뭐 하느냐!"

목단 장방주의 화려한 의상은 어느새 차분한 흰색 비단옷으로 바뀌어 있었다. 무덤의 주인에게 예를 표하기 위함이 분명했다.

"예, 목단 장방주님."

나는 순순히 고개를 끄덕였다. 그리고 그 흔한 꽃 장식 하나 없는 선대 화신의 무덤 앞에 무릎을 꿇었다. 몰랐는데, 백 년의 시간이 그리 짧지는 않았나 보다. 이렇게 선대 화신의 무덤 앞에 고개를 조아리고 있자니, 아주 옛날 일처럼 수경 안에 갇혀 산 지난 4천 년간의 일들이 새록새록 떠오르니 말이다.

예전에 나는 상강(절기 중 하나)이 오기만을 손꼽아 기다렸다. 선대 화신의 기일인 상강에만 목단 장방주가 수경을 열어 그 안에 사는 우리를 결계 밖으로 내보내 주기 때문이었다. 그리고 그날 수경에서 나온 모든 정령은 화계의 모든 백성과 함께 선대 화신의 무덤으로 가서 그녀를 추도해야 했다.

수경에서 무덤까지는 향 하나 탈 정도의 거리였지만, 나를 비롯해 수경 안의 정령들은 그것조차 감지덕지했다. 수경에 갇혀 사는 신세인 우리가 수경에서 벗어날 수 있는 흔치 않은 기회이니 말이다. 그래서 그날이 마치 새해처럼 느껴질 정도였다. 비록 무덤 앞 맨 앞줄에 선 24 방주들을 따라 엄숙하게 선대 화신을 추도하는 표정을 지어야 했지만, 그 정도는 충분히 감수할 가치가 있었다.

생각이 거기까지 미쳤을 때 나는 문득 의문이 치밀었다. 대체 왜 목단 장방주가 나를 여기로 데려왔을까? 지금은 하지도 아니고, 상강은 더 멀었으며 청명절도 이제 막 지났는데…….

"금멱, 우선 선대 화신께 삼배를 올린 뒤 내 물음에 답하거라. 한 치의 거짓도 있어서는 안 된다!"

목단 장방주는 짐짓 엄하게 목소리를 내리깔았다.

"예."

나는 실눈을 뜬 채 목단 장방주의 눈치를 보며 단정히 두 손을 모았다. 그런 뒤 선대 화신의 무덤에 삼배를 올렸다.

"비녀가 안 보이는구나! 어찌 된 일이냐?"

"……아, 쇄령잠요? 잃어버렸어요."

내 대답이 나오기 무섭게 목단 장방주는 나를 죽일 듯 노려보았다. 그 순간, 나는 욱봉과 목단 장방주의 공통점을 발견했다. 둘 다 쇄령잠에 지나치게 관심이 많다는 거.

"그게 쇄령잠임을 네가 어찌 알았지?"

"욱봉 그자가 말해 줬어요."

목단 장방주는 돌연 "이런!" 하고 탄식하더니 다시 나를 추궁했다.

"화신 욱봉을 제외한 누가 또 쇄령잠을 뺀 네 모습을 보았느냐?"

"월하선인, 요청, 비서, 야신, 노호, 구요성궁의 계도성군……. 아, 그리고 서오궁의……."

나는 손가락을 꼽아 가며 기억을 더듬었다. 목단 장방주가 솔직하게 고하라고 했으니 그녀에게 성의를 보여야 할 듯해서였다. 하지만 목단 장방주의 얼굴이 갈수록 더 살기등등해졌다. 흡사 나를 태워 죽일 기세였다. 진심으로 목숨의 위협을 느낀 나는 말하는 도중 입을 닫았다.

"너를 수경 밖으로 데리고 나간 이가 화신 욱봉이냐?"

"예."

"수경을 떠난 후 백 년간 어디서 살았느냐? 서오궁이냐?"

"예."

"화신 욱봉은 궁기의 온침에 중독되었다. 해독약은 영지뿐인데 설마 네가 영지성초를 키워 화신을 살렸느냐?"

"예"

"좋다. 마지막으로 묻겠다."

목단 장방주는 이를 악물더니 어렵사리 다시 입술을 달싹였다.

"화신을 사랑하느냐?"

"예."

이건 실수였다. 계속 "예"라고 대답하다 보니 그만 습관적으로 또 "예"라고 대답했을 뿐이었다. 그러자 목단 장방주는 절망한 표정으로 두 눈을 질끈 감았다.

"화신(花神)이시여, 소신이 죽을죄를 지었습니다. 화신께서는 소신을 믿고 중임을 맡기셨는데, 소신이 실로 변변치 못해 일을 그르치고 말았습니다."

그녀는 선대 화신의 무덤 앞에 털썩 주저앉더니 처절하게 소리쳤다.

"어떤 식으로든 소신의 죄를 씻을 수 없습니다. 허나, 아직은 소신에게 할 일이 남았습니다. 사죄의 뜻으로 소신의 원신 반을 소멸시킬 터이니 부디 소신을 용서하십시오."

괜히 한 말이 아닌 듯했다. 목단 장방주는 진지한 얼굴로 손가락을 들더니 바로 자신의 인당혈을 찌르려 했다.

"목단 장방주님, 아니에요! 그런 게 아니에요! 잠시만요!"

나는 황급히 그녀의 손을 붙들었다. 조금만 늦었어도 돌이킬 수 없는 일이 벌어질 뻔했다.

아니, 왜 다들 나와 욱봉이 조금만 관련되어도 이 난리를 칠까?

일전에 나는 노호가 너무 심하게 화를 낸다고 여겼다. 하지만 오늘에 와서 보니 목단 장방주는 더하다.

원신의 반을 소멸시키겠다니 제정신인가! 그렇게 영력이 남아돌면 차라리 나를 줘!

"아니라니? 그게 무슨 뜻이냐?"

목단 장방주는 내 저의를 파악하려는 듯 내 눈을 뚫어지게 보았다. 그 눈빛이 어찌나 무서운지 오금이 다 저렸다.

"아니라고요. 저는 욱봉 그자에게 아무런 감정이 없어요. 아까는 그만 말이 헛나온 거예요."

"그게 정말이냐?"

목단 장방주의 물음이 지나치게 진지했기에 나는 내가 욱봉에게 정말 사랑이라는 감정을 느끼는지 깊이 고민해 보았다. 하지만 그것을 판단하기가 실로 어려워 월하선인이 들려준 애정 소설의 내용들을 떠올려 보았다. 그것을 종합해 정리해 보면 사랑은 다음과 같이 정의할 수 있었다.

사랑이란 '일단 우선 몸부터 섞은 뒤 죽네 사네 난리를 치는 것'이다. 그리고 이 정의를 내린 뒤부터는 판단이 쉬워졌다.

욱봉은 춘궁도에 나오는 '몸을 섞는 수련법'을 내게 전수한 적 없다. 그러니 '일단 몸부터 섞은'이라는 전제에 나는 속하지 않는다. '죽네 사네 난리를 치는 것'에도 나는 포함되지 않았다. 내가 그를 위해 그런 행동을 한다는 게 도무지 상상되지 않으니 말이다.

"예. 저는 욱봉을 사랑하지 않아요."

내가 이토록 상쾌하게 결론을 냈는데도, 목단 장방주는 여전히 꺼림칙한 표정을 버리지 못했다. 나 원, 어찌 이리도 의심이 많은지!

"그러면 왜 화신을 살렸느냐? 뭔가를 약조받는 듯한 그 말은 또 뭐였고?"

"욱봉 그자가 영지 하나에 3백 년치 영력을 주기로 했어요. 그것을 언제 받을 수 있나 궁금해서요."

내 말에 목단 장방주는 눈을 질끈 감았다. 아까처럼 노한 표정은 사라졌지만, 어이가 없다는 표정이 대신 그 자리를 채웠다.

"단지 그것뿐이냐?"

그 외에 뭐가 또 있겠는가!

나는 순순히 고개를 끄덕였다. 그 순간, 그녀는 안도의 한숨을 내쉬며 혼잣말했다.

"다른 일이 없으면 됐다. 하아, 아무래도 내가 너를 너무 과대평가했나 보구나."

목단 장방주의 말이 솔직히 좀 거슬렸다. 하지만 그녀는 감히 내가 대들 수 있는 상대가 아니니 무엄하게 항변할 수는 없었다. 어쨌든 오해가 풀린 듯해 나는 슬그머니 무릎을 폈다. 차가운 땅에 오랫동안 무릎을 대고 있으면 몸에 좋지 않으니 말이다.

"금멱, 단단히 마음에 새기거라. 천계와 화계는 불구대천의 원수지간이니라. 그러니 지금 당장 돌아가신 선대 화신께 맹세해라. 다시는 천계와 인연을 맺지 않겠다고."

그녀는 돌연 눈을 번쩍 치뜨더니 내 무릎을 다시 꿇렸다. 속으로 많이 성가시기는 했지만, 순순히 시키는 대로 하는 게 이 벌을 조금이라도 덜 받는 길이었다. 그 때문에 나는 순순히 손가락 두 개를 펼쳐 세워 인당혈에 가져다 댔다.

"선대 화신님, 맹세컨대 소녀 금멱은 오늘부터 천계의 인간과는 절대로 인연을 맺지 않겠습니다. 이 맹세를 어기면, 제 모든 영력은 소멸할 것입니다. 또, 이번 생에는 신선의 반열에 오르지 못할 것입니다. 다음 생에는 속세로 떨어지는 벌을 받을 것이며, 다다음 번 생에는 토끼에게 잡아먹히는 당근으로 환생할 것입니다."

"됐다. 그만하거라."

내 맹세가 꽤 독하다고 느꼈나 보다. 목단 장방주는 그제야 찌푸린 미간을 펴며 나를 일으켜 주었다. 그때 나는 속으로 쾌재를 불렀지만, 겉으로는 얌전한 표정을 가장했다.

역시 노인네를 속이는 일은 쉽다. 천계에 인간이 어디 있단 말이다. 다 천인(天人)이고 신선이지.

목단 장방주가 나를 수경 안으로 데리고 들어오자, 나머지 방주들과 수경 안 정령들은 앞다투어 나를 보러 왔다. 그런데 가장 먼저 나타나리라고 여긴 연교와 노호가 보이지 않았다. 그 이유를 묻자, 누군가가 연교는 장방주가 내린 벌을 받고 있다고 말해 주었다. 옆 텃밭에서 거름을 지고 채소를 심느라 몸을 뺄 수 없다고 말이다.

하지만 노호가 나를 찾아오지 않는 이유에는 아무도 답을 주지 못했다. 다들 그저 곤란한 표정만 지으며 내 대답을 피할 뿐이었다. 결국, 다음 날 노호를 찾아가고서야 나는 그 이유를 알게 되었다. 그는 내가 속인 일로 심사가 단단히 뒤틀려 있었던 것이다. 그는 내 앞에서 문을 쾅 닫으며 다시는 나를 보고 싶지 않다고 선언했다.

제 4 장

내가 수경으로 무사히 돌아와서 기쁜 것과 수경에서 멋대로 나간 죄를 묻는 것은 별개였나 보다. 수경에 돌아오자마자 나는 집에 갇히는 신세가 되었으니 말이다. 목단 장방주는 나머지 방주들과 내 집에서 나설 때 대문 위에 부적을 3장이나 턱턱 붙였다.

"이 안에서 네가 얼마나 잘못했는지 깊이 반성하고 또 반성하거라."

그날 목단 장방주가 한 말을 떠올리며 나는 그녀의 말투를 그대로 흉내 내어 보았다. 그와 동시에 미간에 확 주름이 졌다. 물론 목단 장방주의 명을 거역한 일은 나쁜 짓이다. 하지만 그게 구금이라는 심한 벌을 받을 정도로 큰 죄인가 싶다.

나는 작게 한숨을 내쉬며 이틀 전부터 지금까지 닳도록 들여다본 달력을 다시 살폈다. 달력이 잘못되지 않았다면 오늘은 내가 수경으로 돌아온 지 이틀째다. 그 말인즉슨, 오늘 안에 욱봉이 나를 찾아온다는 뜻이었다.

그는 분명히 내게 '모레'라고 말했다. 그가 내게 친절하거나 다정하지는 않지만, 약조를 어긴 적은 없다. 그러니 그는 반드시 올 것이다.

"봉황이 오면 우선 저 문밖에 붙은 재수 없는 부적 쪼가리부터 떼 달라고 해야지. 봉황의 실력이면 저런 것쯤은 '누워서 떡 먹기' 겠지?"

그가 오늘은 반드시 온다 싶으니 마음이 더욱 조급해졌다. 결국, 차라리 나가서 그를 기다리자는 결론을 내고는 밖으로 나갔다. 그런 뒤 포도나무로 만든 틀을 밟고 올라서서 벽에 팔을 턱 걸쳤다.

부적에 막혀 나가고 싶어도 나갈 수 없는 바깥을 하염없이 바라본 지 얼마나 지났을까?

멍하니 먼 곳만 보던 나는 퍼뜩 놀라며 눈을 비볐다. 문득 하늘에서 상서로운 구름이 나타나서였다.

어, 봉황인가?

나는 황급히 목을 쭉 빼며 하늘을 살폈다. 그런데 구름이 좀 많았다.

하나, 둘, 셋, 넷……, 스물넷! 응, 스물넷?

마지막 구름의 수까지 센 후, 나는 쭉 뺀 목을 도로 움츠렸다. 너무 나가고 싶어 이제 꽃을 구름으로 착각까지 하나 보다. 저건 구름이 아니라 24 방주가 타고 다니는 꽃이었다.

그 사실을 깨닫자 나는 틀에서 한 발을 슬그머니 떼며 내려갈 준비를 했다. 이러고 있는 모습을 들켰다가는 또 혼이 날 테니 알아서 몸을 사려야 한다.

바로 그때였다. 눈앞에 일곱 빛깔 안개가 어른거리더니 금실로 봉황을 수놓은 붉은색 장포를 입은 욱봉이 넓은 소매를 사뿐하게 수습하며 내 집 앞에 우아하게 착지했다. 옷자락이 바닥에 확 펼쳐지는 모습이 어찌나 휘황찬란한지 그의 존재만으로 온 수경 안을 다 밝힐 수 있을 듯했다.

반색하는 나와 달리 24 방주는 삽시간에 표정이 무거워졌다. 그들은 꽃에서 내려 욱봉에게 다가갔다.

"화신 욱봉, 화계의 방주들을 뵈옵니다."

욱봉은 깍듯하게 예를 표했지만, 목단 장방주는 여전히 도끼눈으로 욱봉을 흘겨보았다. 보는 내가 다 조마조마했다.

"화신, 대체 이 무슨 행패입니까? 어찌하여 우리 화계를 두 번이나 무단으로 범하냔 말입니다!"

"송구합니다."

욱봉은 연하게 웃으며 대꾸했다.

"송구함을 알면 이러지 마셔야지요."

"부득이한 일이니 어쩔 수 없었습니다. 저는 금멱 선자에게 오늘 오겠다고 약조했습니다. 신의를 지켜야지요. 게다가 금멱 선자는 제가 마음에 둔 이 아닙니까. 그러니 무슨 일이 있어도 그 약조를 지켜야지요. 부디 이 점을 헤아려 주십시오."

마음에 둔 이라!

이틀 전 욱봉이 그 말을 했을 때도 느꼈지만, 어딘가 귀에 익숙했다.

아, 그래. 월하선인이 내게 애정 소설을 읽어 주고 춘궁도를 보여 주던 그 시절에 자주 들었던 말이다. 당시 월하선인은 책에서 그 말이 나올 때마다 황홀하다는 표정을 지으며 속삭이곤 했다.

「아아, 마음에 둔다는 말은 정말 근사해. 들을 때마다 감동적이고 넋이 나갈 정도로 아름다워.」

생각이 거기까지 미치자 그런 대사가 나온 후 반드시 이어지던 내용이 떠올랐다. 이야기 속 그들은 그런 말을 하고는 대부분 '몸을 섞는 수련'을 했다.

응, 뭐지? 설마 욱봉이 나와 '몸을 섞는 수련'을 하고 싶어서 왔나?

나는 턱을 괸 채 잠시 생각해 보았다. 솔직히 나는 욱봉과 그런 수련을 하고 싶다는 생각을 해 본 적이 없었다. 하지만 그를 상대로 그런 수련을 딱히 못 할 이유도 없었다. 그의 영력은 실로 웅혼하니, 그와 '몸을 섞는 수련'을 하면 내 영력에도 크게 진전이 있지 않을까? 오호, 그러게. 나쁘지 않은데?

"닥쳐요!"

정향 소방주가 분해서 부들부들 떨기까지 하며 소리쳤다.

"세상은 이리도 크고, 여인은 널렸어요. 그러니 거기서 원하는 여인을 고르면 되잖아요! 정말 천제 일가의 사내들은 수치심이라고는 없군요. 이제 하다 하다 금멱까지……!"

"하다 하다 금멱까지요?"

욱봉이 중간에 말을 끊으며 정향 소방주의 끝말을 되풀이했다. 그러자 그녀는 난감한 표정으로 입을 다물었다.

"제가 알기로 금멱은 포도 정령입니다. 화계에 널린 수많은 정령 중 하나일 뿐이죠. 그런데 정향 소방주의 말씀은 참으로 미묘하군요. 방주님들이 신선도, 꽃의 정령도 아닌 한낱 포도 정령에 불과한 금멱을 특별하게 취급한다는 느낌은 저만 드는 겁니까?"

욱봉의 말에 동조하며 나는 무심결에 고개를 끄덕였다.

응, 맞아. 나도 이틀 전에나 안 사실이지만, 내가 좀 귀염받는 건 사실인 듯해.

나는 몇 번 고개를 끄덕이지도 못한 채 그대로 목을 움츠렸다. 목단 장방주가 고개를 살짝 내려 나를 무섭게 쏘아보아서였다. 하지만 그녀는 이내 시선을 바로 해 욱봉을 차갑게 응시했다.

"화신, 화계의 모든 정령은 제 자식과 같습니다. 한낱 정령이라는 말씀, 참으로 불편하군요. 어쨌든 세상에는 많은 사연이 있지요. 하지만 그것을 화신께서 일일이 아셔야 할 이유도, 우리가 화신에게 추궁당할 이유도 없습니다. 화신보다 오래 산 선배로서 제가 충고한마디 할까요? 금멱의 외모에 미혹되신 거라면 지금 당장 그 마음을 접으십시오. 괜한 꿈을 꿔 봤자 상처받는 쪽은 화신이니까요."

"저도 한 말씀 올리지요. 감히 말씀드리지만 저는 상대의 외모가 아름답다고 하여 그 상대에게 끌려 본 적이 없습니다. 저는 그저 금멱 선자의 샘처럼 맑은 성정을 좋아할 뿐입니다."

욱봉이 담담하게 말을 마쳤다. 그러자 정향 소방주는 조롱을 섞은 헛웃음을 흘렸다.

"말은 그럴듯하게 하지만, 우리는 더는 속지 않아요. 천제 일가가 얼마나 박정하고 모진지 우리는 이미 충분히 아니 말이에요. 몇만 년 전 한 신선도 화신과 같은 말을 했지만, 그 끝은 실로 처참했지요. 소위 '깊고 깊은 뜨거운 사랑'이라는 꿈이 깨진 자리에 남은 것은 새빨간 거짓말뿐이었다고요."

대체 정향 소방주는 무슨 말을 하는 걸까? 나는 그녀의 말이 도무지 이해가 가지 않아 슬그머니 욱봉을 돌아보았다. 그는 나보다 오래 살았다. 그러면 정향 소방주가 무슨 말을 하는지 알아들었을지 모른다.

"화계와 천계 사이에 어찌하여 이리도 깊은 원한이 생겼는지 저는 알지 못합니다. 하지만 그 또한 이미 지나간 과거이며, 그것이 세세토록 후손들의 발목까지 잡아서는 안 될 일이라고 봅니다. 후

배 욱봉이 24 방주께 감히 청하옵니다. 여러분께서 이토록 천계를 꺼리시는 이유를 부디 알려 주십시오. 만약 오해가 있다면 꼭 풀고 싶습니다."

"그것을 왜 저희에게 묻나요? 고귀하신 천제 폐하께 여쭤보면 간단히 끝날 일인데."

진노한 얼굴로 내내 침묵하던 옥란(백목련) 소방주가 차갑게 쏘아붙였다.

"옥란, 말을 아끼거라!"

목단 장방주는 한 손을 가볍게 들어 옥란 소방주를 저지했다. 그러고는 강경히 단언했다.

"더는 할 말이 없으니 화신께서는 천계로 돌아가십시오. 천하의 여인을 모두 가지실 수 있어도 금멱만은 아니 됩니다. 화신은 총명하시니 조금만 생각해 보시면 제 뜻을 알게 되리라 믿습니다."

"금멱만은…… 아니 된다……."

욱봉은 고개를 숙인 채 목단 장방주의 말을 천천히 되뇌었다. 그러다가 갑자기 고개를 번쩍 들었다. 무슨 일인지 그의 얼굴 위로는 아득한 절망감이 번져 있었다. 마치 길고 달콤한 꿈에서 깨어난 듯…….

"천제, 선대 화신……. 목단 장방주, 그럼 설마 금멱이!"

욱봉은 다급히 목단 장방주에게 물었다. 백지장처럼 하얘져서 살짝 기가 죽은 그와 달리 목단 장방주의 얼굴은 도도하고 차가웠다.

"화신, 불편한 사이일수록 서로 말을 아끼는 게 좋지 않을까요? 노호, 손님을 배웅하도록!"

목단 장방주의 일갈이 떨어졌다. 그러자 내 집 바깥 담장에서 노

184 / 185

호가 움찔거리며 일어났다. 몰랐는데 노호도 나처럼 욱봉과 방주들의 설전을 내내 지켜보았나 보다.

"화신, 화계 밖까지 제가 모시겠습니다. 가시지요."

노호는 머쓱한 얼굴로 헤헤 웃으며 욱봉에게 다가갔다. 하지만 대문과 좀 떨어진 곳에 서 있는 욱봉은 스스로 발을 뗐다. 그답지 않게 멍한 얼굴이 이상했다.

"화신 전하, 잠깐만요!"

그가 이렇게 순순히 물러날 리 없다고 생각했는데 뜻밖이었다. 나는 다급히 그를 불렀지만, 그는 넋이 나간 얼굴을 한 채 내게 등을 보였다. 나는 그제야 목단 장방주가 내 집 대문 앞에 부적을 붙였다는 사실을 떠올렸다. 이 부적을 깨지 않으면 욱봉은 내가 여기에 있다는 사실조차 모를 것이다.

"화신 전하!"

지푸라기라도 잡는 심정으로 다시 소리쳤지만, 나는 즉시 입을 다물었다. 목단 장방주가 나를 죽일 듯 노려봐서였다. 그러는 동안 욱봉은 점점 내게서 멀어졌고, 나는 실로 미묘한 기분에 사로잡혔다. 나는 오만한 그도, 냉정한 그도, 풍류 넘치는 그도, 변덕스러운 그도 경험했다. 하지만 지금처럼 혼이 나간 그는 처음 보았다.

그는 구름도 타지 않은 채 제 발로 터덜터덜 수경을 향해 걸어갔다. 잠시 후 그는 수경을 통과했고, 내 시야에서 완전히 사라졌다.

욱봉이 수경에서 떠난 뒤 다시 이틀이 지났지만, 나는 여전히 구금 신세였다. 하지만 욱봉이 나를 풀어 주기를 고대하며 갑갑함에 몸부림을 치던 이틀 전과 비교해 나는 꽤 순종적인 포도 정령이 되어 있었다. 욱봉이 혼이 나간 채 수경에서 떠나가던 그때 큰 깨달음을 얻었기 때문이었다.

영력은 물론 중요하다. 아주 중요하다. 하지만 영력이 낮다고 영력이 높은 상대에게 무조건 진단 법은 없었다. 목단 장방주가 욱봉을 화계에서 쫓아낸 일이 그 좋은 예였다.

그녀의 무기는 정연한 논리와 유려한 말솜씨였고, 그녀는 단지 그것만으로 천계에서도 손꼽히는 상선인 화신 욱봉을 꺾었다. 실로 존경스럽지 않을 수 없었다. 그래서 오늘도 감시차 찾아온 그녀에게 나는 내내 순종적인 태도를 보였다. 전보다 배는 깊어진 존경심을 그녀에게 아낌없이 드러내기 위해서였다.

"뭐야, 이제 겨우 해시(오후 9~11시)야? 온종일 갇혀만 지내서 이젠 밤에 잠도 안 오는데!"

물시계로 시간을 확인한 나는 김이 팍 샜다.

잠도 오지 않는 이 긴긴밤을 대체 어떻게 보내면 좋단 말인가!

부적의 힘에 가로막혀 백 보 이상 발도 떼지 못하는 생활이 어언 나흘째였다. 이제는 이 집의 모든 것에 신물이 날 지경이었다.

나는 다시금 창문 앞으로 다가가 창틀에 몸을 기댔다. 바깥바람이라도 쐬지 않으면 실성할 듯해서였다. 그런 나와 달리 세상 모든 것은 자유롭고 유유자적해 보였다. 밤하늘의 반짝이는 별들도 부럽고, 정원에서 날아다니는 반딧불이도 샘났다.

그러던 어느 순간, 꼬리를 길게 드리운 빛이 검은 밤하늘 위로 빛의 줄을 쭉 그었다. 아마도 천계의 어떤 성군이 인간계로 놀러 가는 듯했다. 좋겠다. 맘이 내키는 대로 자유롭게 놀러도 다니고!

인간들은 저것을 별똥별이라고 부른다. 그리고 저것이 빛을 잃고 완전히 사라지기 전에 소원을 빌면 그 소원이 이루어진다고 믿는다. 그 이야기를 처음 들었을 때는 황당하지만 재미있다고 생각했다. 인간들의 상상력은 꽤 참신하다.

"금멱이 간절히 비옵니다. 별님, 제발 여기서 내보내 주세요!"

별똥별 이야기를 떠올리자마자 나온 즉흥적인 행동이었다. 그냥 심심한 김에 해 본 일종의 장난 같은 것이라고 할까? 하지만 장난처럼 시작한 소원 빌기를 끝내고 눈을 떴을 때 내 얼굴 위의 장난기는 어느새 사라져 버렸다. 원래는 삽시간에 사라져야 정상인 별똥별이 하늘에 여전히 떠 있을 뿐 아니라, 점점 더 그 긴 꼬리 같은 빛이 나와 가까워지는 느낌이 들어서였다. 아니, 이건 느낌이 아니라 현실이었다.

"헉!"

나는 황급히 몸을 일으켜 빛의 노선을 살폈다. 분명했다. 저 빛이 향하는 곳은 분명 우리 집 후원이었다.

'어, 안 되는데. 저기로 별이 떨어지면 기껏 키운 파초가 다 망가질 텐데!'

인간은 괜한 걱정을 '기우'라고 한다. 하지만 방금 내가 한 걱정은 기우가 아니었다. 곧이어 그 별은 내 예상과 한 치도 틀리지 않게 내 후원 한가운데로 떨어졌으니 말이다. 아무래도 내 파초가 여름에 제구실을 하기는 완전히 글러 먹었다.

"야신 전하!"

후원에 들어선 나는 기겁하며 소리쳤다. 전혀 예상치도 못한 이가 후원에 서 있어서였다. 달빛 아래, 그 달빛보다 더 은은하게 빛

나는 이는 바로 윤옥이었다. 그는 언제나처럼 염수를 데리고 서 있었는데, 나를 보자마자 연하게 웃었다. 그 순간 푸른 비단실로 수놓은 그의 흰 장포가 바람에 사라락 흔들렸다.

"금멱 선자, 배첩[36]도 없이 갑자기 들러 송구합니다. 경황이 없어 무례를 범한 점 용서하십시오."

역시 윤옥은 참으로 예의가 바른 신선이다. 누구랑 참 다르다.

"아니에요. 사실 지난 며칠간 정말 심심했거든요. 야신 전하께서 귀한 걸음 해 주셔서 기쁘네요."

"그렇다면 다행이군요. 혹시 괜찮으시다면 저와 함께 수경 밖으로 나가 산책이라도 하심이 어떨까요?"

새삼 느끼는 거지만, 그는 참으로 상대의 마음을 잘 헤아린다. 밖에 나가고 싶어 반쯤 실성한 내 상태를 어찌 알고 이리 딱 와 주었을까!

속으로야 뛸 듯이 좋지만 대놓고 좋아하기에는 민망했다. 그래서 벗의 청을 차마 거절하지 못한 탓에 마지못해 따라 나간다는 표정을 애써 지어 보였다.

"아, 그럼 잠시만 산책할까요?"

내가 고개를 끄덕이자, 윤옥은 염수를 내 앞으로 슬그머니 밀었다. 타라는 뜻임을 알기에 나는 사양하지 않았다. 잠시 후 그는 염수를 줄에 묶어 쥐더니 목단 장방주가 쳐 놓은 결계를 삽시간에 무너뜨렸다.

---

36 옛날 사람들이 누군가의 집에 방문할 때, 봉투 크기의 붉은 종이에 쓴 명함

"아!"

나는 저도 모르게 숨을 크게 내쉬었다. 그동안 정말 답답하기는 했는지 눈앞이 환해지고 막힌 속이 뻥 트였다.

오늘 얻은 교훈은 세 가지다.

첫째, 인간의 견식도 귀 기울이고 눈여겨볼 필요가 있다.

둘째, 별똥별에 소원을 빌면 정말 이루어진다.

셋째, 부드러운 겉모습과 달리 윤옥은 실로 고강한 신선이다.

＊＊＊

윤옥은 나를 태운 염수를 끌고 은하수로 날아갔다. 그 후, 물결이 흐르는 반대편인 상류로 천천히 올라갔다. 위로 올라갈수록 사방은 조용해져 별빛이 염수의 발목 부근에서 찰랑거리는 소리 외에는 아무 소리도 나지 않았다. 밤벌레마저도 이곳에서는 숨을 죽인 듯했다.

"야신 전하의 직무는 품계에 비해 아주 괜찮네요. 재미로 따지면 묘일성군보다 나은 듯해요."

나는 염수의 부드러운 털을 쓰다듬으며 윤옥에게 말을 걸었다.

"그래요? 혹시 괜찮으시면 왜 그리 생각하시는지 고견을 여쭈어도 되겠습니까?"

내 말에 그는 발을 멈추며 나를 돌아보았다.

"묘일성군은 낮에 일해요. 하루도 조용히 있을 틈이 없죠. 하지만 야신 전하는 모두가 잠든 조용한 밤에 업무를 보시잖아요."

"딱히 생각해 보지 않았는데 그런 좋은 점이 있군요."

"모든 일에는 장단이 있는 법이라 야신 전하의 직무에도 단점이 있기는 하죠. 다들 잠드니 함께 이야기를 나눌 상대가 없으니까요. 염수가 귀엽기는 해도 전하의 말동무가 될 수는 없잖아요. 이렇게 업무를 보시다가도 가끔 외로워지실 듯해요."

내 말을 가만히 듣고만 있던 윤옥은 천천히 고개를 숙였다. 그리고 찬란한 은하수와 거기에 깔린 제 그림자를 보며 흐리게 웃었다.

"떠들썩함을 아는 사람이어야 비로소 적막함이 무엇인지 아는 법이지요. 저는 원래 고독한 운명입니다. 매일 혼자 식사하고, 혼자 수련하고, 혼자 서책을 읽고, 혼자 잠들지요. 그래서 저는 고독이 뭔지 모릅니다."

입으로는 고독이 뭔지 모른다고 하지만, 그의 미소에는 고독을 아는 자의 처량함이 배어 있었다. 그래서 그랬을까? 나는 그런 그의 처량한 모습을 가만히 두고 볼 수가 없었다.

"야신 전하, 저는 밤에 늦게 자요. 그러니 심심하시면 제집에 놀러 오세요. 전하의 사정이 안 될 때는 제가 전하께 가고요. 우리 둘 다 밤에는 심심하니 말동무가 되면 좋을 듯해요. 아, 그런데 제가 전하의 거처를 아직 모르네요."

내 말에 윤옥은 천천히 고개를 들었다. 별의 파편이 고인 채 반짝이는 그의 눈은 유리처럼 투명하고 아름다웠다.

"무지개의 끝에 있습니다. 그 어두운 숲속에 제가 사는 선기궁이 있지요. 혹시 기억하십니까? 저와 금멱 선자가 우연히 만난 그 숲 말입니다."

아, 거기! 무지개만 있으면 바로 찾을 수 있으니 쉽네!

나는 고개를 끄덕이며 소매 안에서 씨앗을 꺼내 그에게 주었다.

"전하, 이건 만향옥의 씨예요. 만향옥은 밤에 꽃을 틔우고, 낮에는 그 꽃잎을 모아 잠을 청하죠. 전하와 닮은 데가 많아요. 분명 전하의 좋은 짝이 될 거예요."

"감사합니다."

"별말씀을요!"

나는 염수의 등을 탕탕 두드리며 겸손하게 웃었다. 그리고 아까부터 하고 싶었던 말을 은근슬쩍 꺼냈다.

"저, 야신 전하."

"예, 금멱 선자."

"실은 수경 안으로 돌아가기 싫어요. 전하를 번거롭게 하지 않을 테니, 선기궁에서 며칠만 신세를 지면 안 될까요?"

"그건 아니 될 말씀입니다."

당연한 대답이었지만, 맥이 빠졌다. 그 때문에 고개를 숙이며 침울해하는데 전혀 뜻밖의 말이 들려왔다.

"금멱 선자께서 제 선기궁에 머물고 싶으시다면 실로 영광이지요. 그것을 어찌 신세라 하십니까! 저는 언제든 환영입니다. 하지만……."

그는 잠시 말을 끊었다. 나를 보는 그의 얼굴에는 여전히 미소가 고여 있었다.

"금멱 선자께서는 이미 한 번 수경에서 나오셨습니다. 그러니 이번에 다시 금멱 선자께서 종적을 감추시면 화계의 24 방주들이 반드시 천계로 와서 금멱 선자의 행방을 찾겠지요. 만약 금멱 선자께서 좀 더 길게 이 자유를 누리고 싶으시다면 천계가 아닌 다른 곳을 택하시는 편이 낫다고 봅니다."

"지당하신 말씀이에요."

아아, 역시! 윤옥은 생각이 깊다.

"하지만 저는 수경에서 태어나 자랐기에 육계의 사정에 어두워요. 야신 전하의 지혜를 청하고 싶은데 괜찮으실까요?"

윤옥은 온화하게 웃기만 할 뿐 내 말에 답해 주지 않았다. 다만 염수를 끌며 계속 상류로 올라갈 뿐이었다. 은하수 끝에 이르러서는 건너편으로 훌쩍 뛰어넘었다.

"이 은하수를 경계로 위로는 하늘이, 아래로는 땅이 있습니다. 그리고 이곳을 넘으면 그 아래에 인간이 사는 속세가 있지요. 속세에는 수많은 것이 혼재하니, 아무리 방주들이라도 금멱 선자의 흔적을 찾기가 쉽지 않을 겁니다."

아아, 속세! 그런 방법이 있었구나.

"야신 전하는 과연 비범하세요. 정말 존경의 마음을 금할 길이 없어요."

"과찬이십니다."

윤옥은 겸손하게 대응한 뒤 염수의 목을 끌던 줄을 놓았다. 그리고 내게 공손하게 물었다.

"비록 속세가 은신처로 삼기 적당하나, 금멱 선자는 속세에 아직 익숙하지 않습니다. 그러니 제가 직접 선자를 모시고 속세로 갈까 합니다. 송구하지만 선자의 몸에 손을 대는 무례를 용서하시기 바랍니다."

"몸에 손을 대요?"

"예, 금멱 선자를 안고서 이 아래로 뛰어내릴 거라서요."

하여간 윤옥은 너무 예의가 발라 문제다. 뭐 이런 것을 일일이 허락을 받는지.

"에이, 뭐 그런 것을 따지세요. 저는 괜찮아요!"

"예, 그럼……."

윤옥은 내 허락이 떨어지기 무섭게 염수의 등에서 나를 안아 들었다. 그리고 아득히 깊은 어둠 속으로 주저 없이 뛰어내렸다.

"여기가 좋겠습니다."

윤옥을 따라 집 안으로 들어서며 나는 선선히 고개를 끄덕였다.

속세에 도착한 후 그는 나를 이곳으로 데려왔다. 가산(인공으로 만든 작은 산)과 연못이 딸린 이 집은 보기에 꽤 그럴듯했다.

"아, 깜박할 뻔했군요. 여기서는 다른 모습으로 지내시는 편이 나을 테니 바꾸어 드리지요."

윤옥은 말을 마치기도 전에 소매를 가볍게 저었다. 전신에 뭔가 웅혼한 기운이 휘감기는 걸 보면, 아마도 내게 환술을 쓴 듯했다. 손을 들어 얼굴을 더듬어 보니 각진 선이 느껴졌다. 여인의 섬세한 선과는 거리가 있었다.

"사내 모습으로 바꾸었습니다."

"아, 그렇군요! 어떤 모습으로 바꾸셨어요?"

얼른 거울을 만들어 내 변한 모습을 비춰 보려고 했지만, 그러지 못했다. 낯선 신선 한 명이 마치 생선 비린내를 맡은 고양이처럼 집 안으로 뛰어들어서였다.

"어?"

그는 나와 윤옥을 번갈아 한 번씩 본 뒤 다시 나를 보았다. 그 후로는, 쭉 내게 시선을 떼지 않았다. 아니, 정확히는 내 목에 시선을 고정하고 있었다. 대체 왜 저러나 싶어 손을 들어 목을 만져 보았다. 몰랐는데 댕기 끝이 옷 안으로 밀려 들어가 있었다.

아, 어쩐지 계속 목 뒤가 간지럽더라니!

댕기를 붙잡아 꺼내려고 했지만, 굳이 그럴 필요가 없었다. 세심하고 마음 씀씀이가 다정한 윤옥이 이미 내 댕기를 붙잡아 옷 밖으로 꺼내 주었기 때문이었다. 꺼내 준 것도 고마운데 가지런히 정리까지 해 주었다. 그 일을 끝낸 뒤 그는 낯선 신선에게 공손히 예를 표했다.

"처음 뵙겠습니다. 제가 이번에 사정이 좀 생겨 토지신[37]의 거처를 잠시 빌리게 되었습니다. 미리 알리지 못한 점 사죄드립니다."

나는 그제야 이곳이 토지신의 사당인 토지묘임을 알았다.

"아이고, 아닙니다! 야신 전하께서 왕림하시어 누추한 소신의 집이 이리도 빛나는데 어찌 감히! 전하를 뵌 것만으로도 소신에게는 삼생의 홍복이 아닐 수 없습니다."

그제야 좀 정신이 들었는지 토지신은 연신 고개를 조아렸다. 잠시 후 그는 살그머니 고개를 들어 나를 다시 보았다.

"야신 전하, 그런데 이 신선은……?"

"이분은 저와 얼마 전에 친해진 능광 공자입니다. 공자의 일신에 조금 골치 아픈 일이 생긴지라 제가 공자를 이곳으로 모셔 왔지요. 외람되지만, 토지신께 능광 공자를 부탁드리고 싶은데 괜찮으시겠습니까?"

---

37 민간신앙 속 토속신으로 한 고장을 다스리는 하급 신이다. 옛날 중국에서는 작은 마을 규모의 신을 토지신이라고 불렀다. '토지묘'는 토지신을 모시는 사당을 뜻한다.

나는 고개를 끄덕이며 윤옥이 하는 내 소개를 들었다. 능광이라는 이름이 꽤 듣기 좋아 만족스러웠다.

"소신, 능광 공자를 뵈옵니다!"

토지신은 즉시 몸을 돌려 내게 예를 표했다. 곧이어 가슴을 탕탕 두드리며 윤옥에게 장담했다.

"야신 전하, 소신만 믿으십시오! 이 산은 소신이 열었으며, 이 길은 소신이 닦았고, 이 땅의 주인 또한 소신입니다. 만약 능광 공자를 해하려는 간악한 자가 있다면, 소신의 시체부터 밟고 지나가야 할 것입니다!"

오, 마음에 들어. 기백이 넘치는데.

속으로 감탄하고 있는데 윤옥이 내 귓가로 얼굴을 기울였다.

"이 토지신은 신선이 되기 전에는 산적이었습니다. 그래서 말투가 저러니 너무 괘념치 마십시오."

윤옥은 다시 자세를 바로 하며 토지신을 보았다.

"제가 운이 좋아 용맹하고 덕이 넘치는 토지신의 거처를 찾아온 듯합니다. 저는 토지신만 믿겠습니다."

"예, 물론이지요. 그러니……."

방금까지 호방하기 그지없던 토지신이 문득 말꼬리를 흐렸다. 그러더니 의미심장하게 눈을 굴리며 나와 윤옥을 번갈아 보았다.

"저, 야신 전하. 실은 소신은 눈이 무척 나쁩니다. 밤에는 거의 장님입지요. 그러니 소신은 상관하지 마시고 하던 일을 계속하십시오. 두 분을 방해하고 싶지 않으니 소신은 이만 물러가겠습니다."

토지신은 말을 마치기 무섭게 뒷걸음질했다. 그리고 잽싸게 문을 열고 밖으로 뛰쳐나갔다. 그제야 윤옥은 뭔가 깨달은 듯 움찔 놀라며 몇 걸음 앞으로 다가갔다.

"토지신, 아닙니다. 오해십니다. 저는 다만 능광 공자의 댕기를 빼 주었을 뿐……."

윤옥이 왜 저리 당황하는지는 알 수 없지만, 한 가지만은 확실히 알 수 있었다. 윤옥의 외침이 토지신에게 닿지 못한다는 사실을 말이다.

어둠 속을 내달리는 토지신은 참으로 발이 빨랐다. 게다가 기민하기까지 했다. 그는 토지묘 정원에 놓인 가산을 이리저리 피해서 돌았으며, 연못에 발 한 번 빠지지 않았다. 눈이 무척 나쁘고 밤에는 숫제 장님이라는 그의 말이 참으로 무색했다.

대체 토지신은 윤옥더러 뭘 계속하라는 걸까? 혹시 그에게 급한 업무가 있는데 나만 모르나? 아, 그러면 안 되지. 나를 위해 이토록 애써 준 이가 나로 인해 번거롭거나 곤란해지면 내가 너무 면목이 없지 않겠는가!

"야신 전하, 무슨 일인지는 모르겠으나, 저는 신경 쓰지 말고 하던 일 계속하세요."

내 딴에는 배려해 한 말인데, 윤옥은 난감하게 웃더니 관자놀이만 하릴없이 문질렀다. 그리고 따로 다른 일을 하지도 않았다.

설마 업무가 관자놀이를 문지르는 건 아닐 텐데 대체 뭐지?

＊＊＊

"인생에는 네 가지 즐거움이 있습니다. 맛있는 음식, 술, 노름, 오입질이 바로 그것이지요."

토지신은 한 손으로는 술잔을, 한 손으로는 내 소매를 쥔 채 말했다. 잔뜩 붉어진 얼굴의 그는 제대로 술주정을 하고 있었다. 잔 속의 술을 또 비운 뒤 실실 웃는 그의 눈은 완전히 풀려 있었다.

"캬아, 좋네요. 정말 좋아요. 능광 공자께서 빚은 이 술은 정말 절품입니다. 역시 신선이 빚은 술은 달라요. 이것과 비하면 인간의 술은 감히 술이라고 못해요. 뭐라고 표현하면 좋을까? 아, 그래! 고양이 오줌에 물 탄 맛이죠."

그가 내 의도대로 취해 주어 나는 기쁘기 한량없었다. 그래서 그가 내 소매를 붙잡고 늘어져도 관대하게 웃었다.

"맛있는 음식과 술은 그렇다 치고 노름과 오입질은 왜 네 가지 즐거움에 드는 겁니까? 저는 속세가 처음이라 잘 모르니 토지신께서 가르침을 주시지요."

"헤헤!"

그는 거나하게 취한 몸을 가누지 못하면서도 기분 좋게 웃었다.

"이것은 제가 지어낸 말이 아닙니다. 천계, 물론 좋지요. 하지만 너무 담백하고 고결하기만 합니다. 양춘백설[38], 좋다 이겁니다. 그래도 통쾌하고 직설적인 속세의 즐거움에 비할까요? 능광 공자, 공자는 제 손님입니다. 제가 당연히 공자를 접대해야지요."

토지신은 벌떡 일어나더니 내 손을 잡았다.

"가십시다, 공자! 제가 공자께 나머지 즐거움도 맛보여 드리겠습니다."

---

38 陽春白雪, 전국(戰國) 시대 초(楚)나라의 가곡. 통속적이 아닌 고상한 문학·예술 작품을 의미한다.

"그래 주시면 감사하지요."

그의 말이 떨어지기 무섭게 나는 살짝 삐뚤어진 상투관(상투에 씌우는 장신구)을 정리했다. 그리고 그를 따라 기분 좋게 문밖을 나섰다.

"능광 공자, 다 와 갑니다. 조금만 더 가시면 돼요."

앞서 걷는 토지신의 걸음이 갈지자로 비틀거렸다. 반면 나는 멀쩡하게 걸으며 고개를 끄덕였다.

"예, 천천히 가세요. 조급할 일 없습니다."

그는 내 말에 "헤헤" 하고 웃더니 계속 앞으로 걸어갔다. 나 또한 그런 그를 따라가며 만족스럽게 웃었다. 원래 내 계책은 그를 만취시켜 잠들게 한 뒤 홀로 나가 견문을 넓히는 거였는데 그가 스스로 나를 끌고 나왔다. 손 안 대고 코 푼 셈이니 어찌 기쁘지 않을까! 게다가 이 외출이 이곳에 온 지 보름 만이라 더욱 기뻤다.

윤옥은 나를 토지묘에 데려다 놓은 후 나를 아주 잘 돌봐 주었다. 밤에 일하는 그는 낮에 잠시 눈을 붙이는 것 외에는 이곳에서 나와 바둑을 두고, 거문고를 타고, 시와 경을 논했다. 하지만 세상에 완벽한 것은 없다. 내가 속세로 온 이유가 뭐겠는가! 수경에 갇혀 있는 신세가 싫어서 아닌가!

그런데 속세에 온 이래로 나는 토지묘에서 벗어나 본 적이 없다. 따지고 보면 사는 집만 달라졌지 수경에 갇혀 있을 때와 다를 바가 없는 셈이었다. 그래서 속세로 내려와 얼마간 시간이 흘렀을 때 밖에 나가고 싶다고 윤옥에게 청해 보았다.

「금멱 선자, 그건 안 될 말입니다. 속세는 번뇌로 가득합니다. 그대의 맑은 선원(仙元)을 더럽힐 것이 너무 많지요. 제가 만 번을 죽는 한이 있어도 그대를 그렇게 만들 수 없는 노릇입니다.」

그때 나는 속으로 진심으로 오열했다.

'제발 더럽혀 줘! 나 정말 더럽혀지고 싶어!'

윤옥은 정말 좋은 선인이다. 하지만 너무 신중한 게 흠이다. 나는 그저 좀 나가 놀고 싶을 뿐인데 어찌 이리도 정색하는지. 하지만 '더럽혀 달라고' 외치는 것은 나의 소심한 내적 발버둥에 불과했다. 현실의 나는 고개를 떨구며 "예, 야신 전하의 말씀이 지당하세요"라고 공손히 대답했으니 말이다.

그렇게 시간은 또 무심하게 흘러갔다. 그러는 동안 나는 이렇게 외따로 갇혀 살 바에는 어울릴 친구들이라도 있는 수경 안으로 돌아가는 편이 낫겠다는 생각까지 하게 되었다. 그 무렵 뜻밖의 기회가 왔다. 윤옥이 갑자기 공무로 바빠져 매일 토지묘에 오기 힘들어진 것이었다. 즉, 윤옥이라는 큰 산이 잠시 내 앞에서 사라진 셈이었다.

그 후, 나는 어찌하면 남아 있는 작은 산인 토지신을 효과적으로 치울 수 있을지만 궁리했다. 궁리 끝에 생각해 낸 것이 바로 술이었다. 토지신은 술을 좋아하지만, 주량이 세지 않았다. 작은 단지 다섯 병도 못 비운 시점에서 혀가 꼬이고, 별별 음담패설을 다 늘어놓았다.

반면, 나는 스무 단지를 비워도 취하지 않았다. 그런 이유로 수경의 정령들은 나와 절대로 술을 마시려 하지 않아 나는 늘 혼자 마셨다. 이런 것을 속세 인간들은 일인자의 고독이라고 한다지?

호시탐탐 기회만 노리던 어느 날, 나는 마침내 토지신을 취하게 할 구실을 찾아냈다. 그는 매일 특산품을 식탁에 올렸는데, 재료가

늘 같았다. 오리 목, 오리간장구이, 소금에 절인 오리 등등. 조리법과 부위만 바뀔 뿐 늘 오리였다. 물론 내게 미식가의 자질이 있지만, 이건 아니었다. 내가 오리와 무슨 불구대천의 원수를 졌다고 끼니마다 오리를 내 배 속으로 밀어 넣어 척살해야 하는가 말이다. 그래서 나는 그에게 진지하게 제안했다.

「토지신, 오리 말고 다른 것을 좀 먹어야 하지 않을까요?」

내 말에 그는 내가 지금껏 본 중 가장 진지한 표정으로 대답했다.

「능광 공자께서는 아직 연륜이 부족하여 모르시나 본데 천하제일의 안주는 오리입니다. 황주 한 잔에 담백한 계화압[39] 두 점이면 인생에서 더 바랄 게 없지요.」

그날로 나는 당장 정원의 계수나무 꽃을 따서 계화주를 담갔다. 그리고 계화주가 잘 익은 오늘, 그를 불러내 잘 익은 술을 계화압과 함께 대접했다.

내 예상대로 그는 단지 하나를 비우기도 전에 눈이 슬슬 풀렸다. 심지어 자기 흥을 못 이겨 나를 밖으로 데리고 나오기까지 했다. 내가 세운 계책이지만, 참으로 신묘했다. 내 머리를 마구 쓰다듬어 주고 싶을 지경이었다.

얼마 후 그는 겉으로 보기에는 평범한 포목점인 작은 가게 앞에 멈춰 섰다. 그리고 나를 데리고 그 안으로 들어가 가게 주인에게 은밀히 물었다.

"새로 들어온 신선한 생선이 있나?"

가게 주인은 토지신에게 나는 술 냄새가 역겹지만 애써 참는 듯

---

39 桂花鴨, 오리를 소금, 팔각, 생강 등에 절여 담백하게 찐 요리

한 얼굴을 했다. 그러면서 우리를 아래위로 훑었다.

"두 분 공자, 저를 따라오십시오."

가게 주인을 따라 후원으로 간 우리는 다시 그곳에 감춰져 있는 계단 아래로 내려갔다. 그가 마침내 멈춰 선 곳은 지하실이었는데, 등불이 사방에 켜져 있어 전혀 음침하지 않았다.

"편하게 즐기십시오."

가게 주인은 그리 말하며 우리를 지하실 안으로 들어가게 했다. 얼떨떨한 기분을 여전히 떨치지 못한 채 들어선 내부에는 스무 개가량 탁자가 놓여 있었다. 그리고 각 탁자마다 네 명씩 앉았는데 그들 모두는 숫자가 적힌 작은 네모꼴 조각을 쥔 채 고민하고 있었다. 그들을 둘러싼 구경꾼들도 종종 보였다.

"이 가게가 판돈이 크고 고수가 많습니다. 제대로 하려면 역시 이런 지하 투전판이 제격이죠."

토지신은 주인에게 마작 한 판을 달라고 했다. 아마도 탁자 앞 사람들이 쥔 조각을 마작이라고 부르는 듯했다. 잠시 후 토지신은 구경꾼 두 명을 합류시켜 탁자에 앉았다. 그런 뒤 판을 깔며 내게 마작의 규칙을 설명해 주었다. 당연히 나는 설레는 눈빛으로 그의 설명을 하나도 빠뜨리지 않고 들었다.

아아, 인생의 네 가지 즐거움 중 이제 세 번째 즐거움을 체험할 차례구나!

앞의 두 가지와 비교했을 때 이건 얼마나 재미있으려나!

"공자님, 정말로 너무하시네요. 저희는 작은 투전판입니다. 어찌 공자님 같은 고수를 감당하란 말입니까! 청컨대 더 큰물에서 즐기십시오."

가게 주인의 말이 끝난 그때였다. 우락부락한 점원은 마치 못 만질 것이라도 쥐고 있었던 듯 나와 토지신의 목덜미를 잡고 있던 손을 놓으며 우리를 가게 밖으로 밀었다. 아니, 숫제 던졌다.

"제발 제발 부탁드립니다. 부디 다시는 오지 마십시오."

주인은 내게 삼배까지 하고는 쏜살같이 가게 문을 닫아 버렸다.

아, 뭐야. 겨우 두 시진밖에 안 했는데.

입을 삐죽 내민 채로 몸을 일으킨 나는 엉덩이에 묻은 흙을 탈탈 털었다. 그런데 왠지 뒤통수가 따가웠다. 이상한 기분이 들어 고개를 돌리니 토지신이 나를 존경해마지 않는 눈빛으로 보고 있었다.

"능광 공자, 참으로 대단하십니다. 어찌 그리 신묘한 경지에 오르셨소이까? 마치 관우신[40]의 재림 같습니다."

관우가 어찌 생겼더라?

이내 대추처럼 붉은 얼굴의 관우상이 떠올랐다. 나랑 피부색부터 다른데 뭔 헛소리래!

"뭐 쫓겨나기는 했지만, 판돈을 쓸어모으다시피 했습니다. 그러니 손해 볼 일은 없죠. 보십시오, 능광 공자. 이게 다 능광 공자께서 따신 겁니다."

그는 전대를 열어 그 안에 든 누렇고 딱딱한 물건을 보여 주었다. 마작에서 이기면 주는 것이었다. 하지만 먹지도 못하는 이런 게 무슨 소용인가 싶다. 솔직히, 투전판에 들어선 지 2각도 못 되어 나는 노름이 인생의 네 가지 즐거움 중 하나라는 사실에 많은 의구심을

40　중국에서는 관우를 재물신으로 모신다.

품게 되었다. 막상 해 보니 무척 재미없는 놀이인 탓이었다.

무릇 경기란 이기기도 하고, 지기도 해야 재미있다. 예를 들어 윤옥과 바둑을 둘 때 그가 3~5점을 따면 나는 5~6점을 따는 식으로 엎치락뒤치락한다. 번갈아 이기고 지니 비로소 재미있었다. 그런데 마작은 달랐다. 내가 어떤 패가 필요하다 싶으면 당연하게 그 패가 내 손에 들어왔다. 결과적으로 나는 매번 이길 수밖에 없었다. 이런 경기에 무슨 흥미가 생기겠는가.

"능광 공자, 이번에는 네 번째 즐거움을 누릴 장소로 안내해 드리겠습니다. 지금 우리에게는 이것이 있으니 대접이 다를 겁니다."

토지신은 의기양양하게 다시 길 안내에 나섰다.

노름 가게와 그리 멀지 않은 곳에 있는 가게 앞에 토지신은 멈춰 섰다. 아니, 멈춰 섰다기보다는 분 냄새가 등청하여 머리가 어지러울 지경인 가게 앞에 있던 여인들이 토지신과 나를 붙들어 세웠다는 표현이 더 정확했다. 고개를 들어서 가게 면면을 살펴보니 화려한 홍등이 건물 곳곳에 잔뜩 달려 있고 현판에는 '만춘루'라는 이름이 대문짝만하게 쓰여 있었다.

"준수한 공자님들, 놀다 가세요! 오늘 좋은 술이 들어왔답니다."

진하게 화장한 여인들은 나와 토지신을 가게 안으로 마구 끌어당겼다. 술이라면 이미 마셔서 솔직히 들어가고 싶지 않았지만, 토지신이 내게 눈짓을 했다. 눈치 빠른 나는 바로 깨달았다. 이곳은 인생의 네 번째 즐거움인 오입질을 체험할 수 있는 곳이 분명했다.

그래, 설마 네 번째 즐거움까지 나를 실망시키지는 않겠지!

만춘루 문턱을 넘어서자 우리를 안으로 끌어들인 아가씨보다는 나이가 더 들어 보이는 여인이 우리 앞으로 다가왔다. 우리를 보는 그녀의 얼굴에 어찌나 애교가 철철 넘치는지 부담스러울 지경이었다.

"공자님들, 어서 오세요! 부르고 싶은 아가씨가 있으신가요?"

여기가 뭘 하는지도 제대로 모르니 대답할 수 있을 리가!

나는 당황한 표정을 드러내지 않으려 애쓰며 슬그머니 토지신을 돌아보았다. 다행히 그는 내 눈짓을 못 알아볼 만큼 취하지는 않았는지, 내게 의미심장하게 웃어 보이며 전대를 탁자에 탁 놓았다. 그리고 여인이 가져다준 차를 한꺼번에 벌컥벌컥 들이켠 뒤 호기롭게 소리쳤다.

"뭘 꾸물대느냐! 이 기루에서 가장 잘나가는 계집으로 불러오지 않고!"

나이 든 여자는 곧바로 토지신의 전대를 훑었고, 밖으로 조금 나온 누런 덩어리의 모서리에 주목했다. 그와 동시에 얼굴이 환해지더니 목을 젖히며 위를 향해 소리쳤다.

"목단아, 월규야! 귀빈 납시었다! 어여 나오지 않고 뭐 해!"

뭐라고 목단? 설마 목단 장방주가 내가 이곳에 있는 줄 알고 잡으러 왔나?

나는 대경실색해서 토지신의 손을 붙들었다. 그리고 놀라서 나를 부르는 여인들을 헤치며 가게 밖으로 뛰쳐나왔다.

그렇게 한참을 미친 듯 내달렸을까?

얼마나 멀리 도망쳤는지 모를 정도로 달린 뒤에야 나는 뒤를 돌아보았다. 어둠 속에서 나를 따라오는 이는 내 손에 잡혀 거의 질질 끌려오다시피 한 토지신뿐이었다.

그제야 안도한 나는 토지신의 손을 놓았다. 그리고 양손을 무릎에 얹은 상태로 허리를 굽힌 채 헐떡거렸다. 아아, 참으로 다행이다. 목단 장방주가 나를 보기 전에 가게 밖으로 도망치다니 말이다. 만약 이번에 붙잡혔다면 집에 갇히는 벌만으로는 절대로 끝나지 않았을 것이다.

"헉헉, 하아! 능광 공자, 대체 왜?"

연신 거친 숨을 삼키며 토지신이 물었지만, 어찌 대답해야 할지 알 수가 없었다. 그 탓에 답을 미루며 머뭇거리자, 그는 되레 제 뒤통수를 '탁' 하고 쳤다. 그리고 뭔가 깨달았다는 듯 내게 미안한 표정을 지었다.

"아이고, 송구합니다. 제가 이렇게 눈치가 없어요. 능광 공자는 기루가 아닌 딴 곳으로 모셔야 했는데."

이번에 그가 나를 데리고 간 곳은 '남루소관'이라는 현판이 붙은 가게였다. 만춘루처럼 높고 화려한 가게는 아니지만, 국화와 도화가 만발했고, 아취가 넘쳤다.

일단 분위기는 마음에 들었다. 하지만 가게 안으로 깊이 들어갈수록 뭔가 이상한 기분이 들었다. 어디가 이상한지 콕 짚어 말할 수는 없지만, 분명히 이상했다. 그 때문에 토지신과 함께 대청 안에 놓인 탁자에 앉은 뒤에도 자꾸만 주변을 둘러보게 되었다.

"손님, 어서 오십시오. 원하는 아이가 있으십니까?"

아까 만춘루와 달리 약간 나이가 있지만, 잘 꾸민 사내가 우리 앞에 와서 섰다.

"이 잘난 공자님에게 부끄럽지 않을 아이들로 들이게! 아, 나는 괜찮으니 신경 쓰지 말고."

토지신이 전대 속 누런 덩어리를 사내에게 건네자 그는 만족스럽게 웃으며 손뼉을 쳤다. 아까 만춘루에서도 손뼉을 치던데 이번에도 그러는 걸 보면 일종의 신호인가 보다. 과연 예상대로 또 누군가가 나오기는 했다. 피부가 나 못지않게 하얀 것은 아까 만춘루와 같지만, 여인이 아닌 사내인 게 만춘루와 다른 점이었다. 그들은 이내 내 양옆에 앉았다.

그제야 나는 내가 왜 여기를 계속 이상하게 느꼈는지 이유를 알았다. 지금 내가 앉은 대청 안에는 사내들뿐이었고, 사내가 사내를 안고 있었다.

아아, 이제 알겠다. 여기는 단수들이 모여 '몸을 섞는 수련'을 하는 곳이구나!

"능광 공자, 좋으시지요? 하하하, 제가 진작 이곳으로 공자를 모셨어야 했는데."

토지신은 팔걸이 의자에 기대앉아 차를 마시며 내게 웃어 보였다. 여전히 혀가 꼬이는 것을 보니 아직 술이 덜 깬 듯했다.

"아, 예. 좋군요."

실은 난감해서 목으로 넘어가는 침까지 까슬하게 느껴졌다. 그런데도 나는 반쯤 체념한 기분으로 고개를 끄덕였다. 그 시점에서 이미 마음을 정했기 때문이었다. 엎어진 김에 쉬어 가자고.

게다가 이곳에 있는 사람들은 '몸을 섞는 수련'에 무척 익숙한 듯했다. 그러니 우물쭈물 못나게 굴면 안 될 듯했다. 이런 수련을 해본 적 없다는 사실을 들켰다가는 무시당할 게 뻔했다.

나는 여유로운 모습으로 가장한 채 내 탁자와 가장 가까운, 주렴이 처진 자리 너머의 사내를 주시했다. 살집깨나 있고 덩치도 큰 그 사내는 손에 든 쥘부채로 품에 안은 젊은 사내의 턱을 들어 올렸다. 그러더니 기름을 족히 세 사발은 마신 듯한 표정으로 말했다.

"기대하렴. 오늘, 이 어르신이 한껏 예뻐해 줄 테니."

아하, 수련 시작 전에 저렇게 구결을 외우면 되는구나.

구결이 좀 이상하기는 하지만, 상관없었다. 어차피 '몸을 섞는 수련'이란 방법부터가 평범하지 않으니까. 구결을 얻었으니 곧장 시작하자 싶었지만, 또다시 난감해졌다. 생각해 보니 나는 상대의 턱을 들어 올릴 쥘부채가 없었다.

환술로 부채를 만들어 내면 다들 놀랄 텐데 어쩌지?

잠시 궁리 끝에 나는 상 위의 젓가락을 잡았다. 그리고 내 어깨에 살포시 기대 있던 젊은 사내의 턱을 들어 올려 기를 운행했다.

"기대……."

구결의 초입부를 방금 입 밖으로 낸 그때였다. 방금까지만 해도 나를 향해 애교 넘치는 웃음을 머금고 있던 젊은 사내의 눈빛이 문득 이상해진 게…….

그는 부러움과 놀라움이 뒤섞인 눈빛을 한 채 내 어깨 너머를 보며 넋을 잃고 있었다.

이상하다. 왜 이러지? 나는 아직 수련을 시작하지도 않았는데?

"금멱?"

등 뒤로 익숙한 목소리가 들렸다. 놀라 고개를 돌리니 욱봉이 내 뒤에 서 있었다. 푸른 옷을 걸치고 조화[41]를 신은 그는 흡사 나를 뚫

---

41 옛날 관리나 선비들이 신던 검은색 신발

어 버릴 기세로 보고 있었다.

그 표정이 뭐라고 할까? 마치 혼이 완전히 나간 듯했다.

"화신 전하?"

그는 내 물음에 대답도 하지 못한 채 나를 물끄러미 보기만 했다. 처음에는 그가 왜 저러나 싶었지만, 금세 이유를 깨달았다. 그도 즐거움과 수련을 위해 이곳에 왔는데 뜻밖에 나와 마주치니 민망해진 게 틀림없다. 그래서 나는 태연하게 그를 향해 웃어 보였다.

"화신 전하, 어쩌다 보니 여기서 다 뵙네요. 저는 신경 쓰지 말고 편안히 즐기세요."

"너를 신경 쓰지 말라고?"

욱봉은 담담히 내 말을 반복했다. 그와 동시에 내 목덜미 뒤로 서늘한 바람이 지나갔다.

"어떻게 신경을 쓰지 않을 수 있지? 나는 너를 찾으러 왔는데?"

응, 나를?

나를 왜 찾으러 와?

뜻밖의 대답에 나는 무척 당황했다. 그 때문에 대청 안 사람들이 사술에 홀린 듯 욱봉을 멍하니 보고 있다는 사실을 미처 알지 못했다.

"세상에 어찌 저리 아름다운 사내가 있을꼬! 가히 하늘에서 내려온 천인이구나!"

주렴 너머의 덩치가 침을 삼키며 소리쳤을 때, 나는 숨이 턱 막힐 정도로 놀랐다. 나는 즉시 그를 눈여겨보았다.

고인이구나! 한눈에 욱봉이 천인임을 알아보다니 말이다. 속세의 인간도 이런 경지에 이르렀는데, 나는 지난 4천 년간 무엇을 했단 말인가! 실로 반성하지 않을 수 없었다.

통렬한 자기반성에 빠지긴 했지만, 반성은 반성이고 아픈 건 아픈 거였다. 문득 목덜미가 뻐근하게 쑤셔서 왜 이러나 했더니 내 자세에 문제가 있었다. 지금껏 나는 욱봉을 등진 채 앉아 고개만 돌리고 있었던 것이었다. 그래서 주섬주섬 고쳐 앉다가 욱봉의 시선이 이상하게 내 왼손에 멈춰 있음을 깨달았다. 알고 보니 나는 지금껏 젓가락으로 젊은 사내의 턱을 들고 있었다.

나를 보는 욱봉의 시선이 놀라움에서 분노로 바뀐다고 느낀 그때였다. 내가 떨어뜨리려고 한 것이 아닌데도 젓가락이 바닥에 툭 떨어졌다. 그러더니 '팟' 하는 소리와 함께 젓가락에 연기가 피어올랐다. 거기서 시작된 불은 무섭도록 빠르게 번져 내 옆에 앉은 두 사내의 옷자락에도 옮겨붙었다.

"으악, 불이야!"

두 사내는 기겁하며 일어나 제 옷에 붙은 불을 끌 물을 찾았다. 그런데 너무 놀라 경황이 없었는지 그만 탁자 위의 술병을 들더니 그 안에 담긴 술을 제 옷에 뿌렸다. 그로 인해 불길은 마치 산처럼 일어났다. 눈 깜짝할 사이에 주루 안의 모든 것에 불이 번지고 말았다.

"불이야! 불이야!"

불바다 속에서 머리를 감싸 쥔 채 도망치는 사람들의 비명이 사방에서 울려 퍼졌다. 하지만 욱봉은 그 불바다 속에서 꼿꼿이 선 채 나를 노려볼 뿐이었다. 그의 눈동자 속에는 거센 불길이 일렁거렸는데, 지금 이곳에 퍼진 불이 그의 눈에 투영된 것인지, 이 불바다를 만든 불씨가 그의 눈에 도사린 것인지 도무지 알 길이 없었다.

얼마 후 대청 안에는 이 불바다 속에서도 무사할 수 있는 욱봉,

나, 토지신만 남았다. 다행히 속세의 보통 불이라 선체(仙體)인 우리에게는 아무런 해가 없었다. 그런데도 나는 그의 술법에나 걸린 듯 옴짝달싹도 할 수 없었다. 반면, 토지신은 나와 다른 의미로 미동도 하지 않았다. 탁자에 머리를 박은 채 잠들어 있어서였다. 아무래도 잠든 게 아니라 이 상황에 끼어들기 싫어 자는 척하는 듯하지만 말이다.

불은 점점 더 거세져 가게가 홀라당 탈 지경에 이르렀다. 슬슬 가게가 걱정되어 그의 눈치를 보는데, 욱봉이 불현듯 내 곁으로 날아와 불바다 속에 선 나를 낚아챘다. 그리고 그대로 하늘로 날아올랐다.

"화신 전하, 천천히 나십시오! 천천히!"

우리 뒤에서 토지신이 소리쳤다.

그래, 역시 자는 척했던 거였다.

욱봉이 나를 무성한 죽림 앞에 내려놓자, 그의 머리 위로 먹구름이 자욱하게 몰려왔다. 곧이어 벼락과 웬만한 불은 다 죽일 수 있을 큰비도 따라왔다. 화마에 휩싸인 남루소관은 이 비 덕분에 참화를 면할 듯했다.

'더 큰 화재로 번지지 않아 정말 다행이다. 우연히 내린 저 비가 아니었으면 큰일 날 뻔했네.'

이제는 거의 비가 그친 하늘을 올려다본 그때였다. 한 신선이 대나무 잎을 밟으며 하늘에서 유유히 내려왔다. 윤기가 흐르는 검은 머리카락을 어깨 아래로 드리운 그는 단아한 자태를 지녔으며, 인상이 무척 점잖았다.

"소신이 오늘 이곳을 우연히 지나지 않았다면 화신 전하께서는 백여 명의 인간을 무고하게 죽일 뻔했습니다. 화신 전하께서도 이를 잘 아시겠지요?"

그는 땅에 내려오자마자 엄한 눈빛으로 욱봉을 책망했다. 비록 키는 욱봉보다 작지만, 그의 위엄은 그 누구도 손상할 수 없을 듯 견고했다.

"화신 전하, 무릇 천계의 선인들은 생명을 소중히 여기는 마음을 절대로 잊어서는 안 됩니다. 벌레의 생명도 함부로 앗아서는 안 되지요. 수행하는 근본 목적은 재난에 처한 창생을 구하기 위함입니다. 하지만 화신 전하께서는 선도를 어기고 악랄한 수를 쓰셨으니 만여 년의 도행이 실로 헛되었군요."

고개를 푹 숙인 욱봉의 머리카락 끝에 매달린 물방울이 연달아 땅바닥에 떨어졌다. 그럴 때마다 작은 웅덩이 위로 미세한 파문이 일어났다.

"수신(水神)의 가르침이 옳습니다. 실로 부끄럽습니다."

아, 저이가 말로만 듣던 그 수신이구나. 어쩐지 저 오만한 욱봉이 바로 고개를 숙여 잘못을 인정하더라니!

나는 경악하며 욱봉과 그의 앞에 선 수신을 번갈아 보았다. 그러다 문득 욱봉과 남루소관에서 마주쳤을 때가 떠올랐다. 당시 그는 내 껍질을 벗기고 사지의 뼈를 조각조각 꺾을 듯한 눈으로 나를 보았다. 생각해 보면 이번 불은 나를 목표로 했으니 욱봉만 혼날 일이 아니었다. 그리 결론을 내린 나는 두 손을 모아 수신에게 읍한 뒤 아까 일을 해명했다.

"수신께 인사드립니다. 비록 화신 전하께서 가게에 불을 냈으나 이 일에는 약간의 착오가 있었습니다. 전하께서 태우려 한 것은 가게가 아닌 소인입니다. 그러니 화신 전하만 탓할 일이 아니지요."

육봉이 어찌 이리 화가 났는지는 아직 정확히 모른다. 그는 늘 변덕스럽기 때문이다. 하지만 그가 당시 죽이고 싶었던 대상이 나임은 확실하다. 죽일 대상인 내가 하필 남루소관 안에 있었기에 그곳과 그곳에 있던 무고한 인간들까지 연루되었고 말이다.

내 비록 영력은 일천하지만, 품성은 고운 편이다. 게다가 빚진 놈이 상전이라는 말도 있지 않은가! 나는 아직 그에게 보답으로 약조받은 3백 년치 영력을 받지 못했다. 그러니 육봉의 비위를 가능한 한 맞춰 주어야 한다.

"뭐, 너를 태워 죽여?"

내내 고개를 숙이고 있던 육봉이 돌연 반문했다. 그는 어느새 고개를 들어 나를 보고 있었는데, 나와 눈이 마주치자마자 나를 찌르듯 노려보았다.

"내게 그럴 용기나 있다면 내가 이리 아플까? 너를 태워 죽일 바에는 차라리 나를 태워 죽이는 편이 낫지."

그는 바늘을 통째로 삼킨 듯 괴로운 표정으로 낮게 되뇌었다. 사정을 모르는 이가 지금 육봉의 표정을 보았다면, 불에 타 죽을 뻔한 게 남루소관의 인간들이 아니라 육봉이라고 착각하기 딱 좋았다.

나는 그가 왜 저런 표정에, 저런 말을 하는지 도무지 알 수 없었다. 그래서 아무 말도 하지 못한 채 그를 멍하니 보기만 했다. 그런 우리를 가만히 지켜보던 수신이 다시 말문을 떼지 않았다면 우리는 계속 그러고 있었을지도 모른다.

"화신 전하, 부디 오늘의 실책을 거울로 삼으십시오. 이번엔 사상자가 없으니 다행이지, 만약 이대로 천규를 어기셨다면 천벌을 면치 못하셨습니다."

수신의 엄한 꾸지람에 욱봉이 다시 고개를 끄덕이던 그때였다. 문득 하늘에서 빛이 쏟아졌다. 고개를 들어 살피니 윤옥이 별빛을 밟으며 우리가 있는 곳으로 내려오고 있었다. 평소와 다르게 그는 다급한 기색이 역력했다. 그리고 나와 눈이 마주친 후에야 겨우 안도한 얼굴을 했다.

"야신 윤옥이 수신 어르신을 뵈옵니다."

윤옥은 땅에 발을 딛자마자 수신에게 예를 표했다. 무척 공손한 태도였다.

천제의 두 아들인 야신과 화신이 이리 공손하게 대하다니!

수신이 실로 대단해 보여 나는 새삼 수신을 훑어보았다. 그는 외모도, 말투도, 태도도 신선 그 자체였다. 게다가 윤옥은 뒤에 '어르신'이라는 존칭까지 붙였다. 아마 수신은 윤옥이 우러러보는 선배 정도의 위치인 듯했다. 그러니 욱봉과 달리 '어르신'이라고 부르며 그에게 큰 존경심을 표하는 거겠지.

"흠."

수신은 가타부타 말이 없이 우리 셋을 차분히 보기만 했다. 그의 엄한 눈빛을 받고 있자니 우리 셋과 남루소관의 인간들이 별 다를 바 없게 느껴졌다. 수신은 정말 완벽한 신선이었다.

"그러면 소신은 물러가겠습니다. 강녕하십시오."

수신은 공기처럼 가볍게 허공에 뜬 대나무 잎을 밟았다. 잠시 후 그는 멀리 날아가 종적을 감추었다.

"아아, 어찌 이런 일이 다 있을까! 세 분의 천신께서 한자리에 모인 모습을 보다니. 이제 나는 죽어도 여한이 없어."

토지신이 무심결에 뱉은 말은 순식간에 우리의 주의를 끌었다. 그제야 토지신은 술이 깼는지 방금 내쉰 숨을 급히 밀어 넣었다. 그는 다시 꿀 먹은 벙어리가 되었다.

"이 일의 배후를 이제 알겠군요. 어쩐지 아무리 뒤져도 행방이 묘연하다 했더니."

욱봉이 실눈을 한 채 눈썹을 사납게 들었다.

"형님, 대체 무슨 의도로 금멱을 인간계로 데려다 놓은 것입니까?"

욱봉이 추궁하자, 윤옥은 언제나처럼 담담히 웃었다.

"의도라니! 금멱 선자는 내 벗 아니더냐. 벗이 갇혀서 괴로워하는데 어찌 돕지 않을 수 있겠느냐?"

윤옥은 정말 의리 있는 신선이다. 나는 새삼 그에게 감동했다.

"나도 한마디 묻지. 대체 네 의도는 무엇이냐? 천상의 고귀한 화신께서 어찌하여 화계 정령의 실종에 이리도 관심을 가진 채 찾아다녔지?"

"허! 놀랍군요. 이 아우는 형님이 오롯이 선기궁에서만 은거하시며 창밖의 모든 일에 귀를 닫고 사신다고 여겼는데 말입니다. 사실, 형님은 천계의 모든 소식에 귀를 기울이고 계실 뿐 아니라 제 일거수일투족도 손바닥 보듯 훤히 아시는군요. 참으로 대단하십니다."

"욱봉, 너는 내 아우다. 내가 너를 아끼고 염려하는 것이 당연하지 않으냐!"

"저를 아끼신다고요? 그렇다면 일전에 화계의 24 방주가 천계로 저를 찾아와 금멱을 내놓으라고 그 소동을 벌였을 때 왜 가만히 계셨습니까? 진정 저를 아끼신다면 제가 그런 억울한 누명을 썼을 때 당연히 진상을 밝혔어야지요. 어디 말씀 좀 해 보십시오. 이 아우가 형님 대신 누명을 쓴 일은 어찌 변명하실 생각입니까?"

이글이글 타오르는 눈빛으로 욱봉은 차갑게 말을 이어 갔다.

"예, 좋습니다. 벗을 도우려고 했다는 형님의 진심을 믿어 드리지요. 하지만 데리고 가셨으면 잘 돌보기라도 하셨어야지요. 수행에 매진해야 할 이를 남창굴로 끌어들이다니 제정신입니까!"

솔직히 나는 그들 형제가 어떤 언쟁을 벌이든 딱히 관심이 없었다. 그러나 24 방주들이 나를 찾아왔다는 대목에 이르자, 정신이 번쩍 들고 등골을 따라 소름이 쫙 끼쳤다.

큰일 났다. 욱봉이 홧김에 나를 방주들 앞으로 끌고 가면 끝장인데.

아무래도 안 되겠다. 무슨 수를 써서라도 욱봉을 달래서 이 위기를 모면해야지.

"저기요, 두 분 전하!"

황급히 그들 사이로 끼어들자, 욱봉의 눈에 불길이 치솟았다. 그런 그가 너무 무섭기는 해도 방주들 앞으로 끌려가는 일이 더 무서웠다. 그 때문에 나는 억지로 웃으며 그를 달랬다.

"서로 오해가 있는 듯하니 잠시 진정하세요. 형제끼리 이리 사납게 보아서야 쓰겠어요! 맛있는 음식, 술, 노름, 오입질이 인생의 네 가지 즐거움이라네요. 제가 좋은 계화주를 담았으니 다 함께 토지묘로 가세요. 밤이 깊었으니 한껏 취해 보자고요."

"맛있는 음식, 술, 노름, 오입질?"

내 말을 다시 반복한 뒤 욱봉은 바드득 이를 갈았다.

"대체 누구냐? 그딴 몹쓸 것을 너한테 가르친 썩을 놈이!"

오늘은 보름이라, 달이 유난히 희고 둥글었다. 그리고 그 달이 선사하는 은은한 빛은 토지묘 정원의 작은 다리 아래로 흐르는 물과 가산의 언저리를 골고루 비추며 밤의 운치를 더했다. 바야흐로 모든 것이 여유롭고 아름다웠다.

반면, 나와 욱봉, 윤옥이 둘러앉아 술을 마시는 탁자 앞에 무릎을 꿇은 채 몸을 잔뜩 조아리고 있는 토지신은 이 분위기에 녹아들지 못한 채 계속 튀었다. 그는 소매로 관자놀이에 맺힌 땀을 간간이 닦으며 윤옥과 욱봉의 눈치를 연신 보았다. 얼굴뿐 아니라 온몸에 불편한 기색이 역력했다.

"소신이 죽을죄를 지었습니다. 부디 마땅한 벌을 내려 주십시오."

토지신의 혀는 더는 꼬이지 않았다. 정말 술이 깼나 보다.

"죽을죄요? 흐음, 대체 토지신께서는 무슨 죄를 지으셨습니까?"

윤옥이 온화하게 물었다.

"으으, 그놈의 술이 뭔지! 야신 전하, 소신 정말 통렬히 반성하고 있습니다. 멋대로 능광 공자를 데리고 나간 일을 깊이 반성합니다. 능광 공자께 노름을 가르친 일도 잘못했습니다."

토지신은 성실하게 자신의 죄를 실토했다.

"응? 그것뿐입니까?"

윤옥은 여전히 온화하게 토지신에게 웃음을 보였다. 그 순간, 토지신은 기겁하며 다시 고개를 조아렸다.

"소신의 죄는 만 번 죽어 마땅합니다. 능광 공자를 기루에 데리고 가다니."

"그것뿐이냐?"

이번에는 욱봉이 싸늘하게 물었다.

"예?"

토지신은 조심조심 고개를 들며 눈을 깜박였다.

"소, 소신의 죄가 아직 더 남았습니까?"

욱봉은 술잔을 돌려 그 안에 든 계화주를 가볍게 흔들었다. 그런 뒤 그것을 한 입 머금어 삼키고는 담담히 말했다.

"듣자니, 인간계에는 삼족 혹은 구족을 멸하는 벌이 있다더군. 여기서 천 리 정도 떨어진 산채에 산적들이 모여 사는데, 그자들이 네 인간 시절의 혈족이라지? 나는 천계의 일로 다망하여 속세에 내려올 기회가 흔치 않다. 이참에 네 죄를 그자들에게 물리면 되겠구나."

"아이고!"

토지신은 욱봉의 말에 기겁하며 눈물을 펑펑 쏟았다.

"화신 전하, 부디 자비를 베푸소서! 산채의 산적들은 제가 인간이었을 때 형제의 증손자의 36대손입니다."

와, 옛말에 황제에게도 빈궁한 친척 한둘은 있다더니! 신선에게도 인간 친척이 있구나.

"흥."

토지신은 숫제 통곡했다. 그런 그를 싸늘한 눈빛으로 보기만 하던 욱봉은 가볍게 콧방귀를 꼈다. 그러더니 말꼬리를 길게 늘이며 물었다.

"내가 견식이 좁아 인생에 네 가지 즐거움이 있음을 오늘 처음 들었구나. 다시 말해 보아라. 인생의 네 가지 즐거움이 무엇이냐?"

"예, 전하! 인생의 네 가지 즐거움은 거문고, 바둑, 서책, 그림이옵니다."

나는 어안이 벙벙해졌다. 이건 또 무슨 소리야?

"능광 공자, 제가 아끼는 술에 너무 취해 그만 말실수를 했습니다. 인생의 네 가지 즐거움은 거문고, 바둑, 서책, 그림이 맞습니다."

토지신은 욱봉의 눈치를 연신 보며 내게 해명했다.

와, 기가 막혀 말문이 다 막히네. 말실수라고 하기에는 한 자도 일치하는 데가 없잖아!

억울한 마음에 입을 달싹이려던 그때였다. 욱봉이 돌연 손가락을 뻗어 내 인당혈을 가볍게 눌렀다. 또 왜 이러나 싶어 입을 다시 닫으며 그를 보자, 그는 살며시 손가락을 뗐다.

"다행히 아직 선근(仙根)이 안정적이구나. 더러운 기운에 때가 타지 않았어."

그는 안도의 한숨을 내쉬더니 토지신을 다시 돌아보았다. 그리고 움찔 놀라는 토지신에게 엄히 명했다.

"너는 내일부터 태상노군의 단약방에서 불목하니[42]로 일하거라."

욱봉의 명령에 토지신의 눈이 그렁그렁해졌다.

"화신 전하, 전하께서도 아시다시피 태상노군의 단약방은 찜통입니다. 아마 단약이 익기도 전에 소신이 먼저 익을 게 분명합니다. 부디 다른 벌을 내려 주십시오."

아아, 이런!

나는 속으로 탄식하며 고개를 저었다. 저 토지신은 실로 물정이 없다. 어디 상대가 없어서 욱봉처럼 차갑고 독한 신선과 거래를 시도한단 말인가!

"그래? 그러면 아비지옥은 어떠냐? 듣자니 거기 차사 자리가 하

---

42   승방에서 군불 때는 일을 하는 사람

나 비었다는데?”

“아, 아닙니다! 태상노군께 가겠습니다. 화신 전하의 크나큰 은혜에 감사드립니다.”

“자, 이제 이 일은 마무리가 되었으니 토지신께서는 처소로 가시어 내일 아침에 떠날 준비를 하십시오.”

윤옥은 토지신을 달래듯 부드럽게 채근했다. 그제야 그는 훌쩍거림을 멈추고 고개를 끄덕였다.

“예.”

토지신은 어깨를 축 늘어뜨린 채 몸을 일으켰다. 비틀비틀 걸어가는 그의 뒷모습이 참으로 처량했다.

“아아, 정말 마시면 마실수록 진가가 더욱 드러나는 술입니다. 금멱 선자께서는 참으로 술을 잘 담그시는군요.”

윤옥의 찬탄에 나는 자랑스레 그를 돌아보았다. 역시 칭찬은 듣는 이를 으쓱하게 하는 법이다.

“마음에 드세요?”

“예, 참으로 좋습니다.”

“그래요? 야신 전하만 괜찮으시다면 제조법을 알려 드릴게요.”

“그래 주시면 감사하지요. 추후 만향옥이 만개한 밤에 선기궁 계단을 깨끗이 청소한 뒤 금멱 선자를 맞이할 준비를 하겠습니다. 괜찮으시다면 선기궁에 발길 하시어 가르침을 주십시오.”

새삼 느끼는 거지만, 윤옥은 참으로 교양이 있고 품위가 넘친다.

“당연하지요. 제가 영광이에요!”

“약조하신 겁니다.”

“예!”

"허……."

윤옥에게 기분 좋게 대답한 그때, 옆에서 귀에 무척 익숙한 콧방귀 소리가 났다. 뭐 안 돌아봐도 누가 그랬는지 알 것 같지만, 유감스럽게도 그 누구는 내가 지금 비위를 맞춰야 하는 상대였다. 어쩔 수 없이 옆을 돌아보니 욱봉이 처연한 얼굴로 자작하고 있었다. 아니, 윤옥과 비교되어 그런지 처연을 넘어서 청승맞게까지 보였다.

에잇, 상전 중의 상전이 빚 상전이라더니!

나는 주전자를 들어 그에게 술을 따라 주었다. 그는 한 번에 비운 뒤 다시 잔을 내려놓았다. 또 채우라는 말인 듯해 다시 술을 채워 주었다. 툭하면 흥흥거리는 그에게 익숙해져 있었던 나는 그의 이런 조용한 모습이 되레 이상했다. 욱봉의 술잔만 채워 주기 좀 그래서 윤옥의 잔도 함께 채워 주었다. 그러다 보니 나는 어느새 그들 둘의 술 시중을 드는 신세가 되었다. 그들은 나 한 잔, 너 한 잔 식으로 계속 술을 마셨지만, 서로 한마디도 하지 않았으며 눈도 마주치지 않았다.

그렇게 다섯 단지쯤 비웠을까?

윤옥이 문득 한 손을 들어 제 이마를 만지며 내게 배시시 웃었다. 그의 눈은 찰나에 반짝였다가 일시에 그 빛을 잃었고, 곧이어 멍한 모습으로 변했다.

"야신 전하?"

조심스레 그를 불러 보았다. 하지만 그는 그저 멍하니 나를 보기만 할 뿐 아무 말도 하지 않았다.

"취했어."

욱봉이 술잔을 내려놓으며 말했다. 그의 말이 사실인 듯, 염수가 다가와 내 다리를 비볐다. 이 영리한 동물은 나와 눈이 마주치자 바로 등을 윤옥 쪽으로 돌렸다. 제 등에 주인을 태워 달라는 의사 표현이었다. 그리고 내가 구결을 외워 윤옥을 염수의 등에 실어 주자, 취한 윤옥을 실은 채로 망망한 밤하늘 너머로 사라졌다. 아마 선기궁으로 간 듯했다.

"뭐 해? 잔 비었다."

옆에서 들려온 정나미 없는 목소리에 나는 이를 꽉 악물었다. 젠장, 내가 네 서동 노릇을 꼬박 백 년 동안 했는데, 이제 주동까지 해 줘야 하나?

머릿속으로 영력 3백 년치와 24 방주를 되새기며 나는 다시 욱봉 쪽을 돌아보았다. 그리고 하늘이 아닌 나를 보고 있는 그에게 술을 따라 주었다. 눈빛이 여전히 또렷한 걸 보니 그는 아직 멀쩡한 듯했다. 취하게 하려는 이는 안 취하고, 취하지 않아도 되는 이는 취해 버리다니! 삶은 어찌 이리도 부조리할꼬!

"많이 드세요, 화신 전하!"

에이, 몰라. 이왕 이렇게 된 거 갈 데까지 가 보자.

자, 마셔! 다 마셔! 그리고 취해 버리라고!

15단지째까지는 그러려니 했다. 그러나 최후의 20번째 단지까지 텅텅 비자 솔직히 좀 많이 놀랐다. 욱봉이 이리도 주량이 셀 줄이야!

설마 그도 나처럼 안 취하는 체질인가?

혹시나 하는 마음으로 단지를 탈탈 털어 보았다. 역시, 한 방울도 남아 있지 않았다.

어쩔 수 없이 나는 욱봉의 옆으로 좀 더 가까이 의자를 당겼다.

술이 다 떨어져 딱히 할 일도 없으니 아직 못 받은 빚 상환을 주제로 삼아 보자 싶었다.

"화신 전하, 그때 주시기로 한 영력이요, 그냥 오늘 밤에 싹 갚으시는 게 어때요?"

그는 내 말에 아무런 답을 하지 않았다. 뭐야? 설마 무르려고?

내심 조급해져서 나는 불쌍한 표정을 지으며 그를 보았다. 하지만 그는 미동 없이 앉아만 있었다. 그런 그가 이상해서 자세히 살펴보니, 그의 뺨이 붉게 물들어 있었다. 눈도 초점이 나가 있고 물기가 많아져 윤기가 돌았다. 동공은 까맣게 가라앉아 있었다.

혹시나 하는 마음에 손가락으로 조심스레 밀어 보았다. 아니나 다를까 그는 몇 번 흔들흔들하더니 내 어깨 위로 푹 쓰러졌다. 계화주 향이 코를 찔러 머리까지 어질거렸다. 내가 지금껏 눈치채지 못했을 뿐, 그는 이미 취해서 인사불성 상태였다.

대부분은 취하면 말이 많아진다. 토지신이 그 예이다. 웃음이 헤퍼지기도 한다. 윤옥이 딱 그랬다. 하지만 말이 없어지고, 보는 이가 불편할 정도로 기세등등해지는 드문 예도 있다. 욱봉이 그런 부류였다.

"그래. 아무리 신선이라도 그렇게 마셨는데 안 취하면 그게 이상하지."

방으로 그를 옮기는 구결을 외우려고 입을 달싹이던 그때였다. 내 어깨에 기대 있던 그가 주르륵 미끄러졌다. 이대로 놔두면 땅에 얼굴을 박을 듯해 급히 그를 부축해 안았다. 하지만 그 탓에 그에게 눌리다시피 한 자세가 되어 버려 손을 뺄 수가 없어졌다.

으아, 어쩌지! 손이 이렇게 묶이면 법술을 쓸 수 없는데!

"아아, 정말 영력 3백 년치만 아니면!"

짜증이 나서 욕이 튀어나올 뻔했다. 하지만 그것은 되레 내가 왜 그에게 잘 보여야 하는지 자각하는 계기가 되었다.

그래, 아직 나는 3백 년치 영력을 받지 못했다. 고로 나는 그에게 잘 보여야 한다. 참자, 참자!

"빚진 놈이 상전이다. 상전 중의 상전이다"를 연거푸 뇌까리며 나는 그를 부축했다. 술에 취한 몸이 젖은 솜처럼 무거워 힘들었지만, 주사가 없고 잠버릇이 고약하지 않아 버둥거리지는 않았다. 그나마 다행이었다.

"아이고!"

절로 앓는 소리를 내며 나는 욱봉을 침상 위에 던지다시피 눕혔다. 그는 여전히 빈 술잔을 단단히 쥐고 있었다. 술에 취해 그런지 입술이 평소보다 더 붉고 윤기가 났다. 사나운 눈이 눈꺼풀에 가려 있고, 긴 속눈썹은 눈가에 그림자를 드리웠다. 그 덕분에 평소보다 어려 보이기도 했다.

그런 그를 보고 있자니 문득 장난기가 치밀어 그의 두 뺨을 붙잡고 쭉 늘려 보았다. 이럴 때 아니면 언제 이런 일을 할 수 있을까 싶었다. 그 후로도 뺨을 반죽하듯 주무르며 장난을 쳤다. 그렇게 한참을 재미있게 놀던 어느 순간이었다. 그가 갑자기 눈을 치뜨더니 사납게 일갈했다.

"무엄하다! 네 녀석은 대체 어디의 요괴더냐!"

욱봉은 한 번 매섭게 일갈한 뒤 다시 눈을 감았다. 아마도 잠꼬대였나 보다. 그런데도 나는 살짝 마음이 상했다. 꿈속에서조차 그가 나를 요괴로 폄훼한다는 사실 때문이었다. 하지만 관대하고 사려 깊은 나는 이내 마음을 풀기로 했다.

따지고 보면 욱봉이 나를 '소요'라고 부르는 것은 일종의 말버릇이다. 예를 들어 손오공은 누구에게나 "이 요괴야, 어딜 도망가느냐?"라고 소리치지 않는가.

인간도 마찬가지다. 인간은 다른 인간을 만나면 시간과 관계없이 "식사하셨습니까?"라고 묻는다. 게다가 지금 중요한 건 내가 요괴인지 정령인지가 아니다. 응당 그에게 받아야 할 3백 년치 영력이지!

"화신 전하, 제게 6백 년치 영력을 빚진 거 아직 기억하시죠?"

나는 몸을 기울여 그의 귓가에 작게 속삭였다. 하지만 그는 여전히 눈을 꼭 감은 채 대답하지 않았다. 숨이 고른 것을 보면 깊이 잠든 듯했다.

"아무 말씀도 하지 않으시니 묵인으로 알게요."

나는 진지하게 그에게 확인을 받았다.

"빚을 졌으면 갚는 게 도리니 이참에 받을게요. 하지만 지금은 전하께서 곤히 주무시니 다시 깨시려면 번거롭잖아요. 그러니 제가 스스로 취할게요."

아아, 정말 화신은 복이 많다. 나처럼 사려 깊고 배려가 넘치는 정령을 채권자로 두다니 말이다. 실로 드문 경우다.

나는 오른손 식지와 중지를 세워 재빨리 '파문주'를 외웠다. 그리고 손가락 끝에서 금빛이 피어오른 그때 두 손가락을 그의 인당혈에 댔다. 하지만 내 주문은 그의 영력을 거두기는커녕, 되레 내 힘을 격렬하게 튕겨 버렸다. 빨리 손을 거두었기에 망정이지 두 손가락을 못 쓰게 될 뻔했다.

"아, 만만치 않네."

욱봉의 열기에 데서 붉어진 손가락을 후후 불며 나는 난감해했다. 방금 나를 튕겨 낸 무지갯빛 결계는 홍련업화보다 뜨거웠다. 생긴 것만 예쁘지 독하기 짝이 없어 자칫 손가락이 익었을지도 모르겠다.

"너……."

문득 들려온 욱봉의 목소리에 나는 움찔 놀라며 그를 내려다보았다. 방금 내 파문주에 놀라 깼는지 그는 이미 눈을 뜬 상태였다. 그는 짙게 가라앉은 동공으로 주변을 천천히 둘러보는가 싶더니 어느 한 곳에서 문득 시선을 멈추었다.

대체 뭘 보나 싶어 그의 시선을 따라가 보니 침상 맞은편 벽에 보라색 포도를 묘사한 그림이 걸려 있었다. 종이의 흰색 때문에 보라색이 더욱 돋보이는 그림 속 포도는 손을 뻗으면 딸 수 있을 듯 생생했다.

나는 천천히 고개를 돌려 욱봉을 다시 살펴보았다. 역시 그의 눈은 포도에 고정되어 있었다. 그림을 보는 그의 눈빛은 부드러운 와중에 애수가 넘쳤다. 어딘가 마음의 상처를 입은 듯도 했다.

뭐야, 혹시 배고픈가? 쯧쯧, 내 그럴 줄 알았다. 안주는 안 먹고 줄곧 술잔만 비우더라니!

무심결에 든 생각이었지만, 그 파장은 무척 컸다. 온몸의 털이 전부 설 듯 오한이 들었으니 말이다. 뭐지, 설마 이 녀석은 취하면 식성이 바뀌어 포도가 좋아지나?

자화자찬 같지만, 내 진신인 포도는 그림 속 포도보다 훨씬 진한 보라색이다. 더 둥글고, 더 윤기가 난다. 게다가 크지도 작지도 않은 딱 적당한 크기라 욱봉의 진신인 봉황의 부리가 콕 찍어 배 속에 삼키기 딱 좋다.

아미타불!

나는 가능한 한 소리 없이, 최대한 조용히 몸을 일으켰다. 도망치려면 욱봉이 비몽사몽인 지금밖에 기회가 없다 싶어서였다. 하지만 몸을 돌리자마자 등 뒤로 욱봉의 목소리가 들려왔다.

"금멱……."

아, 망할! 딱 들켰네.

나는 별수 없이 몸을 돌렸고, 쭈뼛쭈뼛 소매를 만지작거렸다.

"아, 화신 전하. 그, 그게 아니라요. 그러니까 저는 도망치려는 게 아니라 전하를 위해 술이 깰 만한 음식을 찾아…… 보려고……. 가뜩이나 빈속에 술을 드셔서 시장하시기도 할 테고요."

"그럴 필요 없다."

욱봉은 한결 또렷해진 눈으로 나를 보았다. 그러면서 상체만 일으켜 침상 기둥에 힘없이 몸을 기댔다.

"시장하지 않으니……."

나는 여전히 두려워하며 그의 얼굴을 살폈다. 다행히 거짓말 같지는 않아 그에게 다시 다가갔다.

"술…… 깨셨어요?"

"그래."

"흠, 그러면 전하……, 전에 주기로 약조하신 영력을 이참에 주세요."

"영력? 아, 몇 년이었지?"

보아하니 그는 아직 술이 덜 깬 듯했다. 나는 진실함을 얼굴에 가득 담아 대답했다.

"6백 년이요."

"6백…… 년? 알겠다."

그의 호방한 반응에 나는 어지간히 놀랐다. 그래서 되레 움찔거리자, 그는 나를 올려다보며 손을 까딱였다.

"이리 오너라. 영력을 줄 테니."

그는 내가 그에게 바짝 다가와 앉기를 기다렸다가 손을 천천히 들었다. 그러고는 내 이마에 드리워진 앞머리를 가볍게 젖힌 뒤 내 인당혈을 지그시 눌렀다.

눈을 감은 그때부터 영력이 인당혈을 통과해 내 몸속으로 들어오는 게 느껴졌다. 온후한 영기가 온몸의 혈을 따라 흐르며 내 원신과 융합한다는 증거였다. 그 기운이 혈을 하나하나 지나갈 때마다 심령이 맑아지고, 가슴이 탁 트였다.

대단하다. 과연 화신의 영력은 뭐가 달라도 달랐다.

6백 년치 영력이 내게로 온전히 스며드는 시간은 그리 길지 않았다. 하지만 영력을 온전히 전해 받은 후에도 나는 여전히 눈을 감은 채 침묵했다. 밤은 물처럼 서늘한데, 욱봉의 손은 되레 따뜻해서였다. 내가 왜 이러는지 실로 기이하지만, 왠지 그 온기에 더 기대고 싶어졌다.

잠시 후 눈을 뜨자 내게 묶인 듯 시선을 고정한 욱봉이 보였다. 그는 마치 어디가 아픈 듯 얼굴과 목을 잔뜩 붉힌 채였다. 이런 그의 모습이 왠지 익숙해서 기억을 더듬어 보니 답이 나왔다. 그는 아무래도 나와 '몸을 섞는 수련'을 하고 싶은 듯했다.

뭐, 까짓것! 그게 뭐가 어렵다고. 6백 년치 영력을 얻어 기분도 좋으니 이참에 한번 해 보지 뭐.

나는 호기롭게 그와 시선을 맞추며 수련에 들어갈 마음의 준비를 했다. 그러나 이내 난관에 부딪혔다. 나는 아직 한 번도 이런 식의 수련을 해 보지 않았다. 그래서 그 수련을 어떻게 시작해야 할지 알 수 없었다.

'남루소관에서 남들은 뭐라고 했더라?'

윤옥이 바꾸어 놓은 사내 모습을 내 원래의 모습으로 되돌린 뒤 나는 머리를 쥐어짰다. 그러자 대략 세 가지 구결이 떠올랐다. "누구누구야, 기대하렴. 어르신이 예뻐해 주마!" 혹은 "누구누구야, 순순히 내 말을 듣거라!" 혹은 "소리쳐 봤자 소용없느니라. 그 누구도 너를 구하러 오지 못할 터이니!"였다.

흠, 처음은 너무 노골적이다. 마지막은 너무 사납고. 아무래도 중간 것이 좋겠다.

마음을 정한 나는 한 손으로 욱봉의 턱을 살짝 들었다. 그리고 그에게 얼굴을 기울인 채 온화하고 우아하게 구결을 외웠다.

"우쭈쭈, 우리 봉황 착하지!"

아직 술이 덜 깨 멍한 욱봉의 얼굴이 실로 천진했다. 그래서 그런지 '우쭈쭈'라는 말이 실로 어울려 웃음이 절로 나왔다.

"자, 이제 순순히 이 어르신의 말을 듣도록 해."

나는 연이어 구결을 외우며 욱봉의 턱을 들고 있지 않은 손을 뻗어 그의 어깨를 안았다. 그러나 원래도 나보다 훨씬 키가 큰 그를 턱까지 쳐들게 한 게 문제였다. 더 위로 올라간 그의 얼굴과 내 얼굴이 지나치게 멀어졌다.

어쩔 수 없이 나는 목을 잔뜩 뺐다. 그런 뒤 그와 어느 정도 눈을 맞추어 그의 입술에 내 입술을 갖다 댔다. 그 순간 이상하게 몸이 굳었다. 나와 맞닿은 그도 마찬가지였다. 눈을 데굴데굴 굴리며 그를 보던 나는 속으로 생각했다.

'아, 몸을 섞는 수련은 상당히 체력을 요하는구나.'

나는 굳은 목을 움직여 살짝 푼 뒤 욱봉의 옷자락을 틀어쥐었다. 다음 단계로 나아가기 위해서였다. 그때 돌연 욱봉이 내 허리를 안아 제 쪽으로 바짝 붙이더니 내 입술을 빠르게 낚아챘다. 곧이어 그가 태울 듯한 열기를 담아 내 입술을 머금자 계화주 향이 코를 타고 들어와 폐를 덮쳤다.

알 수 없는 이유로 머리가 멍해진 나는 속절없이 그의 품에 매달렸다. 입술을 이렇게 붙이고 있으면 답답해질 줄 알았는데 생각한 것과 무척 다르고 기분도 썩 괜찮아서 신기했다. 굳이 흠을 잡자면 그와 닿은 입술이 너무 뜨겁다는 것인데, 이 정도 문제는 내 선에도 충분히 해결할 수 있을 듯했다. 그래서 혀끝을 살짝 내밀어 열기를 식히려 했는데, 그가 불시에 내 입술을 깊게 머금었다.

찰나, 눈앞이 아득하게 캄캄해지고, 오감이 사라졌다. 천지간에 오로지 나를 삼키는 그의 입술과 내 허리를 휘감은 그의 팔만 남은 듯했다. 하늘이 돌고 땅도 도는 아득한 감각 속에서 나는 비로소 실감했다. 월하선인이 나를 속이지 않았으며, 이 수련이 실로 오묘하다는 사실을 말이다.

아, 이번 기회에 이 수련 순서를 잘 기억해 놔야겠다. 그래야 다른 상대와 다시 이 수련을 할 때 이번보다 훨씬 더 순조롭게 할 수 있을 테니.

"안…… 돼!"

문득 목을 쥐어짜는 듯한 그의 속삭임이 귓속으로 파고들었다. 그와 동시에 내게서 입술을 뗀 그는 내 어깨를 붙잡아 나를 제게서 떨어뜨렸다.

"이건 안 될 일이야. 엉망이야. 전부 틀렸다고!"

욱봉이 괴롭게 속삭이자 나는 무척 당황했다.

기를 쓰고 순서를 머릿속에 넣었는데 다 틀렸다니 이를 어쩌면 좋지? 스승을 잘못 고르면 자식 망치기 딱 좋다더니, 내가 바로 그 꼴이다. 남루소관의 그 사내 말고 제대로 이 수련을 할 줄 아는 이에게 수련법을 배웠어야 했는데…….

"전하, 이 수련 과정의 어디가 틀렸나요?"

나는 눈을 깜박이며 공손히 그에게 가르침을 청했다.

"어디가 틀렸느냐고?"

물은 쪽은 나인데 욱봉은 되레 내게 물었다. 나를 마주 보는 그의 얼굴이 창백하게 질려 있었다.

"네가 나를 좋아하는 것도 알고, 나도 네가 좋아. 하지만 우리가 이래서는 안 돼. 운명의 장난이고, 하늘의 뜻이 원망스럽지만, 도덕적으로 용인될 수 없는 관계이니 말이야. 우리가 우리의 감정만 앞세워 함께하겠다고 고집을 피우면 분명 천벌을 받고 말아. 분명히 한 줄기 연기로 변해 원신도 남지 않은 채 산산이 흩어지겠지."

그는 사뭇 심각했지만, 나는 도무지 그를 이해할 수 없었다. 솔직히 말하면, 술주정 그 이상도 그 이하도 아니게 느껴졌다.

대체 그는 무슨 주제를 나와 논하고 싶은 걸까? 솔직히 피곤하기까지 해 하품마저 나왔다.

"연기로 변한들 뭐 어떻다고요?"

그러자 그는 아까보다 더 창백해져서는 내 손을 꽉 붙들었다.

"나는 상관없어. 하지만 너는 안 돼. 네가 그렇게 된다면 내가 견딜 수 없을 거야."

"괜…… 찮은데."

참아 보고 싶은데 잠기운은 빠르게 내 몸 곳곳으로 번졌다. 내 눈꺼풀도 아래로 당겼다.

"안 될…… 일이야."

그의 대답이 아득하게 들렸다. 그 목소리에서 처량한 습기도 느껴졌다.

"그런 너를…… 어찌 보라고. 죽어도 싫어."

결국, 내 눈은 까무룩 감겼다. 그때 내 귓가로 그의 마지막 말이 스며들었다.

"모르겠어. 대체 어떻게 하면 내가 너를 포기할 수 있을지……."

제5장

　내가 다시 눈을 떴을 때는 이미 날이 밝아 있었다. 새가 맑게 지저귀고 꽃향기가 은은하게 나는 상쾌한 아침이었다.

　눈을 비비며 몸을 일으키자, 무엇인가가 내 몸에서 가볍게 떨어졌다. 아마도 잠든 내 위에 얹혀 있었던 듯했다. 금빛으로 찬란히 반짝이는 그것은 바로 봉황의 깃털이었다.

　"와!"

　절로 감탄을 뱉으며 나는 그늘진 곳에서도 찬란하게 빛나는 그것을 급히 집어 들었다. 세상에, 어떻게 이렇게 반짝거리지? 깃털조차 이리 으리으리하니 욱봉이 그토록 끝 간 데 없이 오만한가 보다.

　"어디 갔지?"

　방 안을 눈으로 쭉 훑었지만, 욱봉의 자취를 찾을 길이 없었다. 그 순간 안도의 한숨이 나왔다. 다행이다. 원래보다 3백 년치 더 영력을 취한 일을 들켰을 때 무슨 핑계를 댈까 싶었는데 말이다. 당사자가 이미 떠났기에 적당한 핑계를 지어내느라 머리를 쥐어짤 필요가 없어졌다. 이 어찌 기쁘지 않을까!

　몸을 씻고 의관을 정리한 뒤 문밖을 나서자 정원에 앉은 윤옥이 보였다. 한 손에는 찻잔을, 한 손에는 바둑돌을 쥔 그는 내 쪽으로 고개를 돌리며 부드럽게 웃었다.

"금멱 선자, 평안히 주무셨습니까?"

"예, 야신 전하야말로 괜찮으세요? 어제 과음하신 듯한데."

"괜찮습니다. 워낙 좋은 술을 마셨기에 숙취도 없고요. 제 주량이 약해 부끄러운 모습을 보인 듯해 민망할 뿐입니다."

윤옥은 찻주전자를 들어 맞은편 빈 잔에 8부 정도 채웠다.

"금멱 선자, 마침 잘되었습니다. 저번에 우리가 내지 못한 승부를 오늘 내 보는 게 어떨까요?"

"그거 좋지요."

그가 이미 판을 깔아 놓았기에 나는 사양하지 않고 그의 맞은편에 앉았다. 그리고 흰 돌을 쥐었다.

"그런데……."

나는 주변을 둘러보며 말을 흐렸다. 혹시나 하는 마음이 아직은 가시지 않아서였다.

"예?"

"혹시 화신 전하를 보셨나요?"

"아, 인시쯤 이곳에 돌아왔는데 화신이 그즈음 급히 나가더군요. 지금쯤 자방운궁에서 천후마마를 배알하고 있겠지요."

"아, 그래요? 그러면 당연히 여기에는 계시지 않겠네요."

그제야 마음이 놓인 나는 들뜬 얼굴로 흰 돌을 쥔 채 이걸 어디에 놓을지 궁리했다. 그래서 그가 내 머리 위에 꽂힌, 오늘 내가 비녀 대신 꽂은 봉황의 깃털을 유심히 바라보는 것을 미처 알아채지 못했다.

'탁!'

윤옥의 검은 돌이 맑은 소리를 내며 바둑판에 얹히자, 나는 절로 고개가 기울어졌다. 그가 놓은 자리가 너무도 가당찮아서였다. 평소 그라면 절대로 그 자리에 돌을 놓는 무모한 짓을 하지 않을 텐데 참 기이했다.

"선자의 비녀가 참으로 특이하군요."

그때 나는 '이번 수가 뭔가 새로운 공격법은 아니겠지?'라고 곰곰이 생각하는 중이었다. 그래서 별생각 없이 대꾸했다.

"그냥 손에 잡히는 대로 아무거나 꽂았어요. 혹시 이게 마음에 드시면 말씀하세요. 전하께 드릴게요."

윤옥은 바둑통에서 다시 검은 돌을 하나 집어 들었다. 그리고 그것을 양 손가락 사이에 끼우며 담담히 대꾸했다.

"봉황의 깃은 제게는 너무 눈부시니 사양하겠습니다. 제 생각에는 금멱 선자께서 일전에 쓰시던 포도 비녀가 더 아취가 넘치는 듯합니다."

그 순간, 나는 바둑돌을 놓을 자리를 살피는 것도 잊을 정도로 감격했다. 이 귀한 봉황의 깃털보다 내 포도 비녀를 더 아취 있다고 칭찬해 주다니 어찌 이런 일이! 과연 그는 나의 지기다. 솔직히 나도 내 포도 비녀가 좋다. 고풍스럽고 우아하며, 겸손함 중에도 화려함이 숨어 있으니 말이다.

"역시 야신 전하는 보는 눈이 있으세요!"

나는 즉시 포도 넝쿨로 비녀를 만들어 윤옥에게 내밀었다.

"이건 제 성의예요. 받아 주시겠어요?"

"영광입니다."

윤옥은 즉시 원래 끼고 있던 백옥 비녀를 빼고는 내가 준 포도 비녀를 꽂았다. 포도 비녀가 좋다는 말이 빈말이 아니란 증거였다. 그래서 나는 더욱 흐뭇했다. 그 후 우리는 말없이 바둑을 두는 데 몰두했다.

원래 두던 바둑을 이어 두었는지라 1각쯤 시간이 흐르자 대국은 끝났다. 두 점 차이로 아슬아슬하게 내가 승리를 거두었다.

"야신 전하, 오늘 아침은 제가 살 테니 저잣거리로 나가시는 게 어떠세요? 어제 제가 딴 이 노란색 물건이 속세에서는 아주 유용해요. 먹고, 입고, 쓰는 것은 물론이오, 관직도 살 수 있대요. 심지어 마누라와 아이도 살 수 있다네요. 전하께서 이미 정혼하신 게 아쉬워요. 이걸로 전하의 마음에 쏙 드는 마누라를 몇 명이고 사 드릴 수도 있는데."

나는 진지하게 탄식했건만, 바둑돌을 정리하던 그는 기겁했다. 어찌나 놀랐는지 바둑돌을 반이나 쏟았다. 어허, 마누라를 사 준다는 말이 그렇게 좋았나?

"저, 그, 그게, 금멱 선자……."

"예?"

윤옥은 바둑통을 바로 세운 뒤 나를 바라보았다.

"아침 식사는 좋지만, 마누라는 되었습니다."

말을 마치자마자 윤옥은 바둑판에 흩어진 흰 돌을 하나하나 모았다. 나는 그 모습을 물끄러미 보고 있었는데, 그 흰 돌들을 보면 볼수록 손이 간질거렸다. 나를 그리 만드는 것의 정체는 욱봉에게 받은 영력을 한번 써 보고 싶다는 간절한 충동이었다.

"야신 전하, 잠시만요."

내가 문득 만류하자 그는 손에 바둑돌을 쥔 채 동작을 멈췄다.

"왜 그러십니까, 금멱 선자."

"한 가지 시험해 보고 싶은 게 있는데 괜찮을까요?"

"좋으실 대로요."

윤옥은 손에 쥔 바둑돌을 도로 내려놓고는 자리에 단정히 앉았다. 나는 그런 그에게 씩 웃어 보인 뒤 양손 식지를 입술 앞에 댔다. 그리고 정신을 집중했다. 그가 흥미로운 표정을 한 채 팔짱을 끼고 보고 있는지라 더욱 잘하고 싶었다.

"만두로 변해라!"

말을 외친 그때 '쿵쾅' 하는 소리가 났다.

어, 효과가 있나?

나는 황급히 시선을 내려 바둑판을 살폈다. 과연 그 위에 고루 흩어져 있던 흰 바둑돌이 점점 더 커지는 게 보였다. 그러다가 마지막에는 거의 주먹만 한 크기로 변했다. 이제 내 의도대로 이게 만두로 변하기만 하면 완벽한 성공이었다.

나는 달콤한 성공에 도취했지만, 시기상조였다. 흰 바둑돌은 하얀 만두가 아니라 하얀 우박으로 변했으니 말이다. 색깔은 똑같아도 결과물이 완전히 달라진 셈이었다. 잠시 후 우박은 바둑판 위에서 데굴데굴 구르다가 땅바닥으로 요란하게 떨어졌다. 설상가상으로 오늘은 아침 해가 센 편이라 바닥에 닿은 즉시 물로 변했다.

나는 고개를 슬그머니 들어 맞은편의 윤옥을 살폈다. 놀랍게도 그는 아까와 다름없는 표정을 유지하고 있었다. 역시 그는 대단하다. 나라면 배를 잡고 웃었을 테고, 욱봉이었으면 '이런 모자란 것' 하며 혀를 찼을 텐데.

"어!"

문득 등 뒤로 누군가의 탄성이 들렸다. 고개를 돌려서 보니 광목천왕[43]처럼 눈을 크게 뜬 채 토지신이 땅에 발이 붙은 듯 얼어 있었다. 처음에는 그가 왜 저러나 싶었지만, 나는 금세 이해했다. 내 술법이 윤옥에게야 별것 없겠지만, 토지신은 다르다. 그로서는 실로 놀라운 광경이 아닐 수 없었을 테니 당연히 말도 잊었겠지.

"어쩌죠? 토지신이 제 술법에 너무 놀란 듯한데요?"

나는 윤옥의 곁으로 좀 더 가까이 다가가서 그의 도움을 청했다. 하지만 그는 마치 내 말을 못 들은 듯 내게 아무런 반응도 해 주지 않았다. 그저 낮게 탄식하며 토지신과 나 사이를 가로막아 설 뿐이었다.

"토지신, 무슨 일이십니까?"

윤옥이 묻자, 토지신은 사레든 듯 연거푸 기침했다.

"소신, 태상노군께 갈 채비를 마쳤기에 두 분 전하와 능광 공자께 하직 인사를 드리러 왔습니다."

토지신은 말을 하면서도 연신 목을 빼서 윤옥의 어깨 너머를 훔쳐보았다. 대체 뭘 그리 보는지는 알 수 없었다. 윤옥이 소매를 들어 그의 시선을 차단하는 것을 봐서는 뭔가 보아서는 안 되는 것을 보려고 하나 보다.

"화신 전하와 능광 공자께서는 이미 떠나셨나 봅니다. 아쉽군요. 그런데…… 전하, 뒤에 계신 선고의 존함은 어찌 되옵니까?"

---

43 廣目天王, 사천왕(四天王)의 하나. 수미산 중턱의 서쪽에서 지내며, 부릅뜬 눈으로 불법(佛法)을 보호한다고 한다.

나는 그제야 내가 어젯밤에 원래 모습으로 돌아갔다는 사실을 기억해 냈다. 그래서 내가 능광임을 밝히려 했지만 내가 미처 입을 열기도 전에 윤옥이 선수를 쳤다.

"오늘은 천후마마의 생신입니다. 대부분 신선이 천후마마의 수연 (壽筵, 생일 연회)에 참석하러 자방운궁으로 갔지요. 속세에서는 나라에 큰 경사가 있으면 이를 경축하기 위해 사면령 등을 선포하곤 하는데, 천계도 속세와 크게 다르지 않습니다. 그러니 토지신께서도 어서 가 보시는 편이 좋겠습니다. 혹시 압니까? 토지신께도 경사스러운 일이 생길지……."

윤옥의 말에 토지신의 침울하던 얼굴에 희망이 번졌다. 그는 기뻐 어쩔 줄 모르며 윤옥에게 삼배했다.

"야신 전하의 가르침에 감사드립니다. 과연 듣던 대로 야신 전하는 실로 자비로우시군요."

"별말씀을요."

윤옥은 부드럽게 말하며 손을 저었다.

"아, 한 가지 여쭙고 싶은데, 제 뒤의 선고라니 그게 무슨 말씀이신지? 제 뒤에 선고가 있습니까?"

윤옥의 말에 어안이 벙벙해진 쪽은 그 질문을 받은 토지신이 아닌 나였다. 하지만 토지신은 이런 쪽의 눈치가 나보다 훨씬 비상한지 바로 대답했다.

"아니요, 전하! 선고는 무슨 선고요. 전하의 뒤에는 아무도 없습니다. 소신이 원체 눈이 나쁜 데다가 오늘 아침 해가 유달리 빛나 그만 헛것을 보았을 뿐입니다."

"아, 그렇군요. 저는 토지신께서 무슨 말씀을 하시나 했습니다."

윤옥은 만족스럽게 웃으며 고개를 끄덕였다.

"그럼, 야신 전하! 소신은 물러가겠습니다."

토지신이 완전히 사라지고 나서야 윤옥은 나를 가리고 있던 넓은 소매를 내렸다. 그 후, 여전히 차분한 얼굴로 다시 바둑돌을 정리했다.

"화신 전하께서 어찌 그리 급하게 천계로 가셨나 했는데 오늘이 천후마마의 생신이었군요. 그런데 야신 전하께서는 왜 아직 여기에 계세요? 이왕 가실 거 토지신과 함께 가시죠. 함께 길동무도 하고 좋잖아요."

그의 맞은편에 도로 앉으며 지나가듯 묻자, 그는 느리게 고개를 저었다.

"수연은 어차피 저녁에나 시작되니 급할 일이 없습니다. 게다가 세상에는 신선들이 널렸습니다. 저 하나 수연에 빠진다고 무슨 일이 생기지는 않습니다."

윤옥은 바닥에 고인 물을 보며 담담히 대답했다.

"하지만 화신 전하는 아침 일찍부터 천후마마를 배알하러 가셨잖아요? 안 가시면 천후마마의 노여움을 사지 않을까요?"

내 물음에 윤옥은 바둑통을 부드럽게 만지며 연하게 웃었다.

"저와 화신은 처지가 다릅니다. 제가 아침 일찍부터 가면 천후마마의 심기가 분명 더 불편해지실 겁니다."

"예?"

윤옥은 마치 내 반문을 못 들은 듯 나를 외면하며 손을 한 번 획 저었다. 그러자 방금 내가 만든 우박 때문에 땅에 고인 물이 순식간에 사라지더니 뽀송뽀송하게 변했다.

"저는 천후마마의 소생이 아닙니다. 서출이지요."

"아, 전하의 어머님은 천비시군요."

천후의 소생이 아니라니 어련히 천비의 소생이려니 했다. 그때 윤옥의 표정이 눈에 띄게 어두워져서 나는 살짝 당황했다.

"제 어머니는 비의 봉작(封爵)을 받지 못하셨습니다. 태호(太湖)에 사는 평범한 정령이었지요."

그는 처량하게 웃으며 말을 이어 갔다.

"제 어머니는 너무 평범했습니다. 속세의 인간과 거의 다를 바가 없는지라 죽음도 피하지 못했지요."

윤옥이 무슨 말을 하는지 도무지 이해가 가지 않았지만, 나는 말을 아꼈다. 아무래도 그의 생모는 유명을 달리한 듯했다.

"그러고 보니 금멱 선자의 부모님은 어떤 신선이신지요?"

윤옥이 돌연 화제를 바꾸자, 나는 아까보다 더 멍해졌다.

"부모님요?"

"예. 금멱 선자의 부모님이 어떤 분이신지 궁금하군요."

부모라……

한 번도 생각해 보지 못한 일이라 저도 모르게 눈이 데굴데굴 굴러갔다.

"없는데요."

"아……!"

이번에는 윤옥이 당황하며 눈을 가늘게 떴다.

"음, 없다는 말은 좀 이상하기는 하네요. 하지만 어쩔 수 없죠. 저는 포도니까요. 아마도 늙은 포도 아니었을까요?"

＊＊＊

바둑돌을 만두로 바꾸지는 못했지만, 내가 한 말이 있는지라 밥은 사야 했다. 그래서 우리는 모습을 바꾸어 선기(仙氣, 신선의 기운)를 숨긴 뒤 적당한 가게로 들어가 자리를 잡고 앉았다.

"어이, 소이(小二, 가게 점원을 이르는 말)! 나는 만두!"

우리와 조금 떨어진 탁자에 앉은 사내가 탁자를 '탁' 치며 소리쳤다. 그러자 흰 수건을 어깨에 걸친 점원이 냉큼 대답했다.

"예, 손님! 곧 갑니다."

'소이'라고 불린 그는 즉시 김이 무럭무럭 오르는 찜통을 들어 사내에게로 갔다.

아, 저렇게 부르면 되는구나. 이미 소이(小二)는 저 사내에게로 갔으니 나는 소삼(小三)을 부르면 되겠지? 아, 역시 나는 기민하고 눈치가 빨라.

"어이, 소삼! 채보(菜譜, 메뉴판) 좀 가져와."

나는 탁자를 '탁' 치며 점원을 불렀다. 하지만 오라는 소삼은 안 오고, 가게 안이 찬물을 끼얹은 듯 조용해졌다. 갑자기 다들 왜 이러나 싶어 가게 안을 둘러보니 나를 보는 그들의 눈이 심상찮았다. 주렴이 드리워진 좌석 너머에 앉은 몇몇 여인은 나를 독살스럽게 노려보기까지 했다. 가게 어딘가에 앉은 누군가가 "푸하!" 하고 웃지 않았다면, 아마 시간이 멈춘 듯 느껴졌을 것이다.

맞은편의 윤옥을 바라보니, 그의 얼굴 또한 묘했다. 웃는 듯도, 웃지 않는 듯도 한 표정이 그의 얼굴 가득 떠올라 있었다. 나는 한껏 목소리를 낮추어 그에게 물어보았다.

"아까부터 저 주렴 너머의 여인들이 저를 무섭게 노려보네요. 혹시 소삼이 저 여인들에게 갈 차례인데 제가 중간에 소삼을 가로챘나요?"

윤옥은 차분히 고개를 젓더니 제 앞에 놓인 찻잔을 들어 차를 한 모금 마셨다. 마음을 가라앉히려는 듯한 행동이었다. 잠시 후 그는 찻잔을 내려놓으며 내게 몸을 기울였다.

"속세에서 소삼은 좋지 않은 뜻입니다. 욕이라고 할 수 있죠."

"그러면 소이도 욕인가요? 아까 저 사내는 잘만 부르던데?"

"소이는 점원을 부르는 말이 맞습니다. 그러나 소삼은 남편을 두고 외간 사내와 외도하는 여인을 욕하는 말입니다."

헉, 그런 거였어? 나는 적잖이 당황해 말을 잃었다.

그때였다. 내가 가게에 들어왔을 때만 해도 계산대에 앉아 주판을 굴리던 노인이 내게 다가온 것은.

잔뜩 곤란한 표정을 한 그는 내게 두툼한 채보를 내밀며 작게 애원했다.

"나리, 저기 주렴 너머에 계신 분들 보이시죠? 저분들은 이곳에서 행세깨나 하시는 어르신의 작은마님들입니다. 어찌 그런 분들의 심기를 건드려 이 사달을 만드십니까? 원하시는 음식은 주문하시면 바로 내드릴게요. 그러니 제발 조용히 음식만 드신 뒤 나가 주세요. 부탁드립니다."

인간들은 참 이상하다. 둘과 셋의 차이가 뭐기에 이렇게 뜻이 달라지냐고!

내심 불만이었지만, 괜한 시빗거리를 만들기는 싫어서 순순히 채보를 폈다. 그 후 내 눈은 다시 휘둥그레 커졌다. 가장 첫 장에 나온 음식이 전병과자(煎餠果子)라는 무시무시한 이름을 지녀서였다. 전(煎)은 지진다는 뜻이고 과(果)는 과일 아닌가!

훗날에는 과자(果子)가 글자 그대로 과일이라는 의미인 동시에 밀가루를 반죽해 기름에 튀긴 음식을 뜻한다는 것을 알게 되었지만, 당시의 나는 과(果)가 붙으면 다 과일인 줄 알았다. 그리고 기름 속에 내가 마구 구르며 지져지는 모습이 연상되자 온몸에 오한이 일었다.

"너, 너무 잔인한 음식이네요."

나는 말도 제대로 못 잇고 더듬거렸다. 그러자 윤옥은 웃으며 내 오해를 정정해 주었다.

"너무 놀라지 마십시오. 여기에서 과자는 과일이 아니라 유조[44]를 뜻하는 겁니다. 전병과자는 얇게 부친 전병에 채소와 고기 혹은 유조를 넣어 돌돌 말아 먹는 음식 이름이고요."

"그런 건가요? 정말 과일 아니에요?"

"예, 절대로 아닙니다."

하여튼 속세의 인간은 참으로 괴이하다. 어찌 이리 선혈이 낭자한 이름을 음식에다 붙여 우리 같은 과일들을 놀라게 하냔 말이다.

겨우 마음을 가라앉힌 나는 다시 채보를 읽어 보았다. 전병과자 밑에는 게살소룡포가 적혀 있었다. 음, 이게 좋겠네. 내 비록 소룡포를 먹어 본 적은 없어도, 이게 만두의 일종임은 알고 있다. 나는 만두를 좋아하니 소룡포도 분명 입에 맞을 듯했다.

먹을 음식을 결정한 나는 주인을 불러 콩국과 소룡포를 주문했

---

44 油條, 밀가루를 길쭉하게 반죽해 기름에 튀긴 중국식 빵

다. 하지만 전병과자 때문에 놀란 가슴이 쉽사리 가라앉지 않아 연신 가슴을 쓸어내려야 했다.

얼마 지나지 않아 소이라고 불린 점원이 음식을 가져다주었다.

나는 우선 소룡포부터 집어 들었다. 그리고 후후 불어 뜨거운 기운을 살짝 날린 뒤 통통한 소룡포를 씹었다. 그때 예상치 못한 일이 벌어졌다. 소룡포에서 국물이 요란하게 튀더니 쭉 날아서 윤옥의 장포까지 더럽힌 것이었다. 그와 동시에 가게 안의 누군가가 또 "푸하!" 하고 웃었다.

과연 인간은 못 믿을 종족이다. 과일도 안 들어 있는 전병을 전병과자라고 부르고, 소룡포에는 돌연 탕이 들었다.

"아, 죄송해요. 닦아 드릴게요."

나는 소매를 들어 윤옥의 옷에 튄 얼룩을 닦아 주려고 했지만, 그는 온유하게 웃었다.

"괜찮으니 신경 쓰지 마십시오."

그는 말이 끝나기 무섭게 소매를 저었다. 놀랍게도 장포는 원래처럼 깨끗해졌다.

"보십시오. 멀쩡해졌지요?"

그는 웃으며 나를 안심시켰다. 과연 그는 온화하고 마음이 넓은 신선이다.

"자, 이렇게 드셔 보십시오. 이렇게 먹으면 더 맛있을 겁니다."

심지어 그는 소룡포에 식초를 살짝 묻혀 내 접시에 얹어 주기까지 했다.

온화하고 마음이 넓은 것으로 부족해서 세심하기까지 하다니!

역시 그는 정말 좋은 신선이다.

배려 깊은 윤옥 덕분에 나는 편하게 아침 식사를 즐길 수 있었다.

* * *

"이미 신시(오후 3~5시)이니 수연이 시작되었으려나?"

이제는 꽤 떨어진 해를 창문 너머로 보며 나는 작게 혼잣말을 했다. 몰랐으면 그냥 지나갔겠지만, 오늘은 천후의 수연이 열리는 날이다. 분명 재미있는 구경거리가 넘쳐날 터였다. 그 때문에 토지묘에 갇혀 있는 내 신세가 더욱 처량하게 느껴졌다.

윤옥은 다 좋은데 정말 한 가지가 흠이다. 너무 걱정이 많은 것!

그는 천후의 수연에 참석하기 위해 걸음을 재촉하면서도 내 처소에 결계를 치는 일을 잊지 않았다.

"아, 미치겠네. 나도 수연에 가 보고 싶은데."

하릴없이 결계를 꼬집어 보던 중 욱봉이 예전에 가르쳐 준《반야바라밀다심경》이 떠올랐다. 거기에 나오는 대명주[45] 안에 결계를 깰 방법이 있을 듯했다.

"그래. 한번 시도라도 해 보자. 6백 년치 영력도 얻었으니 나도 마냥 예전 같지는 않겠지."

나는 찬찬히 파금주[46]를 외웠다. 하지만 결계에는 작은 흠 하나나지 않았다. 나는 애써 웃으며 자신을 위로했다.

---

45 '옴 마니 반메 훔'의 여섯 글자로 된 주문
46 破金呪, 여기서는 금속 속성의 결계를 깨는 주문

"괜찮아. 아직 주문은 많이 남았으니까."

그 후로 파목주(破木呪), 파화주(破火呪), 파토주(破土呪)까지 다 외워 보았다. 결과는 모두 실패였다. 그래도 나는 좌절하지 않았다. 마지막 남은 주문인 파수주(破水呪), 즉, 물을 깨는 주문을 외웠다.

요행에 기댔지만, 내 끈기는 열매를 맺었다. 파수주를 외우자, 날카로운 빛과 함께 결계가 물방울이 터지듯 부서진 것이었다. 남은 잔해도 이내 물안개처럼 흩어졌다. 역시 6백 년의 영력이란 절대로 무시할 게 못 된다.

신이 나서 집 밖으로 나온 뒤 나는 구름을 불렀다. 그런데 구름에 올라타자마자 천후가 사는 자방운궁으로 가는 길을 모른다는 사실을 깨달았다. 천계로 가서 이리저리 뒤지면 찾을 수야 있겠지만, 길에서 시간을 지체하다가 수연이 끝나 버리면 무슨 소용인가!

그때 문득 아침에 하직 인사를 하고 떠난 토지신이 떠올랐다. 그는 윤옥과 수연을 화제 삼아 이야기를 나누었으니 분명 자방운궁의 위치를 알 것이다. 비록 그는 이미 천계로 떠났으나, 이 세상에 토지신이 어디 한둘인가! 다른 토지신에게 도움을 청하면 될 듯했다.

마음을 정한 즉시, 나는 눈을 감고 토지신을 부르는 주문을 외웠다. 그런데 주문을 반쯤 외운 시점에서 머리 위로 섬뜩한 기운이 느껴졌다. 놀라서 고개를 들자 누군가 내 쪽으로 날아오는 게 보였다.

"뭐, 뭐야!"

나는 기겁하며 몸을 뒤로 물렸고, 하늘 위에서 날아온 그는 방금 내가 서 있던 바로 그 자리에 착륙했다. 내가 기민하지 않았다면 분명 그와 부딪혔을 것이다.

'토지신은 땅 파고 나오는 거 아니었어?'

나는 내심 투덜거리며 아래를 살폈다. 수연에 참석하기 위해 갈아입은 옷과 신발에 물이 튀었으면 곤란한 탓이었다. 그런데 돌연 "푸하!" 하는 웃음소리가 났고, 나는 움찔 놀라며 고개를 들었다. 한 번도 아니고 두 번이나 들었던, 그것도 오늘 아침에 들었던 웃음소리와 지금 웃음소리가 같은 탓이었다.

과연 내 예감은 정확했다. 옷섶이 단정치 못하게 흐트러진 비취색 옷의 사내는 목소리도, 인상도 익었다. 분명 아침 식사를 하러 간 가게에서 본 그 사내였다.

"아침에 뵌 분 맞으시지요? 복하군(撲哧君)[47]께서 토지신이실 줄은 몰랐습니다."

지금 나는 사내의 모습을 하고 있다. 그 때문에 사내의 방식으로 인사하는 편이 나을 듯해 두 손을 마주 잡고 팔을 가슴 위로 올려 그에게 포권했다. 그러자 그는 다시 "푸하!" 하고 웃었다.

"재미있는 선인이시군요. 초면에 복하군이라는 별호까지 붙여 주시다니 말입니다. 그런데 소이선(小二仙), 저는 토지신이 아니라 성 밖 벽수계라는 강에서 사는 수요(水妖, 물 요괴)인데 어쩌지요?"

"소이선요? 지금 저더러 소이선이라고 부르셨나요?"

살짝 당황해서 되묻자, 그는 다시 껄껄 웃었다.

"신선께서 저에게 복하군이라는 별호를 주셨지 않습니까! 그러니 저도 그 보답으로 신선께 별호를 지어 드려야 공평하지요."

아침에 한 내 실수를 놀리고 싶어 지은 별호인 듯했지만, 나는 군

---

47 중국어에서 撲哧는 '푸하' 하고 갑작스럽게 터지는 웃음소리를 뜻한다.

이 반박하지 않았다. 어쨌든 복하군과 소이선은 대련 대구[48]가 잘 맞으니 말이다.

"그런데 저를 무슨 일로 부르셨는지요?"

아, 난감하다. 나는 분명히 토지신을 불렀는데, 왜 수요가 왔을까?

아직 수련이 부족해 그런가? 아니면 내가 요괴를 끌어당기는 체질인가?

막막한 기분으로 하늘을 올려다보니 꽤 어둑해져 있었다.

아무래도 안 되겠다. 시간이 촉박하니 아쉬운 대로 참고 쓰자. 이가 없으면 잇몸이라는 말도 있지 않은가.

"제가 복하군을 부른 건 청할 일이 있어서입니다. 천계로 가는 빠른 길을 안내 부탁드립니다."

내가 정중하게 청하자, 복하군은 넓은 소매로 바람을 일으켜 그의 머리카락에 송골송골 맺힌 물방울을 털었다. 그러면서 느릿느릿 물었다.

"혹시 천후의 수연에 가시려고요?"

"예."

"남천문이 좋으세요? 북천문이 좋으세요?"

북천문은 천계의 정문이다. 몰래 드나들어야 하는 내게는 적합지 않았다. 아무래도 남천문이 좋을 듯했다.

---

48 설날 같은 명절, 환갑연 같은 잔치가 있을 때 문과 집 입구 양쪽에 거는 문구를 대련이라고 한다. 그리고 대련을 쓸 때는 성조(음의 높낮이를 뜻하는 말로 중국 표준어에는 총 4가지 성조가 존재한다. 1성, 2성, 3성, 4성이 있다.)로 대구를 맞추는 게 원칙이다. 예를 들어 대련 위 줄의 끝자는 3성이나 4성이어야 하고, 대련 아래 줄의 끝자는 1성이나 2성으로 끝나야 한다. 소이선의 '이'는 중국어에서 4성이고, 복하군의 '하'는 중국어에서 1성이다. 따라서 두 글자는 대련의 대구 원칙에 잘 맞는다.

"남천문이 좋겠습니다."

"신시(오후 3~5시) 못 되어 도착하는 게 좋으세요? 아니면 유시(오후 5~7시) 초반이 좋으세요?"

"빠르면 빠를수록 좋습니다."

"나는 편이 좋으세요? 헤엄이 좋으세요?"

뭐지, 이 질문은? 내가 물고기도 아닌데 헤엄이 더 좋을 리 없잖아.

"나는 편이 좋습니다."

"예, 알겠습니다. 천계로 가는 길은 제가 잘 아니 아무 문제가 없지요. 하지만 조금만 기다려 주시겠어요? 목간하던 도중 갑자기 불려 왔거든요. 다시 돌아가서 마저 씻어야 해요."

일순간 그를 걷어차 버리고 싶은 충동에 휩싸였다. 그래서 나도 모르게 그를 살벌하게 노려보았다. 그게 효과가 있었는지 그는 슬그머니 태도를 바꾸었다.

"흠흠, 하지만 저는 인연을 소중히 하는 수요지요. 이번만은 특별히 소이선의 길 안내를 맡겠습니다."

복하군은 말을 마치자마자 물 구름을 모으더니 느릿느릿 그 위로 올라탔다. 그리고 내 구름보다 더 느릿느릿 날았다. 정말 거북이처럼 느렸다. 분통이 터지지만, 그가 길 안내를 하니 그보다 앞질러 갈 수는 없는 노릇이었다. 결국, 이를 바득바득 갈면서도 그의 느린 물 구름을 뒤따라 날아갈 수밖에 없었다.

얼마 후 복하군은 은하수를 지났고, 남천문에 닿았다. 신시는 안 지났지만, 유시가 되기 전이었다. 놀랍게도 복하군은 자신이 장담한 시간 안에 나를 정확히 천계로 데려왔다.

"멈추십시오."

남천문 안으로 들어서려던 그때였다. 구레나룻이 짙게 난 천병들이 돌연 창을 기울여 내 앞을 가로막았다.

"초청장을 보여 주십시오."

초청장 따위가 내게 있을 리가!

나는 곤란해 하며 그에게 부탁했다.

"초청장은 없지만, 저는 월하선인의 벗입니다. 좀 봐주실 수 없을까요?"

"오늘은 천후마마의 생신입니다. 특별한 날인만큼 초청장이 없으면 못 들어가십니다."

하여튼 욱봉의 휘하가 아니랄까 봐 융통성 없기는!

월하선인의 이름을 팔았는데도 씨도 안 먹히자, 나는 다시 머리를 굴려 보았다. 이름을 팔 만한 이가 또 누가 있을까? 나는 심각한 고민에 빠져 버렸고, 그러다 보니 복하군이 슬그머니 내 곁으로 다가온 줄도 미처 깨닫지 못했다.

"소이선은 재미있는 분이시네요. 상방보검[49]을 지녔으면서 뭐 하러 천병과 입씨름을 하시지요?"

복하군이 내 머리 위로 손을 뻗더니 비녀 대신 상투를 고정해 놓은 봉황의 깃털을 가리켰다. 그러자 천병들의 얼굴이 하얗게 질렸고, 그들은 바로 내게 무릎을 꿇었다.

"소인이 미욱하여 귀빈을 몰라 뵈었습니다. 부디 용서하십시오!"

---

49 尚方寶劍. 임금이 쓰던 보검으로 상급 기관이 하급 기관에 중대한 문제를 스스로 처리하도록 부여한 권한을 의미하기도 한다. 이는 상방보검을 하사받은 장수나 신하에게는 먼저 참한 뒤 후에 보고할 수 있는 막강한 권한이 주어졌던 것에서 유래했다.

'나착계모당령전(拿著雞毛當令箭)[50]'이라는 옛말이 있는데 지금이 딱 그 상황이었다. 고작 옥봉의 깃털 하나가 천병을 내 앞에 무릎 꿇리게 할 줄이야. 천계에서 옥봉이 점한 위치와 권위를 통렬히 깨달은 순간이었다.

나는 즉시 머리 위 봉황 깃털을 뽑았다. 대신 그 자리에 포도 비녀를 꽂고 깃털은 소매 안에 잘 넣었다. 이렇게 귀하고 유용한 물건은 잘 보관해야지. 암, 그렇고말고.

"어, 어서 들어가십시오. 수연이 곧 시작합니다."

천병들은 여전히 덜덜 떨고 있었다. 나는 그런 그들에게 여유롭게 웃어 보인 뒤 남천문 안으로 들어섰다. 복하군도 내 뒤를 바로 따라왔다.

과연 천후의 생일답게 자방운궁 안은 신선들로 북적거렸다. 안을 살펴보니 발 디딜 틈도 없이 붐볐다. 그 탓에 이리저리 치인 내 구름은 이미 너덜너덜해져 수연이 열리는 대청 앞에 이르자 그만 모조리 흩어지고 말았다. 복하군이 손을 내밀어 부축해 주지 않았으면 그대로 바닥에 엉덩방아를 찧었을 것이다.

잠시 후 수연장 안으로 들어선 나는 선기로 가득한 내부를 조심스럽게 살폈다. 눈에 띄어서 좋을 게 없으니 수연장 한구석 그늘진 곳이 좋을 듯했다. 그래서 적당한 자리를 찾아서 앉으려는데 뜻밖에도 어디선가 부들방석을 챙겨 온 복하군이 내 옆에 책상다리를

---

50 닭털을 군령을 전하는 화살로 삼는다는 뜻으로 '작은 것을 크게 떠벌린다'라는 의미이다.

하고 앉았다.

응? 복하군이 왜 여기에 앉지?

나는 이상하게 생각하며 그에게 손을 휘휘 저었다.

"복하군, 이곳까지 잘 안내해 주신 점 감사드립니다. 이제 돌아가세요."

그 순간 복하군은 심장병 걸린 서시(중국 4대 미인 중 한 명으로, 심장병이 있었다)처럼 가슴을 움켜쥐며 처량하게 말했다.

"목적을 이루면 도와준 사람의 은혜를 잊는 배은망덕한 이가 있다더니! 소이선이 그런 자일 줄은 몰랐네요. 어떻게 그런 말씀을 하시죠? 돌아갈 마음의 준비도 안 된 저에게?"

아, 아직 마음의 준비가 안 되어서 그런 거였어? 진작 말하지.

"그러면 지금부터 준비하십시오. 시간이 얼마나 필요하시지요?"

우리 과일은 이렇게 선의가 넘치고 관대하다.

"저는 무척 허약해요. 잠깐만으로는 어림도 없지요."

아무래도 그는 수연장을 떠날 생각이 전혀 없어 보였다. 하지만 그는 신선이 아닌 수요다. 이런 장소에 그를 계속 두었다가는 내가 곤란해질 수도 있었다. 그게 근심이 되어 살짝 눈썹을 찡그리자, 복하군은 히히 웃으며 내게 능청을 떨었다.

"저는 위로는 천문에, 아래로는 지리에 통달했지요. 길 안내도 잘하지만, 말동무는 더 잘한답니다. 그러니 저를 쫓아내지 마세요. 저랑 함께 있으면 무척 재미있으실 거예요."

실로 난감했지만, 이리도 가기 싫다는 이를 쫓아낼 수는 없는 노릇이었다. 그래서 슬그머니 주변을 둘러보니 다들 자기들끼리 이야기를 나누느라 바빴다. 아무도 나나 복하군을 신경 쓰지 않는 분위기였다.

'아, 모르겠다. 설마 들키기야 하겠어. 이왕 이렇게 된 마당에 이 수요를 곁에 두고 말동무나 하자.'

그리 생각하며 한숨을 쉬는데 아름다운 선고 한 명이 수연장 안으로 들어왔다.

"저 신선은 요희예요. 무산신녀[51]지요. 미모도 출중하지만, 천계에서는 드문 풍만한 몸매를 지녔답니다. 그런데 허리는 고작 1척 8촌(23~24인치)밖에 안 되지요. 놀랍지 않으세요?"

천문과 지리에 통달한 복하군이 내 곁에서 작게 조잘거렸다.

무산신녀 요희가 자리를 잡고 앉자 다른 선고가 또 들어왔다.

"저 선고는 상수[52]의 여영[53]이에요. 씀씀이가 좀 크기는 하지만 부드럽고 연약해 연민을 불러일으키죠. 사내는 특히 이런 여인을 좋아해요. 소이선도 그렇지요?"

복하군은 내 어깨를 툭 치며 공감을 얻으려 했다. 여영은 양쪽에 선 선녀들의 부축을 받으며 요요하게 땅으로 내려서는 참이었다. 나는 무심결에 고개를 끄덕였다.

"그러나 두부처럼 너무 연하고 약하기만 하면 좋지 않아요. 무릇 기개도 있어야죠."

문득 검기가 느껴졌다. 방금 수연장 안으로 들어선, 검을 찬 선고가 내뿜는 기운이었다. 버들가지처럼 휘어진 눈썹에 예리한 눈빛을

51　巫山神女, 중국 고대 전설 속 인물, 남방천제의 딸
52　湘水, 중국 후난성에서 가장 큰 강
53　중국 신화 속의 요(堯)임금의 둘째 딸이며 언니인 아황과 함께 순(舜)의 아내가 되었다.

지닌 그녀는 매우 강단 있어 보였다.

천문과 지리에 통달한 복하군은 이번에도 역시 조잘거렸다.

"저 선고는 여와[54]입니다. 진정한 호걸이지요. 한 무더기의 돌로 동해 용왕의 수심을 깊게 했고[55] 근자에는 남해로 거처를 옮기려고 남해 용왕과 의논 중이라고 하더군요."

천문과 지리에 통달한 복하군은 쉬지도 않고 떠들어 댔다.

"그러나 매일매일 무예 수련에만 힘쓰니 여와를 감당할 만한 남편감 신선이 있을지 모르겠네요."

그 후로도 복하군은 수연장 안으로 들어오는 선고들의 얼굴, 장단점, 취미, 품성 등을 낱낱이 평했다. 그는 정말로 이런 화제를 좋아하는 듯했다. 하지만 나는 딱히 그런 데 취미가 없기에 그의 수다가 귀찮기만 했다.

"복하군은 모르시는 게 없나 봅니다."

"당연하지요!"

내 말에 복하군은 의기양양해하며 가슴을 한껏 젖혔다.

"《육계 미인 심층 분석집》이라는 책 아시나요? 한때 육계를 휩쓴 책인데. 비록 지금은 한 권만 남았지만, 그 책의 저자가 바로 저랍니다. 아, 요즘은 미인의 기세가 예전 같지 않아요. 제가 책을 쓸 때와는 사뭇 다르지요. 다시 생각해 봐도 화신 재분은 완벽한 미녀였어요. 너무 아름다웠기에 박명했지만요."

화신 재분이라면 선대 화신이다.

---

54 중국 전설 속 인물, 염제 신농씨의 딸
55 전설 속 여와는 동해에 빠져 죽었다. 그녀는 사후에 새로 변했고, 자신을 죽게 한 동해에 돌을 떨어뜨려 자기의 죽음을 초래한 동해 용왕에게 원망을 표했다.

나는 문득 꽃 장식 하나 없는 그녀의 쓸쓸한 무덤을 떠올렸다. 그래, 확실히 선대 화신이 박명이기는 했다.

"야신 들었습니다! 화신 들었습니다!"

수연장 밖에 서 있던 선시가 불진[56]을 흔들며 크게 소리쳤다. 복하군이 내 어깨를 붙들며 "그러니까 화신 재분으로 말할 것 같으면" 하고 말할 때였다.

곧이어 대전 안으로 들어선 욱봉은 그의 몫으로 마련된 상석으로 갔다. 하지만 자리에 앉기 무섭게 눈썹을 사납게 올리며 나를 노려보았다.

에이, 일부러 구석에 앉았는데 들켰네. 월하선인의 조카가 왜 저렇게 눈이 좋담! 게다가 왜 저렇게 노려봐. 눈빛으로 내 머리도 쪼갤 수 있겠다.

그에게 들켜서 민망한 마음 반, 그의 무서운 눈빛에 질린 마음 반으로 내심 투덜거리던 나는 잘린 듯 불평을 멈추었다. 그가 나를 저리도 무섭게 노려보는 이유를 깨달았기 때문이었다. 그는 내가 그에게 거짓말을 해서 영력을 더 받아 낸 사실을 알아챈 게 분명했다. 아아, 망했다.

일단은 눈 가리고 아웅 하는 식으로 나는 그를 못 본 척 고개를 돌렸다. 그러자 그의 옆에 앉은 윤옥이 보였다. 그러자 윤옥은 그럴 줄 알았다는 듯한 표정으로 고개를 살짝 저었다. 머쓱한 마음에 그에게 살짝 웃어 보였지만, 그는 무표정한 얼굴로 고개를 숙이며 나

---

56 拂塵, 짐승의 털이나 삼 줄기 등을 묶은 것에 자루를 붙인 것으로 먼지를 털거나 모기를 쫓는 등의 용도로 사용된다. 불가에서는 예불을 올리거나 설법을 할 때 주지나 그 대리인이 불진을 들고 당상에 선다. 도가에서도 이와 유사한 용도로 쓴다.

를 외면했다.

어, 윤옥까지 왜 저러지? 설마 내가 결계를 멋대로 깨고 나와서 화났나?

"수신과 풍신 들었습니다!"

선시의 외침과 함께 윤옥이 존경하는 어르신인 수신과 단아한 외모의 풍신이 표표히 수연장 안으로 들어섰다. 그리고 욱봉과 마찬가지로 상석 앞에 멈춰 섰다. 수신은 제 뒤를 따라온 풍신에게 먼저 자리를 권했지만, 풍신은 고개를 저으며 수신에게 먼저 앉기를 청했다. 그들은 자리를 서로 양보하느라 꽤 시간을 끌었는데 결국 풍신이 먼저 앉았다. 그런 그들의 모습을 보며 나는 흐뭇하게 웃었다. 서로를 공경하고 아끼는 모습이 참 보기 좋았다.

"쯧쯧! 봤어요? 수신과 풍신? 부부지간에 어찌 저리 예의를 차릴까요. 저런 사이는 부부라고 하기도 민망해요."

아, 수신과 풍신이 부부였구나.

새로 알게 된 사실에 나는 고개를 끄덕였다. 하지만 나는 복하군과 생각이 달랐다. 부부라고 서로 예의를 차리지 말라는 법이 어디 있는가! 서로 막 대하는 것보다는 저 모습이 훨씬 보기 좋다.

얼마 후 누군가가 또 들어왔다. 이번에는 한둘이 아닌 한 무리였다. 그중 맨 앞에 선 선고는 눈부시게 아름다워 절로 눈길을 끌었다. 그녀는 새 깃털로 장식한 하피[57]를 걸쳤는데, 그녀를 따르는 신선들에 둘러싸여 있어 기세가 실로 등등했다. 미녀만 보면 평가부터 하는 복하군이 이상할 정도로 조용한 게 이상했지만, 딱히 신경

---

57   拂塵, 중국 귀족 여인의 예복으로 목에서 앞가슴까지 덮는 어깨 덧옷

이 쓰이지는 않았다. 어차피 관심이 없으니까.

'기세가 범상치 않네? 혹시 저 미녀가 천후인가?'

하피를 걸친 미녀는 사뿐사뿐 걸어 상석으로 나아갔다. 마침내 욱봉과 윤옥의 자리에 이르자 그녀는 소매에 손을 넣으며 곱게 읍했다.

"조족 수장 수화가 두 분 전하를 뵈옵니다."

나는 그제야 그녀가 예전에 목단 장방주에게 대들었다가 몇십 년 동안 새 먹이를 제공받지 못한 조족 수장 공작임을 알았다. 다행히 오늘 처음 본 그녀의 얼굴은 발그레하게 혈색이 좋고, 그녀 뒤에 선 조족 선녀들도 건강해 보였다. 아마도 화계와 조족 사이의 불화가 이제는 해결되었나 보다.

"화계를 제외한 모든 선고가 천후마마의 수연에 다 참석했네요. 역시……."

조족 수장의 등장에 잠시 침묵했던 복하군이 다시 입을 열었다. '역시'라는 그의 말이 왠지 의미심장했다.

"이번 수연에서 화신의 짝이 될 선고도 정해지겠네요."

흠, 그럴듯하다. 어차피 수연에 많은 선고가 참석할 터였다. 천후로서는 이참에 며느릿감을 알아보아도 좋겠지.

"자네도 그리 생각했는가? 내 생각도 같네."

우리와 가까운 곳에 있던 신선이 길고 흰 수염을 쓰다듬으며 진지하게 말했다.

"그렇지. 나도 그런 생각을 했다네."

"나도 그렇다네!"

주변의 많은 신선이 부화뇌동하며 흥미 있어 했다. 어느새 그들과 복하군은 둥글게 모여 앉았다. 그리고 서로가 생각하는 선고를 거론하며 격렬히 토론했다. 하여튼 속세고 천계고 이런 화제에는 결코 무심해질 수 없나 보다.

나는 욱봉이 어떤 유형의 선고를 좋아하는지 모른다. 그래서 신선들의 격론을 조용히 지켜만 보았다. 그러다가 우연히 고개를 돌렸을 때 욱봉의 곁에서 그와 뭔가 조곤조곤 이야기를 나누는 수화가 눈에 들어왔다. 일순간 등골을 따라 전율이 흘렀다.

아, 저 여자다! 분명 저 여자야!

너무 기쁜 나머지 나는 살짝 흥분하고 말았다. 그래서 자신 있게 신선들의 대화에 끼어들었다.

"저는 조족 수장 수화에 포도 두 개 걸게요."

나는 진지하게 판돈을 걸었다. 내가 내민 둥근 포도가 손바닥 위에서 데구루루 구르자 신선들의 눈도 함께 돌아갔다.

"내기 좋지, 좋아! 나는 좋은 술을 걸지. 요희에게 걸겠소."

"나는 여와에게 선단을 걸겠소이다."

"나는 검수(칼에 다는 장식용 술)를 걸겠소. 길광여신에게!"

다들 난리가 났다. 나는 판돈이 전부 내게 오리라 확신하며 이렇게 판을 키워 준 욱봉과 수화를 너그러운 눈으로 바라보았다. 가뜩이나 하나는 봉황이고 하나는 공작이다. 같은 새 종류 아닌가. 그들은 참으로 잘 어울린다.

"저어……."

그때 누군가가 자칫 과열될 수 있었던 분위기를 깼다. 그는 인삼한 뿌리를 쥔 선동이었는데 난감한 표정으로 인삼을 쓱 내밀었다. 그는 이 인삼을 판돈으로 걸려는 듯했다.

"저는 이곳의 어떤 선고도 화신 전하의 짝이 못 된다는 데 걸게요."

선동의 말에 신선들은 경악하며 일제히 그를 보았다. 자신에게 쏠린 시선이 못내 부담스러운 듯했지만, 그는 또박또박 말을 이어 갔다.

"사실 화신 전하는 사내를 좋아하세요. 서오궁에 예쁜 서동을 두시기도 하셨고요. 전하께서는 그 서동을 한시도 떼어 두지 않으며 총애하셨죠. 훗날 그 서동이 전하를 위해 여인으로 변했지만, 전하는 되레 그 서동을 버리셨대요. 이 일만 봐도 전하는 사내만 좋아하시는 게 분명하죠."

오호, 그런 일이 다 있었어?

상대를 농락하고 버리는 파렴치한이라고는 생각 안 했는데. 욱봉 그자가 참으로 양심이 없구나.

"아, 그 일은 나도 들었다네. 하지만 내가 들은 바와 내용이 조금 다르군. 내가 알기로, 그 서동은 전하를 두고도 구요성궁의 계도에게 반해서 바람이 났다더군. 전하께서는 이 일을 알고 상심하여 그 서동을 내쫓았고."

한 신선이 말을 마치자마자, 다른 신선이 또 끼어들었다.

"아닐세, 아니야! 내가 알기로는 그 서동이 분수를 모르는 짓을 했어. 화신 전하와 월패성사 사이에 양다리를 걸쳤다고."

그제야 나는 그들이 말하는 서동이 나라는 사실을 깨달았다. 황당하기 이를 데가 없지만, 여기서 항변해 봤자 나만 이상해질 뿐이었다.

"이 인삼에는 곡절도 많고, 잔뿌리도 많군요. 마치 우리네 인생처럼 말입니다."

억울하고 서러운 내 속내를 인삼의 모양에 빗대어 탄식하던 그때였다. 수연장 밖에 서 있던 선시가 지금껏 본 중 가장 요란하게 불진을 흔들었다.

"천제 폐하 듭시오! 천후마마 듭시오!"

선시의 외침이 미처 끝나기도 전에 신선들은 일제히 자리에서 일어났다. 그리고 두 손을 모아 고개를 숙인 채 천제와 천후를 맞이했다. 천제 부부가 어찌 생겼는지 보고 싶은 마음이야 굴뚝 같지만, 나도 따라서 고개를 조아렸다. 모든 신선이 고개를 숙이는데 나 혼자 뛸 수는 없었다.

그래도 눈의 각도를 최대한 비스듬히 해 그들을 훔쳐보려 했지만 그건 불가능한 시도였다. 사방으로 퍼지는 빛이 천제와 천후를 막아서 도무지 그들을 볼 수 없었다.

대체 무슨 빛이 이리도 밝은가 싶어 주시하니 천제와 천후보다 앞서 들어온, 두 줄로 선 아름다운 선녀들이 유리로 만든 등을 들고 있었다. 그 등 안에는 방금 생성된 별이 들어 있었는데 보는 이를 현기증 나게 할 만큼 강한 빛을 내뿜었다.

이곳에 모인 신선들은 그 빛의 위력을 알기에 모두 고개를 숙이고 있었던 거였다. 더는 눈이 시려 볼 수가 없는지라 나는 다시 고개를 숙였다.

"다들 편히 앉으시오."

아미타불! 차 석 잔은 너끈히 마실 시간이 지나고서야 앉으라고 인심 쓰듯 말하다니!

나는 규율이 그리 엄하지 않은 화계에서 대부분의 삶을 살아 천계의 격식에 익숙하지 않았다. 그래서 천계의 명이 떨어졌을 즈음에는 배고프고 피곤하여 진이 다 빠져 있었다. 결국, 쥐가 나서 뻣뻣해진 내 다리가 중심을 잡지 못해 나는 복하군 쪽으로 쓰러졌다. 그러자 복하군은 그럴 줄 알았다는 듯 내 몸을 받쳐 주었다. 그 후, 그는 내 다리 저림이 풀릴 때까지 차분히 기다려 주었다.

얼마 후 고개를 드니 천제와 천후는 이미 수연장의 가장 상석에 꾸민 보좌에 앉아 있었다. 그 순간 나는 또 봉황의 길고 갸름한 눈과 마주쳤다.

지금 나를 노려보는 그의 눈빛을 뭐라고 형용해야 할까?

속세에서는 손에서 불이 나오는 열염장이라는 무공이 있다는데 아마 눈에서 불이 나온다면 딱 저럴 듯하다. 아니, 뭔가 좀 부족하다. 한없이 뜨거운데도 노려보는 눈빛에서 서늘한 한기가 흘렀다. 저건 손에서 나와야 하는 한빙장이 눈에서 나오는 형국이다. 정리하자면, 지금 욱봉은 눈으로 열염장과 한빙장을 번갈아 가며 내게 쏘고 있는 셈이다.

한 번은 열염장을, 또 한 번은 한빙장을 돌아가며 줄곧 맞는 통에 나는 삽시간에 너덜너덜해졌다. 그럴수록 욱봉에게 더 짜증이 났다.

화신 정도나 되는 자가 참으로 속이 좁다. 그에게 있어 3백 년치 영력은 그냥 우물에서 물 한 바가지 퍼낸 정도일 터였다. 겨우 그것 가지고 왜 이리도 나를 못 잡아먹어서 안달인지!

결국, 나는 눈으로 죽일 수 있으면 나를 죽여 보라는 체념의 단계에 들어섰다. 그래서 욱봉에게 시선을 거둔 뒤 보좌에 앉은 천제와 천후에게 집중했다. 욱봉의 오른편 상석에 앉은 천후는 머리에 점취전자[58]를 썼고, 백자도[59]를 금실로 수놓은 비단 장포를 입었다. 화려한 꾸밈새에 뒤지지 않는 귀티가 온몸에 흘러 그녀는 실로 범상치 않았다. 가늘고 긴 눈은 전형적 봉안[60]이었다. 욱봉은 천후의 눈매와 분위기를 많이 닮은 듯했다.

"오늘 내 생일을 맞아 모든 신선께서 짬을 내어 주셨구려. 덕분에 누추한 자방운궁에서 빛이 나는 듯하오. 참으로 기쁘기 한량없소."

비록 겸양을 더해 말했지만, 천후의 만면에는 이게 당연하다는 오만함이 배어 있었다. 신선들은 "별말씀을요!", "당연하지요!", "아닙니다. 소신들이 영광입지요" 하는 말을 앞다투어 뱉었다. 얼마 후 그들의 인사말이 얼추 끝나고서야 천제가 입을 열었다.

"자, 이제 수연을 시작합시다."

나는 고개를 들어 이번에는 천제를 보았다. 그는 관을 쓰고, 백옥 요대를 찼으며, 사합여의운문(卍자 모양 구름무늬)을 수놓은 장포를 입었다. 하지만 천후보다는 위엄이 덜해 보였다. 그의 빛나는 눈은 살짝 처졌고, 입꼬리에 연한 미소가 걸려 있는데, 전체적으로 온유한 분위기를 풍겨서 그런 듯했다.

"천제는 모든 남선(男仙)의 귀감이라 할 수 있지요. 지금의 천후와 혼인하기 전의 천제는 정말 대단했거든요. 천제가 풍류 미소를 한 번 날리면 천하의 도화가 모두 그 덫에 걸렸지요. 세상과 등지고 은거하던 화신(花神) 재분마저 천제에게 푹 빠져 몇만 년 동안 정신을 놓고 살았어요. 그 대단함이 어떨지 익히 짐작이 가지요?"

---

58 點翠滿鈿, 물총새의 깃털을 가공하여 장식품을 만드는 공예 기법이 점취이며, 전자는 중국의 귀부인 이상 계급의 여인이 의식 때 쓰는 머리 장식이다. 금·비취·진주·보석 따위로 장식하며, 앞면과 위쪽에 앵주락(櫻珠絡)을 드리우기도 한다.

59 百子圖, 아이들을 많이 그려 놓은 그림. 자손 번창 기원의 의미를 지닌다. 수연 때 입는 옷에 이 의미를 담아 백자도를 수놓기도 한다.

60 鳳眼, 가로로 갸름하고 눈꼬리가 올라간 눈매를 뜻하는 말

복하군은 내 어깨를 툭 치며 천제를 바라보았다. 그의 두 눈에는 천제를 향한 존경심이 가득 담기다 못해 넘칠 지경이었다.

"무릇 사내라면 천제의 경지에 오를 수 있게 노력을 아끼지 말아야 해요. 그리될 수 있다면 더할 나위가 없지요. 소이선도 이번 기회에 잘 보고 배워요."

언제나처럼 복하군은 말이 참 많았다. 그래서 반쯤 흘려듣는데도 그는 여전히 조잘거렸다.

"그리고 소이선, 천후의 오른쪽에 앉은 저 사내 보이죠? 저자는 바로 화신 욱봉이에요. 인물로 보나 재주로 보나 청출어람의 자질이 넘치지요. 저자도 지금 천제의 뒤를 이어 육계의 여심을 흔들고 있어요."

천제의 대단함을 나는 아직 모르니 청출어람까지는 모르겠다. 하지만 욱봉의 평소 행실을 잘 알기에 복하군의 주장이 그럴듯했다.

"그런데 좀 이상하네요. 소이선, 그대가 보기에는 어때요? 화신 욱봉이 수연장에 들어온 후부터 계속 나만 보는 것 같지 않아요?"

'댁이 아니라 나를 보는 거야. 나를 태우거나 얼려 죽이고 싶다는 일념으로'라는 말을 애써 삼키며 나는 억지로 웃었다.

"하하, 그런가요? 몰랐네요."

"소이선, 이건 웃고 넘길 일이 아니에요. 분명 화신은 저만 보고 있다고요. 아무래도 아까 신선 몇이 한 말이 맞나 봐요. 화신은 남색가일지도."

복하군은 제 이마에 붙은 머리카락 한 올을 털며 진지하게 탄식했다.

"아아! 제가 원래 호방한 풍채를 지녀 매번 여심을 사로잡는 줄은 익히 알았지만, 남심까지 홀릴 줄이야. 저는 여인이 좋은데 본의 아니게 화신을 반하게 하다니 이를 어쩌지요? 아아, 이 죄를 어찌하면 좋을까! 저는 정말 죄가 많은 사내예요. 그렇죠, 소이선?"

"아, 예. 그렇군요. 죄 많은 사내."

너무 크나큰 착각이라 바로 잡아 줄 엄두도 나지 않았다. 나는 떨 떠름하게 그에게 호응했다.

"소자 윤옥, 천후마마의 만복과 장수를 기원합니다."

상석 쪽에서 익숙한 목소리가 들려 고개를 드니 윤옥이 술잔을 든 채 천후에게 축수하고 있었다. 비록 서출이나 그가 장자라 그부터 축수를 시작한 듯했다.

"윤옥은 오늘따라 더 소박하구나. 천제 폐하의 장자가 고작 포도 넝쿨 비녀라니. 물론 나는 네 검소한 성품을 잘 알지만 다른 이는 너를 잘 모르니 오해라도 할까 봐 심히 두렵구나. 야신이 어미인 내 체면을 고려하지 않는다고 말이다. 게다가 우리 모자의 사이가 안 좋다는 소문을 퍼뜨릴지도 모르지. 너는 이를 어떻게 생각하느냐?"

잠자코 윤옥의 축수를 듣던 천후는 자기 앞의 술잔을 들며 말했다. 어투는 온화하지만, 말의 곳곳에 가시가 돋쳐 있었다.

"오해십니다, 천후마마. 백옥교룡잠[61], 화은유금잠[62], 대모비취 잠[63]은 분명 귀하지요. 하지만 그것들은 소자에게 있어 덧없는 장 신구에 불과합니다. 이 포도 비녀는 소자의 벗이 준 선물로 그 의미

61　白玉螭龍簪, 백옥으로 교룡의 형태를 조각한 비녀
62　花銀鎏金簪, 유금은 금속 표면에 금의 수은 아말감을 바르고 가열하여 수은을 증발시
　　킨 뒤 표면에 금을 부착시키는 고대의 도금 기법이다. 화은은 순도 높은 은을 뜻한다.
63　바다거북과 동물인 대모의 등딱지와 비취로 만든 비녀

가 각별하지요. 이 비녀야말로 천후마마의 수연이라는 귀한 날에 잘 어울리는 물건이라 생각합니다."

윤옥은 공손하지만 논리 있게 포도 비녀의 귀한 가치를 설파했다. 나는 그런 윤옥에게 깊이 감동했다. 그래서 절로 고개를 끄덕이는데 복하군이 내 어깨를 잡으며 물었다.

"혹시 야신이 말한 벗이 소이선이에요? 소이선의 비녀와 야신의 비녀가 같은데?"

복하군이 눈이 나쁘군. 저것은 엄밀히 따지면 다른 비녀야. 세상에 똑같이 생긴 사람이 없듯이 포도 넝쿨도 똑같이 생긴 게 없거든.

"그러면 그날 가게에서 소이선과 함께 있던 사내가 야신이 변신한 모습이에요?"

내가 고개를 끄덕이자, 복하군의 얼굴이 살짝 일그러졌다. 잠시후 그는 땅이 꺼질 듯 한숨을 쉬었다.

"아아, 세상은 역시 공평하네요. 그래서 무엇인가의 발전이 극에 달하면 반드시 반전이 있다는 옛말이 있나 봐요. 천제의 풍류가 지나친 나머지 두 아들이 모두 남색가로 태어났으니 말이에요."

귀 기울여 들을 가치가 없는 말이었다. 그래서 다시 윤옥을 돌아보자, 나를 잡아먹을 듯한 욱봉과 다시 눈이 마주쳤다. 마음 같아서는 피하고 싶지만, 지금 상황이 흥미진진해 그냥 무시하기로 했다.

"하하! 네 말을 듣고 보니 비녀에 아취가 있구나. 그 벗도 오늘 이자리에 왔느냐?"

천제의 말에 욱봉이 윤옥에게 슬쩍 눈짓했다. 이에 윤옥은 얼굴색 하나 안 바꾸며 담담히 대꾸했다.

"소자의 벗은 신선이 아닙니다. 평범한 정령이라 오늘 연회에 초대받지 못했습니다."

"그래? 아쉽구나. 속세를 초월하고 명리를 추구하지 않는 고인인 듯한데. 다음 연회에는 꼭 초청장을 보내도록 해라."

"예."

속세를 초월하고 명리를 추구하지 않는 고인이라! 나는 우쭐한 기분이 들어 턱을 쓰다듬었다.

천제가 보는 눈이 꽤 괜찮네. 나의 품성을 포도 비녀 하나로 이리도 정확히 간파하다니.

윤옥이 자리로 돌아가자 욱봉이 그에게로 몸을 기울였다. 뭔가를 말하려는 듯했다.

"소이선은 정령이었군. 그러면 나와 품계가 비슷하겠네?"

내 곁의 복하군이 웃으며 내 어깨를 친 그때였다. 방금까지 윤옥과 뭔가 이야기하던 욱봉의 시선이 내 어깨로 옮겨 왔다. 그와 동시에 그는 입꼬리를 비틀며 손가락을 튕겼고, 붉은빛이 길게 선을 그으며 내게로 날아왔다. 분명히 나를 목표로 한 공격이었지만, 속도가 너무 빨라서 피할 길이 없었다. 하지만 내 코앞까지 날아온 그 빛은 내 어깨를 넘어서 지나갔고, 내게 어떤 상해도 입히지 않았다.

'아, 다행이다. 빗나갔나 보네.'

가슴을 쓸어내리며 안도했지만 이내 묘한 기분에 사로잡혔다. 내 어깨와 등을 따라 길쭉한 뭔가가 찰싹 달라붙어 있어서였다. 그래서 손을 뻗어 그것을 쥐어 보니 촉감이 미끈거렸다. 부드럽기도 하고, 길고 차갑기도 했다.

설마?

소름이 쫙 돋아 고개를 돌린 순간 나는 자지러지며 그 자리에서 펄쩍 뛰었다.

"아악! 뱀이다!"

냉정한 나지만, 침착한 나지만, 속세를 초월하고 명리를 추구하지 않는 고인인 나지만, 뱀 앞에서는 절대로 초연할 수 없었다.

부처님, 살려 주세요! 살무사가 내 몸에 붙어 있어요. 뱀은 우리 포도의 천적이에요!

나는 부처님을 연신 부르며 덜덜 떨었다.

"음."

누군가 불쾌한 감정을 가득 실어 말문을 열었다.

"거기 계신 신선께 무슨 일이라도 생겼소이까?"

놀라 고개를 드니 천후가 엄한 얼굴로 나를 보고 있었다. 천후뿐 아니라 수연장 안 모든 신선이 나만 보고 있었다. 그들의 눈에는 의혹이 가득했고, 수상하다는 듯 나를 노려보는 이도 적지 않았다.

"아, 그게……."

천후는 무척 성정이 사나워 보였다. 쓸데없는 일은 삼가는 게 좋다 싶어 나는 목소리를 얼른 가다듬었다.

"별일 아닙니다."

"그럴 리가!"

천후는 실눈을 뜬 채 나를 주시했다. 욱봉보다 더 차가운 그녀의 눈빛이 절로 나를 소스라치게 했다.

"지금 그대의 모습은 분명 환술로 인한 것이군. 대체 어디의 신선이기에 굳이 환술까지 써서 모습을 바꾼 채 수연장에 들어왔소?"

아, 맞다. 얼굴!

나는 급히 얼굴로 손을 가져갔다. 천후의 성정은 욱봉보다 더하면 더했지 결코 덜 하지는 않을 듯했다. 그런 그녀에게 괜한 의심을 사 봤자, 좋을 일이 없다 싶었다.

"아, 송구합니다. 급히 나와서 잊었어요."

"안 돼!"

돌연 욱봉의 고함이 수연장 안에 울렸다.

'응, 안 된다니? 왜?'

욱봉이 왜 저리 반응하는지 궁금했지만, 그가 이 상황에서 대답해 줄 수 있을 리 없고, 나는 이미 내 얼굴을 문지른 뒤였다. 그 때문에 이미 나는 원래의 모습으로 되돌아와 있었다.

"이-!"

'쨍그랑!'

욱봉은 목을 쥐어짜듯 탄식을 흘렸고, 누군가의 손에서 떨어진 잔은 연회용 탁자에 떨어져 산산조각으로 깨졌다. 곧이어 두 종류의 소리는 찬물을 끼얹은 듯 조용해진 수연장 전체로 빠르게 퍼져 나갔다. 그러는 동안 그를 제외한 모든 이는 그저 침묵하기만 했다. 젓가락을 쥔 채, 술잔을 든 채, 방금까지 귓속말하느라 몸을 기울인 채 모두 얼어 버렸다.

"아, 제가 좀 늦었군요. 죄송합니다."

수연장 문밖으로 붉은 그림자가 어른거리더니 누군가가 안으로 뛰어들었다. 아주 바쁘게 구름을 몰며 날아왔는지 수정주자[64]처럼 얼굴이 발그레해진 그는 바로 월하선인이었다.

---

64 水晶肘子, 고기 요리의 이름. 전체적으로 붉은색을 띤다.

"이런! 백화궁의 재분 아닙니까! 여전히 미인이시고, 날이 갈수록 젊어지시네요."

그 순간 모든 신선이 기겁했다. 그 탓에 그들의 손에 들려 있던 젓가락, 부채, 잔들이 연거푸 떨어졌다.

아아, 월하선인 제발 그 눈 좀 어떻게 해 보세요. 명색이 천계의 대선이시잖아요!

나는 난감하게 고개를 저으며 이곳에 모인 신선들을 동정했다. 사실, 그들이 이러는 것은 당연했다. 선대 화신 재분이 이미 유명을 달리했음을 나도 알고 이곳에 모인 신선들도 다 안다. 월하선인의 말대로 내가 선대 화신이면 나는 귀신인 셈이다. 나라도 이미 무덤에 드신 분이 버젓이 내 앞에 서 있다면 기절초풍하겠지.

"월하선인, 아무리 눈이 나빠도 그렇지 저더러 화신 재분이라니요. 선대 화신께서는 이미 오래전에 돌아가셨다고요."

어쩔 수 없이 나는 좀 밝은 곳으로 몇 걸음 걸어 나왔다. 내가 서 있던 곳이 그늘진 곳이라 그렇지 않아도 눈이 나쁜 월하선인이 더 헷갈린 듯해서였다.

"아, 먹아구나. 어두운 데 서 있는 통에 내가 잘못 보았어. 아아, 눈도 눈이지만, 이놈의 정신머리도 큰일이구나. 화신 재분이 참으로 아름다웠다는 사실만 기억하고, 너 또한 그렇다는 것을 잊다니 말이다. 미안하구나, 아가. 참으로 미안해."

멍하게 눈을 깜박이던 월하선인이 머쓱하게 웃으며 내 손을 잡았다. 그러고는 천제와 천후가 앉은 보좌로 몸을 돌렸다. 그에게 손이 잡힌 상태라 나 또한 본의 아니게 천제 부부와 마주하게 되었다. 유리 등이 내뿜는 별빛에 둘러싸인 천제 부부는 밝은 곳으로 나온 내 얼굴을 자세히 뜯어보았다. 이유는 알 수 없지만, 그들의 표정에는 의혹과 놀라움이 가득했다.

기이한 것은 천제 부부만이 아니었다. 욱봉은 탄식하며 이마를 짚고 있고, 윤옥은 속내를 알 수 없는 얼굴로 침묵하고 있었다. 그들과 비슷한 위치의 상석에 앉은 수신과 풍신도 만만찮았다. 수신은 옥잔의 파편이 어지러이 널려 있고, 술이 뚝뚝 흘러내리는 연회상 앞에 미동 없이 앉아 있었는데, 샘처럼 맑은 눈에는 짙은 고통이 번져 있었다. 풍신은 그런 그의 옆에 앉아 호기심이 가득한 얼굴로 나를 보고 있었다.

내 얼굴이 이토록 보는 이를 놀라게 하나? 그래서 목단 장방주가 그리도 쇄령잠을 꽂고 다니라고 잔소리했나 보다.

"이 선자는……."

천제와 수신이 동시에 물었다. 과연 미래의 사돈이다. 이렇게 죽이 잘 맞다니.

"금멱이라고 합니다. 천제와 수신을 뵈옵니다."

나는 무심결에 두 손을 모아 읍했지만, 아까 환술이 풀려 이제 내 모습이 여인이라는 사실도 함께 깨달았다. 그래서 얼른 소매에 손을 넣어 여인의 인사 예법에 따라 그들에게 다시 절했다.

"금멱이라고? 화계의 목단 장방주가 찾아다니던 그 정령이 금멱 맞지?"

그때 한 조족 선인이 누군가에게 낮게 물었다. 딴에는 작게 말하려 한 듯하지만, 워낙 수연장 안이 조용해서 나뿐 아니라 다른 이도 모두 들은 듯했다. 심지어 보좌에 앉은 천제까지도.

"금멱 선자는 어디서 수행하느냐?"

천제는 다급한 듯 혹은 불안한 듯 내게 물었다. 뭔가를 기대하는 듯도 했다. 실망할지 몰라 두려워하는 듯도 했다. 그 아래 상석에 앉은 수신의 표정도 비슷했다.

"폐하, 아우가 대신 고하겠습니다. 먹아는 말하자면 욱봉이 키웠다고 할 수 있습니다. 욱봉의 곁에서 서동을 했으니 말입니다."

월하선인이 끼어들자 욱봉은 미간을 확 찡그렸다. 천제와 수신은 거의 넋이 나간 듯했다. 옆과 뒤로는 신선들의 귓속말이 계속 들렸다.

"화신 전하를 유혹하고 계도와 소문이 난 그 서동이 바로 저 여인이라고?"

아, 아니라니까! 일일이 붙잡아 해명할 수도 없고.

"욱봉아, 대체 어디서 금멱 선자 같은 절색을 데리고 왔느냐?"

내내 차가운 눈으로 침묵하던 천후가 돌연 욱봉에게 물었다. 그러자 욱봉은 잠시 머뭇거렸다. 수많은 말이 가슴에 차 있는데도 감히 한마디 못하는 사람처럼 그는 답답해 미치겠다는 표정을 짓고 있었다.

"천후마마, 먹아는 욱봉이 주워 왔습니다."

월하선인이 이번에도 끼어들었다. 하지만 이번만은 나도 가만히 있을 수 없었다. 백 년 동안 진 신세가 있으니 키웠다는 말에는 완전히 반박할 수 없다. 하지만 주워 왔다는 말에는 절대로 동의할 수 없다.

"월하선인의 말씀에 잘못된 부분이 있어요. 송구하지만 화신 전하는 소인이 주웠어요."

그래, 이왕 이렇게 된 거 욱봉의 부모 앞에서 내 공을 떳떳이 밝혀야겠다.

"그리고 화신 전하를 두 번이나 구해 드렸고요."

"뭐?"

천제는 믿을 수 없다는 표정으로 나를 보았다.

"금멱 선자가 욱봉을 구했다고?"

천제의 반응이 좀 불쾌하기는 해도 관대한 내가 참기로 했다. 사람 밖에 사람 있고, 하늘 밖에 하늘이 있는 법이다. 세상에는 예상치 못하게 놀랄 일이 참으로 많다.

"예, 금멱 선자의 말이 맞습니다."

욱봉이 솔직히 인정하자, 나는 놀라서 그를 돌아보았다. 웬일이야?

"그렇다면 우리는 당연히 금멱 선자의 은혜에 감사해야겠군."

천후가 즉시 내게 사의를 표했다. 하지만 그녀의 눈빛은 여전히 서릿발처럼 차가웠다.

"별것 아니에요."

나는 겸손히 말했다. 욱봉의 눈에는 불쾌함이 역력했지만, 더는 그를 신경 쓰지 않기로 했다.

"금멱 선자, 혹시 그대가 어디서 화신을 구했는지 여쭈어 보아도 되겠소?"

이번에는 수신이 내게 물었다. 그의 눈빛은 뭔가를 알아내려는 듯 집요한 기운을 띠고 있었다.

"수경에서……, 아!"

대답하자마자 나는 크게 후회했다. 이 말로 나는 내가 수경 출신임을 드러냈고, 수연장 안에는 각지의 신선이 다 모여 있다. 이 소문은 곧 퍼질 테니 당연히 24 방주가 나를 잡으러 올 것이다.

272 / 273

"수경?"

탄식하듯 소리친 수신의 음성이 무겁게 가라앉았다. 연회상 위에 놓인 그의 손 또한 부르르 경련했다. 아무래도 수신은 화계 상황을 잘 아는 듯한데 24 방주와도 친분이 있나? 아아, 어쩌지! 수신이 내 행적을 그녀들에게 알리면 안 되는데.

"선자는 수경 안에서 사는가?"

"……예."

천제가 묻는데 어찌 거짓을 고할까! 어쩔 수 없이 수긍하자, 천제는 나를 더 가까이 보려는 듯 몸을 앞으로 기울였다. 아까 그가 나를 보는 얼굴에 실린 감정의 태반이 의혹이었다면 지금 그의 얼굴에는 절절함이 가득했다.

"그렇다면 선자 또한 화선이겠군?"

내 표정은 절로 무겁게 가라앉았다. 천제가 내 아픈 데를 찔러서였다. 나는 꽃이 아닐뿐더러 아직 신선의 반열에 오르지도 못했다.

"아니요."

불쾌한 기분이 내 목소리에 고스란히 실렸다. 그래서 내 대답이 다소 불손하게도 들릴 듯했다.

"소인은 과일 정령이에요."

내 대답에 천제, 천후, 수신의 눈빛이 거칠게 요동쳤다.

"과일?"

수신은 아연해했다.

"예, 포도예요."

"선자는 나이가 어떻게 되느냐?"

천제가 또 물었다. 천후는 입을 꼭 다물고 있었지만, 눈빛으로 내게 대답을 종용했다.

아, 정말 다들 왜 이러지? 경당목[65]만 없지 완전히 죄인이 된 기분이네.

내가 왜 이러고 있어야 하나 싶지만, 어쨌든 천제는 천계의 우두머리였다. 그런 그가 내게 질문을 던졌으니, 나도 허투루 대답해서는 안 되었다. 결국, 나는 머리를 쥐어짜 가며 지금껏 딱히 중요하다고 여겨 본 적 없는 내 나이를 계산해 보았다. 옛말에 이르기를, 천 년은 걸려야 비로소 입적할 수 있다고 했다. 이 말에 따라 생각하면 나는 아마도 천 년 정도 포도로 지내다가 정령이 되었을 것이다. 거기에다 지금껏 수행한 4천 년을 합치면…….

"적어도 5천 살은 된 듯해요."

내 대답에 천제, 천후, 수신의 낯빛이 더 창백해졌다.

"폐하, 계속 이리 저희를 세워 두실 겁니까? 늙은 아우의 사정 좀 봐주십시오."

문득 월하선인이 친근하게 웃으며 어색해진 우리 사이의 공기를 갈랐다. 곧이어 그는 천제와 천후 앞으로 다가가 그들 가까이에 있는 우리 정도나 들을 수 있는 작은 목소리로 말했다.

"천후마마, 욱봉이를 위해 좋은 처를 찾아 주고 싶은 마마의 마음을 제가 어찌 모르겠습니까? 하지만 아가씨들은 수줍음을 많이 탑니다. 그러니 멱아에게 좀 부드럽게 물어봐 주십시오."

월하선인은 뒷걸음으로 내게 다시 다가와, 나를 상석으로 데리고 갔다. 그리고 윤옥과 욱봉 사이에 자리를 잡아 나를 앉혔다. 솔직히

65　옛날, 법정에서 법관이 탁상을 쳐서 죄인을 경고하던 막대기

다리가 아프던 차였는데 편한 자리에 앉게 되어 기뻤다.

　사태가 대강 수습되었으려니 하고 안도했지만, 그것도 잠시였다. 나는 이내 분위기가 아까보다 더 이상해졌음을 깨달았다. 천제, 천후, 수신은 각자 알 수 없는 표정으로 나를 보았고, 남선들은 뭐에 홀린 듯 나를 응시했다. 반면, 선고들은 분노로 이글거리는 눈빛으로 나를 노려보았다.

　응, 이상하다. 다들 나만 본다는 느낌은 그냥 내 착각이겠지?

　혹시 욱봉이 답을 줄까 싶어 슬그머니 그를 보았다. 하지만 그는 나와 눈이 마주치자마자 "흥!" 하며 소매를 신경질적으로 털었다. 역시나!

　윤옥은 좀 다르겠지 싶어 이번에는 윤옥을 돌아보았다. 하지만 그는 손에 든 잔을 '탁!' 하는 소리를 내며 거칠게 내려놓았다. 그런 그에게 말을 걸기 좀 그랬다. 나는 도로 시선을 앞으로 돌렸다.

　"다들 술과 음식을 드십시다. 차린 것은 보잘것없지만, 오늘은 좋은 날이오. 다들 즐겁게 시간을 보내야 하지 않겠소?"

　천후가 밝게 말하며 술잔을 높이 들어 올렸다. 급격히 무거워진 분위기를 환기하려는 듯했다. 그러자 조족 수장 수화는 이에 동조해 냉큼 술잔을 들고 일어서더니 천후에게 고개를 조아렸다.

　"소신 수화는 조족을 이끄는 수장으로서 천후마마의 만수무강을 기원합니다."

　"조족 모두는 천후마마의 만수무강을 기원합니다!"

　수화의 축수를 시작으로 수연장 안의 모든 조족이 잔을 들어 천후에게 고개를 조아렸다. 다시 고개를 들었을 때 수화는 손을 휘저었는데, 그것이 신호였는지 꼬리가 길고 금빛 찬란한 새가 수연장 안으로 날아 들어와 천장 가까이에서 한 바퀴 돌았다. 그러자 채화로 장식한 화려한 기둥과 대들보에 달린 나무 조각 새도 선수(仙水)를 마신 듯 생생하게 살아나 기둥에서 벗어나더니 금빛 새와 함께 춤을 추었다. 실로 장관이었다.

머지않아 두 마리의 새는 천제와 천후 앞으로 미끄러지듯 날아갔다. 그리고 부리에 문 것을 길게 허공에 드리워지게 했다. 알고 보니 그것은 대련[66]이었다. 천후의 수연을 맞이해 수화가 특별히 준비한 듯했다.

"팔월칭상계화투효연팔질, 천성주락훤초영소축천추(八月稱觴桂花投肴延八秩 千聲奏樂萱草迎笑祝千秋)[67]."

수화가 낭랑하게 대련을 읽자, 천후는 고개를 끄덕이며 크게 만족해했다.

"아아, 좋구나. 과연 수화 너는 효성이 지극한 아이니라!"

천후는 수연장에 모인 모든 이더러 들으라는 듯 수화를 크게 칭찬했다. 그런 뒤 옆의 천제에게 고개를 돌리며 곱게 웃었다.

"폐하, 속세에는 이런 말이 있다고 합니다. 어미의 마음을 가장 잘 아는 사람이 딸이라고요. 비록 수화는 조족의 수장이며, 공주이자, 소첩의 조카지만, 이리도 세심히 소첩의 마음을 헤아리니 소첩은 수화가 딸처럼 친근하기 그지없어요. 저런 아이가 우리 욱봉과 짝이 되면 얼마나 좋을까요? 아아, 그렇게만 되면 소첩은 정말 더는

---

66 對聯, 한 쌍의 대구(對句)의 글귀를 종이나 천에 쓰거나 대나무 · 나무 · 기둥 따위에 새긴 것. 중국은 설날이나 축하할 날에 대련을 건다.
67 80세 생일을 맞이한 어머니에게 많이 올리는 대련 문구

바랄 바가 없을 거예요."

천후의 말을 듣기는 하는지 천제는 반쯤 넋 나간 표정으로 고개만 끄덕였다. 그런 천제의 모습에 천후는 살짝 눈살을 찌푸렸다. 하지만 그녀는 여전히 의례적인 미소를 잃지 않은 채 수화를 내려다보았다.

"수화야, 앞으로 자주 천계에 놀러 오려무나. 가족끼리 자주자주 만나야 친근하고 좋지."

"예, 천후마마."

"이모님이라고 편하게 부르렴. 가족끼리 이런 날까지 예의를 차려야겠니?"

"예, 이모님."

수화는 손을 소매에 넣은 채 다소곳하게 고개를 조아렸다. 그 모습이 무척 애교 있고 예뻤다. 보는 이의 환심을 사기 딱 좋았다.

"그러고 보니, 나뿐 아니라 욱봉도 한동안 보지 못했겠구나."

천후는 적지 않게 떨어져 있는 수화와 욱봉의 거리를 눈으로 잠시 가늠했다. 그리고 수화에게 다시 손짓했다.

"가족끼리 너무 멀리 떨어져 앉았구나. 수화야, 거기 말고 욱봉의 옆에 앉으렴. 나도 너에게 밀린 이야기가 많단다. 네가 욱봉의 옆에 있어야 나랑도 이야기를 쉽게 나눌 것 아니더냐."

"예, 이모님!"

수화는 냉큼 축하주를 마신 뒤 욱봉의 곁으로 가 자리를 찾아 앉았다. 그녀는 기본적으로는 얌전한 모습을 유지했지만, 욱봉 앞에서 마냥 수줍어하지는 않았다. 그녀는 고개를 숙인 채 욱봉에게 종종 말을 건넸고, 그 또한 그녀의 물음에 짧지만 부드럽게 대답해 주었다. 오만한 욱봉이 저렇게 성의 있게 대한다는 것은 욱봉 또한 그녀에게 마음이 있다는 증거 아니겠는가!

역시 어울리는 한 쌍이다. 옆에서 가까이 지켜보니 더욱 확신이 든다. 아아, 신난다! 이제 판돈은 다 내 거다!

"폐하, 욱봉과 수화가 나란히 앉은 저 모습을 보세요. 마치 제 곁채에 걸린 그림 속 주인공 같지 않나요? 봄비가 내리는 날 우산 아래에 선 아름다운 한 쌍요. 그 그림의 제목이 주련벽합[68]이랍니다."

맛있는 음식을 먹는 데 집중하던 도중에 들려온 천후의 말에 나는 잠깐 멈칫했다. 주련벽합? 어디서 많이 들어 본 말인데? 내가 그 말을 어디서 들었더라?

"이모님, 소녀를 놀리시는 거죠?"

수화는 얼굴을 붉히며 애교 있게 대꾸했다. 그러자 욱봉이 눈썹을 실룩거렸다. 그의 콧잔등에도 주름이 잡혔다.

'아, 생각났다!'

욱봉과 수화의 반응을 보고서야 나는 무릎을 치며 고개를 끄덕였다. 주련벽합은 월하선인이 내게 보여 준 춘궁도의 제목이었다.

역시! 그래서 수화의 얼굴이 저리도 붉어지고 만면에 봄기운이 가득했구나. 그렇다면 수화도 '몸을 섞는 수련'을 했나 보네? 흠, 과연 어떤 결과를 얻었으려나? 나는 하다 말아서 그 수련이 영력 증진에 얼마나 효과가 있는지 아직 잘 모르는데 경험자에게 한번 물어볼까?

---

68 珠聯璧合, 진주가 한데 꿰이고 옥이 한데 모이다. 출중한 인물들이 한데 모인다는 의미로 결혼 축하에 많이 쓰이는 문구이다.

"수화 선자, 혹시 선자는 화신 전하와 '몸을 섞는 수련'을 하셨나요? 한 뒤에 영력은 많이 느셨어요?"

나는 그저 궁금해서 물었을 뿐이다. 하지만 내 질문이 던진 파장은 내 예상을 훨씬 뛰어넘었다.

욱봉은 사례들리고, 윤옥은 얼어붙고, 수신은 경악하고, 천제는 충격받고, 천후는 노하고, 수화는 상처를 받았고, 월하선인은 기뻐했다. 그리고 수연장 안은 다시 묵직한 정적에 휩싸였다.

그 순간 나의 모든 감각이 내게 소리쳐 경고했다. 이것은 흉조라고!

제 6 장

"지금 뭐라고 했느냐!"

천후가 벼락처럼 소리쳤다. 그저 궁금해서 물었을 뿐인데 천후는 왜 이리도 진노할까?

나는 무척 당황했지만, 그녀를 거스를 수는 없었다. 그래서 이내 목소리를 가다듬어 대답했다.

"화신 전하와 '몸을 섞는 수련'을 했느냐고…… 수화 선자에게…… 여쭈었어요. 수화 선자와 그 수련법을 토론하고 싶었거든요. 함께 머리를 맞대면 더 큰 진보가 있을 듯해서요."

"그, 그게 무슨! 내가 언제 그런 일을 했다고!"

수화는 마치 관우상처럼 얼굴을 붉힌 채 발끈했다. 그녀도 천후 못지않게 화내고 있었다. 점점 더 영문을 알 수 없어진 나는 내 옆의 욱봉을 슬그머니 돌아보았다. 하지만 그는 내 의문을 풀어 줄 상황이 아니었다. 그는 얼굴을 잔뜩 붉힌 채 계속 콜록거렸다. 아까 사레가 너무 심하게 들린 듯했다. 그 모습이 살짝 불쌍해서 나는 그에게 차 한 잔을 슬그머니 밀어 주었다.

그러게 좀 천천히 마시지. 천궁에 술이 모자라지도 않은데 왜 그랬대.

"화신 전하, 물 좀 드세요."

내 말에 욱봉은 더 심하게 사례들렸다.

"이 야만스럽고 무지한 정령 같으니! 여기가 어디라고 그런 더러운 말을 입에 올려! 존귀한 천가(天家)의 얼굴에 먹칠하고도 감히 네가 목숨을 부지할 수 있으리라 여겼더냐!"

천후는 탁자를 세게 치며 일어났다. 그리고 수연장 안이 쩌렁쩌렁 울리도록 일갈했다.

"뇌공[69], 전모[70]!"

천후가 누군가를 불렀다. 그러자 검은 얼굴의 남신과, 번개가 그 주변으로 번쩍거리는 여신이 수연장 안으로 들어와 예를 표했다.

"예, 천후마마."

"이 요망한 요괴를 당장 끌어내 참해라!"

천후의 선고에 나는 기겁했다. 아니, 내가 무슨 죄를 지었다고 나를 죽이려고 해?

"잠깐!"

다섯 명이 동시에 소리쳤다. 그들은 천제, 수신, 윤옥, 욱봉, 월하선인이었다. 욱봉은 손을 뻗어 내 앞을 가로막기까지 했다. 비록 생사의 갈림길에 섰지만, 나는 그들의 외침에 일말의 희망을 품었다.

"어마마마, 오늘 같은 경사스러운 날에 참형이라니요! 실로 좋지 않습니다. 부디 재고해 주십시오."

욱봉은 깊게 허리를 숙여 천후에게 청했다. 그가 나를 위해 나서

---

69 雷公. 뇌사(雷師)라고도 한다. 계급이 높은 신들의 명령을 받아 구름 속에서 북을 쳐 천둥을 일으켜 악한 인간, 귀신, 요괴들을 징벌한다.

70 電母. 뇌공의 조력자로 번개를 일으키는 여신이다. 흔히 뇌공과 전모가 말싸움할 때 하늘에서 벼락과 번개가 교차해 친다고 한다.

주다니 실로 뜻밖이었다.

"천후, 욱봉의 말이 옳소. 게다가 금멱 선자는 화계에서 온 지 얼마 안 되었다지 않소. 세상 물정에 어두워 실수한 듯하오. 무지는 죄가 아니니 너그러이 용서하시오."

천제도 욱봉을 거들었다. 다행이다. 천후와 달리 천제에게는 선심이 있는 듯하다.

"하늘에는 하늘의 법도가, 땅에는 땅의 법도가 있습니다. 규율이 없으면 어찌 세상이 돌아간단 말입니까! 이 요망한 요괴는 천계를 모욕하고, 천가의 존엄을 더럽혔습니다. 소첩은 결코 이 일을 묵과할 수 없습니다."

아들로 모자라 남편까지 내 편을 들자 천후는 그야말로 길길이 뛰었다. 그러면서도 그녀는 예법에 어긋나는 말투나 처신을 절대로 하지 않는 신중함을 유지했다. 실로 범상치 않은 여인이었다.

"물론 자비를 베풀어 죽음만은 면케 해 줄 수는 있습니다. 그러나 천가를 모욕한 죄만은 반드시 물어 큰 벌을 내려야 마땅합니다."

천후가 재차 나를 벌할 것을 고집하자, 수신이 입을 달싹였다. 하지만 윤옥이 벌떡 일어나 말하는 통에 그는 말할 기회를 놓쳤다.

"천후마마, 정녕 금멱 선자에게 벌을 내리시겠다면 소자에게도 내리십시오. 금멱 선자는 소자의 벗입니다. 소자가 오늘 우연히 마마의 수연을 언급한 탓에 일이 이리되었으니 모든 것은 소자의 과실입니다."

"그래?"

천후가 싸늘하게 대꾸하며 나와 윤옥을 번갈아 보았다. 그녀의 시선은 어느새 윤옥의 포도 비녀에 고정되어 있었다.

"그러고 보니 네 비녀와 저 요망한 것의 비녀가 한 쌍이구나. 내 기억이 틀리지 않는다면 너는 네 벗이 오늘 이 자리에 오지 않았다고 했는데, 이 모든 게 거짓이었더냐? 야신 윤옥은 들어라! 만약 네가 이 요망한 것 대신 벌을 받겠다면 내게 거짓을 고해 나를 능멸한 죄와 오늘의 이 소란을 초래한 죄에 따르는 벌을 함께 받아야 할 것이다. 이를 감당할 수 있겠느냐?"

"예, 마마. 소자는 마마께서 어떤 벌을 내리셔도 원망하지 않겠습니다."

윤옥은 한 치의 망설임도 없었다. 역시 그는 의리가 넘치는 신선이었다. 그런 윤옥을 물끄러미 보던 천후의 눈꼬리가 문득 매섭게 올라갔다. 곧이어 그녀는 머리 위의 비녀를 뽑아 허공에다 한 줄을 쭉 그었고, 그로 인해 말미암은 흰색 빛이 번개처럼 나와 윤옥을 겨냥해 날아갔다. 놀란 천제는 황급히 손을 뻗어 막으려 했지만, 빛은 천제를 아슬아슬하게 피해 날아갔다.

이 모든 일이 너무나 창졸간에 일어났기에 나는 정신이 하나도 없었다. 다급히 윤옥을 돌아보자, 흰색 빛이 살기등등하게 그를 향해 날아가고 있었다. 그를 구하고 싶지만, 그 빛이 너무 빨랐다. 내 능력으로는 역부족이었다.

그런데 예상 밖의 일이 일어났다. 윤옥을 향해 날아가던 빛이 윤옥을 휘감아 돈 뒤 욱봉을 지나쳐 나를 향해 날아온 것이었다. 그제야 나는 천후가 공격하려고 한 대상이 윤옥이 아닌 나였음을 깨달았고, 눈을 질끈 감았다.

쾅!

돌연 수연장을 뒤흔드는 굉음이 울려 퍼졌다.

나 죽은 건가?

다가올 죽음을 기다리며 감고 있던 눈을 나는 조심스레 떴다. 그 순간 내 눈은 휘둥그레 커졌다. 나는 죽지 않았다. 게다가 내 앞에 정체를 알 수 없는 금빛 벽이 생겨나 흰색 빛을 튕겨 버리기까지 했다. 대체 이게 무슨 영문이지?

"이, 이건 환체봉령(寰諦鳳翎)? 욱봉, 너!"

천후의 경악한 외침이 귓속에 파고들었다. 황급히 천후 쪽을 돌아보니 그녀는 대경실색해 보좌에 털썩 주저앉은 상태였다. 그와 동시에 내 주변의 물건들이 갑자기 덩치를 키웠다. 영문을 알 수 없어 놀랐지만, 이내 깨달았다. 물건들이 커지는 게 아니라 내가 작아지는 것임을 말이다. 누군가가 나를 진신으로 되돌렸음이 분명했다. 잠시 후 천지가 어둠에 휩싸였다. 누군가가 나를 손에 쥔 듯했다.

그 누군가는 그때부터 질풍처럼 내달렸다. 뒤로 "게 서라!" 하는 천병과 천장의 고함과 병기 부딪히는 소리가 요란하게 났다. 손에 갇힌 상태에서도 밤바람 소리가 거칠게 나니 나를 쥔 누군가가 정말 기를 쓰고 도망치고 있음이 분명했다.

대체 이 자가 누구일지 궁금해 미칠 지경이었지만, 내 의문은 머지않아 풀렸다. 묵직한 무엇인가가 수면과 맹렬하게 부딪히는 소리가 나서였다. 방금 나를 구한 이는 분명 수요인 복하군이었다.

그로부터 얼마나 시간이 지났을까?

내 눈을 가린 어둠이 사라지자, 나는 다시 사람의 모습으로 돌아왔다. 분명 물속이지만, 몸에 물이 하나도 묻지 않아 신기했다. 투명한 물속에는 정자와 저택이 있었는데, 그 화려함이 동해 용궁과 비교해도 손색이 없었다.

"적시에 저를 구해 주신 복하군의 구명지은에 감사드려요."

내가 감사해하자, 복하군은 옷섶을 털며 어깨를 으쓱했다.

"어무순이대법(禦霧瞬移大法)을 썼어요. 한동안 시전해 보지 않아서 좀 불안했는데 나도 모르는 사이에 또 진전이 있었네요. 아, 나는 정말 대단해요. 천병과 천장마저 따돌리다니!"

또 잘난 척인가 했는데, 복하군은 어두운 얼굴로 탄식했다.

"나는 또 이렇게 경지에 올랐군. 정상의 고독을 이리도 빨리 느끼게 될 줄이야. 실로 무상하고 처량해."

그러면 그렇지. 역시나 기 · 승 · 전 · 자화자찬이네.

뭐라고 반응해 줘야 할지 알 수 없어 잠시 멍해졌지만, 나는 황급히 정신을 수습했다. 어쨌든 그는 내 생명의 은인이었다.

"진보가 있다는 건 좋은 일이니 너무 슬퍼하지 말아요. 그리고 이건 제 생각인데, 수행자는 모름지기 겸손해야 하지 않을까요?"

나름 머리를 굴려 위로와 충고를 함께 해 주었다. 하지만 복하군은 냉큼 고개를 저으며 뒷짐을 졌다.

"무릇 겸손이란 수행의 경지를 더욱 높이지요. 그러니 저는 겸손하면 안 돼요. 제가 여기서 더 겸손했다가는 큰일이 나지 않겠어요?"

음…….

"금멱 선자, 내 희교수채(羲皎水寨, 복하군의 거처)가 어때요? 좋아 보이나요?"

나를 자신의 거처 안으로 데리고 들어온 그가 문득 물었다.

"예, 좋네요. 아주 근사해요."

나는 진심으로 고개를 끄덕였다. 원래도 아름다운 건물인데 물속에 있어 더 이채로웠다.

"갖출 것도 다 갖추었고 아름답기까지 하니 더할 나위 없네요."

"하아……."

내 대답에 복하군이 과장되게 탄식했다. 갑자기 왜 이러나 싶어 고개를 갸웃거리자 나를 보는 그의 눈이 묘하게 반짝였다.

"물론 갖출 것은 다 갖추었지요. 하지만 사람은 갖추지 못했으니 어찌 이것을 제대로 된 집이라 할 수 있겠어요?"

"응? 사람이 없다고요? 설마 이 집에 시종이 없나요?"

나는 의문을 품은 채 복하군의 거처를 쓱 훑어보았다. 내가 그를 속속들이 잘 알지는 못하지만, 잠시 본 바로도 그는 위세 떨기를 무척 좋아한다. 그런 그가 시종 하나 두지 않을 리 없는데 이상했다.

"시종은 부족하지 않아요."

복하군이 나를 그윽하게 바라보자 온몸에 닭살이 돋았다.

"다만 처가 없을 뿐이죠. 그러니 금멱 선자가 내 처가 되어 주면 어때요?"

"진심이에요?"

나는 당황해하며 되물었다. 그러다 문득 아까 내 등에 붙어 있던 뱀이 떠올랐다. 생각해 보면 그때 복하군은 사라지고 없었다. 그렇다면 혹시?

"복하군, 아까 내 등에 뱀이 붙어 있었거든요. 당시 뱀을 보고 너무 놀라서 기둥에 머리라도 받았나요?"

"예? 그걸로 왜 놀라죠? 뱀이 내 진신인데?"

"뭐라고요? 아아악-!"

몇 번 눈을 깜박이다가 나는 주변의 물에 파문이 일 정도로 비명을 질렀다. 그리고 기겁하며 뒷걸음질했다.

"가까이 오지 말아요! 나는 아직 익지 않아서 시고 맛없다고요! 제발 나를 먹지 말아요!"

그에게서 도망치고 싶었지만, 금세 벽에 등이 맞닿았다. 도망칠 곳은 없고, 그와 내 거리는 너무 좁았다. 그래서 그가 내 앞까지 다시 다가오자, 나는 머리를 손으로 감싸 쥐며 눈을 꼭 감았다.

"제발 먹지 말아요. 제발!"

그가 내 머리카락을 붙잡는 게 느껴졌다. 그 순간 '정말 잡아먹히는구나' 싶어 눈앞이 아득해졌다. 그런데 괴이하게도 그는 내 머리에 곧장 뱀 이빨을 박지 않고 그냥 코만 킁킁거렸다. 내 머리카락을 코 아래에 대고 내 냄새를 맡는 듯했다. 뭐지, 신선도라도 확인하나?

"금멱 선자, 두려워하지 말아요. 나 언우는 색을 탐할 뿐 명(命)을 탐하지는 않아요. 게다가 이리도 아름다운 포도를 먹기는 아깝잖아요. 그럴 바에는 내 아기를 낳게 하는 편이 낫죠."

아기를 낳는다고?

월하선인은 몸을 섞는 수련을 하면 아기가 생길 수 있다고 했다. 아무래도 복하군은 나와 그 수련을 하고 싶은 듯했다. 나는 고개를 들어 복하군을 보며 단언했다.

"나는 복하군의 아이를 갖고 싶지 않은데요."

내 말에 복하군은 멍해졌다. 그런 뒤에는 복잡한 표정을 지었다. 마지막으로는 금방이라도 울 듯한 얼굴로 변했다.

"정말 마음이 아프네요."

"하지만 '몸을 섞는 수련'만 한다면 괜찮아요. 굳이 아기를 가질 필요는 없으니까요."

'몸을 섞는 수련'을 하면 영력이 늘어난다고 했다. 하지만 아기를 낳으면 영력이 늘어난다는 소리는 못 들었다.

복하군은 내 말에 잠시 놀라더니 작은 목소리로 물었다.

"그 말인즉슨, 아기만 안 생기게 하면 나와 '몸을 섞는 수련'을 할 수 있다는 거네요?"

나는 복하군을 다시 한번 훑어보았다. 그의 영력은 분명히 나보다 위였다. 그와 수련을 하면 반드시 내 영력도 늘어날 듯했다.

"예."

"그래요? 그러면 나야 너무 좋지요."

복하군은 좋아 어쩔 줄 몰라 하며 내 손을 덥석 잡았다. 그러자 복하군의 손이 너무 서늘해 오한이 일었다. 뱀이라 그런 듯한데, 새삼 그 사실이 끔찍했다.

"그럼 당장 그 수련을 하죠."

그가 나를 황급히 어디론가 데리고 가려던 그때였다. 머리 위로 차가운 음성이 들렸다.

"언우군이 신선으로 지내기가 지겨워 속세의 정령이 되었다고 들었다. 그런데 오늘 보니 그게 아닌가 보군. 이제 정령 노릇도 지겨워 한 줌의 연기로 사라지고 싶어졌나 보지?"

어느새 욱봉이 우리 머리 위에 있었다. 무표정하기 짝이 없는 그를 보고 있자니 머리카락이 쭈뼛 서는 듯했다.

나는 그와 백 년을 함께 지냈다. 그래서 이런 표정을 짓는 그의 심기가 얼마나 불편한지 잘 안다. 이럴 때는 즉시 납작 엎드리는 게 상책이라 나는 비굴하게 배시시 웃었다. 그런데도 그는 나를 매섭게 노려보았다.

"나는 지금 신선도, 요괴도 아니지. 육계에 속해 있는 몸이 아니며, 그 어떤 구속도 받지 않아. 화신은 무슨 명분으로 나를 죽이겠다는 거지?"

복하군은 내 손을 붙잡은 채 옷자락을 한가로이 폈다. 그의 그런 모습을 차가운 눈으로 보던 욱봉은 손을 뒤집었다. 그러자 그의 손바닥에서 금색 빛이 솟구쳤다.

"고작 수요 하나 따위 죽이는 데 무슨 명분 따위가 필요한가? 그저 나는 네놈을 죽이는 일이 내 손 살짝 드는 일보다 쉽다는 사실만 알 뿐이야."

욱봉은 눈빛 못지않게 차가운 미소를 입가에 띠었고, 곧이어 사방에서 물방울이 터졌다. 이는 수온이 급격히 올라가 주변이 끓어오른다는 증거였다. 과연, 오색으로 빛나는 아름다운 물고기들이 고통을 못 이겨 이리저리 튀어 오르더니 허연 배를 드러내며 즉사했다.

"세상에! 어찌 이렇게 잔인하고 무도할 수 있지? 천계가 이런 자를 배출하다니 정말 한심하네! 존귀한 천신의 자리에 있으면서 나처럼 무고한 수요를 위협하다니! 너는 실로 비겁한 소인배야!"

복하군은 강하게 욱봉을 질책했다. 하지만 욱봉은 전혀 개의치 않았다.

"그런가? 내가 보기에 언우군은 내가 방금 한 일을 전혀 위협으로 받아들인 것 같지 않은데?"

욱봉의 시선은 내 손을 잡은 복하군의 손에 고정되어 있었다. 그것을 눈치챈 복하군은 황급히 내 손을 놓았다. 그러고는 실로 처량한 얼굴을 한 채 내게 말했다.

"금멱 선자, 안타깝게도 하늘은 매번 깊디깊은 인연을 투기하네요. 견우와 직녀를 갈라놓았듯이 우리도 억지로 갈라놓으려 드니 말이에요. 하지만 걱정하지 말아요. 내 오늘부터 수련에 정진해 힘을 키워 반드시 당신을 되찾으러 갈 테니까요. 오늘의 수치도 반드시 씻을 거예요."

복하군은 자신의 말에 취한 표정으로 가당찮은 맹세를 주절거렸다. 나도 솔직히 지겨운데 지켜보는 욱봉은 오죽했을까? 그 탓인지 욱봉은 아까 거두었던 금색 빛을 다시 피어 올렸다. 그러자 복하군은 바로 입을 다물었다.

잠시 후 욱봉의 손가락에서 한 줄기 실 같은 선장이 흘러나왔다. 그것은 내 몸을 칭칭 휘감아 나를 욱봉의 곁으로 데리고 갔으며 그는 내 허리를 단단히 당겨 안았다. 그런 뒤에야 그는 손에서 빛을 거두더니 낮게 구결을 외웠다.

"솟아라!"

내 얼굴 옆으로 강한 바람이 지난다고 느낀 순간, 나와 욱봉은 삽시간에 물 위로 떠올랐다. 물속의 복하군은 그런 우리를, 아니, 나를 올려다보며 계속 고함을 질렀다.

"금멱 선자, 내가 필요하거나 보고 싶을 때는 언제든 나를 소환해요. 언우는 당신이 부르면 언제 어디서든, 무슨 일이 있어도 만사 제치고 당신에게 달려갈 거예요. 알겠죠!"

"아, 정말……."

욱봉은 실로 짜증 난다는 얼굴로 나를 묶은 선장을 더 세게 조였다. 그리고는 손가락을 튕겨 빛 덩어리를 물속으로 세게 집어 던졌다. 머지않아 복하군의 처절한 비명이 들렸다.

"아이고! 이 망할 봉황 놈이 내 집을 홀라당 태우네! 야, 이 나쁜 놈아! 네가 그러고도 신선이냐!"

집 좋던데 안됐다.

속으로는 그런 생각이 들었지만, 상황이 하도 하수상한지라 입을 닫았다. 그런 뒤 조심스레 욱봉의 눈치를 보았지만 욱봉은 나를 쳐다도 보지 않았다. 물론, 복하군의 탄식도 귓등으로도 듣지 않았다.

욱봉이 구름을 몰아 나를 데리고 간 곳은 이름 모를 절벽 끄트머리였다. 그는 잔뜩 화가 난 표정 못지않게 거친 몸짓으로 구름을 세웠고, 여전히 구름을 타고 내리는 데 익숙하지 않은 나는 자칫 넘어질 뻔했다. 하지만 눈앞의 노송을 잽싸게 붙잡아 위기를 모면했다. 다만 너무 세게 붙들어 노송의 거친 껍질에 손바닥의 연한 살이 까여 벌겋게 달아올랐다.

"아야……."

가시가 손에 파고들자, 나는 낮게 신음을 흘리며 손바닥을 털었다. 그러나 매정한 욱봉은 뒷짐을 지고 선 채 나를 차가운 눈으로 노려볼 뿐이었다. 시간이 흐를수록 내 손은 점점 더 부어 갔고, 나는 속으로만 그를 180번쯤 욕했다. 지금 그에게 대들어 봤자 나만 손해이기 때문이었다.

"저, 화신 전하……."

나는 억지로 눈물을 짜내며 그를 불렀다. 다행히 눈물이 좀 고이기에 연약한 얼굴을 가장한 채 그를 올려다보았다. 그리고 일부러 상처 난 손으로 그의 소매를 잡아당겨 손에 묻은 피도 닦았다.

"제, 제가 잘못했어요. 다음번에는 조심할 테니 부디 화를 거두세요."

"뭐? 다음번? 이번으로 부족해서 또 다음번?"

내가 잘못했다고 시인할 때만 해도 그의 얼굴은 많이 풀려 있었다. 하지만 '다음번'이라는 말이 나오자마자 눈에 쌍심지를 켰다.

"아, 아니에요. 이제 다시는 이번 같은 일이 없을 거예요. 화신 전하께서 무슨 말씀을 하셔도 순종할게요."

나는 그야말로 납작 엎드렸다. 그가 나를 천후 앞으로 끌고 갈까 봐 두려워서였다. 그런데도 내심 불만은 존재했다. 내가 비록 사기를 치기는 했어도 그가 원래 주기로 한 영력에서 3백 년치를 더 얻었을 뿐이다.

말이 3백 년이지, 그에게 3백 년이 뭐가 대수랴! 그의 모든 영력에서 한 종지만큼도 안 되는 분량 아닌가! 고작 그런 것 때문에 천후의 수연까지 젖혀 두고 속세까지 나를 쫓아오다니 참으로 인색하고 속 좁은 행동이 아닐 수 없었다.

"많이 아파?"

문득 욱봉이 상처 난 내 손을 붙들었다. 그러더니 머리카락처럼 가는 금침을 꺼내 내 손에 박힌 가시를 뽑아 주었다.

"아!"

내가 작게 소리를 내자, 그는 잠시 손을 멈추었다. 그러더니 한결 누그러진 목소리로 말했다.

"아프겠지만, 좀 참아. 여러 개가 박혀 있어서 시간이 좀 걸리겠어."

그는 다시 고개를 숙이더니 묵묵히 가시를 뽑았다. 그런 그에게 딱히 뭐라 할 수가 없는지라 나는 어쩔 수 없이 시선을 돌렸다. 그리고 그가 아닌 주변의 상황에 집중하기로 했다. 그제야 유유한 산 바람이 숲속의 고목을 휘감아 도는 소리가 귓가에 휘감기고, 느리게 흐르는 하늘 위 구름의 한가로움이 눈에 들어왔다. 모든 것이 유유하고 아름다웠다.

그래서일까? 고개를 숙인 채 내 손의 가시를 뽑는 데 집중하는 욱봉의 모습이 되레 더 낯설고 이상했다. 그의 긴 머리카락이 바람에 날려 손바닥에 스치자 살금살금 간지럽기도 했다. 그리고 그런 느낌을 받는 부위가 손인지 가슴인지조차 어느덧 구별할 수 없게 되었다.

"아파요."

거짓말이었다. 처음에만 아팠지 견딜 만했다. 그런데도 나는 그에게 응석을 부리고 싶었다. 내가 왜 이러는지 나 자신도 알 수 없었다. '술법을 쓰면 쉬울 텐데 군이 이런 번거로운 방법으로 내 가시를 뽑고 있는 그와 비슷한 마음이 아닐까?' 하는 정도의 예상만 할 뿐이었다.

"많이 아파?"

내가 명백히 엄살을 부리는 데도 욱봉은 아까처럼 진지하게 물으며 눈썹을 살짝 찡그렸다. 고개를 들어 나를 보는 그의 눈은 무척 맑았다. 가끔 떠오르는 영롱한 빛이 아름다운 꼬리를 지닌 물고기가 헤엄치는 모습을 연상케 했다. 그 아름다움에 살짝 혹해 그의 눈을 물끄러미 바라보던 그때였다. 그가 문득 손을 거두더니 두 눈을 질끈 감았다.

"모르겠다. 정말 모르겠어. 너를 벌주고 싶은 마음에 그리했는데, 되레 나를 벌주는 일이 될 줄이야."

작게 내뱉는 그의 목소리가 많이 쉬어 있었다. 다친 건 나인데 왜 자기가 벌 받았다는 말을 할까? 그는 정말 이상한 새다.

"정말로 저를 천후마마에게 데려가서 참형에 처하실 거예요?"

내 물음에 욱봉은 아까 내가 묻힌 소매의 핏자국을 내려다보았다. 그의 얼굴은 이내 참담하게 일그러졌다.

"환체봉령은 딱 하나야. 나는 그것을 너에게 줬고. 그런데도 내 마음을 몰라? 비록 우리는 이루어질 수 없지만, 내 마음만은 나도 어쩔 수 없어."

그의 말에 나는 소매 속에 넣어 둔 그의 깃털을 꽉 움켜쥐었다.

하나밖에 없다고? 와, 그렇게 귀한 것인 줄 몰랐는데. 버리지 않기를 잘했네.

뜻하지 않게 보물을 얻은지라 무척 기뻤다. 그래서 그에게 뭔가 보답해야 도리라는 생각이 들었다. 그가 뭘 좋아할지, 그에게 줄 만한 것이 내게 있을지 잠시 고민하던 나는 월하선인이 해 준 말을 떠올렸다. 월하선인은 남선이라면 모두 '몸을 섞는 수련'을 좋아한다고 했다.

아하, 그래. 그거면 되겠네!

나는 즉시 한 걸음 앞으로 나아가 그의 입술에 가볍게 입을 맞추었다. 내 행동에 그의 얼굴은 살짝 굳었지만, 금방 발그레해졌다. 내 보답이 만족스러운 게 분명했다. 하지만 그는 다시금 낙담한 표정을 짓더니 저번처럼 내 손만 잡은 채 팔 하나 정도 뻗은 거리쯤으로 나를 떼어 놓았다.

곧이어 그는 고통스러운 얼굴로 나를 등지며 벼랑 아래 골짜기를 물끄러미 바라보았다. 바람에 옷자락을 날리는 그의 뒷모습에 실로 단호한 기운이 넘쳐흘렀다.

"아, 이제야 알겠네요. 화신 전하는 싫어하시는······."

내 보답이 마음에 안 드는 듯해 나는 머쓱하게 우물거렸다. 그러자 그는 고개를 돌리더니 내 말을 도중에 잘랐다.

"내가 싫어한다고? 그럴 리가 없잖아."

하려던 말이 본의 아니게 끊기자 나는 실로 난감했다. 그가 끊은 내 뒷말은 '······거지요, 저와 몸을 섞는 수련을 하는 것을?'이었다. 그래서 나는 다시 의문이 들었다. 그의 말인즉슨 그는 나와 '몸을 섞는 수련'을 하는 것을 좋아한다는 뜻이니 말이다.

머릿속이 꼬이는 느낌이라 나는 멍해졌다. 그런 나를 보며 그는 처량하게 고개를 저었다.

"아니다. 네 말이 옳아. 나는 너를 좋아한 적이 없음이야. 네가 나를 좋아한 적 없다고 치겠다니 나도 응당 그래야지. 그래, 나는 너를 좋아한 적이 없어."

응?

뭐야? 지금 뭔 소리래? 싫어할 리 없다는 것은 분명히 좋아한다는 말인데. 그 말 하자마자 왜 또 말을 바꿔서 좋아한 적이 없다고 하지? 그리고 좋아한 적 없다고 치다니? 그건 또 무슨 소리래? 아아, 머리 아파. 어언 백 년을 이 자와 함께 지냈는데도 여전히 이 자의 화법은 알쏭달쏭하다.

"알겠어요. 전하께서 좋으실 대로 하세요."

내 말에 그의 안색이 더 나빠졌다. 나는 바람에 날려 흐트러진 앞머리를 손으로 수습하며 그에게 물었다.

"깃털 도로 드릴까요?"

나는 소매에서 봉황의 깃털을 꺼내 그에게 내밀었다. 그는 그것을 받아 들더니 내 머리 위의 비녀를 뺐다. 그리고 깃털을 비녀 대신 꽂아 주었다.

"앞으로는 이게 나 대신 너를 지켜 줄 거야. 나는 오늘 너를 화계로 데려다줄 것이고. 앞으로 나는 다시는 너를 만나지 않을 테니 이것을 잘 간직하도록 해."

"화신께서 그래 주시면 저희야 감사하지요."

문득 안개가 무럭무럭 피어났고, 그 위로 위엄 있는 목소리가 났다. 얼른 고개를 숙여 확인해 보니 48개의 발이 보였다. 젠장!

다시 고개를 드니 욱봉은 연심차[71]를 머금은 듯 쓰디쓴 얼굴을 하고 있었다.

"제가 사리를 모르지는 않으니까요. 금멱과 제 관계를 안 이상 더는 금멱을 연루시킬 수 없는 일입니다."

"해묵은 옛일이지요. 외인이 알 필요도 없고요. 화신께서 이를 헤아려 주시어 참으로 다행입니다. 부디 이 비밀을 지켜 주십시오."

목단 장방주가 말을 마치기도 전에 욱봉은 넓은 소매를 가볍게 털었다.

"저도 그러기를 바랐지만, 이미 늦은 듯합니다."

"뭐라고요? 화신, 그게 무슨 뜻입니까?"

"오늘 어마마마의 수연에 금멱이 멋대로 들어왔습니다. 그리고 거기서 원래 모습을 드러냈고요. 그로 인해 아바마마를 비롯한 모

---

71 연밥의 심지로 우린 차. 쓴맛이 나며 약으로 쓴다.

든 신선의 의심을 샀습니다."

"금멱, 너!"

대뜸 눈썹을 치켜든 목단 장방주가 나를 사납게 노려보았다. 하지만 그녀는 이내 관자놀이를 문지르며 길게 탄식했다.

"됐다. 너한테 내가 뭘 바라니. 네가 걱정을 안 시키는 날이 온다는 것은 월하선인이 이성적으로 변하는 것과 같은 일인데 말이다."

그녀가 탄식하는 도중 문득 하늘이 어두워졌다. 놀라서 위를 올려다보니 저 먼 하늘에서부터 번개가 꽝꽝 치며 짙은 구름이 밀려들고 있었다. 구름은 금세 우리 머리 위를 사납게 에워쌌는데 이는 뇌공과 전모가 천병과 천장들을 데리고 이곳에 왔음을 의미했다. 아니나 다를까 뇌공은 금 바라를 요란하게 부딪치며 하늘 위에서 소리쳤다.

"죄인은 당장 나와 무릎을 꿇어라!"

뇌공은 듣는 이의 귀가 왕왕 울릴 정도로 고함을 내질렀다. 그때 욱봉이 나를 가로막으며 위엄있게 말했다.

"이 무슨 짓이냐?"

뇌공과 전모는 그제야 욱봉이 이 자리에 있음을 안 듯했다. 그들은 다급히 욱봉에게 무릎을 꿇었다.

"화신 전하, 천후께서 저 죄인을 잡아 오라고 명하셨습니다. 부디 소장들을 막지 마십시오."

뇌공의 말에 욱봉의 얼굴이 무겁게 가라앉았다. 그가 잠시 침묵하자, 이번에는 목단 장방주가 나섰다. 그녀는 앞으로 성큼성큼 걸어 나오며 차갑게 일갈했다.

"우리 화계는 천계의 지배를 받지 않소. 그리고 금멱은 우리 수경

향밀침침신여상_1

의 정령이니 천계가 멋대로 심판할 수는 없는 일이오.”

목단 장방주의 반박에 뇌공의 검은 얼굴이 살짝 일그러졌다. 그래서 더 도드라지는 하얀 이를 드러내며 그는 사납게 으르렁거렸다.

“목단 장방주, 말을 삼가시오. 목단 장방주에게는 목단 장방주의 도리가 있고 내게는 내 도리가 있소. 나는 오늘 천후마마의 명을 받고 죄인을 잡으러 왔소. 그러니 당연히 내 책무를 다해야 돌아갈 수 있소이다.”

“그래?”

욱봉이 담담한 말투로 끼어들었다. 그러자 뇌공은 움찔 놀라며 말을 멈췄다.

“천계에는 36명의 천장과 812만 명의 천병이 있지. 내 기억이 정확하다면 그중 천후마마의 휘하에 있는 자는 없다. 뇌공, 전모, 내게 고해라. 너희가 누구의 휘하에 있는지.”

뇌공은 둔하지만, 전모는 눈치가 빨랐다. 그녀는 재빨리 뇌공의 옷깃을 붙잡으며 욱봉에게 고개를 조아렸다.

“화신 전하, 부디 노여움을 푸소서. 소장들은 오로지 전하의 명만 받드옵니다.”

그제야 욱봉이 얼굴을 살짝 풀었다. 그는 넓은 소매를 저으며 그들에게 명했다.

“너희는 당장 천계로 복귀해라. 이 일에 관련해서는 어마마마께 내가 친히 해명하겠다.”

“예.”

전모는 두 손을 모아 순순히 예를 표했다. 반면, 뇌공은 하얀 이를 드러내며 뭔가 말하려고 했지만 욱봉과 눈이 마주치자 바로 입을 다물었다.

"화신 전하, 송구하지만 소인은 그 명을 받들 수 없사옵니다. 소인은 화신 전하가 아닌 야신 전하의 휘하입니다."

우리는 목소리가 난 쪽을 동시에 돌아보았다. 알고 보니 한 천병이 구석에 서 있었다. 그는 우리의 시선을 받으며 머뭇머뭇 손을 들었다.

"뭐라고?"

욱봉은 천병에게 차갑게 물었다. 아직 어린 티가 역력한 천병은 부르르 떨었지만, 의연하게 욱봉과 눈을 맞추었다. 하룻강아지 범 무서운 줄 모른다고 천병이 된 지 얼마 안 돼 천지 분간을 못 하는 듯했다.

"내 휘하라니 내 명은 듣겠구나."

문득 느긋한 목소리가 끼어들었다. 윤옥이었다. 그 순간 천병은 숭배해 마지않는 눈빛으로 그를 보며 진지하게 고개를 끄덕였다.

"예, 야신 전하! 소인은 오로지 전하의 명만 받드옵니다."

"그러면 되었다. 오늘 일은 오해로 비롯되었으니 너도 천계로 복귀해라. 만약 이 일을 천후께서 언급하시거든 모든 책임을 내게 미루면 될 터이다."

윤옥은 천병에게 다가가 그의 어깨를 가볍게 두드렸다. 그러자 그는 눈을 반짝이며 고개를 조아렸다.

"예, 야신 전하의 명을 받드옵니다."

잠시 후 모든 천군이 욱봉과 윤옥의 명을 받들어 철수했다.

"윤옥이 24분의 방주를 뵈옵니다."

윤옥이 공손하게 예를 표하던 그때였다. 돌연 정향 소방주가 손을 뻗어 윤옥의 얼굴을 공격했다. 윤옥이 즉시 선장을 쳐서 자신을 보호하지 않았으면 큰 사달이 날 뻔했다.

"역시 그랬군요."

정향 소방주가 손을 거두며 윤옥을 매섭게 노려보았다. 나머지 방주들도 윤옥에게 불만의 시선을 보냈다. 나로서는 이게 대체 무슨 영문인지 도무지 알 길이 없었다.

"야신, 어찌하여 저번에 수경의 결계를 깨고 들어와 금멱을 데려갔습니까? 또 그리한 의도는 무엇입니까?"

"정향, 물러나라."

사납기 그지없어진 정향 소방주를 만류한 이는 뜻밖에도 목단 장방주였다. 그녀는 조용히 앞으로 나와 정향 소방주를 뒤로 물러나게 했다.

"야신과 화신, 두 대신(大神)께서 번갈아 우리 화계에 무단으로 침입하다니 참으로 유감입니다. 화신이야 당시 다치어 그렇다고 쳐도 야신께서는 어찌 그리하셨습니까? 참으로 그 의도를 알 길이 없군요."

목단 장방주가 해명을 요구하자, 윤옥은 내게 담담하게 웃어 보였다. 그런 뒤 그녀를 다시 돌아보았다.

"금멱 선자는 원래 떠들썩한 것을 좋아합니다. 그 좋아함의 정도가 가히 제 고독에 비할 만하지요. 그래서 저는 24 방주께서 금멱 선자를 구류하는 처사가 부당하게 느껴졌습니다. 게다가 저는 금멱 선자의 벗이니 선자를 돕는 게 당연하지요."

"벗? 하, 정말 우습지도 않네요. 어찌 천계에는 저리도 위선자가 많은지. 금멱의 외모가 천하의 절색임을 이미 보았으면서도 벗이라고 뻔뻔하게 말하네요. 화신은 차라리 솔직하기라도 하지.”

정향 소방주가 얼굴을 굳히며 윤옥에게 쏘아붙였다. 하지만 윤옥은 그녀의 도발에 흔들리지 않았다.

“물론 정향 소방주께서 제 진의를 의심하실 수 있습니다. 하지만 저는 떳떳합니다. 한 번도 금멱 선자와 선을 넘은 적 없으니 한 치의 부끄러움도 없습니다.”

아이고, 목단 장방주 하나도 버거운데 정향 소방주까지! 안 되겠다. 나라도 윤옥을 좀 도와줘야지.

그리 생각하며 나는 슬그머니 그의 곁으로 다가갔다.

“정향 소방주님, 야신 전하를 탓하지 마세요. 전하는 좋은 용이고, 저는 전하가 좋아요.”

그 순간 모든 이가 숨을 멈추며 나를 보았다. 내 곁의 노송은 부르르 떨며 솔잎까지 떨어뜨렸다.

“지금 뭐라고 했지?”

욱봉은 잔뜩 가라앉은 목소리로 내게 물었다. 그의 유리처럼 맑은 눈은 누군가가 송곳으로 콱 찌른 듯 균열이 가고 있었다.

“야신 전하가 좋다고 했…….”

내가 미처 말을 마치기도 전에 그의 눈 속에서 빛나던 무엇인가가 산산조각으로 부서져 어지럽게 흩어졌다. 그것에 너무 놀란 나는 미처 말도 맺지 못한 채 굳어 버렸다.

“금멱 선자께서 그리 생각하신다니 정말 기쁘군요. 저도 금멱 선자가 좋습니다.”

윤옥은 내 말에 놀란 듯했지만 이내 온유하게 미소 지었다. 반면,

24 방주는 노기로 등등해졌고, 목단 장방주는 덩굴을 펼쳐 나를 그녀의 곁으로 거칠게 잡아당겼다.

"이보십시오! 야신, 화신!"

목단 장방주가 분노하자, 사방의 꽃과 나무가 기겁했다.

"금멱!"

욱봉은 복잡한 눈빛으로 나를 보았다. 무척 낙담하고 상처를 받은 모습이었다. 한 대 세게 맞아 넋이 나간 듯도 했다.

"지금 그 말이 진심이냐?"

"예. 이 나무의 솔잎보다요."

노송은 내 말에 아까보다 더 떨었다. 너무 부들부들 떨어서 솔방울까지 떨어뜨렸다.

"하……."

두 눈을 질끈 감은 욱봉이 깊게 탄식한 그때, 문득 바람이 불어와 그의 머리카락을 날렸다. 아니, 바람이 날린 것은 그의 머리카락만이 아니었다. 그 바람은 마치 그의 몸 전체를 휩쓸어 재처럼 날려버릴 듯했다. 그리 센 바람도 아닌데 어찌 그리 느껴지나 싶어 괴이했다.

잠시 후 그는 천천히 눈을 뜨더니 공허한 얼굴로 물었다.

"나는 그저 너와 형님을 이어 주는 다리에 불과했더냐?"

욱봉의 말에 목단 장방주는 나를 더 세게 옥죄며 노성을 냈다.

"안 될 일이다. 이건 절대로 안 될 일이야. 우리 눈에 흙이 들어가기 전에는 어림도 없어."

옥란 소방주도 덩달아 얼굴을 가리며 울먹였다.

"어찌 이런 끔찍한 일이 있을 수 있지? 이건 모두 업보야. 어찌 야신과 금멱이 정분이 날 수 있단 말이야?"

방주들은 탄식을 금치 못했고, 나는 그런 그녀들을 이해할 수 없었다. 방금까지 멀쩡했던 그녀들은 삽시간에 내 옆의 노송보다 더 늙어 버린 듯했다.

"형님, 아니 될 일입니다."

24 방주를 내내 지켜보던 욱봉이 이번에는 윤옥을 향해 느리게 고개를 돌렸다.

"아바마마께서 황자이던 시절, 어디서 지냈는지 생각해 보십시오. 서오궁 연못이 왜 유재지[72]로 불리는지도요. 금멱이 자유로이 꽃을 피울 수 있으며 속성이 물이라는 사실도. 선대 화신의 진신이 연꽃이었음도……."

욱봉은 처량하게 웃으며 잠시 말을 끊었다. 그러다가 다시 힘겹게 입을 열었다.

"아바마마께서 인정하셨습니다. 저와 형님, 금멱이 배다른 남매임을 말입니다."

윤옥은 경악하며 이게 사실일 리 없다는 눈빛을 했다. 그러면서 동의를 구하듯 목단 장방주를 보았지만, 그녀는 미동 없이 그를 보기만 했다. 그녀의 눈빛에는 어쩔 수 없지만 인정한다는 무언의 암시가 담겨 있었다. 하지만 그들 모두가 간과하고 있는 사실이 있었다. 그건 바로 백일하에 드러난 놀라운 사실에 가장 놀랄 이가 나라는 점이었다.

반쯤 넋을 놓은 내 머릿속으로는 실로 다양한 감정이 교차했다.

---

72 留梓池, 글자 뜻대로 풀어 쓰면 재분이 머무는 연못이라는 의미가 된다.

나는 포도인데 새가 내 오라버니라는 데 놀라웠고, 욱봉의 말이 사실이든 아니든 영력과 선단을 얻고자 할 때 이 든든한 배경을 내세우면 득을 볼 수 있을 듯해 기뻤고, 천후 같은 독한 여자가 내 친부일지도 모를 천제의 정처라는 사실에 슬펐다. 그렇게 이해득실을 따지다 보니 내 심정은 아까보다 더 복잡해졌다.

"남매라도 상관없습니다."

윤옥이 담담하게 말했고, 나는 그런 윤옥에게 감탄을 금치 못했다. 그는 어찌 이런 상황에서도 저리 태연할 수 있을까! 실로 대단하다.

"형님, 이 무슨 말씀입니까! 이건 천륜을 저버리는 행위입니다. 천벌을 받아 마땅한 죄라고요. 형님 혼자면 저도 상관하지 않지만, 이건 금멱까지 연루되는 중대사입니다. 만약 그럴 생각이라면 제가 가만있지 않을 겁니다."

불같은 성질을 누르지 못한 욱봉이 대뜸 윤옥에게 노성을 냈다. 그러자 윤옥은 천천히 욱봉을 돌아보았다. 그의 얼굴에는 다시 옅은 미소가 떠올라 있었다.

"흠, 아무래도 네가 약간 오해를 하는 듯하구나."

그는 그 말을 끝으로 몸을 돌려 나를 보았다.

"금멱 선자, 저를 좋아하지요?"

생각할 필요도 없는 질문이었다.

"예."

"그러면 화신은요?"

그 질문에는 잠시 멈칫했지만, 숙고 후 대답했다.

"좋아해요."

내 대답에 욱봉은 경악했다. 목단 장방주는 어지럼증이 온 듯 비틀거렸다.

"그러면 월하선인, 제 숙부님은요?"

"좋아요."

"언우군은요?"

"당연히 좋죠."

욱봉의 눈썹이 확 올라갔다. 어느 순간 나를 옥죄고 있던 목단 장방주의 넝쿨도 느슨해졌다.

"서우궁의 선시인 요청과 비서는요?"

"좋아해요."

나와 윤옥의 일문일답은 이어졌고, 그런 우리를 지켜보는 욱봉의 눈에는 불길이 활활 타올랐다. 그 불길은 욱봉의 눈에만 머물기 버거웠는지 어느새 근처 초목으로 옮겨붙었다. 그 결과, 내가 윤옥의 마지막 질문에 답했을 즈음 우리 주변은 벌건 황무지로 변해 버렸다.

'덩굴과 고목, 저녁이 되어 둥지로 돌아오는 까마귀. 애끓는 사람이 하늘가에 있구나'라는 시구가 절로 떠오르는 상황이었다.

나는 난감한 얼굴로 사방을 둘러보며 그들을 추도했다.

아아, 역시 남의 은밀한 말을 듣는다는 것은 생명을 대가로 한다는 옛말이 정말 맞는 듯하다.

* * *

흐르는 구름, 자수(柘水, 소설 속 가상의 강 이름), 일엽편주, 새외선이 머무는 봉래.

짙은 안개 속에 그 형체를 희미하게 드러내고 있던 뗏목에 선 누군가가 뭍으로 내려왔다. 잠시 후 그 누군가는 내 앞에 멈춰 서며 다정히 웃었다.

"짐이 금멱 선자를 태허환경(太虛幻境, 홍루몽에 등장하는 신선계의 명칭)으로 소환했네. 부디 이를 불쾌해하지 말아 주시게."

"아닙니다. 개의치 마세요."

나는 공손히 그에게 대답했다. 사실 달게 자는 도중 누군가에게 소환되면 당연히 짜증이 나기 마련이다. 하지만 짜증도 상대를 가려서 내야 하는 법이다. 심지어 지금 내 상대는 바로 천제였다.

"이 야심한 시각에 어찌하여 소인을 부르셨나요?"

오직 바람 소리와 물소리만 존재하는 듯한 태허환경 속에 선 천제는 한참 동안 말이 없었다. 비록 그는 나를 보고 있었지만, 나는 알 수 있었다. 그는 나와 마주했으되, 나를 보고 있지 않음을 말이다. 그는 나를 통해 다른 이를 보고 있었다.

잠시 후 그는 살짝 웃었다. 그 웃음 안에는 처량함, 후회, 바람 등이 배어 있었다.

"여기는 태허환경이고, 봉래선주 안이네. 신선도 혼령도 종종 이곳을 떠돌곤 하지. 가끔 이곳의 풍경이 환영의 형태로 속세에 드러나기도 한다네. 그래서 인간들은 이곳을 바닷속 천섬[73]이 내뿜는 기운 때문에 보게 되는 환상이나 신기루로 여긴다더군. 처음에 그 이야기를 들었을 때 나는 하도 어이가 없어 실소했다네. 인간은 참 재미있는 생각을 한다 싶었지. 그런데 9만 년 전의 어느 날 밤, 나는

---

73   원래 '섬'은 두꺼비를 의미하나 여기서는 두꺼비 형상을 한 신비한 요수를 뜻한다.

자수 위로 걸어가는 한 여인의 뒷모습을 우연히 보았어. 그 여인이 걸을 때마다 물 위로 연꽃이 피어났지. 그 모습이 너무나 신비롭고 아름다워 나는 넋을 놓은 채 그 뒷모습만 바라보았다네. 그러다 문득 안개 속에 묻힌 청아한 자태의 여인이 돌연 고개를 돌려 나를 보더군."

천제는 자못 엉뚱한 대답을 하며 수면 위 안개를 취한 듯 바라보았다. 그러다가 크게 한숨을 내쉬었다. 누구나 늙으면 옛일 추억하기를 즐긴다던데, 천제도 예외는 아닌 모양이었다. 하지만 그 추억은 오롯이 천제에 속해 있어 듣는 나로서는 재미도, 감동도 없었다. 아니, 감동은커녕 그의 이야기를 듣는 내내 잠이 와서 죽을 뻔했다. 그리고 이런저런 이유로 그가 9만 년 전의 일을 이야기한다는 점이 무척 슬펐다. 대체 이 이야기는 언제쯤 끝날까?

"짐은 그제야 깨달았지. 방금 그 여인이야말로 인간들이 말하는 환상이자 신기루라는 사실을 말이야."

천제는 그 말을 끝으로 잠시 말을 멈췄다. 그가 이 재미도 없고 맥락도 없는 이야기를 계속 줄줄이 늘어놓으리라 생각했는데 뜻밖이었다. 나는 그가 왜 이러는지 곰곰이 생각한 후 내 나름의 결론을 냈다.

속세의 인간들은 공연할 때 절정에 이르면 반드시 노래나 동작을 잠시 멈춘다.[74] 그리고 관객이 이에 환호를 보내면 다시 뒷부분을 이어 나간다. 천제가 이번에 말을 멈춘 이유는 아무래도 내 환호

---

74 중국 전통극 공연에서는 배역의 감정을 돋보이게 하고 극의 분위기를 고조시키기 위하여 배우가 무대를 오르내릴 때나 하나의 무도 동작을 끝마칠 때 동작이나 노래를 잠시 멈추어 관객을 환기시킨다.

를 듣기 위해서인 듯했다. 그래서 나는 애써 웃으며 맞장구를 쳤다.

"음, 좋네요."

내 말에 천제는 쓴웃음을 지었다.

"참으로 닮았어. 안개 속에서 금멱 선자를 보았을 때만 해도 짐은 그 여인과 금멱 선자가 똑같다고 생각했네."

천제의 말을 들으며 나는 속으로 천제가 늙어 눈이 나빠졌다고 여겼다. 나는 과일이고 선대 화신은 꽃인데 내가 어찌 선대 화신과 닮을 수 있단 말인가. '이건 내 정체성의 문제인 만큼 무례를 무릅쓰고라도 정정을 요청해야 하나'라는 진지한 고민이 생길 정도였다. 하지만 천제는 그런 나를 아랑곳하지 않고 여전히 제 할 말만 했다.

"하지만 자세히 보니 둘은 전혀 닮지 않았군. 분위기가 닮았다고 하기에도 너무 억지스럽지. 게다가 웃는 모습은 완전히 달라. 그 여인은 웃는 것을 싫어했다네. 짐은 그 여인을 9만 년 전에 알았지만, 짐이 그 여인의 미소를 본 적은 미처 10번이 안 되었으니 말 다 했지. 미소 짓는 순간도 실로 짧아 아침 이슬을 방불케 했어. 금멱 선자는 이리도 당밀처럼 달콤하고 길게 웃는데 말이야."

그는 내 웃는 얼굴을 물끄러미 보며 다시 말을 이었다.

"사실, 짐은 5만 년 동안 그 여인의 웃는 얼굴을 못 봤다네. 만약 짐이 그런 짓을 하지 않았다면, 그 여인은 9만 년 내내 금멱 선자처럼 웃었을지도 모르지. 그리고 그리 허망하게 생을 마치지 않았을지도……."

그는 미처 말을 맺지도 못한 채 침울하게 고개를 떨어뜨렸고, 나는 실망을 금치 못했다. 사실, 천제가 나를 태허로 소환했음을 알아차린 그 후로 나는 기대하는 바가 있었다. 그가 뜨거운 눈물을 흘리며 "딸아, 고생 많았다"라고 말한 뒤 나를 다정하게 안아 주고, 그 참에 영력도 선물로 주리라고 말이다. 그런데 그는 이미 죽은 선대 화신의 이야기만 줄곧 하고 있었다. 정말 김새는 상황이 아닐 수 없다.

"염라대왕이 돌아가신 화신님을 보우해 주실 거예요. 소인도 삼가 조의를 표해요."

천제 앞에서 감히 불평할 수는 없는 노릇인지라, 나는 가능한 한 예의 바르게 그의 말을 끊었다. 그러자 천제는 쓴웃음을 머금으며 고요한 수면으로 시선을 옮겼다.

"5만 년 전, 천계는 태허환경처럼 불모지였지. 금멱 선자는 꽃을 피울 줄 안다지? 혹시 이곳에 청련을 피워 줄 수 있겠나?"

화제가 왜 이렇게 널 뛰지? 천제는 자신이 천제임을 실로 감사히 여겨야 한다. 그가 천제도 아니면서 이런 화법을 구사했다면 아무도 그를 상대해 주지 않았을 테니 말이다.

"예, 소인 금멱! 폐하의 명을 받드옵니다!"

나는 땅에서 흙을 조금 퍼서 물에 던졌다. 그리고 주문을 외워 물 위로 청련을 피어 올렸다. 그러자 천제는 놀라움과 기쁨이 교차하는 눈빛으로 내가 피워 낸 연꽃을 보았다.

"역시!"

천제는 다시 내게 눈을 돌리며 물었다.

"애야, 너는 짐이 말하는 그 여인이 누구인 줄 아느냐?"

뭐지, 갑자기 변해 버린 이 말투는? 그리고 대화가 또 널뛰네. 내가 총명하길 천만다행이다. 다른 이였으면 이미 천제와 대화하기를 포기했을 터다.

"소인은 어려서부터 수경에서만 살았어요. 꽃, 과일, 채소 신선과 정령만 알 뿐이죠. 게다가 제가 아는 이들은 1만 년도 못 산 일천한 정령들뿐이에요. 그러니 천제께서 말씀하시는 9만 년 전의 그분을 당연히 모를 수밖에 없지요."

"짐이 말한 그 여인은 너와 절대로 무관하지 않다. 바로 화신 재분이니까. 너는 5천 살이라고 했더냐? 재분이 4천 년 전에 죽었다면 분명 재분과 만난 적이 있을 텐데?"

"소인은 선대 화신님을 뵌 적이 없어요."

내가 고개를 저어 부인하자 천제의 얼굴에 비통함이 번졌다.

"재분이 짐을 그토록 미워했을 줄이야. 자신의 핏줄까지 외면하다니."

불현듯 천제가 한 말과 얼마 전 욱봉이 한 말이 겹쳐졌다. 그러자 머릿속으로 번개가 쳤다. 그 요란한 소리는 내 귀를 울리고 눈앞을 아득하게 했다. 마치 떨어졌던 조각들이 다시 맞춰진 듯해 나는 경악할 수밖에 없었다. 뭐야, 나 정말로 천제와 선대 화신의 딸인가?

당시 24 방주는 나를 급히 수경 안으로 데리고 들어갔다. 그때 나는 너무 경황이 없어 욱봉의 말을 진지하게 되새겨 볼 겨를이 없었다. 그 탓에 오늘 천제의 말을 듣고서야 욱봉이 왜 그런 말을 했는지 이해했다. 하지만 그 결론에 도달하자 또 의문이 생겼다.

첫째, 선대 화신은 연꽃이고 나는 포도다. 천제가 내 아버지라면 적어도 그는 포도여야 하는데 그는 포도가 아니다.

둘째, 선대 화신의 영력은 만인지상이라고 들었다. 하지만 나는 4천 년을 수련했어도 신선이 되지 못했다. 대기만성형이라고 쳐도 너무 심하다.

머릿속으로 전후 관계를 차분히 따져 보니, 명확히 결론이 났다. 상황이 좀 꼬여 오해가 생겼을 뿐 내가 천제와 선대 화신의 딸일 리 없다. 하지만 내 입으로 굳이 그것을 말할 이유가 없기에 나는 천진하게 눈을 깜박였다.

"천제 폐하께서 꽃을 보는 것을 좋아하신다면 소인이 열심히 심어 볼게요. 만약 천계의 정원을 가꾸라고 하셔도 명을 받들게요. 하지만⋯⋯."

내가 우물쭈물 말을 흐리자, 천제는 즉시 내게 반응했다.

"하지만 뭐? 어려운 일이 있다면 당장 말해 보렴."

아아, 그래야지. 내가 기대한 반응이 이런 거거든.

"소인은 영력이 높지 않아요. 4천 년 동안 열심히 수련했지만, 여전히 정령에 불과하죠. 그래서 꽃을 키우려면 어떤 물건을 꽃으로 바꾸는 환술을 써야 해요. 이렇게 일천한 소인이 천계의 정원을 맡는다면 다들 저를 업신여길 거예요. 아니, 소인을 비웃는 건 감수할 수 있지만, 소인을 택한 천제 폐하까지 비웃음을 산다면⋯⋯."

나는 일부러 말끝을 흐리며 고개를 조아렸다. 공손해 보이게 두 손도 모았다. 그러자 천제가 고개를 끄덕였다.

"아무래도 재분이 네 원령을 봉인한 듯하구나. 좋다. 짐이 너에게 영력을 주마. 짐의 영력을 받은 뒤 수경으로 돌아가 49일간 수행하면 반드시 큰 진전이 있을 것이다. 그 후에 짐이 다시 네 혼백을 여기로 데려올 테니 그때 네 진신을⋯⋯."

"그건 안 됩니다. 소인이 감히 어찌 폐하의 영력을 받으오리까. 과분합니다."

내가 겸양하자, 그는 자애롭게 웃었다.

"착한 아이구나. 하지만 너와 짐은 내외할 사이가 아니다. 짐이 너에게 영력을 주는 것은 당연한 일이야."

천제가 이렇게까지 말하는데 더 거절할 수 없는 일이다. 그랬다가는 그의 체면이 뭐가 되겠는가. 부득불 그의 제안을 받아들이기로 했다.

"폐하의 은혜가 실로 백골난망이옵니다."

천제는 나를 마주 본 채 손을 뻗더니 손바닥을 모았다가 펼쳤다. 그러자 그의 손바닥에서 밝은 빛이 일었다. 그와 동시에 그는 구결을 외웠고, 빛은 손바닥에서 나와 허공에 떠올랐다. 잠시 후 그 빛은 내 미간으로 통과했으며 웅혼한 영력이 순식간에 내 안 곳곳으로 퍼졌다.

"아직 네 수행이 깊지 않은 듯해 우선 5천 년치 영력만 넣었다."

뭐, 5천 년? 그리고 우선?

5천 년도 좋았지만, '우선'이라는 말에 더 기뻤다. 그 말인즉슨, 다음번에도 영력을 준다는 뜻 아닌가! 너무 기쁜 나머지, 천제가 뒤에 몇 마디 더 했음에도 그 말을 모두 흘려들었다.

"네 곤한 잠을 방해해 미안하구나. 밤에 혼백으로만 만나야 하는 짐의 입장을 부디 헤아려 주려무나. 짐이 수만 년 전에 그런 과오를 저지르지만 않았어도 24 방주와 척을 지지 않았을 텐데."

"소인은 개의치 않으니 염려하지 마세요."

5천 년치 영력을 얻어 그저 기쁜지라, 나는 시원하게 대답했다. 그러자 그는 쓴웃음을 머금으며 나를 보았다.

"내 한 가지만 당부하마."

그는 인사를 하고 자리를 뜨려는 나를 다급히 붙잡았다.

"예?"

"너와 욱봉, 그리고 윤옥 사이에서 남녀의 정분이 생겨서는 절대로 안 되느니라. 알겠느냐?"

굳이 왜 이런 다짐을 받으려 하는지는 알 수 없지만, 딱히 어려운 일이 아니었다.

"걱정하지 마세요. 그럴 일은 절대로 없어요."

그 대답을 끝으로 내 눈은 반짝 떠졌다. 이미 하늘은 파랗고, 해도 높이 떠 있었다. 윤옥이 업무를 마치고 선기궁으로 돌아갔을 시간이었다.

"금멱, 일어났느냐?"

문밖에서 옥란 소방주의 목소리가 들렸다. 수경으로 돌아온 후 24 방주들은 밤마다 당번을 서며 집 밖에서 나를 감시하는 중이다. 오늘의 당번은 옥란 소방주인 듯했다.

"예, 일어났어요."

"그렇다면 어서 채비하거라."

나는 눈앞이 아득해짐을 느끼며 눈을 질끈 감았다. 옥란 소방주의 '채비'라는 말이 실로 끔찍해서였다. 수경으로 돌아온 이후 내 일과는 늘 같다. 밤에는 방주들의 감시를 받고, 낮에는 선대 화신의 무덤을 지키며 반성의 시간을 가진다. 참으로 괴로운 나날을 보내는 셈이었다.

대체 언제까지 이러고 살아야 하나 싶어 복장이 터졌지만, 별수 없었다. 방주들의 선장이 나를 옭아매고 있는지라 도망치고 싶어도 도망칠 방법이 없기 때문이었다.

그저 약한 게 죄다, 죄! 서러우면 얼른 신선이 되어야지, 뭐!

옥란 소방주는 선대 화신의 무덤 앞에 나를 데려다준 뒤 많은 일을 처리하기 위해 바로 떠났다. 그리고 나는 옥란 소방주가 완전히 사라진 것을 확인하자마자 선대 화신의 무덤에 공손히 무릎을 꿇고 용서를 구했다.

"화신님, 죄송해요. 제가 그만 화신님의 딸이라는 오해를 받았는데 차마 그것을 정정하지 못했어요. 이를 오해한 천제께서는 제게 5천 년치 영력을 주셨고요. 바라옵건대 부디 이에 노하지 말아 주세요. 저를 불쌍하게 여기시어 넓은 마음으로 용서해 주신다면 제가 싱싱한 포도를 많이 바칠게요."

참회하니 마음이 한결 편해졌다. 게다가 날로 5천 년치 영력을 얻은지라 세상 모든 게 아름답게 보여 이 초라한 무덤까지 그럴듯했다.

"경사는 누군가와 나눠야 더 즐거워지는데. 누구를 부르지?"

나는 작게 중얼거리며 윤옥과 욱봉을 떠올렸다. 하지만 어젯밤 천제의 당부가 떠올라 얼른 그들을 후보에서 지웠다. 그러니 남은 이는 복하군뿐이었다. 하필 복하군인 게 아쉽지만, 이가 없으면 잇몸이라고 했다.

"그래, 복하군도 괜찮지. 나쁘지 않아."

나는 즉시 소환 구결을 외웠다. 그런데 미처 반도 외우지 않아 돌연 비가 내렸다.

"뭐야? 갑자기 웬 바람!"

황급히 머리를 손으로 덮으며 지붕 있는 정자로 가 비를 피하려다가 나는 움찔 놀라며 멈춰 섰다. 누군가가 저 멀리서 비를 뚫으며 무덤 쪽으로 오고 있어서였다.

뭐야, 설마 복하군인가? 아무리 그래도 이렇게 빨리? 만사 제치고 오겠다더니 참말이었나 보네?

손을 흔들어 내 위치를 알리려다가 나는 슬그머니 손을 내렸다. 아무래도 좀 이상해서였다. 복하군과 달리 내 쪽으로 걸어오는 사내의 발은 땅에 닿아 있지 않았다. 그리고 비가 이렇게 내리는데도 전혀 옷이 젖지 않았다.

어, 복하군이 아니네? 대체 누구지?

호기심이 치밀어 나는 고개를 길게 뺐다. 자세히 보니 그는 바로 일전에 본 적 있는 수신이었다.

헉, 5천 년 영력은 과연 대단하다. 나는 분명 수요를 소환했는데, 수요보다 훨씬 높은 수신이 불려 나오다니 말이다.

아무래도 나는 대기만성형 과일이 맞나 보다.

제7장

가랑비가 그칠 즈음 수신은 내 앞에 다가와 섰다. 그의 흰색 비단 장포에서는 물방울이 뚝뚝 떨어졌는데, 그때마다 은백색 빛이 흩날렸다. 동시에 너울 같은 물안개가 번졌다.

그는 고개를 숙여 말없이 나를 보다가 무덤으로 느리게 시선을 돌렸다. 호수처럼 맑은 그의 눈에는 슬픔이 가득했다. 문득 이상한 느낌이 들어 하늘을 올려다보니 방금까지 비가 내렸다는 사실이 믿어지지 않을 정도로 하늘이 쨍하니 맑았다.

"하아……."

수신의 입술을 타고 느린 탄식이 흘러나왔다. 그 탄식은 그를 둘러싼 옅은 안개 속으로 녹아들 듯 스며들었다. 그러자 바람 한 점 없음에도 땅 위의 등심초들이 가볍게 몸을 떨더니 그의 발 주변으로 몸을 기울였다. 마치 그의 아련한 슬픔에 조의를 표하듯.

그는 다시금 나를 천천히 돌아보았는데, 호수가 물결치듯 그의 눈동자가 일렁거렸다. 여기서 그가 조금만 더 고개를 숙이면 그의 눈에서 호숫물이 쏟아질 듯했다. 그런 그를 보며 나는 문득 그런 생각을 했다. 지금 그가 나를 보는 이 순간이 마치 꿈처럼 길고 또 꿈처럼 짧다고.

"금멱 선자가 재분의 무덤을 지키는가?"

"예"라고 대답하려다가 말았다. 그가 내 대답을 바라며 물은 것 같지 않아서였다.

"여기는 원래 꽃사과나무 숲이었지. 매년 춘삼월에는 향기로 가득했어. 아름답기 그지없었지. 예전의 어느 날, 나는 당시 일이 있어 늦게 돌아가는 길이었다네. 그리고 그것을 더할 나위 없는 행운이라 여겼지. 다행히 그때 이 길을 지났기에 재분의 혼백을 구할 수 있었다고 여겼으니까. 그러나 훗날, 나는 그 일을 처절하게 후회했네. '내가 그때 거기를 지나치지 않았다면 재분은 섭리에 따라 소멸했을 텐데. 재분이 긴 세월 내내 괴로워하다가 혼백이 산산이 흩어지는 일도 일어나지 않았을 텐데……'라고 말일세."

수신은 고개를 들어 하늘을 보았다. 그리고 맑은 목소리로 내가 모르는 옛이야기를 들려주었다.

"그랬다면 연꽃에서 떨어진 한 장의 꽃잎은 속세의 삶을 영위하며 평범하지만, 아름답게 생로병사를 겪고 있었을 테지. 그리고 나는 화계의 삼도십주[75] 안에서 유유자적하게 산선(散仙)으로 살았을 것이야. 비록 고독해도 안분지족하면서."

수신은 잠시 말을 멈추더니 나를 돌아보았다. 그 순간 그의 눈꼬리에서 수정 같은 눈물이 뚝 떨어졌다.

"재분은 꽃을 다스렸지만, 화려하거나 요란한 것을 좋아하지 않았지. 재분은 늘 정결하고 안온한 삶을 추구했어. 선자의 이름이 금멱(錦覓)이라고 했던가? 선자의 이름을 떠올릴 때마다 나는 '번화사

---

75 三島十洲. 중국 고대 신화에 등장하는 선경의 이름. 삼도는 봉래, 방장, 영주를 의미하며 십주는 조주, 영주, 현주, 염주, 장주, 원주, 유주, 생주, 봉림주, 취굴주를 일컫는다.

금멱안녕 담운유수도차생(繁花似錦覓安寧 淡雲流水渡此生)[76]'이라는 시구가 생각나곤 하네. '이 번잡하고 화려한 세상 속에서도 나는 안온함을 추구하리라. 흘러가는 구름처럼 흐르는 물처럼 이 생을 살고 싶어라'라는 의미지. 나는 그 시를 필사해서 재분에게 주었고, 재분은 생전에 그것을 서탁 앞에 걸어 두었지."

수신은 천천히 허리를 굽혔다. 그리고 손을 내밀어 부드럽게 나를 일으켜 주었다.

"재분이 혈육을 남겼을 줄은 꿈에도 몰랐군. 지난 5천 년간 금멱 선자의 존재도 모른 채 그대에게 소홀했으니 재분을 볼 낯이 없음이야. 참으로 미안하네."

미안하다고 하면서도 그의 말투에 기쁨이 배어 있었다.

뭐지? 내가 또 잘못 생각했나? 수신의 반응을 보면 나는 분명 선대 화신의 딸인데? 그렇다면 천제가 정말 내 아버지란 말이야?

일순간 머리가 어지러워 눈앞이 아득해지던 그때였다. 문득 비취색 그림자가 나타나더니 내 곁에 와서 섰다. 고개를 돌려 확인하니 뱀이었다.

"늦어서 죄송해요. 그래도 급하게 달려왔으니 부디 저를 탓하지 마세요."

어느새 사람의 모습으로 변한 복하군은 언제나처럼 화려한 차림새로 내게 손을 내밀었다. 그리고 친근하게 나를 붙잡아 당겼다. 하지만 수신이 내 한 손을 이미 잡은 상태였다. 결국, 나는 어정쩡하

---

76 중국 근대 시인 황경원(黃敬遠)의 시 〈풍접령. 경홍기(風蝶令. 驚鴻起)〉에 나오는 구절이다.

게 두 사내에게 손을 잡힌 채 중간에서 오도 가도 못 하는 신세가 되었다. 그제야 수신을 보았는지, 복하군은 즉시 의관을 바로 한 뒤 그에게 깍듯하게 고개를 조아렸다.

"언우가 수신 어르신을 뵈옵니다."

수신은 청명한 눈으로 복하군을 보았다.

"한동안 너를 못 보았는데 잘 지냈느냐? 오늘은 어쩌다가 화계로 꽃놀이를 왔느냐?"

"꽃놀이를 온 것이 아닙니다. 금멱 선자가 저를 불러서 왔을 따름이지요."

복하군은 내내 수신에게 깍듯했다. 천하의 욱봉에게도 예를 차리지 않는 그가 보일 태도가 아니라서 무척 신기했다. 하여튼 육계의 예법은 실로 복잡한 듯했다.

"그래?"

수신은 복하군의 말을 듣자 눈썹을 찡그렸다. 그러다 돌연 나를 돌아보며 물었다.

"금멱 선자, 그대가 언우를 부른 것이 사실인가? 언우를 부를 때 무슨 주문을 썼고?"

너처럼 일천한 정령이 어찌 언우를 부를 수 있느냐는 의미로 들려 솔직히 좀 불쾌했다. 욱봉의 말에 따르면 복하군이 예전에는 천계의 신군이기는 했다. 하지만 지금은 수요에 불과하지 않은가! 즉, 수신은 나를 고작 수요 따위도 소환하지 못하는 애송이로 취급한 셈이었다.

"토지신을 소환하는 주문을 썼어요."

내가 뽀로통하게 대꾸하자, 수신의 안색이 싹 변했다. 몽롱한 물

안개 속에 서 있는지라 그의 표정을 자세히 볼 수는 없었지만, 그의 얼굴이 점점 굳어 가는 것은 확실히 알 수 있었다.

"어, 어르신! 설마 금멱 선자가 어르신의 친척인가요? 잘되었네요. 제가 금멱 선자에게 구혼하려는 참인데 방해꾼이 많을 듯해서 걱정이었거든요. 어르신의 친척이면 일이 쉬워지겠네요."

복하군이 눈치 없게 끼어들었다. 그는 머리의 물기를 털며 내게 웃었는데, 흰 이가 섬뜩하게 반짝였다. 제 딴에는 요염하게 웃었지만, 그 모습이 더욱 뱀 같았다. 상대를 배려해 싫은 티를 안 내려고 해도 소름이 확 끼쳤다.

"하하, 좋아요. 저와 어르신의 관계가 앞으로 더 돈독해지겠네요."

복하군의 말에 나는 부르르 몸을 떨었다. 목구멍 안에 뭔가 걸린 느낌이었다. 나는 결단코 저 비취색 뱀과 지금 이상으로 돈독해지고 싶지 않다.

"언우, 나는 원래 무(無)라고 할 수 있어. 천지 간 한 방울 물에 불과하지. 그런 내게 친척이라? 너무 비약이 심하구나. 예전 네 모친이 나를 의형으로 모시지 않았다면 너와 나 사이도 아무 관계가 아니었을 것이야."

수신은 깔끔하게 복하군의 말을 끊었다. 그런 뒤 다시 나를 돌아보았다.

"금멱 선자, 물을 소환할 수 있는가?"

나는 기억을 더듬어 보았다.

"모르겠어요. 물은 한 번도 불러 본 적 없거든요."

"한번 해 보면 알겠죠."

복하군이 또 끼어들었다.

"그러게. 한번 해 보게."

수신은 고개를 끄덕이며 나를 채근했다. 솔직히 자신이 없었지만, 이참에 천제가 준 5천 년치 영력을 한번 시험해 보고 싶기는 했다. 그래서 손가락을 세우고 구결을 외웠다.

과연, 불길한 예감일수록 잘 맞는다고 했던가! 현실은 참으로 냉정하여 인근 백 리 안에 내 체면을 세워 줄 물은 한 방울도 없었다. 하늘에는 구름이 흐르고 땅에는 풀이 흔들리건만, 물은 그림자도 안 보였다. 결국, 나는 손가락을 거두며 민망한 표정을 지었다.

"목단이 수신을 뵈옵니다."

문득 목단 장방주의 목소리가 들렸다. 돌아보니 그녀가 무릎을 꿇고 있었다. 화신에게도, 야신에게도 등을 꼿꼿이 세우는 그녀만 보아 왔기에 그녀의 이런 모습이 참 낯설었다.

"금멱은 어릴 때부터 수경에서만 살아서 바깥일에는 문외한입니다. 혹시 이 아이가 수신께 무례를 범했다면 제가 대신 사죄드리겠습니다."

"일어나게. 목단 장방주와 내가 이렇게 내외할 사이였던가? 그리고 오늘 재분의 묘에 향을 올리러 왔다가 우연히 금멱 선자를 만났을 뿐이야. 무례를 범하고 말고가 어디 있겠나."

말은 그리하지만, 수신의 눈빛에는 의혹이 강하게 서려 있었다. 그게 뻔히 보이는지 목단 장방주의 얼굴이 살짝 굳었다.

"목단 장방주, 내 몇 가지만 묻지. 금멱 선자가 태어난 이래로 내내 24 방주가 금멱 선자를 돌보았는가?"

"수신께서 선대 화신을 기억하시어 이리 들러 주셨음을 선대 화신께서 아신다면 분명 기뻐하실 테지요. 목단이 선대 화신을 대신하여 감사드립니다."

목단 장방주도 나이가 드니 별수 없나 보다. 묻는 말에 저리 엉뚱한 대답을 하다니.

수신도 내 생각과 그리 다르지 않은지 그는 물기 어린 흑단 같은 눈동자로 목단 장방주를 빤히 보았다. 그러자 목단 장방주는 심히 곤란한 듯 혹은 미안한 듯한 표정을 한 채 그저 고개만 조아렸다.

그렇게 수신과 목단 장방주의 대치가 지루하게 이어지던 어느 순간이었다. 불현듯 복하군이 외쳤다.

"어, 어르신! 저것 좀 보세요. 큰 구름이 몰려오네요. 그것도 검은색 구름이!"

고개를 드니 과연 크고 검은 구름이 저편 하늘에서부터 밀려들고 있었다. 차가운 기운도 함께 몰아쳤다. 화계는 몇십 년 내내 봄이었는데, 이상한 일이었다. 잠시 후 검고 두꺼운 구름층에서 눈 같은 것이 떨어졌다. 시간이 흐를수록 그 양이 더 많아졌다.

"세상에! 진짜 눈이야!"

복하군은 손을 뻗더니 하늘에서 떨어진 눈송이를 집어서 내게 보여 주었다. 그러면서 은근슬쩍 나를 당겨 안았다.

"금먹 선자, 봐요. 눈송이네요!"

그렇지 않아도 추운데 뱀의 품에 안기니 더 추웠다. 그래서 손을 뻗어 그를 밀어냈다. 목단 장방주는 버들 같은 눈썹을 세우며 복하군을 질책하려던 참이었는데 내가 그를 밀자 다시 표정을 풀었다.

"아아, 마음이 너무 아파."

복하군은 살짝 몸을 비틀거리더니 가슴을 부여잡으며 하소연했다. 하지만 그 옆의 수신은 복하군의 주책이 아예 보이지도, 들리지

도 않는 듯 하늘 가득 날리는 눈만 묵묵히 바라보았다. 그의 미간에
서린 슬픔과 아픔은 이루 말할 수 없게 깊고 처절했다. 그의 얼굴에
닿자마자 녹아내리는 흰 눈송이가 마치 눈물 같아 보일 정도였다.

이윽고 수신은 천천히 고개를 돌려 목단 장방주를 보았다. 천 마
디 말을 뱉고 싶은 표정이었지만, 그의 입에서 나온 말은 짧고 명료
했다.

"이 눈은 금멱 선자가 내리게 하였다네. 목단 장방주는 정녕 내게
할 말이 없는가?"

수신의 물음에 목단 장방주의 얼굴은 창백하게 질렸다. 족히 1만
년치가 넘는 영력을 도둑맞은 듯한 표정이었다. 하지만 그녀는 입
술을 꼭 다문 채 수신에게 한마디도 하지 않았다. 그런 그녀를 보며
복하군은 드물게 진지한 표정을 지었다.

다들 심각한 분위기였지만, 나는 그들과 기분이 무척 달랐다. 솔
직히 기뻐서 펄쩍 뛰고 싶은데 겨우 참고 있었다.

아아, 너무 기뻐. 포도 정령에 불과한 내가 구름을 부르다니! 내
가 신선이 될 날도 그리 멀지 않았나 보다.

"목단은 화계의 그저 그런 신선에 불과합니다. 소인이 어찌 수신
께서 하문하시는 바에 대답할 수 있으오리까."

목단 장방주가 담담히 대꾸하자, 수신의 얼굴에 안개가 드리워졌
다. 그의 눈은 어느새 붉어져 있었다. 목이 막히는지 잠시 말을 멈
추었던 그는 간신히 다시 입술을 달싹였다.

"나와 재분은⋯⋯."

수신은 말을 또 멈췄다. 그러자 복하군은 즉시 수신에게 허리를
조아리며 그에게 하직 인사를 했다.

"금멱 선자, 제가 다음번에는 멀끔하게 하고 올게요. 기대해요."

그가 나를 돌아보며 잊지 않고 주책을 떨자 목단 장방주는 그를 매섭게 노려보았다. 하여간 그는 욕을 버는 게 취미인가 보다.

"당시 나와 재분은……."

복하군이 자리를 뜨자, 수신은 다시 말을 이어 갔다.

"서로를 연모하는 마음이 있었지만, 선을 넘은 적이 없네. 그런데 어찌……. 금멱 선자는 언우는 물론이고, 구름도 소환했어. 금멱 선자에게 물을 다루는 힘이 없다면 이 일이 어찌 가능하단 말인가? 하늘 아래 나와 용족만 이 힘을 가졌는데 말일세. 금멱 선자가 정녕 포도 정령이라면……."

수신은 진지하게 목단 장방주를 바라보았다.

"오늘 이 의혹을 풀어 줄 이는 오직 24 방주 자네들뿐이네. 부디 알려 주게나."

목단 장방주는 낮게 탄식하더니 내 소매에 붙은 풀을 떼어 주었다. 그런 뒤 거의 들리지 않을 정도로 낮게 중얼거렸다.

"저는 지금껏 금멱의 천성 자체가 흐리멍덩한 줄 알았습니다. 그런데 그게 아니었어요. 다 물려받았네요."

그녀는 고개를 들더니 다시 말을 이었다.

"수신 어르신, 목단에게 어떤 질문을 하셔도 목단은 한마디도 할 수 없습니다. 저희는 선대 화신님 앞에서 맹세했어요. 금멱의 일신과 관련해 한마디라도 누설할 시에는 원신을 스스로 없애겠다고요. 부디 저희 입장을 고려해 주셨으면 합니다."

목단 장방주의 말에 나는 확신했다. 적어도 내가 선대 화신의 딸임은 분명했다. 하지만 참으로 놀라웠다. 비서가 욱봉의 자식이라는 말이라도 들은 듯 믿기 어려웠다. 생각하면 할수록 머리가 아팠다. 목도 침을 삼키기도 어려울 정도로 타들어 갔다.

괴이한 점은 눈앞의 수신과 목단 장방주까지 몸을 흔들고 있다는 것이었다. 갈수록 그들의 흔들림이 심해져 머리가 아득하게 어지러웠다. 배 속도 요동치고 불붙는 듯 뜨거워졌다. 결국, 더는 견디지 못한 나는 손을 뻗어 그들을 붙들었다.

"그만하세요. 머리가 너무 어지럽고…… 아파요."

수신은 급히 내 등을 받쳐 주었다. 목단 장방주도 넝쿨을 뻗어 내 혈맥을 짚었다.

"금멱의 진기가 요동치고 있습니다. 수신 어르신, 설마 금멱에게 영력을 주셨습니까?"

내 안에서 솟구치는 진기는 이내 매서운 검기로 변해 곧바로 내 머리끝까지 치고 올라왔다. 그 탓에 온몸의 가지가 모조리 절단되는 듯한 고통이 밀려왔다. 버티고 싶었지만, 역부족이었다. 나는 삽시간에 깜깜한 어둠 속으로 끌려들어 갔다.

눈을 떠 보니 나는 망망한 혼돈 속에 서 있었다. 처음에는 정신이 멍해 가만히 있었지만, 얼마 지나지 않아 계속 그렇게 서 있을 수는 없다는 생각이 들었다. 그래서 몇 보 앞으로 걸어가니 눈앞이 다시 밝아졌다.

눈 앞에 펼쳐진 광경은 실로 아름다웠다. 꽃사과나무에는 꽃이 활짝 피어 있고, 바닥에도 온통 꽃잎으로 가득했다. 그리고 그 광경보다 더 아름다운 여인이 단정히 앉아 있었다. 얇은 옷을 입은 그녀는 작은 꽃가지를 쥐고 있었는데 문득 고개를 들며 내게 고개를 까닥였다.

"사형, 오셨어요?"

내가 멍해진 사이, 내 옆으로 얇고 흰 비단옷을 입은 누군가가 스쳐 지나갔다.

"재분, 나 왔어."

그의 음성은 마치 흐르는 물 같았다. 혹은 삼월에 부는 봄바람 같았다. 그제야 나는 그녀가 나를 보고 웃은 게 아니라, 방금 내 옆을 스쳐 지나간 사내를 보고 웃었음을 깨달았다. 그녀의 눈에 나는 보이지 않는 존재였다.

"오랜만에 대련 한번 해요. 그리고 사형, 전처럼 봐주기 없기예요!"

여인이 꽃가지를 사내에게 겨냥하며 몸을 일으켰다. 원래도 아름다운 얼굴에 미소가 더해지자 그야말로 눈부시게 아름다웠다.

"그럴 리가. 사매가 내 체면을 매번 세워 주려는 거겠지."

사내도 싱긋 웃으며 바닥에 떨어진 꽃가지를 주워 들었다. 그와 동시에 여인은 꽃잎처럼 부드럽지만, 날 선 검처럼 날카롭게 사내에게 출수했다. 그리고 사내는 그녀처럼 부드럽지만, 빈틈없는 수비로 그녀의 공격에 맞섰다.

꽃사과나무 아래서 펼쳐지는 그들의 대련은 마치 한 폭의 그림이었다. 여인은 봄날의 버들 같고 사내는 우아한 백양목 같으며, 서로 어우러져 검무를 추는 듯했다. 둘 다 입신의 경지에 이른지라 구경만 해도 흥미진진했다.

어느 순간, 여인은 부드럽게 걸어 사내의 옆을 스쳐 지났고 사내는 당연히 그녀의 뒤를 따랐다. 그런데 여인이 돌연 몸을 돌려 꽃가지로 사내의 어깨 위를 노렸다. 무방비했던 사내는 여인에게 안면

혈을 찔렸고, 이내 의식을 잃으며 땅바닥에 쓰러졌다.

'아하, 원래 암수를 쓸 생각이었군.'

나는 점점 더 흥미가 일었고, 여인이 사내를 어떻게 죽일지 가만히 지켜보았다. 하지만 그녀는 내 예상과 달리 사내의 얼굴을 살짝 들어 한참 동안 그를 보기만 했다. 그녀의 눈에서는 눈물이 뚝뚝 떨어졌는데 마치 꽃사과나무에서 꽃잎이 떨어지는 듯했다.

"저를 다시 살려 준 사형의 은혜를 보답할 길이 없네요."

여인은 그 말을 끝으로 사내에게 입을 맞추며 그를 안았다. 아무래도 여인은 사내의 생명이 아닌 그의 몸을 취하려는 듯했다. 한쪽이 혼미한 상태인데 어떻게 몸을 섞는 수련을 하지? 실로 궁금하기 짝이 없어 나는 숨조차 죽인 채 그들을 지켜보았다. 하지만 어디선가 누군가의 말소리가 들림과 동시에 내 눈앞의 광경은 순식간에 사라졌다.

"금멱의 체내에 불의 기운이 넘치는군. 누군가 금멱에게 양기(陽氣)가 실린 영력을 지나치게 준 모양이야. 금멱은 원래 음한(陰寒)한 물의 속성을 지녔는데 상극인 양의 영력이 한꺼번에 들어왔으니 이런 부작용이 생기는 게 당연하지. 오늘 내가 이곳에 들르지 않았다면 큰일 날 뻔했군."

수신의 목소리였다. 그러자 누군가 한숨을 깊게 내쉬었다.

"수신 어르신께 감사드립니다. 금멱에게 만약 일이 생겼다면 선대 화신을 뵐 면목이……."

정향 소방주의 목소리도 들렸다.

"역시 금멱은 내 딸이군. 다들 아무 말도 말게나. 지난 4천 년간 아비 노릇을 한 적이 없는 내가 어찌 자네들에게 고맙다는 말을 들을 자격이 있겠는가."

수신은 무수히 자책했다. 그의 탄식에는 절절히 아픔이 배어 있었다.

"재분의 넋이 이 일을 안다면 어찌할까! 재분을 볼 면목이 실로 없구나."

그들의 대화를 듣고 있자니 몸에서 식은땀이 다 났다. 비서가 욱봉과 윤옥 사이에서 태어났다는 말을 들었어도 이만큼 놀라지는 않았을 듯했다.

"수신 어르신, 아닙니다. 금멱이 어찌 어르신의 골육입니까!"

평소 능변가인 옥란 소방주마저 말을 더듬었다.

"더는 나를 속일 생각 말게. 자네들이 재분 앞에서 어떤 맹세를 했는지 내 이미 듣지 않았는가. 나는 자네들을 곤란케 할 생각이 없네."

수신은 옥란 소방주의 말을 대뜸 자르며 강하게 말했다.

"게다가 나는 이미 금멱의 원령을 보았네. 더는 어떤 말로도 나를 속일 수 없음이야. 내 한 가지만 묻지. 금멱은 상강에 태어났는가?"

일순간 방주들은 꿀 먹은 벙어리가 되었다. 창밖에서 눈 내리는 소리만 작게 났다.

"과연!"

수신은 깊게 탄식하더니 내 뺨을 부드럽게 만졌다.

"멱아야, 내 딸."

뭐냐, 어쩌다가 아버지들이 사방에 널려 버렸지? 어제도 하나 주웠는데, 오늘도 하나를 또 주웠네. 어제 주운 천제 아버지는 내게 5천 년치 영력을 주었는데 오늘 주운 수신 아버지는 얼마나 통이 크려나?

거기까지 생각이 미쳤을 때 나는 어렴풋이 눈을 떴다. 몰랐는데, 나는 수신의 품에 안겨 있었다. 나를 보는 그의 눈이 참으로 자애로 워 나는 저도 모르게 우물쭈물 말했다.

"수신께서 아마 뭔가 오해를 하신 듯합니다. 소인은 한낱 정령에 불과해요. 하늘이 낳아서 키운지라 부모가 없지요. 비천하기가 개 미보다 못합니다. 그런 소인이 수신 어르신의 골육일 리 없어요."

고개를 숙인 채 나를 보는 수신의 눈동자가 거칠게 동요했다. 마 치 넘치는 호수처럼 물결이 거셌다. 그리고 그 물결은 눈물이 되어 내 옷자락을 적셨다.

"멱아야, 내가 너를 이토록 힘들게 했구나. 재분을 볼 낯이 없고, 아비로서도 네게 빚이 많다. 그러니 네가 나를 아비로 여기지 않아 도 너를 추호도 원망하지 않을 것이야."

입으로는 그리 말하면서 수신은 나를 더 세게 안았다. 나는 그런 그의 품에 얌전히 기대 다시 말했다.

"소인이 어찌 수신 어르신의 말씀을 부인할까요? 다만 소인이 수 신 어르신의 말을 믿는다고 쳐도 세상의 시선은 다릅니다. 아무리 고귀하신 수신 어르신이라도 소인 같은 일천한 포도 정령이 어르신 과 선대 화신의 골육임을 증명하기란 참으로 어려우실 거예요. 그 리고 그게 증명되지 않으면 반드시 문제가 생길 테고요."

말하면서 눈을 살짝 드는 순간, 수신의 어깨 너머에 서 있는 목단 장방주와 눈이 마주쳤다. 그녀의 눈빛이 어찌나 살벌한지 나는 코 를 훌쩍이며 즉시 수신의 가슴에 얼굴을 묻어 버렸다. 그러자 수신 은 나를 단단히 안더니 내 머리를 부드럽게 쓰다듬어 주었다.

"먹아야, 그런 걱정은 하지 마라. 네 진신은 포도가 아니다. 재분이 가람인(迦藍印)으로 너를 봉인하여 실체가 가려졌을 뿐이야. 그러니 아비가 부처님께 가서 네 가람인을 풀 방법을 여쭐 것이다. 네가 진신을 찾을 수 있도록 말이다."

나는 홀로 4천여 년을 살았지만, 한 번도 뭔가가 결핍되었다는 느낌을 받은 적이 없었다. 그래서 수신이 내게 보이는 깊은 애정이 오히려 어색하게 느껴졌다. 그러나 마냥 어색하지만은 않고 솔직히 기뻤다. 눈 속에서 싹을 틔운 살구색 꽃송이가 봄바람을 맞이하여 활짝 피어났다면 이런 기분에 사로잡혔을지도 모르겠다.

"아…… 버지."

내가 작게 소리 내어 부르자, 나를 안은 수신의 팔이 부르르 떨렸다.

그때 홀연 봄바람이 불었다. 하늘과 땅을 뒤덮은 눈은 삼시간에 사라졌고, 푸른 하늘 아래서 꽃들이 소리 없이 피었다. 목단 장방주는 그런 우리를 보며 눈 주변을 붉혔고, 옥란 소방주는 눈에 모래가 들어간 양 딴청을 부리며 눈물을 닦았다.

"먹아야……."

수신은 다시 입을 열더니 떨리는 목소리로 말했다.

"네가 원한다면 아비가 지닌 모든 영력을 다 네게 주어도 아까울 게 없느니라."

월하선인은 늘 강조했다. 강한 공격은 역효과가 난다. 연약한 척 굴어 부드럽게 원하는 바를 얻어라. 그게 나이를 불문하고 사내를 대하는 정답이다. 과연 그의 말이 옳은 듯했다.

"하지만 지금은 네 몸속의 영력을 제거하는 일이 우선이구나. 그 영력이 품은 양기가 지금 네 몸 안에서 네 속성과 강하게 충돌하고 있으니 말이다. 대체 이게 어찌 된 일인지……."

수신은 수심이 가득한 목소리로 낮게 속삭였다. 그의 만면은 어둡기 짝이 없었다.

"모름지기 방울을 단 이가 방울을 푸는 법이지. 지금 이 문제를 해결하려면 네게 영력을 준 이를 찾아가 그 영력을 돌려주는 방도뿐이다."

"양기요? 설마 어젯밤에 천제가 제게 준 영력이 그리도 양기가 강한가요?"

무심결에 입 밖으로 내자마자 나는 깊이 후회했다. "천제?"라고 소리치며 목단 장방주가 분노했기 때문이었다.

"옥란, 어젯밤에 네가 금멱을 지키지 않았느냐? 이게 어찌 된 일이냐!"

목단 장방주가 옥란 소방주를 돌아보며 매섭게 다그쳤다. 그러자 옥란 소방주는 바로 무릎을 꿇었다.

"목단 장방주님, 아니에요. 이 일은 옥란 소방주님과 아무 상관도 없다고요. 천제가 제 혼을 태허환경으로 소환했고, 거기서 제게 5천 년치 영력을 주었을 뿐이에요."

내 말에 목단 장방주는 다시 나를 돌아보았다. 그녀가 나를 아주 토막 칠 기세라 나는 수신의 품에 더 깊이 파고들었다.

"천제가 너한테 무슨 말을 했지?"

"자기가…… 제 아버지라고……."

나는 침을 삼킨 뒤 겨우 말했다. 그러자 수신의 안색도 나빠졌다.

"웃기지 마!"

목단 장방주는 진노했고, 나머지 방주들도 분해서 어쩔 줄 몰라 했다. 정향 소방주는 당장이라도 천궁을 뒤엎을 기세였다.

　"그자가 네 아버지일 리가 없잖아. 선대 화신께서 누구 때문에 그리되셨는데. 천제가 선대 화신님을 죽인 거나 다름없다고!"

　"정향, 그 입 다물어라!"

　목단 장방주는 급히 정향 소방주의 말을 막았다. 하지만 이미 늦었다.

　"그게 무슨 말인가, 정향 소방주!"

　수신의 얼굴이 백지장처럼 창백해졌다. 그의 손은 어느새 덜덜 떨리고 있었다.

　"설마 재분의 사인이 천제와 관련이 있는가? 4천 년 전에 대체 무슨 일이 났기에……? 어서 말해 보게. 다들 이런 상황에서도 숨기기에 급급할 터인가!"

　"화신께서 어찌 돌아가셨냐고요? 허, 이 일을 말하자면 수신 어르신도 그 책임에서 벗어날 수 없어요. 그래요, 좋아요! 제가 오늘 맹세를 어겨 원신이 소멸하는 한이 있어도 금멱에게 진상을 말해 줘야겠네요."

　흥분한 정향 소방주는 목단 장방주를 밀치며 앞으로 나왔다.

　"천하의 모든 사내는 다 박정하기 짝이 없어요. 금멱이 다 크니 이제야 하나씩 차례로 와서 아버지 노릇을 하겠다네요. 당시 화신께서는 금멱을 지키기 위해 모든 영력을 다 쓰셨어요. 그래요, 수신 어르신께서 이 일을 어찌 아시겠어요. 금멱이 태어나던 당시, 화신께서 비통하게 눈을 감으실 때, 수신 어르신은 혼례를 올리시느라 그저 희희낙락하셨으니까요. 눈앞의 도화를 챙기기도 바쁜데 예전

정인을 생각할 겨를이 있으셨겠어요?”

정향 소방주의 책망에 수신은 벼락을 맞은 듯 굳어 버렸다. 그는 그제야 나를 안은 팔을 풀며 몸을 일으켰다.

“재분이 죽은 날짜는 천원 208612년 상강이었군. 천원 208613 년 하지가 아니라. 자네들은 재분의 죽음을 1년 가까이 숨겼고.”

수신은 혼이 다 나간 듯 혼잣말했다.

“재분은 당시 나를 좋아한 적 없다고 말했네. 오직 천제만을 연모 하였다고. 그러니 자신을 잊고 임수와 혼인하라고 했지.”

정향 소방주는 이미 얼굴을 가린 채 소리 없이 울고 있었다.

“24 방주는 당시 화신께 이 일을 함구하겠다고 맹세했습니다. 그러니 수신 어르신, 더는 방주들을 추궁하지 마십시오. 당시 일은 소인도 잘 아니 소인이 말씀드리지요.”

정향 소방주의 앞을 주황색 그림자가 가로막았다. 구석에서 몰래 훔쳐 듣는 게 습관인 노호였다.

“당시 천계의 태자는 주도면밀하게 선대 화신님을 속였습니다. 수신 어르신께서 이를 더 잘 아실 테지요. 하지만 그자는 이미 조족의 공주 봉황과 정혼한 상태였습니다. 당시 육계는 마계와 충돌하여 혼란에 빠져 있었고, 태자는 자신의 자리를 굳건히 하기 위해 혼약을 통해 조족과 동맹을 체결해야 했지요. 그래야 신마(神魔)대전에서 승리해 그 공을 인정받고 천제의 뒤를 이어 다음 대 천제에 오를 수 있을 테니까요. 그자는 제 영달을 위해 가차 없이 화신님을 버렸습니다. 하지만 천제가 되어 권력을 쥐니 또 마음이 바뀌었지요. 제 버릇 개 못 주고 다시 화신님께 구애한 겁니다. 그자는 화신님을 측비로 들이고 싶어 했어요. 화신님은 이를 치욕스

향밀침침신여상_1

럽게 여겨 천제의 청을 거절하셨고, 다시는 천제를 보지 않으려 했습니다."

노호는 잠시 말을 멈춘 뒤 수신을 물끄러미 보았다. 그의 눈에는 안타까움이 가득했다.

"수신 어르신은 자애롭고, 화신님께 한결같았습니다. 당연히 화신님은 수신 어르신께 연모의 정을 품게 되었지요. 천제는 그 일을 알게 되자 화신님을 강제로 범했습니다. 화신님은 이에 절망하여 망천으로 가시어 원신을 훼손하려 했지만, 뒤쫓아온 천제가 술법을 써서 이를 막았지요. 그런 뒤 서오궁에 화신님을 잡아 가두고, 풍신님과 수신 어르신을 혼인시키려는 음모를 꾸몄습니다. 심지어 화신님의 적은 천제만이 아니었어요. 성정이 악랄한 천후는 늘 화신님을 눈엣가시로 여겼고, 틈만 나면 화신님을 죽이려고 들었지요. 천후는 화신님이 혼미한 틈을 타 독화로 화신님을 태워 죽이려 했습니다. 화신님은 가까스로 도망치셨지만, 원신이 이미 크게 상하셨습니다. 돌이키고 싶어도 이미 늦었지요."

노호는 하늘을 바라보며 길게 탄식했다. 그의 눈가에도 물기가 어른거렸다.

"화신님이 수신 어르신을 냉정하게 대하신 연유는 다 그 때문입니다. 화신님은 수신 어르신이 풍신님과 혼인하여 자신을 잊기를 바라셨거든요. 그저 어르신의 행복만 기원하셨어요. 하지만 도도가 자신과 같은 슬픔을 겪게 할 수 없다는 생각에 방주들에게 맹세를 시키셨습니다. 쇄령잠으로 도도의 용모를 감추고, 수경 안에서 만 년 동안 머물게 하라고도 명하셨고요. 그때까지 도도가 수경 안에서만 지낸다면 겁을 무사히 피할 수 있으리란 계산이셨지요. 그리고 소인에게도 단단히 명하셨습니다. 도도를 잘 지키라고요."

"강남에 가래나무가 무성한 계절이 도래하니 온 세상이 향기롭구나(江南生梓木, 灼灼孕芳華). 재분(梓芬)[77], 재분! 나는 이제 어디서 당신을 찾는단 말이오!"

수신의 앞섶은 어느덧 눈물로 축축해져 있었다.

아무래도 나는 수신과 화신의 골육이 맞는 듯했다. 나는 물의 속성과 꽃의 속성을 함께 지녔으니 말이다. 그런데 그 속성을 합치니 하필이면 '수성양화(水性楊花)'가 되어 버려 조금 기분이 별로였다. 속세에서는 지조 없는 여인을 빗댈 때 이 말을 쓴다던데.

그게 못내 불만이라 입을 삐죽 내밀고 있다가 문득 그런 생각이 들었다. 내 굴곡진 출생의 비밀에 비중 있는 악역을 맡은 이들이 바로 욱봉의 부모다. 그러니 이 사실로 욱봉을 협박하면 또다시 영력을 받아 낼 수 있을지도 모르겠다.

흐음, 그거 괜찮네. 꽤 괜찮아.

"금멱 선자?"

등 뒤에 누군가가 나를 부른 그때였다. 내가 미처 돌아보기도 전에 염수가 내 곁으로 폴짝폴짝 뛰어왔다. 축축한 코로 내 옷자락 냄새를 맡은 뒤 나를 보는 녀석의 눈동자가 반짝반짝 윤이 났다. 나는 염수의 정수리를 톡톡 두드려 주고는 옅어지는 햇살을 등지며 몸을 돌렸다.

---

77 재분의 '재'는 가래나무, '분'은 향기를 뜻한다. 앞 시구의 재목(梓木)과 뒤 시구의 방(芳)은 재분을 상징하여 빗댄 것이다.

"야신 전하는 이제 곧 일을 나가시겠네요?"

"예."

윤옥은 호수처럼 푸른 옷을 입은 채 바람받이 아래에 서 있었다. 그의 발아래에는 구름이 떠 있고, 눈에는 근심이 서려 있었다.

"화계에 돌아간 뒤로 방주들이 금멱 선자를 힘들게 하지 않았습니까? 그리고 오늘은 무슨 일로 천계에 오셨는지요? 천후께서는 아직 화가 풀리지 않으셨으니 지금 상황은 금멱 선자에게 많이 불리합니다. 차라리 제가 일을 마치고 돌아올 때까지 기다리셨다가 저와 같이 움직이시는 편이 어떨까요?"

윤옥은 과연 선량한 용이다. 하지만 그를 이렇게까지 번거롭게 하고 싶지는 않았다.

"감사합니다, 야신 전하. 하지만 제 걱정은 말고 어서 일하러 가세요. 시간이 촉박한데 저랑 이런 이야기를 하시다가 하늘에 별을 달고 밤을 까는 전하의 일에 지장이 생기면 곤란하잖아요."

오늘 나는 천제에게 받은 영력을 반환하기 위해 아버지와 함께 천계로 왔다. 그러니 천후의 성정이 지금보다 더 독살스러워도 상선인 아버지와 동석한 자리에서 나를 함부로 대할 수는 없을 것이다. 그리고 그 계산이 내 안에 이미 서 있기에 북천문에 들어서자마자 만난 윤옥이 나를 근심함에도 나는 태연하게 웃을 수 있었다.

"그리고 오늘 저는 혼자 오지……."

아버지와 왔다고 말을 하려는데, 돌연 아버지가 안 보였다. 방금까지 계셨는데 어디 가셨나 싶어 살펴보니 아버지는 북천문 앞에서 뭔가를 처리하고 계셨다. 그 탓에 아버지의 몸은 북천문 앞 기둥에 가려 옷자락만 조금 보였다. 왠지 아버지가 계신데도 윤옥이 내게

먼저 인사를 한다 싶더라니! 그는 아버지를 못 봐서 바로 내게 말을
건 듯했다.

"금멱 선자께서 저번에 하신 말에 저는 정말 감동했습니다. 저를
좋아하신다는 그 말요. 저는 이제 금멱 선자를 위해서라면 뭐든 할
수 있을 듯합니다."

윤옥은 염수의 목을 쓰다듬으며 내게 부드럽게 웃었다. 하지만
이내 수심이 가득한 표정을 지으며 고개를 저었다.

"금멱 선자, 송구합니다. 일전에 제 아우가 말씀드린 대로 제게는
이미 정혼자가 있습니다. 그런데도 저는 금멱 선자의 호의를 저버
리기 한없이 두렵습니다."

나는 어안이 벙벙해졌다. 그에게 정혼자가 있음은 이미 나도 잘
아는 사실인데 그가 왜 새삼 이 자리에서 그 일을 거론하는지 알 수
없어서였다. 정혼자가 있다는 건 안 좋은 일인가? 잘은 모르겠지만,
그의 수심이 너무 깊어 보여 일단 그를 위로해 주기로 했다.

"상관없어요. 야신 전하께 정혼자가 있든 없든 저는 야신 전하가
좋으니까요."

내 말에 윤옥의 눈동자는 다시 생기를 되찾았다. 입꼬리에도 연
하게 미소가 번졌다. 그는 안심한 듯 가볍게 한숨을 쉬었다.

"저도 여전히 금멱 선자가 좋습니다."

"흠!"

그때 아버지가 헛기침하며 기둥 뒤에서 나왔다. 그가 엄한 얼굴
을 한 채 내 곁으로 다가오자 윤옥은 매우 놀라며 당황해했다. 하지
만 예의 바른 윤옥은 즉시 아버지에게 읍하며 예를 표했다.

"윤옥이 수신 어르신을 뵈옵니다. 수신 어르신이 이 자리에 계신

것을 미처 살피지 못한 제 부주의함을 부디 용서해 주십시오."

아버지는 아무 말씀도 하지 않았다. 그저 복잡한 심경이 드러나는 눈빛으로 윤옥을 바라볼 뿐이었다. 그럴수록 윤옥의 얼굴에는 더 짙게 황망함이 번졌다. 그런 그도, 아버지도 이상해서 그 둘을 번갈아 보고 있는데, 윤옥이 다시금 입을 달싹였다. 그의 얼굴은 어느새 예전의 평온함을 되찾은 상태였다.

"수신 어르신께서 언제부터 이 자리에 계셨는지는 확실치 않습니다. 하지만 분명 저와 금멱 선자의 대화를 들으셨으리라 사료됩⋯⋯."

윤옥은 말끝을 흐리며 잠시 주저했다. 그런 뒤 뭔가 마음의 결정을 한 듯한 표정을 짓더니 옷자락을 펼쳐 아버지 앞에 무릎을 꿇었다.

"윤옥이 어르신께 벌을 청하옵니다."

아버지는 차분하고 맑은 눈으로 윤옥을 직시했다. 속내를 알기 힘든 표정을 짓고 있던 아버지는 머지않아 천천히 입을 열었다.

"야신 전하께서 소신에게 무슨 잘못을 하셨기에 벌을 청하신다는 겁니까?"

"제 죄가 참으로 큽니다. 정혼자가 있음에도 금멱 선자에게 연모의 정을 품었습니다. 이는 아바마마와 수신 어르신의 뜻을 모두 저버린 행위입니다. 제가 비록 성인이나 현자는 아니지만, 한 입으로 두 말 할 수는 없습니다. 어르신, 저는 금멱 선자를 사모하고 있습니다. 금멱 선자도 저를 좋아해 주어 행복하고요. 제가 마음에 둔 이는 오로지 금멱 선자 하나입니다. 그러니 금멱 선자가 아닌 다른 이와 혼인할 수 없는 노릇입니다. 부디 어르신의 장녀와 제 혼약을

깨 주십시오. 그리고 그 죄에 준하는 벌을 내려 주실 것을 청하옵
니다."

윤옥의 말은 나를 상당히 혼란스럽게 했다. 내가 아버지의 딸인
데 그는 왜 이런 소리를 하며 벌을 청할까? 하지만 금세 깨달았다.
내가 수신의 딸임은 나도 얼마 전에야 안 사실이다. 외인인 윤옥이
어찌 그 사실을 알겠는가!

"야신 전하, 정혼의 무게란 실로 무겁습니다. 그 약조를 깨면 어
떤 대가를 치러야 하는지 잘 아시지요?"

아버지의 물음에 윤옥은 등을 바로 펴더니 고개를 들어 나를 보
았다. 그의 미소는 한없이 온유했다.

"아마 신적에서 이름이 지워진 뒤 속세로 축출되겠지요. 하지만
상관없습니다. 금멱 선자와 함께할 수만 있다면 천신의 지위 따위
에는 조금의 미련도 없습니다."

"인간의 운명은 창해의 밤 한 톨과 같습니다. 백 년도 채 못 사는
짧은 삶을 살며, 생로병사의 고통을 모두 겪어야 하지요. 야신께서
는 정녕 그러한 생이 두렵지 않으십니까?"

윤옥은 진지하게 아버지를 올려다보았다. 그의 눈빛은 만 년 동
안 북쪽을 향한 채 움직이지 않는 북두칠성처럼 굳건해 보였다.

"제 마음은 변함없습니다. 아홉 번을 죽어도 후회하지 않을 겁
니다."

아버지는 낮게 한숨을 쉬었다. 그러더니 어두운 표정으로 윤옥을
뚫을 듯 바라보았다.

"알겠습니다. 소신은 야신 전하께서 오늘 하신 말씀을 잘 기억해
두지요."

아버지는 말을 끝내자마자 내 쪽으로 몸을 돌렸다.

"멱아야, 가자."

아버지의 표정이 실로 무거웠다. 그 때문에 나는 윤옥에게 제대로 인사도 못 한 채 아버지의 뒤를 따라야 했다. 몇 걸음을 뗀 뒤 슬그머니 돌아보니 그는 여전히 저녁노을로 붉게 물든 구름 위에 미동도 없이 무릎을 꿇고 있었다. 그런 그가 안쓰럽다는 듯 염수는 그의 손등에 주둥이를 연신 비벼 댔다.

내 착각인지는 알 수 없지만, 노을과 대비되는 그의 짙푸른 그림자는 마치 맑은 우물에 갇혀 길을 잃은 달을 연상케 했다. 그는 한없이 고독하고 슬퍼 보였다. 그래서 나는 아버지를 따라 발길을 옮기면서도 몇 번이나 그를 돌아볼 수밖에 없었다.

아버지가 나를 데리고 간 곳은 천제의 궁인 구소운전(九霄雲殿)이었다. 문 앞에 이르자 칠현금 소리가 낭랑하게 났다.

"천제께 알현을 청하네."

아버지가 담담히 선시에게 일렀다. 그러자 문을 지키던 선시는 불진을 휘저으며 대전을 향해 고했다.

"수신 들었습니다."

"드시라 해라."

대전 안에서 바로 대답이 돌아왔고, 연이어 밝은 웃음소리가 났다. 이제는 꽤 귀에 익숙해진 천제의 목소리였다. 천제의 명이 떨어지자 선시는 즉시 옆으로 비켜섰고, 아버지는 나를 데리고 대전의 문턱을 넘었다.

대전 안으로 들어섰을 때 가장 먼저 눈에 띈 이는 우리와 등진 채 칠현금을 연주하는 악사였다. 자단목 탁자에 둘러앉은 신선들은 반쯤 눈을 감은 채 그의 칠현금 연주를 감상하고 있었다. 실로 여유롭고 유유자적한 분위기였다.

"수신, 때마침 잘 오셨소. 짐이 오늘 좋은 칠현금을 입수하였지 뭐요. 수신이 음률에 정통하였으니 이참에 수신의 평을 청하고자 하오."

살짝 흥분한 듯한 천제의 눈과 아버지 뒤에 선 내 눈이 우연히 마주쳤다. 그러자 그는 말을 멈추며 나를 빤히 바라보았다. 방금까지만 해도 웃고 있던 천후는 눈꼬리를 사납게 올렸다. 대전 안 신선들도 우리를 빤히 보며 눈을 휘둥그레 떴다. 결국, 우리는 우리를 등진 채 연주하는 악사를 제외한 모든 이의 시선을 한 몸에 받게 되었다.

"소신의 얕은 재주로 가당키나 하겠습니까……."

아버지는 담담히 겸양했을 뿐인데, 대전 안의 신선들은 움찔했다. 그들이 왜 저러나 싶어 아버지를 힐끔 보니 그의 칠흑 같은 눈에 한기가 가득했다. 그는 말없이 나를 잡아끌며 보좌를 향해 한 걸음 한 걸음 나아갔는데, 나를 잡은 그의 손마디가 하얗게 바래 있었다. 주먹에 힘이 꽉 들어가 있다는 증거였다.

천제는 의아해했고, 천후는 독이 올라 있었고, 아버지는 분노로 차가워져 있었다. 그들은 그렇게 칠현금 소리를 사이에 두고 매섭게 대치했다. 한마디의 험한 말도 오가지 않았지만, 그들 세 신선의 분위기는 '대치'라는 말 이외의 다른 표현은 생각할 수도 없을 만큼 흉흉했다.

그 외중에도 칠현금 연주는 여전히 이어졌다. 맑은 물 같은 연주는 '상' 음[78]을 지나자 흐름이 급해졌다. '우' 음에 이르자 우렁차졌다. 마지막으로 '궁' 음에 이르자 '팅' 하는 소리와 함께 줄이 끊어졌다. 내가 듣기에 그 소리는 마치 정신술을 푸는 구결 같았다. 넋이 반쯤 나가 있던 신선들이 그제야 정신을 차렸으니 말이다.

얼마 지나지 않아 악사는 칠현금을 들고 일어섰다. 푸른색 장포의 앞자락을 수습한 뒤에야 그는 우리 쪽으로 몸을 돌렸는데 놀랍게도 욱봉이었다. 그는 언제나처럼 오만한 눈빛으로 나를 쓱 보더니 이내 옆에 선 선시에게 칠현금을 넘겼다. 그리고 보좌 아래 오른쪽에 준비된 그의 자리에 앉았다.

"흠."

천제는 그제야 정신을 수습하고는 어색하게 헛기침을 했다.

"수신께서 아무래도 오늘 중요한 일이 있어 짐을 찾아온 듯하니 이쯤에서 자리를 파해야 할 듯하오. 다음에 짐이 다시 연회를 열어 칠현금 연주를 감상하는 시간을 또 갖도록 하겠소."

"그러실 필요 없습니다."

주섬주섬 몸을 일으키던 신선들이 일제히 동작을 멈췄다. 하지만 아버지는 그런 그들을 아랑곳도 하지 않은 채 천제를 매섭게 노려보았다. 마치 천제의 모든 것을 꿰뚫어 보듯……. 이처럼 아버지의 분위기는 실로 심상치 않았고, 그걸 눈치챈 천제의 얼굴 위로는 난감함이 번졌다.

"그리 큰일이 아니니 군이 자리를 파하실 필요 없습니다. 천제께

---

78 중국 전통 음악의 음계는 궁, 상, 각, 치, 우로 이루어진다. '도'를 기준으로 한 피타고라스 음률에 맞추어 비교하면 궁은 도, 상은 레, 각은 미, 치는 솔, 우는 라이다.

서 제 여식에게 주신 5천 년치 영력이 여식의 몸 안에서 상충하고 있기에 그것을 도로 걷어 주십사 청하러 왔을 뿐이니까요."

"여식?"

천후가 기겁하며 되물었다. 방금까지 나를 외면하고 있던 욱봉도 번쩍 얼굴을 들어 나를 보았다.

"설마…… 금멱이?"

천제는 어지간히 놀랐는지 말까지 더듬었다.

"예."

아버지는 명징한 눈으로 좌중을 응시했다.

"금멱은 소신과 재분의 골육입니다."

아버지의 대답이 떨어진 그때, 나를 보는 욱봉의 눈빛이 삽시간에 변했다. 마치 만물이 소생하듯, 봄꽃이 피어나듯, 밝고 화사해졌다. 무척 놀라운 변화였지만, 나는 딱히 놀라지 않았다. 그의 변덕이 원래 죽 끓는 듯함을 잘 알기 때문이었다.

"흠."

놀라서 말을 잃은 신선들 사이에서 누군가 작게 헛기침을 했다. 소리가 난 쪽으로 시선을 돌리니 이랑진군이 보였다. 나와 가장 가까운 자리에 앉은 그는 이마 위에 하나 더 있는 눈까지 합쳐 총 세 개의 눈으로 나를 꼼꼼히 살폈다. 그 외의 신선들은 천제의 눈치를 살피며 나를 곁눈질로 슬쩍슬쩍 보았다.

"수신, 아무래도 뭔가 착오가 있는 듯하오. 저 아이는 일개 포도 정령이오. 나뿐 아니라 그날 모든 신선이 저 아이의 진신을 보았소이다. 어찌 저 아이가 수신과 화신의 골육일 수 있단 말이오?"

천후의 말에 신선들은 고개를 끄덕여 의문을 표했다. 그중 태백

금성[79]은 수염을 쓸며 고심하다가 진지하게 아버지를 돌아보았다.

"천후마마의 말씀이 맞소이다. 아무래도 수신께서 잘못 아신 듯합니다."

아버지는 내 손을 부드럽게 붙잡았다. 하지만 눈빛은 여전히 차갑게 유지한 채였다.

"소신, 다시 한번 말씀드립니다. 금멱은 소신과 재분의 골육이 분명합니다. 금멱이 오래도록 안전하게 살기를 바란 재분이 금멱의 진신과 영력을 봉한 탓에 금멱이 그동안 포도 정령으로 살았을 뿐입니다."

"대체 왜……?"

천제가 떨리는 목소리로 끼어들었다. 그러자 아버지는 천후에게 시선을 고정한 채였다.

"왜기는 왜겠습니까? 간악한 마음을 가진 누군가가 금멱을 해할까 봐 근심해서지요."

"해하다니? 그게 무슨……?"

천제는 하얗게 질린 얼굴로 연신 더듬거렸다. 그제야 천제에게 시선을 돌린 아버지는 단호하게 물었다.

"폐하, 당시 재분의 사인을 아십니까?"

천제는 놀라 사레까지 들렸다. 그러자 천후는 매섭게 눈꼬리를 올리며 노성을 냈다.

"수신, 어찌 이러시오! 당시 화신 재분의 죽음은 하늘의 뜻이었

---

79 太白金星. 중국 신화에 나오는 인물. 원래 노자의 제자였으나 훗날 깨우침을 얻어 신선이 되었다. 주요 업무는 옥황상제의 특사이다.

소. 수신도 이를 모르실 리 없지 않소이까?《육계신록》에도 기재되어 있듯이 화신 재분은 본시 부처님 앞에 놓인 연꽃에서 떨어져 나간 꽃잎 한 장이었소. 당시 마땅히 소멸하여야 했으나 그 꽃잎이 삼도십주로 잘못 떨어진 탓에 수신과 두모원군[80]께서 그 꽃잎의 혼백을 구했고 말이오. 그 꽃잎의 화신(化身)인 재분은 천명을 거슬렀기에 당연히 벌을 받아야 했고, 화신으로서 천수를 누리지 못한 것은 화신의 영력이 반서[81]한 결과요. 육계에서 이 사정을 모르는 이도 있답니까?”

천후가 말하는 동안 아버지는 눈을 질끈 감고 있었다. 그리고 그녀의 말이 끝날 즈음에야 힘겹게 눈을 뜨며 싸늘하게 웃었다.

“《육계신록》이라……. 예, 그러면 소신은《육계신록》에 기재된 내용을 이 자리에서 말해 보지요. 업화는 영(靈)을 파괴하는 불(火)입니다. 총 81종류지요. 홍련업화의 위력이 그중 으뜸이며, 홍련업화는 또 5등급으로 나뉩니다. 독화가 그중 제일이며, 혼백과 오장을 태우지요. 홍련업화는 화신을 역임한 자만 쓸 수 있는데, 재분은 당시…….”

“야신 들었습니다.”

대전 안의 신선들이 모두 숨을 죽이고 있던 그때였다. 문밖의 선시가 소리를 쳐서 아버지의 말을 끊었다. 곧이어 윤옥이 대전 안으로 들어왔고, 그는 호수 같은 밤바람을 품은 채 내 곁에 다가와 섰다.

---

80 별의 어머니로 불리는 존귀한 여신이다.
81 反噬, 술법을 쓸 때 시전자의 능력이 부족하거나 매개 조건이 부족한 상태에서 술법을 시전하여, 그 술법이 되레 시전자의 몸에 반사되거나 상대방이 그 술법을 시전자에게 되돌려 시전자가 그 몇 배의 피해를 보는 일을 뜻한다.

"윤옥이 천제 폐하와 천후마마를 뵈옵니다."

그는 먼저 천제와 천후에게 예를 표한 뒤 곧장 내 아버지에게 몸을 돌렸다.

"윤옥, 수신 어르신을 뵈옵니다."

나는 그와 가볍게 눈빛으로 인사를 주고받은 뒤 다시 천후를 돌아보았다. 방금까지만 해도 그녀는 눈썹을 찡그린 채 입매를 굳히고 있었다. 아버지가 다음에 할 말이 두려워 전전긍긍하는 듯한 모습이었다. 하지만 윤옥의 등장으로 아버지의 말이 끊기자, 그녀의 눈매는 한결 부드러워졌다. 심지어 안도의 한숨까지 흘렸다. 그래서인지 지금 그녀가 윤옥을 보는 눈빛은 그녀가 그의 친어머니라고 해도 믿어질 정도로 다정했다.

"윤옥, 어찌 그리 예의를 차리느냐? 오늘의 이 자리는 그리 격식을 따지지 않으니 너도 편하게 행동해도 되느니라."

"예, 어마마마."

윤옥은 여전히 옅은 미소를 머금은 채 천후에게 답했다. 그 후 천제에게 시선을 돌렸다.

"아바마마께서 좋은 칠현금을 입수했다는 소식을 듣고 부랴부랴 오는 길입니다. 서두른다고 했지만, 별을 달고 밤을 까는 일을 하는 탓에 그만 늦고 말았군요. 보아하니 좋은 소리를 감상할 기회를 놓친 듯합니다."

아하, 윤옥은 칠현금 연주를 감상하고 싶었나 보다.

"그러게요, 형님. 말씀하신 대로 이미 늦었습니다."

내내 침묵하던 욱봉이 한 손가락으로 칠현금을 튕겼다. 음색이 무척 맑고 아름다웠지만, 아까 들은 소리와 달리 어딘지 미진한 느낌이 들었다.

"현이 끊어졌거든요."

윤옥은 살짝 고개를 숙이더니 머리를 양옆으로 저었다. 그는 무척 유감스러운 눈치였다.

"그러게. 보아하니 정말 늦었구나. 평생 유감일 일이 하나 더 늘었어. 하지만 오늘 손실을 언젠가는 다시 메꿀 날이 오겠지."

"수신……."

보좌에서 천제가 떨리는 목소리로 다시 입을 뗐다. 그러자 윤옥은 즉시 말을 멈추고 고개를 조아렸다. 고개를 들어 살피니 천제는 여전히 반쯤 넋이 나간 표정을 짓고 있었다.

"수신은 대체 어떻게 금멱 선자의 진신이 포도가 아님을 알았소?"

한 가닥 희망의 끈이라도 잡으려는 듯 간절한 얼굴로 천제가 물었다. 그러자 대전 안의 모든 신선은 숨을 죽였다. 나도 내 진신이 무엇인지 궁금해 귀가 쫑긋 섰다.

"금멱은 상강에, 그것도 밤에 태어났습니다. 그 연유로 꽃을 피우고 물을 소환할 수 있지요. 금멱의 진신은 서리꽃입니다."

아버지의 대답은 나를 낙담하게 했다. 말이 좋아 서리꽃이지, 서리꽃은 그저 서리를 시적으로 미화해 부르는 말 아닌가. 서리는 밤에 내리고 아침에 지며, 아침 햇살 아래서 흔적도 없이 사라진다. 서리일 바에는 차라리 포도가 낫다.

〈내일 진시(오전 7~9시), 유재지에서 나를 기다려.〉

실로 낙담해 어깨가 축 늘어지던 그때, 귓가에 아주 낮고 작은 목소리가 들려왔다. 놀라서 고개를 드니 욱봉이 나를 보고 있었다. 아무래도 그가 밀어전음(소리 내어 말하지 않고 의사를 전달하는 일종의 술법)

을 써서 내게 명을 내린 모양이었다. 하여튼 저 속을 누가 알까! 영문을 몰라 눈을 깜박였지만, 그는 다시 고개를 돌려 나를 외면했다.

"서리꽃? 금멱 선자?"

윤옥은 작게 중얼거리더니 천천히 고개를 들어 내 아버지를 보았다.

"수신 어르신, 윤옥이 한마디 여쭈어도 되겠습니까? 저는 수신 어르신께서 무슨 말씀을 하시는지 도무지 알 길이 없습니다."

윤옥의 청은 무척 공손했지만, 아버지는 무표정한 얼굴로 그를 보기만 했다. 그리고 다시 천제에게 시선을 돌렸다.

"폐하, 소신의 청을……."

아버지의 말투는 더할 나위 없이 공손했지만, 강한 압박이 담겨 있었다. 천제도 그것을 느낀 듯했다. 그는 보좌에서 몸을 일으키더니 살짝 비틀거리며 계단에서 내려왔다. 잠시 후 내 앞에 선 그는 눈을 감은 채 낮게 탄식했다. 그리고 맑은 바람이 내 머릿속에 모인다 싶더니 인당혈을 통해 화급히 빠져나왔다. 천제는 손을 뻗어 그 무형의 바람을 자신의 손바닥에 모았고, 그것은 빛으로 바뀌었다. 그리고 찰나에 자취를 감추었다.

"아쉽구나."

천제가 낮게 조아린 말은 내 속마음을 그대로 대변했다. 5천 년 치 영력이 이토록 헛되이 사라지다니! 참으로 아쉬웠다.

"네가 수신의 골육일 줄이야."

아버지는 왼손으로 내 손을 붙잡더니 한 보 뒤로 물러났다. 그리고 서서히 시선을 돌려 다시 천후를 보았다. 그와 동시에 그의 오른손이 소매 안에서 돌연 흔들렸다. 곁에 선 나만이 느낄 수 있는 아주 미세한 변화였음에도, 천후는 기겁하며 보좌에서 벌떡 일어났다.

하지만 당시 나는 경험도 영력도 일천했기에 아버지의 이 동작이 천후를 능히 제압할 수 있는 웅혼한 영력이 실린 손짓이라는 것도, 천후가 아버지의 공격을 불시에 받을까 봐 두려워 기겁했다는 것도 알지 못했다. 그랬기에 천후의 눈빛이 불현듯 왜 저리 조급해졌는지만 이상하게 여겼다.

"혹시 금멱 선자가 수신 어르신의 골육입니까? 정녕 그렇단 말입니까?"

일촉즉발의 순간, 윤옥이 소리쳤다. 아까와 마찬가지로 그가 또 긴장된 국면을 깨 버린 것이었다. 하지만 그는 자신이 무슨 일을 했는지도 모르는 듯했다. 그의 얼굴에는 그저 기쁨과 놀라움이 반복해 교차할 뿐이었다. 차분하고 담담한 평소와 달리 감정을 그대로 드러내는 모습이 무척 이채로웠다.

"그래."

천제는 힘없이 고개를 끄덕이더니 나와 윤옥을 번갈아 보았다.

"금멱 선자는 수신의 장녀니라. 네 처가 될 규수지."

아버지는 눈썹을 찡그리며 윤옥을 신중히 보았다. 하지만 윤옥은 기쁨이 어룽어룽 맺힌 눈으로 나를 직시한 채 청수한 미소만 지었다. 오는 게 있으면 가는 것도 있는 게 인지상정인지라 나도 그에게 싱긋 웃어 주었다. 그러자 아버지는 오른손에 줬던 힘을 느슨하게 풀었다. 뭔가 결단을 내린 듯한 아버지의 얼굴에는 은밀하고 고뇌 어린 인내가 가득 담겨 있었다.

바로 그때, 목덜미가 시리더니 무엇인가가 내 뺨을 스쳤다. 그 탓에 내 머리를 단단하게 고정하고 있던 봉황의 금빛 깃털이 나풀나풀 호선을 그리며 땅에 떨어졌고, 내 머리채는 폭포처럼 내 등 뒤로 흘러내렸다.

이유는 알 수 없지만, 일순간 가슴이 쿵 내려앉았다. 어둠이 서서히 깔리는 대전 바닥에 떨어진 봉황의 깃털이 평소와 다르게 보여서였다. 늘 위풍당당하고 언제나 찬란하게 반짝거리던 이 깃털이 왜 갑자기 이리도 연약해 보일까? 마치 금방이라도 먼지로 변해 바람에 휩쓸려 날아갈 듯했다.

나는 허겁지겁 깃털을 집어 들며 슬그머니 욱봉의 눈치를 보았다. 내가 딱히 잘못한 일도 없는데 이상하게 제 발이 저려서였다. 오늘 아침 일찍 일어나 집에서 나올 때 나는 이것을 비녀 대신 단단히 머리에 찔러 넣었다. 그런데 왜 갑자기 머리가 풀리고 깃털이 땅바닥에 떨어졌는지 알 길이 없었다. 게다가 이 깃털은 무척 귀한 물건인 듯한데, 욱봉의 앞에서 이것을 떨어뜨리다니! 그가 화내지 않으면 그게 되레 이상한 일이었다.

이런저런 걱정으로 전전긍긍하는데 욱봉과 눈이 마주쳤다. 내가 그를 돌아보기 전에 이미 그는 나를 보고 있었던 듯했다. 그의 눈동자는 짙게 가라앉아 있었는데, 마치 적막한 낙엽 같고, 아무런 감정도 느껴지지 않았다.

그런 그를 보고 있자니 참으로 기분이 묘했다. 나는 늘 반짝반짝 빛나는 당당한 욱봉의 모습만 보았고, 그런 욱봉에게 지극히 익숙했다. 그가 어두운색의 옷을 입든, 담담한 색의 옷을 입든 그의 타고난 눈부심이 그 옷에 가려질 수 없다고 여겼다. 그런데 지금 그는 푸른색 옷을 입었음에도, 등불 속에 휩싸여 있음에도, 당장이라도 부서질 듯 약하고 기운 없어 보였다.

　대체 왜 저럴까? 혹시 아까 현이 끊어진 일로 낙담이 큰가?

　"환체봉령?"

　누군가가 경악하며 낮게 말했다. 그러자 천제와 천후의 얼굴이 동시에 굳었다. 대전 안 신선들도 마찬가지였다. 천제의 눈치를 보느라 귓속말도 못 하겠는지 그들은 서로 눈썹만 움찔거리며 눈빛을 교환했다.

　"금멱 선자, 머리가 풀렸군요. 아쉬운 대로 이 비녀를 쓰십시오."

　이 어색한 분위기를 깨뜨린 이는 또 윤옥이었다. 그는 자신의 머리에 꽂힌 포도 비녀를 뽑아서 내게 건네면서 자연스레 봉황의 깃털을 회수했다. 그런 뒤 몸을 돌려 천제에게 고했다.

　"얼마 전 화신이 속세에 갔다가 우연히 환체봉령을 분실했다고 들었습니다. 다행히 금멱 선자가 이것을 주웠나 봅니다."

　윤옥은 하나만 알고 둘은 모른다. 이 깃털을 내가 줍기는 했지만, 후에는 욱봉이 친히 내게 주었다. 나는 이를 해명하고 싶어 입을 열려고 했지만, 천후가 선수를 쳤다.

　"잘되었구나. 공교롭지만, 결과적으로는 경사야."

　눈치만 보기 바쁘던 신선들은 즉시 천후의 말을 이어받았다.

　"그러게 말입니다. 오늘은 참으로 길일입니다. 수신은 딸을, 야신은 처를, 화신은 환체봉령을 찾았으니 말입니다. 겹경사가 났군요!"

　여기저기가 축하의 말이 쏟아지는 도중 욱봉이 자리에서 일어났다. 그는 윤옥에게 다가가 자신의 깃털을 받아 들더니 자리로 되돌아가지 않고, 내게로 걸어왔다. 그리고 가볍게 웃으며 깃털을 내 손에 다시 쥐여 주었다.

"나는 이미 이것을 너에게 주었어. 그러니 돌려받을 이유가 없지."

그는 마치 선언하듯 말했다. 그래서인지 모든 이의 시선이 다시금 우리에게 집중되었다.

"내가 고작 이 깃털 하나만 네게 주었을 것 같아? 정녕 이것을 돌려주고 싶다면 그때 내가 이 깃털과 함께 준 것도 돌려줘."

응? 욱봉이 이 깃털 말고 또 내게 준 게 있었나?

생각을 잠시 더듬어 보던 나는 기겁했다.

아, 그래! 6백 년치 영력! 지금 이 자식이 깃털을 돌려줄 거면 6백 년치 영력도 돌려달라고 말하는 거 맞지?

그건 절대로 안 될 일이었다. 나는 깃털을 꼭 쥐며 강경히 말했다.

"싫어요! 둘 다 돌려주지 않을래요."

나는 방금 5천 년치 영력을 잃었다. 여기서 6백 년치 영력까지 잃는다면, 그야말로 개털 신세다.

"그래? 그렇다면 됐어."

욱봉은 되레 씩 웃으며 몸을 돌렸다.

휴, 놀라라. 순순히 깃털을 돌려줬으면 큰일 날 뻔했다.

✳ ✳ ✳

명색이 야신의 궁임에도, 선기궁 후원의 규모는 수경에 있는 내 집 정원보다 조금 더 큰 정도였다. 푸른 대나무 서너 그루, 파초 두 그루, 그리고 만향옥 한 그루가 심어 놓은 초목의 전부였다. 나머지 공간에는 잔디만 덩그러니 깔려 있었다.

한숨을 쉬며 의자를 당겨 앉으니 석탁 위에 놓인 선지[82] 한 장이 수정으로 만든 비휴[83] 문진에 눌려 있는 게 보였다. 문진이 누르고 있지 않은 종이 양편이 밤바람에 날려 펄럭거렸다.

그 모습을 물끄러미 보고 있자니, 선지와 문진이 날개를 펼친 채 날아오르려고 기를 쓰는 나비와 그런 나비가 날지 못하도록 누르는 천적처럼 보였다. 그 탓에 선지가 안쓰럽다는 생각이 절로 들었다. 나는 저도 모르게 손을 뻗어 문진에서 선지를 빼냈다.

알고 보니 그것은 혼약서였다. 하단에는 낙관이 세 개 있었다. 태미, 천제의 낙관은 힘이 있었다. 낙림, 아버지의 낙관은 청수했다. 마지막으로 윤옥, 그의 낙관은 구름이 가듯, 물이 흐르듯 부드러웠지만, 비범한 기개가 엿보였다.

"아바마마와 수신 어르신께서 쓰신 정혼 서약서입니다."

은백색 달빛이 정원 가득 쏟아졌다. 넓은 파초잎에 방해받은 달빛은 산산이 부서져 흩어졌고, 윤옥의 얼굴 위로 얼룩덜룩 그림자를 드리웠다.

"4천 년 전, 수신 어르신의 혼례식 전날 밤에 낙관하신 서약서지요. 여기에 금멱 선자의 이름만 추가하면 됩니다."

윤옥의 설명을 들으며 붓 머리를 질겅질겅 깨물던 나는 내가 서명할 자리를 내려다보았다. 딱히 고민할 일도 아니기에 남은 자리

---

82 안후이(安徽)성의 쉬안청(宣城)시에서 나는 서화용 고급 종이
83 용의 아홉 번째 아들로 '제보(帝寶)'로도 불렸다. 비휴는 성질이 흉포하고 용맹스러워 어떤 악의 무리도 능히 물리치는 강력한 벽사 능력을 지닌 짐승이다. 그래서 용맹한 장수나 군사를 흔히 비휴에 비유했고, 궁을 지키는 호위병을 지칭하는 말로도 사용했다. 기린의 형제로 49가지 모습으로 변할 수 있다고 한다. 비휴는 액운을 막아 주는 영물이다.

에 바로 내 이름을 적었다.

내가 서명하는 동안 윤옥은 내내 고개를 숙이고 있었다. 내 곁에 놓인 작은 붉은색 화로를 주시하며 신중히 차를 끓이고 있는 탓이었다. 팔팔 끓는 수증기가 그의 얼굴을 안개처럼 휘감아 그가 무슨 생각을 하는지 알 길이 없었다.

말을 걸기도 민망할 정도로 집중한 그를 물끄러미 보던 어느 순간이었다. 문득 그가 걸친 옷이 지금 하늘에 뜬 달처럼 희다는 생각이 들어 불현듯 손이 근질거렸다. 백지를 보면 뭔가 쓰거나 그려야 할 듯한 충동이 이는 것과 비슷한 심리였다. 장난기가 치민 나는 잽싸게 붓에 먹을 적셨다. 그리고 그가 차를 끓이느라 정신이 딴 데 팔린 틈을 타 그의 옷소매에 재빨리 꽃 한 송이를 그렸다.

"아……."

그는 내가 꽃을 완성한 뒤에야 내 장난을 깨달은 듯했다. 하지만 그는 전혀 내게 화를 내지 않았다. 되레 온화하게 웃으며 차를 따라 주었다.

"꽃에서 실로 생동감이 넘치네요. 제 옷들은 대부분 단조로운 편인데 이렇게 꽃이 더해지니 한결 낫군요. 앞으로도 종종 금멱 선자께서 제 옷에 그림을 그려 주시면 감사할 듯합니다."

자칫 짜증이 날 수도 있는 상황인데도 그는 나를 아낌없이 칭찬해 주었다. 과연 그는 참으로 성품이 온화하다.

"좋아요. 그렇게 할게요."

나는 선선히 고개를 끄덕이며 그가 따라 준 차를 마셨다. 지금 내가 이 늦은 시간에 선기궁에 있는 이유는 윤옥이 특별한 이유로 나를 선기궁으로 초청해서였다. 얼마 전 내가 그에게 준 만향옥이 봉오리를 맺었는데, 때마침 오늘 필 듯하다며 말이다. 그래서 나는 기쁘게 그의 초청을 받아들였다. 아버지도 딱히 별말이 없으셨기에 더욱 부담 없이 그를 따라갈 수 있었다.

선기궁과 서오궁은 규모 자체는 비슷했지만, 분위기는 판이했다. 선기궁은 흰색 벽으로 둘러싸였고, 검은색에 가까운 푸른 기와를 이고 있어 화려한 서오궁과 달리 소박하고 고즈넉했다.

늘 손님과 선시로 바글대는 서오궁과 반대로 선기궁에는 인적도 거의 없었다. 문을 지키는 선시 하나와 말 자체를 할 줄 모르는 염수 무리가 전부였다. 이곳은 참으로 밤을 닮은, 그야말로 야신의 궁이었다.

차를 마시며 문득 아래로 시선을 둔 그때였다. 윤옥의 발치에 엎드린 작은 염수가 보였다. 아직 어린 티가 역력한 염수는 동그란 눈으로 관찰하듯 나를 보았다. 그 모습이 참으로 귀여운지라 나는 환술로 배춧잎을 만들어 염수의 눈앞에 살랑살랑 흔들었다.

"착하지. 이거 먹어 봐. 맛있어."

이미 다 자란 염수들은 어쩔 수 없다고 쳐도 어린것들은 지금부터라도 좋은 식습관이 들도록 가르칠 필요가 있다. 꿈만 먹는 편식은 좋지 않으니 말이다. 하지만 안타깝게도 어린 염수는 내 호의를 받아 주지 않았다. 배춧잎에는 아무런 관심도 없다는 듯 고개를 한쪽으로 돌려 버리기까지 했다.

내가 낙담하자, 윤옥은 웃으며 염수의 귀를 만졌다. 곧이어 염수는 배를 바닥에 붙인 채 쭈뼛쭈뼛 내 앞으로 다가왔다. 그리고 죽지 못해 먹는다는 듯한 표정으로 배춧잎을 물어 힘겹게 삼켰다.

"그래, 잘했어. 착하네."

나는 염수의 머리를 쓰다듬으며 칭찬했다. 그런 나를 물끄러미 보던 윤옥은 연하게 웃더니 조심스레 내게 물었다.

"부끄럽지만, 제 살림이 빈곤하여 금멱 선자께 드릴 만한 귀한 것이 없습니다. 재산이라고 할 수 있는 건 염수 한 무리가 고작이지요. 그래도 괜찮으시다면 금멱 선자께 이 염수를 드릴까 합니다. 두 달 정도면 성체로 자라니 충분히 타실 수 있지요. 약소하지만 받아 주시겠습니까?"

윤옥은 약소하다며 겸손해했지만, 이건 충분히 좋은 선물이었다. 염수는 구름보다 훨씬 안정적이고 타기도 편하다. 깜박 부주의해 넘어져도 염수가 깔개가 되어 줄 테니 안전하기도 하고 말이다.

"약소하긴요! 정말 감사해요."

내 말에 윤옥은 싱긋 웃으며 어린 염수의 엉덩이를 내 쪽으로 가볍게 밀었다. 그러자 염수는 순순히 내 곁에 다가와 발치에 엎드렸고, 방금 먹은 배추로 인한 트림을 했다. 그런 염수의 목덜미를 가볍게 쓸어 준 뒤 나는 찻잔을 집어 들었다. 그리고 정원 중앙에 있는 만향옥으로 다가가 그 앞에 쪼그려 앉았다. 봉우리를 맺었음에도 만향옥은 야심한 시각까지도 꽃을 틔우지 않고 있었다. 오늘 만향옥이 피지 않으면 내 체면이 안 서는지라 실로 난감했다.

'어서 피어라! 어서 피어라!'라고 속으로 중얼거리고 있는데, 윤옥이 다가와 내 곁에 쪼그려 앉았다. 내가 아닌 꽃을 보는 그는 담담한 얼굴로 침묵을 지켰다. 그 후로도 시간은 무심히 흘렀지만, 여전히 꽃은 피지 않았다. 설상가상으로 찻잔도 바닥을 드러냈다.

"차를 좀 더 따라서 올게요. 전하는요?"

나는 몸을 일으키며 윤옥의 의사를 물었다. 하지만 그는 꽃에만 시선을 둔 채 대답이 없었다. 아마도 너무 집중해 내 말을 못 들은 듯해 그냥 몸을 돌렸다. 괜스레 그를 방해하고 싶지 않았다.

"금멱 선자……."

돌연 윤옥이 낮게 속삭이며 내 발길을 붙들었다.

"저는 지금껏 밤만 벗으로 삼아 살았습니다. 가난하고, 귀한 지위에 오르지도 못했으며, 친척과 친구도 거의 없습니다. 가진 것이라고는 염수와 이 고즈넉한 선기궁이 전부지요. 사정이 그런지라 금멱 선자를 평생 호강시켜 드린다는 말씀을 양심상 결코 드릴 수가 없습니다. 이런 혼인 싫지 않으십니까?"

나는 고개만 느리게 돌려 여전히 쪼그려 앉아 만향옥에 시선을 둔 윤옥을 보았다. 오직 꽃이 피기를 기다리는 듯한 그와 방금 내게 슬프게 속삭인 그가 동일 인물이라는 게 믿어지지 않았다. 그는 내가 꽃을 그린 소매를 꽉 쥐고 있었는데, 손가락에는 먹이 묻어나 있었다.

나는 잠시 멈춰 선 채 윤옥의 물음을 진지하게 되씹어 보았다. 속세의 여인들은 때가 되면 시집을 간다고 한다. 누구에게든 가기는 가야 한다고 들었다. 천계도 이와 마찬가지라면 나도 누구에게든 시집을 가야 할 테니 이왕이면 친근한 윤옥에게 시집가는 편이 낫다는 생각이 들었다. 게다가 그는 영력이 무척 강하니 혼인 후 그와 '몸을 섞는 수련'을 하면 내 영력의 증진에도 무척 도움이 될 듯했다. 재산이 많아 봤자 무슨 대수랴! 영력만큼 중요한 것이 어디 있다고!

"저는 상관없어요."

나는 숙고 끝에 진지하게 대답했다. 그러자 소매를 쥐고 있던 윤옥의 손에서 힘이 스르륵 빠졌다. 그는 천천히 고개를 들었는데, 나를 보는 그의 눈이 물살을 가르는 별처럼 빛났다.

"그러면 우리는 언제부터 '몸을 섞는 수련'을 할 수 있죠?"

다시 쪼그려 앉으며 그에게 묻자, 그의 뺨이 확 붉어졌다. 딱히 별스러운 것을 물은 것도 아닌데 왜 저러지?

의아하여 고개를 갸우뚱하던 그때, 밤바람이 싣고 온 짙은 향기가 우리 코를 덮쳤다. 누가 먼저랄 것도 없이 바람을 따라 시선을 돌리자, 달빛 아래서 만향옥이 꽃 한 송이를 틔웠다. 연한 흰색 꽃이 달빛에 비쳐 무척 아름다웠다.

"와, 피었어요! 결국, 피었다고요!"

비록 한 송이 핀 것에 불과했지만, 이게 어딘가 싶었다. 그래서 기쁘게 소리치자, 연하고 따뜻한 호흡이 내 목덜미를 간질였다.

"오늘부터 당신을 '멱아'라고 부르고 싶군요. 그리고 혼인할 사이이니 말투도 좀 더 격식을 내려놓았으면 하고요. 괜찮겠습니까?"

딱히 어려운 일도 아닌데 굳이 허락을 구할 필요까지야.

"그러세요. 어차피 전하께서는 연배도 저보다 훨씬 높으시잖아요. 꼬박꼬박 높여 말씀하실 필요도 없어요. 화신 전하처럼 말씀하셔도 돼요."

선선히 대답하며 고개를 돌리니 윤옥이 나를 부드러운 눈으로 보고 있었다. 아까의 붉은 기운은 이미 그의 얼굴에서 사라진 상태였다.

"화신처럼 하자니…… 제가 좀 어색해서. 흠, 앞으로 이렇게 말하면 어떨까요? '하오' 정도면 적당할 듯한데."

그러게. 나쁘지 않았다. 내 비록 그보다 어리지만, 부부 사이에도 존중은 필요하니 말이다.

"그러게요. 좋네요. 저는 괜찮으니 야신 전하 편할 대로 하세요."

"알겠소. 앞으로 그리하리다."

그제야 그는 안심한 듯 편하게 미소를 지었다. 그리고 방금까지도 그리 말한 듯 좀 더 친숙하게 어투를 바꾸었다.

"먹아, 이 꽃의 다른 이름은 월하향(月下香)이라고 하오. 과연 이름처럼 달빛 아래서 더욱 아름다운 듯하군. 하지만 월하향이 아무리 아름다워도 달 아래에 핀 서리꽃에 비할 바는 못 되오."

"예?"

나는 고개를 갸웃거리며 사방을 둘러보았다. 아직 서리가 내릴 시기가 아닌데 왜 윤옥이 서리꽃을 거론하나 싶어서였다. 역시나 서리는 내리지 않았기에 나는 다시 윤옥을 돌아보았다.

"달이 너무 눈부시게 밝아 야신 전하께서 착각하셨나 봐요. 아직 서리는 내리지 않았어요."

내 말에 윤옥은 쓴웃음을 머금더니 고개를 절레절레 저었다.

나 원, 아직 서리가 내릴 시간이 아니라는데 반응이 왜 저래?

내가 이래 봬도 물의 속성을 지닌 수신의 딸이라고!

제8장

창밖에서 들어온 해 때문에 눈이 간지러워 반쯤 눈을 뜬 나는 화들짝 놀랐다. 진시에 유재지로 오라던 욱봉의 말이 떠올라서였다. 시간을 확인해 보니 아주 촉박했다. 아버지의 거처인 낙상부가 편해서 너무 곤히 잤나 보다.

나는 황급히 일어나 봉황의 깃털을 비녀 삼아 머리에 꽂았다. 그런 뒤 집 밖을 나서려는데 염수가 나를 졸졸 따라왔다. 원래는 두고 가려고 했지만, 어린것을 홀로 두기 좀 불안했다. 결국, 나는 염수를 데리고 서오궁으로 향했다. 급히 구름을 몰았기에 진시 전에는 가까스로 서오궁에 도착할 수 있었다.

서오궁은 얼마 전까지만 해도 내가 살다시피 했던 곳이다. 그래서 문을 통과하는 일은 어렵지 않았다. 선시는 선선히 나를 통과시켜 주었고, 나는 황급히 유재지로 걸음을 재촉했다. 머지않아 유재지가 보였고, 진시는 임박해 있었다. 늦으면 욱봉이 노발대발할 게 뻔하니 아무래도 지금부터는 전력으로 내달리는 편이 좋겠다.

"금멱이 대체 누군데 이 난리야?"

응, 금멱? 나 말고 또 다른 금멱이 있나?

한구석에서 들려온 누군가의 목소리에 나는 멈칫했다.

"금멱을 몰라? 서오궁에서 지난 백 년간 화신 전하를 모시던 그 서동이잖아."

이번에는 다른 목소리가 말했다.

"아, 그 기가 막히게 예쁜 정령? 나도 한 번 본 적 있는데 정말이지 나라 하나는 거뜬하게 잡아먹게 생겼더라. 아미타불. 그런데 금멱이라는 그 정령이 야신 전하의 정혼녀라며? 쯧쯧, 난감하네. 생긴 것 자체가 화근인데 아무래도 불안해."

"너도 그렇게 생각하지? 보통 화근이 아니야. 세진전의 선시가 예전에 한 말을 들은 적 있는데, 화신 전하도 그 정령에게 단단히 홀리셨다고 하더라고."

가만히 듣고 있자니 억울하기 짝이 없었다.

화근이라니! 내가 사람을 죽였나, 어디다 불을 질렀나!

"화신 전하께서도?"

"응, 내가 어제 우연히 들었는데 화신 전하께서 환체봉령을 그 정령에게 줬다지 뭐야."

"뭐라고?"

누군가가 기겁했다.

"그게 참말이야? 환체봉령은 봉황족의 신물이잖아! 호신 법기이기도 하고. 천후의 아버지 의덕공은 자신의 환체봉령을 신마대전에서 몸 바쳐 희생한 신선 살진인[84]의 부장품으로 내놓아 그에게 극상의 예를 표했지. 천후는 자신의 환체봉령을 천제에게 정표로 주

---

84 薩眞人, 중국 도교의 신선으로, 공인된 사대 천사 중 한 명이다. 본명은 살수견으로 인간이던 시절에 의술을 공부하였으나 약을 잘못 쓴 탓에 환자가 죽자 수행자의 길로 들어섰다.

었고 말이야. 그러니 화신 전하께서 금멱이라는 정령에게 환체봉령을 주었다는 건······."

돌연 누군가가 차갑게 헛기침을 했다. 그러자 방금까지 수다에 여념이 없던 선녀들이 이내 말을 멈추었다.

"화신 전하를 뵈옵니다."

왠지 헛기침 소리가 귀에 익다 했더니 욱봉이었다. 그는 수다를 떨던 선녀들을 물렸지만, 나는 버드나무 뒤에서 몸을 숨긴 채 내가 왔음을 그에게 알릴지 말지 주저했다. 그녀들을 보낼 때 들린 욱봉의 목소리 때문이었다. 이래 봬도 나는 꼬박 백 년 동안 그의 서동으로 일했다. 목소리만 들어도 그의 기분 상태를 대강 알 수 있는데 그의 지금 목소리는 '오늘의 기분은 그야말로 바닥'이었다.

대강 파악을 마친 나는 슬그머니 뒷걸음질했다. 아무래도 그를 만나지 않고 돌아가는 편이 나을 듯해서였다. 이러다가 엄한 불똥을 맞으면 나만 손해다.

하지만 세상일이 어디 뜻대로 되던가! 몸을 뺄 준비를 하던 바로 그때 욱봉이 내 앞을 잽싸게 가로막았다. 어찌나 놀랐던지 손에 쥐고 있던 버들가지가 뚝 부러졌다.

"자, 먹자. 착하지!"

머쓱한 나머지 나는 황급히 몸을 돌려 부러진 버들가지를 염수의 주둥이에 가져다 댔다. 그리고 그것을 먹이는 척 딴청을 부렸다. 그 순간 등 뒤로 욱봉의 혀 차는 소리가 요란하게 났다. 내 딴에는 자연스러웠다고 생각했는데 영 어색했나 보다. 하여튼, 이런 눈치는 귀신같다니까.

정오의 뜨거운 햇살 때문에 정수리가 뜨끈뜨끈했다.

속으로야 여기서 이러고 있지 말고 그늘로 가자고 그에게 말하고 싶은 마음이 굴뚝같았지만, 나는 아무 말도 하지 못했다. 뜨거운 태양을 쏘아보는 눈매가 너무 무섭고, 분위기도 살벌해서였다. 나원, 언제까지 이러고 있을 작정이지? 저러다 눈멀겠네.

나는 다시 고개를 숙였지만, 향이 하나 정도 탈 시간까지 버티는 게 내 한계였다. 결국, 더는 참을 길이 없어 어렵사리 입을 열었다.

"화신 전하, 정오의 해보다는 저녁 무렵의 노을이 더 보기 좋아요. 절인 노른자처럼 색깔이 선명하고 예쁘고, 눈에도 덜 해롭죠. 그리도 해 보는 게 좋으시면 저녁때 다시 보시는 편이 어때요?"

내 딴에는 좋은 마음으로 권했는데 욱봉이 모질게 나를 노려보았다. 그런 그의 눈에는 핏발이 잔뜩 서 있었다. 정오의 태양을 죽어라 맞받아 보았으니 당연한 결과였다.

"금멱……."

그는 방금까지 부릅뜨고 있던 눈을 가늘게 접으며 나를 보았다. 나를 보느니 해를 보는 편이 덜 불편하다는 듯. 곧이어 그는 진중하게 말했다.

"너도 나를 분명 신경 쓰고 있어. 그렇지 않아?"

"예, 그렇죠. 그건 당연하지 않나요?"

나는 염수의 목 뒤 짧은 털을 만지며 선선히 고개를 끄덕였다.

"저와 화신 전하는 친척이 될 거예요. 아직은 아니지만, 반은 가족이나 다름없죠. 서로 신경을 쓰는 게 당연해요."

나는 윤옥에게 시집가기로 정해져 있다. 때가 되면 자연히 욱봉의 형수가 될 터였다. 비록 그가 나보다 연배가 높지만, 형수는 어머니와 같다는 속세의 말도 있지 않은가! 그래서 나는 시동생을 아끼는 자애로운 형수가 되기로 했다.

"가족이라고?"

욱봉은 쓰디쓴 표정으로 내 말을 반복했다. 바람이 거의 불지 않는데도 그의 옷자락이 흔들렸다.

"하여튼 어지간하구나. 정녕 내 속이 까맣게 타들어 가 네 앞에서 죽는 꼴을 보아야 속이 시원하겠느냐?"

그는 돌연 웃으며 나를 응시했다. 구름처럼 옅고 바람처럼 가벼워 금방이라도 투명하게 부서질 듯한 미소라 보고 있자니 묘한 기분이 들었다.

역시 욱봉은 참 다루기 힘든 시동생이다. 대체 그는 왜 이렇게 나를 싫어할까?

대체 얼마나 내가 싫으면, 내가 제 속을 태워 죽이려고 한다는 무고까지 할까? 그리고 내가 무슨 재주로 욱봉을 태워 죽인단 말인가. 화신은 내가 아니라 그인데!

못내 불만스러워 입을 삐죽 내밀었지만, 욱봉은 나를 보지 않았다. 그는 어느새 시선을 돌려 내 곁의 염수를 보고 있었는데, 유리 같은 검은 눈은 금방이라도 눈물이 떨어질 듯 청승맞았다. 하지만 염수의 생각은 나와 다른지 못내 긴장하여 움찔움찔 뒤로 물러섰다.

염수는 아직 어려서 간이 무척 작은가 보다. 겨우 저런 눈빛에 기가 죽다니 말이다. 욱봉이 정말 화났을 때의 눈과 마주했다가는 저 어린것이 제 명에 못 살겠다.

"가족이라니? 누구의 가족? 너와 형님? 그래, 그럴 수도 있겠네. 형님이 너에게 염수까지 내주었으니 말이야. 하지만…… 나는 아니야. 나는 너와 한 가족인 적이 절대로 없어. 과거에도 아니었고, 현재는 당연히 아니고, 미래에는 더더욱 아니지."

실로 매정하게 쏘아붙인 뒤 욱봉은 나를 등지고 섰다. 그러자 역광이 그의 고고한 등을 감싸 안았다.

"그러나 너를 원망하지는 않아. 이건 처음부터 끝까지 내 착각이었으니 말이야. 너는 한 번도 내게 마음을 표현한 적 없었는데……."

그는 문득 말을 멈추더니 쓰게 웃었다.

"그저 나 혼자 북 치고 장구 치고 온갖 설레발을 친 셈이야. 반편도 이런 반편이 없었지."

왠지 그를 가만히 두고 볼 수만은 없어 나는 한 보 앞으로 걸음을 내디뎠다. 그러자 내 그림자가 그의 등 뒤로 드리워졌다. 마치 내가 그의 등에 기댄 듯.

그 모습이 사뭇 다정해 보여 나는 좀 더 용기가 났고, 그의 손을 살짝 당겼다. 그때 욱봉의 전신이 부르르 떨렸다.

"저는 화신 전하께서 왜 이리 기분이 안 좋으신지, 왜 저와 가족이 되기 싫은지 그 이유를 전혀 모르겠어요."

그의 손금을 만지며 나는 부드럽게 말을 이어 갔다.

"하지만 적어도 한 가지만은 알죠. 우리가 솔직히 원수지간에 가깝다는 바로 그 사실 말이에요. 하지만 원수를 갚으면 또 뭐 할까요? 저는 차라리 이 기회에 해묵은 원한을 푸는 편이 낫다고 생각해요."

욱봉이 나와 가족이 되기 싫어하는 이유는 분명 선대 화신과 천제의 은원 때문이리라. 그러니 관대한 내가 그를 설득해야 한다. 자애로운 형수가 되기로 마음먹었으니 끝까지 잘해 봐야겠다.

"뭐라고?"

욱봉은 갑자기 내 쪽으로 몸을 돌렸다. 그 순간, 내가 마치 그의 품에 뛰어든 듯 우리의 그림자가 하나로 겹쳐졌다.

"원수라니? 그게 무슨 소리야?"

"걱정하지 말아요. 비록 천후가 제 어머니인 선대 화신을 죽였지만, 저는 어머니의 원수를 갚을 마음이 없어요. 생각해 봐요. 제가 어머니의 원수를 갚겠다고 천후를 죽이면 화신 전하가 저를 가만히 두겠어요? 당연히 저를 죽이겠죠. 그러면 제 아이가 언젠가는 성장하여 화신 전하를 죽일 거예요. 또 화신 전하의 아이라고 가만히 있겠어요? 무슨 수를 써서든 제 아이를 죽이려 들겠죠. 이건 그야말로 허무한 악순환이에요. 대대로 복수에만 매달려 살면 삶의 즐거움조차 잊게 될 거라고요."

욱봉의 얼굴이 아까보다 더 어두워졌다. 그래서 나는 일부러 더 다정히 그의 손을 도닥여 주었다.

"원래 인생에는 근심이 없대요. 대부분 긁어 부스럼을 만드는 거지."

"어마마마가 선대 화신을 죽였다니! 누가 네게 그리 말했지?"

지금껏 말한 것을 뭐로 들었는지 욱봉은 영 엉뚱한 질문만 해 댔다. 슬그머니 울화가 치밀었지만, 나는 인내했다.

나는 자애로운 형수다. 자애로운 형수다.

"인제 와서 그것을 들춰서 뭐 하게요?"

내 말에 욱봉의 눈썹이 매섭게 올라갔다. 그의 손은 어느새 내 두 손을 꽉 부여잡고 있었다.

"말해! 누가 그런 소리를 했어!"

삽시간에 그의 기세가 사나워졌다. 그가 약해 보인다고 느낀 건 역시 착각이었나 보다.

"24 방주야? 무슨 근거로 방주들이 그런 말을 했지? 수신이 어제 말하려다가 만 이야기가 어마마마와 선대 화신이 관련된 거였어?"

"방주님들은 아무 말도 하지 않았어요. 노호가 말해 주었어요."

비록 욱봉의 말을 정정해 주기는 했지만, 24 방주도 이 일을 알고 있음을 나는 은연중에 확신하고 있었다. 선대 화신인 내 어머니 앞에서 뭔가 엄중한 맹세를 했기에 입 밖으로 내지 못할 뿐이다.

"수신, 24 방주, 노호, 그리고 너. 외에 이 일을 아는 이가 또 있어?"

고개를 떨군 채 뭔가를 고심하던 그가 살벌한 얼굴로 내게 물었다.

"없어요."

나는 고개를 흔들어 부정하면서도 문득 의문이 들었다. 원래 우리 과일은 마음이 넓은지라 작은 일에 연연하지 않는다는 사실을 내 익히 알지만, 상대는 욱봉 아닌가! 어찌 보면 원수의 아들인...... 그런 그에게 이리도 중대한 비밀을 술술 불어도 되나? 대체 그의 뭘 믿고?

하지만 내 상념은 그리 길게 이어지지 못했다. 그가 내 말에 안도하듯 한숨을 깊게 내쉰 탓이었다. 그는 내 손을 잡고 있지 않은 나머지 한 손을 올려 내 어깨를 단단히 붙들었다.

"앞으로 절대로 그 일을 발설하지 마. 너 홀로 어마마마와 한자리에 있는 것도 삼가고. 알겠지?"

내게 다짐을 받는 그와 나 사이의 거리는 불과 한 촌도 못 되었다. 그 탓에 깊고 검은 그의 눈이 내 눈에 가득 담겼다.

"예."

내가 진지하게 고개를 끄덕였음에도 욱봉은 나를 놓아주지 않았다. 아니, 내 손을 잡은 그의 아귀힘은 더 세졌다. 하지만 나는 그것을 미처 깨닫지 못했다. 마주한 그의 눈 속에서 일어난 소용돌이가 갈수록 강하게 휘몰아쳐 나를 삼킬 듯한 기분에 사로잡힌 탓이었다. 그래서 그가 고개를 기울여 우리 둘의 코와 코가 거의 맞닿을 정도가 될 즈음에도 그가 펼친 정신술에 붙들린 듯 옴짝달싹하지 못했다.

문득 따뜻하고 축축한 호흡이 느껴졌다. 그러나 그게 나에게서 나오는지, 그에게서 나오는지도 알 수 없었다. 어느새 내 입술에 거의 붙을 듯 다가온 욱봉의 입술이 느껴지자 목까지 바짝 탔다. 별수 없이 힘없이 혀를 내밀어 내 입술을 핥았다. 그 순간, 그의 눈 속에서 의미를 알 수 없는 빛이 번뜩였다. 그가 아까보다 더 고개를 기울이자 내 두 눈도 스르륵 감겼다.

"망할……."

마치 짓씹어 뱉듯 거친 뇌까림이 들렸다. 그제야 나는 그가 내 입술을 아슬아슬하게 스쳐 지난 뒤 내 귀에 더운 숨을 뱉었음을 깨달았다. 그와 동시에 몽롱하고 가슴 떨리던 정신술은 허무하게 깨어졌다.

그때 내 곁에서 숨소리조차 제대로 내지 못한 채 웅크리고 있던 염수가 발딱 일어났다. 어린 염수는 짧은 꼬리를 요란하게 흔들며 기쁨을 표현했다. 대체 이 아이가 무엇 때문에 이리 기뻐하는지는 알 길이 없었다.

천천히 고개를 드니 피가 모조리 빠져 버린 듯한 욱봉의 창백한 얼굴이 보였다. 걱정되어 그의 이마를 살짝 짚어 보니 알 수 없는 고열이 펄펄 끓었다.

"열이 나네요? 어디 편찮으세요?"

"먹아!"

등 뒤에서 누군가가 나를 온화하게 불렀다. 고개를 돌리니 늘어진 버드나무 아래에서 윤옥이 나를 보고 있었다. 어찌나 그 모습이 청아한지 옆에 선 버드나무가 무색해질 지경이었다. 반가운 마음에 그에게 싱긋 웃어 보이자, 그는 즉시 내 곁으로 와서 나와 어깨를 나란히 했다. 그리고 내 손을 꼭 붙들었다.

"먹아, 점심 식사는 들었소?"

윤옥이 다른 한 손을 내 머리카락으로 가져갔다. 그리고 언제 붙은 줄도 몰랐던 버들개지를 내 머리에서 떼어 주었다. 돌연 욱봉의 눈썹이 사납게 올라갔지만, 윤옥은 전혀 그를 신경 쓰지 않았다.

"아니요. 생각해 보니 아직 아침도 못 먹었네요."

이미 중천에 뜬 해를 보며 나는 슬그머니 아랫배를 문질렀다. 방금까지는 배고픔을 전혀 못 느끼고 있었는데 윤옥이 상기시켜 주자 배가 무척 고파졌다.

"먹아, 그러면 안 되오. 다음번에는 이리 부주의하지 마시오."

응, 이건 무슨 소리지?

혹시 아침을 거르고 점심도 거를 뻔한 일을 말하나?

살짝 어안이 벙벙해져 있는데 바로 옆에서 욱봉의 차가운 말이 들려왔다.

"정말 존경스럽군요. 은근슬쩍 속내를 드러내는 형님의 화술은 날이 갈수록 능란해지는 듯합니다."

잔뜩 가시가 돋친 말이었다. 영문을 모르는 나도 움찔 놀랄 정도였지만, 윤옥은 나와 달리 담담하게 반응했다.

"네가 무슨 의도로 그런 말을 하는지 나는 전혀 모르겠구나."

그는 언제나처럼 느긋하게 내게 시선을 돌렸다.

"수신 어르신께서 먹아를 찾고 계시니 가십시다. 급한 일인 듯하니 서둘러 낙상부로 가는 편이 좋겠소. 어르신의 근심이 더 깊어지기 전에."

아버지가 나를 찾는다고? 무슨 일이지?

"예, 어서 가요."

"그럼 우리는 이만!"

윤옥은 욱봉에게 가볍게 고개를 끄덕인 뒤 내 손을 잡아끌었다. 하지만 그는 두 보도 못 가 돌연 걸음을 멈추었고, 뒤에 선 욱봉을 돌아보았다.

"과거 백 년 동안 우리 먹아가 너에게 수련법을 배웠다고 들었다. 당연히 사제의 정이 돈독하겠지. 하지만 먹아는 곧 선기궁의 안주인이자 네 형수가 될 것이야. 이 말인즉슨, 사제의 관계는 이제 정리되어야 하고, 너와 먹아 사이에 새로운 관계가 성립된다는 의미지. 그러니 욱봉, 부디 앞으로의 행동에 주의를 기울여 주려무나."

윤옥은 말을 마치자마자 가차 없이 돌아섰고, 더는 돌아보지 않았다. 그러나 나는 윤옥과 달리 몇 번이나 뒤를 돌아보았다. 휘날리는 버드나무 아래에 덩그러니 서 있는 욱봉이 점점 작아질수록 가슴이 묘하게 답답해서였다.

참으로 기이한 기분이었다.

나무향운개보살마하살.

어찌하면 장수와 불신[85]을 얻을 수 있을까?

어떤 인연이 닿으면 그런 굳센 힘을 얻을 수 있을까?

어찌하면 부처님의 말씀으로 열반에 이를 수 있을까?

부처님의 오묘한 말씀을 중생을 위해 널리 설법해 주소서.

나마본사석가모니불.

천계에는 신이 많고, 서천에는 부처가 많다.

나는 대뇌음사(大雷音寺, 부처님이 수행했다고 알려진 절)라는 현판이 붙은 절의 대전 앞에 서 있었다. 불당 안에는 18명의 금빛 나한이 있었는데, 그들은 법당 안 높은 자리의 좌우로 줄을 지어 앉거나, 눕거나, 서 있었다. 법당에는 어렴히 있는 향로도 보였다. 향로에는 가는 향이 꽂혀 있었는데, 향 연기는 유유히 꼬리를 물고 올라가 불경 소리와 함께 공기 중으로 흩어졌다.

아버지는 공손히 두 손을 모은 채 단목 문턱을 넘어 법당 안으로 들어갔다. 나도 그의 뒤를 따라 나한들 사이를 지나갔다. 하지만 나한들은 우리에게 곁눈질 한 번 하지 않고 엄숙하기만 했다.

얼마 지나지 않아 아버지는 우뚝 솟은 불단 앞에 멈춰 섰다. 연화좌 위에는 가부좌를 튼 세 명의 부처가 있었다. 이들이 바로 삼세불[86]

---

85 佛神. 금강석처럼 단단한 몸. 흔히 금강불괴, 부처의 몸을 뜻한다.

86 석가불, 약사불, 아미타불을 뜻한다. 석가불은 현세이자 이 세계의 부처이고, 약사불은 동방의 부처이자 과거의 부처이며, 아미타불은 서방의 부처이자 미래의 부처이다. 삼세불에는 현재, 과거, 미래의 모든 순간에 부처가 존재한다는 의미가 담겨 있다. 중앙에는 석가불, 오른쪽에는 약사불, 왼쪽에는 아미타불이 위치한다.

인 듯했다. 아버지는 그들 앞에 고개를 조아린 채 진중하게 범문[87]을 외웠고, 삼세불은 아버지에게 답하듯 가볍게 고개를 끄덕였다.

"오늘은 법회가 열리는 날이 아닌데 수신은 무슨 일로 왔느냐?"

석가불이 자비로운 눈빛으로 물었다.

"전갈도 없이 온 소인의 무례를 부디 용서하십시오. 소인 낙림, 제 딸을 봉인한 가람인을 풀고 싶습니다."

아버지는 샘처럼 유유히 말했다. 빠르지도 느리지도 않았다.

"네 뒤의 아이는 재분의 딸이냐?"

약사불이 연민의 눈빛으로 나를 보았다. 각각 과거, 현재, 미래를 보는 이 삼세불은 한눈에 나의 유래를 알아보았다.

"예. 삼존께 청하옵니다. 부디 문을 열어 주시어 소인이 부처님을 뵐 수 있게 해 주십시오."

그러자 아미타불의 안온한 얼굴에 문득 파문이 일었다. 아미타불은 눈썹을 들고 눈을 내리깔며 작게 탄식했다.

"어찌하며 한숨을 쉬시는지요?"

아버지가 움찔 굳으며 묻자 아미타불은 작게 고개를 저었다.

"이는 하늘이 정한 기연이니 말해 줄 수 없느니라."

아버지는 돌연 나를 돌아보았다. 그의 눈에는 어느새 수심이 가득했다. 한편에 찍소리도 없이 선 채 아버지와 아미타불의 눈치를 번갈아 살피던 나는 간이 철렁했다. 아미타불은 미래를 볼 수 있다. 아미타불이 저렇게 대놓고 한숨을 쉰다는 건 내 장래가 밝지 않다

---

87 범어로 된 문장. 범어는 인도 아리안어 계통으로 고대 인도의 표준 문장이다. 북방 불교 경전의 원본은 대부분 범어로 되어 있다.

는 의미 아닌가! 설마 나는 평생 신선의 반열에 오르지 못하나? 생각이 거기에 미치니 온몸의 힘이 쪽 빠졌다.

"문을 열어 주기란 어렵지 않다. 하지만 이번에는 필경 아무런 소득이 없을 터인데……."

아미타불이 그리 말하며 손을 흔들자, 불단 뒤 회양목 문이 응답하듯 열렸다. 문 뒤에는 길이 여러 갈래로 나 있었다. 별처럼 가득하고 바둑돌처럼 널려 있어 어지러울 지경이었다. 잠시 후 길 양측으로 연꽃이 가득 피어났고, 짙은 구름이 일었다.

"연꽃이 너를 응당한 길로 인도해 줄 것이다. 잘못된 길로 들어서면 악귀에게 홀려 지옥으로 떨어질 터이니 주의하여라. 내가 해 줄 수 있는 말은 이게 전부이니. 아미타불……."

석가불이 부드럽게 말하자, 아버지는 다시 합장하며 범문을 외웠다.

"수신 낙림, 삼세불의 은덕에 감사드립니다."

아버지가 선택한 길은 새가 지저귀고 향기로운 꽃이 만발하고 평탄한 길이 아닌 작고 좁은 길이었다. 게다가 이리저리 휘어 있어 걷기도 불편했다. 나는 줄곧 뽀로통한 채로 아버지를 따라 걷고 있었는데, 울퉁불퉁한 길이 싫고 아미타불의 말도 계속 마음에 걸려 기분이 좀처럼 풀리지 않아서였다.

아미타불의 말인즉슨, 부처님이 내 가람인을 풀어 주지 않는다는 건가? 설마 가람인을 풀지 못하면 내 영력에 진전이 없나? 영력에 진전이 없으면 신선이 못 되고, 신선이 못 되면 신선들의 멸시를 받을 게 뻔한데 어쩌면 좋지? 멀리서 그 예를 찾을 필요도 없다. 욱봉만 해도 나를 얼마나 무시하겠는가! 생각만 해도 내 신세가 처량했다.

나는 정령으로 태어나 몇천 년 후에나 겨우 정령 아가씨가 되었다. 아마도 십몇만 년 후쯤에는 정령 이모가 될 테고 최후에는 정령 할머니로 죽겠지. 정령으로 태어나 슬프지는 않지만, 정령으로 죽는다니 참으로 원통했다.

정령으로 사는 일생이 어떠할지 심각하게 고민하던 그때였다. 내 앞으로 홀연 무엇인가가 툭 떨어졌다. 아버지와 나 사이를 비집고 들어온 것이나 다름이 없는 무엇인가에 놀란 나머지 그만 발이 꼬였다. 하지만 방금 떨어진 그것을 손으로 눌러 짚어 중심을 잡았기에 넘어질 뻔한 위기는 넘길 수 있었다.

"아이고, 그만! 그만! 간지러워 죽겠다!"

놀랍게도 무엇인가가 말을 했다. 황당한 마음에 내려다보니 실은 승려의 살찐 배였다. 노호보다 더 큰 배는 처음이라 신기했다. 재상의 배 속은 배를 띄워 노도 저을 수 있을 만큼 넓다는 옛말이 달리 나온 게 아니구나 싶다. 얼른 손을 떼자 살찐 배가 아래위로 출렁거렸다.

"아, 죄송해요."

내가 얼른 사과하자, 원래도 웃는 얼굴이었던 그의 얼굴에 더 짙은 웃음이 번졌다.

"아니다. 내가 중간에 끼어들었는데 네가 어찌 사과하느냐. 나는 괜찮으니 괘념치 말거라. 허허, 어찌 이리도 귀엽누."

그의 칭찬에 나는 기분이 무척 좋아졌다. 그래서 얼른 그에게 보답했다.

"대사님이야말로 참으로 남다르세요. 대사님의 배는 제가 지금껏 본 배 중 가장 도량이 크고 넓어요."

"어이쿠, 말도 예쁘게 하는구나. 멀리서 너를 봤을 때부터 네가 참으로 귀엽다고 여겼는데 이리 가까이서 보니 귀여울뿐더러 보는 눈도 비범해. 불성(부처를 이룰 수 있는 근본 성품)까지 갖추었구나."

배 나온 승려는 껄껄 웃으며 나를 아래위로 훑었다. 그러면서 손에 쥔 둥근 부채를 요란하게 흔들었다.

"아가, 너는 자질이 비범하단다. 이참에 나를 따르는 게 어떠냐?"

왠지 귀에 익숙한 말이었다. 전에도 이런 말을 들은 듯한데 어디서 들었더라? 기억을 더듬어 보니 남루소관의 한 손님이 그곳의 사내에게 이와 비슷한 말을 했다. 분위기나 어감은 사뭇 다르지만 말이다. 어쨌든 승려의 말은 그때 그 사내와 달리 사뭇 친근하며, 어떤 괴이한 사심도 느껴지지 않았다.

"대사님을 따르라고요?"

"그래, 그냥 확 출가하거라. 나 정도 되는 스승을 모시기가 그리 쉬운 일이 아니야."

"낙림이 미륵불을 뵈옵니다."

앞서가던 아버지가 어느새 몸을 돌려 나와 승려의 대화에 끼어들었다. 그 순간 나도 화들짝 놀랐다. 이 실없어 보이는 노인이 미륵불일 줄이야!

"아이고, 꼬마 낙림이구나! 이게 얼마 만이냐?"

미륵불은 부채로 아버지의 어깨를 '탁' 쳤다. 그러자 아버지는 청아하게 웃었다.

"십몇만 년쯤 된 듯합니다. 이제는 꼬마가 아니지만, 미륵불님 앞이니 나이 유세도 못 하겠군요. 아, 미륵불님! 이 아이는 소인의 여식인 금멱입니다. 아직 어리고 물정이 어두운지라 철도 없습니다. 다소 당돌하게 굴어도 너그러이 봐주십시오."

"그래? 뉘 집 딸인가 했더니 낙림이 네 딸이었구나. 과연 너와 재분의 여식이라 인물이 출중하구나. 좋은 싹이니 하루빨리 불문에 귀의하는 편이 좋겠다."

미륵불은 부채를 흔들며 고개를 돌리더니 내게 열성적으로 말했다.

"얘야, 불문에 들면 액막이가 된단다. 불가의 보호를 받으니 마음이 평안해지고, 집안의 기운도 왕성해지지. 의식주가 제공됨은 물론이요, 만사형통이야. 아가야, 어떠냐? 마음이 동하지 않니?"

미륵불의 넉살에 아버지는 고개를 숙인 채 웃었다.

"미륵불께서 소인의 여식을 마음에 들어 하시니 한없이 기쁘지만, 이 아이에게는 이미 정혼자가 있습니다. 따라서 불문에 귀의하기는 힘들 듯합니다."

아버지의 말에 미륵불은 고개를 저었다. 그의 눈썹 위로 깊게 주름이 팼다.

"아쉽구나, 아쉽구나! 대체 어떤 복 많은 신선이 네 여식을 데려가느냐?"

"야신 윤옥입니다."

"응? 매일 밤 염수를 대동한 채 순찰하는 그 젊은 신선 말이냐? 마치 한밤처럼 고독한……."

미륵불은 살찐 배에 손을 얹은 채 잠시 생각에 잠겼다. 그러다 문득 나를 보며 우물거렸다.

"정말로 야신에게 시집가는 거라면 좋지. 다만……."

비록 그는 나를 보며 말했지만, 나는 그가 자문자답하는 것 같다고 느꼈다. 그의 말소리가 너무 작아서 바로 그와 마주한 나도 거의 안 들렸기 때문이다. 아버지는 그와 더 멀리 있어서 아예 그의 말을 듣지 못했을 것이다.

"미륵불님, 소인은 이번에 부처님을 뵈러 왔습니다. 시간이 꽤 지체되었는지라 여기서 하직 인사를 드려야 할 듯합니다. 다음번에 법화림에 갈 일이 생기면 꼭 들러 인사를 드리겠습니다."

아버지가 노을이 번지는 하늘을 보며 말하자, 미륵불은 옷소매를 흔들며 선선히 대꾸했다.

"좋지! 좋아! 다음에 보자꾸나."

"예, 그럼 이만."

아버지는 내 손을 잡아끌며 발을 뗐다. 그러자 미륵불은 또 내 뒤에서 작게 중얼거렸다.

"아쉽구나, 참으로 아쉬워. 네가 이 겁을 무사히 넘길 수 있도록 도와주고 싶은데……."

그가 왠지 의미심장한 말을 한 듯했지만, 그의 말이 언어가 되어 내 귀에 들어오는 일은 없었다. 고개를 돌리니 그는 이미 사라지고 없는 탓이었다. 그저 풀벌레 우는 소리만 작게 났다. 그는 아무 말 없이 떠났는데 내가 그저 착각한 듯했다.

아버지와 말없이 계속 걷다 보니 그저 좁고 울퉁불퉁하기만 하던 길이 점차 넓어졌다. 그리고 얼마 후에는 나뭇잎이 무성하고 큰 나무 한 그루가 보였다. 눈을 가늘게 뜨고 살펴보니 보리수였다.

그 아래에는 부처님이 옆으로 길게 누워 있었다. 잠시 눈을 감고 휴식하는 듯한 그의 주변에는 거울이 하나 놓여 있었는데 하늘의 태양을 오롯이 담고 있었다. 그리고 태양이 뿜는 빛이 너무 강해 보는 이로 하여금 절로 시선을 내리거나 돌리게 했다.

나 또한 예외가 아닌지라 시선을 돌리려고 했는데 문득 푸른색 연꽃이 눈에 들어왔다. 거울 속에 존재하는 그 연꽃은 세상에 다시 없을 듯 청아했지만, 꽃잎이 하나 없었다. 너무 아름다워 작은 결점이 되레 더 도드라지는 상태라고 할 수 있었다.

'이상하다. 왜 꽃잎이 하나 없을까?'

속으로 의아해하며 고개를 갸웃거리는데 부처님이 돌연 두 눈을 떴다. 그러자 방금까지 거울 속에서 작열하던 태양은 마치 몸 둘 바를 모르겠다는 듯 그 광채를 겸손히 누그러뜨렸다.

"낙림이 부처님을 뵈옵니다."

아버지는 합장하며 깊게 절했다. 나도 그를 따라 했다.

"금멱이 부처님을 뵈옵니다."

"대자대비하신 부처님께서는 삼라만상을 모두 아우르시지요. 그러니 소인이 온 이유도, 청하려는 바도 모두 아십니다. 부디 소인을 도와주십시오."

아버지가 고개를 너무 조아린 탓에 나는 그의 콧잔등만 볼 수 있었다. 나도 아버지 정도로 조아려야 하나 싶어 살짝 눈치를 보는데, 부처님이 천천히 일어나 가부좌를 했다. 그는 두 손을 무릎에 올리더니 천하의 창생을 연민하는 음성으로 유유히 말했다.

"저 아이는 곧 죽을 목숨이니라. 가람인을 풀든 풀지 않든 무슨 의미가 있겠느냐?"

아버지는 놀라 비틀거리며 고개를 번쩍 들었다. 물론 나도 아버지 못지않게 놀랐다.

넘치는 짜증을 감당하기 힘드니 노인네들 곤히 잘 때는 깨우는 게 아니라는 말이 딱 맞는다. 부처님을 상대로 이렇게 재수 없는 말을 들을 줄 누가 알았을까!

"소인의 여식이 설마 대겁을 겪습니까? 부처님, 부디 가르침을 주십시오!"

샘처럼 유유하고 평온하던 아버지의 음성이 급류처럼 빨라졌다.

"부처님은 자비로우시고, 재난에서 창생을 구하시지요. 부디 청하옵니다. 소인의 여식을 구해 주십시오."

아버지의 간청을 묵묵히 듣던 부처님은 문득 보리수 잎 하나를 집어 들었다.

"하나의 생명을 구하는 행위는 자비가 아니다. 백 개의 생명을 구하는 행위도 마찬가지다. 중생을 제도[88]하는 행위가 비로소 자비니라. 낙림아, 산속 호랑이 하나가 죽음에 이르는 위중한 상처를 입었느니라. 너는 그 호랑이를 구할 것이냐, 구하지 않을 것이냐?"

아버지는 망설이지 않고 대답했다.

"구합니다."

부처님은 아버지의 대답에 온유하게 웃었다.

"그래, 그러면 네가 구한 그 호랑이는 산으로 돌아갈 것이다. 그리고 약한 짐승들을 잡아먹겠지. 결국, 너는 하나의 생명을 구해 백 개의 생명을 상하게 한 셈이다. 자비를 베풀 때는 응당 그 요령을

88　미혹한 세계에서 생사만을 되풀이하는 중생을 건져 내어 생사 없는 열반의 언덕에 이르게 한다는 의미이다.

터득해야 하느니라. 그렇지 않으면 자칫 산 생명을 해할 수 있는 법이야."

부처님의 말씀을 들으며 나는 내심 불만을 품었다. 나처럼 선량한 포도와 사나운 호랑이를 비교하다니! 너무 온당치 못했다. 보아하니 아버지의 생각도 같은 듯했다.

"부처님, 소인의 여식은 더없이 선량하며 속세에 물들지 않았습니다. 어찌 생명을 상하게 하겠습니까! 부디 부처님의 밝은 가르침을 청하옵니다."

아버지는 말을 마치자마자 품에서 《금강경》을 꺼냈다. 그는 오른손을 《금강경》에 대고는 차분히 맹세했다.

"《금강경》을 앞에 두고 고개 숙여 비옵니다. 청컨대 소인의 여식이 겁을 극복하도록 은혜를 베풀어 주십시오. 그러면 소인은 4번 보은[89]할 것이며, 기꺼이 지옥 · 아귀 · 축생[90]에 떨어져 고난을 받겠습니다."

"낙림, 운명은 스스로 만드는 것이니라. 마음에서 모습이 나오고 세상 만물은 모두 그리 생겨났지. 그러니 마음이 움직이지 않으면 만물도 움직이지 않는다. 마음이 변하지 않으면 만물도 변하지 않고 말이다."

부처님은 말을 마친 뒤 고개를 들더니 연민의 눈으로 나를 보았다. 그의 눈동자에는 신비한 힘이 있는지라, 나는 삽시간에 부처님

---

89 원래 4번의 보은 대상은 부처님, 국토, 부모, 세상이다.
90 내세의 탐욕으로 인한 인과응보를 뜻한다. 중생이 윤회하는 여섯 세계는 지옥, 아귀, 축생, 수라, 인, 천이다.

앞에 와 있었다.

부처님은 나를 곁에 둔 채 손을 뻗어 거울을 쓰다듬었다. 그러자 거울 속에 파문이 일어났고, 그제야 나는 그게 거울이 아니라 성수가 든 그릇임을 깨달았다. 부처님은 손가락 끝에 맺힌 물방울을 향신(향을 태우고 남은 재)으로 바꾸었다. 그리고 그것을 내 손바닥에 놓아 두 손을 모으게 했다. 잠시 후 향신은 금빛으로 번지더니 내 살갗 안으로 흡수되듯 사라졌다.

"사랑하니 고뇌가 생기고, 사랑하니 두려움이 생기느니라. 그러니 사랑하지 않으면 고뇌도, 두려움도 자연히 없을 터다. 이 향신은 네가 겁을 극복하는 데 도움을 줄 것이야."

그의 자비로운 웃음과 마주한 채 나는 조심스레 물었다.

"그러면 가람인은요? 가람인도 풀어 주시나요?"

부처님은 내 말에 가만히 웃기만 할 뿐 대답을 돌려주지 않았다. 다만 가볍게 손을 저을 뿐이었고, 이내 주변은 칠흑처럼 어두워졌다.

눈앞이 다시 밝아졌을 때 나와 아버지는 북천문 밖에 서 있었다. 어안이 벙벙해서 아버지를 올려다보았지만, 아버지는 차분히 서쪽으로 몸을 돌려 신중하게 합장만 할 뿐이었다.

"부처님의 깊은 은혜에 감사드립니다."

몸을 돌려 나를 내려다보는 아버지의 눈에 수심이 가득했다. 아마 부처님의 말이 내내 마음에 걸리는 듯했다. 하지만 나는 그리 믿음이 가지 않아 아버지만큼 근심하지는 않았다.

밤이 이미 깊었음에도 나는 북천문 부근에 멍하니 선 채 서쪽만 바라보고 있었다. 가람인을 풀 생각으로 저 먼 곳까지 갔는데 아무

소득도 없이 돌아온지라 맥이 무척 빠진 탓이었다. 아니, 소득이 없는 것까지는 괜찮은데 불길한 저주까지 받았다. 아무래도 오늘 일진이 참으로 사나운 듯했다. 속세에 비를 내려 주기 위해 나를 등지고 떠나던 그때까지도 내내 어두운 얼굴이던 아버지가 떠올라 더욱 심란해졌다.

"이럴 바에는 괜히 갔어."

작게 투덜거리던 그때 돌연 발가락이 아팠다. 고개를 숙여 살피니 윤옥이 내게 준 어린 염수가 단단한 발굽으로 내 발가락을 꾹 지르밟고 있었다. 망울망울한 눈으로 나를 보는 그 모습이 실로 순진하여 화도 못 내겠다.

"아파. 발 치워."

염수의 발을 가볍게 옆으로 밀며 나는 바로 옆 돌계단에 주저앉았다. 그리고 버선을 벗고 아픈 발을 확인해 보았다. 아니나 다를까 멍이 퍼렇게 들어 있었다.

"네 발굽과 달리 내 발가락은 말랑말랑하다고! 자꾸 이러면 외출할 때 너 안 데리고 나올 거야."

나는 정색하며 어린 염수를 타일렀다. 그러자 염수는 내 손등에 주둥이를 비벼 댔다. 애교를 부리는 듯하지만, 이번에는 이 녀석의 애교를 받아 주지 않을 생각이었다. 내가 천계로 돌아오자마자 내게로 팔짝팔짝 뛰어와 반기는 녀석의 충정이 기특하기는 하지만 총물의 버릇은 어렸을 때 미리미리 잘 들여야 한다.

"자, 이 옆에 얌전히 앉아. 그리고 발굽을 내 발 위에는 절대 올리지 마!"

멍든 발을 주무르며 다시 엄하게 타이르니 염수는 내 발치에 몸을 동그랗게 말며 앉았다. 그런 녀석에게 "착하다!" 하고 칭찬해 준 뒤 나는 북천문을 지키는, 양쪽 볼에 수염이 나 있고 호랑이처럼 부리부리한 눈을 지닌 천병들에게로 시선을 돌렸다. 딱히 목적이 있어서라기보다는 무료해서였다. 하지만 나와 눈이 마주치자 천병들은 동시에 고개를 들어 하늘을 보았다. 그들의 얼굴에는 수줍은 기색이 역력했다.

갑작스러운 그들의 행동에 의아해진 나는 고개를 들어 그들이 보는 하늘을 올려다보았다. 눈부시게 아름다운 선고라도 하늘 위로 지나가나 했는데, 그냥 밤하늘과 검은 구름만 보였다.

딱히 수줍어할 만한 대상이 없는데 대체 왜 저럴까? 설마 구름을 봤다고 얼굴을 붉히지는 않을 텐데 어찌 저러지? 규방 처자도 저들만큼 수줍음이 많지는 않을 것 같았다. 아무래도 천인의 정서를 온전히 이해하려면 아직 시간이 더 필요한 듯하다.

멍을 없애는 구결을 외우며 발을 주무르는데 문득 머리 위로 인기척이 느껴졌다. 고개를 드니 큰 눈이 인상적인 앳된 천병이 홍영창[91]을 쥔 채 나와 두 척 정도 떨어진 곳에 서 있었다.

호기심 가득한 눈의 그는 나와 눈이 마주치자 수줍게 얼굴을 붉혔다. 딱히 내게 적대감을 품은 것 같지는 않아 싱긋 웃어 주자 그는 빠르게 내 앞으로 다가왔다.

"혹시 그 금멱 선자 되시나요?"

---

91 紅纓槍, 창의 일종으로 창과 창대 사이에 붉은 술을 달았다. 붉은 술은 장식적 의미도 있지만 창끝에서 묻은 피가 창대를 따라 흘러내려 창을 다루는 이의 손이 미끄러지거나 창을 다루는 데 방해가 되지 않도록 피를 흡수하도록 하는 게 주목적이었다.

나는 천병의 질문 중 '그'라는 말에 주목했다. 천계에 나와 같은 이름이 있을 수도 있으니 오해가 생기면 좋지 않을 터다. 내가 가만히 있자, 그는 질문의 유형을 살짝 바꿔 다시 물었다.

"야신 전하와 정혼하신 그 금멱 선자요. 그 금멱 선자가 맞으신가요?"

"아, 예. 제가 바로 그 금멱이에요."

내 대답이 떨어지기 무섭게 천병의 얼굴이 어두워졌다. 나는 그제야 그가 눈에 익다는 생각이 들었다.

"아……."

낮게 탄식하는 천병의 수려한 눈썹 위에 수심이 가득했다. 그는 잠시 뜸을 들이다가 진지한 얼굴로 입을 열었다.

"금멱 선자, 여쭐 게 하나 있어요."

"그러세요."

나는 상쾌하게 고개를 끄덕였다. 이리도 진지하게 가르침을 청하는데 당연히 대답해 줘야지.

"제 아비의 말에 따르면 세 명의 처와 네 명의 첩 정도는 거느려야 대장부라고 할 수 있다네요. 그렇다면 야신 전하도 금멱 선자와 혼인한 뒤에 다른 선고를 후궁으로 취할 수 있나요?"

천계의 규율을 잘 모르는 내게는 너무 어려운 질문이었다. 하지만 모른다고 답하기는 좀 민망했다. 고심 끝에 나는 모호한 답안을 골라서 그에게 대답해 주기로 했다. 하지만 문득 누군가가 내 대답을 가로채 버렸다.

"당연히 취할 수 있지."

고개를 돌리니 비취색 옷을 입은 복하군이 내 뒤 돌계단에 서 있었다.

"금멱 선자가 야신에게 시집을 가도 나와 '몸을 섞는 수련'을 할 수 있는 것과 같은 도리죠."

그는 그리 말하며 내 앞으로 돌아왔다. 그리고 몸을 숙여 내 멍든 발을 살폈다.

"창해가 뽕밭이 되고 북두칠성이 방향을 튼다더니! 고작 며칠 못 본 사이 당신이 야신의 손아귀에 들어갈 줄은 꿈에도 몰랐어요. 멱 아, 정녕 내게는 기회를 주지 않을 건가요?"

갑자기 나타난 복하군 때문에 천병은 기겁해서 두 걸음 물러나 있었다. 그러나 복하군의 말을 들은 뒤에는 만면에 희색을 띠며 다시 두 보 앞으로 다가왔다.

"선군께서 하시는 말씀이 정녕 사실인가요? 야신 전하는 후궁을 들일 수 있어요?"

복하군은 천병에게 요사스레 웃었다.

"당연히 사실이지."

그러자 천병의 뺨이 발그레해졌다.

"다행이네요. 정말 다행이에요."

고민이 해결된 듯 천병은 손뼉을 쳤다. 그러는 통에 홍영창이 그만 바닥에 떨어졌다.

웅? 혹시 이 애, 윤옥에게 반했나?

"금멱 선자, 한 가지만 더 여쭐게요."

천병은 이내 허리를 굽혀 홍영창을 집어 들더니 수줍게 웃었다.

"예, 그러세요."

"야신 전하께서 훗날 후궁을 취하신다면 금멱 선자는 어떠실까요? 마음이 많이 불편하실까요?"

별것을 다 물어보네. 그게 나랑 무슨 상관이라고.

"제가 왜요? 그건 야신 전하 마음이죠."

내가 손을 휘휘 젓자 천병은 움찔 굳었다. 내 대답이 뜻밖이라는 표정이었다. 그는 또다시 내게 물었다.

"그러면 야신 전하께서 어떤 유형의 선자를 좋아하는지 아세요?"

한 가지만 묻는다더니 또 묻네.

솔직히 귀찮았지만, 나는 인내심을 발휘하기로 했다. 그래서 윤옥이 어떤 유형의 선자를 좋아하는지 생각해 보았다. 처음에는 답이 나오지 않아 난감했는데, 그가 나를 좋아한다고 말한 게 문득 떠올랐다.

"저처럼 생긴 선자를 좋아할걸요."

내 딴에는 모범 답안을 내주었건만, 천병은 금방이라도 울 듯한 표정으로 변했다. 그때, 그런 그와 나를 주시하고 있던 복하군이 냉큼 끼어들었다.

"멱아, 당신은 어째서 야신이 당신을 좋아한다는 사실을 알죠?"

뭐, 이런 것을 질문이라고.

"야신 전하께서 그리 말씀하셨으니까요."

"푸하!"

복하군이 요란하게 웃더니 고개를 절레절레 저었다.

"멱아, 당신은 참으로 천진하군요. 사내의 '너를 좋아해'는 여인의 '네가 싫어'와 같은 말이에요. 믿을 수 없는 말이라고요. 애정사는 넓고 심오하여, 그 안에는 실로 많은 꿍꿍이가 숨어 있죠. 사자성어로 표현하면 '언불유충(言不由衷)'이라고 할 수 있어요. 겉 다르

고 속 다르다! 먹아, 내 충고하는데 사내의 얄팍한 속임수에 넘어가
지 말아요. 먹아는 아직 수련이 부족하고 세상 물정에 어두워 몹쓸
사내의 마수에 걸려들기 딱 좋다고요."

"그러면 상대가 정말로 나를 좋아하는지는 어떻게 알 수 있을까
요?"

천병이 이번에는 복하군에게 가르침을 청했다. 아까 내게 물을
때와는 달리 아예 계단에 주저앉았다. 염수도 내 옷자락을 발굽으
로 누른 채 맑은 눈으로 복하군을 올려다보고 있었다.

이런 상황을 뭐라고 표현해야 하지? 굴러온 복하군 돌에 박혀 있
던 내 돌이 빠진 것 같네.

"흠흠, 그건 말이지!"

복하대사께서는 헛기침을 하며 깊이 있는 강좌를 시작하기 위한
뜸을 들였다.

"사내가 만약 진심으로 너를 좋아한다면, 늘 넋을 놓고 너를 볼
거야. 예를 들어 내가 먹아를 보듯이."

복하군은 도취한 얼굴로 나를 보았다. 온몸에 오한이 번졌다.

"사내가 만약 진심으로 너를 좋아한다면, 절대로 너에게 화내
지 않을 거야. 예를 들어 내가 먹아를 아끼듯. 사내가 만약 진심으
로 너를 좋아한다면, 네가 기쁠 때 너보다 더 기뻐해 주고 슬플 때
네가 다시 기뻐지도록 너를 성심성의껏 달래 줄 거야. 너보다 너를
더 아낄 테고, 너보다 너를 더 잘 돌볼 거야. 예를 들어 먹아의 발
가락이 이렇게 부어 있으면 나는 마치 내 발이 이리된 듯 가슴이
아파."

복하군은 돌연 내 발을 쥐더니 부드럽게 주물러 주었다. 그의 손

바닥에 평소와 달리 미열이 감도는 것을 보면 아마 법력을 쓰는 듯했다. 효력이 있는지 차츰 통증이 잦아들었다. 하지만 그가 마치 강아지가 뼈다귀를 바라보듯 나를 보는지라 얼른 발에 힘을 주어 그의 손을 떨쳤다.

"이참에 중요한 사실 하나도 기억해 둬. 나를 제외한 천하의 모든 사내는 자신이 영원히 차지할 수 없는 대상에 더 목을 매."

천병에게 당부하듯 말한 뒤 복하군은 나를 돌아보았다. 그리고 신발에 맨발을 욱여넣고 있는 내게 화려하게 웃었다.

"그러니까 예를 들어……."

"화신 전하를 뵈옵니다."

북천문 앞에서 들려온 호령이 복하군의 말을 끊었다. 그 순간, 나는 저도 모르게 소리가 난 쪽을 돌아보았다. 문지기 둘은 화려한 옷을 걸친 사내에게 예를 표하고 있었는데, 그는 키가 크고 얼굴이 관옥처럼 훤칠했으며, 병장기를 든 천장들의 선두에 서 있었다. 내가 아는 한 천계에 저런 분위기를 지닌 이는 하나뿐이다. 화신 욱봉.

나는 예전에 그의 서동으로 일했기에 그의 업무를 비교적 숙지하고 있었다. 아마 천군을 이끌고 천계의 문들을 돌며 시찰하는 중일 것이다.

천병의 예를 받은 뒤 그는 느리게 시선을 돌려 나를 보았다. 또렷한 검은 눈이 나를 응시하자 나는 나름대로 온화하게 웃어 주었다. 나는 자애로운 형수가 되어야 하니 말이다. 하지만 그는 나를 아래위로 한 번 훑기만 한 뒤 무시했다.

"요즘 언우군이 자주 천계에 모습을 비추는군. 내 기억대로라면 언우군은 진작 천계와 인연을 끊었는데 요즘 무슨 바람이 불어 이러지?"

내 옆의 복하군을 향해 그는 마치 시린 검날처럼 매섭게 눈을 빛냈다.

"천계에는 볼일이 없어도 먹아에게는 볼일이 많으니까. 사랑하는 여인을 위해서 이 언우가 뭔들 못 할까!"

복하군은 또다시 뼈다귀를 보듯 나를 보았다. 새삼 몸에서 오한이 일었다.

"언우군은 천계의 규율을 셀 수도 없이 많이 어겼다. 이제는 무단침입이라는 죄명까지 더하고 싶은가?"

욱봉이 차갑게 일갈했다. 하지만 능글맞은 복하군은 옷자락을 털며 딴청을 피웠다.

"모란꽃 아래서 죽는다면 귀신이 되더라도 진정한 풍류남아로 산 것 아니겠어?[92] 그리고 무단침입이라니? 이봐, 화신 전하! 눈 나빠? 나는 지금 북천문 밖에 서 있어. 천계 가까이에 서 있을 뿐이지, 천계에 발을 들인 게 아니라고. 엄연히 천문 밖이고 길을 사이에 두고 있잖아."

그러지 않으려 해도 나는 자꾸만 욱봉의 손에 들린 검이 신경 쓰였다. 그의 스산한 웃음과 어우러져 당장이라도 무슨 일이 벌어질

---

92 牡丹花下死, 做鬼也風流. 탕현조(湯顯祖)가 지은 희곡《모란정 환혼기》에 나오는 대사. 모란꽃은 미녀를 의미하며 사랑하는 여인을 위해서라면 뭐든 두렵지 않다는 의미이다.《모란정 환혼기》는 그림 속의 연인을 그리워하거나 꿈속에서 연인을 만나고 무덤에서 송장이 살아나 사랑을 이루는 등 귀신을 소재로 한 사랑을 엮은 환상적인 이야기다.

듯했다.

"언우군의 실력이 뛰어남은 내 익히 들어 알지. 언우군이 전장에서 공을 세움으로써 지금껏 지은 죄를 사할 기회를 주려 하는데 어떠한가?"

이유는 알 수 없지만, 욱봉의 이번 공격은 꽤 치명적이었다. 그가 칼 한 번 휘두르지 않았음에도 7촌 깊이로 칼에 찔린 듯 복하군의 얼굴에 사색이 번졌으니 말이다.

"누구 맘대로! 네가 화신이면 다……!"

복하군이 주먹을 불끈 쥐며 발끈한 그때였다. 요란한 기척이 느껴져 고개를 돌리니 조족 수장이자 공작인 수화가 북천문을 넘어서는 모습이 보였다. 패옥으로 장식하고 아름다운 비단옷을 걸친 그녀 뒤로는 조족 선자들이 줄지어 따르고 있었다.

다가오는 내내 욱봉에게 시선을 떼지 않은 채 친근한 미소를 띠고 있던 수화는 복하군을 보자 얼굴을 살짝 굳혔다. 그러나 찰나에 표정을 바꾸더니 욱봉에게 곱게 웃었다.

"화신 전하, 그동안 강녕하셨어요!"

"오랜만이구나. 어마마마를 뵈러 왔느냐?"

"예, 이모님께서 담소나 나누자며 부르셨어요. 이모님을 알현한 뒤에는 서오궁으로 가서 전하께도 인사를 여쭈려 했는데 여기서 시찰 중인 전하를 뵙게 될 줄은 꿈에도 몰랐네요."

그녀의 말에 욱봉은 고개를 끄덕이며 그답지 않게 우호적으로 웃었다. 사촌 간이라 꽤 친한가 보다.

"오랜만에 천계에 왔으니 편하게 며칠 머물다 가거라."

"예, 전하의 말씀을 따를게요."

다정히 대화하는 욱봉과 수화를 보고 있자니 나와 복하군은 이 완벽한 풍경에서 겉도는 사족 같다는 생각이 들었다. 굳이 이런 사족이 되고 싶은 마음이 없는지라, 선기궁으로 가서 차나 한잔하자고 복하군에게 청하려 했다.

"너는 야신 전하의 휘하더냐?"

"예."

욱봉이 내 옆의 천병에게 묻자, 그는 즉시 포권하며 예를 표했다. 그제야 나는 그가 예전에 자신은 윤옥의 휘하이니 욱봉의 명을 받들 수 없다고 했던 천병임을 알아보았다.

"지금은 야신 전하 휘하 천병이 당직할 시간이다. 그런데 어찌하여 너는 이곳에서 이러고 있느냐?"

욱봉은 무척 엄한 지휘관이다. 이런 나태함을 용인할 리 없었다.

"야신 전하께서는 군무와 휴식을 적절히 병행하라고 하셨어요."

듣는 내가 더 놀랄 정도로 대담한 발언이었다.

아아! 전에도 느꼈지만, 이 천병은 물정이 없어도 너무 없다.

하지만 욱봉은 욱봉이었다. 그가 서릿발처럼 엄한 시선을 던지자, 천병은 이내 고개를 조아리더니 기어드는 목소리로 말했다.

"그럼 소인은 당직하러 가겠습니다!"

그 말을 끝으로 그는 줄행랑을 쳤다.

"전하, 좀 부드럽게 대해 주시지 그랬어요. 보아하니 겁을 많이 먹은 듯한데. 게다가 저 아이는 금지옥엽 귀하게 자랐잖아요."

멀어져 가는 천병의 뒷모습을 보던 수화가 웃으며 욱봉을 돌아보았다.

"이미 군에 들어온 이상 여인과 사내를 나누는 것 자체가 무의미해. 게다가 아무리 태사선인의 여식이라도 천군에 속한 이상 예외를 둘 수 없는 법이다."

아, 아까 그 천병은 여인이었구나. 그런데 태사선인이 누구였더라? 아, 맞다. 윤옥 휘하의 천장이다. 천계 8방 중 하나를 관할하는 꽤 높은 지위의 신선이었던 듯하다. 아까 그 천병은 원래 뒷배경이 든든해서 저리 뻣뻣하게 굴 수 있었나 보군.

"역시 그럴 것 같았어요. 전하께서는 이미 저 아이가 태사선인의 여식임을 알고 계셨네요. 그런데 전하, 소녀가 감히 한 말씀 올려도 될까요? 천군은 전하와 생사고락을 함께하지요. 그러니 천병들이 전하를 너무 어렵게만 생각하면 바람직하지 않다고 생각해요. 천병들을 대하는 데 있어 조금만 더 유연하시면 어떨까요?"

"군법을 집행하는 일에는 일체의 예외도 두어서는 안 돼. 이는 군의 기강 문제니까. 하지만 네 제안도 일리가 있으니 내 잘 생각해 보마."

지휘관인 자신의 태도를 명확히 하면서 미인의 체면도 세워 주는 원만한 대처였다. 이 정도로 욱봉이 수화를 배려하는 것을 보면 아무래도 그녀가 욱봉의 짝으로 정해진 듯했다. 그녀도 욱봉이 저를 배려했음을 느꼈는지 만족한 얼굴로 욱봉에게 고개를 살짝 조아렸다. 그러고는 우아하게 몸을 돌려 나를 보았다.

"금멱 선자, 저를 기억하세요? 이모님의 수연에서 우리 만난 적 있지요?"

"예."

고개를 끄덕여 대답하자 그녀는 친근하게 내 손을 잡았다.

"금멱 선자가 수신 어르신의 잃어버린 딸이라는 이야기는 이미 들었어요. 그 말을 듣는 순간 저는 참으로 기뻤답니다. 원래 야신 전하는 수신의 장녀와 혼약이 되어 있었죠. 하지만 오로지 동풍만 이 모자라[93] 일이 이루어지지 않았죠. 알고 보니 금멱 선자가 그 동 풍이네요. 가뜩이나 선대 화신의 따님이시니 더할 나위가 없어요. 혼인 날짜는 언제로 정해졌나요? 저도 꼭 참석하고 싶어요."

수화는 매우 축하해 주었지만, 나는 그녀가 좀 이상하게 느껴졌 다. 말은 나한테 하는데 눈은 욱봉에게만 고정된 탓이었다. 혼인하 는 쪽은 나인데 왜 욱봉을 본담?

"아직은 저도 몰라요."

나는 자신 없이 대답하여 복하군을 슬쩍 보았다. 참견하기를 무 엇보다도 좋아하는 그가 가만히 있는 게 이상해서였다. 향이 하나 타는 시간 내내 그가 침묵하다니 실로 드문 일이다.

"하지만 곧 정해질 듯해요."

나는 수화에게 가능한 한 우호적으로 웃어 보였다. 예전에 나는 본의 아니게 조족에게 억울한 누명을 씌워 그들 전부를 배곯게 한 적이 있었다. 이번 기회에 그들을 내 혼례식에 초대해 배불리 먹여 그때의 빚을 터는 게 좋을 듯했다.

"홋!"

문득 시리도록 차가운 웃음소리가 불현듯 나와 수화 사이로 날 카롭게 파고들었다. 움찔 놀라 고개를 돌리자 욱봉이 나를 보고 있 었다. 그는 가늘게 뜬 눈으로 미소 짓고 있었는데, 그 모습이 마치

---

93   萬事俱備只欠東風. 모든 것이 다 준비되었으나 중요한 것 하나가 모자란다는 의미
      이다. 주유(周瑜)가 조조(曹操)를 화공(火攻)으로 무찌를 계획을 세우고 모든 준비
      를 끝냈는데 동풍이 불지 않아 때를 기다리던《삼국연의》의 고사에서 비롯되었다.

설산 위에 피어난 홍매화처럼 아름답기 그지없었다. 그러자 나를 제외한 이 자리의 모든 여인이 욱봉에게 시선을 빼앗겼다.

조족 선자들은 얼굴이 붉어졌고, 수화는 눈을 빛내며 그를 보았다. 하지만 나는 황급히 그의 시선을 피했다. 욱봉의 천성이 얼마나 음침하고 삐뚤어졌는지 잘 알기 때문이었다. 내내 나를 차갑게 조소하고 사납게 부려 먹고 사사건건 무시하던 그가 저리도 화사하게 웃으니 온몸에 소름이 끼치는 게 당연하지 않은가!

얼른 고개를 숙이자, 내리깐 시선 너머로 욱봉의 옷자락이 날리는 게 보였다. '바람도 없는데 이게 어인 일이지?'라고 생각한 동시에 예리한 보검이 그의 검집에서 쑥 튀어나왔다. 섬뜩한 마찰음을 낸 검은 서늘한 빛을 뿌리며 내 눈앞의 허공을 갈랐다. 대경실색한 나는 중심을 잃고 비틀거렸지만, 다행히 복하군이 번개처럼 달려와 내 앞을 가로막았다. 나를 막아선 그의 등은 당겨진 활처럼 팽팽히 굳어 있었다.

"화신 전하, 대체 이게 무슨 짓이지?"

복하군이 서늘하게 욱봉을 노려보았다. 그러자 욱봉은 돌연 실소를 터뜨렸다.

"언우군답지 않게 허둥대는 게 재미있네. 아주 재미있어."

"이봐, 화신! 괜히 말 돌릴 생각은 하지 마. 대체 무슨 생각으로 이런 짓을 했느냐고 방금 내가 물었을 텐데?"

"별것 아니야. 그냥 가벼운 장난이지."

"가벼운 장난? 지금 그것을 말이라고……."

"가벼운 장난이 아니면 뭐? 내가 형님의 정혼자에게 칼부림할 이유가 딱히 있던가? 나도 모르는 이유를 언우군이 알고 있다면 한번 말해 보든가?"

욱봉은 옷소매를 털며 몸을 돌리더니 큰 보폭으로 성큼성큼 북천문을 넘어갔다. 그러자 천병들과 수화, 조족 선자들은 마치 정신술에서 풀려난 듯 부르르 떨더니 다급히 그를 따랐다. 그중 수화는 도중에 나를 원망스러운 눈빛으로 돌아보아 그렇지 않아도 놀라서 혼이 나간 내게 의아함까지 더해 주었다.

우리와 백 보쯤 떨어진 곳에 도달해서야 수화는 겨우 욱봉을 따라잡을 수 있었다. 그 후, 수화는 그에게 뭔가 말을 건넸다. 하지만 그는 그녀의 손을 떨치며 거절했다. 그들은 멈춰 선 채로 잠시 실랑이했으나 수화가 진 듯했다. 그녀가 선자들을 이끌고 천후의 자방운궁이 있는 서쪽으로 발길을 돌린 것을 보면 말이다.

수화가 몇 번이나 돌아보는 동안에도 욱봉은 멈춘 그 자리에 우두커니 선 채 밤하늘에 가득 걸린 별만 응시했다. 대체 무슨 생각으로 저러나 싶어 답답했지만, 감히 그의 침묵을 깰 엄두는 나지 않았다. 그의 뒤에 늘어선 천장들 또한 나와 생각이 비슷한지 그의 뒤에 엄숙히 서 있을 뿐이었다.

"나 원, 누가 봉황 아니라고 할까 봐 성질머리하고는. 세월이 흐를수록 저 새의 화는 늘어만 가네요."

내 옆에 선 복하군이 고개를 절레절레 저었다. 그제야 겨우 정신이 돌아온 나는 가까스로 고개를 끄덕였다.

"그래서 5백 년에 한 번씩은 자신을 태우나 봐요."

"자신을 태운다? 혹시 봉황의 열반을 말하는 거예요?"

복하군은 문득 침묵했다. 나한테 물어놓고서는 자신이 그 답을 궁리하듯.

잠시 후 그는 피식 웃으며 어깨를 으쓱했다.

"그러게요. 그 말이 참으로 적절하네요."

나는 천천히 고개를 들어 복하군을 올려다보았다. 아까 하지 못한, 선기궁에 가서 차나 한잔하자는 말을 다시 할 생각으로. 하지만 내 말은 나오지 못했다. 욱봉이 건너간 북천문 안에서 들려온 천병의 외침 때문이었다.

"전하!"

가슴이 덜컥 내려앉는 듯한 느낌에 소리가 난 쪽으로 고개를 돌린 그때였다. 욱봉이 가슴을 움켜쥔 채 힘없이 쓰러지는 모습이 보였다. 마치 태산이 무너지는 듯했다.

이유는 모르겠지만, 내 몸은 머리보다 빨리 반응했다. 아까 욱봉에게 죽을 뻔한 일로 너무 놀란 나머지 살짝 정신이 나가 그런 듯했다. 나는 옆에서 뭐라 뭐라 말하는 복하군을 밀치며 구름을 잡아탔고 순식간에 욱봉에게로 날아갔다.

"비켜요!"

나는 날카롭게 소리치며 그를 둘러싼 천병들 사이를 비집고 들어가 그에게로 다가갔다. 호위 천장의 부축을 양쪽으로 받은 그는 눈을 질끈 감은 채 미간을 잔뜩 찡그리고 있었다.

"전하, 괜찮으십니까?"

호위 천장이 다급히 묻자, 그는 창백한 얼굴로 고개를 저었다.

"괜찮다. 궁기의 온침 때문에 생긴 가벼운 지병이니…… 다들 소란 떨지 마라. 참으면…… 곧 괜찮아지…….

거대한 고통이 덮친 듯 그가 다시 가슴을 움켜쥐었다. 힘겨워하는 그를 보고 있자니 참으로 이상했다. 마치 진딧물이 폐부를 갉는 듯한 기묘한 기분이 들었다. 나도 가슴을 움켜쥐고 싶을 지경이었다.

"전하, 참는 게 능사가 아닙니다. 지금 당장 태상노군께 가시지요. 가신 김에 단약으로 치료도 하시고요."

호위 천장은 욱봉을 부축하여 구름에 태우려고 했다. 하지만 그의 다리는 다시 힘없이 꺾였다. 이래서는 절대 구름을 탈 수 없을 듯했다.

"잠시만요."

그제야 호위 천장은 내가 자기 옆에 서 있음을 알아챘나 보다. 그는 움찔 놀라며 나를 보았다.

"이 상태로 태상노군의 단약방까지 가는 건 무리예요, 우선은 여기서 가장 가까운 서오궁으로 전하를 모셔요."

호위 천장은 당황해하며 나와 욱봉을 번갈아 보았다. 역시나 내가 미덥지 않나 보다.

"제게 약이 있으니까 걱정하지 말고 서오궁으로 어서 가요. 계속 전하를 이리 둘 거예요?"

뭐야, 지금 내가 뭐라는 거야?

야, 금멱! 너 제정신이야?

말하는 도중에 정신이 돌아온 나는 '약'이라는 말을 뱉자마자 후회했다. 방금 욱봉은 나를 죽이려고 했는데 나는 그를 구하려고 달려오다니! 대체 나란 정령의 선량함과 너그러움의 끝은 어디지?

안 돼. 이래서는 안 된다고. 착한 게 능사가 아니야. 이러다가 동곽 선생[94] 꼴밖에 더 나겠어?

"선자께 약이 있다고요?"

호위 천장은 눈썹을 찡그리며 의심이 역력한 표정을 지었다. 그 순간 지금이라도 몸을 빼려던 마음이 다시 쑥 들어갔다. 여기서 물러났다가는 나는 괜한 허세를 부린 실없는 정령으로 전락할 것이다.

"제가 영지성초를 키울 수 있어요. 비록 영지성초가 화신 전하의 병을 완치하지는 못해도, 영지성초를 드셨다고 잘못되실 일은 없으니 안심하세요."

"영지성초라고 하셨습니까?"

호위 천장의 무뚝뚝하고 강직한 얼굴이 문득 붉어졌다. 그는 즉시 내게 고개를 깊이 조아렸다.

"그리해 주시면 실로 감사하겠습니다."

그는 내게 깍듯이 예를 표한 뒤 천병들에게 명했다.

"지금 당장 금멱 선자와 화신 전하를 모시고 서오궁으로 갈 것이다. 다들 채비해라!"

"전하!"

"금멱, 이게 무슨 일……?"

서오궁 안에 있는 욱봉의 침전 문 앞으로 발을 들이자 비서와 요청이 버선발로 뛰쳐나왔다. 그리고 이게 무슨 영문이냐는 듯 나를 보았다.

"전하를 어서 안으로 모셔."

---

94   중국 설화에 등장하는 인물. 사냥꾼에게 쫓기는 늑대를 숨겨 주었다가 오히려 늑대에게 잡아먹힐 뻔했다. 나쁜 사람에게 인정을 베풀었다가 도리어 역경에 처하게 되는 어리석은 사람을 가리키는 예로 쓴다.

"으, 으응! 아, 아니! 예."

요청과 비서는 동시에 외치며 욱봉을 부축해 그의 침전으로 들어갔다. 그들은 기석으로 테를 두른 침상에 욱봉을 눕히고 비단 이불을 덮어 주었다. 나는 뒷짐을 진 채 그들의 요란법석을 지켜보다가 대강 상황이 마무리된 뒤 침상 가까이 다가갔다. 서오궁까지 오는 내내 반쯤은 정신이 나가 있던 그의 상태가 더 나빠지지는 않았는지 확인하기 위해서였다.

"으음……."

욱봉이 힘없이 눈을 뜨더니 내 시선을 피하며 비서와 요청에게 손을 휘휘 저었다. 그러자 그들은 고개를 조아리며 빠르게 뒷걸음질해 침전 밖으로 나갔다.

탁!

문이 닫히는 소리가 작게 났고, 욱봉은 다시 눈을 감았다. 두 손을 배 위에 교차해 얹은 채 그는 눈썹을 짙게 일그러뜨렸다. 뺨이 바짝 긴장하는 게 보였다. 이를 악물고 있어 그런 듯했다. 하지만 나는 되레 조금 안도했다. 시체처럼 창백하고 절망적으로 보이던 아까와 달리 그의 얼굴에 알 수 없는 기쁜 기색이 번져 있어서였다.

'뭐지, 저 표정은? 참으면 괜찮다더니 이제 좀 살 만한가?'

생각이 거기까지 미친 순간, 나는 모골이 송연해져 사방을 둘러보았다. 사자 형태의 구리 향로가 뿜는 향이 은은하게 퍼져 있는 이 침전 안에는 오로지 나와 욱봉만 존재했다. 그러니 그가 정신이 들어 다시 나를 검으로 베어도 막아 줄 이가 아무도 없는 셈이었다.

나는 벽에 등을 바짝 붙인 채 까치발을 했다. 그 후, 슬금슬금 문쪽으로 이동했다. 욱봉이 인사불성일 때 도망치는 게 상책이라는 판단이 들어서였다. 하필 그때 침상 위의 욱봉이 "윽!" 하고 고통스러운 신음을 흘렸다. 가슴을 움켜쥔 그의 열 손가락도 부들부들 경련했다. 그 탓에 진딧물들이 다시금 기어 나와 내 폐부를 갉아 댔다.

"아, 몰라! 어쩔 수 없지 뭐."

벽에 등을 붙인 채 나는 미끄러지듯 방바닥에 주저앉았다. 그리고 환술로 만들어 낸 영지 포자를 방바닥에 던져 심었다.

아, 대체 내 관대함의 끝은 어디인 거야?

"힉!"

영지성초 달인 물을 들고 그의 침상 가까이 다가갔을 때 나는 그야말로 기겁했다. 언제부터인지 모르겠지만, 욱봉이 두 눈을 부릅뜬 채 나를 보고 있어서였다. 간이 철렁하고 온몸이 떨려 손에 든 뜨거운 약사발을 그의 얼굴에 엎는 대참사를 벌일 뻔했다.

"……깨, 깨셨…… 네요? 이, 이건 영지성초로 끓인 물이에요."

나는 그의 침상 옆 작은 탁자에 약사발을 황급히 놓았다. 그런 뒤 바로 몸을 돌렸다.

"제 일은 끝났으니 이제 저는 가요! 몸조리 잘하시고요."

"으윽!"

등 뒤에서 절박한 욱봉의 신음이 들려왔다. 그것에 또 놀라 몸을 돌리니 욱봉이 한 손으로는 이마를 붙잡고 다른 한 손으로는 침상 가장자리를 움켜쥔 채 경련하고 있었다. 어찌나 손에 힘을 주었는지 손마디 전부가 하얗게 질린 상태였다.

무섭고 난감하지만 어쩔 수 없었다. 결국, 나는 도로 그의 곁으로 돌아가 그의 이마에 손을 대 보았다.

"방금까지는 가슴이 아프다더니, 이젠 머리예요?"

침상 가장자리를 잡고 있던 욱봉의 손이 이번에는 가슴을 움켜쥐었다. 그의 미간에는 땀이 송골송골 맺혀 있고 호흡은 거칠기 짝이 없었다.

"온…… 몸이 다 아파. 어디…… 가 아프다고 정확하게 말을 못하겠어."

그가 고통으로 뒤척이자 진딧물이 또 내 폐부를 사각사각 갉았다. 하지만 마냥 괴롭지는 않았다. 일견 그의 그런 모습이 고소하기도 한 까닭이었다. 매사에 '인과응보'라고 했다. 지금껏 욱봉은 영력이 나보다 좀 많이 높다는 이유 하나로 연약한 과일인 나를 대놓고 천시하고 무수히 핍박했다. 즉, 오늘의 이 고난은 그가 자초한 것이나 마찬가지다.

"잠시만요. 약을 드셔야 하니 일으켜 드릴게요."

왠지 기분이 좋아지니 인심도 같이 후해졌다. 그래서 나는 그를 부축까지 해 주면서 침상에 반쯤 기대게 한 뒤 약사발을 내밀었다.

"자, 어서 쭉 들이켜고 한숨 주무세요. 저도 이제 가야 해요."

"너무 뜨겁잖아. 어떻게 한 번에 마시라는 거야?"

욱봉은 얇은 입술을 굳게 다물더니 얼굴을 팩 돌렸다. 정말 확 쥐어박고 싶어지는 얄미움이었다.

"달인 약이니 뜨거운 게 당연하죠!"

"식혀서 주면 되잖아."

"전하는 입 없어요? 후후 불어서 드시면 되잖아요!"

"허, 네가 온침에 안 찔려 봐서 그런 소리가 술술 잘도 나오지? 숨을 쉴 때마다 가슴이 아픈데 어떻게 후후 불라는 거야?"

울화통이 치밀었지만 '온침에 안 찔려 봐서'라는 그의 공격은 효과적으로 내 죄책감을 자극했다. 그래, 생각해 보면 그가 온침에 찔린 데 내 책임이 좀 있기는 하지.

"예, 전하. 잠·시·만·요."

일부러 한 자 한 자 끊어 대답했다. 그런 뒤 살기가 담긴 숨을 후후 불어 약을 식혔다. 감정이 실려 그런지 약이 참 잘 식었다.

"자, 다 식혔으니 드세요. 쭈욱!"

이 정도면 충분히 한꺼번에 마실 수 있으리라는 내 예상은 보기 좋게 빗나갔다. 그는 그야말로 혀를 살짝 축이는 정도의 양만 겨우 삼켰으니 말이다.

"뜨겁지도 않은데 왜 이리 깨작깨작 마셔요? 그냥 한 번에 쭉 들이켜세요!"

내가 투덜거리자, 그는 눈썹을 사납게 올렸다.

"목이 너무 따가워서 많이 삼키면 아파."

그는 끝까지 얄밉게 말하며 정말이지 천천히, 너무나도 천천히 약을 삼켰다. 그래서 고작 약 한 사발 비우는 데 반 시진이나 걸렸다.

그가 감질나게 약을 마시는 동안 나는 몇 번이나 주먹을 불끈불끈 쥐었다. 예전처럼 그를 혼절시킨 뒤 약을 콸콸 부어 버리고 싶은 충동이 수없이 일어서였다.

"윽!"

침상 언저리 비단 발에 기대 불편하게 쪽잠을 잤더니 온몸이 쑤셔서 절로 앓는 소리가 나왔다. 습관적으로 눈을 비비기 위해 손을 들려고 했지만, 오른손이 꼼짝도 하지 않았다. 의문을 실어 시선을 내리니 이유가 다 있었다. 욱봉이 내 오른손 손등 위에 뺨을 괸 채 잠들어 있기 때문이었다. 고통스러워하던 어제와 달리 미간도 편히 펴져 있고 숨도 고르게 쉬었다. 과연, 밤새 병구완한 보람이 있었다.

어젯밤 가장 처음 키운 영지로 달인 물을 먹일 때만 해도 그의 옆에서 밤샐 생각은 추호도 없었다. 하지만 몸을 일으켜 가려고만 하면, 그가 이마나 가슴을 움켜쥐며 앓는 소리를 냈다. 그 통에 매번 기회를 놓쳤다.

원래 우리 화계의 수행자들은 매사에 끝장을 보는 성정이다. 좋은 일에는 더 말할 것도 없다. 그래서 그가 아프다고 칭얼거릴 때마다 영지를 키워 그에게 먹이다 보니 그의 목구멍으로 들어간 영지가 자그마치 다섯 개나 되었다. 돌이켜 생각해 보면 그렇게나 많이 먹일 필요는 없었는데 말이다.

"이젠 진짜 갈 거야. 더는 내가 힘들어서 못 해."

나는 작게 하품을 하며 그의 뺨에 눌린 오른손을 뺐다. 그리고 기지개를 켜며 문 쪽으로 다가갔다.

"……너도 나한테 조금은……. 그래도 조금은…… 마음이 있는 거지?"

문을 밀려고 슬그머니 손을 뻗는데 등 뒤에서 욱봉의 낮은 목소리가 들려왔다. 그와 동시에 나는 움찔 굳고 말았다.

뭐지? 설마 깼나?

잠시 긴장했지만, 더는 아무 소리도 들리지 않았다. 아마 잠꼬대를 한 듯했다.

"금, 금멱 선자, 오랜만에 뵈어요."

문지방을 막 넘은 나와 눈이 마주치자 선녀와 선시들은 화들짝 놀랐지만, 더듬거리며 인사를 건넸다. 음, 당연한 반응이다. 낙상부로 거처를 옮긴 내가 욱봉의 침전에서 돌연 나오니 자연히 놀랄 수밖에.

　"응, 너희도 잘 지……."

　미처 내 인사가 끝나기도 전에 그들은 황급히 뒷걸음질해서 나갔다.

　왜 저러지? 오랜만에 봐서 어색한가?

　"배고프네……."

　영지 물로 배가 터졌을 게 분명한 욱봉과 달리 나는 배가 무척 고팠다. 그래서 쏙 들어간 배를 슬슬 문지르는데 때마침 영롱한 무지개가 눈에 들어왔다.

　'어제 천계에는 비가 내리지 않았는데 어째서 무지개가?'라고 생각하다가 문득 윤옥이 언젠가 내게 해 준 말이 떠올랐다. 무지개를 따라 길 끝에 이르면 선기궁에 닿을 수 있다던…….

　돌이켜 생각해 보니 무지개 위에 올랐다가 미끄러져 그 끝에 닿은 그날, 나는 처음으로 윤옥을 만났다.

　아, 잘되었다. 이참에 윤옥의 선기궁에 놀러 가서 아침밥이나 얻어먹어야지.

　밤의 증거인 짙은 먹 같은 어둠이 걷히자, 하늘이 투명하게 드러났다. 솜털 같은 구름도 무지개 주변으로 기분 좋게 흘러갔다.

　절로 기분이 좋아지는 맑은 공기를 마시며 무지개 끝에 이르자 그때처럼 어두운 숲이 나타났다. 하지만 나는 전처럼 망설이지 않왔다. 그 숲 끝에 숨어 있는 선기궁에 한없이 다정한 누군가가 있음을 알기 때문이었다. 나는 그곳을 향해 거침없이 걸음을 옮겼다.

후원 문 앞에 선 나는 문을 가볍게 두드리려고 했다. 그런데 밀지도 않은 자단목 문이 스르륵 열렸다. 조금 이상했지만, 헐겁게 문을 질러 놓았으려니 했다. 잠시 후 문 안으로 들어서니 연못가에 있던 두세 마리 염수가 내 기척에 반응한 듯 내 쪽으로 고개를 돌렸다. 하지만 그들은 이내 내게 흥미를 잃었고, 다시 고개를 돌려 자신들이 에워싼 푸른 옷의 사내에게 집중했다.

나를 등진 채 연못가에 한쪽 무릎을 대고 앉은 이는 확인할 필요도 없이 윤옥이었다. 수묵화 속 길 잃은 달처럼 청아하고 적막한 그를 어찌 알아보지 못할 수 있을까! 그는 소매를 반쯤 걷은 채 연못의 물을 뜨고 있었다. 옆에 선 염수의 몸뚱이를 가볍게 붙드는 것을 보니 아마 염수를 씻기려는 듯했다.

나는 살금살금 그에게 다가가며 어깨 너머의 염수에게 눈짓을 했다. 내 눈짓을 알아챈 염수는 눈자위를 하얗게 뒤집으며 혀를 쭉 뺐다. 그러고는 몸을 굳힌 채 바닥에 '통' 하고 나뒹굴었다.

"염수가 왜 이래요?"

내가 황급히 묻자 무척 놀란 듯한 윤옥이 나를 올려다보았다. 염수를 향해 뻗은 그의 손이 파르르 떨렸다. 나를 보는 그의 눈동자는 연못에 고인 물보다 맑고, 놀란 듯 살짝 창백해진 얼굴은 하늘 위 구름보다 희었다.

"먹아, 그게……."

나는 그의 대답을 미처 듣지도 않은 채 염수의 코 아래에 손가락을 가져다 댔다. 호흡이 하나도 느껴지지 않았다. 앞발도 잡아 흔들어 보았다. 여전히 탄력이 하나도 없이 굳어 있었다.

"죽었어요! 전하, 설마 염수를 죽이셨어요? 왜? 왜죠? 이 어린 것에게 무슨 죄가 있다고!"

내가 추궁하자 윤옥의 얼굴 위로 난감함이 번졌다.

"며아, 아니오. 나는 염수에게 아무 짓도……."

그는 살짝 더듬거리며 변명하려 했다. 그러나 금세 특유의 침착함을 되찾았다.

"잠시만 기다리시오. 내가 좀 살펴보겠소."

그가 차분히 손을 내밀자 은색 빛이 그에게서 흘러나와 염수의 목을 휘감았다. 그러는 동안 나는 슬금슬금 몸을 빼서 그의 뒤로 갔고, 손가락을 가볍게 흔들었다. 그러자 염수는 귀를 움찔거리더니 멀리 도망갔던 혼백이 되돌아온 듯 벌떡 몸을 일으켰다. 이런 상황을 전혀 예상하지 못했는지 윤옥은 질겁하며 뒤로 물러났다.

"헤엣!"

나는 그에게 장난스레 웃어 보였다. 하지만 그는 여전히 놀란 표정을 거두지 못한 채 나와 염수를 번갈아 보았다.

"좋아, 좋아! 아주 잘 배웠네. 가르친 보람이 있어. 오늘 잘했으니 내일은 배춧잎 말고 다른 채소로 바꿔 줄게. 뭐가 먹고 싶어? 감람(양배추의 다른 말)은 어때?"

내 제안이 마음에 썩 들지 않는지, 어린 염수의 눈에서 광채가 사라졌다. 염수는 낙담한 듯 고개를 숙이며 내 손등에 얼굴을 비볐다.

"설마, 당신……?"

윤옥은 그제야 어이없다는 듯 크게 웃었다. 늘 웃고 있지만, 대부분 소리 없이 웃는 그에게서 듣기도 보기도 힘든 웃음이었다. 물론, 그의 조용한 미소는 우아하고 아름답다. 하지만 그 웃음에는 늘 뭔가가 결여된 느낌이 들기에 나는 오늘 그의 웃음이 무척 마음에 들었다.

"만 권의 책보다 한 가지 기술이 낫다는 말이 있어요. 제가 보기에 염수는 무척 연약하니 다른 천수나 요수에게 핍박받을 가능성이 커요. 그래서 제가 특별히 금씨 가문 독문 절기인 '죽은 척하기'를 이 녀석에게 전수했어요. 세상에 수많은 절기가 있지만, 저는 이 절기만 한 건 없다고 가히 자부해요. 배우기 쉽고 응용도 편하고 몸을 빳빳이 펴고 드러누우면 끝이니 간단하기까지 하다고요."

나는 내 절기의 우수성을 윤옥에게 상세히 설파했다.

"야신 전하도 전수해 드릴까요?"

윤옥은 부드럽게 입꼬리를 올리며 봄바람처럼 웃었다. 이마와 관자놀이 주변으로 흘러내린 머리카락 몇 가닥이 솜털처럼 부드러운 그의 인상을 더욱 돋보이게 했다.

"아니, 배우고 싶지 않소."

윤옥은 손을 뻗어 내 뺨을 어루만졌다.

"그리고 당신이 그 절기를 평생 쓸 일이 없게 할 거요. 당신 곁에 하루를 있더라도 나는 당신이 평안하게 하루를 보낼 수 있게 지켜줄 것이고, 당신이 절대로 그 절기를 쓰지 않게 할 테니 말이오."

한없이 다정한 그의 말이 감미롭게 귓가를 간질이고 차가운 그의 손은 기분 좋은 서늘함을 뺨에 전했다. 어찌 보면 참 신기하다. 윤옥은 더없이 따뜻하지만 얼음처럼 차가운 손을 지녔고, 욱봉은 가차 없이 차갑지만 불꽃처럼 뜨거운 손을 지녔으니 말이다.

"흠!"

문밖에서 헛기침 소리가 났다. 돌아보니 흰색 비단 장포를 입은 아버지가 서 있었다. 그는 옅은 국화 향을 품은 채 우리에게 다가왔다.

"수신 어르신을 뵈옵니다."

아버지에게 예를 표하는 윤옥의 얼굴에 홍조가 번져 있었다. 계화주를 마신 것도 아닌데 왜 얼굴색이 갑자기 저렇게 변했는지 모르겠다.

"음."

아버지는 윤옥에게 부드럽게 고개를 끄덕인 뒤 돌의자를 당겨서 앉았다. 그리고 침묵한 채 선기궁의 짙푸른 연못과 초록색 대나무를, 느리게 걷는 염수 떼를 보았다. 마지막으로 그의 시선이 닿은 곳은 바로 내 얼굴이었다.

"멱아야, 어젯밤에 어디에 갔더냐?"

아, 맞다. 어제 서오궁에서 잤지!

"숙부님께서 얼마 전부터 마디극[95]에 빠져 계십니다. 어제도 인연부에 관진경을 걸어 놓고 마디극을 감상하셨지요. 멱아와 숙부님은 취향이 잘 맞으니 멱아는 어제 분명 마디극을 보러 갔겠지요. 안 그렇소, 멱아?"

윤옥이 틀렸다. 나는 인연부가 아니라 서오궁에 있었다.

얼른 그의 잘못된 예상을 정정하려 했지만, 그러지 못했다. 그가

---

95 경극이 생겨난 뒤부터는 작품의 편당 공연 시간이 길어졌다. 그로 인해 극의 구조가 엉성하고 리듬이 산만해지는 상황이 잦아지자, 가장 재미있거나 아름다운 부분을 고른 뒤 수정과 보완을 한 공연을 만들어 냈는데 이를 마디극이라고 한다.

내 옷자락 뒤를 살짝 건드리며 눈짓을 한 탓이었다. 그제야 나는 윤옥의 의도를 눈치챘다. 생각해 보면 예전에도 아버지가 욱봉을 보는 눈이 그리 곱지 않았다. 내가 그와 함께 있었다고 하면 분명히 좋아하지 않을 듯했다. 아아, 역시 윤옥은 생각이 깊다.

"예, 인연부에서 마디극을 보았어요. 아버지도 다음번에 같이 가요. 월하선인은 북적거리는 것을 좋아하시니 아버지가 인연부에 들르면 굉장히 기뻐할걸요."

"아니, 나는 괜찮다."

아버지는 천천히 손을 저었다.

"이 아비는 조용한 게 좋단다. 바라나 징이 부딪히는 시끄러운 소리를 못 참지. 하지만 너는 나와 다르니 너만 좋다면 언제든지 인연부에 놀러 가려무나."

그저 몇 마디 이야기를 나누었을 뿐인데, 해는 하늘 중심부에 와 닿아 있었다. 어느덧 무지개는 흐릿하게 흔적만 남았다.

"오늘 아침에는 비가 내리지 않았는데 어찌하여 무지개가……."

점점 흐려져 가는 무지개를 물끄러미 보기만 하던 아버지는 홀연 시선을 내려 윤옥을 보았다.

"하긴 속세에서나 비가 내린 뒤 가끔 무지개가 뜰 뿐, 이곳에 무지개가 떴다고 신기해할 일은 아니군요. 천계의 무지개는 원하면 얼마든지 만들어 낼 수 있으니까요. 혹시 이 무지개를 야신 전하께서 만드셨습니까?"

아버지가 묻자, 윤옥은 내 손을 자연스럽게 잡으며 온화하게 웃었다.

"수신 어르신도 아시다시피 먹이는 참으로 놀기를 좋아합니다.

호기심도 많아 이리저리 돌아다니기 바쁘지요. 물론 그런 활기찬 먹아가 저는 참으로 좋지만, 천계는 너무 넓기에 저는 가끔 두렵습니다. 그래서 무지개다리를 만들었습니다."

그는 잠시 말을 멈추더니 짧게 한숨을 쉬었다. 그런 뒤 수려한 손가락 열 개로 내 손을 꼭 쥐었다.

"이 무지개다리만 있다면 먹아가 언제 어디서든 고개만 들면 바로 집으로 돌아올 길을 찾을 수 있을 겁니다. 그리고 기억해 내겠지요. 무지개다리 끝에 있는, 흰색 벽에 둘러싸인 검푸른 기와를 얹은 작은 집 안에서 묵묵히 먹아를 기다리는 누군가를……."

윤옥은 갑자기 내 손을 놓았다. 그러더니 곁의 염수를 만지작거리며 뜸을 들이다가 작게 속삭이듯 말했다.

"한 마리 염수가 있음을……."

이상하네. 방금 윤옥이 분명히 '누군가를'이라고 말한 것 같은데 왜 굳이 한 마리라고 고쳐 말했지? 혹시 처음부터 한 마리라고 했는데 내가 어젯밤에 잠을 제대로 못 자서 환청을 들었나?

"하……."

내가 고개를 갸웃거리자, 아버지는 깊게 한탄했다. 하지만 아버지의 탄식은 이내 바람에 묻혀 사라졌다.

"먹아야, 낙상부로 돌아가자."

아버지는 천천히 몸을 일으키며 내게 손을 내밀었다. 웬일인지 그의 얼굴에 옅은 수심이 번져 있었다.

천계의 넓은 길은 낮게 구름이 깔려 있고 백화가 만발하여 무척 아름다웠다. 그 길을 나와 함께 걷는 게 신이 난다는 듯 염수는 연신 작은 몸을 통통 튕겼다.

"그만 좀 방방 뛰어. 혼자서 멋대로 뛰어다니다가 길 잃어버리면 어쩌려고 그래."

이리 뛰고 저리 뛰는 염수의 등짝을 가볍게 두드려 녀석을 진정시켰다. 윤옥이 준 선물이라 받기는 받았고, 하는 짓이 귀엽기도 하지만 이 녀석이 윤옥이 말한 '집에서 나를 묵묵히 기다리는 한 마리'가 될 수 있을지는 의문이다. 솔직히 아무리 봐도 이 녀석에게는 그 자질이 없으니 말이다.

비근한 예로, 윤옥이 비록 내게 이 녀석을 선물로 주었지만, 이 녀석은 자기 좋을 대로 집을 옮기기 일쑤다. 비록 지금은 내 곁에 있지만, 아마 몇 시진 지나서 심심하다 싶으면 선기궁으로 팔랑팔랑 날아가 제 무리와 어울리며 놀다가 내가 제 주인이라는 사실조차 까맣게 잊어버릴 것이다.

염수와 나란히 걷던 나는 문득 멈춰 섰다. 나보다 두 걸음 정도 앞서가던 아버지가 걸음을 멈추었기 때문이었다. 그는 뒷짐을 진 채 길가에 핀 꽃, 아니, 정확하게 말하면 천제가 술법으로 만들어 놓은 가짜 꽃을 망연히 바라보았다. 그의 맑고 투명한 눈에는 깊은 애수가 서려 있었다.

"멱아야, 이 아비는 원래 네가 야신에게 시집가기를 원치 않았다."

한참 후 아버지는 알쏭달쏭한 말을 했다.

"24 방주와 노호에게 진상을 들은 그때 나는 천제의 명으로 풍신과 혼인하고, 천제의 장자와 정혼 약조를 한 일을 뼈저리게 후회했다. 당장 정혼 약조를 무를 생각이었지. 그래서 북천문 앞에서 우연히 만난 너와 야신이 하는 말을 들었을 때는 참 혼란스럽더구나."

아버지는 천천히 몸을 돌려 내 머리에 손을 얹었다. 그리고 애정이 가득 담긴 손길로 부드럽게 정수리를 쓰다듬어 주었다.

"아비는 여전히 천제 일가가 밉구나. 천제도 천후도 용서가 안돼. 하지만 내 증오 때문에 네가 연모하는 이와 함께하지 못하는 슬픔을 겪게 할 수는 없는 일이다. 먹아야, 아비는 오로지 네 행복만 바라느니라. 너만 행복하다면 더는 아무것도 욕심내지 않을 것이야. 게다가 진정으로 나를 사랑해 주는 이를 만나기란 참으로 어려운 법이다. 천계의 천인이나 신선도 예외가 아니지. 다행히 그것만은 안심이 되는구나. 야신이 이토록 너를 아끼고 사랑하니 말이다."

한숨과 함께 아버지는 또 말을 멈추었다. 그러다가 또 한숨과 함께 내 귀밑머리를 귀 뒤로 넘겨 주며 뜬금없는 질문을 던졌다.

"너는 마디극을 좋아한다지? 그렇다면 마디극이 왜 재미있는지 그 이유를 아느냐?"

나는 눈을 동그랗게 뜬 채 아버지를 말없이 바라만 보았다. 원래 마디극에는 화려하고 다양한 배우들이 등장하고, 멋지게 노래도 한다. 재미있는 게 당연하다. 그것 외에 다른 이유가 또 있나?

"먹아야, 마디극에는 시작과 끝이 없단다. 전체 극에서 절정에 치닫는 부분이나 흥미로운 부분만 뽑아 선보이기에 인생의 한이나 고난이 극 중에 드러나지 않지. 기쁨과 슬픔, 만남과 헤어짐이 교차하는 현실의 인생과 마디극은 사뭇 다르단다. 이 아비는 네가 일평생 마디극처럼 즐겁기만 했으면 좋겠구나. 아무런 근심 없이 행복하기만 했으면 싶어."

그러게. 근심 없고 행복하기만 한 인생이란 참으로 좋지. 진짜 그럴 수 있었으면 좋겠다.

저도 모르게 싱긋 웃자, 아버지도 나를 따라 부드럽게 웃었다.

"아비가 보기에 야신은 온화하고 매사에 온당하니 좋은 짝이 될 것이야. 멱아 너도 야신을 마음에 두었으니 다른 곳에 눈 돌리지 말고 지금처럼 쭉 야신과 함께하려무나. 그리고……."

아버지는 문득 말을 끊으며 머뭇거렸다.

"그리고 뭐요?"

내가 다시 묻고서야 그는 머쓱하게 웃었다.

"멱아야, 너 혹시 화신 욱봉을……."

"예?"

"욱봉을 어찌 생각하느냐?"

나는 쉽사리 대답하지 못했다. 좋으면 좋고 싫으면 싫었지. '어찌 생각하느냐?'라니. 평소 내 판단 기준과 너무 거리가 있었다.

"생각해 본 적 없어요."

그것이 내가 할 수 있는 최선의 대답이었다. 그러자 아버지는 안심한 듯 고개를 끄덕였다.

"그렇구나. 솔직히, 화신은 대단하지. 용맹하고 강하고 아름다워. 하지만 멱아야, 아비가 보기에 화신은 지나치게 오만하구나. 태어날 때부터 가장 높은 자리에 있었기에 굽힐 줄도 몰라. 화신은 작은 오점 하나 용인하지 않을 성품이야. 게다가 그 어미인 천후는 실로 악랄한 여인이지. 그러니 앞으로는 서오궁에 발길을 하지 마라. 야신의 마음을 다치게 하지도 말고."

아버지는 내 머리 위의 환체봉령을 빼더니 내 손바닥 위에 그것을 누르듯 얹었다.

"오늘부터는 이것을 몸에 지니지 마라."

제9장

천계에서는 49일마다 신선들이 구소운전에 모여 육계의 중대사를 논의한다. 그리고 오늘이 바로 그날이었다. 아버지와 함께 구소운전 앞까지 온 나는 대전 앞 너른 마당을 빠르게 훑었다. 내 염수를 묶어 둘 안전한 장소를 물색하기 위해서였다. 이것도 아버지에게 들어서 안 천계의 규율인데 천수(天獸)들은 대전으로 들어가는 계단 아래 두어야 한다고 한다.

가장 먼저 시선이 머문 곳에는 정수리에 큰 뿔이 나 있고 검은 털이 무성한 교철[96]이 보였다. 누가 봐도 사슴을 한 입 거리로 꿀꺽하게 생겼다. 교철의 옆에는 호랑이 무늬에 날개가 달린 영소[97]가 있었다. 교철과 백중세다. 또 그 옆에는 보라색 몸에 눈이 날개 아래에 달린 원비조(遠飛雞)가 날개 밑에 달린 눈을 부릅뜨며 나를 노려보았다.

대관절 신수들은 왜 이리도 사납게 생겼을까? 순해 보이는 놈이 하나도 없다. 고심 끝에 나는 염수를 이랑진군의 천구 옆에 두었다. 천구가 좋아하는 음식은 달이니 염수를 잡아먹지 않으리라는 판단

---

96 饕餮. 《신이경》에 등장하는 전설의 요수. 철을 먹으며 몸이 강철과 같아 무기로 쓴다.
97 英招. 고대 중국 전설에 등장하는 신수. 사람 얼굴에 호랑이 무늬, 날개가 있으며 화원을 지킨다.

에서였다.

"금멱 선자, 어서 안으로 드시지요."

선시가 차분히 채근하자, 나는 얼른 아버지의 뒤를 따라 대전 안으로 들어갔다. 솔직히 좀 얼떨떨했다. 나같이 미천한 정령이 대선들의 모임에 초청받았다는 사실이 믿어지지 않아서였다.

수경의 정령들이 이 일을 듣는다면 분명 반쯤은 안 믿겠지만, 며칠 전 천제는 16명의 선사(仙使)와 16명의 선자를 낙상부로 보냈다. 그리고 금빛 찬란한 배첩을 내렸다. 당시 그들이 왔을 때 아버지는 서재에서 서예를 하고 있었는데, 그는 그 배첩을 힐끗 보기만 했을 뿐 안을 들춰 보지도 않았다.

"이 자리입니다."

선동이 안내해 준 자리는 아버지의 옆자리이자, 천제의 아래 자리에 앉은 윤옥과 탁자를 사이에 두고 마주 보는 자리였다. 온화하게 웃는 윤옥에게 눈짓으로만 인사한 뒤 나는 탁자 앞의 면면을 빠르게 훑었다. 봉황, 그 살기등등한 새는 보이지 않았다. 그제야 안심이 된 나는 등을 편히 폈다. 눈앞의 옥잔을 들어 목도 좀 축였다.

천제 부부는 이미 보좌에 앉아 있었는데 천후가 전처럼 나를 멸시하듯 노려보는 일은 없었다. 그녀의 그런 행동도 기이했지만 아버지는 더했다. 그는 천제와 천후에게 예를 표하지 않은 채 내 옆에 조용히 앉았으니 말이다. 반면, 몇몇 신선이 안부를 물었을 때는 가볍게 고개를 끄덕여 그들에게 반응해 주었다. 대놓고 천제 부부를 무시하는 행위였지만 천제 부부는 그런 아버지에게 전혀 눈치를 주지 않았다.

듬성듬성 비어 있던 자리는 어느덧 다 찼다. 사해팔방구천육계

(四海八方九天六界)의 신선들이 대전에 모인 셈이었다. 그러자 천제는 엄숙히 손을 들었고, 신선들은 그때까지 제 옆 선인과 나누던 잡담을 모두 멈추었다.

"모든 신선이 알다시피 수신과 짐은 일찍이 혼약을 맺었소. 짐의 장자와 수신의 장녀를 짝지어 사돈을 맺기로 말이오. 이제 수신의 장녀가 돌아왔으니 이 혼사는 당연히 진행되어야 하오. 오늘 여러분을 청한 이유는 수신과 함께 길일을 상의하고자 함이오. 더불어 짐의 장자 윤옥과 수신의 장녀 금멱이 혼인하는 데 있어 이 자리의 모든 신선이 증인이 되어 주십사 청하오."

내가 윤옥과 혼인하는 것은 이미 나도 알고, 다른 이도 아는 사실이다. 그런데도 천제의 진지한 선언을 들으니 느낌이 묘했다. 머쓱한 마음이 들어 맞은편의 윤옥을 보자, 그는 내게 살짝 웃은 후 내 시선을 정중히 피했다. 하지만 그의 목덜미 푸른 혈맥 위로는 홍조가 은은히 떠올라 있었고, 그의 눈은 밤하늘의 별 모두를 쏟아부은 듯 이채롭게 반짝였다.

"다음 달 초팔일이 길일입니다."

한 목소리가 대전 안에 울리며 내 상념을 끊었다. 목소리가 난 쪽을 살피니 호법신 나타[98]였다. 그의 옆에 앉은 남해관음의 제자 홍해아도 신중하게 고개를 끄덕였다. 분명 신선임에도 어린아이의 모습이고 배두렁이[99]까지 차고 있어 우스꽝스러웠지만, 웃음을 꾹 참

---

98 불교 호법신(護法神)으로 범문(梵文)으로는 Nalakūvara라고 불린다. 비사문천왕(毗沙門天王)의 아들이다.
99 옛날 어린아이들의 앞가슴과 배를 가리는 가리개

왔다.

"좋군요. 그날이 좋겠습니다."

다른 신선들도 고개를 끄덕이며 동의했다. 그러자 천제는 고개를 돌려 아버지에게 공손히 물었다.

"다음 달 초팔일로 정하고 싶은데 수신의 뜻은 어떻소?"

아버지는 나를 보며 고개를 끄덕였다.

"예."

이로써 모든 것은 정해졌다. 하지만 내 오른쪽 옆에 앉은 월하선인의 생각은 다른 듯했다. 그는 내 소맷자락을 당기더니 내 귀에만 들릴 정도의 작은 목소리로 나를 책망했다.

"멱아야, 어찌 이럴 수가 있느냐? 욱봉은 어쩌라고!"

응? 그것을 왜 나한테 묻지?

정말 이유를 알 수 없어 그를 돌아보았다. 뜻밖에도 그는 금방이라도 울 듯한 표정을 하고 있었다.

"멱아야, 설마 너 욱봉을 농락한 것이냐? 정녕 그런 것이야?"

농락하다니, 내가 욱봉을? 나는 정말로 월하선인이 무슨 소리를 하는지 알 수 없었다. 그래서 욱봉이 내 혼인과 무슨 관련이 있는지 월하선인에게 물으려고 했다.

그때였다.

멀리서 '쾅!' 하고 문을 요란하게 여는 소리가 났다. 맑은 하늘에 번개가 치는 듯한 굉음에 나를 비롯한 대전 안 신선들이 화들짝 놀라는 건 당연한 결과였다.

대체 누가 이리 대담한 짓을 하나 싶어 문 쪽으로 고개를 돌리자 역광을 등지고 선 누군가가 눈에 들어왔다. 태양을 등지고 선 터라 그림자가 깊게 드리워진 그의 주변으로 암울하고 깊은 숲 같은 그림자가 짙게 깔려 있었다. 그가 든 검 끝에 반사된 태양 빛만이 그의 주변을 밝히는 유일한 빛이었다. 하지만 그 빛마저도 그의 암울한 기운을 상쇄하지 못해 보는 이를 오한에 떨게 했다.

그는 대전 입구에서 멈춰 섰다가 큰 보폭으로 우리 쪽으로 다가왔다. 얼마 후 눈을 찌르는 날카로운 빛에 익숙해지고서야 나는 그가 누구인지 알 수 있었다. 그는 바로 화신 욱봉이었다.

"폐, 폐하! 화신이…… 화신이……."

욱봉의 뒤를 급히 따라온 선시들이 당황해 어쩔 줄을 모르며 천제에게 고개를 조아렸다. 그러자 천제는 한숨을 쉬며 손을 저었다. 그제야 선시들은 무거운 짐을 덜었다는 듯 조용히 물러났다.

"화신 욱봉, 서북에서 난을 일으킨 공공[100] 일족을 진압하였습니다. 이에 천제 폐하의 명을 이행했음을 보고합니다."

욱봉은 검을 세워 포권했다. 그러자 선혈이 검날을 따라 뚝뚝 떨어져 구름처럼 하얀 구소운전의 바닥을 붉게 적셨다.

"역시 화신은 참으로 출중하구나. 오늘 아침에 전령을 내렸는데, 오후에 진압하고 돌아오다니 말이다. 참으로 노고가 많았다. 피곤할 테니 서오궁으로 돌아가서 푹 쉬도록 해라."

서오궁으로 돌아가라는 명이 떨어졌음에도 욱봉은 되레 대전 한가운데로 비집고 들어왔다. 그러고는 천후의 아랫자리에 가서 앉았다. 먼지 하나 묻지 않은 흰색 옷과 선혈이 난무하는 장검의 대비가

---

100 共工. 물을 다스리는 신으로 염제 신농의 6대 후손이며, 불의 신 축융(祝融)의 아들이다. 그는 땅의 신 후토(後土)의 아버지이며, 시간의 신(神) 열명(噎鳴)의 할아버지이다.

실로 소름 끼쳤다.

"아뢰옵기 황송하오나, 소자는 전혀 피곤하지 않습니다. 게다가 생각해 보니 오늘이 그 날이군요. 공공의 모반이 아니었으면 소자 또한 이곳에 앉아야 할 의무가 있으니 소자도 이 자리를 지킬까 합니다. 오늘의 의제는 무엇인지요?"

욱봉의 그럴듯한 말에 천제는 머쓱하게 헛기침을 했다. 그 순간, 천후는 눈썹을 확 찡그리더니 마치 요괴를 대하듯 내게 눈을 흘겼다.

"화신, 오늘의 의제는 혼인이라오. 폐하의 장자 야신과 수신의 장녀 금멱의 혼인 날짜를 상의하고 있었지요."

붉은 옷을 입은 월하선인이 즉시 대답하며 대전 안의 무거운 공기를 깼다.

"아, 그렇군요. 언제로 정해졌습니까?"

욱봉은 태연히 반문하며 월하선인이 아닌 나를 보았다. 하지만 나는 한기를 풀풀 풍기는 그의 분위기에 짓눌려 고개도 들지 못했다. 그 상태에서 제대로 된 대답을 할 수 있을 리 만무했다. 대전 안에 모인 신선들의 심정도 나와 같은지 다들 꿀 먹은 벙어리 상태였다.

"다음 달 초팔일입니다."

윤옥이 차분히 대답했다. 슬그머니 고개를 들어 살피자 윤옥은 이런 분위기에 전혀 영향을 받지 않은 채 부드럽게 웃고 있었다.

"초팔일."

욱봉은 작게 중얼거렸다. 그와 동시에 그의 입술 위로 서서히 미소가 번졌고, 나는 모골이 송연했다. 그는 다시 또 중얼거렸다.

"초팔일……."

대전 안에 모인 신선들이 다급히 숨을 죽였다. 누군가가 팽팽히

실을 당긴 듯한 긴장감이 삽시간에 모든 이를 얼어붙게 했다.

"그렇군요. 알겠습니다. 그럼 소자는 그날을 기대하지요."

욱봉의 입에서 그 말이 흘러나온 후에야 분위기는 다시 풀어졌다. 누군가는 한숨을 쉬었고, 누군가는 가슴을 쓸어내렸다. 잔뜩 긴장해 있던 천제와 천후도 안도했다.

"감사합니다, 화신."

윤옥은 여전히 담담한 웃음을 머금은 채로 대답했다. 그 후로 여기저기에서 축하 인사가 나왔다. 나는 윤옥을 따라 웃으며 신선들의 축하를 받았지만, 솔직히 태반은 귀에 들어오지 않았다.

어둠이 내린 천계의 한길을 나는 정처 없이 걷고 있었다. 원래는 아버지와 함께 낙상부에서 차를 마실 시간이지만, 몰래 빠져나왔다. 하지만 아버지가 나를 딱히 찾지는 않을 것이다. 오늘 낙상부에 발길을 한 24 방주들에게 둘러싸여 반쯤 혼이 나가 있을 테니 말이다.

그녀들을 모조리 아버지에게 밀어 버리고 몰래 내뺀 게 좀 미안하지만, 오늘은 나도 지쳐서 그녀들을 감당할 자신이 없었다. 한 올의 머리카락조차도 흘러내림을 허용치 않을 듯한 목단 장방주의 올림머리가 먼발치에서 보인 순간, 이미 결정된 일이었다.

딱히 이 시간에 갈 데도 없는지라 원래는 인연부에 가서 월하선인과 수다나 떨 생각이었다. 그런데 지나는 길에 있는 반고 사당 밖 돌계단 위에 낯익은 얼굴이 앉아 있어 절로 걸음이 멈춰졌다. 그들은 비서와 요청이었다. 이 시간에 왜 밖에서 저러고 있나 싶어 다가가 보니 그들은 땅바닥에 줄을 그어 구궁(九宮, 가로세로 총 9칸을 그려 숫자를 넣는 중국 놀이)을 하고 있었다.

"어어, 그러면 틀려. 여기는 당연히……."

저도 모르게 훈수를 두자, 비서가 "악!" 하고 비명을 질렀다. 그는 손에 쥔 돌멩이를 던지며 기겁했고, 요청도 가슴을 치며 나를 탓했다.

"이, 씨! 깜짝 놀랐잖아요. 오밤중에 왜 이리 사람을 놀라게 해요? 방금도 화신 전하 때문에 간이 있는 대로 쪼그라든 우리한테 금멱 너까지 왜 이래!"

나는 고개를 기울이며 눈을 깜박였다.

"화신 전하 때문에 간이 쪼그라들어? 왜?"

"전하께서 진노하셨으니까 당연히 간이 쪼그라들지!"

얼씨구, 얼마 전에 서오궁에서 봤을 때는 말을 낮췄다가 높이더니. 이번에는 높였다가 낮추네.

얘네들은 왜 나한테만 유독 말투가 오락가락한담.

"전하께서 왜 진노하셨는데?"

정말로 궁금해서 묻자, 이번에는 비서가 대답했다.

"너도 모르는 걸 내가 어떻게 알아!"

나, 비서, 요청 사이에 살짝 어색한 공기가 흘렀다. 나는 영문을 몰라 그랬고, 요청과 비서는 놀란 정신을 수습하느라 시간이 걸린 탓이었다. 잠시 후 그들은 서로 쭈뼛쭈뼛 눈치를 보더니 요청이 먼저 입을 열었다.

"그, 그게 금멱 선자, 사실 화신 전하는 오늘 구소운전에서 퇴궐하신 그때부터 내내 심사가 안 좋으셨어요. 밤이 되자 숫제 우리 모두를 서오궁에서 내쫓으셨고요."

말은 다시 높이는데 눈빛은 영 따로 놀았다. 요청은 원망 가득한 눈으로 나를 보고 있었다. 그 옆의 비서도 딱히 다를 바 없었다.

"소인의 생각을 솔직히 말씀드리자면, 이건 분명히 금멱 선자 탓일 거예요. 그리도 어진 화신 전하께서 이렇게 진노하실 때는 대부분 금멱 선자가 그 이유였거든요."

비서가 의미심장하게 덧붙였다. 그 순간, 어이가 하도 없어 목이 콱 막혔다.

뭐 어진 화신 전하? 제정신이야? 진심이야? 화신 전하가 어질어?

하지만 나는 그것을 입 밖으로 소리를 만들어 내는 어리석은 짓을 하지 않았다. 나도 명색이 서오궁 식솔 생활 백 년이다. 그래서 서오궁 선시들이 얼마나 욱봉을 맹목적으로 숭배하는지 잘 안다. 그들은 욱봉이 그들의 면전에서 나를 칼로 콱 쑤셔도 그가 나를 능지처참하지 않아 자비롭다고 말할 게 틀림없었다.

요청과 굳이 언쟁을 벌이고 싶지 않아 잠자코 있으면서도 나는 그의 진노가 나와 무슨 상관이 있는지 계속 생각했다. 그러다 보니 몇 가지 그럴듯한 가설이 떠올랐다.

첫째, 오늘 공공 일족과 싸우다가 다쳐서 짜증이 늘었다.

둘째, 전에 영지성초를 과다 복용한 나머지 몸에 화기가 왕성해져서 사소한 일에도 화를 낸다.

"그럼 나는 간다. 너희도 너무 늦게까지 거리에 있지는 마."

나는 그들에게 얼렁뚱땅 인사를 건넨 뒤 서오궁으로 발길을 돌렸다. 방금 생각해 낸 두 가지 이유 중 두 번째 이유로 욱봉이 화를 냈다면 내게도 일말의 책임이 있기 때문이었다.

서오궁에 와 보니 과연 문은 훤히 열려 있고, 궁 안에는 아무도 없었다. 내부를 한 바퀴 쭉 둘러봤지만, 서오궁의 주인인 욱봉조차 보이지 않았다.

"아, 유재지!"

문득 그가 있을 만한 곳이 떠오른 나는 서둘러 유재지로 발길을 돌렸다.

유재지는 화려하기 짝이 없는 서오궁 안에서 상당히 이채로운 공간이었다. 바람 속의 바람이 어깨를 지나 흩어지고, 물이 물속에서 섞이고 모였다. 마치 내가 바람 속의 바람 소리를 듣지 못하고, 물속의 물을 못 보는 듯한 기분에 사로잡힌다고나 할까? 그런데도 그들의 존재만은 또렷하게 느낄 수 있는 신비로운 곳이었다.

분명히 이곳에서는 욱봉을 찾을 수 있다고 생각했지만, 여기서도 나는 욱봉을 찾지 못했다. 유재지를 한 바퀴 돌았지만, 그의 오만한 그림자 한 조각도 보지 못했다. 하지만 나는 계속 유재지를 맴돌고 있었다. 그가 분명히 이 부근에 있다는 예감이 들어서였다.

"대체 어디 있담."

나는 작게 투덜거리며 연못가에 쪼그려 앉았다. 그리고 연못에 손을 뻗은 그때, 물속에서 누군가가 나를 세게 잡아당겼다.

전혀 예상하지 못한 상황에 놀란 나는 아무것도 하지 못했다. 그야말로 물귀신에게 잡힌 듯 물속으로 끌려 들어갔고, 삽시간에 정수리까지 물에 잠겼다. 그 통에 비명도 미처 지르지 못했다. 물 주문, 불 주문, 흙 주문 등 내가 아는 모든 주문을 외쳤지만, 나를 사방에서 에워싸는 물에서 벗어날 방도가 없었다.

입술을 벌려 공기를 마시려 할 때 입술 위로 짙은 계화향이 덮쳤다. 부드럽고 축축한 감촉과 함께 번지는 향기에 정신이 멍해졌다.

이 어두운 물속에서, 이 짙은 향기 속에서 도망쳐야 한다는 일념으로 나는 나를 붙잡은 무도한 손을 뿌리쳤다. 그러나 되레 더 세게 붙들리고 말았다. 내 양쪽 손목은 상대의 손 하나에 단단히 붙들렸고, 내 손목을 그러쥔 상대의 팔이 나를 잡아당기는 통에 나는 상대의 가슴에 안겼다. 그리고 그의 얇은 입술에 내 입술이 단단히 짓눌렸다.

아무리 뿌리치려고 해도 뿌리칠 수가 없고, 숨은 점점 더 모자라졌다. 별수 없이 상대의 입에서라도 생기를 취해야 했다. 나는 나를 덮친 사나운 입술을 빨아 상대의 입술을 벌린 뒤 그 안의 공기를 삼켰다. 그러자 상대도 호흡 곤란을 느끼는지 내 입술을 삼켜 거칠게 빨았다. 혀끝으로 내 치아 사이를 핥기도 했다.

어쨌든 살아야 했기에 나도 상대가 하듯이 혀를 내밀었다. 그리고 상대의 입술을 벌려 핥고 빨며 얼마 안 되는 공기를 도로 뺏기 위해 악착같이 굴었다.

비록 상대의 공기를 빼앗아 숨이 조금은 트였지만, 내 입 안으로 들어오는 공기는 빠르게 줄어들었다. 온몸에 힘이 빠지고 의식도 멀어졌다. 이러다가 정말 익사할 것 같다는 위기감마저 느껴졌다. 그제야 상대는 내 두 팔을 붙들어 나를 수면 위로 끌어 올렸다.

"쿨럭!"

급작스럽게 숨이 들어오자 절로 기침이 나왔다. 나는 흠뻑 젖은 미역처럼 얼굴 앞으로 흐트러진 머리를 뒤로 걷으며 크게 숨을 내쉬었다. 다행이다. 익사하지는 않은 것 같다. 내가 명색이 수신의 딸인데 물에 빠져 죽으면 두고두고 웃음거리가 될 터였다. 하지만 안도하는 마음도 잠시, 머리가 터질 듯 화가 치밀었다.

미쳤어! 제정신이 아니야! 어떻게 이런 무도한 짓을 벌일 수 있지!

얼빠진 눈으로 나를 보는 상대를 죽일 듯 노려보며 나는 이를 바드득 갈았다.

그래, 그때 죽였어야 했다. 이 자가 무력한 까마귀였을 때 이 자의 뼈를 부수고, 깃털을 뽑고, 껍질을 벗겨 쪄먹었어야 했다. 그때 후환을 제거했다면 오늘 내가 이런 참변을 겪을 일도 없었다.

"이……, 이……!"

그를 가리키는 내 손가락이 달달 떨렸다. 지난 4천 년을 통틀어 나는 가장 분노하고 있었다. 대체 어떻게 하면 속이 시원하도록 그를 책망할 수 있을까!

잠시 고민한 뒤 나는 그의 다리 사이를 가리켰다. 아니, 월하선인이 말한, 사내가 내단만큼이나 중요하게 여긴다는 그 물건에 삿대질했다.

"나한테 또 이런 짓을 하기만 해요! 당신 여기를 영원히 못 쓰게 만들어 버릴 테니까!"

나는 씩씩거리며 물 쪽으로 몸을 돌렸다. 너무나 화가 난 나머지 내가 방금 욱봉에게 전하가 아닌 당신이라고 부른 것도, 물 주문을 외워 몸을 말리는 것도 잊었다. 하지만 불과 몇 걸음도 떼지 못하고 그에게 위팔을 붙들렸다. 그는 버둥거리는 나를 강하게 붙잡아 물으로 끌고 나갔고, 연못가 봉황목에 내 몸을 밀어붙였다. 그러자 내 등과 부딪힌 봉황목이 격렬히 요동치며 붉은 꽃잎이 우수수 날렸다. 마치 불꽃 같은 그 꽃잎은 내 뺨을 스치고 내 콧잔등을 지나고 내 입술을 훑으며 바닥으로 떨어졌다.

욱봉은 흰옷을 입고 있었는데, 그의 옷섶은 반쯤 풀려 있었다. 젖은 머리와 눈썹에서는 수정 같은 물방울이 뚝뚝 떨어졌다. 그렇게 떨어진 물방울은 그의 맨가슴을 타고 흐르더니 옷으로 가려진 몸 깊은 곳으로 떨어져 흔적도 없이 사라졌다.

거칠거칠한 나무에 등이 눌리고 쓸려 홧홧하게 통증이 일었다. 몸이 젖어 있어 아픔이 더 컸다. 당장이라도 그를 밀쳐 그에게서 벗어나고 싶지만, 그가 온몸으로 뿜어내는 살기에 눌려 옴짝달싹할 수가 없었다.

"왜……, 왜 이래요? 나랑 무슨 원한이 있다고 이런 짓을 해…… 요? 대체 나를 어쩌려는 거냐고요!"

나는 겨우 목을 쥐어짜 힘겹게 몇 마디를 뱉었다. 하지만 욱봉의 차가운 손이 목에 닿자 두려움에 절로 입이 닫혔다.

"내가 어쩌고 싶냐고? 나는 네가 어떻게 내 여기를 못 쓰게 만들지가 더 궁금한데. 응?"

그의 '응?'이라는 말이 내 머릿속을 가로질렀다. 그러자 내 머릿속에 팽팽하게 당겨져 있던 실 한 올이 예리한 검날에 베인 듯 뚝 끊어졌다. 그는 그 말 이후로 전혀 움직이지 않는데도 나는 그가 너무 두려운 나머지 몸이 덜덜 떨렸다.

잠시 후 그는 너무 세게 붙들려 있어 뻣뻣하게 마비가 온 내 팔을 놓아주었다. 대신 내 목으로 손을 옮기더니 덩굴처럼 목선을 타고 올라왔다. 그의 손짓은 부드럽기 그지없었지만, 얼굴에 떠올라 있는 표정은 판이했다. 그는 먹이를 사냥하기 위해 몸을 움츠린 맹수 같았다. 피에 굶주렸고, 잔혹했다.

월궁이 어느새 등을 환히 밝혀 달이 명징하게 밝았다. 물에 비친 달도 서늘한 은빛으로 빛났다. 하늘에도 물에도 달이 환히 빛나 몸을 숨길 곳이 없었다. 결국, 나는 계화향을 물씬 풍기며 가까이 다가오는 욱봉을 겁에 질린 눈으로 바라보기만 했다.

부드러운 손가락이 내 목을 감쌌다. 손가락에 힘이 들어가자 숨이 턱 막혔다. 몸을 버둥거려 보았지만 내 저항은 무력했고, 호흡은 점점 더 약해졌다. 정말 내가 동곽 선생의 신세가 되었다 싶으니 무섭고 억울했다. 좋은 마음으로 그를 구했는데, 그는 되레 나를 죽이려 하고 있었다.

"욱봉!"

질식 직전 나는 최후의 힘을 쥐어짜며 말했다. 그제야 욱봉은 돌연 내 목을 조르던 손에서 힘을 풀었다. 그와 동시에 매혹적인 미소를 지었다. 나는 이 상황에서 웃는 그에게 경악했고, 급한 숨을 내쉬느라 가슴을 들썩였다.

불시에 불어온 바람이 밤하늘의 구름을 느리게 밀었다. 그 구름이 달을 가리고서야 나는 잠시나마 암흑 속에 나를 숨길 수 있었다. 하지만 그것은 나만의 착각이었을 뿐, 나는 결코 그에게서 나를 감출 수도, 벗어날 수도 없었다.

서로의 숨소리만 존재하는 정적 속에서 그는 느리게 고개를 숙였다. 그리고 젖은 입술과 몸을 내 입술과 몸에 틈 하나 없이 밀착했다. 시냇물에 오랫동안 갈린 자갈처럼 매끄럽고 촉촉한 입술이 닿자 다시금 정신이 아득해졌다.

내게 입술을 깊게 붙인 채 욱봉은 열 오른 뜨거운 손으로 내 뒤통수를 휘감았다. 그가 몸을 기울여 나를 덮듯이 안자, 우리의 몸이 딱 맞물렸다. 숨을 쉬기 위해 입술을 살짝 벌리자 그의 혀끝이 입안으로 들어와 빈 곳을 휘저었다.

생명을 잃을 위기에서 벗어난 듯해 나는 그제야 숨을 좀 돌렸다.

그리고 욱봉이 하듯 그에게 입을 맞추었다. 불현듯 그의 몸이 전율하더니 불꽃처럼 뜨거워졌다. 그와 맞닿은 몸은 열기로 타 버릴 듯하고, 봉황목의 거친 표면에 계속 눌리고 쓸리는 등은 아팠다. 앞뒤로 지져지면 느낌이 이럴까? 결국, 무릎에 힘이 풀린 나는 힘없이 무너지고 말았다.

그러나 그 후로는 등 뒤의 아픔이 사라졌다. 그가 나를 안아 연못가로 데리고 가서였다. 내가 미처 인식하지도 못하는 사이에 그의 옷은 이미 다 벗겨져 있었다. 그는 얕은 연못가에 내 몸을 누인 뒤 내 위로 올라탔다. 그 탓에 보지 않으려고 해도 그의 탄탄하고 평평한 가슴이 보였다. 그리고 어떤 미동도 없음에도 그의 긴장감이 팽팽히 느껴졌다.

왠지 민망하여 시선을 아래로 내리니 익숙한 듯 낯선 무엇인가가 보였다. 그때, 심장이 쿵 내려앉았다. 기이함도 떨칠 길이 없었다. 수경에서 처음 보았을 때는 절대로 이런 모습이 아니었기 때문이었다.

시선을 어디로 두어야 할지 몰라 난감해하는데, 문득 머리 위로 짙고 거친 숨소리가 들려왔다. 본능에 이끌려 고개를 들자, 그의 뜨거운 시선이 내 시선에 맹렬히 부딪혔다. 그 순간 정신이 멍해졌고, 옥 같은 피부와 분명한 골격이 주문처럼 나를 유혹했다.

나는 느리게 손을 뻗어 그의 빗장뼈를 쓰다듬었다. 괴이한 일이지만, 더는 그가 두렵지 않았다. 그러자 그는 가볍게 내 두 손을 잡았고, 고개를 숙여 손가락 하나하나에 입을 맞추었다. 그럴 때마다 나는 잘게 경련했다. 손가락과 심장이 하나하나 연결이라도 되어 있는 듯 가슴이 벅찼다.

옅은 자색이 은은히 감도는 월광 아래 짙은 계화향이 내 주변을 감쌌다. 아니, 계화주의 향기다. 그가 마셨음이 분명한……. 그런데 왜 내가 몽롱해지는 걸까? 나는 계화주를 마신 적이 없는데.

취한 듯 멍해진 눈을 하릴없이 깜박이는 동안, 내 귓불을 머금던 욱봉의 입술이 느리게 아래로 내려갔다. 내 옷이 이미 다 벗겨졌음이 분명히 느껴졌다. 하지만 별빛이 내 몸을 휘감았기에 크게 부끄럽지는 않았다.

봉황목의 붉은 꽃잎이 둥둥 뜬 얕은 물이 아래위로 잘게 흔들리며 몸에 휘감겼다. 흐르는 물보다 더 섬세한 욱봉의 입맞춤도 귀 뒤에서 목으로 흐르더니 발끝까지 끊임없이 이어졌다.

평상시 오만하기 이를 데 없는 사내가 가뭄에 단비를 만난 듯 열렬하게 내 몸의 모든 곳을 점거하고 있었다. 그래서일까? 머릿속은 혼돈의 도가니인데 몸은 끝 간 데 없이 예민해졌다. 오직 욱봉의 열기만 감지되었다. 온몸이 불구덩이 속에 던져진 듯했다. 열반의 불보다 지금 이 불이 더 뜨거울 듯했다.

서로를 태우는 열기에 우리는 속절없이 빠져들었다. 그는 제어하지 못했고, 나는 도망치는 것을 잊었다. 그리고 심장이 미칠 듯 뛰던 그때, 무엇인가가 내 안으로 파고들었다. 그와 동시에 절로 입이 떡 벌어지고 내 귀에도 기이하게 들리는 신음이 내 목을 타고 간헐적으로 튀어나왔다.

뭐야! 대체 이건…… 뭐야?

정체를 알 수 없는 무엇인가가 몸속을 헤집는 듯한 고통에 나는 눈앞이 아득해졌다. 그 고통은 경칩에 들을 수 있는 첫 번째 봄 천둥 같았다. 눈앞은 잠시만 밝아졌을 뿐, 나는 이내 태허[101]로 곤두박

질했다.

　지독한 고통이 좀처럼 사라지지 않아 나는 저도 모르게 몸에 힘을 주었다. 내게 이런 고통을 주는 욱봉을 차 버리고 싶었다. 반면, 머리와 따로 노는 내 본능은 그의 어깨를 되레 꽉 그러쥐게 했다.

　바람이 멈추고, 물이 멈추고, 구름이 멈추고, 시간이 멈추었다. 그저 내 몸과 겹쳐진 그의 몸만 들썩였다.

　'봄비처럼 부드럽게 온 그녀는 깨고 나니 무산의 구름이 되었구나.[102]'

　누군가의 노랫소리가 환청처럼 귓가에 울렸다. 마치 관진경이 비추는 곤곡 속으로 뛰어든 듯했다. 어지럽고 뜨겁기 그지없어 혼란스러운 내 심사를 반영하듯 노래는 뚝뚝 끊겼다가 다시 이어지기를 반복했다.

　'…… 정자 밖 붉은 꽃이 만발한 초지는 싱그럽기 그지없어 벌과 나비를 유혹하네. 삼생석[103]에 새겨진 인연은 결코 꿈이 아님을 봄

101　천공 또는 큰 허공을 말한다. 북송의 장재는 무형의 우주 공간을 태허라고 했으며 만물은 거기에 충만하는 기(氣)의 자기 운동에 의해 형성되며, 소멸하면 다시 태허로 돌아간다는 기의 철학을 수립했다.

102　《모란정 환혼기》에 나오는 구절이다. 무산의 구름이라는 표현은 초나라 회왕이 우연히 만나 사랑을 나눈 여인이 구름이었다는 옛이야기 무산지몽(巫山之夢)에서 유래했다.

103　三生石, 절강성 항주의 천축사 뒷산에 있다는 바위의 이름이다. 삼생이란 전생·현세·내세를 뜻한다. 이 바위에는 전설이 깃들어 있는데, 당나라 사람 이원과 원관 승려는 친우였다. 둘은 길을 걷던 중 우연히 한 여인을 보았는데 원관은 그녀를 보자, 자신이 내세에 그녀의 태를 빌려 태어날 것이며 현생에서 자신의 명이 다했음을 깨달았다. 그는 그 사실을 이원에게 미리 알렸으며 자신의 사후 12년이 되었을 때 이원과 천축사에서 만나기로 약속했다. 이원이 그때가 되어 천축사로 가 보니 과연 한 목동이 바위 위에서 그를 기다리고 있었다고 한다. 그때부터 삼생석은 전생에 정해진 인연을 가리키는 말로 쓰게 되었다.

바람과 더불어 이 정원에 들어서니 알겠구나. …… 화서지몽[104]에서 깨어나니 오롯이 허무함만 남았네[105].'

유재지에 번지는 잔잔한 파문 위로 봉황화 꽃잎들이 두둥실 떠내려갔다. 붉디붉은 그것들은 하나로 뭉쳐져 유유히 흐르다가 종국에는 흔적 하나 없이 사라졌다.

"욱봉, 욱봉!"

이게 고통인지, 온기인지, 혼란스러움인지 나는 도무지 알 수 없었다. 그래서 그의 가슴 아래서 연거푸 그의 이름만 불러 댔다. 이렇게 그를 애타게 부르는 이유가 그를 멈추게 하려는 의도인지, 그를 계속하게 하려는 의도인지도 알 수 없었다.

짙게 젖은 우리의 머리채가 물속에서 뒤엉키고, 우리의 거침없는 손발은 하늘 아래 뒤엉켰다. 그가 나를 가슴에 바짝 잡아당겨 안자, 튀어나올 듯 긴박하게 뛰는 그의 심장박동이 고스란히 느껴졌다.

"금멱, 금멱, 금멱!"

미친 듯 나를 부르며 뜨거운 숨을 토하는 그의 눈이 별처럼 빛났다. 손을 뻗으면 그 별을 딸 수 있을 듯 실감이 났다.

하늘이 우리의 지붕이고, 물은 우리의 집이었다.

우리는 화염처럼 붉은 봉황목 아래에서, 잘게 출렁이는 유재지의 물속에서, 한 번 또 한 번, 그리고 또 한 번 뜨겁게 뒤엉켰다. 그가

---

104 《열자(列子)》 황제편(皇帝篇)에 나오는 일화로 황제가 꿈에서 화서씨(華胥氏)의 나라에 놀러 갔다가, 꿈에서 깨어나자 크게 깨달은 바가 있었다는 고사에서 비롯된 말이다. 흔히 좋은 꿈을 화서지몽(華胥之夢)이라고 하며 꿈을 꾸는 것을 '화서(華胥)의 나라에 놀러 간다'라고 표현한다.
105 《모란정 환혼기》에 나오는 내용의 일부이다.

바로 얼마 전에 나를 목 졸라 죽이려 했음에도 나는 그 사실을 까맣게 잊었다.

예전에는 미처 몰랐다, '몸을 섞는 수련'이 이리도 고통스러울 줄…….

오늘은 이월 초팔일이다. 혼례를 치르기에도, 납채를 하기에도, 제사를 지내기에도, 새집에 들어가기에도, 집을 짓는 첫 삽을 뜨기에도, 동맹을 맺기에도 좋은…….

말하자면 길일이다. 금기라고는 없는.

쟁강!

날카로운 파열음이 들려 나는 움찔 놀라며 눈을 떴다. 그 순간, 아침나절의 옅은 물안개 속에서 나를 등진 윤옥이 보였다. 늘씬하고 긴 뒤태가 마치 서천의 보리수 같았다. 황양목으로 만든 팔선상(8인용 탁자) 앞에 앉은 그는 손에 도자기 파편을 쥐고 있었고, 잔뜩 겁에 질린 듯한 염수는 그의 발치에 납작 엎드려 있었다.

왜 저러나 싶어 살펴보니 윤옥이 앉은 부근의 땅 위에 옅은 빛이 가볍게 흩어져 있었다. 아마 염수가 어젯밤에 먹은 꿈의 잔해인 듯했다. 이전에 본 적 있기에 알 수 있었다. 혹시 저것이 염수가 겁에 질린 이유일까? 예전에 마계에서처럼 훔쳐서는 안 되는 꿈을 훔쳐먹어서 윤옥에게 야단이라도 맞았나?

생각이 거기까지 미치고서야 나는 이곳이 낙상부가 아니라 선기궁임을 깨달았다. 요즘은 거의 매일 이곳에 와서 윤옥과 아침 식사를 함께하곤 하는데, 식사를 준비하는 윤옥을 기다리는 사이에 잠시 잠이 든 듯했다. 그런데 참으로 괴이했다. 짧은 잠이었을 뿐인데도 긴 꿈을 꾼 듯하고, 또 그게 꿈이 아닌 듯도 했다.

어제 욱봉과 '몸을 섞는 수련'을 하는 데 체력을 너무 쓴 탓일까? 그렇게 고생했는데 영력이 늘기는 했겠지? 아무도 없을 때 한번 시험해 봐야겠다.

"먹아, 깼소?"

윤옥의 목소리는 낮게 가라앉아 있었다. 하지만 나는 딱히 이상한 점을 느끼지 못한 채 "으응" 하는 소리를 내며 의자에서 몸을 일으켰다. 그리고 맨발인 채로 맛있는 음식 냄새의 근원인 식탁으로 다가갔다. 방금까지만 해도 딱히 배고프다고 느끼지 못했는데 막상 음식이 눈에 들어오자 배 속이 요동쳤다.

"위험하니 잠시만…… 기다리시오."

바로 자리에 앉으려 한 그때, 윤옥이 문득 내 손목을 붙들었다.

"예?"

아직 잠이 덜 깨서 멍한 눈을 내려 바닥을 보니 과연 그릇의 파편이 바닥에 흩어져 있었다. 그대로 앉았으면 맨발에 분명 상처를 입었을 것이다. 나는 술법을 써서 파편을 치우려고 했지만, 윤옥은 손을 들어 나를 막았다. 그리고 자신의 손가락을 살짝 돌려 가벼운 바람을 일으켰다. 파편은 이내 다시 모이더니 반월형 작은 접시로 변했고 그는 그것에 맑은 물을 담았다. 그런 뒤 내 맞은편에 앉아 눈을 감은 채 그 물을 마셨다.

어련히 그도 먹으려니 하며 나는 식사를 시작했지만, 도중에 문득 묘한 느낌이 들었다. 그래서 고개를 들어 앞을 보니 윤옥은 아까 자세 그대로 물만 마시고 있었다. 기이하게도 접시의 물은 거의 줄지 않았다. 아무래도 그는 목이 마른 게 아니라 깊은 생각에 빠져 있는 듯했다.

"전하, 안 드시고 무슨 생각을 그리하세요?"

나는 그의 눈앞으로 손을 뻗어 휘휘 저었다. 그제야 그는 움찔 놀라며 정신을 차렸다.

"아, 아무것도 아니오."

그는 제 앞에 놓인 상아 젓가락을 들더니 죽순이 담긴 그릇에 손을 뻗었다. 하지만 손동작이 이상할 정도로 굼떴다. 평소 그는 우아하게 젓가락질을 하는데, 지금 그는 손에 익지 않은 병장기를 쥔 듯 서투르게 움직였다. 그래서인지 죽순을 집어 드는 데 몇 번이나 실패했다. 결국, 그는 맥없이 젓가락을 내려놓았다.

이상한 건 윤옥만이 아니었다. 선기궁에만 오면 윤옥에게 찰싹 달라붙는 내 염수가 희한하게도 우리에게서 뚝 떨어진 채 문가에 서 있었다. 나가고 싶지만, 차마 눈치가 보여 나갈 수 없다는 듯 녀석은 연신 안절부절못했다.

나는 오늘따라 참으로 괴이한 윤옥과 염수를 번갈아 보다가 오곡밥을 퍼서 윤옥 앞에 놓아 주었다. 그리고 죽순도 하나 집어서 그의 밥 위에 얹어 주었다. 나는 세심하기에 그가 싫어하는 파를 죽순에서 가볍게 털어 주는 것도 잊지 않았다. 밥을 씹어서 목구멍으로 넘겨 주는 일 빼고는 다 해 준 셈이다.

내가 생각해도 나는 참으로 현모양처의 자질이 넘쳐났다. 그 생각에 흐뭇해져 그를 보며 싱긋 웃었지만, 윤옥은 평소처럼 온화하게 웃지도, 내게 고마워하지도 않았다. 그저 아까처럼 가라앉은 얼굴을 한 채 계속 생각에만 잠겨 있을 뿐이었다. 아아, 저러다 눈썹과 눈썹이 서로 붙겠다.

"어젯밤에 만향옥이 피었소."

고개를 숙여 밥을 먹는 내 머리 위로 그의 침울한 목소리가 잔잔히 울렸다.

"하지만 아쉽게도 당신이 없었소. 꽃이 피었는데 봐 줄 사람이 없으니 적막하기만 하더군. 꽃에게 그것만큼 슬픈 일은 없을 터인데."

"왜요?"

나는 고개를 들어 다시 윤옥을 보았다.

"어젯밤에 저는 없었어도 분명 전하는 계셨잖아요. 그런데 왜 꽃을 감상할 이가 없었다는 거죠? 게다가 저는 이미 그것을 전하께 드렸어요. 그러니 그 꽃의 주인은 전하시죠. 그러니 그 꽃은 절대로 헛되이 핀 것이 아니에요."

"그렇소?"

"당연하죠."

나는 어깨를 으쓱한 뒤 찻잔을 들어 올렸다. 그리고 코 아래에 대고 향을 한껏 들이마셨다. 하지만 차를 마시려던 그때 윤옥이 다가와 나를 그의 품에 안았다.

"먹아, 내가 정말 그녀의 주인이오?"

만향옥을 그녀라고 표현하다니, 역시 윤옥은 참 섬세한 사내다. 하지만 윤옥의 질문에 가타부타 대답하지는 않았다. 너무 당연한 것을 묻기에 딱히 대답해 줘야 할 필요성을 느끼지 못해서였다. 잠시 후 그의 온화한 눈에 수심이 번졌지만, 나는 그가 왜 그러는지조차 알지 못했다. 다만 그런 그가 이상해서 그를 빤히 바라보기만 했다.

"하아……."

그는 낮게 한숨을 쉬더니 천천히 고개를 기울였다. 그리고 내 입술 위에 가볍게 입을 맞췄다. 그 감촉이 어찌나 가볍던지 마치 투명한 막이 내 입술에 씌워진 듯했다.

마치 시처럼 청명한 감촉인데도 나는 알 수 없는 이유로 파르르 떨었다. 왜 그런 생각이 들었는지는 모르겠지만, 안개가 끝없이 펼쳐진 평원에 홀로 선 채 갈 길을 모르는 상황에 부닥친 듯했다.

물론, 내 이런 감정이 오래 이어지지는 않았다. 힘없이 떨어진 내 손에 뭔가 단단한 것이 닿았을 때 다시 정신을 차렸기 때문이었다. 놀라 입술을 떼고 아래를 살피니 은빛으로 반짝이는 용 꼬리가 보였다.

환한 아침 햇살 속에서도 그 꼬리는 달의 파편처럼 시리게 빛나고, 유리처럼 매끄럽게 반짝거렸다. 그게 참으로 신기해 나는 눈을 빛내며 시선을 고정했지만, 내가 기대 있는 그의 몸은 어느새 굳어 있었다. 아마도 그가 예상치 못한 상황인 듯했다.

"만여 년간 나는 두 번 진신을 드러냈소. 그 두 번 모두 당신에게 들켰고 말이오. 정말 부끄러운 일이군."

"그게 왜 부끄럽죠? 이렇게 아름다운데?"

그의 말이 정말로 이해가 가지 않아 나는 진심으로 반문했다. 그러자 그는 옅게 웃었다. 그 웃음이 어찌나 희미하던지 바람에 스며들어 이내 그 자취를 감출 정도였다.

"나는 태호에서 태어나고 자랐소. 내 생모는 평범하기 짝이 없는

붉은색 비단잉어였지. 당시 나는 하늘이 높은 줄도, 바다가 넓은 줄
도, 어머니가 왜 매일 내게 환술을 거는지도 알지 못했소."

그는 신경질적으로 미간을 쓰다듬었다. 그가 달빛 같은 제 꼬리
를 애써 외면하는 게 느껴졌다.

"시간이 흐를수록 나는 내가 남과 다름을 알았다오. 내 꼬리는 갈
수록 길어졌고, 머리에는 이상한 뿔이 돋았으니까. 발톱이 달린 발
또한 점점 자라났소. 어머니는 내 이런 변화를 감추려고 애쓰셨지
만, 어머니의 일천한 영력으로는 어림도 없는 일이었지. 결국, 태호
의 잉어들은 나를 점점 멀리하고 내 흉측한 몸과 창백한 얼굴을 비
웃었소. 다들 나를 불길한 요괴로 여겼지. 그래서 나는 호수 깊은
곳에 몸을 숨긴 채 다른 잉어의 붉은색 몸과 꼬리를 부러운 눈으로
바라보기만 했소. 속세에서는 그런 마음을…… 자기 비하라고 한다
더군."

옛일을 떠올리기 괴로운지 그는 다시 길게 한숨을 내쉬었다.

"어머니는 당시 내게 이런 말씀을 하셨소. 노력으로 부족함을 메
꿀 수 있다고. 그 말을 듣자 눈앞에 광명이 스치는 듯했소. 그날부
터 나는 매일 수련에 매진했지. 영력을 쌓아 도력이 고강해지면 그
누구도 나를 불길한 요괴 취급하지 않을뿐더러 존중도 해 주리라
여겼으니까. 그리고 내 노력은 마침내 열매를 맺어 인간의 모습으
로 변할 수 있게 되었소. 그날로 나는 늘 붉은색 옷만 입고, 다들 내
진신이 잉어라고 여기도록 잉어로만 변신했지. 드디어 나도 제대로
된 잉어로 살 수 있다는 생각에 무척 기뻤소. 하지만 아니었지. 천
계에서 파견한 천장과 천병이 나를 데리러 온 그날, 나는 깨달았소.
지난 천 년간의 내 노력은 그저 헛짓에 불과했음을…… 간절히 바

랐지만, 나는 결코 잉어가 될 수 없었다오. 나는 그저 잉어가 되고 싶어 한 백룡이었으니까."

그는 질끈 눈을 감았다.

"천대받는 우물 안 개구리라도 행복하지 않은 건 아닌데……."

그의 이야기는 처음부터 끝까지 이상했다. 중간이 툭툭 잘리고, 시작도 끝도 없었다. 그런데도 나는 감히 어떤 참견도 하지 못한 채 그의 이야기를 묵묵히 들었다. 말하는 내내 그가 너무나 슬퍼 보여서였다.

"그렇다면 더 좋네요."

내 말에 그제야 그는 눈을 천천히 떴다. 수심으로 가득한 그의 눈에 의문이 살그머니 퍼졌다. 그런 그를 바라보며 나는 싱긋 웃었다.

"그건 우리가 아주 잘 어울리는 한 쌍이라는 뜻이니까요. 저는 지난 4천 년 동안 수행에 진전이 없는 포도 정령이었어요. 얼마 전에야 수신과 선대 화신 사이에서 태어난 서리꽃임이 밝혀졌죠. 우리는 피차일반이에요. 그렇죠?"

내 말에 윤옥의 굳어 있던 입꼬리가 살짝 풀렸다. 그는 다시 고개를 숙여 내 입술에 입을 맞추었다. 그리고 한참 후에야 입술을 떼며 내게 속삭였다.

"멱아, 한 가지만 청해도 되겠소?"

"얼마든지요."

"나를 깊이 사랑해 달라는 말은 감히 하지 않을 거요. 그저 오늘보다 내일 조금 더 나를 사랑해 주시오. 하루가 쌓여서 달이 되고, 달이 쌓여 해가 되고, 해가 쌓여 일생이 되듯이……."

어려운 일은 아닌 듯한데 그의 표정이 너무 진지했다. 이상한 기분이 들어 그를 물끄러미 바라보자 그는 다시 연하게 미소 지었다.

"조금만 사랑해 줘도 상관없소. 그저 오래도록 나를 사랑해 주면 되오. 그거면 나는 충분해."

사랑, 대체 그게 뭘까? 수련보다 훨씬 더 추상적인 개념이라 나는 무척 혼란스러웠다.

계화주에 흠뻑 취한 채 유재지에 잠겨 있던 욱봉도 지금의 나처럼 혼란스러웠을까?

모르겠다. 정말로 모르겠다.

* * *

나는 구름을 모아 아버지의 후원에 파초 씨를 뿌렸다. 그러자 삽시간에 세 그루의 파초가 자라났다. 넓은 잎이 싱싱하게 퍼져 있어 절로 흐뭇해졌다. 적어도 꽃을 가꾸고 피워 내는 내 실력만은 가히 화신(花神)의 딸답지 않은가!

나는 준비해 둔 맑은 물을 챙겨 든 채 파초가 드리워져 생긴 그늘로 들어갔다. 그런 뒤 숨을 고르며 가부좌를 틀었다. 오랜만에 느긋하게 수련하고 싶어서였다.

"금멱 선자, 화신 전하께서 뵙기를 청하십니다."

막 운기 조식을 하려는데 낙상부의 선동이 후원으로 들어와 말했다.

"만나고 싶지 않으니 돌아가시라고 전해."

나는 눈을 감은 채 손을 저었다. 솔직히 그를 정말로 보고 싶지 않았다. 그 고생을 했는데도 영력이 하나도 늘지 않아 내내 우울한

데 그를 만나면 더 우울해질 듯했다.

"예."

선동은 난감한 듯 대답한 뒤 쭈뼛쭈뼛 나갔다. 하지만 다시 기를 운행하려던 그때 그는 다시 돌아와 나를 방해했다.

"화신 전하께서 오늘 무슨 일이 있어도 선자를 만나시겠대요. 허락하실 때까지 낙상부 문 앞에서 기다리신다고⋯⋯."

아니, 대체 왜 이래? 예전에도 무례하기는 했지만, 최소한 남들 시선은 신경 썼는데. 이제는 아예 얼굴에 철판을 깔았네.

게다가 오늘은 부처님이 법회를 여는 날이다. 천제, 월하선인, 아버지, 윤옥을 비롯한 육계의 모든 신선이 서천 대뇌음사로 갔다. 그런데 욱봉은 왜 안 가고 여기에 있는지 모르겠다.

"그래? 그렇다면 화신 전하께 전해. 나는 무슨 일이 있어도 전하를 만나고 싶지 않다고."

나름 대구를 맞춰 전언을 만든 뒤 선동을 내보냈다. 다시 정신을 집중하려는데 문득 바깥에서 급한 발소리가 났다. 잠시 후 발소리는 내 바로 앞에서 멈추었다. 선동의 발소리치고는 너무 묵직해서 천천히 눈을 뜨자 아니나 다를까 욱봉이 내 앞에 서 있었다. 그의 옆에는 불진을 쥔 선동이 서 있었는데 그는 어쩔 줄 몰라 하며 울 듯한 표정을 지었다.

"화신 전하, 소인이 누누이 말씀드렸듯이 금멱 선자는⋯⋯."

욱봉은 손을 휘휘 저었다. 그러자 선동은 즉시 몸을 조아리며 나갔다. 그가 한마디 말도 없이 그저 손짓만 했을 뿐인데 말이다.

뭐지, 쟤? 대체 저 녀석은 어디의 선동이래? 누가 보면 여기가 낙상부가 아니라 서오궁인 줄 알겠네.

역시 사람이고 천인이고 가진 게 많고 볼 일이다. 영력이 높다는 이유만으로 욱봉이 자신의 처소가 아닌 낙상부에서도 저리 기세등등하니 말이다.

나는 실로 불쾌해서 아무 말 없이 욱봉을 빤히 보기만 했다. 하지만 그는 나와 다른 눈으로 나를 보았다. 뭔가 말하고 싶은 눈치인데, 도대체 말을 하지 않아 그것도 답답했다. 결국, 내가 먼저 지쳐 버렸다. 그래서 그가 있든 말든 수련이나 할 생각으로 눈을 감았다.

"금멱……."

욱봉은 갑자기 손을 뻗어 내 어깨를 잡았다. 놀라 고개를 드니 그가 초조한 얼굴로 나를 내려다보고 있었다.

"그래, 알아. 당연히 내가 밉겠지."

욱봉의 눈이 이상할 정도로 빛났다. 얼굴색은 온화하고, 입가에는 고요한 호수에 돌멩이를 던진 듯 연한 미소가 걸려 있었다. 백 년에 한 번 볼 수 있을까 말까 한 보조개도 뺨에 팼다. 더 경악스러운 것은 그의 뺨에 피어난 부자연스러운 홍조였다.

뭐지? 혹시 지금 안 어울리게 수줍어하는 거야?

내 예상이 맞았는지 그는 홀연 몸을 숙여 나를 가슴에 안았다. 아마 내 눈과 귀를 가리고 싶나 보다.

"하지만 나는 절대로 후회하지 않아. 비록 어제로 다시 돌아간다고 해도, 내가 그때 취하지 않았어도, 결과는 마찬가지였을 거야."

내 정수리 위로 떨어지는 그의 목소리는 이상할 정도로 따뜻했다. 열기를 띤 손바닥은 내 등을 연신 부드럽게 쓰다듬었다. 그 순간, 기이한 일이 벌어졌다. 유재지의 그날 이후로 내 몸에 쭉 남아 있던 고통과 피로가 삽시간에 녹아내린 것이다.

"금먹, 너는 이미 내 마음을 알고 있어. 그러니 네가 아무리 나에게 화내도, 네가 아무리 나를 원망해도 어쩔 수 없어. 나는 결단코 너와 형님이 혼인하게 놔두지 않아. 절대로 그렇게는 못 해."

모진 단언과 달리, 그는 불안하게 내 얼굴을 훑었다. 그는 마치 의지할 데를 찾는 어린애처럼 약해 보였다. 그의 그런 모습이 너무나도 이상했기에 나는 황급히 그를 밀었다. 그리고 그의 발을 세게 밟았다.

"그게 무슨 소리예요! 인연을 망치면 지옥에 떨어진다는 거 몰라요? 저는 반드시 야신 전하와 혼인해야 해요!"

파초의 넓은 잎이 바람에 흔들려 욱봉 얼굴 일부에 그림자를 드리웠다. 그는 꼼짝도 하지 않은 채 내게 발을 밟힌 채 서 있었다. 그가 너무 조용해서 되레 더 무서웠다.

"지옥? 그게 뭐라고! 가면 또 뭐가 대수라고!"

긴 침묵 후 나온 그의 말에 나는 경악했다.

"이 천지간에 내가 가장 두려워하는 게 뭐라고 생각해?"

나는 아무 대답도 하지 못한 채 그를 보기만 했다. 그의 미간에는 수심이 가득 서려 있었다.

"어젯밤 내내 나는 기뻤고, 오늘도 설레며 너를 찾아왔어. 그런데 너한테 이런 말을 들을 줄이야. 허, 참으로 힘이 쭉 빠지는군. 나랑 그래 놓고도 형님과 혼인하겠다고?"

나는 그와 수련을 했을 뿐이다. 대체 그것과 혼인이 무슨 상관이란 말인가.

나는 연신 알 수 없는 소리만 하는 그를 노려보았다. 곧이어 그는 돌연 머리를 쥐어뜯으며 이를 바득바득 갈았다.

"금멱, 아무래도 조만간 내가 정말로 너를 죽이지 싶다."

전혀 예상치 못한 그의 선언에 나는 기겁했다. 그래서 즉시 그의 발을 밟고 있던 내 발을 치웠다.

그는 이미 나를 두 번이나 죽이려고 했다. 세 번째로 죽이고 싶다는 마음이 들어도 이상할 일은 없다. 생각 같아서는 당장이라도 도망치고 싶지만, 그의 팔이 내 허리를 붙들고 있어 그럴 수도 없었다.

"하……."

다행히 그는 세 번째 살인 충동은 일어나지 않은 듯했다. 길게 탄식하며 나를 놓아주었으니 말이다. 그 틈을 타서 나는 황급히 뒤로 물러섰다. 그리고 어떤 식으로든 방비할 생각으로 임전 태세를 취했다.

한참 동안 우리는 대치한 채 서로를 노려보았다. 하지만 우리의 눈싸움은 실로 맥없이 끝났다. 욱봉이 "젠장!" 하고 낮게 뇌까리더니 몸을 휙 돌려 문 쪽으로 성큼성큼 걸어가 버렸기 때문이었다.

그의 변덕스러움은 익히 잘 알지만, 이번에도 그는 종잡을 수 없었다. 그래서 멍하니 그의 뒷모습만 바라보는데, 그는 문득 고개를 돌려 나를 보았다.

아무 말도 하지 않았지만, 나는 일순간 온몸을 떨었다. 어린 소년이 비로소 상심을 깨달은 듯한 깊은 혼돈이 그의 눈동자 가득 서려 있는 탓이었다.

욱봉이 떠난 후에도 나는 정원을 떠나지 못한 채 멍하니 앉아 있었다. 언제 왔는지도 모를 낙상부의 선동이 나를 부른 그때까지 말이다. 나는 시간이 얼마나 흘렀는지조차 모르고 있었다.

"금멱 선자, 태상노군의 단약방에서 선시가 왔는데 선자를 뵙고 자 합니다."

태상노군의 선시가 왜 나를 보자는 거지?

그와 나는 전혀 접점이 없기에 연유를 알 길이 없었다. 하지만 욱 봉처럼 곤란한 손님도 아니니 못 만날 이유는 없었다.

"알겠어. 들라고 해."

잠시 후 낙상부의 선동은 낯선 선시와 함께 들어왔다. 선시는 고 개를 조아려 내게 공손히 예를 표했다.

"소인, 금멱 선자를 뵈옵니다."

"예, 무슨 일로 저를 찾으셨지요?"

"소인은 주인을 대신하여 수신 어르신을 청하러 왔습니다. 소인 의 주인인 태상노군께서 오늘 만든 단약을 수신께서 품평해 주셨으 면 하셨거든요."

"아버지를요? 아버지께서는 오늘 서천 대뇌음사에서 열리는 법 회에 가셨어요. 어쩌지요?"

선시는 쓴웃음을 지으며 허리를 폈다.

"예, 소인도 오늘 낙상부에 오고 나서야 이 일을 알았습니다. 소 인은 태상노군의 단약방에서만 틀어박혀 일하는지라 바깥일을 잘 모르고, 태상노군께서는 폐관 수련 후 막 나오시어 저와 딱히 다를 바가 없으셨지 뭡니까."

"흠, 그렇군요."

다른 이라면 몰라도 태상노군이라면 충분히 그럴 만하기에 나는 고개를 끄덕였다. 원래 그는 단약 제조 외에는 아무 관심도 없는 신 선이다. 매일 단약방에만 처박혀 살아 세월이 어찌 가는 줄도 모른다. 그런 그이니 오늘이 무슨 날인지 몰랐어도 이상하지 않았다.

"그래서 금멱 선자를 뵙고자 청했습니다. 수신의 따님이라도 모시고 가야 소인이 태상노군께 면목이 설 듯해서요."

"제가요?"

"예. 시간이 되시어 와 주신다면 영광이지요."

선시는 더욱 깊게 허리를 조아렸다. 그런 그를 보고 있자니 문득 호기심이 일었다. 태상노군의 단약방은 실로 유명하다. 그가 만든 단약을 먹으면 죽은 자도 살아나고, 장수를 누리며, 신선도 될 수 있다지 않은가! 그런 대단한 신선의 단약방을 볼 기회는 그리 흔히 오지 않는다.

"좋아요. 그럼 안내해 주세요."

"실로 감사드립니다, 금멱 선자!"

낙상부에서 나온 선시는 곧바로 동쪽으로 향했다. 나는 물안개를 타고 그의 뒤를 따랐다. 얼마 후 우리는 낯선 집 앞에서 내렸고, 그는 나를 구불구불한 복도로 인도했다.

나는 선시를 따라 복도를 걸으며 내내 이상한 느낌에 사로잡혔다. 집의 내부가 음양 팔괘에 따라 변하게 설계되어 있어서였다. 곧이어 또 깨달았다. 이곳은 언뜻 보면 팔괘에 따라 만든 듯하지만, 실은 그게 아니며 복도의 진형 자체가 생소하다는 사실을 말이다.

의혹이 눈덩이처럼 커졌을 무렵, 선시가 떡갈나무 문 앞에 멈춰 섰다. 조각 하나 되어 있지 않은 문은 천계 특유의 아취가 전혀 없고, 푸줏간 고기 도마처럼 투박하기만 했다. 솔직히 돌아가고 싶다는 생각이 들었지만, 선시가 이미 문을 열어 '들어가시지요'라는 동작을 해 보이니 그럴 수도 없었다.

어쩔 수 없이 한 발을 문턱 안으로 들인 그때였다. 누군가가 내 등을 강하게 떠밀었다. 나는 창졸간에 문 안의 공간으로 고꾸라졌고, 등 뒤로 '쾅' 하고 문이 닫히는 소리가 났다. 순간 간담이 서늘해졌다.

하지만 방금까지가 차라리 나았다. 나를 등지고 선 누군가가 몸을 돌리자 머리카락 전부가 삐죽 서는 듯 오한이 밀려왔으니 말이다. 금박을 섬세하게 박은 비단옷을 입은 그녀는 놀랍게도 천후였다.

"무례하구나. 나를 이토록 오래 기다리게 하다니."

아무래도 오늘 공연의 제목은 '청군입옹[106]'인 듯하다.

"어, 원래 태상노군의 단약방에 가는 길이었는데 선시가 길 안내를 잘못했나 보네요. 천후께 누를 끼쳐 송구합니다. 소인은 이제 가 볼게요."

나는 머쓱하게 웃으며 몸을 일으켜 슬금슬금 문 쪽으로 뒷걸음질을 했다. 하지만 이미 문에는 결계가 쳐져 있었기에 문을 열려던 내 손은 그대로 튕겨 나갔다.

"아니, 제대로 찾아왔느니라. 여기서 단약이 만들어질 것은 분명하니 말이다."

---

106 請君入甕. 제 도끼에 제 발등 찍힌다는 의미의 성어. 측천무후에게는 내준신(來俊臣)과 주흥(周興)이라는 신하가 있었는데 그들은 죄인에게 잔인한 고문을 가하는 것으로 유명했다. 어느 날 내준신은 주흥이 모반을 꾀하려 한다는 정보를 접한 뒤 그를 식사에 초대했다. 그리고 만약 죄인이 죄를 자백하지 않으면 어떻게 하겠느냐고 주흥에게 물었다. 그러자 주흥은 달군 항아리에 넣는다고 하면 모두 자백할 것이라고 대답했고, 내준신은 이 방법을 사용하여 주흥의 자백을 받아 냈다. '청군입옹'은 이 고사에서 유래했다.

천후가 차갑게 웃으며 나를 내려다보았다.

"게다가 태상노군만 단약을 제조하는 게 아니지."

그녀는 치마를 들더니 사뿐히 두 보 앞으로 다가왔다.

"나는 네 진신이 어떤 성물일지 내내 궁금했느니라. 이참에 견식도 넓히고 귀한 단약도 한번 만들어 볼 생각이지."

그 말에 소름이 끼쳐 주변을 돌아보니, 나는 어느새 팔괘 원반 위에 주저앉아 있었다. 나는 음(陰)에 있고, 천후는 양(陽)에 서 있었다. 원반 밖은 온통 절절 끓는 물바다였는데, 불처럼 붉은 잉어들이 그 안에서 꼬리를 흔들며 헤엄치고 있었다.

본능적으로 머리에 꽂은 환체봉령을 뽑아 들었지만, 질감이 달랐다. 놀라서 살펴보니 환체봉령이 아닌 평범한 포도 넝쿨 비녀였다. 나는 그제야 아버지가 환체봉령을 빼라고 당부한 일이 떠올랐다.

이를 어찌하면 좋을까! 호신 법기 하나 없이 내가 어찌 천후와 대적한단 말인가!

"천후께서는 이미 소인의 진신을 아시는데 어찌 그런 말씀을 하시지요? 구소운전에서 아버지는 분명 소인이 여섯 장 꽃잎의 서리 꽃임을 밝혔어요."

내 말에 그녀는 세게 코웃음을 쳤다.

"예전에 재분 그 요녀는 제 미색을 이용해 천제와 수신을 둘 다 유혹했다. 그러니 네 생부가 누구인지 어찌 안단 말이냐. 낙림도 실은 네가 제 골육이라고 확신하지 못할 것이야. 지금껏 그 누구도 네 진신을 못 보았으니 오늘 내가 직접 보고 판단해 주마."

천후가 손바닥을 펴자 불현듯 청옥 항아리가 나타났다. 그리고 그녀가 손바닥을 뒤집자 항아리도 뒤집히며 무엇인가를 쏟아부었다. 그와 동시에 코를 찌르는 듯한 짙은 향기가 번졌다. 방금 쏟아진 그것은 아마도 독한 술인 듯했다.

머지않아 술이 원반을 휘감은 물에 다 섞이자 물은 술로 변했고, '펑' 하는 소리와 함께 물속에서 헤엄치던 잉어가 물 위로 풀쩍 튀어 올랐다. 유유히 헤엄치고 있다고 생각했던 것은 알고 보니 불꽃이었다. 이후 불꽃은 연이어 물 위로 튀어 올랐는데 모두 81개였다. 이내 내 몸은 열기에 휩싸였고, 오장이 절절 끓는 듯한 고통이 밀려왔다.

"업화에는 81가지가 있지. 하지만 형화(반딧불)와 촉화(촛불), 신화(장작불)는 너에게 영향을 주지 못해. 시간이 많지 않으니 4단계 순양지화부터 시험해 보려는데 네 의사는 어떠냐?"

천후는 손에 든 항아리를 팔꽤 원반 가운데로 집어 던졌다. 그러자 열기는 더 강해졌다.

"네 어미는 홍련업화에서 가장 높은 단계인 독화까지 견뎠지. 너는 어디까지 버틸지 실로 기대돼."

나는 지금껏 내가 누군가를 해하지 않으면, 누군가도 나를 해하지 않으리라 믿으며 살았다. 그런데 천후는 내가 그녀를 해할 생각을 품지 않았음에도 나를 해하려 하고 있었다. 내 진신을 알아본다는 건 어디까지나 핑계일 뿐 그녀의 진의는 나를 죽여 없애겠다는 것이니 말이다. 대체 내가 자신과 무슨 원한이 있다고 이러는지! 아버지의 말대로 그녀는 실로 악랄했다.

나는 열기로 흐릿해지는 호흡을 애써 진정시키며 대책을 강구했다. 솔직히 뾰족한 방도가 없었기에 나는 지극히 현실적인 방안을 택했다. 그건 바로 버티기였다. 내 일천한 영력으로는 그녀에게서 도망칠 수도, 그녀를 제압할 수도 없으니 일단은 그게 상책이었다.

그 결론에 이르자 즉시 기사혈, 전중혈, 백회혈, 풍지혈, 천주혈을 막아 보호했다. 그리고 내 몸 전체의 기로 결계를 쳐서 숨 막히는 열기가 오장을 태울 수 없게 차단했다. 다행히 불은 내가 친 결계 밖에서만 이글거릴 뿐 더는 내 곁으로 다가오지 못했다.

"그래, 어디 한번 버텨 보려무나!"

천후는 차갑게 웃더니 손을 저었다. 그러자 원반 밖의 술이 이번에는 기름으로 변하더니 아까보다 더 매섭게 끓었다. 불꽃의 색은 더 진해지고 거품이 사방으로 튀었다. 내 얼굴로도 날아와 나를 기겁하게 했다.

"일곱 번째 업화 곤유지화다!"

나는 단전에서 진기를 끌어올려 전신의 결계를 공고히 했다. 하지만 이번 불은 결계 위에 달라붙더니 거세게 타올랐다. 금방이라도 불이 결계를 무너뜨릴 듯해 간이 철렁했다.

"이런……."

천후는 이 광경을 보더니 눈썹을 움찔 올렸다. 그리고 의외란 듯 낮게 중얼거렸다.

"너는 정말 낙림의 여식이었구나……."

천후와 달리 나는 내가 천제의 딸인지 수신의 딸인지 생각할 겨를이 없었다. 물은 보통 불을 끄지만, 그 불이 단순한 불일 때만 가능하다. 반면, 기름 속성의 불은 다르다. 기름은 물보다 가벼워 물에 뜨며 기름불은 물을 두려워하지 않는다. 되레 물에 붙어서 더 강하게 타기 마련이다. 내가 친 결계는 수증기로 이루어졌다. 즉, 유화(油火)는 내 결계에 들러붙어 더 강하게 타오를 것이다. 그러다가 결국 나까지 태우겠지.

"깨어져라!"

손가락 세 개를 입술 앞에 세우고 소리치자, 수증기 결계는 내 구결에 부응해 터졌다. 그로 인해 나를 둘러싼 곤유지화는 꺼졌지만, 다음이 문제였다. 그나마 나를 지켜 주던 유일한 무기인 물이 사라졌기 때문이었다.

원반을 둘러싼 열기는 더욱 세졌고, 채찍질이 쏟아지듯 온몸이 아팠다. 몸속의 수분이 다 날아가는 듯했다. 이 엄청난 화기가 나를 삼켜 내 존재가 흔적 없이 사라질 것 같은 공포도 밀려왔다.

"윽!"

나는 가슴을 쥔 채 무너졌다. 기침이 연이어 터져 나왔다. 이러다가는 정말 죽겠다 싶었다. 결국, 나는 지푸라기라도 잡는 심정으로 외쳤다.

"그만해요! 나를 죽이면 화신의 아이도 죽어요!"

내 말에 천후의 얼굴이 창백하게 바랬다.

"뭐라고?"

나는 덜덜 떨리는 손을 들어 내 인당혈을 가리켰다.

"여기, 화신의 아이가 자라고 있다고요. 앞으로…… 십 년 안에……."

"미친! 말도 안 돼!"

천후는 서슬 퍼렇게 내 말을 잘랐다. 하지만 나는 입꼬리를 일그러뜨리며 웃었다.

"뭐가 말도 안 되지요? 나와 화신은 이미 몸을 섞었는데!"

불 속에 서 있음에도 천후의 얼굴색이 시커멓게 가라앉았다. 두 손을 꼭 쥐는 그녀의 행동이 분노인지 경악인지는 알 수 없었다.

"못 믿겠다면 내 원령을 들여다보세요. 그러면 확실해질 테니."

호랑이가 아무리 흉악해도 자기 새끼는 잡아먹지 않는다는 말이 있다. 그러니 손자도 잡아먹지 않겠지.

과연 주변의 불이 조금 약해졌고, 나는 숨을 다시 쉴 수 있었다. 천후는 급히 내게로 다가와 무릎을 굽혀 앉더니 내 손목을 짚어 내 원령을 들여다보았다. 그리고 잠시 후 경악하며 내게 악을 썼다.

"이 요망한 것! 감히 너 따위가 우리 욱봉을!"

그녀는 분노한 나머지 평정을 잃었다. 그리고 그녀가 그리되기를 노렸던 나는 전력을 다해 출수했다.

불은 물을 멸한다. 하지만 나는 물도 불을 멸할 수 있음을 믿기로 했다.

게다가 나는 정령이다. 요괴가 아니란 말이다!

내 손에서 나온 빛은 눈처럼 하얗고 투명한 검처럼 예리했다. 그것은 희게 선을 그리며 천후를 공격했다. 삼구[107]에 내리는 우박의 기운을 지닌 날카로운 빙도는 천후의 노궁혈(勞宮穴, 손바닥에 있는 혈도)을 찔렀다.

"앗!"

그녀는 내게 벤 왼손을 즉시 거두며 오른손으로 불꽃을 내뿜었다. 마치 붉은 연꽃이 피어나듯 불꽃이 펼쳐지는 모양새를 보니 나도 예전에 본 적 있는, 무시무시한 홍련업화였다. 그녀의 공격을 맞받아치면 크게 다칠 게 분명했기에 손을 거두었지만, 그전에 이미

---

107 三九, 동지(冬至) 후 세 번째 9일간을 뜻하며 이때가 가장 춥다고 한다.

가슴에 심한 충격이 밀려왔다. 아까 내가 전력으로 방출한 힘이 천후의 힘에 튕겨 나를 되레 공격했기 때문이었다.

"이, 이런 망할 것……."

천후는 믿어지지 않는다는 듯 방금 내 빙도에 베어 피가 뚝뚝 떨어지는 손과 나를 번갈아 보았다. 그러더니 몸을 일으키며 사납게 소리쳤다.

"네가 감히 얕은수를 부려 나를 해하려 들어? 그래, 좋다. 내 오늘 네 혼백을 모조리 불살라 산산이 흩어 주마!"

정말 이제 끝이구나!

나는 눈을 질끈 감으며 복하군을 원망했다. '몸을 섞는 수련'을 하면 아기가 생긴다는 말을 그에게서 듣지만 않았어도 이런 어설픈 계책을 꾸미지 않았을 텐데. 결과적으로 천후의 화만 더 돋우고 말았다.

원래 타 죽어도 혼백만 남아 있다면 명부로 간 뒤 인간으로 환생할 수 있다. 하지만 지금 상황을 보니 나는 염라왕 앞에 갈 혼백 한 점도 남기지 못할 듯했다.

천후의 손바닥에는 이미 홍련업화가 요동치고 있었다. 살짝 봤는데도 눈이 찔리듯 아파 나는 힘없이 눈을 감았다. 그 순간 질풍이 불어와 뺨을 스치고, 머리카락이 멋대로 날렸다. 소리가 들린 위치로 짐작해 보면 천후의 손은 아마 내 백회혈 위에 있는 듯했다. 그녀는 곧 홍련업화를 날려 내 백회혈을 칠 것이고, 내 혼백은 재도 안 남고 타 버릴 것이다.

"금멱!"

어디선가 처절한 외침이 들려왔다. 아아, 이젠 환청까지 들리는

구나. 나와 천후밖에 없는 이곳에 또 누가 있으랴.

"안 돼!"

다시 목소리가 들리자 나는 눈을 힘겹게 치떴다. 나와 천후가 아닌 다른 이의 목소리인 것도 이상한데 그게 귀에 익기까지 해서였다.

"금멱!"

역시나 환청이 아니었다. 분명 저 멀리서 누군가가 살기등등한 불길을 가로지르며 달려오고 있었다. 온 세상이 불바다인데도 그는 전혀 개의치 않았다. 불은 그에게 아무런 영향도 미치지 못하는 듯했다. 하지만 이미 오감을 잃은 나는 그가 누구인지 알 수가 없었다. 그저 그의 키가 참 크다는 정도만 인식했다.

그때였다. 방금까지 나를 죽이려 들 기세였던 천후가 날카롭게 신음을 내질렀다. 멀리서 달려온 누군가가 그녀의 등을 공격해서였다. 그녀는 가슴을 움켜쥐며 선혈을 토했다.

"으…… 윽!"

그녀는 혈도를 봉해 잽싸게 심맥을 보호했다. 그 덕분에 내 머리 위를 짓누르던 홍련업화가 사라졌다. 그때까지 숨도 쉴 수 없었던 나는 겨우 호흡하며 천후를 공격한 이를 올려다보았다. 아쉽게도 욱봉이었다. 나는 나를 도와줄 이가 왔다고 여겼는데 그건 내 착각에 불과했다. 오늘 아침에도 나를 죽일 거라고 으름장을 놓은 욱봉이 나를 도와줄 리 있겠는가! 아무래도 나는 오늘 저 모자 손에 죽을 팔자인가 보다.

나는 가슴의 고통을 간신히 억누르며 체내 12 경맥과 361개 혈도를 봉했다. 그리고 숨을 멈춘 뒤 입 안의 볼살을 세게 씹으며 바닥에 몸을 던졌다. 살이 뜯겨서 흐른 피가 입 안 가득히 고이자 입꼬리를 비집으며 피가 새어 나왔다. 지금의 나는 누가 봐도 그저 송장이었다.

"금멱?"

머리 위로 욱봉의 목소리가 들려왔다. 괴이하지만, 그는 목이 막힌 듯 제대로 소리도 못 냈다. 내 맥을 짚어 보는 손가락도 피가 다 빠져나간 듯 싸늘했다. 파르르 경련하는 듯도 했다.

"어마마마께서 어찌…… 이러실 수 있습니까? 어찌 금멱을……."

그의 목소리에는 바람도 없고, 파도도 치지 않았다. 하지만 무척이나 차가워 골수까지 한기가 스며들 듯했다. 죽은 척하는 내 팔에 소름이 돋을 정도였다.

"어찌 이러다니!"

천후는 반문하며 살짝 헛기침했다. 아파서 그러는지 내심 찔려서 그러는지는 알 수 없었다. 하지만 그녀는 이내 원래의 표독함을 발휘해 크게 발끈했다.

"지금 네가 어미를 탓하는 것이냐? 그리고 이 천박한 요녀 하나 구하겠다고 어미를 공격해?"

천후가 악을 바락바락 쓰며 패악을 부리고, 나는 조마조마해하며 계속 숨을 죽이던 그때였다. 분명히 주변이 여전히 불바다일 텐데 이상하게 얼음처럼 시린 바람이 느껴졌다.

혹시 불이 꺼졌나 싶어 살짝 눈을 떠 보니 천후의 등에 꽤 큰 상처가 나 있었다. 그리고 그 상처의 한가운데에는 봉황의 깃털이 박혀 있었다. 그제야 나는 아까의 상황을 떠올릴 수 있었다. 그는 예전에 궁기를 제압할 때처럼 자신의 봉황 깃털로 천후의 등을 공격했다. 즉, 욱봉은 나를 구하려고 어머니의 등에 무기를 박아 넣은 셈이었다.

"예, 소자는 금멱을 살리려고 어마마마께 출수하는 불효를 저질렀습니다. 하지만 헛수고였던 듯하군요."

욱봉의 목소리는 투명하게 느껴질 정도로 맑았다. 그래서 더 공허하게 울렸다.

"비켜 주십시오, 어마마마. 소자는 금멱을 데리고 나가겠습니다."

"뭐라고!"

천후는 화가 머리끝까지 났는지 목소리까지 덜덜 떨고 있었다.

"이게 무슨 태도더냐? 어미에게 어찌 이리 무례할 수 있단 말이야! 게다가 이 계집은 실로 간교해. 지금도 죽은 척하는 게 분명해."

천후의 말에 나는 간이 철렁했다. 죽은 척해서 위기를 벗어날 생각이었는데, 천후가 내 속셈을 알아채다니! 그녀가 홍련업화를 다시 날리면 나는 정말로 죽는다.

"그리고 이년이 정말로 죽었다면 그걸로 끝이다. 이깟 시체를 남겨서 뭐 하겠느냐?"

눈을 감고 있음에도 홍련업화가 다시 타오르는 게 느껴졌다. 소름이 오싹 끼쳤지만, 죽은 척 외에는 다른 방법이 없었다. 그때 문득 아까의 차디찬 바람이 다시 뺨을 스치고 지나갔다. 이상한 마음에 실눈을 뜨고 살피니 욱봉은 그 바람에 휩싸인 채 꼿꼿이 서서 긴 머리카락과 옷자락을 휘날리고 있었다. 잠시 후 그의 몸에서 금색의 빛이 피어올랐다. 그리고 어두운 밤을 밀어내며 가장 먼저 뜨는 태양처럼 눈이 부신 그 빛은 정확히 천후를 겨냥해 날아갔다. 놀랍게도 그는 어머니에게 또 출수했다.

천후는 아들이 진심으로 출수할 줄은 몰랐던 듯했다. 나도 그리 생각했는데, 그녀는 오죽하겠는가! 그녀는 급히 업화를 거두었고, 자신을 지키기 위해 결계를 단단히 쳤다. 그런 뒤 자신의 목숨을 지키려는 본능으로 그랬는지, 자신에게 출수하는 아들에게 화가 나서 그랬는지 알 수 없지만, 장력을 써서 그와 맞섰다. 하지만 전력을 다해 아들을 공격할 수는 없었는지 장력의 위력은 예상보다 약했다.

"천후!"

불현듯 낮고 무거운 음성이 끼어들었다. 믿을 수 없다는 듯 무척 실망했다는 듯 그의 목소리에는 낙담이 가득했다. 그건 바로 천제였다. 그 순간 천후는 놀라 고개를 돌렸고, 그러자마자 누군가의 법력에 공격당한 듯 세차게 몸이 튕겨 날아갔다.

"멱아야!"

죽은 듯 몸을 굳힌 나를 누군가가 부드럽게 안아 주었다. 그러자 뼈까지 스밀 듯한 한기가 느껴지고 수증기처럼 촉촉한 기운이 나를 감쌌다. 굳이 눈을 떠서 확인하지 않아도 알 수 있는 그는 내 아버지였다. 그와 동시에 다른 기운들도 느껴졌다. 흔들리는 호흡의 뜨거운 기운 하나, 차분한 호흡의 서늘한 기운 하나. 그 기운을 품은 이들이 과연 누구인지 추측하고 있는데, 문득 후자가 하는 말이 들렸다.

"어르신, 심려치 마십시오. 멱아는 죽지 않았습니다. 그리 지체되지 않아 혼백도 아직 흩어지지 않았고요. 그리고 지금 멱아는……."

그는 잠시 망설이다가 결국 뒷말을 거두었다. 그는 분명히 윤옥이었다.

곧이어 한 방울, 두 방울, 세 방울, 총 3개의 차가운 물방울이 내 뺨 위로 흘렀다. 그중 하나는 내 입술로 스며들었는데 피비린내 가득한 와중에도 연한 소금기가 느껴졌다.

대체 누가 나를 위해 눈물을 흘리는 걸까?

이상했지만 기뻤다.

그때 천제의 목소리가 다시 들렸다.

"긴 세월, 짐은 내내 자신에게 말했소. 그대가 성격이 급하고 배려심이 부족하기는 해도 본성이 나쁘지는 않다고 말이오. 오늘 윤옥이 이 일을 짐에게 알리지 않았다면, 짐의 눈으로 직접 이를 보지 못했다면, 짐이 어찌 알았겠소. 그대의 이 독랄하고 끔찍한 참모습을 말이오. 천후, 그대는 천계의 지존이오. 대체 뭐가 부족해 이런 짓을 저지른단 말이오!"

천후는 아버지에게 공격당해 상세가 전혀 가볍지 않았다. 그런데도 그녀는 서늘하게 웃음을 터뜨렸고, 그로 인해 다시 피를 토했다. 내가 아닌 그녀가 업화에 타서 불탄 듯 그녀의 모습은 처량하기 짝이 없었다.

"왜냐고요? 아아, 소첩도 왜 그런지 알고 싶네요. 천후의 자리가 뭐가 부족하냐고 물으셨나요? 예, 말씀드리죠. 소첩은 늘 부족했어요. 천신이면 뭐 하고 천후면 또 뭐 하나요? 소첩도 그저 여인인데요. 온 마음으로 폐하만 연모하는 여인이오. 그러나 폐하는 아니었지요. 오로지 그년만 보셨어요. 그년밖에 모르셨다고요!"

천후는 처절하게 조소했다.

"그 천한 잉어 정령조차, 그년과 뒷모습이 비슷하다는 이유만으로 1년 넘게 폐하의 총애를 받았죠. 당시 소첩의 심정이 어땠는지 알기나 하세요? 폐하의 처로서 소첩이 얼마나 비참했을지 한 번이라도 생각해 보셨어요? 영원히 그년만 바라보는 폐하의 등 뒤를 무작정 따라가는 제 슬픔을 한 번이라도 헤아려 본 적 있으세요?"

"어마마마."

욱봉이 그녀를 조용히 불렀다. 그의 목소리에는 이루 말할 수 없는 비애가 서려 있었다. 그러자 천후의 분노는 더욱 격렬해졌다.

"금멱, 저 요괴도 재분 그년과 다를 바 없어. 내 반드시 너를 죽일 거야. 또다시 그때처럼 요녀가 천계를 미혹하여 천계 전체가 혼란에 빠지는 일이 일어나서는 안 돼!"

천후는 이미 이성을 잃은 상태였다. 그때까지 운기로 내 심맥을 보호해 주고 있던 아버지는 그런 그녀를 차갑게 쏘아보며 나를 윤옥의 품에 넘겼다.

"야신 전하, 먹아의 혼백을 잘 지키고 계십시오."

"예."

아버지에게서 나를 넘겨받은 윤옥은 진기를 일으켜 내 혼백을 감쌌다. 그의 온화한 진기가 체내로 들어오자 몸이 편해졌다. 더는 고통스럽지 않았다.

"내 정인을 죽이더니 이제는 내 여식까지 해하려 들어? 내 기필코 너를 죽여 이 원한을 갚을 것이다!"

아버지의 어조는 냉랭했고 살기가 가득했다. 늘 자애롭고 세상사에 무관심한 아버지가 저리 화내는 모습은 처음인지라 머리까지 멍해졌다.

삽시간에 하늘에서는 큰 눈이 내렸고, 아버지는 세 번의 장을 날렸다. 그러자 천후의 신음과 욱봉의 신음이 거의 동시에 들려왔다.

"수신 어르신, 어르신의 한은 제가 대신 받겠습니다. 부디 자비를 베풀어 제 어미의 명을 보존케 해 주십시오."

욱봉의 하소연이 들리자 가슴이 격렬하게 요동쳤다. 저도 모르게 눈을 뜨니 욱봉의 가슴에 박힌 선연한 설화 두 개가 보였다. 설화 주변으로 피가 흘러 욱봉의 옷을 붉게 물들였다.

"멱아!"

윤옥이 내 귓가에 뭐라고 낮게 말했다. 하지만 나는 그의 말이 하나도 들리지 않았다. 피로 물든 욱봉의 가슴 빼고는 아무것도 보이지 않았다.

"욱봉!"

천제는 술법을 펼쳐 욱봉의 가슴에서 설화를 뽑았다. 그리고 창백해진 욱봉을 받쳐 안은 채 천후를 노려보았다.

"그대가…… 재분을 해했다. 결코…… 용서할 수 없어."

천제의 목소리가 거칠게 흔들렸다.

"여봐라, 지금 당장 천후를 옥에 가두어라. 짐은 오늘부로 천후를 폐서인할 것이며, 다시는 신적에 이름을 올릴 수 없게 할 것이다."

2권에 계속

꽃이 피어 창을 열었는데 어찌하여 그대는 보이지 않나?
그대를 볼 수 있고, 그대를 들을 수 있는데,
어찌하여 그대를 사랑할 수는 없나?
이 세상에 내세가 정말 있다면,
나는 한 마리 나비가 되련다.
얇은 종이 위에 번지는 한 방울의 먹이 되련다.
바람에 깎여 먼 곳으로 밀려가는 한 알의 모래가 되련다.

향밀침침신여상

향밀침침신여상 1

제1판 1쇄 발행 | 2019년 12월 18일
제1판 2쇄 발행 | 2021년 9월 23일

지은이 | 전선(電線)
옮긴이 | 이경민
펴낸이 | 유근석
펴낸곳 | 한국경제신문 한경BP
책임편집 | 노민정
교정교열 | 김가현
저작권 | 백상아
홍보 | 서은실 · 이여진 · 박도현
마케팅 | 배한일 · 김규형
디자인 | 지소영
본문디자인 | 디자인 현

주소 | 서울특별시 중구 청파로 463
기획출판팀 | 02-3604-590, 584
영업마케팅팀 | 02-3604-595, 583   FAX | 02-3604-599
H | http://bp.hankyung.com   E | bp@hankyung.com
F | www.facebook.com/hankyungbp
등록 | 제 2-315(1967. 5. 15)

ISBN 978-89-475-4541-9   04820 (1권)